MICHAEL

Benders dritter Fall

Thriller

von

Lothar Wandtner &
Alexander Frimberger

Personen und Handlung sind frei erfunden.
Ähnlichkeiten mit lebenden oder toten Personen
sind rein zufällig und nicht beabsichtigt.
Die (meisten) Orte des Geschehens dagegen
existieren auch in der Realität.

Edition Golbet
Riedlhütter Schleif 14, 94566 Riedlhütte
Telefon: 08553/1044
info@edition-golbet.de

Oktober 2013
Layout und Titelgestaltung: Alexander Frimberger, Lothar Wandtner
Titelfoto: © Rainer Sturm / stormpic.de
Gedruckt in Deutschland / Printed in Germany
ISBN: 978-3-94392603-3

www.edition-golbet.de

„Es ist schwer, mit dir zu leben,
schwerer, ohne dich zu sein,
und ohne dich kann ich nicht leben,
und mit dir kann ich nicht sein"

*Konstantin Wecker (*1947),* aus seinem Lied
„Niemand kann die Liebe binden"

Alexander Frimberger (Jahrgang 1964), langjähriger Redakteur, Reisebuchautor und freier Journalist betreibt in seiner Wahlheimat Schönberg (Landkreis Freyung-Grafenau) ein Pressebüro.
Lothar Wandtner (Jahrgang 1965), ebenfalls Redakteur, Autor und Kleinverleger lebt im beschaulichen Riedlhütte (Landkreis Freyung-Grafenau) am Rand des Nationalparks Bayerischer Wald.

Beide Autoren sind große Fans von Krimis aber vor allem von der wildromantischen Schönheit des Bayerischen Waldes. Was lag da näher, als ihre Thriller gerade hier anzusiedeln. Das Autorenduo bringt den dritten Teil seiner Erzengel-Thriller mit Kommissar Ralf Bender heraus: Michael. Er spielt im vermeintlich trauten familiären Umfeld und lässt einmal mehr in tiefe Abgründe menschlicher Seelen blicken.

Für
den Bayerischen Wald!
Weil er thrillt!

PROLOG

Ich weiß nicht mehr, wann es angefangen hat. Wenn ich mit ihr zusammen bin, ist die Welt schön. Ich liebe mein Mädchen, meine Frau, meinen „Schatz“. Ich liebe jeden Zentimeter an ihr, ich liebe, wie sie sich bewegt, was und wie sie etwas tut. Ich begehre und ich brauche sie. Ich mag die alltägliche Routine unserer Beziehung, ich sehne mich stets nach den verbotenen und aufregenden Stunden mit ihr. Ich sitze gern an ihrer Seite, ohne etwas zu tun, einfach nur in dem Wissen: Sie ist da. Doch irgendwann in den zurückliegenden Jahren, hat sich – ohne sich vorher anzukündigen – dieser mörderische Gedanke wie langsam wirkendes Gift in mir ausgebreitet. Und heute feiert das Gift wieder einen diabolischen Triumph.

Ich brauche keinen Wecker, wenn ich neben ihr liege. Mein Schlafrhythmus folgt seit diesem einen verdammten Tag, vor noch nicht einmal einem Jahr, einer derart pedantischen Genauigkeit, man könnte die Uhr danach stellen.

Ich schlage die Augen auf, blicke auf die rot leuchtenden Ziffern des Digitalweckers: 00:12 Uhr. Exakt eine Stunde geschlafen. Sie ist da, liegt neben mir, Gott sei Dank, ich atme tief durch. Natürlich ist sie da, auch sie liebt mich, ich weiß es. Und doch nagt irgendwo in mir die Angst, sie zu verlieren. Sie gibt mir alles, was ich brauche: Geborgenheit, Liebe, Verständnis, Zuneigung, einfach alles. Ich liebe sie so sehr, ein Leben ohne sie will und kann ich mir nicht vorstellen.

Ich schlage die Augen auf, blicke auf die rot leuchtenden Ziffern des Digitalweckers: 01:12 Uhr. Ich werde es niemals satt, sie anzusehen. Ich streichele über ihr Haar. Der betörende Duft, der von ihr zu mir herüber wogt, bringt mich fast um den Verstand. Vorsichtig schlage ich die Decke zurück. Da liegt sie, ihr Gesicht ist so schön. Auch geschlossen scheinen ihre Augen zu strahlen. Ihre aufregenden Kurven, die Brüste, der schwungvolle Übergang von Taille über Hüfte und Oberschenkel – wäre sie ein Gemälde, sie wäre ein Meisterwerk. Ich will sie! Jetzt! Sofort!

Ich schlage die Augen auf, blicke auf die rot leuchtenden Ziffern des Digitalweckers: 02:12 Uhr. Ich liebe sie abgöttisch, ich begehre sie unendlich und doch: Ich will sie töten. Ich will meine Finger um ihren Hals legen und zudrücken. Es erregt mich, mir vorzustellen, wie sie kurz die Augen aufschlägt und mich fragend ansieht. Dann wird der Sauerstoffmangel dazu führen, dass ihre Überlebensinstinkte spontan erwachen. Sie wird sich wehren, zappeln, wild um sich schlagen, mit den Nägeln ihrer herrlich feingliedrigen Hände mein Gesicht zerkratzen. Ich werde den Schmerz unendlich genießen. Und dann, nach einigen letzten Zuckungen, wird ihr Körper schlaff werden und schließlich leblos neben mir liegen. Doch damit ist mein Werk noch nicht vollendet. Ich werde ihr mit dem Beil, mit einem einzigen gewaltigen Hieb den Kopf abschlagen. Und ich werde ihr die Augen blenden. Dann muss ich nicht mehr in ihre toten Augen blicken und habe Frieden. Endlich wieder Frieden.

Ich schlage die Augen auf, blicke auf die rot leuchtenden Ziffern des Digitalweckers: 03:12 Uhr. Der Drang, sie töten zu wollen lässt mich nicht los, wird beinahe übermächtig. Ich muss etwas dagegen tun. Ich muss noch einmal zu dem Teil meines Gehirns dringen, in dem der Wahnsinn verborgen liegt. Es wohnt ein böser Dämon in mir. Er treibt mich an und brüllt: Töte! Werde ich jemals frei sein? Ich muss es versuchen. Wieder und wieder, solange bis ich die Antwort gefunden habe und Frieden durch meine geschundene Seele strömt.

Ich schlage die Augen auf, blicke auf die rot leuchtenden Ziffern des Digitalweckers: 04:12 Uhr. Kalter Schweiß klebt an mir. Das Grauen packt mich und schnürt mir die Kehle zu. Ich fühle mich wie ausgetrocknet, habe Durst. Der Drang, sie töten zu wollen wird übermächtig. Ich habe Schmerzen und Krämpfe am ganzen Körper. Der Dämon packt mich, er beißt, kratzt mich, er schlägt nach mir. Es ist, als wolle er mir den Adamsapfel zerquetschen. Ich muss etwas tun, ich muss! Ich will sie nicht töten, sie ist mein Ein und Alles. Und doch: Die Mordlust wird wieder größer, immer größer, monströs. Eine andere Frau muss sterben, noch heute Nacht. Die Uhr zeigt 04:25 Uhr.

Er stand auf, zog sich an und verließ das Haus. Er genoss die kalte Luft des Morgens, die ihm durch das Gesicht strich. Das schlechte Gewissen, das ihn immer wieder quälte, vergrub er auch diesmal in den hintersten Ecken seines Bewusstseins. Alles das, was er bereits getan hatte, konnte er ohnehin nie mehr gutmachen. „Ewige Verdammnis ist mir sicher!“, dachte er und dann sah er sie...

„Die Guillotine ist eine Maschine, die den Kopf im Handumdrehen entfernt und die das Opfer nichts anderes spüren lässt als ein Gefühl erfrischender Kühle."

Joseph-Ignace Guillotin (1738 - 1814)

Auf seinen Vorschlag hin wurde die berüchtigte Guillotine gebaut

1

Er suchte nach Auswegen, lange schon. Wieso der Drang, das Wertvollste in seinem Leben zu zerstören? Er war bereit, den Dämon, der ihn zu zerfetzten drohte, zu besiegen – doch wie? War es Wahnsinn? Konnte ein Psychiater helfen? Wäre das Geheimnis dort sicher? Und wenn sie es dann erfahren würde? Er quälte sich, suchte nach Auswegen, doch er konnte niemandem trauen. Wenn sein schreckliches Geheimnis ans Tageslicht kam, würde er das Liebste im Leben verlieren. Das wäre zwar der Weg, ihr Leben ganz sicher zu retten. Doch gleichzeitig wäre seines zerstört.

Er hätte den Menschen verloren, der ihm im Leben am wichtigsten war. Es musste einen anderen Weg geben, der ihn befreien konnte, der ihm jenes Leben zurückgeben konnte, das er sich so sehr wünschte.

Es gab da eine Bekannte aus früheren Tagen, eine junge Frau, getrieben von einer unergründlichen Sehnsucht nach dem Tod. Mehrere Suizid-Versuche hatte sie hinter sich. Sie überlebte sie nur deshalb, weil sie die letzte Konsequenz vermissen ließ. Denn eigentlich liebte sie das Leben. Er fühlte eine Nähe zu ihr, konnte nachempfinden, was in ihr vorging. Das hatte er aber immer für sich behalten. Letztlich löste sie ihr Problem mit Rückführungen in ein anderes Leben. Sie ließ sich auf ein Abenteuer ein, vor dem er selbst sich fürchtete. Doch welche einschneidenden Dinge hatte sie dabei erlebt, wie schnell war sie von ihrer Todessehnsucht befreit! Würde er das auch können? Er zweifelte. So viel er wusste, hatte sie sich mittlerweile selbst zu einem Coach ausbilden lassen. Vielleicht wäre gerade sie genau die Richtige. Eine Frau, die eine gute Freundin war.

Doch er war nicht bereit, dieses Risiko einzugehen. Vor allem: Was, wenn es tatsächlich funktionierte? Wenn er tatsächlich in ein anderes Leben rückgeführt würde und dabei vielleicht etwas ausplauderte, das niemand hören durfte? Was wäre, wenn er sich dadurch verraten würde? Außerdem – und er musste trotz seiner Zerrissenheit bei diesem Gedanken sogar lächeln – es war doch alles Humbug. Rückführung. Reinkarnation. Begriffe, die ihm völlig fremd, ja geradezu absurd erschienen. Hatte seine Bekannte letztlich alles nur geträumt, von dem sie glaubte, es seien Szenen aus einem ihrer früheren Leben gewesen? Hatte sie ihre Fantasie strapaziert, aus den im Hirn gespeicherten Lebenserfahrungen und Emotionen eine neue Geschichte gestrickt? Natürlich, nur so konnte es sein.

Doch: Hatte es ihr geholfen? Er wusste die Antwort, sie behagte ihm nicht. Was er lange Jahre als Scharlatanerie abgetan hatte, könnte nun unter Umständen zu einem Heilmittel für ihn werden. Wenn er es zuließ. Doch wie könnte er sich überwinden? Wie könnte er die Ängste, die Zweifel besiegen? Und vor allem: Wie könnte er sich darauf einlassen, wo es ihm doch so schwerfiel, sich einfach fallen zu lassen. Einfach nur in die Hände eines anderen zu begeben.

Er griff zum Telefon, er musste mehr erfahren.

„Hallo, ich bin's." Er kam sich dämlich vor, bei dieser Begrüßung. Er hatte aber das Gefühl, Anne freue sich ehrlich über seinen Anruf. Deshalb wagte er nach ein paar belanglosen Plaudereien den direkten Weg: „Mich drückt schon lange ein riesiges Problem. Sag es bitte nicht weiter, aber ich habe ständig das Gefühl, ich werde verfolgt. Doch wenn ich mich umschaue, dann ist da niemand." War das gut? Ließ sie sich mit so einer dürftigen Angelegenheit überlisten? Würde sie arglos bleiben?

„Wie kann ich dir dabei helfen?"

Die erste Hürde war genommen.

„Ich weiß nicht, du machst doch diese Sache, das mit den vergangenen Leben ..."

„Du denkst dran, das zu machen? Du?" Sie lachte laut auf. Oft genug hatte sie von ihm gehört, wie er über das Thema dachte. Auch wenn er immer betonte, ihren Erfolg zu respektieren.

„Ich weiß." Er versuchte locker zu bleiben. „Aber versuchen schadet doch nicht, oder? Es belastet mich echt."

„Was willst du wissen?"

„Plaudert man da alles aus, was man sieht?“

„Ja, klar, das ist wichtig. Aber du kannst mir vertrauen, ich bin zum Schweigen verpflichtet.“

Das war ihm nicht genug. Er brauchte Sicherheit. Was immer geschehen würde, es dürfte sich nur in seinem Kopf abspielen. Zuschauer konnte er nicht gebrauchen.

„Ich weiß es nicht, ich muss noch überlegen.“

„Lass dir Zeit, du kannst jederzeit zu mir kommen.“

Hilflos blieb er nach dem Telefonat an seinem Schreibtisch sitzen, stierte leer auf die weiße Wand. Er war nicht so weit, es ging nicht. Jetzt war wichtig, mehr Informationen zu beschaffen, so viele wie möglich. Es musste einen Weg geben.

Er ging in die Küche, um sich ein Brot zu schmieren, kam dabei an einem großen Foto vorbei, auf dem sein Schatz ihm entgegen strahlte. Wie ein Blitz fuhr der verhasste Gedanke in ihn und lähmte ihn für einen kurzen Moment. „Ich muss dich töten, ich muss dich umbringen. Und ich will dich nicht verlieren.“ Verzweiflung überwältigte ihn. Er fand keinen Schlaf, weder Schlaftabletten noch Alkohol konnten die schwarzen Gedanken vertreiben. Nicht einmal den Gang ins Schlafzimmer wagte er. Stundenlang wälzte er sich auf dem Wohnzimmersofa, schreckte schweißgebadet immer wieder hoch. Es zog ihn zu ihr, doch er konnte sie jetzt nicht ansehen, die Angst ihr etwas anzutun überwältigte ihn. Es gab kein Entrinnen. Er zog sich an und machte sich auf den Weg.

„Sag mal, spinnst du? Weißt du eigentlich, wie spät es ist?“

„Mitternacht, keine Ahnung. Aber ich kann nicht mehr. Anne, es ist alles viel schrecklicher als ich dir gestern am Telefon erzählt habe.“

„Das hört sich ja wirklich schlimm an. Ich wollte zwar grade ins Bett, aber komm rein und lass uns drüber reden. Ich mach uns Kaffee.“

Es war altes, tiefes Vertrauen, das ihn veranlasste, von seinem

Problem zu reden. Stockend zunächst, dann immer flüssiger und aufgeregter, weihte er sie in die Abgründe seiner Seele ein. Je länger er sprach, je länger sie zuhörte, umso sicherer wurde er, sich in ihre Hände geben zu wollen. Sofort. Doch sie zögerte, wollte ihn zunächst mit ein paar Beruhigungs-Tropfen wieder nach Hause schicken.

„Nein, das habe ich alles schon probiert, es hilft nicht. Außerdem: Wenn ich jetzt heimgehe, ich weiß nicht was passiert, wozu ich fähig bin. Bitte! Du musst mir helfen!"

Plötzlich war ihre Müdigkeit verflogen, Anne begriff, sie musste und konnte sofort helfen. Sie nahm ihn am Arm und führte ihn die Treppe hinauf in ihre kleine Praxis. Eigentlich war es nur ein einziges Zimmer, mit einem angegliederten Abstellraum. Sie bat ihn, sich auf eine Liege zu legen, sich eine bequeme Position zu suchen und setzte ihm eine Augenmaske auf.

„Mach dir keine Sorgen, das kriegen wir hin", sagte sie sehr ruhig. Sehr professionell. Dabei sah es in ihrem Inneren ganz anders aus, nicht zuletzt weil sie jedes Mal, wenn sie eine Sitzung begann, an ihre eigenen Erfahrungen denken musste. Und noch nie hatte sie so eine spektakuläre Ausgangsposition bei einem ihrer Klienten. In vollem Vertrauen auf die therapierende Wirkung der Rückführung begann sie zu sprechen:

„Mit jeder Zahl, die ich dir nenne, gehst du gedanklich einen Schritt tiefer, immer weiter führen dich meine Worte hin zur vollkommenen Entspannung. Bei eins erreichst du den Alpha-Zustand. Absolute Ruhe, dem Tiefschlaf gleich, durchfließt dich. Und doch bist du wach und kannst mich hören." Sie zählte langsam von zehn auf eins herunter, machte zwischen den einzelnen Zahlen jeweils mehrere Sekunden Pause.

Nach einigen Minuten stellte sie einige Fragen: „Was hast du an? Wie siehst du aus? Wie alt bist du? Wie heißt du? Wo lebst du? In welchem Jahr befinden wir uns? An welchem Ort befindest du dich? Bist du allein? Wer ist bei dir? Was tust du?"

Dazwischen gab er bereitwillig Antworten, zunächst emotionslos.

„Ich kann es nicht genau sehen, ich trage auffällige Kleidung, rot und schwarz. Ich bin in Frankreich, in Paris. Es ist das Jahr 1497. Ich stehe auf einem Platz, erhöht. Ich blicke auf die Menge unter mir. Viele hundert Menschen stehen da und sehen zu mir hinauf. Vor mir steht ein Holzblock. Ich weiß, was gleich passieren wird, ich habe Angst. Die Menge teilt sich, sie führen jemanden zu mir. Ich weiß, wer es ist. Ich will nicht tun, was mir aufgetragen wurde. Aber: Ich muss es tun, es ist meine Aufgabe. Zwei Männer führen eine Frau zu mir herauf. Ich weiß, wer es ist. Es ist Marie, meine Geliebte. Sie schluchzt meinen Namen: Jacques!"

Er begann zu zittern. Seine Hände krallten sich an der Liege fest.

„Ich will nicht, ich will nicht tun, was ich doch tun muss. Ich trage eine Kapuze, sie soll mich nicht sehen, ihr böser Blick, der Blick meiner Geliebten, ihre panischen Augen des Todes sollen mich nicht treffen. Ihr Kopf wird auf den Holzblock gelegt. Beide Männer halten sie an den Armen fest. Die Menge tobt, fordert den Tod der Sünderin. Marie schreit. Ich will es nicht tun, doch ich hole aus ..."

Er riss sich die Maske von den Augen und setzte sich schwer keuchend auf.

„Anne", schrie er, „ich habe sie umgebracht!"

Einige Minuten saßen beide schweigend und schockiert zugleich da und wagten es nicht, sich anzusehen. Anne versuchte, tröstende Worte zu finden.

„Du kannst nichts dafür."

„Ich habe sie umgebracht, ich habe die Frau, die ich liebe, umgebracht!" Er brach hemmungslos in Tränen aus. Anne nahm ihn in die Arme.

„Ich verspreche dir, ich werde dir helfen, zumindest, soweit das möglich ist. Vielleicht brauchen wir auch Hilfe von anderer Seite.

Aber im Moment haben wir gefunden, wonach wir gesucht haben. Deine Seele hat ein tiefes Trauma erlitten. Daran können wir arbeiten."

„Ich habe sie umgebracht und ich habe sie doch geliebt. Ich bin ein feiger Mörder."

„Nein, das bist du nicht, es ist mehr als 500 Jahre her."

Sie strich ihm zärtlich über die Wange und bot ihm an, bei ihr zu bleiben. Sie würde ihm ein Bett auf der Wohnzimmercouch richten. Sie war dennoch froh, als er ablehnte, weil er lieber nach Hause wollte. Sie hätte es wahrscheinlich nicht ertragen, seine Nähe zu spüren, auch wenn er auf dem Sofa geschlafen hätte und sie in ihrem Bett.

„Anne, ich habe gesehen, was ich getan habe, so etwas wird wieder passieren."

Sie standen auf dem Treppenabsatz, als sie sagte: „Ich gebe dir doch noch ein paar Beruhigungs-Tropfen. Vielleicht schläfst du richtig aus und kommst am frühen Abend wieder. Dann reden wir weiter. Bist du auch wirklich sicher, dass ich dich alleine lassen kann?"

Er breitete die Arme aus und ging einen schnellen Schritt auf sie zu. In dem Moment, als sie seine Umarmung erwidern wollte, machte sie unwillkürlich einen Schritt zurück und spürte, wie ihr rechter Fuß ins Leere trat.

„Was ist denn das für eine verdammte Sauerei?" Ralf Bender hatte sich inzwischen zwar daran gewöhnt, dass es nichts Gutes hieß, wenn er in den Bayerischen Wald gerufen wurde, doch damit hatte er nicht gerechnet. Während ein Streifenbeamter vor der Tür mit seinem Mageninhalt kämpfte, betrachteten der Hauptkommissar und seine beiden Assistenten Manuela Hentschel und Franz Schaller fassungslos die abstoßende Szene. Jetzt wusste er auch, warum die Spurensicherer ihn und sein Team zunächst nicht ins Haus lassen wollten.

Wie alle anderen trug er Handschuhe und Plastiküberzieher

über den Schuhen. Die große Menge an Spuren, die im ganzen Haus verstreut waren, durften möglichst nicht zerstört werden. Deshalb sollte das Ermittlerteam zunächst im Gang stehen bleiben. Vor ihnen lag am Treppenabsatz des kleinen Häuschens in Neuschönau die Leiche einer Frau. Der offene Splitterbruch am rechten Arm ließ darauf schließen, dass sie die Treppe hinuntergefallen war. Sicher, soweit hätte es ein häuslicher Unfall gewesen sein können. Doch dem Körper fehlte ein bedeutendes Teil: der Kopf! Das heißt, er fehlte nicht wirklich, er war nur nicht mehr da, wo er hingehörte, sondern lag mit dem Gesicht nach unten rund einen halben Meter neben dem Torso. An der Wand, auf der Treppe, auf dem Boden: Alles war voll Blut. Blutige Fußspuren von mindestens zwei Personen führten in alle Richtungen von der Leiche weg. Nach oben in den ersten Stock, hin zum Wohnzimmer, in die Küche und zur Eingangstür hinaus.

„Sieht aus, als habe das Kind eines Riesen ihrer Puppe den Kopf abgerissen", murmelte Schaller angewidert. Unwillkürlich nickten Bender und Manu.

„Der Täter ist mit äußerster Brutalität vorgegangen", sagte Dr. Paul Willibein. Der Gerichtsmediziner trat seinen jungen Mitarbeiter, der über der Leiche hockte, unsanft in die Seite, weil er ihm die Sicht versperrte, und machte einige Fotos. Sein riesiger Bauch, der schwammig über den Hosenbund schwappte, und die aufgrund des Gewichts porösen Knie- und Sprunggelenke machten es ihm unmöglich, sich selbst zu bücken.

„Jetzt können Sie weitermachen, aber passen Sie auf, was Sie tun, Sie Dilettant, ich will der Dame später noch ihre Geheimnisse entlocken können."

Auch wenn er selbst ein Raubein sein konnte, fand Bender, dass dieser fette Kerl eine Ausgeburt an überheblicher Arroganz war. Doch er war – auch das wusste Bender – ein Genie am Seziertisch. Wenn es etwas zu finden gab, Willibein fand es. Ein Schweißtropfen arbeitete sich über das aufgequollene Gesicht des Gerichtsmediziners. Er wischte ihn mit seinen kurzen Wurstfingern weg und deutete dann auf die Schnittstellen an Hals und Rumpf: „Ich würde sogar sagen, er war nicht nur brutal, er war auch außerordentlich wütend, so wie er auf den Hals eingehackt hat. Ein Virtuose ist er auf seinem Werkzeug nicht, wie man unschwer an den ausgefransten Schnittstellen und den Schnittwunden durch Fehlschläge sehen kann. Ganz eindeutig ein Anfänger."

Die Abneigung gegen den selbstgerechten Gerichtsmediziner stieg bei allen drei Kripobeamten in gleichem Maße. Trotzdem konnte Bender der Art etwas abgewinnen. Der Ärger darüber lenkte ein wenig von der Toten ab. Als Willibein fortfuhr, war es mit der Ablenkung allerdings vorbei. Eine Mischung aus Abscheu und Mitleid schüttelte den Passauer Hauptkommissar.

„Die Tote muss noch gelebt haben, nachdem sie hier aufgeschlagen ist. Anhand der zahlreichen Blutspritzer kann man davon ausgehen: Das Herz schlug noch, als der Täter begonnen hat, den Kopf abzutrennen. Er hat wahrscheinlich zunächst die Halsschlagader getroffen, die liegt ungeschützt direkt unter der Haut und ..." Willibein machte eindeutige Handbewegungen von seinem Hals weg. Manu hätte ihm am liebsten auf seine schwülstige Nase gehauen.

Bender blickte in die Runde: „Wer ist die Tote?"

„So wie es aussieht die Hausbesitzerin, Anne Schwan. Sie ist Heilpraktikerin, wohnt und arbeitet hier", sagte der Polizist, der noch immer mit seiner Übelkeit kämpfte, sich aber wieder tapfer zu den anderen gesellt hatte.

„Was heißt, wie es aussieht? Geht es ein wenig genauer?", wollte Bender wissen.

„Naja, ich glaube schon, dass sie es ist", sagte der Streifenbeamte und deutete auf den Hinterkopf. „Aber wir haben ihn noch nicht umgedreht, um es mit Sicherheit sagen zu können."

Dr. Willibein verpasste seinem Assistenten, der in Aussehen und devoter Art nicht gegensätzlicher als sein Chef hätte sein können, einen weiteren unsanften Rempler. „Los, Schmid, umdrehen oder sind Sie dazu auch zu blöd?"

Ohne zu murren, mit geradezu unterwürfiger Ergebenheit, griff Schmid nach den Haaren und drehte den Kopf um. Der Streifenpolizist musste sich endgültig übergeben.

„Hat er ...?", fragte Manu.

Bender nickte, Willibein machte ein Foto und sagte: „Ja, er hat!"

Anschließend beschimpfte er seinen Assistenten, er solle gefälligst sorgsam und weniger pietätlos mit der Leiche umgehen, schoss aber noch ein weiteres Foto.

„Wie Sie sehen hat er ihr tiefe Schnitte über beide Augen verpasst. Der Typ hat ganz eindeutig ein Problem. Mehr erfahren Sie, wenn ich sie auf dem Tisch liegen habe."

„Wieso eigentlich sind Sie so sicher, dass es sich bei dem Täter um einen Mann handelt?", fragte Bender, obwohl er die Antwort eigentlich schon kannte.

„Weil man Kraft braucht, um so ein Gemetzel anzurichten und weil ich nicht glaube, dass Frauen so morden."

„Tatwaffe?", hakte Bender nach.

„Ein Beil, eine Machete, irgendwas in der Art."

„Tatzeitpunkt?"

Schmid hob die Hand, meldete sich wie ein strebsamer Schüler. Doch Willibein ignorierte ihn. Stattdessen sagte er: „Keine Totenstarre, auch nicht an den kleineren Gelenken, kann also noch nicht länger als etwa vier Stunden her sein."

„Sexueller Kontakt, Vergewaltigung?", fragte Manu.

Willibeins Assistent blickte auf, schüttelte den Kopf und wurde mutiger, er würde sich nicht nochmal abschütteln lassen: „Nach einer Vergewaltigung sieht es jedenfalls nicht aus", japste er, ehrlich erstaunt und erschreckt über seinen plötzlichen Mut.

Willibein ignorierte ihn erneut und blätterte im Display seines Fotoapparates. Er hielt den kleinen Bildschirm Bender hin. Der sah ein Bild der Oberschenkelinnenseite.

„Sehen Sie, Sie sehen nichts", sagte er, „keine äußeren Verletzungen. Sicher können wir nicht sein, sieht aber eher nicht danach aus. Aber wie gesagt, mehr gibt es später. Schmid, jetzt schieb deinen knochigen Arsch hier raus, wir haben zu tun."

Willibein drehte sich nochmal: „Übrigens, Herr Kommissar, ich hatte da vor ein paar Jahren mal einen ähnlichen Fall, da hat einer mehreren Frauen die Köpfe abgeschnitten und eine vergleichbare Schweinerei angerichtet. Mehr kann ich Ihnen sagen, wenn Sie mich besuchen."

Bender schickte auch Manu und Franz nach draußen. Auch wenn die Spurensicherer das Haus auf den Kopf stellten, er wollte sich soweit es ging in Ruhe umsehen, bevor die Leiche weggeschafft wurde. Es war ein Haus, wie man es von einer Alternativmedizinerin erwarten würde. Viel naturbelassenes Holz, vor Kraft strotzende Topfpflanzen und Billy-Bücherregale, in denen von Meditation über Bachblüten bis hin zu medizinischer Fachliteratur alles vorhanden war.

Je weiter man vom Fundort der Leiche wegkam, roch es im ganzen Haus stärker nach natürlicher, unschuldiger Frische. Überall hingen große und kleine Bilder und in der Küche lief über Kopfhöhe durch den gesamten Raum ein schmales Regal, auf dem kleine Katzen standen. Katzen aus Porzellan, Katzen aus Plastik, aus Holz, Glas. Auf der Fensterbank in der Küche wetteiferten Dill, Kresse, Petersilie, Schnittlauch und Basilikum um den Schönheitspreis.

Bender griff sich die ungeöffnete Post, die neben einer Getreidemühle lag, und sah sie durch. Werbung, Rechnungen, die neueste Ausgabe von „Natur und Heilen", Kontoauszüge und ein Brief, auf dem die Adresse handschriftlich gekritzelt stand. Bender steckte Brief und Kontoauszüge ein. Ein Beamter der Spurensicherung war ebenfalls intensiv beschäftigt.

„Also, Luminol brauchen wir hier im Haus nicht, um Blutspuren zu finden", sagte er und deutete auf den Wasserhahn, der nur achtlos abgewischt worden war.

Der Spurensicherer – Bender fand, dass seinesgleichen in ihren weißen Tyvek-Anzügen mit Kapuze je nach Körperumfang wie ein Spargel, eine Made oder das Michelin-Männchen aussahen – zog die Spülmaschine auf. Heißer Dampf stieg auf.

„Das Programm ist wohl noch nicht lange durchgelaufen. Ja, was haben wir denn da?“

Durch den abziehenden Wasserdampf war deutlich ein Beil zu erkennen.

„Das ist dann wohl die Tatwaffe, und zwei Kaffeetassen sind auch noch drin. Nicht dumm, Spuren werden darauf wohl nicht mehr zu finden sein.“

Auf dem Weg ins Schlafzimmer im ersten Stock versuchte Bender, nicht auf die blutigen Fußspuren zu treten. Ein weiterer Mann von der Spurensicherung wedelte am Treppenabsatz mit einem Bündel Geld. „Also, ein Raubüberfall war es schon einmal nicht.“

„Wie viel ist das?“, wollte Bender wissen.

„Ungefähr 25.000 Euro, würde ich sagen.“

„Wo haben Sie es gefunden?“

„Im Schlafzimmer in einem Nachtkasten. Wie gesagt, es sieht nicht nach Raubüberfall aus. Oder der Räuber war extrem dämlich.“

Im ersten Stock fand Bender zunächst nichts Auffälliges. Das Bett im Schlafzimmer war nicht gemacht, sah aber nicht durchwühlt oder danach aus, als hätten sich zwei Personen darin aufgehalten. Im Bad lag ein scheinbar achtlos hingeworfenes Handtuch auf dem Boden. Es war feucht. Ein weiterer Spurensicherer nickte ihm zu: „Hier oben sind wir fertig, Sie können sich frei bewegen.“

Bender betrat das nächste Zimmer im oberen Stockwerk. Tisch, Sessel und eine bequeme Couch, ein kleines Bücherregal mit Literatur, die ihn so gar nicht interessierte. Esoterischer Quatsch, dachte er. Die Blutspuren führten bis zu dem Sofa. In einem kleinen Abstellraum standen große Metallboxen. Darin befanden sich Krankenakten. Er schätzte, dass es sich um eine Art Praxis handelte. Die Praxis eines Psychologen oder Psychiaters, dachte Bender mit Blick auf die Akten und das Sofa. Er drehte dem Raum den Rücken zu. Er kratzte sich am Bauch, es kribbelte, irgendetwas ließ ihn stutzig werden. Er wusste nur noch nicht, was es war.

Im unteren Stockwerk fanden sich neben den Fußspuren in der Küche auch welche im Wohnzimmer. Von beiden Räumen gab es Türen auf die überdachte Veranda des Gartens. Auch hier waren Fußspuren gefunden worden.

Im Garten stand ein kleiner Geräteschuppen, daneben ein Hackstock. Gespaltenes Holz lag davor, unbearbeitetes dahinter. Der niedrige Holzgartenzaun, der das ganze Grundstück umgab, war mit einem kleinen Tor versehen, das leise quietschte, als er es öffnete. Dahinter war das Gras an einigen Stellen niedergetreten worden, so dass ein kleiner Trampelpfad erst wenige Meter vom Garten weg, dann parallel zum Haus zur Straße führte. An einer Stelle, etwa in der Mitte des Hauses, zweigte der Pfad ab und führte in Richtung Waldrand. Wohin? Das würde er später herausfinden. Bender ging zurück ins Haus.

„Das Beil wird der Täter wohl aus dem Schuppen oder vom Hackstock geholt haben“, sagte ein Spargel, der im Wohnzimmer mit Pülverchen und Pinsel zugange war.

„Ist das ein Notizbuch?“, fragte Bender und deutete auf ein schwarzes Buch, das in einer Plastikfolie verpackt auf einem Haufen anderer gesicherter Gegenstände lag.

„Filofax, Herr Bender. Das hatte früher jeder. Doch seit uns PIM und PDA ins elektronische Zeitalter katapultiert haben, benutzen nur Technikverweigerer und andere Freaks so etwas.“

Klugscheißer, dachte Bender und sagte stattdessen: „Sind Sie damit fertig?“

„Ich denke schon. Nehmen Sie ruhig.“

„Wie lange werden Sie hier im Haus noch brauchen?“

„Keine Ahnung, kann schon noch ein, zwei Stunden dauern. Ich schätze bis spätestens 14 Uhr sind wir hier raus.“

„Gut, ich lasse einen Beamten da, der soll das Haus versiegeln, wenn Sie fertig sind.“

Der Passauer Hauptkommissar trat vor die Tür und sog die frische Luft des Vormittags in seine Lungen. In der Nacht musste es geregnet haben, aber es würde ein strahlender Frühlingstag werden. Die wärmer werdende Sonne hatte den letzten Nebelschwaden, die über die Äcker streiften, den Kampf angesagt. Die sich langsam auflösenden Kondensstreifen von Flugzeugen hingen wie Dinosaurierskelette am strahlend blauen Himmel. Das Haus stand etwas abseits der Straße am Ortsende von Neuschönau. Es roch nach Wald, Pilzen und wilden Kräutern. Ein Reh tauchte am Waldrand auf und verschwand wieder. Diese Idylle gab dem bestialischen Mord, der vor kurzem hier passiert war, zusätzlich eine geradezu groteske Note.

Langsam strömten auch die ersten Schaulustigen zum Tatort und wurden von extra dafür abgestellten Polizeibeamten abgedrängt. Es war der ewig gleiche Pilgermarsch zum Tatort. Immer, wenn irgendwo etwas passiert war, konnte es die Masse der Menschen nicht erwarten, in der ersten Reihe zu stehen. Manchmal hatte Bender gute Lust, die besonders gierig nach Sensation Geifernden zu packen und direkt zur Leiche zu schleppen. Dann würde ihnen der wohlige Schauer der Sensation schon vergehen. Im aktuellen Fall wäre dies garantiert so. Bender wurde auf einen Mann aufmerksam, der einen Fotoapparat trug und einem der Polizeibeamten einen Ausweis zeigte. Bender kannte das Gesicht, konnte sich aber nicht mehr an den Namen erinnern. Ein gutes Gefühl hatte er jedenfalls nicht. Wo waren sie da wieder reingeraten? Ein Beziehungsdrama? Möglich! Ein Raubüberfall? Unwahrscheinlich, wozu hätte der Täter sich dann solche Mühe machen sollen.

„Zurückbleiben, Herrschaften, hier gibt es nichts für Sie zu sehen", hörte Manu durch das aufgeregte Geschnatter der Schaulustigen hindurch. Ein kleines Grüppchen hatte sich zu dieser frühen Morgenstunde eingefunden, um zu sehen, was passiert war. Hektisch wurden Nummern in Handys getippt und aufgeregte Worte in die Ohren der Angerufenen gestöhnt, so dass die Menge tröpfchenweise größer wurde. Und dann sagte Manu zu Bender mit einem bitteren Grinsen:

„Schau mal, die Medien haben auch schon wieder Wind von der Sache bekommen."

„Tietze, ich hab doch gewusst, dass ich die Visage kenne", grantelte Bender. Trotzdem sank seine Laune nicht völlig in den Keller. Mit dem Redaktionsleiter der Grafenauer Lokalzeitung hatte er bereits im Fall Raphael zu tun gehabt. Auch wenn er ein grundsätzliches Misstrauen gegen alle berichtenden Medienschaffenden richtete, so hatte er die Erfahrung gemacht, dass Tietze neben Benno Seifeld zu den Fairen und Verlässlichen seiner Zunft zählte.

Da er es ohnehin nicht vermeiden konnte, machte er einen Schritt auf Tietze zu. Der kam ihm mit ausgestrecktem Arm entgegen. Bender ignorierte es. Soviel Abneigung musste schon sein.

„Herr Bender, ich grüße Sie", sagte Tietze.

Bender bekam bei der gestelzten Art zu reden einen spontanen Übelkeitsanfall und war froh, Manu bei sich zu wissen. Sie konnte, was er – Benno Seifeld war die weltweit einzige Ausnahme – nicht zu Stande brachte: Mit Journalisten kommunizieren ohne pampig zu werden. Doch der Redaktionsleiter des Tagblatt war immer noch so, wie Bender ihn in Erinnerung hatte. Zurückhaltend und etwas unsicher. Bender stellte zufrieden fest, dass Manu keine Probleme hatte, ihn mit ein paar Informationen zu füttern, aber nicht das ganze Ausmaß der Katastrophe preiszugeben. Tietze gab sich außerdem mit einem Foto vom Haus und dem Versprechen zufrieden, weitere Informationen würde er am Nachmittag von der Polizeipressestelle erhalten. Auch er hatte kein Interesse daran, einen derartigen Mediensturm wie beim Fall Raphael über die Region hinwegfegen zu lassen. Wie Bender mit einem Schmunzeln feststellte, war Tietzes größte Sorge im Moment aber ohnehin durch die vor der Absperrung stehende kleine Menschentraube zu gelangen, die ihn mit Fragen bestürmte.

Bender wurde aber sofort wieder ernst: „Manu, ruf doch bitte mal Dr. Leopold an und erzähl ihm von der Sauerei hier. Vielleicht kann er uns schon einen Tipp zum Täterprofil geben. Und, Franz, sag den Kollegen in Grafenau Bescheid, dass wir uns wohl wieder bei ihnen einrichten werden."

Er ging zu dem Streifenbeamten, der erschöpft und blass auf einer Bank vor dem Haus saß und noch immer leise würgte.

„Wer hat sie denn gefunden?"

„Ein Patient, er wollte wohl nach einem Rezept fragen."

„Was für ein Rezept?"

„Anne Schwan war Heilpraktikerin und Allgemeinärztin, er hat wohl ein Medikament gebraucht."

„Und, wo ist er?"

„Wird gerade vom Pfarrer betreut, den hat der Anblick offensichtlich völlig umgehauen. Es kann ja auch nicht jeder so ein harter Hund sein wie ich." Der Polizist lächelte bitter. Er war Bender augenblicklich sympathisch.

Er saß schwer schnaufend an seinem Küchentisch. Vor ihm lagen auf einem Haufen: eine Tagesdecke, Kissen, die Wäsche und die Schuhe, die er getragen hatte. Und natürlich die Handschuhe. Woher er diese genommen hatte, daran konnte er sich nicht mehr erinnern. Aber es war ein Segen gewesen, sie zu finden. Im Zusammenhang mit seiner momentanen Situation von Segen zu denken, kam ihm sogleich unpassend vor. Die Frau, wegen der er das Blutbad überhaupt angerichtet hatte, war schon aus dem Haus, als er heimgekommen war. Einen Zettel mit einem kleinen Spruch, den sie auf den Küchentisch gelegt hatte – sie verteilte gerne im ganzen Haus Liebesbotschaften oder malte Herzen auf den großen Spiegel im Bad –, hielt er zerknüllt in der Hand. Die Sachen, die von seiner DNA und Annes Blut nur so strotzten, würde er verschwinden lassen. Verbrennen, vergraben, versenken, egal, nur weg von der Bildfläche. Er hoffte auch, die Erinnerung an das, was er getan hatte, würde damit verschwinden. „Was habe ich nur getan?" Obwohl er schon 15 Minuten unbeweglich auf einem Fleck saß, hob und senkte sich sein Brustkorb schnell, ganz so, als habe er gerade einen 3000-Meter-Lauf hinter sich gebracht. Sein drahtiger Körper schien eingehüllt in ein Netz aus Panik, Gedanken und Gefühlen. Ein Kokon, der die Außenwelt im Moment nicht zu ihm durchließ. Die Panik flaute langsam ab. Es war, als sei er aus einem bösen Traum erwacht. Für einen Moment glaubte er tatsächlich, er hätte alles nur geträumt. Den Fall von der Treppe, wie er ihren Namen schrie, wie auch sie schrie, als sie gefallen war und dann laut aufstöhnte, als sie am Ende der Treppe mit dem Kopf aufgeschlagen war. Er erinnerte dunkel, wie er ihren gebrochenen Arm gesehen hatte und wie er in ihre Augen blickte. Und dann erinnerte er nichts mehr. Nicht was vor dem Sturz geschehen war, nicht was danach geschah. Es musste Raserei gewesen sein, aus der er erst erwachte, als er mit dem blutigen Beil vor Anne gestanden hatte. Mit einem Mal hatte sein Hirn wieder funktioniert. Er verwischte die Spuren so gut es ging, nahm alles mit, was er konnte, verstaute Kaffeetassen und Beil in der Spülmaschine und konnte das Haus ungesehen verlassen. Sein Glück, dass Anne etwas abseits wohnte und es außerdem erst sechs Uhr morgens gewesen war. Sein Atem ging weniger schnell, er spürte auch den Puls abflachen. Er musste jetzt an vieles denken, nicht nur, wie er die Dinge, die ihn verraten könnten, zu beseitigen hatte.

Er musste seine Spuren verwischen, musste falsche Fährten legen. Er horchte in sich hinein:

Bin ich verrückt geworden? Es fühlt sich nicht so an. Wenn er ehrlich war, es fühlte sich merkwürdig an. Zum einen war da die tiefe Trauer, ein Mörder zu sein, möglicherweise, wie er aus der Rückführung erfahren hatte, schon immer einer gewesen zu sein. Die Rückführung. Jetzt fiel es ihm wieder ein. Seine alte Freundin Anne Schwan hatte ihn in ein früheres Leben geschickt, ins Mittelalter. Er war Henker, Mörder. Er, der nie an diesen „Unsinn" geglaubt hatte, fand sich als Henker wieder. So beängstigend diese Gewissheit zunächst gewesen war, so tröstlich wurde sie mit einem Mal. Wenn er Henker gewesen war und auch jetzt vor nicht einmal einer Stunde einen bestialischen Mord begangen hatte, war es dann vielleicht so, dass morden sein Schicksal war? Dass es nicht in seiner Hand lag zu entscheiden, ob er ein Mörder war oder nicht? So wie wir nicht entscheiden können in welche Welt, Gesellschaft oder Familie wir geboren werden. War seine Seele die eines Mörders? Wollte er deshalb seinen Schatz töten, obwohl er sie doch so sehr liebte? Er spürte, wie die Spannung von ihm abfiel, das schlechte Gewissen schrumpfte. Gegen das Schicksal konnte man sich nicht auflehnen, oder? Er spürte Erleichterung, lang nicht gekannte Ruhe durchströmte ihn. Einer Intuition folgend stand er auf und ging ins Wohnzimmer. Er blickte auf ihr Bild, das groß und schön über der Kommode hing. Er sah es an und spürte: nichts als Liebe, durchdringende Liebe, alles überstrahlende Liebe! Und: Er wollte sie nicht töten.

Bender begrüßte die Kollegen der Polizeiinspektion, mit denen er schon vor zwei Jahren im Fall Raphael zusammengearbeitet hatte. Sie betraten das Besprechungszimmer.

„Ihr habt es nicht vergessen", freute er sich, als er auf dem Tisch Aus'zogne und Tee entdeckte.

„Wie soll man sowas vergessen", grinste Fritz Liebl, Leiter der PI Grafenau, der sich lebhaft an die erste Begegnung mit dem Passauer Hauptkommissar erinnerte, als dieser schlechtgelaunt Bauernkrapfen und Grünen Tee gefordert hatte.

„Wo ist denn Sendlinger?", erkundigte sich Liebl.

„Der ist nicht mehr bei uns, hat das Ressort gewechselt und steigt jetzt Wirtschaftskriminellen auf die Eisen", antwortete Manu.

Bender beendete das Begrüßungsgeplauder und eröffnete die erste Besprechung.

„Manu, zuerst würde mich interessieren, was Dr. Leopold gesagt hat."

Sie berichtete, dass der Polizeipsychologe natürlich noch nicht viel zu dem Fall sagen konnte. Es sah für ihn aus der Ferne allerdings so aus, als habe der Täter aus einem Gefühl ungezügelten Hasses heraus gehandelt. Außerdem könnte man daran denken, dass es sich um eine akute psychische Dekompensation gehandelt habe.

„Eine was?“, hakte Bender nach.

Manu hatte mit der Nachfrage gerechnet und sich Leopolds Erklärung notiert. Sie las vor: „Ziellose Steigerung von Antrieb und Psychomotorik mit affektiver Enthemmung und Kontrollverlust, Gereiztheit und eventuell unvermittelter Gewalttätigkeit“ (http://www.medi-learn.de/humanmedizin/assistenzarzt/artikel/Wenn-alle-aufgeregt-schreien-sollten-Sie-Ruhe-bewahren-Seite1.php)

„So kann man das sehen“, sagte Schaller.

Dr. Leopold vermutete außerdem, dass der Täter ein Problem gehabt haben könnte, in die Augen seines Opfers zu blicken. Oder damit, von ihm angesehen zu werden.

„Hat die Kriminaltechnik nicht etwas davon gesagt, dass mindestens Fußspuren von zwei Personen da waren? Womöglich suchen wir nach zwei Tätern.“ Bender kramte Kontoauszüge und Brief aus der Tasche. Er riss den ersten Umschlag auf: „Keine besonderen Zahlungen oder Eingänge“, sagte er, nachdem er einen intensiven Blick darauf geworfen hatte, und reichte sie an Manu weiter, die sie noch einmal studierte. Im zweiten Brief befand sich ein Prospekt über … Bender stutzte: „Was bitte sind Hopi-Kerzen?“

Keiner der im Raum Anwesenden konnte ihm Antwort geben, so dass Franz Schaller seinen Tablet-PC befragte.

„Und?“ Bender wurde nach wenigen Augenblicken ungeduldig, vor allem, weil Schaller breit grinsend vor seinem kleinen Bildschirm saß.

„Was ist denn so furchtbar komisch?“

„Ihr werdet es nicht glauben, man zündet die Dinger an und steckt sie sich ins Ohr. Das soll gegen alle möglichen Wehwehchen helfen und einen außerdem entspannen. Der Name geht angeblich auf die Hopi-Indianer zurück. Von denen sollen sie ursprünglich erstmals verwendet worden sein.“

Bender tippte sich an die Stirn, alle anderen schüttelten ungläubig den Kopf. Dann begann Schaller laut los zu prusten: „Hier steht, dass bei den Hopi-Indianern wegen der Kerzen angefragt wurde. Deren Häuptling wusste nichts von der Existenz von Ohrkerzen und bat, man möge ihm mit derlei Unsinn vom Hals bleiben. Sein Volk hätte auch so schon genug Probleme.“

Jetzt konnte sich auch Bender ein Grinsen nicht verkneifen. Er blätterte den Prospekt durch. Auf der Rückseite stand in der gleichen Handschrift wie auf dem Umschlag: „Nun müssen es doch sogar Sie verstehen, Frau Schwan, Sie inkompetente Kuh, Hochachtungsvoll Meinhart.“

„Franz, klär das mal ab. So oft wird es den Namen ja wohl bei uns nicht geben. Das kannst du dann in Passau machen. Vorher müsstest du uns aber noch zwei Zimmer reservieren.“

Bender sah Liebl an.

„Ich würde den Hellen Hahn am Stadtplatz nehmen. Die Zimmer sind top und das Essen schmeckt.“

„Du hast es gehört, Franz.“

Schaller wollte sich nicht nach Passau abschieben lassen, doch Bender duldete keinen Widerspruch. Er war nun mal vor allem der Computer-Freak und Internetspezialist. Dazu musste er nicht vor Ort sein. Beleidigt packte er seine Sachen zusammen.

Bender nahm das Notizbuch zur Hand – er weigerte sich, den Namen Filofax auch nur zu denken – und blätterte darin. Es erstaunte ihn wenig, dass er bald auf den Namen Meinhart stieß. Der Name stand an einigen Tagen im Kalendarium und war zumeist rot umrandet. Auch andere Namen waren derart verziert worden, doch hinter keinem sonst stand in Druckbuchstaben: Arschloch.

„Ich glaube, wir haben einen ersten heißen Kandidaten“, sagte Bender zu Manu und zeigte ihr, was er entdeckt hatte.

Er lehnte sich in seinem Stuhl zurück, befahl Schaller, sich noch für einen Moment zu setzen und sagte dann: „Warum unser Täter durchgedreht ist, wissen wir nicht. Ich glaube, dass entweder im Schlaf- oder in dem Behandlungszimmer etwas passiert ist. Er hat Anne Schwan die Treppe runtergestoßen. Sie hat sich den Arm gebrochen und lag bewusstlos da. Vielleicht hat er gedacht, dass sie schon tot ist. Auch wenn sich mir nicht erschließt, warum er danach ausgeflippt ist: Vielleicht hat er Panik bekommen, hat sich im Schuppen das Beil geholt und der noch lebenden Anne Schwan – warum auch immer – den Kopf abgeschlagen. Wir sollten Dr. Leopold unbedingt ins Team holen, der kennt sich mit Menschen in Ausnahmesituationen ja bestens aus. Danach ist der Täter wirr durchs Haus gerannt, um Spuren zu vernichten und hat dabei jede Menge neuer hinterlassen. Das, meine Herrschaften, ist der momentane Stand. Im Moment haben wir diesen Meinhart, den sollten wir unter die Lupe nehmen. Hab ich was vergessen?"

„Das sollte kein Problem sein", sagte Schaller. „Ich habe ihn gefunden. Den Namen gibt es im gesamten Bayerischen Wald tatsächlich nur einmal im Telefonbuch."

Während er das sagte, schrieb er die Adresse schon auf einen Zettel.

„Gute Arbeit, Kollege", sagte Bender. Schaller strahlte über das ganze Gesicht. In den vergangenen Monaten war das Verhältnis zu seinem Chef deutlich besser geworden. Bender war ein harter Hund und hatte ihm mehrfach übel mitgespielt. Es gab unschöne Szenen in den letzten Jahren und Schaller konnte nicht umhin zuzugeben, dass er im Übereifer einige schlimme Fehler gemacht hatte. Doch sein Chef, der in der täglichen Zusammenarbeit zwar ein echter Mistkerl sein konnte, hatte, wenn es darauf ankam, immer zu ihm gehalten. Letztlich verhielt es sich wie in seiner Lieblingsserie Scrubs. Er war J.D., der hoffnungsvolle Stationsarzt mit reichlich Macken und Unzulänglichkeiten, der von seinem selbsterwählten Mentor Dr. Percival Ulysses „Perry" Cox wie ein Loser behandelt wurde, doch letztlich erkannte der zynische Doktor das Talent seines Untergebenen und spornte ihn zu Höchstleistungen an.

„Wurde denn der Typ, der sie gefunden hat, inzwischen schon verhört?“

„Das, Manu, werden wir jetzt tun und uns dann diesen Meinhart vornehmen“, sagte Bender. „Außerdem muss ich noch einmal in das Haus von Anne Schwan. Wir müssen nämlich einen Abgleich der Namen in diesem Notizbuch mit den Patientenakten machen. Wir können davon ausgehen, dass die Namen, die darin hervorgehoben sind, in einer engeren Beziehung zu unserem Opfer standen. Und, Schaller, bitte halte uns auf dem Laufenden, wenn du weitere Details rausbekommst.“

„Jawohl, Dr. Cox“, sagte Schaller grinsend und kümmerte sich nicht um das allgemeine Kopfschütteln, das er dafür erntete.

Auch wenn das Grummeln in der Magengegend seine Arbeit nicht einstellte und die Nase unablässig juckte, Bender hatte für diesen Fall ein gutes Gefühl. Sie hatten einige Hinweise und Indizien, die es ermöglichen sollten, die Sache schnell abzuschließen. Diese Tat war von solch einem Wahnsinn und Wut geprägt, das konnte in seinen Augen keine Berechnung gewesen sein. Und Täter, die im Affekt oder planlos zuschlugen, waren meist leicht zu fassen. Es war, wie sich im Laufe der Ermittlungen herausstellen würde, ein schrecklicher Irrtum.

Michel Meinhart war noch ganz durcheinander, als er vom Unterricht nach Hause kam. Schon als er das Grundstück betrat, hörte er die Drehscheibe seiner Frau, die im Schuppen wohl gerade einen neuen Versuch startete, etwas Brauchbares zu töpfern. Eine Tasse vielleicht. Sogar eine, aus der man trinken konnte. Gedanken, mit denen sich Michel nur kurz aufhielt. Es war die Schulklasse, die ihn wirklich beschäftigte. In der sechsten Stunde gab er Geschichte in der Elften. Was immer er machte, was immer er sagte: Immer lachten sie. Lauthals. Und wenn er sie streng ansah, rissen sie sich am Riemen, um gleich wieder los zu prusten. Schwer zu verstehen, denn beim Thema Pest und Cholera zu Zeiten des 30-jährigen Krieges war bislang noch nie eine Klasse zum Scherzen aufgelegt gewesen.

Er war nicht der Typ Lehrer, der dann tobend durch die Tischreihen fegte und für Ordnung sorgen konnte. Auch wenn er ab und an zu kleineren cholerischen Anfällen neigte, war er ansonsten eher der Stille, der beinahe schon in Demut die Stimmungen seiner Schüler in Kauf nahm. Dabei wusste er genau, dass denen sein Unterricht Spaß machte, schließlich würzte er die historischen Ereignisse immer wieder mit spannenden, manchmal auch anzüglich-witzigen Geschichtchen drumrum. Doch heute machte er keine Witze. Pest verstand er nicht als Thema, bei dem Zoten angebracht gewesen wären.

Beinahe hilflos ließ er die zwei Schulstunden über sich ergehen – fragte zwar ein-, zweimal nach, weshalb das Thema so lustig sei. Doch er hatte dafür noch mehr breites Grinsen und schallendes Gelächter geerntet.

Der Schlussgong war für ihn wie eine Erlösung. Endlich waren die prustenden Jugendlichen draußen und er suchte so schnell wie möglich das Weite. Setzte sich in seinen alten Passat, der schon in den 80er-Jahren eine Art Altertum gewesen wäre und fuhr mit rumpelnden Stoßdämpfern und krachendem Auspuff nach Hause.

„Wie siehst du denn aus?“, empfing ihn seine Frau, Roswitha. Er vermochte nicht zu sagen, wie sie sein Aussehen bewerten konnte, denn er war sich nicht bewusst, dass sie auch nur für einen kurzen Moment von ihren vergeblichen Töpferversuchen aufblickte und ihn auch nur ansatzweise wahrgenommen hätte. Frauen, dachte er. Die können so etwas.

„Es war schrecklich, die Elfte, ich sag's dir. Ich habe das Gefühl, die haben mich heute zwei Stunden lang ausgelacht. Aber warum, das tun die doch sonst nie!“

„Wundert mich nicht.“

Sie sagte es eher beiläufig und noch immer hatte sie ihn keines Blickes gewürdigt, zumindest hatte er keinen bemerkt.

„Was willst du damit sagen?“

„Lächerlicher kann man nicht aussehen wie du. Vor allem, wenn auch noch ein rosaroter Klostein an deinem Allerwertesten klebt. Mann, Michel, so was bringt kein Mensch zustande, wie du so was nur immer machst. Tststs...“

Sie schüttelte den Kopf, seiner dagegen drohte gleich zu platzen. Klostein? Am Hintern? Umständlich verrenkte er sich, um seine Hose zu begutachten – und tatsächlich. Scham kroch in ihm hoch, gleichzeitig aber auch Wut. Auf sie, die da saß, an der Drehscheibe kurbelte. Irgendetwas töpferte, von dem momentan noch niemand hätte sagen können, was es mal werden könnte. Und ihn behandelte, als hätte er nicht alle vier Saiten an der Geige. Ein feuriger Blick in ihre Richtung, ein wenig frommer Wunsch – und im nächsten Moment war er wieder bei sich, hatte sich wieder gesammelt.

„Mann, Mann, Mann. Das gibt’s ja gar nicht. Ein Klostein an der Hose. Ha! Unglaublich.“ In der Pause vor Geschichte hatte er noch schnell eine entsprechende Sitzung eingeschoben. Wie allerdings der Klostein an die Hose kommen konnte – seine Vorstellungskraft reichte nicht aus, um das nachzuvollziehen.

„Gibt's was zu essen?“ Er wollte das Thema so schnell wie möglich beendet wissen, hatte aber wenig Hoffnung auf eine positive Antwort. Roswitha stand oft schon um fünf Uhr morgens auf, nippte kurz an einer Tasse Kaffee, um dann im Schuppen zu verschwinden. Dort töpferte sie Tassen, Teller, Schalen. Unablässig. Im Akkord, mehr oder weniger. Geburtstagsgeschenke für alle möglichen Leute töpferte sie. Eine eher peinliche Sache, wenn man bedachte, dass ihr bislang nicht ein Stück so gelungen war, dass man mit einigermaßen gutem Willen behaupten konnte, es wäre brauchbar gewesen. Tassen wackelten, aus den Tellern tröpfelte die Suppe, die Schalen waren meist so dünn, dass sie schon vor dem ersten Gebrauch zerbarsten. Michel nahm es hin. Es war ihre Leidenschaft. Sie sang beim Töpfern, pfiff, freute sich. Er sah ihr sogar gerne zu, wenn ihre Zunge aus dem Mundwinkel stach und sie mit verkniffenem Blick ihren Kunstwerken den letzten, den guten Dreh verpassen wollte. Und ihr immer wieder aufs Neue aufkeimendes Erstaunen, wenn etwas nicht so gelang, wie sie es haben wollte.

Er liebte sie dafür. Doch wenn sie eingeladen waren, zu Geburtstagen, Festen oder einfach nur zum Essen, und sie ihre Mitbringsel und Geschenke verteilte, dann schämte er sich für sie. Ja, die oft peinlich um Freude bemühten Empfänger der Tonscherben trieben ihm fast die Tränen in die Augen. Wie oft hatte er gesagt, man könnte doch mal was anderes schenken, Getöpfertes hätten sie im Bekanntenkreis nun schon genug. Umsonst. Sie ließ sich nicht abbringen.

„Wieso, das ist etwas Persönliches. Und etwas Persönliches ist immer gut."

Und wenn es ihm nicht gelang, den Kartoffelbrei aus den vielen Ritzen seines Tellers zu kratzen, dann konnte er sogar leichten Hass gegen sie verspüren. Den er natürlich nicht zeigen durfte.

„Ich habe nichts gemacht. Schlag dir doch ein Ei in die Pfanne. Brot ist aber auch keines da, oder hast du eines mitgebracht?"

„Nein."

„Gott sei Dank. Sonst hätten sie dich in der Bäckerei auch so gesehen. Und dann wüsste es das ganze Dorf. Kein schöner Name: Herr Klostein." Sie kicherte leise vor sich hin.

Eines Blickes gewürdigt, da war er sicher, hatte sie ihn immer noch nicht.

„Oder warte, wir müssen heute eh noch nach Gabreta. Den Schweinestall ausmisten. Da könntest du dir in der Keltenstube ein Hanfbrötchen mit Speck kaufen. Von mir aus auch ein Schnitzel. Obwohl es mir lieber wäre, du würdest mehr Salat essen, so blass wie du heute wieder bist. Salat bringt die Röte ins Gesicht zurück, weil er deinen Sauerstoffhaushalt ausgleicht."

Von Ernährung hatte Roswitha kaum mehr Ahnung als vom Anfertigen von Tontassen. Manchmal ließ er sie dann einfach reden.

Und noch öfter nahm er auf dem Nachhauseweg bei seinem Lieblingsmetzger noch eine Bratensemmel zu sich. Die Grünkernbrätlinge zu Hause – zumeist viel zu heiß in einem Sonnenblumenölsee gebadet – konnte er dann getrost als verspätete Sättigungsbeilage runterwürgen.

Bevor sie nach Gabreta fahren würden, wollte sich Michel noch zurückziehen. In aller Ruhe eine seiner geliebten Kerzen anzünden. Den Klostein vergessen.

Bender holte den Ausweis mit einer geübten Handbewegung aus der Jackentasche: „Kriminalhauptkommissar Bender, Frau Hentschel, meine Kollegin. Herr Bräugerber, sind Sie in der Lage, uns einige Fragen zu beantworten?"

„Muss das sein? Sie sehen doch, der arme Mann ist noch immer völlig fertig."

„Lass nur, es geht schon." Ferdinand Bräugerber saß noch immer im Haus des Neuschönauer Pfarrers und sah arg mitgenommen aus. „Wissen Sie schon, wer es war, wer Anne umgebracht hat? Oh mein Gott, wer tut denn so was und warum? Sie war so eine nette Frau, fast könnte man sagen eine Freundin, und eine gute Ärztin."

„Tut uns leid, Herr Bräugerber, wir wissen leider noch gar nichts, deshalb sind wir ja hier. Sie haben Anne Schwan also gefunden und die Polizei gerufen."

Bräugerber erzählte, dass er immer wieder einen juckenden Ausschlag am Rücken habe und deswegen bei Anne Schwan in Behandlung sei.

„Wollen Sie ihn sehen?", fragte er und war schon dabei, das Hemd aufzuknöpfen.

Manu winkte ab. „Schon gut, wir glauben Ihnen auch so."

Bräugerber knöpfte sein Hemd wieder zu und erzählte, dass er durch den Garten und die Terrassentür in die Küche gegangen war.

„Warum das denn?", wollte Bender wissen.

„Sie sind wohl nicht von hier. Bei uns auf dem Land verwenden wir bei Bekannten in den seltensten Fällen die Haustür. Viele kommen praktisch durch die Hintertür. Wenn offen ist, ist das so etwas wie eine Einladung hereinzukommen.“

Bender sah den Geistlichen an, der zur Bestätigung nickte. Das würde auch den Trampelpfad neben dem Haus erklären, dachte er.

„Ich bin also zur Küche rein und habe Annes Namen gerufen. Am Boden waren rote Flecken, zu dem Zeitpunkt habe ich mir dabei noch nichts gedacht. Mein Gott, wenn ich gewusst hätte, dass das Annes Blut ...“ Er begann heftig zu schluchzen.

„Nun lassen Sie ihn schon in Ruhe“, schimpfte der Pfarrer.

„Nein, nein, es geht schon wieder. Ich habe noch einmal ihren Namen gerufen und bin raus in den Gang. Und da lag sie, ohne...“.

Wieder begann Ferdinand Bräugerber zu schluchzen. Diesmal ließ Bender den Geistlichen gar nicht erst zu Wort kommen.

„Und sind Sie sofort raus aus dem Haus?“

„Ich fürchte nicht, ich bin ins Wohnzimmer gerannt und habe nach einem Telefon gesucht. Da war keines. Ich bin sogar noch nach oben gerannt, was mir alles abverlangt hat. Da lag ja ...“ Wieder ein tiefes Schluchzen.

Wenn das so stimmt, dann ist die Theorie von zwei Mördern hinfällig, dachte Bender.

„Ich bin dann raus und habe mit meinem Handy telefoniert.“

„Warum haben Sie denn nicht gleich ihr Handy benutzt?“, fragte Manu.

„Na, hören Sie mal“, schimpfte der Pfarrer, „können Sie in so einer Situation vielleicht klar denken?“

„Kann ich“, sagte Manu.

„Kann sie“, sagte Bender.

„Sind Sie denn auch wieder hinten zur Küche raus?“

„Ich weiß nicht mehr. Wahrscheinlich schon. Nein, warten sie, ich weiß wieder, ich bin vorne raus. Ich wär auf dem nassen Pflaster vor dem Haus nämlich beinahe ausgerutscht. Schreckliche

Vorstellung, dann läge ich jetzt vielleicht tot neben ihr."

„Schreckliche Vorstellung", wiederholte der Pfarrer.

„Herr Bräugerber, wenn Ihnen noch etwas einfällt, hier meine Karte. Und bitte halten Sie sich zur Verfügung."

Bender kramte den Zettel, den ihm Schaller geschrieben hatte, aus der Tasche: „Eine Frage noch, auch an Sie, Herr Pfarrer, kennen Sie einen Michel Meinhart?"

Beide Männer nickten und sagten beinahe gleichzeitig: „Er ist Lehrer am Gymnasium in Grafenau."

Als sie mit Bender wieder vor dem Pfarrhaus stand, sagte Manu: „Ganz schön durch den Wind. Aber ist ja auch kein Wunder."

„Stimmt, aber der Pfarrer nervt", schloss Bender.

Wie vereinbart fuhr Manu mit einem Streifenbeamten zur Adresse von Michel Meinhart. Bender schwang sich in sein Dienstfahrzeug und stellte zum wiederholten Mal zufrieden fest, dass ihm dies in der letzten Zeit deutlich leichter gefallen war. Nach der Trennung von seiner Frau vor knapp vier Jahren war er zunächst zu einem weichen Schwamm verkommen, nur dass er sich nicht mit Wasser, sondern mit Fett vollgesaugt hatte. Sein Bauch wuchs und wuchs, seine Antriebskraft, ja, seine Lebensfreude hatten gegen null tendiert. Doch zum Ende seines beruflichen Ausfluges zum LKA München war er sich über einiges klar geworden.

Er wollte nicht als alternder schwammiger Griesgram enden. Er wollte sein Leben wieder in den Griff bekommen. Prompt hatte sich das Verhältnis zu seiner Frau und seinen beiden Töchtern, die er über alles liebte, dramatisch verbessert. Und auch wenn er nach wie vor häufig seine schlechte Laune pflegte und seinen Bauchansatz, der seiner Vorliebe zu Bauernkrapfen, Weißbier und deftigem Essen geschuldet war, nie ganz verlieren würde, hatte er doch einige Schritte in die richtige Richtung gemacht. In der Folge gingen seine Töchter liebevoller mit ihm um, und auch seine Frau wurde wieder zugänglicher. Vielleicht ..., dachte er einen Moment, wischte den Gedanken aber gleich wieder beiseite. Er drückte auf den Zündungsknopf, der Wagen sprang an und der Passauer Kriminalhauptkommissar machte sich auf den Weg zum Haus der Anne Schwan.

Als Bender ankam und aus dem Wagen stieg, fiel ihm zunächst auf, dass er allein war. Es war keine Menschenseele zu sehen. Die Menge von heute Morgen hatte sich aufgelöst, offensichtlich strichen auch keine Neugierigen ums Haus. Bender blickte sich um. Gepflegte aber verlassene Gärten, niemand mähte den Rasen. Er sah zu den Fenstern der umliegenden Häuser. Es bewegte sich keine Gardine, kein Schatten zuckte – ob seiner Anwesenheit – eilig zurück. Niemand war zu sehen. Keine spielenden Kinder, keine alte Frau, die ihren Rollator über die Straße schob, um ihm beißende Bosheiten über Nachbarn, Anne Schwan oder den möglichen Täter ins Ohr zu zischen. Der perfekte Ort für einen Täter, um unerkannt zu verschwinden.

Er öffnete die Beifahrertür und nahm das Filofax heraus. Als ob er damit jemanden aufschrecken wollte, knallte er die Tür wieder zu. Doch: Außer lautstarkem Gezanke einer ebenfalls unsichtbaren Vogelschar war nichts zu hören. Bender blickte auf das Haus vor ihm. Ein kleiner gepflegter Vorgarten, in dem Blumen und Kräuter gediehen und ihren würzigen Duft verbreiteten, ein schmuckes Häuschen, das mit keinem Ziegel verriet, dass sich hier eine abstoßende Hinrichtung abgespielt hatte. Hier, schoss es ihm in den Sinn, könnte er seinen Lebensabend mit seiner Frau genießen. Er würde vor der schweren Holztür stehen und freudig strahlend auf seine Töchter warten, die ihm seine Enkelkinder in die Arme legen würden. Eine perfekte Idylle in einem perfekten kleinen Ort. Ohne zu wissen warum, entschied er, nicht den Weg durch die Haustür zu nehmen. Er ging an dem kleinen Grundstück, das von mannshohen Hecken gesäumt war, vorbei und schlenderte über den Trampelpfad.

„Bei uns geht niemand durch die Vordertür", erinnerte er sich an das Gespräch mit dem armen Kerl, der die Leiche gefunden hatte. Peinlich darauf bedacht, den Trampelpfad nicht zu verlassen, erreichte er die kleine Wiesenkreuzung, an der der Weg zum Haus aber auch in Richtung Waldrand führte. Nachdem er sich im Haus umgesehen hatte, würde er noch diese Abzweigung nehmen und sehen, wohin sie ihn brachte. Bender erreichte die Gartentür, die wieder leise quietschte, als er sie öffnete. Er warf einen Blick auf den Schuppen und den Hackstock davor. Wieder durchströmte ihn dieses Gefühl der Sehnsucht nach einem Leben in dieser Idylle. Dann fiel sein Blick auf die Tür, die zur Küche führte und er erstarrte.

„Was wollen Sie denn von dem Meinhart?" fragte der Grafenauer Polizeibeamte, der Manuela Hentschel nach Perlesreut fuhr.

„Er ist ein Tatverdächtiger, wir müssen ihn uns vornehmen", sagte Manu.

„Der Meinhart, ein Tatverdächtiger, ich glaub ich spinne!", prustete der Kollege. „Der hat zwar, wie seine Frau auch, eine gewaltige Schraube locker, aber ein Mörder, Frau Hentschel, das glauben Sie ja selber nicht. Apropos, wundern Sie sich nicht, wenn Sie das Haus nach unserem Besuch mit einer windschiefen Tasse verlassen."

Jeder kennt jeden, dachte Manu und wunderte sich für einen Moment, warum in dieser Gegend überhaupt jemand ungesehen morden konnte.

„Kennen Sie den Meinhart besser?", fragte sie, als der Beamte von der Hauptstraße abbog und offensichtlich eine Abkürzung nahm. Furth, las Manu auf dem Ortsschild und dann auf dem nächsten: Hötzerreut. Während sie durch eine nicht weniger unbedeutende Ortschaft mit Namen Waldenreut fuhren, sagte er:

„Den Meinhart kennt hier jeder. Der ist Lehrer am Gymnasium. Mein Sohn hatte das Vergnügen. Was ich von ihm weiß, ein merkwürdiger Typ, der ansonsten richtig nett ist. Schräg, aber gescheit, wenn der Unterricht hält, sind alle mit Spaß dabei und es bleibt auch was hängen. Der kann Geschichte so lebendig erzählen, als sei man mitten drin, sagt mein Sohn. Und Geschichte war vorher nie sein Lieblingsfach. Ich wollte, ich hätte auch solche Lehrer gehabt. Ich hab ihn in dem Keltendorf Gabreta gesehen. Familienausflug, mein Sohn ist gleich hin gestürmt. Der mag den wirklich. Es war ihm nicht mal peinlich, dass der Meinhart so komische Klamotten angehabt hat. Sah aus wie ein Bärenfell und er hat sich aufgeführt, als würde er in dem Dorf wohnen. Schräg. Seine Frau war auch dabei, hat genauso ausgesehen. Der, ein Mörder, niemals!"

Auch wenn Manu aus schmerzlicher Erfahrung wusste, dass Mörder nach außen hin ihr wahres Gesicht perfekt zu verbergen wussten, schwand ihre Hoffnung, bei dem Verhör einen Treffer zu landen.

Bender hatte es sofort gesehen: Das Polizeisiegel an der Balkontür zur Küche war aufgebrochen worden. Er hasste es, wenn in Fernsehkrimis die Ermittler mit lauten Sirenen zum Tatort fuhren und den Verdächtigen so ihr Kommen ankündigten. Also schlich er leise zur Tür und öffnete sie. In der Küche sah es immer noch nach der Arbeit der Spurenermittler aus. Er meinte auch den metallischen Geruch von Blut wahrzunehmen. Bender öffnete das Halfter seiner Waffe und zog sie heraus. Alles war still, während er – peinlich darauf bedacht, kein Geräusch zu machen – die Waffe vor sich haltend in den Hausflur ging. Einen Moment überlegte er, umzudrehen und Verstärkung zu rufen, doch nein, beschloss er, es war Gefahr im Verzug. Oder aber der Einbrecher hatte den Ort schon wieder verlassen. Bender befiel leichte Euphorie: Wenn er jetzt jemanden dingfest machen konnte, war der Fall so gut wie gelöst und die Angelegenheit möglicherweise vorbei, bevor noch Schlimmeres passieren würde.

Das Haus, vor dem der Polizeiwagen hielt, kam Manu vor wie die dunkle Schwester des Anwesens von Anne Schwan. Der Rasen war sicher seit mehr als einem Jahr nicht mehr gemäht worden. Das Gras musste sich in stolze Höhen hochgekämpft haben, war dann unter dem eigenen Gewicht zusammengebrochen und lag nun sterbend gelb da. Der Zaun, der vor vielen Jahren einmal hübsch gewesen sein musste, wies deutliche Spuren des Verfalls auf und hatte seine Funktion längst aufgegeben. Der Putz am Haus bröckelte gefährlich, und in den tiefen Rissen hatten sich wilder Wein und Efeu Halt gesucht.

Die Tür des Briefkastens, der an der Hauswand hing, war unten leicht aufgebogen und stand offen. Wahrscheinlich war der Schlüssel verloren gegangen und die Tür gewaltsam geöffnet worden, vermutete die Kommissarin. Das alles sah nach Leuten aus, die sich weder um Konventionen, noch um alltägliche Notwendigkeiten kümmerten. Manu kannte diesen Menschenschlag zur Genüge. Weltfremde Spinner, die derart in ihrer Traumwelt verfangen waren, dass der Blick für die Realität und gesellschaftlich konformes Verhalten völlig verloren gegangen war. Diese Leute waren zumeist nicht dumm, sondern einfach: „Anders“, murmelte sie.

„Anders, ja, kann man so sagen“. Der Polizist neben ihr wiederholte, was sie gesagt hatte und ergänzte: „Mit der Verwahrlosung des Anwesens machen die sich hier im Ort keine Freunde. Die meisten Leute haben es doch lieber hübsch und aufgeräumt.“

Manu fand keine Klingel und klopfte an die Tür. An der Stelle, wo ihre Handknöchel aufgetroffen waren, splitterte dunkelgrüner Lack ab und rieselte zu Boden. Nachdem sie zwei weitere Male geklopft hatte, öffnete jemand die Tür und Manu überkam ein spontaner Fluchtinstinkt, dem sie gerade noch widerstehen konnte.

Die Pistole im Anschlag stand Bender im Flur und lauschte angestrengt in die Stille. Was sollte er tun? War es vielleicht einer der Schaulustigen gewesen, der seine Sensationsgier nicht im Griff gehabt und sich hier umgeschaut hatte? Er glaubte nicht daran. Doch Verstärkung rufen? Dazu war es jetzt zu spät. Er wagte sich langsam ins Wohnzimmer vor. Eine Diele im Holzboden knarzte und Bender stieß einen stummen Fluch aus. Wenn der Täter dort im Wohnzimmer war, konnte er ihn gesehen haben, als er das Haus betreten hatte. Spätestens jetzt hätte er aber gehört, dass ihm jemand auf der Spur war. Bender erwartete beinahe, dass jemand hinter der Tür stand und ihm die Waffe aus der Hand schlagen wollte.

Er hielt den Atem an, seine Bewegungen reduzierten sich auf Zeitlupentempo. In dem Teil des Raumes, den er durch den Türrahmen schon sehen konnte, befand sich niemand. Doch er konnte spüren, dass jemand in der Nähe war. Stand nur eine Mauer zwischen ihm und dem Eindringling? Er wagte sich noch weiter vor, hob die Pistole vor das Gesicht, machte einen schnellen Schritt, wirbelte gleichzeitig herum und ...

„Ja was ist denn los, verdammt nochmal, kann ich denn nicht mal fünf Minuten meine Ruhe haben", schimpfte Michel Meinhart, als er unwirsch die Tür aufgerissen hatte. Er war an sich ein friedfertiger Mensch aber der heutige Tag war einfach zu viel gewesen. Dann blickte er erstaunt auf sein Gegenüber, das er noch niemals im Leben gesehen hatte. Den Mann neben ihr, den hatte er allerdings schon mal gesehen. War, soweit er sich erinnern konnte der Vater eines seiner Schüler. War der nicht Polizist? Er bekam spontan ein schlechtes Gewissen.

„Manuela Hentschel, Kriminalpolizei Passau, sind Sie Herr Michel Meinhart?", fragte Manu, die schwer damit zu kämpfen hatte, ein Lachen zu unterdrücken. Vor ihr stand ein hagererer Mann, der in etwas gehüllt war, das aussah wie ein Jute-Sack, in den man Öffnungen für Arme und Kopf geschnitten hatte. Unten blitzen weiße, stark behaarte Beine heraus. Die Füße waren in hellbraune Socken und alte Birkenstocklatschen verpackt. Was

Manu allerdings tatsächlich beinahe aus der Fassung gebracht hätte, war die Tatsache, dass er sich etwas ins Ohr gesteckt hatte und festhielt. Es sah am ehesten aus wie eine kleine brennende Fackel.

Bender atmete tief durch. Er blickte einen langen Moment auf die leere Wand hinter dem Türrahmen und spürte den Puls in seiner Halsschlagader hämmern. Langsam senkte sich der Adrenalinspiegel. Wahrscheinlich war der Einbrecher schon wieder weg. Dennoch wurde er das Gefühl nicht los, dass er nicht alleine war. Weiterhin vorsichtig stieg er die Treppe hinauf. Dort oben war das Behandlungszimmer, dort oben waren auch die Krankenakten. Und möglicherweise wartete dort oben auch noch sein imaginärer Gegner. Wenn du da bist, bekomme ich dich, dachte er. Die Idee, Hilfe anzufordern, war vom Jagdfieber völlig ausradiert worden.

Michel Meinhart glotzte abwechselnd Manu und den Polizisten aus tiefliegenden und schwarz umrandeten Augen an. Angriff, dachte er, wäre jetzt die beste Verteidigung.

„Was wollen Sie von mir? Ich hab nichts getan. Ich bin unschuldig. Einer meiner Schüler war es, oder? Die haben mich angezeigt, einfach so. Die waren es, oder? Ich hab doch aber gar nichts gemacht. Bin in Gabreta, immer in Gabreta und in der Schule. Ich hab nicht, ich nicht. Fragen Sie meine Frau!"

Die beiden Beamten wurden von dem unkontrollierten Gefühlsausbruch völlig überrascht.

„Jetzt weiß ich es, Sie war es, ja, sie war es, oder? Diese bescheuerte Ärztin. Hat sie bei Ihnen angerufen? Diese elende...", Michel Meinhart drohte ein Kollaps.

„Jetzt beruhigen Sie sich doch erst einmal, von wem sprechen Sie denn überhaupt?", fragte Manu und schlug vor, er solle endlich das brennende Röhrchen aus dem Ohr nehmen.

Nachdem Meinhart die Passauer Kriminalbeamtin kurz verständnislos angeblickt hatte, wurde ihm bewusst, dass er die Ohrkerze immer noch in seiner Ohrmuschel festhielt.

Er nahm sie eilig herunter und versteckte den Arm hinter dem Rücken, ganz so, als sei er bei etwas Verbotenem ertappt worden.

„Herr Meinhart, ich würde vorschlagen, Sie beruhigen sich erst einmal und lassen uns reinkommen. Dann können wir alles in Ruhe besprechen. Wir haben fürs Erste nur ein paar Fragen an Sie."

„Fragen, was für Fragen denn? Ich war nicht ... ich hab nicht..."

„Wie gesagt, lassen Sie uns doch bitte erst einmal reinkommen."

„Reinkommen? Na gut, aber ich weiß, meine Frau, ich hole meine Frau."

Als Michel Meinhart aus dem Haus stürmte, um zu seiner Frau durch den Garten zu dem Schuppen zu rennen, in dem die Töpferwerkstatt untergebracht war, vermutete Manu, er wolle abhauen und stürzte sich auf ihn. Wenig später saß Meinhart laut protestierend und in Handschellen auf dem Rücksitz des Polizeiwagens. Manu ging in den Schuppen und sah eine nicht minder merkwürdige Frau an einer Töpferscheibe sitzen. Sie presste deutlich sichtbar die Zunge zwischen beide Lippen und versuchte einem Tonklumpen Form zu geben. Als sie kurz aufsah und Manu bemerkte, erschrak sie so sehr, dass sie den Klumpen durch zu starken Druck in eine Unwucht brachte und der Ton quer durch den Raum spritzte.

„Frau Meinhart?"

„Ja?"

„Manuela Hentschel", sie hielt der erstaunten Frau ihren Ausweis hin.

„Polizei? Was ist denn passiert?"

„Ich muss Sie bitten mitzukommen. Wir haben einige Fragen an Sie."

Manu erwartete weiteren Widerstand oder zumindest die Bitte sich umziehen zu dürfen, stattdessen drückte ihr Roswitha Meinhart ein völlig misslungenes Gefäß in die Hand, das zwischen Aschenbecher, Kaffeetasse und Blumenvase alles sein konnte und sagte:

„Gut, ich brauche sowieso eine Pause."

Während der Fahrt in die PI Grafenau bot sich Manu und ihrem Kollegen ein bizarres Schauspiel. Frau Meinhart zeterte in einer Tour, sie beschimpfte ihren Mann, was er denn nur angestellt habe. Und mit jedem „gar nichts", das er zur Antwort gab, wurde ihre Stimme schriller. Michel Meinhart wurde mit jedem gekeiften Satz seiner Frau kleiner. Auch sämtliche Ermahnungen Manus, sie möge endlich still sein, halfen nichts. Roswitha Meinhart schimpfte ohne Unterlass. Wenn Michel Meinhart der Mörder war, überlegte der Streifenbeamte, als er auf den Parkplatz der Polizeiinspektion einbog, warum hat er dann nicht zuerst seine Frau umgebracht?

Als sie Familie Meinhart in der PI verstaut hatten, sagte Manu: „Ich muss kurz Bender anrufen und ihn über unsere beiden Prachtexemplare informieren."

Bender versuchte sich zu erinnern, ob bei seinem ersten Aufstieg am Morgen eine der Stufen geknarzt hatte. Er glaubte es nicht, konnte sich aber nicht wirklich daran erinnern. Vorsichtig und jede Stufe einzeln prüfend, schlich er hinauf. Die Pistole immer noch fest im Griff erreichte er das obere Stockwerk. Kein Geräusch, kein Husten, kein Atmen, es war nichts zu hören. Ohne unvorsichtig zu werden entspannte er sich etwas. Die Überzeugung, der Einbrecher sei schon wieder weg, wuchs und wurde langsam zur Gewissheit, als er sah, dass jemand im Behandlungszimmer alles auf den Kopf gestellt hatte. Auch in den Patientenakten war herumgewühlt worden. Im Schlafzimmer sah es nicht viel besser aus.

„Verdammt", fluchte Bender und trauerte der verpassten Chance nach. Er konnte den anderen nur um wenige Minuten verpasst haben. Wenn er Glück hatte, würde vielleicht doch ein

Nachbar eine brauchbare Beobachtung gemacht haben. Bender verständigte die Spurensicherung. Er brauchte den Kollegen den Weg nicht zu erklären. Schließlich hatten sie das Haus erst wenige Stunden zuvor verlassen. Er rief außerdem Schaller an.

„Chef, bin gerade auf dem Rückweg nach Passau. Wo? Titt-ling."

„Kannst gleich wieder umdrehen. Ich brauche dich hier. Wir müssen nochmal alle Nachbarn befragen. Und sag Manu Bescheid."

Das war die beste Nachricht des Tages, dachte Schaller und war kurz davor, mitten auf der Landstraße zu wenden.

Bender spürte, wie die Anspannung für den Moment von ihm abfiel. Er bekam Durst, die Zunge klebte ihm am Gaumen. Er öffnete die Tür zum Bad. In der Sekunde, in der er die Person vor sich stehen sah, traf ihn ein Fausthieb mitten ins Gesicht. Er spürte einen Vorderzahn brechen und dann wurde es dunkel.

Manu hatte Bender nicht ans Telefon bekommen. Ganz gegen seine Art war er nicht drangegangen. Nach dem fünften Läuten meldete sich die Mailbox. Sie hinterließ ihm eine Nachricht.

„So, Herr Meinhart, dann wollen wir mal ein wenig Licht in die Sache bringen."

Der Angesprochene war sichtlich erleichtert, dass seine Frau nicht im Raum war und blickte Manu, weil sie ihn nicht anschrie, dankbar an.

„Sie müssen wissen", sagte er, „ich hatte einen furchtbaren Tag. In der Schule habe ich mich zum Gespött der Kinder gemacht. Ich hatte einen Klostein an der Hose hängen, einen Klostein, verstehen Sie? Wie konnte der nur dahin kommen? Schrecklich!"

Manu verstand gar nichts. Sie versuchte es ein weiteres Mal.

„Herr Meinhart, wir ermitteln in einem Mordfall, wir..."

Meinhart unterbrach sie und drohte wieder durchzudrehen: „Mord, was habe ich denn mit Mord zu tun?"

„Für den Moment ermitteln wir einfach nur in alle Richtungen, und Ihr Name stand nun mal im Notizbuch von Anne Schwan."

„Ha, habe ich es doch gewusst. Sie war es, diese arrogante, überhebliche Ziege. Ich habe ihr ja viel zugetraut, aber dass sie mich gleich wegen Mord…"

„Herr Meinhart, jetzt hören Sie um Gottes Willen doch mal für einen Moment zu: Frau Schwan ist das Opfer."

Michel Meinhart glotzte Manu derart blöd an, dass sie daran zweifelte, sein Gehirn habe ihre Worte korrekt verarbeitet.

„Aber ich habe doch nicht, ich würde doch nie, Anne Schwan, die arme Frau, aber wer tut denn so was, sie war doch so eine gute Ärztin."

Der plötzliche Sinneswandel kam Manu in der ganzen Litanei an Merkwürdigkeiten, die Meinhart bisher von sich gegeben hatte, besonders auffällig vor.

„Herr Meinhart, wo waren Sie heute zwischen Mitternacht und acht Uhr morgens?"

Mit einem Mal schien das Chaos von ihrem Verdächtigen abzufallen. Auch ein Umstand, der sie hellhörig machte.

„Wo ich war? Naja, den größten Teil der Zeit war ich im Bett und habe geschlafen."

Was soll er auch anderes antworten, dachte Manu und ließ ihn zunächst weiterreden. Meinhart erklärte, er sei wie jeden Morgen gegen sechs Uhr aufgestanden und habe gefrühstückt. Seine Frau habe er zu diesem Zeitpunkt schon nicht mehr angetroffen, weil sie bereits zu dieser frühen Stunde in ihrem Studio arbeite. Außerdem habe man ohnehin getrennte Schlafzimmer. Er würde schnarchen, behaupte seine Frau. Das sei allerdings eine Lüge. Jedenfalls schlafe sie im Gästezimmer. Er habe das Haus gegen 6.30 Uhr verlassen, ohne sich zu verabschieden – seine Frau schätzte es nicht, unterbrochen zu werden. Gerade in den frühen Morgenstunden sei sie besonders kreativ. Bevor er zur Schule gefahren sei, habe er wie jeden Morgen einen Abstecher zum Kelten-Dorf Gabreta bei Ringelai gemacht. „Sie müssen wissen, Frau Kommissarin, auch wenn das für viele nur eine touristische Attraktion ist, ich sehe in diesem faszinierenden Volk die Urväter der Menschen unserer Region. Ich bin überzeugt, in direkter Linie von einem Druidengeschlecht abzustammen. Ich habe zahlreiche Hinweise gefunden, die diese Behauptung manifestieren. Wenn Sie wollen, lade ich Sie gerne mal ein. Woher stammen Sie eigentlich ab? Vielleicht finden wir da auch was..."

„Herr Meinhart."

„Was, äh, ach so, ja. Jedenfalls bin ich danach wie immer zur Schule gefahren. Und dann, in der sechsten Stunde: Geschichte. Wie nur dieser Klostein an meine Hose gekommen ist. Das muss..."

„Herr Meinhart, gibt es für die Zeit vor der Schule Zeugen, die Sie gesehen haben?"

„Nein, glaube ich nicht. Wie gesagt, meine Frau hat schon gearbeitet und in Gabreta bin ich um diese Zeit immer ganz alleine. Ich habe einen Schlüssel. Kein Wunder, schließlich tut kaum einer so viel wie ich für unser Keltendorf. Das ist eine schwere Bürde, nicht alle sind mir freundlich gesinnt. Da gibt es Leute, ich sage Ihnen, die schießen aus vollen Rohren nach mir. Wollen meine Arbeit vernichten. Doch die Wahrheit ist auf meiner Seite. Ich werde es auch dem letzten Zweifler klar machen. Ehrlich, Frau Kommissarin, wenn es da eine Verbindung zu Ihnen und den Kelten..."

Manu verdrehte genervt die Augen und zuckte dann kurz zusammen:

„London calling to the faraway towns. Now that war is declared – and battle come down..."

Sie brauchte einen Moment, um zu begreifen, dass ihr Handy läutete. In einem Anflug von Jugendnostalgie hatte sie den berühmtesten Song der Ur-Punk-Band Clash zu ihrem Klingelton gemacht.

Sie stand vom Verhörtisch auf und ging dran. Nachdem Schaller vom Gespräch mit ihrer beider Chef berichtet hatte, seufzte sie erleichtert auf.

„Alles klar, Franz, gut, dass er sich bei dir gemeldet hat. Ich hab ebenfalls versucht, ihn zu erreichen." Sie flüsterte beinahe: „Ja, ich hab auch Neuigkeiten. Ich kann grad nicht. Später mehr. Ich komm dann nach Neuschönau."

Sie legte auf und setzte sich wieder zu Meinhart. Das war die Chance, einen kleinen Überraschungsangriff zu starten, denn Michel Meinhart starrte geistesabwesend zur Decke:

„Offensichtlich haben Sie Anne Schwan gut gekannt."

Doch Meinhart blieb gelassen: „Ach, die Anne Schwan, die Frau Doktor, natürlich hab ich die gut gekannt. War eigentlich ein liebes Mädchen. Nur so stur. Hat einfach nicht einsehen wollen, dass es zwischen Himmel und ihrer Erde noch andere Dinge als ihre eigene Überzeugung gibt."

„Ich glaube nicht, dass sie besonders gut auf Sie zu sprechen war. Sie hat in ihrem Notizbuch deutliche Worte zu Ihnen gefunden."

„Ach ja, was denn?"

„Arschloch." Meinhart sah Manu verwirrt an.

„Sie hat Arschloch hinter Ihren Namen geschrieben", beeilte sich Manu zu sagen. „Außerdem haben wir einen Brief gefunden, in dem ein Prospekt steckte, der mit deutlichen Worten versehen war. Stammte der Brief von Ihnen?"

Meinhart schien für einen Moment angestrengt zu überlegen. Dann sagte er:

„Ach ja, der Hinweis auf die Hopi-Kerzen. Wissen Sie, Frau Kommissarin, ich beschäftige mich mit diesen Dingen. Und da gibt es Verbindungen. Hopi-Indianer und Kelten, wissen Sie, schon früher hat es Völkerwanderungen gegeben. Ich bin sicher, der alte und der neue Kontinent waren sich spirituell einst näher, als wir heute zu hoffen wagen. Das wollte Anne einfach nicht begreifen. Aber ganz ehrlich, ansonsten war sie ein liebes Mädchen. Und eine gute Ärztin. Hat meine Hausstauballergie in den Griff gebracht. Aber mit den Hopi-Kerzen, das wollte sie einfach nicht einsehen."

In Manus Hirn schwirrten die Gedanken hin und her. Sie bekam ihn einfach nicht zu fassen. Erst dieser Wutausbruch und jetzt dieses unaufgeräumte Gelaber, von dem sie nichts verstand. Er war einfach nicht zu packen. Wahrscheinlich war es besser, hier abzubrechen und Bender das Ruder zu überlassen.

„Fragen Sie doch einfach mal den Michael Grobauer, der kennt sich aus, der weiß, wovon ich rede. Hat meine Hopi-Kerzen in seinem Laden in Schönberg. Verkauft in seinem kleinen Laden alles, was man zur spirituellen Weisheit braucht. Der ist auch ganz begeistert von den Hopi-Indianern. Der wird Ihnen bestätigen, dass ich Recht habe. Fragen Sie ihn."

Beinahe geistesabwesend notierte Manu den Namen Michael Grobauer und beschloss, das Verhör an dieser Stelle zu beenden. Sie eröffnete ihm, dass er die Nacht in Polizeigewahrsam zu verbringen hatte. Noch während er protestierte und auf seinen Pflichten als Lehrer und Gabreta-Beauftragter bestand, brach sie das Verhör ab und bedeutete dem Polizeibeamten, der an der Tür stand und jetzt tief durchatmete, dass er Michel Meinhart in eine Zelle sperren sollte. Sie unterhielt sich kurz mit einem Kollegen, der Roswitha Meinhart befragt hatte. Sie hatte das seltsame Familienleben der beiden weitgehend bestätigt und ansonsten mehrfach betont, dass sie Künstlerin und ihr Mann zwar ein weltfremder Spinner, aber ansonsten ein durchaus liebenswerter Mensch sei.

Manus Zeigefinger bohrten sich hart in ihre Schläfe, um die aufkeimenden Kopfschmerzen zu vertreiben.

„Sie kann gehen, er bleibt da", sagte sie und dann sang Joe Strummer wieder das Lied, das sie bis heute so sehr liebte: „London calling ...", schon bei den ersten Tönen hatte sie das Handy am Ohr ...

Er sah ein Gesicht, das von einem weißen Schein umgeben war. War er im Himmel, hatte er es endlich geschafft und das irdische Jammertal hinter sich gelassen? Stimmen drangen zu ihm, er wurde geschüttelt und geohrfeigt, sie riefen ihn: „Bender, Herr Bender, hören Sie mich?" Er war nicht im Himmel, langsam kehrte die Realität zurück. Er blickte in das Gesicht eines Mannes, der eine weiße Kopfbedeckung trug. Spargel, dachte er und beschloss, die nächste Ohrfeige nicht mehr über sich ergehen zu lassen. Bender hob den Arm. Er hatte Schmerzen. Ein Teil seines Gesichts schien weggerissen zu sein. Er sog Sauerstoff in seine Lungen. Der durchdringend stechende Schmerz, der darauf folgte, hätte ihn beinahe wieder überwältigt. Lasst mich in Ruhe, wollte er sagen, brachte aber nur ein seltsames Blubbern zustande. Bender setzte sich auf und blickte in glückliche Gesichter. Was war passiert? Er hatte einen Schlag kassiert und dann war da: nichts. Nacht. An das davor konnte er sich bestens erinnern. Er war in dieses Haus gegangen und hatte einen Verdächtigten verfolgt. Unwillkürlich hob er die Hand zum Mund und atmete ein weiteres Mal tief ein. Der Schmerz machte ihn beinahe wahnsinnig.

„Ralf", sagte eine Stimme, die er kannte, „geht es dir gut?"

Schallers zweiter Anruf hatte Manu beinahe umgehauen. Bender lag bewusstlos im Haus von Anne Schwan. Sie ließ sich nach Neuschönau kutschieren und hoffte, dass ihr Chef nicht zu viel abbekommen hatte. Gott sei Dank, dachte sie, als sie sich ins Badezimmer drängte und sah, wie er sich bereits wieder aufgesetzt hatte. Allerdings bot er einen bedauernswerten Anblick. Er hatte den Mund voll Blut und als er versuchte zu sprechen, quoll es heraus. Er hatte offensichtlich schlimme Schmerzen, stöhnte mehrmals auf. Als sie seinen Namen rief, blickte Bender sie dankbar an und es wurde ihr klar, was die heftigen Schmerzen verursachte. Ihm fehlte ein Schneidezahn, offensichtlich lag ein Nerv frei.

„Bringt Bender sofort ins Krankenhaus, er hat wenigstens eine Gehirnerschütterung. Außerdem muss sich jemand um das da kümmern." Manu deutete auf das Stück Zahn, das ausgespuckt und blutig auf dem Boden lag.

Bender schüttelte heftig den Kopf. Auf gar keinen Fall würde er sich jetzt tatenlos ins Krankenhaus legen.

„Geht schon wieder", stammelte er und verzog erneut das Gesicht. Und trotzdem der freigelegte Nerv tobte und ihm unerträgliche Schmerzen bereitete, leistete er sich ein kleines Streitgespräch mit Manu, die von dem, was er sagte, zwar kaum etwas verstand, aber schließlich resignierend einsehen musste, seinem Dickschädel nichts entgegensetzen zu können.

„Bender, halt jetzt wenigstens die Klappe, ich regele das hier und Schaller, sieh zu, dass du einen Zahnarzt findest, der Ralf jetzt gleich dran nimmt."

„Wird nicht einfach sein, ist schon nach 19 Uhr."

„Franz."

„Ja, schon gut, werd schon einen finden."

Bender lächelte gequält aber dankbar und verließ, gestützt von einem Kollegen, den Raum. Er musste aus dieser Enge raus. Außerdem machten ihn die Schmerzen wahnsinnig. Er bedeutete Schaller mit hektischen Armbewegungen, sich zu beeilen. Eine halbe Stunde später saß er auf dem Beifahrersitz seines Wagens. Manu fuhr ihn zu einem Zahnarzt nach Grafenau. Später am Abend, der Zahn war provisorisch gerichtet worden, die Schmerztabletten taten im Zusammenspiel mit zwei Gläsern Rotwein, die er sich nicht hatte ausreden lassen, ihre Wirkung, sagte Bender im Gastraum des Hellen Hahns: „Manu, sei mir nicht böse, mir reicht es für heute. Lass uns morgen weiterreden."

Kaum hatte sich Bender auf sein Kopfkissen gebettet, übermannte ihn der Schlaf und schwere Träume quälten ihn bis in die frühen Morgenstunden.

30 Autostunden entfernt trank Gerhard Hartmann gerade ebenfalls ein Glas Rotwein, genauer gesagt, einen andalusischen Barba Rosa vom Weingut Huerta de Albalá in Jerez de la Frontera. Der Serienkiller, der die Region vor zwei Jahren unter dem Namen „Raphael" in Angst und Schrecken versetzt hatte. Als Ra-

cheengel des Herrn hatte er Sünder bestialisch getötet, die gegen eines der zehn Gebote verstoßen hatten, und er erlöste als Todesengel besonders gottgefällige Menschen von ihrem irdischen Leid. Sie sollten die ganze Herrlichkeit des Herrn erfahren dürfen. Gerade als Hauptkommissar Ralf Bender die Schlinge um seinen Hals beinahe zugezogen hatte, war es ihm auf spektakuläre Art und Weise gelungen zu fliehen. Von Nordeuropa, wo Raphael noch einmal die Befehle des Herrn ausgeführt hatte, musste er ein weiteres Mal fliehen und war hier, ganz im Südwesten Europas, gelandet. Jetzt im Frühling war die Region ein einziges buntes Blütenmeer. Auch auf den kargsten Böden explodierte die Natur. Es roch betörend süß, als hinge ein schweres Parfüm in der Luft. Der atlantische Ozean umspülte den Küstenstreifen der Costa de La Luz und an manchen Tagen konnte man glauben, der nicht ruhende Wind, der den Pinien an der Küste ihre typische Form gab, würde heiße Wüstenluft des nahen afrikanischen Kontinents herüber tragen.

Hier bei Chiclana hatte Gerhard Hartmann Ruhe gefunden. Er stand in Diensten eines örtlichen noblen Golfplatzes für solvente Gäste aus der ganzen Welt. Raphael ruhte, musste ruhen. Zu sehr anspruchsvoll waren seine Taten, benötigten zu viele Vorbereitungen und Planungen. Er konnte nicht mehr Raphael sein. Und doch wartete er auf ein Zeichen des Herrn. Er allein war es gewesen, der ihn bis hierher gebracht hatte, der ihm befahl abzuwarten, der gütig war und allwissend. Trotzdem vermisste Gerhard Hartmann den Bayerischen Wald. Er vermisste die düstere Kälte des Winters, die dunklen Wälder, den würzigen Duft nach Pilzen und wilden Kräutern. Er vermisste das kräftige Grün der Wiesen, das Gurgeln der Bäche, die abwechslungsreiche Mittelgebirgslandschaft, die aussah, als habe ein Maler seinen Pinsel über die Leinwand tanzen lassen. Er hoffte, der Herr möge ihn eines Tages zurückbringen. Raphael stöhnte und eine einzelne Träne rann über die braungebrannte Haut, blieb an der Oberlippe hängen und schmeckte wohltuend salzig, während er den Büßergürtel enger schnallte, den er noch immer trug, wenn er an der großartigen Einzigartigkeit des Herrn zweifelte.

Hauptkommissar Ralf Bender erwachte schweißgebadet. Er konnte sich nicht mehr an den Traum der letzten Nacht erinnern. Vielmehr kam ihm der gestrige Tag wie ein böser Traum vor. Doch das pelzige Gefühl im Mund gab ihm die Gewissheit: Es war alles ganz real gewesen. Trotzdem fühlte er sich seltsam erfrischt. Tatendrang gepaart mit der Wut auf den Mörder und den Schläger sowie auf sich selbst, sich so einfach überraschen zu lassen, erwachten in ihm.

Im Frühstücksraum des Hotels wartete bereits Manu, die sich mit einer Hand Kaffee einschenkte und mit der anderen telefonierte. Bender blieb einen Moment stehen, um seine Kollegin zu betrachten. Es war, als würde es ihm heute zum ersten Mal auffallen. Sie war eine ausnehmend schöne Frau. Athletisch, aber weiblich und jetzt, da sie offensichtlich mit einem Bekannten sprach, wirkte sie gelöst und fröhlich, so wie man sich eine junge, glückliche Frau vorstellt. Doch gemeinsam hatte man in den vergangenen Jahren viel erlebt und die Zeit hatte Manu geprägt. Zumeist ging eine große Ernsthaftigkeit von ihr aus. Auch wenn er sie für außerordentlich attraktiv hielt, wäre Bender nie auf die Idee gekommen, sich ihr zu nähern. Eher schon hegte er väterliche, ganz sicher aber freundschaftliche Gefühle für sie. Und auch so viel war sicher: Von allen Kollegen, die er hatte, war sie ihm mit Abstand die Liebste.

„Ciao, Franz.“ Manu legte auf und strahlte ihren Chef an.

„Morgen, Ralf“, sagte sie. „Erst Kaffee oder gleich die schlechte Nachricht?“

Bender hielt ihr die Tasse hin und sagte: „Schieß schon los.“

„Ritter will, dass wir zu ihm ins Büro kommen und einen ersten Bericht erstatten. Die Moosbacher wird auch dabei sein.“

Kriminalrat Georg Ritter, Benders Chef, war der Typ Mensch, den wohlwollende Zeitgenossen extravagant genannt hätten.

Kunstbeflissen und stets etwas vergeistigt, erpicht auf gesellschaftliches Ansehen. Bender war es ein Rätsel, wie Ritter es zum Polizeichef geschafft hatte. An der Qualifikation konnte es nicht liegen. Diese wollte er Staatsanwältin Gundula Moosbacher nicht absprechen. Sie war seine Lieblingsfeindin, mit der er schon manches Mal aneinandergeraten war. Ebenso attraktiv wie ehrgeizig, unerbittlich und arrogant. Aber es hatte in den vergangenen Jahren auch einige Gelegenheiten gegeben, bei denen man sich gegenseitig unterstützt hatte.

„Ralf, bist du da? Hörst du mir überhaupt zu?"

„Was? Ach so, ja, logisch, war mir schon klar, dass die Moosbacher auch dabei sein wird. Auch wenn ich keine Lust auf diese überspannte Kuh habe. Ich dachte schon, du haust mir wieder irgendwelche Katastrophenmeldungen aus der Zeitung um die Ohren."

„Du wirst lachen, aber dieser Tietze hält sich wohltuend zurück. Hat zwar berichtet, was passiert ist, aber er hat die Details ausgelassen."

Bender nahm das Tagblatt und las: Mord in Neuschönau.

Er fürchtete trotzdem, dass ein ängstliches Raunen durch die Menschen der Region gehen würde. Deshalb hoffte er inständig, den Täter bald ausfindig machen zu können.

Durch das geöffnete Fenster in der PI Grafenau drang das Geräusch eines Rasenmähers. Der Geruch frischen Grases strömte in den Raum. Bender biss in einen Aus'zognen und wurde sich schmerzhaft bewusst, dass er nachher noch einmal einen Termin beim Zahnarzt hatte. Er blickte reihum in die Gesichter von Manu, Franz, Dr. Leopold, PI-Chef Fritz Liebl sowie drei weiteren Passauer Kripobeamten, die zur Unterstützung angefordert worden waren. Die zweite Besprechung im Mordfall Anne Schwan begann.

Michel Meinhart saß schwer deprimiert in seiner Zelle. In den 35 Jahren seines aktiven Lehrerdienstes war er lediglich einmal ausgefallen. Damals allerdings insgesamt sechs Wochen. Er hatte sich eine schwere Lungenentzündung zugezogen. Aber das war schon mehr als 20 Jahre her. Seither gab es keinen einzigen Schultag, an dem seine Schüler auf ihn verzichten mussten. Und auch in Gabreta gab es keinen Tag, an dem sein Lieblingsbewohner nicht wenigstens für eine halbe Stunde vorbeikam, andächtig zwischen den Häusern entlang schritt, da und dort ein paar Schönheitskorrekturen vornahm oder einfach nur auf einer Bank saß und von Zeiten träumte, als mystische Riten und Zeremonien noch den Alltag der Menschen bestimmten. Und jetzt war er eingebuchtet, versäumte Unterricht und Keltendorf. Seine Frau würde sicher in aller Ruhe an ihrer Töpferscheibe sitzen und schiefe Tassen produzieren. Er konnte sich einfach nicht erklären, warum er diese Frau so sehr liebte, die sich so gar nicht um ihn kümmerte, meistens mit ihm schimpfte oder nur abwesend „Ja, ja“ oder „Mmmh“ murmelte, wenn er etwas sagte. Aber es war nun mal so, wie es war. Er liebte sie, bedingungslos. „Auch wenn ich dir manchmal den Hals umdrehen könnte.“ Im Moment hatte er allerdings ein ganz anderes Problem, wie ihm mit Blick auf die kleine Zelle, in der er saß, bewusst wurde. Diese Polizistin glaubte doch tatsächlich, er hätte etwas mit dem Mord an Anne Schwan zu tun. Lächerlich. Auch wenn man oberflächlich betrachtet schon darauf kommen konnte. Er hatte Anne den Flyer geschickt und sicher waren auch ihre lautstarken Streitgespräche nicht ungehört verhallt.

Am schwersten wog aber, dass er kein Alibi hatte. Eigentlich. Denn wenn man es genau nahm, konnte er sehr wohl eines vorweisen. Doch davon sollte niemand etwas wissen. Es war ihm peinlich und sein privates Glück wäre sonst in höchster Gefahr, denn seine Frau mochte Prana von Anfang an nicht und hatte ihm den Umgang „mit diesen Leuten“ verbieten wollen. Sie hatten ihn bei einem Sonnwendfest vor zwei Jahren in Gabreta kennengelernt. Roswitha hielt ihn für einen Rattenfänger, Sektierer und Aufschneider. Er hatte aber immer vermutet, Prana würde geheimes Wissen in sich tragen, nach dessen Offenbarung er sich sehnte. Und auch wenn die kleine Gruppe, die gerade in die idyllische Einsamkeit in der Nähe des Hartmannsreiter Stausees umzog, für sich bleiben wollte, so ließ er sich nicht abwimmeln. Er sah diese ständige Ablehnung seiner Person als Prüfung an. Bis gestern, da war er kurz nach Mitternacht nach Lehmbruck gefahren. Endgültig abgezogen war er erst, als Prana ihn gegen sieben Uhr morgens wüst beschimpfte und drohte, ihn das nächste Mal wegen Hausfriedensbruch anzuzeigen oder gleich die Hunde auf den Hals zu hetzen. Von da an hatte er genug von diesem selbstgerechten Arschloch, das ihn derart vulgär beschimpft und vom Hof gejagt hatte.

Roswitha, seine Frau, hatte wieder einmal Recht gehabt. Deswegen war er auch beim Besuch der Kommissarin so aus der Fassung geraten. Er wollte nicht, dass Roswitha von dem Vorfall erfuhr und hatte gleichzeitig Angst, Prana hätte ihn bereits angezeigt. Das alles musste endlich aufhören. Sein Entschluss stand fest, er würde reinen Tisch machen. Und sich dann nur noch um sich selbst kümmern. Ohne weiter zu zögern rief er einen Polizeibeamten: „Sagen Sie der Frau Kommissarin, ich habe eine Aussage zu machen.“

Bender versuchte im Rahmen der Dienstbesprechung die Faktenlage zu sortieren. Sie hatten eine Tote, der der Kopf abgetrennt worden war.

Laut Dr. Leopold konnte man nicht von einer geplanten Tat ausgehen. Er tippte auf eine akute Psychose, vielleicht ausgelöst durch den Sturz und den Anblick, den Anne Schwan, am Treppenabsatz liegend, abgab. Der Täter musste durchgedreht sein. Die Frage nach dem Warum ließ er für den Moment offen.

„Der abgetrennte und danach umgedrehte Kopf und die tiefen Schnitte an beiden Augen könnten bedeuten, er wollte nicht, dass sie ihn auch über den Tod hinaus ansieht oder er konnte ihr nicht in die Augen sehen. Der Grund dafür kann eine Spontanreaktion aber auch ein tiefliegendes Trauma sein. Das alles ist im Moment noch sehr vage. Vermutungen. Nichts, mit dem Sie wirklich arbeiten können."

„Danke, Dr. Leopold, was haben wir noch?", fragte Bender in die Runde.

Schaller berichtete, sämtliche Krankenakten seien nach Passau gekarrt worden.

„Gut. Dann nimm dir das Notizbuch vor und sieh nach, ob du da irgendwelche Zusammenhänge mit den Krankenakten herstellen kannst. Gab es Streit, Behandlungsfehler oder Ähnliches. So wie mit diesem Meinhart, von dem du mir erzählt hast. Wie weit sind wir denn mit dem?" Er blickte zu Manu, die ein wenig hilflos die Schultern hob.

„Ich weiß nicht, ich werde aus dem Kerl nicht schlau. Einerseits hat er sich absolut verdächtig verhalten, andererseits werde ich das Gefühl nicht los, dass er nur ein hoffnungsloser Spinner ist. Aber wir haben ihn ohnehin dabehalten. Du solltest dir nachher selbst ein Bild machen."

Schaller mischte sich ein: „Wir haben ja auch noch den Laptop der Toten. Das Passwort zu knacken sollte kein Problem sein. Könnte gut sein, dass da auch ein paar wichtige Informationen enthalten sind."

Bender nickte anerkennend: „Gute Idee, Franz, mach das. Was mich neben der Täterfrage vor allem brennend interessieren würde, wer hat mir dieses Ding verpasst? War es der Täter höchstpersönlich oder haben wir es mit einer weiteren Person zu tun, die im Haus etwas gesucht hat?"

Bender wies die Kollegen an, sich noch einmal in der Nachbarschaft von Anne Schwan umzuhören, ob nicht doch jemand eine Beobachtung gemacht hatte. Und er wollte wissen, wohin der Trampelpfad, der vom Haus weg niedergetreten worden war, hinführte.

„Was wissen wir über das familiäre Umfeld des Opfers?"

Schaller antwortete: „Viel Familie ist da nicht, ein Bruder, aber der wohnt in Berlin und soweit ich ermitteln konnte, hatten die keinen Kontakt zueinander."

Zudem berichtete der junge Beamte von der Mitteilung der Kriminaltechniker, wonach die Abdrücke am Tatort zwar unterschiedliche Profile, aber zumindest die gleiche Schuhgröße aufwiesen. Grund genug, sich den Bräugerber noch einmal vorzunehmen.

„Und was ist mit dem Geld, das wir im Haus gefunden haben?"

„Lauter kleine Scheine, keine registrierten Nummern. Die Euros sind sauber. Vielleicht hat die Gute ein wenig am Finanzamt vorbei behandelt."

„Gut. Manu, wir reden jetzt noch einmal mit dem Meinhart. Anschließend fahren wir zu Ritter." In diesem Moment klopfte es, ein Polizeibeamter trat ein und berichtete, der Gefangene Meinhart möchte eine Aussage machen. Bender steckte den Zettel ein, auf dem er sich die Namen und Kommentare aus dem Notizbuch notiert hatte, hob eine Augenbraue und sagte: „Na, da bin ich ja mal gespannt."

„Aaaaah...", es war ein langgezogener Seufzer der Erleichterung, als Prana vor zwei Wochen endlich mit dem Schlüssel in der Hand vor dem kleinen Häuschen stand. Hier gab es alles, was sie brauchten und nichts, was sie ablenken würde. Die Große Ohe war der einzige Nachbar, plätscherte – die Seele streichelnd – direkt am Haus vorbei. Hinter dem Haus erhob sich der bewaldete Rehberg, davor lagen großzügige Waldwiesen, die von den Bauern der Umgebung bewirtschaftet wurden. Wenn die nicht gerade mit ihren Traktoren da waren oder Wanderer und Spaziergänger am Haus vorbeimarschierten, war dieser Ort ein Paradies der Ruhe und Natürlichkeit. Genau der richtige Platz für ihn und die Seinen. Noch heute würden alle fünf nachkommen und dann war man im ewigen Streben nach Erleuchtung vereint.

Prana ließ den Blick zufrieden schweifen. Sie würden keinen Zaun brauchen, der Körper und Geist einschränkt, keine Alarmanlagen, für Sicherheit würden seine beiden vierbeinigen Freunde sorgen.

Sein Auge ruhte für einen Moment auf einem schattigen Plätzchen vor dem Haus.

„Dort“, sprach er in die Stille des Bayerischen Waldes, „ja, dort, wird Bettina einen Kräutergarten anlegen.“

Er breitete die Arme aus, drehte sich langsam im Kreis und begann leise zu summen. Unwissende hätten annehmen können, es handle sich um eine Übung der „Fünf Tibeter“. Prana hätte so jemandem nur ein mitleidiges, wissendes Lächeln geschenkt. Er hatte seine eigenen Entspannungstechniken entwickelt. Er hatte Yoga, Meditation und Essenzen aus esoterischen Lehren zu einer einzigen Wahrheit versponnen, Wege der Erkenntnis beschritten, von seinem spirituellen Meister erfahren, wie er seine und die Chakren anderer zu stimulieren vermochte und so den Weg zu sich selbst und vor allem zu Gott gefunden. Prana war erleuchtet, dessen war er sich sicher. Und auch seine fünf Treuen zweifelten nicht daran.

„Der spinnt“, war sich dagegen ein Spaziergänger-Pärchen einig, das über die Brücke vor dem Haus die Große Ohe überquerte und am anderen Ufer zurück zum Hartmannsreiter Stausee wanderte. Für beide hatte der Anblick eines großen, hageren, hakennasigen Mannes, der statt einer Haarpracht vorne eine ausgeprägte Glatze und hinten einen langen grauen Pferdeschwanz trug, nichts Erleuchtetes. Wie er sich im Kreis drehte und seltsame Laute von sich gab, sah er eher aus wie ein Alt-Hippie auf einem Drogentrip. Doch damit lagen beide völlig falsch. Hätten sie in die kalten, gnadenlosen Augen geblickt, ihnen wäre schlagartig klar geworden, dass Prana gar nichts mit der Love-and-Peace-Generation zu tun hatte. Im Gegenteil: Er verabscheute Stimulanzien jeder Art, Geschlechtsverkehr war ihm zuwider und in seinem Dunstkreis völlig untersagt. In seinem Haus würde es zudem keinen Fernseher, kein Radio und keine Waschmaschine geben. Das altmodische Schnur-Telefon durfte nur in absoluten

Notfällen gebraucht werden. So konnten sich alle dem Weg der Erleuchtung, den er schon gegangen war, widmen.

Prana dachte an Peter, die stärkste Faser im Band seiner Adepten. Ein Unwissender, doch er hatte eine ansehnliche Erbschaft gemacht, war gleichzeitig Rechtsanwalt, so dass sich die Gruppe frei von jedem Alltagsgeschäft dem höheren „Sein" widmen konnte. Und er war, wie alle anderen, Prana ergeben, er war sein verlängerter Arm, sein Statthalter. Ein sichtbarer Beweis der finanziellen Unabhängigkeit war der schwarze Lancia Voyager, der jetzt langsam auf das Haus zurollte. Neben Peter saß auf dem Beifahrersitz Bettina, Pranas Frau. Beide stiegen aus dem Wagen. Peter öffnete die Schiebetür, die mit einer Kindersicherung versehen war und entließ Maria, Peters Frau, sowie das Ehepaar Luise und Martin. Im Kofferraum saßen zwei Kangals, große, bullige Herdenschutz- und Wachhunde türkischer Abstammung, die ebenfalls von Peter freigelassen wurden. Beide Hunde trabten, wie an einer unsichtbaren Leine geführt, auf Prana zu, setzten sich ohne ein Kommando neben ihn und beobachteten scheinbar gelassen aber aufmerksam die Ankunft der kleinen Gruppe.

Die Begrüßung hätte ein Außenstehender als unterkühlt bezeichnet. Mehr als ein gegenseitiges stummes Zunicken war nicht zu sehen. Prana hasste Freundlichkeiten, verabscheute Berührungen und Menschen, die ihm näher als einen Meter kamen. Das war nicht immer so gewesen: Vor mehr als 30 Jahren war auch in ihm im Teenageralter die Sehnsucht nach Frauen erwacht. Der pubertierende und picklige Mike Biefbauer, wie Prana damals noch geheißen hatte, versuchte sich mehrfach. Doch er hatte das andere Geschlecht nie für sich einnehmen können. Und wenn er es doch einmal geschafft hatte, mit einem Mädchen intim zu werden, mündeten diese körperlichen Begegnungen immer in einer Katastrophe. Waren seine Bett-Bekanntschaften gnädig, trösteten sie ihn und sprachen von Unfällen, die jedem mal passieren könnten. Weniger zurückhaltende Mädchen plauderten in geselliger Runde stets aus, dass er ein Versager war. Gedemütigt, verlacht, entmannt und tief verletzt hatte er sich kurzzeitig der erweiterten Rockerszene in seiner Heimatstadt Nürnberg angeschlossen und nach einem turbulenten Jahr, in dem vieles passiert war, das Land verlassen und war über Italien nach Indien aufgebrochen. Im Laufe der Jahre lernte er, seinen Körper nur als Hülle zu begreifen, als irdische Heimat eines großen Geistes. Er schwor den sterblichen Bestandteilen, Haaren, Haut, Fleisch, Knochen und Mark, ab und gab sich den Namen Prana, Atem, die zentrale Lebenskraft des erleuchteten Seins.

Auf seinem Weg zurück nach Europa begegnete ihm auf der griechischen Insel Kos Bettina. Er fand sie im Garten einer Szenekneipe. Sie saß an einem Tisch unter einem ausladenden Baum und blickte ihn aus nahezu toten Augen an. Prana hatte von ihr erfahren, dass sie vor einigen Jahren aus der verlogenen Spießbürgerlichkeit ihres Elternhauses geflohen war. Ohne Geld und ohne Ziel. Das Schicksal hatte sie kreuz und quer durch die Welt getrieben und schließlich in Kos an Land gespült. Drogen und Alkohol, die sie sich mit kurzen Bekanntschaften geiler Touristen erkaufte, machten ihr Leben erträglich. Nachdem Prana mit ihr fertig war, hatte Bettina einen kalten Entzug hinter sich und war dem neuen Anker ihres Lebens treu ergeben. Ihre anfänglichen Annäherungsversuche, die er angewidert von sich gewiesen hatte, schlugen in Bewunderung um. Weder in der Hochzeitsnacht, noch in den Jahren bis heute hatte es jemals eine körperliche Berührung gegeben. Und Prana hatte nicht vor, daran in Zukunft etwas zu ändern.

In der letzten Zeit war allerdings sein inneres Gleichgewicht arg aus dem Lot gekommen. Das war auch der Hauptgrund, warum er dieses Domizil ausgewählt hatte. Einsam, zurückgezogen – und mit genügend Freiraum, sich unsichtbar zu machen. Das Problem war: Wie Löwenzahn, der sich anfangs unbemerkt aber unerbittlich durch Beton bohrt und seine Blüte der Sonne entgegenstreckt, so unbemerkt war er Maria näher gekommen. In ihrer Nähe fühlte er sich plötzlich glücklich. Natürlich ließ er sich nichts anmerken, aber ganz im Gegenteil zu seiner normalen Abneigung genoss er zufällige Berührungen, die es nun einmal gab, wenn man zusammen unter einem Dach wohnte. Er liebte alles an Maria, ihren Duft, ihren Körper, die Art, wie sie sich bewegte. Gleichzeitig entfachte das alles eine maßlose Wut in ihm. Auf sich selbst und auf sie. In einem Moment wollte er sie unbedingt loswerden, das wäre die beste und sauberste aller Lösungen gewesen.

Im nächsten Moment hätte er sich nichts Schrecklicheres vorstellen können. Außerdem war Peter sein bester Mann und er hatte Geld. Die neu entfachte Disziplinlosigkeit hatte sogar dazu geführt, dass er die Kontrolle über sich verlor. Er war wie ein Berserker auf diesen unerträglichen Michel Meinhart losgegangen, der die ganze Nacht vor der Tür ausgeharrt haben musste. Dieser Mensch war derart penetrant. Nicht einmal im Traum hätte Prana daran gedacht, ihn in seinen Kreis, der natürlich stetig wachsen sollte, aufzunehmen. Doch ein Gutes hatte der Ausraster: Prana glaubte nicht, Michel jemals wiedersehen zu müssen. Mit dieser Einschätzung hatte er sich allerdings getäuscht, wie er wenig später feststellen musste.

„Das ist ja eine Idylle hier“, staunte Manu, als sie auf das Haus in Lehmbruck zurollten. Vor dem Haus stand ein hagerer Mann, neben ihm zwei mächtige Hunde, fünf weitere Personen, die mit dem Rücken zu ihnen standen, drehten sich um. „Die haben sogar einen Pool!“

Im Fond des Wagens saß Meinhart und deutete in Richtung der kleinen Menschenmenge.

„Das ist er, der mit den zwei Hunden, das ist Prana, der kann Ihnen bestätigen, dass ich gestern hier war. Fragen Sie ihn, Sie werden sehen, ich hab Recht. Sie werden schon sehen, fragen Sie ihn.“

Bender war froh, das Lenkrad seines Wagens festhalten zu können, ansonsten hätte er die Nervensäge, die hinter ihm saß, wahrscheinlich geknebelt. Der unscheinbare Mann hatte eine derart eindringliche und zugleich aufdringliche Art, es war schlicht unerträglich.

Als Bender und Manu aus dem Wagen stiegen, knurrten beide Hunde leise.

„Aus“, befahl Prana in scharfem Ton. Die Überheblichkeit wich aus seinem Gesicht, als er sah, wer noch aus dem Wagen stieg.

„Michel“, stöhnte er.

„Das ist er, das ist Prana“, keuchte Meinhart vor Aufregung.

Fass!, dachte Bender mit Blick auf die beiden Hunde. Er stellte sich und Manu vor und fragte dann Prana nach seinem richtigen Namen.

Statt eine Antwort zu geben sagte Prana: „Was wollen Sie denn mit dem Irren hier? Den hab ich gestern vom Hof gejagt und ihm angedroht, die Hunde auf ihn zu hetzen.“

„Beschimpft hat er mich und beleidigt. Das hat er. Beschimpft und beleidigt“, jammerte Meinhart.

„Sollten Sie es irgendwann in die Tat umsetzen, ich lege bei der Staatsanwaltschaft ein gutes Wort für Sie ein“, bemerkte Bender und forderte Prana noch einmal auf, seinen vollen Namen zu nennen.

„Mike, eigentlich Michael Biefbauer. Reicht das oder wollen Sie meinen Ausweis sehen?“

„Bitte“, lächelte Manu.

„Sind Sie wegen dem mickrigen Zwerg jetzt hierhergekommen? Wie gesagt, ich hab ihn vom Hof gejagt, wollen Sie mich deswegen belangen?“

„Ganz und gar nicht. Sie sind praktisch das Alibi für den hier und außerdem hätte ich noch einige Fragen an Sie. Aber können wir das drinnen klären?“

Prana ging mit seinen Hunden voraus, Bender, Manu und Meinhart folgten ihm.

„Sie bleiben gefälligst da“, schnauzte der Kommissar Meinhart an, der zwar noch wortreich protestierte aber sich schließlich der Autorität Benders geschlagen gab.

„Entschuldigen Sie, dass es hier noch wenig einladend aussieht, aber wir ziehen gerade erst ein. Tee?“

Bender und Manu verneinten.

„Meinhart war vorletzte Nacht also bei Ihnen.“

„Bei mir ist zu viel gesagt. Er ist draußen vor der Tür gesessen und hat herum gewinselt, weil er reingelassen werden wollte. Irgendwann ist er wohl eingeschlafen. Ich hab ihn schlafend vor der Haustür gefunden. Übrigens nicht zum ersten Mal. Sie müssen wissen, meine Lehren faszinieren viele, aber Meinhart ist einfach nicht mein Fall. Schlechtes Karma, hoffnungslos. Irgendwann ist es mir zu dumm geworden und ich habe ihn ...“

„... vom Hof gejagt, ja, und das kann Ihnen sicher niemand übel nehmen.“

Peters Gesichtszüge entspannten sich. So wie das Gespräch lief, war hier mit keiner Bedrohung zu rechnen.

„Aber wieso braucht der Spinner denn ein Alibi, hat er was ausgefressen?“, wollte Prana wissen.

Manu stellte eine Gegenfrage: „Sie kannten Anne Schwan?“

„Ja, sicher, die Heilpraktikerin aus Neuschönau, besucht uns häufig, passt auch gut zu uns und sie hat meine Frau behandelt. Ihr Körper zahlt den Tribut für ein verlorenes Leben, das sie früher geführt hat. Ich selber brauche ja keinen Arzt. Aber Moment mal, sagten Sie gerade kannten? Ist ihr etwas passiert?“

Peter blickte überrascht auf.

„Sie wurde ermordet, gestern in den frühen Morgenstunden. Haben Sie nichts davon gehört?“

„Wir lesen keine Zeitung und auch den Ablenkungen des Fernsehens und des Radios und allen anderen Dingen, die uns vom Wesentlichen abhalten, entsagen wir. Aber wer sollte denn? Meinhart? Das ist nicht Ihr Ernst. Aber warum fragen Sie das mich?“

In Peters Körper spannte sich jeder Muskel. Wie eine Wildkatze auf Beutefang war er sprungbereit einzugreifen, wenn das Verhör eine unerfreuliche Wendung nehmen würde. Bender bemerkte, dass sich Pranas Anwalt wieder ein wenig in seinen Stuhl zurückfallen ließ, nachdem ihm dieser einen kurzen, aber scharfen Blick zugeworfen hatte.

„Wir haben Ihren Namen und den Ihrer Frau im Notizbuch der Toten gefunden. Es waren mehrere Termine vermerkt."

„Ich habe Ihnen ja gesagt, sie war häufiger bei uns. Ich verstehe das nicht, wer sollte denn Anne etwas antun. Aber ich weiß immer noch nicht, was Sie von mir, von uns wollen."

„Wir müssen einfach allen Spuren nachgehen. Ich nehme an, Sie waren vorgestern Nacht alle hier im Haus."

Peter wollte antworten, doch Prana schnitt ihm das Wort ab: „Nein, ich war alleine, meine Brüder und Schwestern sind erst heute gekommen. Kurz vor Ihnen. Ich habe alles für den Umzug vorbereitet."

Wieder wandte sich Bender an Peter: „Und wo waren Sie?"

Peter sah Prana an, der ihm zunickte, und sagte dann: „Wir haben ein Haus in der Nähe von Passau, dort haben wir die letzten Jahre und auch die Tatnacht verbracht."

„Und dort gibt es keine guten Heilpraktiker und Ärzte, die Ihre Frau hätten behandeln können?", bohrte Bender nach.

„Auch das habe ich Ihnen doch schon gesagt, Anne war nicht nur eine gute Ärztin, sie hat als Mensch gut zu uns gepasst."

„Manu, würdest du bitte die Aussagen der anderen Herrschaften aufnehmen."

Prana protestierte, er wollte dabei sein, doch Bender ließ sich davon nicht beeindrucken. Als Manu wenig später zurückkam und ihm zunickte, schloss er das Verhör: „Herr Biefbauer, das wäre es für den Moment. Bitte halten Sie sich zu unserer Verfügung."

Walter Kerbel war Steuerberater, führte eine erfolgreiche Kanzlei in Perlesreut, hatte ein Haus, erbaut im Toskana-Stil, einen Sportwagen und einen SUV. Er war außerdem ein muskelbepacktes Kraftpaket, ein charmanter Macho mit strahlend weißen Zähnen, die er mit seinem breiten Grinsen gerne zur Schau stellte.

Er war Gründungsmitglied des Golfclubs am Nationalpark und hatte das beste Handicap von allen seinen Kumpels. Am 19. Loch, wie sie das Clubheim nannten, stand er stets im Mittelpunkt des Geschehens. Jeder lachte über seine Witze, jeder wollte ihm nahe sein. Er war Familienmensch, ein strenger, aber gerechter Vater. Nur einmal im Jahr nahm er sich mit seinen vier besten Freunden eine einwöchige Auszeit. Der Ego-Trip führte sie stets zu den landschaftlich schönsten Golfplätzen der Welt. Letztes Jahr Südafrika, dieses Jahr war Spanien dran, eine traumhaft schöne Anlage in Andalusien. Kurzum: Er führte ein perfektes Leben. Und doch hatte er ein Problem, von dem er allerdings nichts wusste: Seine Frau, ein unscheinbares Wesen, die neben ihm zur grauen Maus verkam, hasste ihn mit jeder Faser ihres Körpers.

Sie war die Inkarnation der Mittelmäßigkeit. Alles an ihr war nett. „Nett ist die kleine Schwester von Scheiße", hatte mal jemand zu ihr gesagt. Warum er sich in sie verliebt hatte, war ihr immer ein Rätsel geblieben. Auch dafür hasste sie ihn, weil er zu derartigen Gefühlen zu ihr fähig war. Sein sympathisches Auftreten, diese zuvorkommende Höflichkeit, die er an den Tag legte, es ekelte sie an. Seine väterliche Fürsorge, die Liebe, die er ihr schenkte, es machte sie krank. Nur einmal im Jahr, wenn er auf Golfurlaub war, war auch sie frei. Dann konnte sie atmen, lachte, machte Pläne, dachte an ein anderes, ein zufriedenes Leben. Die offensichtlich zur Schau getragene Perfektion an ihrer Seite war unerträglich. Sie hatte kein Talent zum Glücklichsein. Letztes Jahr, als er in Kapstadt golfte – oh, wie hatte er vom Milnerton Golf Club, von dem man einen Blick auf den Tafelberg hatte, geschwärmt – war sie ihrem Hausarzt näher gekommen. Und bevor sie wusste, was eigentlich geschah, hatte er sie auf der Patientenliege in seinem Sprechzimmer vernascht. Und während sie bei ihrem Mann eher lustlos den Orgasmus vortäuschte, brach sie unter den rhythmischen Stößen des Arztes aus wie ein Vulkan.

Als ihr Liebhaber eines Tages begann zu schwärmen, wie es

wäre, wenn sie sich trennen und mit ihm zusammenleben würde, überfiel sie Panik. Zum einen fürchtete sie die gesellschaftliche Ächtung, wenn sie diese Ausgeburt an Liebenswürdigkeit verlassen würde, zum anderen hatte sie Angst davor, dass eine andere feste Beziehung letztlich wieder zu neuem Hass führen könnte. Sie hatte ihre Befürchtungen geäußert.

„Dann müssen wir ihn eben auf andere Weise kaltstellen. Ich will nicht, dass er dich weiterhin anfasst. Und vielleicht entspannst du dich ja ein wenig, wenn es ihm nicht mehr so gut geht."

„Und wie soll das funktionieren?"

„Lass mich nur machen. Mir wird schon etwas einfallen."

Und ihrem Liebhaber war etwas eingefallen. Auch jetzt, wenige Tage vor der Abreise ihres Mannes nach Andalusien, zermalmte sie eine Tablette und mischte sie in den Kaffee. Sie beschränkte sich stets auf kleine Dosen, denn sie hatte es nicht eilig. Eigentlich hätte sie es gar nicht mehr tun müssen, denn das Problem war schon von ihrem Liebhaber gelöst worden. Aber es bereitete ihr einfach eine nicht zu bändigende Freude, es trotzdem zu tun. Und das Medikament zeigte bereits Wirkung. Seit Wochen hatte er keine Lust mehr auf Sex. Sie hatte sogar schon mal an ihm herumgefummelt, nur um sich einen Spaß mit ihm zu machen. Doch er hatte sie abgewiesen. Einige Tage später lief irgendeine romantische Schmonzette im Fernsehen. Und während sich ihr Mann über derartiges Liebesgedusel früher nur lustig gemacht hätte, saß er jetzt tatsächlich da und begann – sie traute ihren Augen kaum – zu weinen.

Walter Kerbel konnte sich keinen Reim darauf machen, was in ihm vorging. Zunächst hatte er vermutet, es wäre der Stress, womöglich ein Burnout-Syndrom. Darauf hatte ihn der Hausarzt der Familie gebracht. Es sei nicht ungewöhnlich, dass leichte bis mittelschwere Depressionen damit einhergingen. Auch der instabile seelische Zustand würde darauf schließen lassen. Er schlug Walter Kerbel einen stationären Aufenthalt in einer Klinik vor, wohl wissend, dass sich dieser niemals darauf einlassen würde. Ein Hausarzt weiß nach vielen Behandlungsjahren, wie seine Patienten ticken. Und so hatte er ihm die Antitestosterone, die auch Kerbels Frau jeden Tag ins Essen mischte, als Seelentröster untergejubelt. Diese wurden bei Männern häufig zur Behandlung von Prostatakrebs eingesetzt. Häufigste Nebenwirkungen: Sinkende Libido, Verlust von männlichen, Testosteron gesteuerten Eigenschaften und das Wachstum von Brüsten.

Sein Sprachtalent hatte Gerhard Hartmann zu einem wichtigen Mann auf der Golfanlage bei Chiclana gemacht. Er sprach inzwischen ordentlich spanisch und, wie seine Arbeitgeber wussten, auch englisch und vor allem deutsch. So wurde Hartmann, der als Greenkeeper angefangen hatte, mehr und mehr auch zum Concierge für die solvente Kundschaft aus der ganzen Welt. Er besorgte, was das reiche Publikum wünschte. Der Hotelmanager rief ihn zu sich. Eine Gruppe bayerischer Golfspieler würde in wenigen Tagen ankommen. Gerhard Hauptmann spürte ein wohliges Ziehen im Körper. Die lokale Presse war schon informiert. Das Foto der bayerischen Besucher sollte seinen Platz im Lokalteil finden. Hartmann sollte sich um die Bayern kümmern. Er warf einen Blick auf den Computerbildschirm, der in schwarz leuchtenden Buchstaben die Teilnehmer der Reise ankündigte. Er kannte jeden Namen und glaubte doch an einen Zufall. Solange, bis er las, woher die Spieler kamen. G-R-A-F-E-N-A U, die Buchstaben brannten sich in sein Hirn ein.

Der Herr hatte ihm in seiner großen Güte ein Zeichen geschickt. Seine Knie wurden weich, er drohte, einen Schwächeanfall zu bekommen. Doch das hätte der Herr nicht erlaubt. Es war nicht zu Ende, es begann erneut. Er musste handeln, einen Weg finden, sich würdig zu erweisen. Wie konnte er nach dem Willen Gottes handeln? Er war Racheengel des Herrn. Er war Todesengel des Herrn. Und doch, für das Zeremoniell war keine Zeit, er musste schnell handeln. Mit zitternden, schweißnassen Händen blätterte Raphael in der Bibel. Sein Blick fiel auf LUKAS 19,27: „Doch jene meine Feinde, die nicht wollten, dass ich über sie herrschen sollte, bringet her und erwürgt sie vor mir!“ Raphael lächelte.

Als Bender und Manu am frühen Abend den Parkplatz der Polizeidirektion betraten, trennten sich ihre Wege erstmals an diesem Tag. Der Termin bei Polizeichef Ritter und der streitbaren Staatsanwältin Gundula Moosbacher war wie immer mehr Strafe als Hilfe gewesen. Ritter schwebte wie gewöhnlich in anderen Sphären und beschäftigte sich mehr mit dem anstehenden Kulturprogramm als mit dem aktuellen Fall.

Und die Staatsanwältin machte gehörig Druck. Die Spatzen pfiffen es von den Dächern, dass der Posten des Leitenden Oberstaatsanwaltes bald vakant werden würde und Moosbacher auf den Posten scharf war. Allerdings hatte Bender deshalb auch keine Mühe, jede nur denkbare Unterstützung zugesagt zu bekommen.

„Lass uns für heute Schluss machen“, sagte Bender, als er jetzt mit Manu auf dem Parkplatz stand. „Ich hab noch etwas zu erledigen.“

„Probleme?“, fragte Manu.

„Im Gegenteil“, grinste Bender.

Es wurde ein Abend, wie er ihn sich seit langem gewünscht hatte. Seine Töchter begrüßten ihn stürmisch, als sie ihm die Haustür aufgemacht hatten, und seine Frau stand mit einem glücklichen Lächeln auf den Lippen im Durchgang zum Wohnzimmer. Ehe er noch etwas sagen konnte, quasselten beide Mädchen auf ihn ein, scheinbar ohne auf eine Antwort von ihm zu warten. Wie jedes Mal bei ihren seltenen Treffen war es so, als wollten sie ihn innerhalb von fünf Minuten auf den neuesten Stand bringen. Bender machte das nichts aus. Im Gegenteil. Es gab kaum etwas, das ihm derart große Glücksgefühle bescheren konnte. Seinen beiden Mädchen die volle Aufmerksamkeit zu schenken, zu spüren, wie sie sich ihm vorbehaltlos öffneten, ihn umarmten, drückten und auf die Wange küssten, wie sie abwechselnd um seine Aufmerksamkeit buhlten, war einfach wunderbar.

Als die Akkus des jugendlichen Überschwangs langsam leerer wurden, warf er seiner Frau einen glücklichen Blick zu. Sie erwiderte diesen, ging zu ihm und hauchte ihm einen zarten Kuss auf die Wange. Es war fast so wie früher, als ... aber nein, verwarf er seinen kurzen Gedanken an verloren gegangenes Eheglück, er wollte die Schönheit des Moments nicht zerstören.

Als sie später bei dem kleinen Italiener saßen, der schon immer ihre Lieblingsanlaufstelle für romantische Abende gewesen war, kam es Bender vor, als habe es die Zeit der Trennung nicht gegeben. Sie aßen Pasta mit Scampi, tranken Rotwein, redeten über die Kinder und Alltägliches. Mehrfach berührten sich ihre Hände zufällig und jedes Mal durchzuckte es Bender, als sei seine Frau elektrisch geladen. Mit dem einzigen Unterschied, dass die Blitze nur in der Magengegend einschlugen.

Der Rotwein zeigte bei beiden Wirkung und ein edler Grappa, der mit der Rechnung an den Tisch kam, verfehlte seine Wirkung ebenfalls nicht. Sie traten vor die Tür, man konnte das Wasser des nahen Flusses riechen. Hand in Hand spazierten sie entlang der Innpromenade und dann auf Höhe des sogenannten Fünferlstegs, auf dem nur Fußgänger den Fluss in Richtung Innstadt überqueren können, küssten sie sich lang und leidenschaftlich.

Kichernd wie verliebte Teenager erreichten sie die Wohnung, und Bender rechnete mit einem zwar romantischen, aber eben einem Abschiedskuss. Umso überraschter war er, als ihm seine Frau ins Ohr flüsterte, sie wolle nicht, dass er ginge.

Er lag neben ihr unter der Bettdecke, die er so viele Jahre mit ihr geteilt hatte, spürte ihren warmen Körper an dem seinen liegen, und die Erkenntnis traf ihn härter als der Faustschlag zwei Tage zuvor: Beide wussten, es hatte nicht funktioniert. Es würde nie mehr funktionieren. Die Annäherung, die in den vergangenen Monaten nach der langen Zeit des Streits stattgefunden hatte, konnte die Wunden nicht schließen. Ebenso wenig der kurze Moment verlorenen Familienglücks. Das romantische Dinner, der Rotwein, das alles hatte die Probleme der letzten Jahre nicht vergessen machen können. So lange hatte er um seine Frau gekämpft. So viele Male war er auf taube Ohren gestoßen, hatte sie ihn abgewiesen und darauf bestanden, zwischen ihnen könne nicht mehr sein als Freundschaft. Und jetzt, da er seinem Ziel so nahe gekommen war, stellte sich heraus, sie hatte Recht gehabt. Doch, konnten sie jetzt überhaupt noch Freunde sein? Das musste die Zeit zeigen.

Bender starrte an die Decke, wagte es nicht, seine Frau anzusehen und wusste, ihr ging es genauso. Als er gegen vier Uhr morgens glaubte, an der gleichmäßigen Atmung seiner Frau zu erkennen, dass sie schlief, stieg er aus dem Bett, packte seine Sachen und verließ das Schlafzimmer. Er widerstand der Versuchung, in die Zimmer seiner Kinder zu gehen, in die schlafenden Gesichter zu blicken und verließ das Haus wie ein sündiger Liebhaber.

Tiefe Trauer durchströmte Kriminalhauptkommissar Ralf Bender, als er seinen BMW in Richtung Grafenau lenkte. Er spürte, dieser Abschnitt seines Lebens war für immer beendet. Er würde, wie bisher auch, seine Töchter sehen, ihre Nähe genießen. Das war auch in Zukunft das Band zwischen ihm und seiner Frau. Zumindest so lange, bis die Mädchen ihre eigenen Wege gingen. Auch wenn er sich nicht sicher war, ob es so sein würde, hoffte er, das Band würde danach nicht reißen. Die Trauer überschwemmte ihn, er hatte das Gefühl, mit jemandem reden zu müssen. Erst leise, dann immer lauter, klopfte er – in Grafenau angekommen – im Hellen Hahn an die Zimmertür von Manu.

Doch sie öffnete nicht. Auch sie hatte nicht in Grafenau geschlafen.

Bender saß auf dem Bett in seinem Grafenauer Hotelzimmer und starrte ins Leere. Seit beinahe zwei Stunden hatte er sich nicht bewegt und je länger er so dasaß, umso unwirklicher wurde das, was er in der Nacht erlebt hatte. Es war wohl der Schlafmangel, der dazu führte, dass die Episode mit seiner Frau in eine weit zurückliegende Vergangenheit zu gehören schien. Er hatte das Gefühl, es müsse Wochen her sein, dass er der endgültigen Wahrheit ins Gesicht geblickt hatte.

Er stand auf, nahm eine Dusche und rasierte sich. Er tilgte den Geruch seiner Frau, spürte das leichte Brennen, das das Rasierwasser auf seiner Haut verursachte, und blickte in den Spiegel. Er sah das Gesicht eines Mannes, an dem das Leben nicht spurlos vorübergegangen war. Mit beinahe 50 Jahren hatte er einige tiefe Falten an den Augen und auf der Stirn. An seinem kantigen Kinn stand ein kleiner Tropfen Blut. Die Geheimratsecken wurden seit einiger Zeit größer, das Haupthaar insgesamt dünner. Und selbst wenn er noch nicht zu einer Glatze neigte, so war zwischen dem dunklen Braunton viel „Grau" zu entdecken. Alles in allem, dachte Bender, gar nicht mal so abstoßend.

Und dann überkam ihn ein ganz anderes Gefühl, eines, mit dem er zu diesem Zeitpunkt nicht gerechnet hatte: Erleichterung! Ja, er war erleichtert, dass die Gewissheit – so schmerzlich sie auch sein mochte – dem jahrelangen Hoffen und Bangen gewichen war. Für ihn war jetzt klar, dass die gemeinsame Reise mit seiner Frau ein für alle Mal beendet war. Er wusste plötzlich auch, wenn es nach ihm ginge, würden sie Freunde bleiben können. Schon der Mädchen zuliebe wäre das das Beste. Trotzdem er nicht eine Minute geschlafen hatte, war er nicht müde. Die zurückliegende Nacht war nicht mehr als ein böser Traum, an den man sich kaum noch erinnert.

Diesmal war es Bender, der sich gerade einen Kaffee einschenkte, als Manu den Frühstücksraum betrat. Sie hatte die Nacht bei ihrer Schwester und deren kleiner Familie verbracht. Dort konnte sie auftanken. Mit ihrer Nichte zu spielen, ihr Geschichten vorzulesen und den unverdorbenen Duft eines kleinen Kindes aufzusaugen, gab ihr Kraft und erinnerte sie daran, dass sie auch private Pläne hatte.

„Siehst gut aus“, sagten beide gleichzeitig. Manu begann zu kichern, Bender grinste breit.

„Keinen Tee heute, Ralf?“, fragte Manu und Bender wurde ernst. Gerade noch wollte er ihr erzählen, was letzte Nacht passiert war, wollte ein Gespräch unter Freunden führen, ein klein wenig Normalität leben. Doch nur einen Wimpernschlag später war er wieder kopfüber in den Fall gestürzt.

„Tee trinke ich nachher bei der Besprechung“, sagte er.

Der Satz hatte auch Manu zurück in die Realität geholt. Private Probleme und Befindlichkeiten waren nicht mehr als eine Randerscheinung in ihrem Leben. Nicht zuletzt daran war Benders Ehe gescheitert, deswegen bekam Manu keine stabile Beziehung in Gang. Sie waren mit Mördern, Psychopathen, Verdächtigen, Lügnern und Betrügern verheiratet.

Franz Schaller meldete sich aus Passau, er wollte seine Ermittlungsergebnisse höchst persönlich mitteilen. Der Abgleich von Patientenakten, Laptop und Filofax hatte einige interessante Details zu Tage gefördert. Es gab eine Reihe von Personen, die im Filofax rot eingekreist waren. Einige Namen fehlten völlig als Patientenakten, tauchten aber auch nicht im Sprechstunden-Terminkalender des Laptops auf.

Dazu gehörte ein Dr. Michael Schmidmeister.

„Hab mich schlau gemacht, das ist eine Anwaltskanzlei aus München. Er hat aber ein Haus in Schönberg, nicht weit von hier“, sagte Schaller.

Bei einem weiteren Namen fehlte die Patientenakte, es gab aber Termine im Laptop. „Michael Grobauer, was ich herausgefunden habe, hat der ein Geschäft in Schönberg“, sagte Schaller.

„Ja, der Name ist schon aufgetaucht, der Meinhart hat ihn erwähnt“, bestätigte Manu.

„Und“, setzte Schaller fort, „der Typ ist kein unbeschriebenes Blatt. Ich hab dir eine Mail mit seiner Akte geschickt.“ Bender warf einen Blick auf den Bildschirm. „Diebstahl, Körperverletzung, Totschlag, beeindruckend, der hat ja kaum etwas ausgelassen.“

Weitere Ergebnisse wollte Schaller im Laufe des Tages mitteilen: „Ich bin noch nicht ganz durch, vielleicht finde ich ja noch etwas Interessantes.“

„Gut, dann lass uns mal zu dem Grobauer fahren, vielleicht kommen wir mit dem weiter. Und anschließend statten wir Dr. Schmidmeister noch einen Besuch ab“, sagte Bender zu Manu und stand auf.

Gürtel, Stöcke, Schläge und Schmerzen, an mehr konnte sich Michael Grobauer nicht erinnern, wenn er an seine früheste Jugend dachte. Sein Vater hatte ihn geschlagen. Und es schien ihm Spaß zu machen. Jedes Mal wenn sein Erzeuger – und es war die Regel – betrunken aus seiner Passauer Stammkneipe zurückkehrte, schlug er zu. Er erniedrigte seine Frau, Michaels Mutter. Er schlug solange zu, bis Michael es nicht mehr aushielt und aus seinem Versteck kroch, um seine Mutter aus dem Spiel zu nehmen.

„Du Arschloch“, schrie er seinen Vater schon mit sieben Jahren an, weil er wusste, dieser würde von der Mutter ablassen und sich ihm zuwenden. Und er tat es: Gürtel, Stöcke, Schläge und Schmerzen, so lange, bis er keine Schmerzen mehr spürte. Er war vierzehn, als er das entschuldigende Winseln seiner Mutter, die immer noch das Gute in ihrem gewalttätigen Mann suchte, nicht mehr hörte. Er war nur ein Jahr älter, als er seinen Vater auf dem Speicher des Hauses baumeln fand. Es widerte ihn an, dass sich der Vater, die feige Sau, mit einem Strick aus dem Leben verabschiedet hatte, und er beschloss im Angesicht des leblosen, aufgequollenen Körpers, so nie zu werden.

Doch damit hatte er sich getäuscht. Er hatte nicht die Kraft gehabt, sich dem zu widersetzten, was sein Vater aus ihm gemacht hatte: Einen wütenden jungen Mann, der schon im Alter von 17 Jahren zu einem Bandenchef der Passauer Innstadt aufgestiegen war. Er verbreitete Angst und Schrecken im gesamten Viertel und darüber hinaus. Körperverletzung, Nötigung, Diebstahl und Urkundenfälschung, mit 24 hatte er schon insgesamt drei Jahre in Jugendarresten und Gefängnissen verbracht. Er heuerte bei einer Passauer Rocker-Gang an und trug bald darauf zum traurigen Image der Gruppierung bei. Der Stachel seines Vaters saß tief, Michael war der wütendste junge Mann der Welt.

Dabei konnte er geradezu charmant sein, wickelte Frauen reihenweise um den Finger. Er musste sie aus seinen unergründlich blauen Augen nur ansehen und sie schmolzen dahin. Er liebte Hunde und Kinder über alles.

Und Michael war intelligent. Das Abitur am Leopoldinum schaffte er trotz Disziplinlosigkeiten bis hin zum angedrohten Schulverweis und zahllosen Fehltagen ohne Probleme. Keiner, der vor seinem zwei Meter großen, muskelbepackten und tätowierten Körper ängstlich zur Seite wich, hätte vermutet, Michael würde sich mit seinem Lehrer, Oberstudienrat Thomas Beiggl, auf Latein unterhalten.

Beiggl hielt zu ihm, er war, auch wenn Michael das zu diesem Zeitpunkt noch nicht wusste, sein bester, sein einziger Freund. Er war da, immer wenn sein Schützling in der Klemme saß, und er war da, als Michaels Mutter starb. Doch auch Beiggl konnte diese unbezähmbare Wut nicht bändigen, die aus dem sensiblen Michael eine Bestie machte. Ein falsches Wort und er schlug ohne Vorwarnung zu, brach ein Nasenbein oder schlug Zähne aus.

Und dann kam der Tag, die Katastrophe, die sein Leben schlussendlich verändern sollte.

Kein Polizist, kein Richter, noch nicht einmal seine Kumpel

hätten ihm geglaubt, dass er mit seiner damaligen Freundin nur herumgealbert hatte und sie nach einem etwas zu heftigen Stoß an der Teppichkante hängen geblieben, gestolpert und mit voller Wucht in den Wohnzimmerglastisch gekracht war. Michael hörte durch den ohrenbetäubenden Lärm des berstenden Glases das Genick brechen. Er war vor dem Anblick der toten Frau erstarrt, stand noch Stunden später, als Nachbarn die Polizei verständigt hatten, reglos da und ließ sich widerstandslos festnehmen.

Weil er auch vor Gericht schwieg und den Richter nur aus leeren Augen anstarrte, lautete das Urteil: Zehn Jahre wegen Totschlag in einem minderschweren Fall. Bei der Urteilsverkündung wog das lange Vorstrafenregister Michaels schwer, das Strafmaß wurde ausgereizt. Eine höhere Strafe wegen Totschlags oder gar Mord hatte ihm wohl das psychiatrische Gutachten von Dr. Heinrich Leopold erspart, der zwar durchaus für möglich hielt, Michael könnte seine Freundin im Streit getötet haben, aber aufgrund dessen offensichtlicher Traumatisierung Mord für unwahrscheinlich hielt. Er schloss eine Affekthandlung nicht aus.

In all den Wochen seines Schweigens lief sein Leben bis hin zum Tod seiner Freundin immer wieder vor seinen Augen ab. Immer und immer wieder. Die Schläge seines Vaters, dessen Tod, die Brutalität, mit der er sich selbst im wahrsten Sinne des Wortes durchs Leben geschlagen hatte. Immer wieder die gleichen Bilder aus Hass, Gewalt und Tod. Beinahe ein halbes Jahr hatte Michael nicht gesprochen, als er bei einem der regelmäßigen Besuche von Beiggl plötzlich sagte: „Ich habe sie nicht umgebracht."

„Ich weiß", antwortete dieser nur und hielt danach auch den Zusammenbruch seines Schützlings weitgehend schweigend aus. Selbst der im Besuchszimmer anwesende Vollzugsbeamte schien die Tragweite der Situation erfasst zu haben und war schweigend stehen geblieben.

„Ich weiß", sagte er, als Michael unter Tränen den Hass auf seinen Vater herauspresste.

„Ich weiß“, sagte er, als Michael die Wut auf die ganze Welt herausschrie.

„Ich weiß“, sagte er immer und immer wieder, wenn Michael schluchzte: „Ich habe sie nicht umgebracht.“

Von diesem Tag an hatte sich das Leben von Michael Grobauer geändert. Er entwickelte sich zu einem vorbildlichen Gefangenen. Schon rein äußerlich war er bald nicht mehr wiederzuerkennen. Die harten Züge des Schlägers wichen langsam aus seinem Gesicht, wurden freundlicher. Er schnitt den Wikingerbart ab, ließ dafür seine schwarzen Haare auf dem vorher beinahe kahlgeschorenen Kopf lang wachsen.

Er begann zu lesen und belegte schließlich einen Studiengang an der Fern-Uni Hagen, den er mit Bravour meisterte. Mit 34 Jahren hatte er das Gefängnis als freier Mann verlassen. Zwei Jahre zuvor war Thomas Beiggl bei einem Autounfall gestorben. Ein Geisterfahrer hatte ihn auf der A3 zwischen der Anschlussstelle Pocking und Grenzübergang Suben von der Autobahn geschossen.

Michael hatte nach seiner Entlassung das Grab besucht – zum ersten Mal seit der Beerdigung und zum letzten Mal überhaupt – um dann Passau für immer den Rücken zu kehren.

Sein Ziel lautete damals Schöfweg, eine kleine Gemeinde im Bayerischen Wald. Gelegen am Fuße des Berges Brotjacklriegel in der touristischen Region Sonnenwald. Hier hatte ihm Beiggl, noch vor dessen Tod, ohne sein Wissen ein kleines Häuschen mit einem ansehnlichen Grundstück gekauft. Michael hätte dies niemals zugelassen, doch Beiggl hatte gar nicht gefragt, sondern ihm irgendwann einfach Schlüssel und Besitzurkunde in die Hand gedrückt.

„Warum?“, hatte Michael ihn gefragt.

„Weil Sonnenwald eine so schöne Vorstellung in mir hervorruft!“ Nach einer Pause:

„Weil du in deinem Leben noch keine Chance gehabt hast und weil ich sicher bin, dass du eine Chance verdient hast.“

An all das dachte Michael Grobauer jetzt ohne Bitterkeit und Hass. Inzwischen waren weitere neun Jahre vergangen und er lebte ein kleines zurückgezogenes Leben zusammen mit seiner Frau Marianne. Schöfweg hatte sich für ihn zum absoluten Glücksgriff entwickelt. Die Bewohner hatten von Anfang an nicht nach seiner Vergangenheit gefragt und als er Marianne irgendwann alles gestanden hatte, war diese nur kurzzeitig irritiert. Martha, seine inzwischen dreijährige Tochter, war letzten Endes Mariannes Antwort auf seine Angst gewesen, sein Vorleben könnte einen Keil zwischen sie getrieben haben. Die kleine Familie brauchte nicht viel zum Leben. Und doch hatten sie mehr als genug. Marianne arbeitete als Erzieherin in einem Waldkindergarten, Michael Grobauer hatte sich in der idyllischen Marktgemeinde Schönberg mit einem Esoterik- und Devotionalienladen eine kleine Existenz aufgebaut. Das Leben, das er jetzt hatte, wäre perfekt gewesen, wenn sich nicht ein dunkler Schatten über der Familie ausgebreitet hätte. Er stand gerade vor der Ladentür und blickte direkt auf das Haupteingangstor der örtlichen Pfarrkirche. Ein BMW fuhr auf den kleinen Platz davor und er wusste sofort, dass es die Bullen waren. Auch nach all den Jahren, in denen er nichts mehr mit ihnen zu tun gehabt hatte, konnte er sie zehn Kilometer gegen den Wind riechen.

Als die Kripo wieder weg war, überlegte Michael Grobauer, was alles gegen ihn sprach. Wenn man es genau nahm, sehr viel. Es war natürlich ärgerlich, dass sein Name in ihren Unterlagen aufgetaucht war. Das hatte er nicht gewusst. Aber dieser Kommissar hatte ihm geglaubt, als er ihm sagte, es handele sich wohl um Termine, die Anne Schwan bei ihm und nicht er bei ihr hatte. Schließlich gehörte sie zu seinen besten Kundinnen, besser gesagt, hatte gehört. Sie bestellte regelmäßig eine bestimmte Sorte Weihrauch, deckte sich zudem mit esoterischen CDs und allerlei anderem Schnickschnack ein. Auch diese Heimatdichterin von Stein, die in Schönberg wohnte und deren Werke er im Laden anbot, hatte es Anne Schwan angetan. Sie kaufte jede Zeile, die die Waldpoetin veröffentlichte.

Was er der Polizei nicht sagte: Anne Schwan kaufte auch sein Gras, das er in der Abgeschiedenheit seiner kleinen Schöfweger Welt anbaute. Sie war die einzige Kundin, der er den Stoff verkaufte.

Der war nämlich eigentlich nur für den Eigenbedarf gedacht. Bei einer Plauderei erwähnte er mal, er rauche ab und an ganz gern einen Joint. Sie fragte sofort, ob sie etwas von ihm bekommen könnte. Und weil sie stets ansehnliche Mengen kaufte, wehrte er sich nicht dagegen. Er konnte den Nebenverdienst gut gebrauchen.

Auf die Frage nach Meinhart hin hatte er sich ein Grinsen nicht verkneifen können. Schließlich verkaufte er dem Spinner regelmäßig diese merkwürdigen Ohrkerzen. Dabei hatten sich schon skurrile Gespräche entwickelt. Er war ja einiges gewohnt, schließlich gab es in der Esoterik-Szene einige Bekloppte. Aber Meinhart schoss jedes Mal den Vogel ab.

Als beiläufig auch der Name Mike Biefbauer fiel, versetzte es Grobauer sofort einen Stich. Er kannte den Namen, es fiel ihm allerdings nicht ein woher. So viel war sicher: Es war keine schöne Erinnerung. Er musste vorsichtig sein, schon weil die Bullen natürlich genauestens über sein Vorleben informiert waren.

Sie hatten ihn direkt damit konfrontiert, wie ihn Dr. Leopold seinerzeit zwar nicht für einen Mörder gehalten habe, aber bei seiner Aussage von damals blieb: Er sei jederzeit zu einer Affekttat fähig.

Grobauer kramte in seiner Schublade nach einer Visitenkarte. Er fand sie: Michael Bräugerber, Rechtsanwalt, stand darauf. Der alte Sack war zwar hochgradig unsympathisch, aber als Anwalt brillant. Bräugerber hatte verhindert, dass er wegen Mordes verurteilt wurde. Neulich hatte er ihn zu seinem Erstaunen im Supermarkt getroffen und erfahren, der schmierige Advokat habe sich weitgehend auf seinen Altersruhesitz in Oberhüttensölden zurückgezogen und dessen Schwiegersohn führe die Kanzlei in München. Er würde ihn kontaktieren, nur zur Sicherheit.

„Glaubst du Grobauers Alibi?“, wollte Manu von Bender wissen, als sie hinter einer Tankstelle Schönberg verließen.

„Ich weiß nicht, kann schon sein. Er kam mir ziemlich aufgeräumt vor. Bei der Vergangenheit vielleicht auch kein Wunder. Den haut bestimmt so schnell nichts aus den Socken. Schon gar nicht Besuch von der Polizei. Das Problem ist halt auch, dass bei der Tatzeit 95 Prozent der Befragten angeben, sie hätten friedlich geschlafen. Wahrscheinlich würden sich eher die verdächtig machen, die tatsächlich ein Alibi hätten. Sieht man mal von Nachtwächtern ab.“

Bender war aufgefallen, dass Grobauer bei dem Namen Mike Biefbauer kurz zusammengezuckt war. Er hatte sich allerdings gleich wieder im Griff gehabt und verneint, den Namen zu kennen.

Manu biss einen eingerissenen Fingernagel ab und betrachtete ihr Werk. „Weißt du, was es für mich so schwer macht?“ Bender sah zu ihr rüber.

„Ich kann mir irgendwie nicht vorstellen, dass sich einer, der einem Menschen den Kopf abhackt, dann im Alltag ganz normal verhalten kann. Wie geht das, derart durchdrehen und dann zur Tagesordnung übergehen?“

„Das ist kein schlechter Gedanke, Manu. Ruf doch mal Dr. Leopold an und frag ihn, ob Täter auch im Alltag Verhaltensmuster an den Tag legen, die sie verraten könnten. Ich meine zwar, schon mal gelesen zu haben, dass dem nicht so ist und sich Täter ganz normal, schlimmer noch, völlig unauffällig verhalten. Aber man weiß ja nie.“

Das Problem sei, führte Dr. Leopold aus, dass die Tat wohl durch eine akute Psychose ausgelöst worden sein musste, was aber lange noch nicht bedeutete, man habe es in diesem Fall mit einem eindeutig zu identifizierenden Psychopaten zu tun. Es gebe eine Checkliste, die eindeutige Hinweise auf psychopathische Verhaltensmuster beinhalte. Sie gehe zurück auf die größten Experten auf diesem Gebiet, Robert Hare und Hervey Cleckley.

„Demnach sind Psychopaten häufig äußerst charmant, verfügen über ein einnehmendes Wesen und zeichnen sich oftmals durch überdurchschnittliche Intelligenz aus. Neurotische Verhaltensmuster, wie Angst und Nervosität, sind ihnen ebenso fremd wie Reue, Empathie und Schamgefühl. Und Psychopaten lügen wie gedruckt. Ich lasse Ihnen die ganze Liste zukommen. Vielleicht können Sie ja etwas damit anfangen."

Keinen Erfolg hatten sie bei Familie Schmidmeister. „Sind wohl alle ausgeflogen", sagte Manu.

Sie verständigten die Kollegen in München, Dr. Schmidmeister aufzusuchen, und fuhren zurück nach Grafenau.

„Sag mal, was ist denn heute mit dem Schaller los? Der platzt ja schier vor guter Laune!"

„Es scheint, als hätte er was gefunden, aber am Telefon war er ganz geheimnisvoll."

Freudestrahlend eilte Schaller den beiden schon entgegen, als sie ins Büro kamen. Mit einer einladenden Geste bat er sie, auf den beiden Stühlen Platz zu nehmen, die er hinter sich mit gutem Blick auf den Computerbildschirm bereitgestellt hatte.

„Jetzt ist's aber genug mit der Show. Sag endlich, was du hast", drängte Manu auf Informationen. „Immer mit der Ruhe, das dauert ein bisschen." Schaller setzte sich, öffnete eine Datei am Computer, eine lange Liste mit Namen erschien. „Das sind die Kunden, die Anne Schwan in ihrem PC hinterlegt hat. Sehr vorbildlich übrigens, sehr gut strukturiert." Schaller deutete noch einmal auf den Bildschirm.

„Und das da", er zeigte auf einen riesigen Stapel von Akten, den er unter einem Fenster aufgeschichtet hatte, „das sind die

Krankenakten, die wir in ihrer Praxis sichergestellt haben." Schaller lächelte und deutete wieder in Richtung Computerbildschirm. „Mann, war das eine Arbeit. Gestern habe ich endlich das Gefühl gehabt, ich komme dem Ende näher. Dann hat es aber immer noch die ganze Nacht gebraucht, und den Vormittag auch. Jetzt habe ich alles durch."

Schaller scrollte die Liste durch, bis ein Name in roten Buchstaben auftauchte. „Das ist Michael Faller. Von ihm gibt es eine Akte im Computer. Aber keine in Papierform. Er ist höchstwahrscheinlich unser Mörder."

Bender pfiff leise durch die Zähne, nickte kurz anerkennend. „Urteilst du nicht ein bisschen vorschnell? Aber gute Arbeit, Franz. Zumindest ist das ein konkreter Punkt, an dem wir ansetzen können."

„Also, für mich ist es sonnenklar: Der war in der Praxis, wollte seine Krankenakte mitgehen lassen, du hast ihn gestört, er hat dich niedergestreckt und fertig. Der war's." Schaller wirkte leicht beleidigt, er hatte sich ein großes Lob erwartet.

„Klingt gut", sagte Manu. „Den knöpfen wir uns mal vor. Wo wohnt der?"

Schaller gab seiner Kollegin wortlos einen Zettel, auf dem er bereits die Adresse notiert hatte. Außerdem versorgte er seine beiden Vorgesetzten mit allen Informationen, die er bislang über Michael Faller herausgefunden hatte.

„Michi, du könntest heute mal den Abwasch machen, hast ja eh sonst nichts zu tun." Gerti Faller warf ihrem Mann noch einen Handkuss zu. Er blieb am Frühstückstisch zurück, blickte auf einen Berg Apfel- und Bananenschalen, leere Joghurtbecher und zahlreiche rote Marmeladenspritzer auf der sorgsam ausgebreiteten Plastik-Tischdecke. Seit mehr als zwei Jahren ging das so. Seit er, als einer der Letzten im traditionellen Glasmacherort Riedlhütte, ohne Arbeit dastand. Die Glasfabrik schloss ihre Tore und seitdem wartete der vormalige Abteilungsleiter auf eine neue

Anstellung. Doch außer öder Schichtarbeit bei einem Automobilzulieferer wurde ihm bisher von der Arbeitsagentur nichts angeboten. Er hatte damals lange überlegt und war dann doch froh, als jemand anderes die Stelle bekam.

Seine Frau, Lehrerin, sorgte für den Unterhalt der Familie. Er saß daheim und wusste nichts mit sich anzufangen. Außer Fußball hatte er nichts mehr. Nur noch als Trainer einer „unabsteigbaren" Mannschaft in der untersten Spielklasse wurde er gebraucht. Nicht selten war ihm danach, einfach nur seinen Koffer zu packen und abzuhauen. Irgendwohin. Wo ihn keiner kannte. Weg von Riedlhütte. Weg von den Freunden, die ihn von Tag zu Tag mitleidiger anschauten. Vor allem aber weg von ihr.

Nicht, dass sie finanzielle Probleme gehabt hätten. Sie hatten keine Kinder, Gerti unterrichtete am Gymnasium Deutsch und Englisch, arbeitete seit seiner Entlassung in Vollzeit. Da drückte einerseits nichts. Andererseits musste Michi ein paar Annehmlichkeiten aufgeben, die ihm mehr als wichtig waren. Vom schnieken A3-Cabrio trennte er sich schweren Herzens, stattdessen rollerte er jetzt mit einer 125er Pegasus durchs Leben. Was letztlich auch dazu führte, dass seine Freundin, deren Liebesdienste er von Zeit zu Zeit beanspruchte, ihm längst den Rücken gekehrt hatte. Kein emotionales Problem, eher ein harter Schlag gegen die bis dahin ungebremste Männlichkeit. Auch seine Mitgliedschaft im Golfclub konnte er nicht halten. Zu laut wurde das drängende Gezänk seiner Frau, es gehe nicht an, wie er ihr sauer verdientes Geld mit vollen Händen unter die Leute brachte. So war das eben: Wie das Geld hereinkam, so gaben sie es großzügig wieder aus. Reisen in ferne Länder, beste Klamotten, die Autos, feine Abendessen. Und das Haus. Viel zu groß für ein Ehepaar, gerade passend für sein Ego.

Er goss sich noch eine Tasse Kaffee ein. Seine Gedanken kreisten um die letzten Monate, eigentlich Jahre, bevor es die Firma nicht mehr gab. Er hatte zahlreiche Angebote. Lukrative sogar. Doch es fiel ihm nicht leicht, die gewohnten Bahnen zu verlassen.

Genauer gesagt: Er konnte es einfach nicht, obwohl er wusste, es würde ihn unweigerlich in die Arbeitslosigkeit treiben. Jeder wusste es, die Zeit der Glashütte war abgelaufen, die Uhr tickte hörbar. Jahrelang. Seine Eitelkeit reichte aber auch da noch so weit, ihn im festen Glauben zu verhaften, der Arbeitsmarkt würde auf ihn warten. Tatsächlich wartete niemand. Als er es einsehen musste, war es zu spät.

Der Kaffee war kalt geworden, mit leichtem Ekel schluckte er die Brühe hinunter und begann, langsam abzuräumen. Als er das Geschirr in der Spülmaschine verstaute, nervten ihn die klebrigen Finger, die er von den Marmeladenspuren abbekommen hatte. Von einer Sekunde auf die andere spürte er seinen Kopf rot und heiß anlaufen. Er packte eine Tasse und schleuderte sie quer durch die Küche, wo sie an der Dunstabzugshaube zerschellte.

„Ich werde verrückt", schrie er.

Wieder vollkommen ruhig holte er die Kehrichtschaufel aus dem Schrank, fegte die Scherben zusammen, wusch seine Finger und sorgte für Ordnung im Haushalt. Dabei züngelten in seinem Kopf die wirrsten Gedanken, versuchten, Feuer zu legen, machten ihn aggressiv und depressiv zugleich. Der Versuchung, sich jetzt, um halb neun vormittags, ein Bier aufzumachen, konnte er widerstehen. Schon alleine, weil er ohnehin keinen Alkohol mochte. Oder wenigstens nur dann, wenn er in launiger Gesellschaft am Abend seine Fröhlichkeit zur Schau stellen wollte. Seine Männlichkeit war in diesem Moment so weit gebrochen, dass ihm Tränen in die Augen stiegen. Nicht aus Wut. Eher aus Selbstmitleid.

Er kramte die Zeitung aus ihrer Röhre vor dem Haus. Statt mit den Sportseiten zu beginnen suchte er erst einmal die Stellenanzeigen nach einem passenden Angebot ab. Außer Annoncen, die er allzu leicht durchschaute, war nichts zu finden: 5000 Euro monatlich wurden da beworben, ohne etwas verkaufen zu müssen. Oder billige Nebenjobs. 450 Euro im Monat. Für Drecksarbeit. Vom Abteilungsleiter zum Zeitungsausträger? Undenkbar.

Er ging in den Keller. Das Messer des Rasenmähers wurde beim letzten Einsatz arg verbogen, als er achtlos über einen Stein fuhr. Jetzt schraubte er das Ding ab, legte es auf die Werkbank und dengelte mit aller Kraft, die er in den Fäustel legen konnte, darauf ein. Bis er schwitzte, bis es ihm erneut die Tränen in die Augen trieb. Jeden einzelnen Schlag widmete er dem ehemaligen Chef, der so viel versprochen hatte und so wenig davon hielt. Er hämmerte auf das Messer ein, bis erste Funken flogen, bis ihm kraftlos der Arm herunter sank. Das Messer war wieder gerade.

Noch einmal drosch er darauf ein, diesmal mit der linken Hand. Und dachte an Gerti, spürte, wie ihn der Neid auf sie innerlich zerfraß, wie er es hasste, nicht auch eine Beamtenlaufbahn eingeschlagen zu haben, als ihm die Welt noch offen gestanden hatte. Frei wäre er aller Sorgen. Frei wäre er. Er blickte auf die Uhr. Es war nicht einmal eine halbe Stunde vergangen, als der Rasenmäher wieder zusammen geschraubt und einsatzbereit war. Die Zeit, sie wurde ihm zum mächtigsten aller Feinde. Zum zweitmächtigsten.

Die Arme taten weh, als er seine Sportsachen aus dem Kleiderschrank zog und sich die Laufschuhe schnürte. Was sollte er tun, ein Mann von 43 Jahren? Voller Kraft, voller Energie. Durch die Terrassentür verließ er das Haus, über den Garten lief er einen Hügel hinauf, um dort schnell – beinahe schon verstohlen – in den Wald zu gelangen und für eine Stunde zu laufen. Es war die beste Zeit des Tages, abgesehen vom Training am Mittwoch und den Spielen der Mannschaft am Sonntag. Die Luft war immer gut, der Kopf wurde mit jedem Schritt freier, der Körper fand jene Entladung, die er brauchte wie andere das Sofa am Abend. Nach getaner Arbeit. Wenn er nach einer Stunde ins Haus zurückkam, wenn er geduscht hatte und sich frischen Kaffee aufbrühte, da war er immer aufgeladen wie ein Hochleistungsakku. Dann hatte er das Gefühl, er könnte die Welt zerreißen. Dann beschloss er, Tag für Tag, Woche für Woche: Jetzt packe ich es an. Die brauchen mich doch da draußen. Aber wenn er dann vor dem Computer saß, auf die leere, weiße Seite des geöffneten Dokuments blickte, in das er seine Bewerbungen tippen wollte, schien es ihm, als würde auch in seinem Gehirn diese Leere herrschen. Also trieb es ihn förmlich in Facebook, trieb es ihn auf die Schafkopf-Seite, und er versank irgendwo zwischen Wenz, Geier und Tout. Noch fünf Minuten, sagte er sich. Oder zehn. Und als er wieder auf die Uhr schaute, war erneut eine halbe Stunde verstrichen. Drei Laufende, zwei Farben frei und doch kein Stich. Das Leben hatte es so lange gut mit ihm gemeint. Vorbei.

Seine Frau kam nach Hause. 12.45 Uhr. „Du hast wieder nichts gekocht. Könntest dich schon ein wenig nützlich machen. Warum schaut es in der Küche trotzdem aus, als hätte eine Bombe eingeschlagen?“ Manchmal hörte er es gar nicht. Schließlich liebte er sie und konnte sich nicht vorstellen, ohne sie zu sein. Doch öfter noch trafen ihn solche Worte wie kleine Messerstiche, gruben sich in seine Eingeweide und öffneten blutende Wunden. Die Küche war aufgeräumt, so wie er es für ausreichend hielt. Essen kochen hatte er vergessen. Wie beinahe jeden Tag.

„Schatz, mir geht es nicht gut“, sagte er. Weil er wusste, dass sie es verstehen würde. Und sie verstand.

„Ach, mach dir keinen Kopf. Wir kriegen das schon hin.“ Sie tröstete ihn mit diesen Worten, und doch fühlte er sich gedemütigt. Verletzt, weil sie die Starke war und er um Mitleid heischen musste. Sie nahm ihn in den Arm, küsste ihn auf die Stirn, so wie eine Mutter ihr Kind, das sich beim Bolzen das Knie aufgeschlagen hatte.

„Mann, war die Zehnte heute wieder anstrengend. Dieser Benedikt treibt mich noch in den Wahnsinn. Meinst du, der könnte sich eine Sekunde still halten? Mit 16. Die sind wie in der Grundschule, ich sag's dir.“ Gerti strich sich die Haare aus der Stirn, öffnete wie nebenbei den Kühlschrank und warf zwei frische Steaks in die Pfanne. Zehn Minuten später stand das fertige Essen auf dem Tisch. So ganz nebenbei, während sie ihm erzählte, was in der Schule passierte, von dem kauzigen Kollegen, der schon seit ein paar Tagen krank sei, infolge dessen alles drunter und drüber gehe, von ihrer Müdigkeit, der sie nur noch mit einer Stunde Schlaf entgegenwirken könne. Er hörte nicht zu, war in Gedanken. Irgendwo, in einem geheimen Winkel seiner Seele, von dem sie nichts ahnte. Nichts ahnen durfte.

Bevor sie sich in Richtung Schlafzimmer entfernte, rief sie ihm noch zu: „Heute Nachmittag gehen wir schön Kaffee trinken und dann überlegen wir uns, wie wir für dich einen gescheiten Job finden. Mach dir keine Sorgen."

Wir. Wir überlegen uns wie. Wir suchen für dich. Wir. Immer nur wir. Er hielt es nicht mehr aus, schaltete den Fernseher ein und schaute sich im Nachmittagsprogramm die Sorgen anderer Menschen an. Vielleicht waren sie die Letzten, auf die er noch voller Überlegenheit hinabblicken konnte.

Der Fernseher lief, er ließ sich berieseln. Gezeigt wurde eine Gerichtsverhandlung gegen einen abgehalfterten Typen, der in ein Haus eingebrochen war. Da fiel ihm Anne Schwan ein und seine Gedanken glitten ab. Fast hätte er die Türglocke überhört.

„Herr Faller, Michael Faller?"

Eine wahnsinnig attraktive Frau hielt ihm einen Polizeiausweis unter die Nase. Beinahe hätte es ihn umgehauen vor Schreck, doch er fasste sich schnell, tat überrascht – was er auch war – und bat die Attraktive und deren Kollegen ins Wohnzimmer.

Er wusste, wer dieser Kollege war, und das mulmige Gefühl eines schlechten Gewissens nahm ungeahnte Ausmaße an. Er vertraute auf seine Fähigkeiten als ehemaliger Abteilungsleiter, seine Gefühle nach außen verbergen zu können. Wenn er mit seinen Arbeitern verhandeln musste, hatte er schließlich keine Schwäche zeigen dürfen.

„Ich weiß nicht, was Sie von mir ...", er stockte. „Darf ich Ihnen etwas anbieten? Wasser, Kaffee?"

Die beiden Beamten winkten ab, kamen stattdessen direkt auf das Wesentliche zu sprechen. Anne Schwan, er hatte es geahnt.

Wenn ihm auch völlig schleierhaft war, wie sie ausgerechnet auf ihn kamen, noch dazu so schnell.

„Sie meinen diese Ärztin, die ermordet wurde? Habe ich gelesen, ja. Was habe ich damit zu tun?“ Er kam sich vor wie einer dieser schrägen Vögel im Nachmittagsprogramm, die mit ausweichenden Antworten meinten, die Polizei aufs Glatteis führen zu können und sich dabei meistens verrannten. Er musste vorsichtig sein. Musste gut überlegt antworten und trotzdem schnell sein. Und dabei darauf hoffen, dass seine Frau nicht durch die Stimmen im Haus geweckt würde. Michael Faller stand unter Strom und er fühlte beinahe seine eigenen Haare knistern.

Als sich die Haustüre öffnete und ein offensichtlich arroganter Kerl seinen Kopf herausstreckte, begannen Benders Fingernägel unmittelbar zu jucken. Außerdem musste der Kommissar gegen den starken Impuls ankämpfen, dem Mann auf der Stelle die Faust ins Gesicht zu schlagen. Bender war davon selbst überrascht, zumal das nicht zu seinen üblichen Vorgehensweisen gehörte. Irgendetwas löste in seinem Nervensystem Alarmstufe Rot aus, ohne zu wissen, was es war. Er beschloss, die Sache von Anfang an Manu zu überlassen und erst einmal genau zu beobachten. Der Kerl roch nach schlechtem Gewissen.

Manu konnte das nicht leiden. Männer, die offensichtlich zuerst einmal ihren Körper abscannten, ehe sie ihr in die Augen blickten. Das war so einer und sie bemerkte wohl, was seine ersten Gedanken waren, als er sie sah. Deshalb verzichtete sie darauf, sich umständlich vorzustellen und hielt ihm energisch den Ausweis unter die Nase. Es bereitete ihr durchaus Vergnügen mitanzusehen, wie der Mann schnell in Abwehrhaltung ging und alle Konzentration auf Vorsicht umschlug. Druck aufbauen, dachte sie. Und nicht mehr nachlassen.

Die üblichen Floskeln waren zu hören.

Sie nahm das Angebot nicht an, sich im Wohnzimmer zu setzen, wollte auch nichts trinken und war froh, als auch Bender ähnlich zurückhaltend blieb.

Faller wollte sich offensichtlich ein wenig Luft, Zeit, verschaffen, ehe er sich den beiden Polizisten stellte. Manu konnte ihm diese Zeit nicht gewähren und kam deshalb sofort auf Anne Schwan zu sprechen. Dass er dabei erneut der Frage auswich, ließ sie beinahe automatisch zu ihrer Gesäßtasche greifen, um nach den Handschellen zu tasten. Bender, so schien es ihr, würde erst einmal nichts sagen. Sie kannte ihn lange genug, um zu erkennen, dass er in höchster Alarmbereitschaft war. Also griff sie an.

„Jetzt tun Sie nicht so, als würden Sie Anne Schwan nicht kennen."

Immer noch standen Bender und Manu mitten im Wohnzimmer, beide mit dem Rücken zum Ausgang.

„Was heißt kennen ...?" Faller antwortete nur zögerlich und fiel mehr zurück auf die Couch, als dass er sich gesetzt hätte.

Manu unterbreitete ihm die Fakten, so wie sie von Schaller aufbereitet waren.

„Ja, ich war da schon mal, aber ... Woher soll ich wissen, warum meine Krankenakte fehlt?" Faller rutschte fast unmerklich auf seiner Couch noch ein Stück zurück und vermied jeglichen Blickkontakt.

„Wir kennen uns doch", sagte Bender. Schneidend.

„Ich ... ich wüsste nicht", antwortete Faller.

„Wo waren Sie am Tattag?"

„Zu Hause, nehme ich an. Ich bin arbeitslos. Oder beim Joggen."

„Wissen Sie was, wir reden in Grafenau weiter. Sie kommen mit auf die Inspektion." Manu wies ihm den Weg zur Tür. Sie hatte verstanden, Bender hatte denselben Verdacht wie sie auch. Faller war es, den Bender im Haus von Anne Schwan gestört hatte.

Faller saß hinten im Auto, Bender neben sich. In seinem Kopf ratterte es förmlich. Er wusste, dass er kaum eine Chance hatte, hier ungeschoren wieder rauszukommen. Die Frage war nur, was er sich bis zum Verhör in der Inspektion an Antworten zurechtlegen konnte.

Die Wahrheit, soviel war sicher, die müsste er so lange wie möglich zurückhalten. Nicht wegen der Polizei, vielmehr wegen seiner Frau. Doch was sollte er ihr sagen, über die Rolle, die Anne Schwan in seinem Leben gespielt hatte? Ein Verhältnis mit ihr gehabt zu haben, das würde sie ihm womöglich sogar verzeihen. Aber den Rest? Er saß im Auto der Polizei, er saß in der Falle.

Und da war noch das Problem mit der Arbeitslosigkeit. Würde die Wahrheit über ihn ans Licht kommen, er könnte sich jegliche Chancen auf einen ihm angemessenen Job mit Führungsaufgaben abschminken. Er dachte an die Stellenangebote, die er vormittags gelesen hatte – 450 Euro Jobs, Hilfsarbeiter. Das war keine Zukunft für ihn, so wie er sich das vorstellte. Er war schon so weit gekommen, hatte gedacht, alle Spuren beseitigt zu haben. Und nun das.

Bender hatte schnell entschieden. Es war besser, wenn sich Manu mit Faller beschäftigte, denn beide Polizisten waren davon überzeugt, dass nur Faller es sein konnte, der den Kommissar niedergeschlagen hatte.

„So etwas kenne ich von mir selber nicht, ich hatte wirklich den Impuls ihn zu schlagen, schon als er die Tür aufgemacht hat.“ Bender schüttelte den Kopf. „Geh du rein, Manu, ich weiß nicht, was ich ...“

So hatte Manu ihren Chef noch nie erlebt. Der Schlag im Haus von Anne Schwan schien ihm mehr zugesetzt zu haben, als es körperlich zu sehen war.

Das Verhör mit Faller lief aus Sicht von Manu sehr erfolgreich ab. Sie ließ ihm keine Zeit zum Nachdenken, hakte immer sofort nach, wenn sie das Gefühl hatte, er suche nach Ausreden. Bis er schließlich einbrach und das Leugnen aufgab.

„Ja, ich war im Haus", flüsterte er.

„Lauter", Manu deutete auf das Mikro des Aufnahmegeräts.

„Ich war im Haus und ich habe Ihren Kollegen niedergeschlagen. Aber ich habe mit dem Tod von Anne nichts zu tun."

„Anne? Man kannte sich besser?" Manu mischte unüberhörbaren Triumph in ihre Stimme.

„Ich möchte nicht, dass das meine Frau erfährt", sagte Faller mit fester Stimme.

„Glauben Sie mir, das ist nicht Ihr größtes Problem." Manu führte das Verhör in unverminderter Schärfe weiter.

Am Ende setzte sie Faller nach einer kurzen Unterredung mit Bender in die kleine Zelle der PI.

„Für den tätlichen Angriff auf einen Kriminalbeamten werden Sie sich in jedem Fall verantworten müssen. Und Sie stehen unter dringendem Tatverdacht in Sachen Tötungsdelikt an Anne Schwan."

„Super Arbeit", sagte Bender. „Manu, Hut ab, wie du den weichgekocht hast. Franz, ich sag einfach nur: klasse."

Bender saß zufrieden mit seinen beiden Kollegen am Besprechungstisch, sie sortierten die neuen Fakten. Demnach war Michael Faller ins Haus der Anne Schwan eingebrochen, um seine Krankenakte abzuholen. Er war bei ihr in Behandlung. Seit Jahren litt er an Spielsucht, Anne Schwan hatte ihm dabei geholfen, diese einigermaßen unter Kontrolle zu bringen. Als sie getötet wurde, so räumte er im Verhör ein, hatte er keinen anderen Ausweg gesehen, als seine Krankenakte verschwinden zu lassen. Als Motiv gab er an, Angst davor gehabt zu haben, keinen angemessenen Job mehr zu finden, wenn seine Spielsucht bekannt werden würde.

Noch schwerer wog die Verzweiflung, seine Frau hätte von der Sache Wind bekommen können. Obwohl er in Behandlung war, sei er des Öfteren heimlich nach Tschechien gefahren und habe dort Geld verzockt. Zwar seien er und seine Frau im Umgang mit

Geld sehr locker gewesen – zumindest solange er gut verdient habe – doch für das Spielen hätte sie gewiss kein Verständnis gehabt.

Dass ihm Bender bei seinem Einbruch in die Quere gekommen sei, so kurz vor dem Ziel, das habe bei ihm die Sicherungen durchbrennen lassen.

„Das ist ein Schnösel. Und ein armer Wurm ist er auch." Bender war einerseits zufrieden, seinen Angreifer so schnell ermittelt zu haben. Es nagte aber schon an ihm, ausgerechnet von so einem übertölpelt worden zu sein. „Jetzt geht es um die Frage, wo er zur Tatzeit war. Wirklich greifbar ist da noch nichts, ich weiß nicht, ob er die Schwan umgebracht hat. Du hattest ihn schon so weit, ich glaube, das hätte er auch zugegeben", nickte er Manu zu.

„Auf jeden Fall brauchen wir so schnell wie möglich die Aussage seiner Frau. Mal schauen, ob sie sein Alibi bestätigen kann – oder will. Fahren wir nochmal nach Riedlhütte und reden wir mit ihr."

In diesem Moment ging die Tür auf, und Fritz Liebl kam herein, hinter ihm eine nervös wirkende Frau. „Das ist Gerti Faller, die Ehefrau unseres Verdächtigen. Sie möchte mit euch sprechen."

„Wieso haben Sie meinen Mann verhaftet?" Gerti Faller schien vom Donner gerührt. Meinhart hatte sie aus dem Schlaf gerissen und aufgeregt in sein Handy gestöhnt, dass ihr Mann abgeführt worden war.

„Ich hab doch gewusst, dass ich den Vogel vorhin vor der PI gesehen habe", sagte Manu.

Es dauerte nur ein paar Minuten. Das Alibi ihres Mannes konnte sie nicht bestätigen, obwohl es ihr sichtlich schwerfiel, das zuzugeben.

„Natürlich sind wir zusammen ins Bett gegangen", sagte sie.

„Und er war die ganze Nacht da?"

„Ja, natürlich."

„Sind Sie sicher?"

„Ich habe einen sehr tiefen Schlaf und er steht öfter mal nachts auf. Ich kriege das oft gar nicht mit."

„Also, wenn er ein, zwei Stunden weg gewesen wäre, Sie hätten es womöglich gar nicht bemerkt?" Bender konnte sich so etwas nicht vorstellen.

„Naja, könnte schon sein", sagte Gerti Faller. „Aber der Michi doch nicht, der bringt doch keinen um."

„Mich hat er jedenfalls niedergeschlagen", sagte Bender nur knapp.

Gerti Faller war von diesem Gespräch sichtlich mitgenommen. Dem Wunsch, ihren Mann sprechen zu dürfen, entsprach Bender nicht. „Das muss noch ein bisschen warten, tut mir leid. Wir werden ihn auf jeden Fall über Nacht hier behalten. Morgen sehen wir weiter."

Auf der Straße wurde Gerti Faller von ihrem Lehrerkollegen aufgehalten. Doch sie hatte keine Lust, Meinhart Auskunft zu geben. Sie konnte es immer noch nicht fassen. Ihr Mann hatte einen Polizisten niedergeschlagen und vor allem: Er war spielsüchtig. Warum, fragte sie sich immer wieder, hatte sie all die Jahre nichts davon bemerkt?

Als die Frau gegangen und Bender mit seinen beiden Kollegen wieder alleine war, machte sich bei allen Erleichterung breit. Gleichzeitig wusste für den Moment keiner, wie man nun weitermachen sollte.

Bis Manu das Schweigen brach.

„Wie sieht es aus, Jungs? Ich glaube, wir haben uns allesamt ein Weißbier in der Racheldiensthütte verdient, oder?" Sie klatschte in die Hände. „Hopp, hopp. Auf geht's. Ich fahre."

Franz Schaller war immer wieder beeindruckt. So einen magischen, geradezu verzauberten Ort hatte er im Bayerischen Wald noch nicht gesehen. Die Racheldiensthütte lag in einer Lichtung mitten im Wald. Wanderwege führten dorthin, dementsprechend herrschte viel Betrieb an den schweren Holzbänken und -tischen. Ein junger Schäferhund kam schwanzwedelnd auf Bender zu.

„Hallo, mein Freund", sagte Bender, „wo ist denn dein Herrchen?" Paul Freier stand hinter der Theke und zapfte Bier. Der kauzig wirkende Wirt des Ausflugslokals freute sich aufrichtig, seinen inzwischen besten Freund zu sehen.

„Ralf, schön, dass du mal wieder da bist. Aber du siehst ja, der Laden brummt."

„Kein Problem, ich bin mit Manu und Schaller da. Kommst halt raus zu uns, wenn du Zeit hast."

„Der Katastrophenkollege ist auch dabei? Den wollte ich eh mal kennenlernen."

„Du wirst es nicht glauben, aber er entwickelt sich doch tatsächlich zu einem brauchbaren Mitglied der Kriminalpolizei."

„Dein Wort in Gottes Ohr. Was du mir bis jetzt so alles von dem erzählt hast, kann ich das kaum glauben."

Als Bender wieder aus dem Haus trat, sah er Franz auf Manu einreden. Sie verdrehte genervt die Augen und sah ihren Chef hilfesuchend an, als sie ihn entdeckte. Auch wenn es schon mehr als zwei Jahre zurücklag, dass sie mit Schaller ein kurzes Verhältnis hatte, sie konnte sich bis heute nicht erklären, was sie jemals an ihm attraktiv gefunden hatte. Er war nett, ja, klar, und er war sensibel. Doch er war auch ein großes Kind. Ein Teenager vielleicht, schon allein vom Äußeren. Die Haare fielen lockig auf seine Schultern. Er trug Sneakers, Jeans und T-Shirts mit Bildern und Tourdaten seiner Lieblings-Bands. Er war ein Nerd, ein Computerfreak. Gerade hatte er ihr erbost etwas von einem Online-Spiel erzählt, bei dem es darum ging, Städte zu bauen.

„Stell dir vor, da kauft man Sim City und dann läuft das nur online über die Server der Entwicklerfirma. Und dann sind deren Server so überlastet, dass das Spiel überhaupt nicht läuft. Das ganze Wochenende hab ich damit verbracht und nicht einmal ordentlich zum Laufen bekommen. Eine Sauerei ist das, eine verdammte Sauerei."

Er war ein liebenswerter Kindskopf geblieben, während sie in den letzten Jahren eine gewaltige Wandlung durchgemacht hatte. Die beiden großen Fälle, die sie in kurzer Zeit bearbeiten mussten, hatten sie ernsthafter aber auch zielstrebiger gemacht. Viele ihrer Illusionen und Werte, die sie von der Polizeischule noch in den aktiven Dienst retten konnte, waren inzwischen auf der Strecke geblieben. Sie war schlicht und einfach nicht mehr so blauäugig. Bender stellte drei leichte Weißbier auf den Tisch und streichelte erneut den Hund, der schwanzwedelnd zu ihnen gekommen war und sich – um Liebe bettelnd – vor Bender setzte.

Alle drei genossen die Wärme des Tages und die kurze Auszeit, die ihnen Gelegenheit zum Durchatmen gab. Sie verhörten jeden, der in irgendeiner Beziehung zu Anne Schwan gestanden hatte. Später wollten sie noch zu Ferdinand Bräugerber. Die Sache mit den Fußabdrücken ließ ihnen keine Ruhe.

Über Familie Bräugerber lag der Schatten eines dunklen Geheimnisses. Michael Bräugerber hatte sich vor zwei Jahren in den Bayerischen Wald zurückgezogen. Das Haus in Oberhüttensölden, in dem er früher schon seine Familie geparkt hatte, um in München stets freie Hand zu haben, war inzwischen zu einer ansehnlichen Villa in Alleinlage gewachsen – ein Altersruhesitz mit unverbaubarem Blick in das kleine Tal, das den Ort von der Marktgemeinde Schönberg trennte.

Der Alte war während seiner Blütezeit einer der Anwälte gewesen, die besonders abstoßende Klienten um sich scharten. Korrupte Politiker, Vergewaltiger, Päderasten, Holocaust-Leugner und andere Schmeißfliegen nahmen seine Dienste bevorzugt in Anspruch, und er hatte sie gerne verteidigt. Es schien ihm stets Lust zu bereiten. Und das über beinahe 40 Jahre mit großem Erfolg – zum Leidwesen vieler Opfer, Richter und Staatsanwälte. Seine barocke Figur, deren hervorstechendste Merkmale ein gewaltiger Bauch, ein hochroter, breiter Kopf und schwulstige Lippen waren, hüllte er Zeit seines Berufslebens in Kord-Kniebundhosen, Wadenstrümpfe und vor allem in Loden. Lodenmantel und -hut waren sein Markenzeichen. Und er bevorzugte schwere Schuhe, Wanderstiefel. Bräugerber sah gewohnheitsmäßig so aus, als habe er nach dem gerade aktuellen Termin noch eine Verabredung zur Jagd. Und, um der Wahrheit die Ehre zu geben, nicht selten traf dies zu. Das alles wurde an abstoßender Hässlichkeit nur noch von den zwei kleinen bösartigen schwarzen Augen übertroffen, die dem Spruch: „Wenn Blicke töten könnten ...", einen Sinn gaben.

Heute, mit 78 Jahren, sah er nur noch selten in seiner Kanzlei in München, die in einem der alten herrschaftlichen Bürgerhäuser in der Wittelsbacher Straße untergebracht war, nach dem Rechten. Die Geschäfte führte Dr. Michael Schmidmeister. Bräugerber hatte vollstes Vertrauen in seinen Schwiegersohn, der sich äußerlich völlig von ihm unterschied. Schmidmeister trug sündhaft teure Maßanzüge, und auch die auf Hochglanz polierten Schuhe waren exakt auf seine Senk-Spreiz-Füße zugeschnitten. Die randlose Brille überspielte die kalten Augen und den schmallippigen Mund. Hinter der durchtrainierten Fassade eines perfekten Körpers war Schmidmeister aber das widerwärtige Äquivalent seines Schwiegervaters. Einer der Zeitgenossen, die mühelos auf der Klaviatur der Münchner Bussi-Bussi-Gesellschaft spielten und gleichzeitig die eigene reaktionäre Gesinnung schleichend wie Gift in jede Unterhaltung einfließen ließen.

Bräugerber drängte es also nicht mehr in seine Kanzlei. Er hatte beruflich alles erreicht, genoss den Ruf als Elder Statesman – ein Titel den er sich selbst gegeben hatte, weil er ihn für treffend hielt. Außerdem hatte er einige gute Kontakte in den Ruhestand gerettet. Heute saß er, so wie jetzt auch, lieber auf einer schweren Holzbank vor seinem Haus in Oberhüttensölden. Vor ihm stand, auf dem ebenso massiv geschreinerten Tisch, ein mit einer Jagdszene prachtvoll verzierter und stets gefüllter Bierkrug mit Zinndeckel sowie ein Aschenbecher, in dem eine Zigarre mit der Glut kämpfte. Cohibas, hergestellt im sozialistischen Kuba, waren der einzige Makel seiner ansonsten strammen Gesinnung.

„Aber was soll man machen?", hatte er seinem grinsenden Schwiegersohn einmal feixend mitgeteilt, „diese Dinger, gedreht auf den fetten Oberschenkeln kommunistischer Nutten, sind mein Beitrag zur Völkerverständigung."

Bräugerber dachte nach. War es an der Zeit, ein Resümee zu ziehen? Im 79. Lebensjahr zu überlegen, ob es ein gutes Leben gewesen war? Wahrscheinlich, denn wie lange würden die Tabletten, die er gegen seinen Alterszucker, die hohen Fettwerte im Blut und gegen sein Magengeschwür schluckte, noch die finale Show aufhalten? Er knuffte seine Frau Eva, geborene Hummler, die neben ihm saß und mit leerem Blick in die Ferne starrte, in die Seite. Ihr Zeichen, den Bierkrug wieder aufzufüllen. Eva Bräugerber, in Erscheinung ihrem Mann mit zierlicher Gestalt und geringer Körpergröße völlig gegensätzlich, sprang, trotz ihrer 67 Jahre erstaunlich behände, aus ihrer Sitzposition und erfüllte ihre Pflicht. Die kurze Zeit, in der sie versucht hatte, dem Martyrium eines Despoten etwas entgegenzuhalten, war Jahrzehnte her.

Bräugerber wischte den Speichel, der seit einigen Wochen unangemeldet aus seinem rechten Mundwinkel floss, mit seinen kurzen aber makellosen Fingern zur Seite. Sein Blick wurde hart. Er dachte an seinen Sohn. Ferdinand Bräugerber. Dieser Versager hatte tatsächlich gewagt aufzubegehren. Wollte nicht Jura studieren, hatte sich der Menschlichkeit verschrieben. Senior Bräugerber spuckte verächtlich aus. Aller Einfluss, den er geltend gemacht, alle Steine, die er in den Weg seines Sohnes geworfen hatte, sie waren letztlich vergebens. Gut, sein Sohn musste das Lehramt-Studium abbrechen, dafür hatte er gesorgt und auch als Sozialpädagoge bekam er als angeblich Kokainsüchtiger keinen Job, doch letztlich hatte sich sein Sohn doch seinem Einfluss entzogen und war Nationalparkranger geworden. Diese verdammten Waldschützer hatten Ferdinand als den ihren in ihrem Kreis aufgenommen und ließen sich von keiner lancierten Bosheit vom Gegenteil überzeugen.

Er nahm einen tiefen Schluck aus dem Krug, den ihm Eva gerade wieder hingestellt hatte und wendete sich einem erfreulicheren Thema zu, seinem prächtigen Schwiegersohn. Gut, in den Anfangsjahren war der ein willfähriger Köter gewesen, einer, der nachkläffte, was er zuvor schon gebellt hatte, aber schließlich erkannte Bräugerber das Potenzial, das in dem Pinscher steckte. Er war formbar, beeinflussbar und am Wichtigsten: Er hatte Felizitas geheiratet! Und dann sah er, wie ein Porsche Cayenne auf den Parkplatz vor dem Haus fuhr.

Sie waren unzertrennlich. Paul und Emma, die äußerlich ungleicher nicht hätten sein können, sprangen beinahe gleichzeitig aus dem Wagen. Es dauerte einen Moment, genug Zeit für den Alten, sich erneut den Speichel aus dem Gesicht zu wischen, ehe auch die Mutter der beiden aufgekratzten jungen Leute, ehe Felizitas aus dem Wagen stieg.

Felizitas Schmidmeister, geborene Hummler, adoptierte Bräugerber, war ohne Frage einmal eine schöne Frau gewesen. Auch durch die nachlässige Kleidung, die ausgewaschenen Jeans und den achtlos übergeworfenen Pulli konnte man erkennen, dass sich darunter eine begehrenswerte Figur versteckte. Im Gegensatz zu ihrer eigentlichen Körperhaltung ragten zwei Brüste aufreizend, wie Bräugerber fand, in den Himmel des Bayerischen Waldes.

„Der Arber und der Rachel“, hatte er vor Jahren gescherzt. Doch Felizitas Schmidmeister war eine gebrochene Frau. Ihr fahles Antlitz, das achtlos zusammengebundene Haar, verrieten, dass die Sonne für sie, die als Kind so unbeschwert lachen konnte, schon lange nicht mehr geschienen hatte. Sie wagte es nicht, ihren Stiefvater anzusehen und erntete von ihrer Mutter nur einen verächtlichen Blick, dem sie trotz ihrer 50 Lebensjahre nicht standhalten konnte. Paul und Emma fielen ihrem Großvater stürmisch um den Hals und während Emma auch die Großmutter herzlich drückte, trank Paul ungefragt einen tiefen Schluck aus dem Bierkrug. „Recht so, Junge, ein richtiger Kerl muss ordentlich was vertragen können. Was macht das Studium?"

„Alles bestens, habe letzte Woche einem Kollegen so was verpasst."

Paul deutete auf die Narbe, die sein Großvater mit Stolz auf der Wange trug. Gehörte bei den schlagenden Burschenschaften der Schmiss bei der Mensur und die daraus resultierende Narbe früher zum guten Ton, war er heute weitgehend verpönt.

„Jetzt habe ich an der Uni wieder einen Kumpel weniger", grinste Paul. „Aber der soll nur kommen, dann gibt's ordentlich was auf die Fresse."

„Recht so, Junge", sagte Bräugerber wieder.

Emma verdrehte die Augen. Wie ihr Bruder studierte auch sie in Passau Jura. Doch während Paul vorhatte, in die Kanzlei einzusteigen, wusste sie noch nicht so genau, wo sie hinwollte. Auf jeden Fall ins Ausland. Davon hatte sie allerdings noch niemandem erzählt. Sie hatte ein wenig Angst vor den möglichen Konsequenzen, die schon Onkel Ferdinand hatte zu spüren bekommen.

„Wozu sich jetzt schon den Stress antun und vielleicht kommt ja doch alles ganz anders", hatte sie mal zu einer Freundin gesagt. Und klar, schickes Auto, tolle Wohnung, stets gefülltes Konto, als Studentin von Vaters und Großvaters Gnaden lebte es sich bestens.

Nachdem sie mit den Großeltern ein wenig Smalltalk gehalten hatten, sprangen sie wieder in den Wagen. Paul winkte aus dem Fenster, rief: „Bis später" und fuhr mit quietschenden Reifen davon.

Felizitas hatte seit ihrem Eintreffen mit gesenktem Kopf, die Hände im Schoß vergraben auf dem Stuhl am Tisch gesessen, der am weitesten von ihren Eltern entfernt stand. Sie wusste, alle hassten sie. Ihre beiden Kinder, Emma, semmelblond und Traumfigur, Paul, ein untersetztes, brutal aussehendes 23-jähriges Kraftpaket, hassten sie, weil sie schwach war. Michael, ihr Mann, hasste sie, weil er immer wieder zur ihr zurück musste. Er teilte längst nicht mehr das Bett mit ihr. Und auch, wenn er sie seit Jahren nicht mehr berührte und stattdessen lieber seine Freundin vögelte, der er eine stattliche Wohnung in der Nähe des Englischen Gartens spendiert hatte, so musste er doch immer wieder zurück in das gemeinsame Haus, das er in Schönberg in einem ansonsten wenig bebauten Wohngebiet für die Familie errichtet hatte. Gut, er konnte die meiste Zeit der Woche in München bleiben, schließlich war er ein vielbeschäftigter Anwalt, doch es galt den schönen Schein der Traumfamilie zu wahren. Der alte Bräugerber bestand darauf. Deshalb war auch eine Scheidung undenkbar. Alleine mit der Erwähnung des Wortes hätte er sich den Zorn seines Schwiegervaters zugezogen. Alles in allem für Schmidmeister Grund genug, seine Frau abgrundtief zu hassen. Aber er liebte seine Konkubine, liebte sie abgöttisch.

Eva Bräugerber hasste ihre Tochter, weil sie ein Bastard war. Das elende Gör, entstanden bei einem unromantischen, alkoholgeschwängerten Geschlechtsakt hinter einem Bierzelt, während drinnen Hunderte Besoffene zur Musik grölten, hatte ihr Leben versaut. Nicht nur, dass die junge Eva als alleinerziehende 17-jährige Mutter in den 60er-Jahren des 20. Jahrhunderts in dem kleinen niederbayerischen Dorf wie eine Aussätzige, eine Hure behandelt worden war. Darüber hinaus hatte sie auch noch diesen widerwärtigen Mann heiraten müssen, dessen animalischer Geruch allein genug war, um Brechreiz bei ihr auszulösen. Doch er war der Einzige, der bereit gewesen war, ein lediges Kind nicht nur zu akzeptieren, sondern auch zu adoptieren. Und außerdem hatte er schon damals eine große Karriere in Aussicht. Damit war für Evas Vater jede Diskussion beendet. Bräugerber war den Handel aber nicht ohne Hintergedanken eingegangen. So war kurz nach dem Tod seiner ersten Frau auch wieder jemand für seinen Sohn da. Besser wäre es gewesen, ich hätte die kleine Ratte damals erschlagen, dachte er grimmig.

Auch Michael Bräugerber hasste das Häufchen Elend, das hier am Tisch saß. Er hasste Felizitas, weil er sonst sich selbst hätte hassen müssen. Er hasste sie, weil er dann ihr die Schuld geben konnte. Und dies war nun also das dunkelste Familien-Geheimnis, das nur er und seine Stieftochter kannten. Niemand wusste, dass er viele Nächte zum Platzen geil in ihr Zimmer gekommen war und sich an ihr verging. Niemand wusste, dass er sie auch noch bestieg, als sie schon mit Michael Schmidmeister verheiratet war. Und es wusste niemand sonst, dass Paul nicht Michael Bräugerbers Enkel, sondern sein Sohn war.

Bräugerber hasste seine Stieftochter und er liebte sie. Er liebte es bis heute, neben ihr zu liegen, ihre Brüste zu umfassen. Er liebte sie, sie gehörte ihm. Und es verschaffte ihm Erleichterung, dass der Schwiegersohn Fakten der Spießbürgerlichkeit geschaffen hatte und ansonsten lieber in der bayerischen Landeshauptstadt blieb. So würde sie ihm für immer gehören, für immer!

„Paul, kennst du eigentlich einen Anwalt Michael Schmidmeister, der hat in Schönberg ein Haus." Paul Freier hatte sich hinter der Theke ablösen lassen und war zu den drei Kriminalbeamten an den Tisch gekommen. „Kennen ist zu viel gesagt. Ich weiß, dass das der Schwiegersohn vom alten Bräugerber ist. Den kenne ich allerdings leider schon. Ich hab ihn hier mal gesehen, beziehungsweise gehört. Hat sich ein lautstarkes Wortgefecht mit seinem Sohn geliefert. Ferdinand Bräugerber, den kenn ich ganz gut, ist Nationalparkranger und kommt häufiger hier auf eine Brotzeit und ein Bier vorbei. Netter Kerl. Und der Alte kann sich einfach nicht damit abfinden, dass Ferdinand nicht nach seiner Pfeife tanzt. Willst mit dem Ferdinand reden? Der wohnt zwar in Mauth, ist aber meistens hier unterwegs. Soll ich ihn anrufen? Vielleicht ist er in der Nähe."

„Manchmal muss eben Kommissar Zufall helfen", sagte Bender. „Den wollen wir sowieso sprechen. Langsam kommt mir das Ganze komisch vor. Schmidmeister steht im Notizbuch von Anne

Schwan, sein Schwager findet die Anne Schwan. Und verteilt im ganzen Haus Fußspuren. Ja, Paul, ruf ihn an, den müssen wir auf jeden Fall sprechen."

Auch wenn Bender von Anfang an misstrauisch war, das Gespräch mit Ferdinand Bräugerber war nicht unangenehm. Schaller und Manu fassten sofort Vertrauen zu ihm. Der Mann war sympathisch, schien in sich zu ruhen und hatte nicht viel Gutes über seine Familie zu erzählen. In seinen Augen waren das alles machtgeile und geldverseuchte Drecksäcke. Ihm tat nur seine Stiefmutter leid, die seinen Vater heiraten musste. Da ging er noch in den Kindergarten, seine Stiefschwester war gerade in die Schule gekommen. Schaller bewunderte Ferdinand Bräugerber dafür, dass er offensichtlich seinen Platz im Leben gefunden hatte und mit seinem Leben in der Natur völlig zufrieden war. Auf die Frage, ob er sich vorstellen könne, sein Schwager könne etwas mit dem Mord zu haben, antwortete Bräugerber:

„Mein Schwager, mein Neffe, mein Vater, ich trau den Schweinen in dieser Familie alles zu. Aber ehrlich gesagt kann ich mir nicht vorstellen, dass mein Vater körperlich noch zu so einer Tat fähig ist. Außerdem, was sollte der bei Anne? Die war ein Feingeist, und das kann man von ihm nun wirklich nicht sagen. Es ist so schrecklich, dass Anne tot ist."

„Woher kannten sie eigentlich Anne Schwan?

„Ich kannte sie sehr gut, war nicht nur ihr Patient. Ich bin in Oberhüttensölden aufgewachsen, in Grafenau ins Gymnasium gegangen. Da bleibt es nicht aus, dass man sich über den Weg rennt. So viele weiterführende Schulen gibt es in der Region nicht. Und auch die Kneipenlandschaft war damals nicht so groß. Wir waren wohl ein erweiterter Kreis von rund 100 jungen Erwachsenen, die sich immer in den beiden gleichen Lokalen getroffen haben. Und da gehörten Anne und ich eben auch dazu. Nach dem Abitur hat sich zwar alles zerstreut, aber viele sind später wieder zurückgekommen. Tja, der Bayerische Wald lässt halt niemand los."

Manu war fasziniert von dem Mann, der eine gewaltige Anziehungskraft auf sie ausübte. Sie erschrak regelrecht, als er sie direkt ansprach: „Frau Kommissarin, kennen wir uns nicht? Als die Leiche hier an der Racheldiensthütte lag, da habe ich an der Kapelle diese schrecklichen Hautfetzen gefunden."

Manu blickte ihn genauer an, konnte sich aber nicht erinnern.

„Doch, doch, ich bin mir sicher. Ich vergesse nie ein Gesicht."

Bender hatte die ganze Zeit aufmerksam zugehört. „Und woher kannte Anne Schwan Ihren Schwager?"

„Das weiß ich nicht. Er ist Anwalt, vielleicht hat sie ihn mal gebraucht. Oder der alte Hurenbock hat sich irgendwo einen Tripper geholt. Das würde ich übrigens auch meinem Vater zutrauen. Obwohl, wahrscheinlich ist er mit seinen über 70 Jahren längst impotent."

Auch die Frage nach den übereinstimmenden Schuhgrößen brachte ihn nicht aus der Ruhe: „Paul, welche Schuhgröße hast du?"

„43."

„Und Sie, Herr Kommissar?"

„43."

„Und jetzt raten Sie mal, welche Schuhgröße ich habe."

Es war nicht zu übersehen, dass sich Ferdinand Bräugerber bestens von dem Schock des Leichenfundes erholt hatte. Bender musste außerdem eingestehen, dass die Frage nach der Schuhgröße wohl ein sehr dünner Verdachtsmoment war.

„Gewonnen, ich hab Größe 44", sagte Schaller und nahm einen kräftigen Schluck aus dem Weißbierglas.

Manu kicherte: „Franz, bist du betrunken, das war doch bloß ein leichtes Weizen."

„Die Generation Cola verträgt halt nix", endete Paul Freier.

„Jeder ist ein Mond und hat eine dunkle Seite
die er niemandem zeigt"
Mark Twain (1835-1910)

2

Solange ich denken kann, bin ich ein Mensch, der Gewalt ablehnt. Nicht, dass ich mich als unschuldiges Lamm sehe. Nein, ich wusste immer, wann es galt, mit Ellenbogen und Rücksichtslosigkeit meine Ziele zu erreichen. Dennoch lehne ich Gewalt ab. Anne hat mir eine andere Seite gezeigt. Ihr Tod ist schrecklich, natürlich. Aber er hat einen Sinn, wenn ich die richtigen Schlüsse daraus ziehe. Sie hat gesagt, wir haben den Ansatz gefunden, der mir die Lösung meiner Probleme bringen kann. Ich habe eine Chance, mein Schicksal beherrschen zu können. Ich muss nur erkennen wie. Sie hätte mir dabei helfen können, jetzt muss ich alleine zurechtkommen. Eines liegt offen auf der Hand: Ich bin ein Henker. Einer, der seine Liebste getötet hat und es jetzt wieder tun muss. Und wenn es stimmt, dass ich bereits mehrere Leben hatte, dann will ich wissen, ob sich die Geschichte wiederholt hat. Bin ich ein Henker, ist das meine Aufgabe?

Erstaunlich war für mich, wie gut es mir ging, nachdem Anne tot war. Die ersten Tage waren so unbeschwert, nicht ein Gedanke daran, meinen Schatz auslöschen zu wollen. Doch das Hochgefühl, diese Freiheit, sie lässt wieder nach. Ich spüre es jeden Tag ein wenig mehr, der Drang kehrt zurück. Die Gedanken, die schlaflosen Nächte. Vielleicht war das mit Anne nicht genug. Oder es liegt daran, dass es ein Unfall war. Das war vielleicht der Fehler. Jede Faser meines Körpers schreit schon wieder nach Blut. Doch ich will es nicht, ich will nicht die Liebste töten.

Aber, es gibt wohl nur zwei Lösungsmöglichkeiten, um mich von meinem Fluch zu befreien: Entweder ich töte sie – oder ich töte zuvor noch mich. Annes Tod ist eine so schwere Schuld, die ich mir aufgeladen habe. Ich weiß nicht mehr, was passiert ist, nachdem sie die Treppe hinuntergefallen ist. Ich weiß nur noch, dass ich irgendwann später mit einer Axt in der Hand vor ihr stand und überall nur noch Blut war. Blut und Grauen. Grauen vor mir selbst. Es gibt nur einen Weg: Ich muss mich selbst töten, damit niemand mehr zu Schaden kommt.

Der Wald meiner Kindheit, diese vertraute Umgebung, ist der richtige Platz für mich, um zu sterben. Wie oft habe ich hier gespielt, wie bin ich auf den Bäumen herumgeklettert, habe jeden Fels, jeden Stein, jeden Baum gekannt. Es hat sich nicht viel verändert, seitdem. Da hinten ist der Platz, an dem ich oft gesessen bin. Hier habe ich meine erste, heimliche Zigarette geraucht, als ich fast kein Kind mehr war.

Hier haben mein erstes Mädchen und ich uns geküsst und sie war die Erste, die mir einen Blick unter die Bluse erlaubt hat. Vielleicht haben wir da unsere kindliche Unschuld verloren. Hier liege ich nun und warte auf den Tod. Die Tabletten werden bald wirken.

Anne – alle meine Gedanken kreisen seit Tagen nur noch um sie. Warum denke ich nur an Anne? Warum nicht an SIE, warum nicht an die Liebste von Allen? Weil ich ihr Leben rette, wenn ich mir meines nehme? Nein, weil sie im Moment nicht wichtig ist. Sie ist in Sicherheit.

Ich wollte nicht, dass Anne sterben muss. Ich hasse mich dafür, ihren toten Körper so zugerichtet zu haben. Sie hat etwas Besseres verdient als diesen blutigen Tod. Sie hätte etwas Besseres verdient gehabt, als dass ausgerechnet ich in dieser Nacht bei ihr auftauche. Es ist gut, wenn ich jetzt für meine Schuld bezahle. Es gibt nur diese eine Strafe, und das ist mein Tod. Ich habe Böses getan und wenn ich diesen religiösen Quatsch glauben würde, dann würde ich jetzt Auge um Auge geben, ich würde Gleiches mit Gleichem vergelten. Anne war für mich da – und am Ende war sie nicht mehr am Leben. Ich werde ihr jetzt folgen.

Beinahe schon tot lag er auf dem nackten Waldboden, in einer kleinen Nische, die zwei Felsen bildeten. Die Sonne strahlte ihm direkt ins Gesicht und er spürte, wie ihm langsam die Sinne schwanden und gleichzeitig ein heller Lichtschein immer gleißender wurde, ihn aber dennoch nicht blendete. Eine für ihn bisher ungekannte Sehnsucht erfüllte ihn, die Sehnsucht, Anne zu treffen und sie um Verzeihung zu bitten. Trotzdem die Tabletten ihm das Gehirn vernebelten, musste er innerlich lächeln.

„Entschuldigung, Anne“ – lächerlich.

Da hörte er – und auch das verwirrte ihn – ihre Stimme. Er spürte sie, wie sie neben ihm saß und langsam von zehn herunter zählte. Im Halbdunkel verstand er es als seinen letzten Countdown – doch schon bei fünf erschienen plötzlich Bilder vor seinem Auge. Unbekannte zuerst, doch dann fand er sich schnell in dieser neuen Welt zurecht.

Er hörte die Fragen: „Was hast du an? Wie siehst du aus? Wie alt bist du? Wie heißt du? Wo lebst du? In welchem Jahr befinden wir uns? An welchem Ort befindest du dich? Bist du allein? Wer ist bei dir? Was tust du?“

Er musste nicht überlegen, er wusste die Antworten.

Er war eine Frau, sah sich inmitten eines halb verfallenen Schuppens im Heu liegen, mit nichts an, außer einer dicken, wollenen Unterhose, die bis über die Knie reichte. Er sah sich mit einem völlig verdreckten Gesicht, hässlichen, zottigen Haaren, die wild durcheinander vom Kopf abstanden. „Es ist das Jahr 1637, ich bin in Schweden. Ich bin 29 Jahre alt und heiße Elin. Mein Mann kniet vor mir, er ist rasend vor Wut. Er stinkt, nach Urin, nach Schweiß, nach Schwarzpulver. Nein, ich will das nicht. NEIN! Er greift nach meinem Unterrock. Nein, nicht!“

Ein panischer Schrei hallte durch den einsamen Wald.

„Er hat mich völlig ausgezogen, ich liege vor ihm und er öffnet sein Wams. Mein Gott, das will ich nicht, das darf nicht sein. Ich muss weg, ich muss kämpfen, muss mich wehren.“ Er sah sich, wie er als wehrloses Opfer, als wehrlose Frau, mit den Händen hektisch um sich schlug und um sich tastete, ob nicht irgendwo im Heu etwas liegen würde, etwas, mit dem er seinem Peiniger den Kopf einschlagen könnte. Doch da war nichts. Der Mann kniete wild schnaufend über ihm, packte ein Bündel Heu und ließ sich auf sein Opfer fallen. Während er in die wehrlose Frau eindrang, packte er mit beiden Händen das Heubündel und drückte es ihr auf das Gesicht, stützte sich selbst dabei mit seinem vollen Gewicht ab. Er ächzte, stöhnte, schnaubte.

Er sah sich als Frau, die da lag, um Luft rang, doch keine bekam, wie sie versuchte, mit den Armen um sich zu schlagen, doch nur ins Leere traf. Wie ihr langsam die Kräfte schwanden, ihr schwarz vor Augen wurde und sie über sich ergehen lassen musste, was geschah. Sie spürte diese hämmernden Schmerzen im Unterleib und rang gleichzeitig nach Luft. Ohne Erfolg. Sie sah ihm in die Augen und er starrte sie wild an. Und in dem Moment, da er die Augen weit aufriss und es ihr schien, als würde er bis in ihre Seele blicken, da spürte sie nichts mehr. Es war vorbei. Sie war tot.

Etwa zwei Stunden später wachte er auf. Schweißgebadet, schwindelig, brummender Kopfschmerz. Er war zunächst orientierungslos – doch langsam kehrte die Erinnerung zurück. Und das Leben, es hatte ihn wieder. Er blickte hektisch um sich: Anne, sie musste hier sein, er hat sie doch gespürt. Bis er gewahr wurde, was tatsächlich gerade passiert war. Tage später, als er den Schock des missglückten Suizids und der Selbstrückführung verdaut hatte, begann sein Hirn wieder wie ein Schweizer Uhrwerk zu funktionieren.

Das Erlebnis im Wald wird mein Leben für immer verändern. Ich weiß jetzt, dass da mehr ist, als nur dieser eine Wunsch, meinen Schatz zu töten. Ich trage eine geschundene Seele in mir – und alleine die Tatsache, dass ich die Tabletten überlebt habe, beweist doch, dass ich mich durch den Freitod nicht entziehen kann.

Ich bin hier, um meine Aufgabe zu erfüllen. Wie immer ich mir die Antworten auf meine Fragen auch zurecht drehe: Ich muss mehr wissen, ich muss noch tiefer in meine Seele eindringen.

Natürlich ist es eine Erleichterung zu wissen, ich kann das alleine. Es muss mir nur gelingen, Anne in Erinnerung zu rufen, diesen Abend, die Rückführung mit ihr. Wie es aussieht, geht der Rest von ganz alleine. Ich muss alles erfahren, alles wissen, alles spüren. Und wenn es noch so schrecklich ist. Zumindest hat mir der Versuch, mir das Leben zu nehmen, gezeigt, wie es ist, grausamst getötet zu werden. Erstaunlich, diesen Gestank nach Urin und Schweiß habe ich immer noch in der Nase.

Ich bin ein Henker. Ich bin aber auch ein Opfer. Ich habe getötet, ich wurde vergewaltigt und getötet. Was gibt es noch? Und wie kann ich diese Erkenntnis nutzbar machen? Ich darf es nicht vergessen: Es geht darum, ihr Leben zu retten.

Es gibt nichts Hilfloseres als einen Menschen, der alle möglichen Informationen vor sich liegen hat, doch sich daraus keinen Reim machen kann. Ich muss mein ganz eigenes Puzzle setzen, muss langsam dahinterkommen.

Dabei spüre ich es – leider, schon wieder: Ich will sie töten. Und ich will es nicht. Es gibt wohl nur einen Weg, um mir – und um ihr – Zeit zu verschaffen. Es müssen andere Frauen sterben. So lange, bis ich die Lösung gefunden habe. Die Lösung, die meine Seele ruhen lässt – und die meinen Schatz rettet.

Wie so oft reichte die Beweislage nicht, um Michael Faller über längere Zeit einzusperren. Einiges sprach gegen ihn, vor allem der Angriff auf Bender. Doch seine Geschichte klang viel zu glaubhaft, als dass Bender daran zweifelte.

Auch wenn drei Dinge ganz klar gegen ihn sprachen: Seine Frau konnte ihm kein wirkliches Alibi geben, er hatte jede Menge Tagesfreizeit und, was am wichtigsten wog, war die Einschätzung Dr. Leopolds.

Er verfolgte die Verhöre höchst aufmerksam. Danach schrieb er Faller eine deutliche Neigung zu impulsivem Verhalten zu, genauso, wie er ihn für jederzeit aggressionsbereit hielt. Es gebe deutliche Anzeichen, dass der Mann seine Gefühle nicht im Griff habe. Außerdem neige er zu Selbstmitleid und gebe anderen die Schuld für seine Situation.

Schließlich sei auch die Spielsucht ein deutliches Zeichen für eine labile Persönlichkeit. Demgegenüber stehe ein überzogener Männlichkeitswahn, der allerdings leicht zu erschüttern sei.

Trotz aller Hinweise, ein Strafbefehl ließ sich damit nicht aufrechterhalten. Sie schickten Michael Faller nach Hause.

Bender bekam Nachricht aus München. Dr. Michael Schmidmeister hatte ein wasserdichtes Alibi. Nachdem er vorgeladen worden war, stellte er sich allerdings zunächst quer und wollte keine Aussage machen, wo er in der Tatnacht war. Erst als sie ihm Druck machten und damit drohten, ihn nicht wieder gehen zu lassen, knickte er ein. Er rief die Frau an, bei der er gewesen war. Wenig später tauchte eine attraktive junge Frau in der Polizeistation auf. Dr. Schmidmeister strahlte über das ganze Gesicht, als er sie sah. Fünf Minuten später verließen beide das Gebäude. Mit wenigen Worten hatte sie sein Alibi bestätigt.

„Und, war die Frau glaubwürdig?“, wollte Bender wissen.

„Schwer zu sagen, auf jeden Fall hat sie alles so bestätigt, wie er es vorher ausgesagt hat.“

„Haben Sie die Frau getrennt von Schmidmeister befragt?“

„Natürlich, Sie müssen uns nicht unseren Job erklären.“

„Und was haben Sie die Frau gefragt?“

„Herr Bender, das geht zu weit, wir sind nicht Ihre Untergebenen.“

„Ich will zur Hölle wissen, was Ihr die Frau gefragt habt!“

Der Kollege sah im Protokoll nach und sagte dann: „Ob sie die Aussage, dass Schmidmeister die ganze Nacht bei ihr war, bestätigen kann.“

„Ihr seid dämliche Idioten“, schnaubte Bender und legte auf.

Es gibt diese Momente, da kenne ich mich selbst nicht mehr. Heute ist es besonders schlimm. Jede einzelne Körperzelle schreit danach, will mir scheinbar sagen: Es muss geschehen. Heute. Seit ein paar Tagen wird der Schmerz immer unerträglicher. Was soll ich machen?

Ich habe mich vorbereitet, ich habe alle Vorkehrungen getroffen.

Sie war in der Zeitung, vor vier Tagen. Sie passt, genau der Typ, den ich suche. Johanna von Stein – was für ein bescheuerter Künstlername, den sie sich da gegeben hat. Ich kenne sie sogar, von früher, sie war ein paar Jahre über mir am Gymnasium. Helga Baierlein. Das passt natürlich zu keiner Dichterin. Poetin nennt sie sich, mit ihren Oden an den Bayerischen Wald. Jetzt hat sie auch noch diesen Preis gewonnen, besser gesagt, die Vegesack-Medaille, die für besondere literarische Leistungen im Bayerischen Wald vergeben wird. Ausgerechnet sie. Aber ich war beeindruckt von dem Portrait, das von ihr in der Zeitung zu lesen war. Sie ist eine kreative Seele, so scheint es. Und sie versteht es, die Leute für sich einzunehmen. Die „von Stein“, die sich diesen seltsamen Namen nur gegeben hat, weil ihr Elternhaus direkt unter einer hohen Felswand steht, wird heute mein zweiter Hilfeschrei sein. Aber was viel wichtiger für mich ist: Der Zeitungsartikel hat mir genau den richtigen Hinweis gegeben, wo ich ihrem Leben ein Ende setzen kann. Heute ist es soweit.

Seit ich mir darüber im Klaren bin, wie ich den Schrecken besiegen kann, ist alles gar nicht mehr so schwierig. Die Sache mit Anne hätte nicht sein müssen, aber damals wusste ich ja noch nicht ... Jetzt ist alles klarer – es hat mich befreit. Eine Zeitlang. Diesmal gehe ich gezielter vor, bekämpfe genau den wunden Punkt, den es in meiner Vorvergangenheit gibt. Im ewigen Leben meiner Seele.

Tag für Tag spielt sich in meinem Kopf die Vergewaltigungsszene ab, mein Tod. Der Gestank dieses üblen Kerls, ich kann ihn riechen. Seinen Atem, seine fauligen Ausdünstungen.

Oft genug hatte ich den Druck, noch einmal in die Vergangenheit einzutauchen, Neues kennen zu lernen. Doch ich muss mich im Griff haben, ich muss Schritt für Schritt abarbeiten, sonst wird es mir zu viel, möglicherweise zu unübersichtlich. Jetzt ist dies dran, danach muss ich sowieso erst abwarten, vielleicht sind die Probleme mit dem Mord an Johanna von Stein schon gelöst. Das wäre mein Wunsch. Ich spüre aber, dass es das nicht ist. Es wird noch weiter gehen. Ich bin auf dem richtigen Weg, das spüre ich auch.

Wenn ich ehrlich zu mir bin, zweifele ich zwar sehr an den Bildern, die mir die Rückführungen vorgespielt haben. Ich mag einfach nicht glauben, dass ich schon einmal gelebt habe. Das ist völlig unlogisch für mich. Wir sind, was weiß ich, sechs Milliarden Menschen auf der Erde – soll da jeder schon mal gelebt haben? Wie viele Seelen gibt es eigentlich? Das alles erscheint mir ziemlich zweifelhaft. Aber die Fakten sind nun mal so, dass mein Gehirn diese Szenen abrufen kann. Aus einem früheren, fremden Leben. Ich konnte mich immer auf mein Gehirn verlassen, es ist mein Stärkepol. Und solange ich keine anderen Antworten bekomme, solange mache ich so weiter. Schritt für Schritt abarbeiten, das ist der Weg.

Ein bisschen Zeit bleibt mir noch. Und ihr.

Johanna von Stein hatte an diesem Morgen Probleme aufzustehen. Nur ihr Pflichtbewusstsein trieb sie aus dem Bett. Sie brauchte ihr Ritual für die Kreativität, wenn sie darauf verzichtete, ging ihr nichts von der Hand, war sie nicht in der Lage, auch nur eine Zeile zu schreiben. Also kletterte sie aus dem Bett, zog sich die bereitgelegte Kleidung an – Funktionsunterwäsche, eine leichte Sporthose, T-Shirt, die passende Sportjacke dazu und leichte Laufschuhe. Es war ein festes Ritual, nachdem sie die Haustür geschlossen hatte, erst einmal in der Auffahrt zu ihrem Haus leichte Dehnübungen zu machen. Sie war fast 50 Jahre alt, aber ihre Gelenke und Glieder fühlten sich immer noch an, als sei sie erst 20. Sie spürte die Nachbarn, die durch die Gardinen lugten, wenn sie nicht schlafen konnten oder zu so früher Stunde schon um vier Uhr aufgestanden waren. Johanna von Stein lebte jede Sekunde in dem Bewusstsein, dass ihre Bewegungen harmonisch waren, dass sie eine attraktive Frau war, dass die anderen Weiber in der Straße sie beneideten und deren Männer sie begehrten.

Sie ging nicht zum Laufen, das erschien ihr zu affektiert. Sie tat es nicht wegen der Bewegung, obwohl sie natürlich wusste, wie gut gerade die ihrem Körper tat. Sie machte es zur Erbauung. Sie spazierte schnell, den immer gleichen Weg. Und sie mochte es, wenn frischer Sauerstoff in ihre Lungen strömte, und sie glaubte sogar zu spüren, dass diese frische Luft direkt in ihr Gehirn fuhr und dort die Synapsen zum Überreagieren trieb. Meistens dauerte es nur ein paar Meter, und in ihrem Kopf sprudelten die Wörter wie wild durcheinander, um sich langsam zu festen, poetischen Gedanken zu formen. Mit jedem weiteren Schritt nahmen Sätze Gestalt an, entwickelten sich Reime, fanden ungewöhnliche Vokabeln den Weg in die Freiheit. Sie ließ es einfach geschehen, und auf einer Art automatischer Festplatte wurden diese Gedanken alle abgespeichert, die sie teilweise gar nicht einmal so richtig greifen konnte. Später, nach dem Frühstück, würde sie am Schreibtisch sitzen und zusehen, wie durch den Füller in der Hand die vielen Gedanken des morgendlichen Spaziergangs auf das weiße Papier flossen. Sie war selbst davon fasziniert, wusste, dass es eine ganz besondere Fähigkeit war, die sie da besaß. Freute sich, dass aus der einfachen Helga Baierlein, die ein hochintelligentes Mädchen ohne weitere Eigenschaften war, eine blühende Johanna von Stein geworden war, die auf jedem Parkett dieser Welt eine gute Figur machte.

Ein schöner Ort, um zu sterben. Aber eigentlich viel zu friedlich. Es war ein schöner Moment, als ich ihn entdeckt habe. Ideal für mein Vorhaben. Ich kann sogar verstehen, dass sie hier ihre Ideen hat, ihr kreatives Potenzial geweckt wird. Der schöne Blick auf Kirchberg, der Schutz durch die Pfarrkirche hinter mir, die Aussicht auf die schöne Welt vor mir. Wenn das alles vorbei ist, werde ich wieder hierher kommen, mich einfach nur auf die Treppe setzen und die Ruhe genießen.

Jetzt aber ist anderes zu tun. Es ist Zeit, ich muss mich in meine Position begeben.

Sie fühlte sich so leicht wie selten, als sie dem Straßenlauf bergab folgte und dann nach rechts auf den Kirchenvorplatz einbog. Noch um das eine Eck herum, ein paar Meter, und ihre Vorfreude wuchs auf den Blick in Richtung Kirchberg, der an manchen Tagen ihr Gehirn beinahe explodieren ließ, wo es manchmal so war, als würde man ihr mittels einer ultraschnellen Datenleitung Emotionen, Regungen, Bilder, Wörter ins Gehirn einspeisen.

Kurz bevor sie um die Kirche herum gehen wollte, kam von halbrechts schwer schnaufend ein Mann die Treppe herauf, die zum Eingang der Bücherei führte. Er lächelte sie freundlich an, sah aber besorgt aus. Sie blieb stehen.

„Schauen Sie mal, das müssen Sie sehen, das ist ja unglaublich ...“, sagte der Mann wild gestikulierend. Er war ein paar Jahre jünger als sie, das konnte Johanna von Stein sofort abschätzen. Außerdem kam er ihr bekannt vor, instinktiv dachte sie an die Schule, wie immer, wenn ihr ein Gesicht einerseits vertraut zu sein schien, andererseits aber nicht zuzuordnen war. Ansonsten kam er ihr beinahe lächerlich vor, so nervös und zappelig wie er sich aufführte.

„Was denn?“, sie begegnete sehr selten jemandem, wenn sie zu so früher Stunde durch den Ort spazierte. Doch ihn musste sie nicht fürchten, er schien eine lächerliche Figur zu sein. Einer, den niemand wirklich ernst nimmt. Sie wusste nicht, dass er diese Unbeholfenheit nur spielte.

„Schauen Sie nur, da hat jemand die Tür zur Bücherei aufgebrochen“, sagte er und packte sie leicht am Arm, zog sie in Richtung Treppe.

Johanna von Stein sah, dass die Eingangstür tatsächlich weit offen stand, und ging langsam die Treppe hinunter. Er hielt sie zurück.

„Warten Sie, vielleicht ist er ja noch drin, das ist schon gefährlich. Ich wollte gerade Hilfe holen, da sind Sie zufällig vorbeigekommen."

Der Mann atmete immer noch schwer und Johanna von Stein fühlte sich – aufgepumpt mit frischem Sauerstoff – so überlegen, so souverän, dass sie auf einmal der Jagdeifer packte.

„Ach was, wir sind zu zweit", sagte sie mit fester Stimme, ging die Treppe voran hinunter und zog den Mann mit der rechten Hand leicht hinter sich her. Sie stand an der offenen Eingangstür, sah, dass diese aufgebohrt war, die Metallspäne lagen noch am Boden. Sie bedeutete dem Mann, leise zu sein, und horchte in die Bücherei hinein.

„Da ist nichts, da ist niemand mehr", sagte sie und zog den Mann hinter sich in den Vorraum hinein. Sie befanden sich auf einer Art Galerie, rechts war der eigentliche Eingang zur Bücherei. Links neben der aufgebrochenen Tür lag ein riesiger Stapel gebrauchter Bücher. Direkt vor ihnen führte eine Holztreppe nach unten. Geradeaus schaute man auf eine zwei Stockwerke hohe Glaswand.

„Kommen Sie, wir schauen nach, ob etwas gestohlen wurde. Wer sind Sie eigentlich, kennen wir uns? Ich habe Sie hier in Schönberg noch nie gesehen", sagte sie so beiläufig, wie es nur ging. Langsam stieg in ihr die Nervosität. Was, wenn doch noch ein Einbrecher da war? Belanglose Konversation schien ihr das beste Gegenmittel zur Angst zu sein.

Sie schaute ihn kurz an und bemerkte, dass er auf einmal einen ganz anderen, beinahe wilden Gesichtsausdruck hatte und jegliche Verstörtheit aus seinem Gesicht gewichen war. Sie dachte, sie hätte ihn mit ihrem Jagdfieber angesteckt und fühlte sich im gleichen Moment wieder ein bisschen sicherer.

Er atmete ganz ruhig. „Ja, du bist doch die Helga, oder? Ich war auch am Gymnasium in Grafenau, aber ein paar Jahre hinter dir."

Sie schaute ihn an – fühlte sich bestätigt, mit dem Gedanken an die Schule auf dem richtigen Weg gewesen zu sein. Sie wollte sich gerade wieder wegdrehen, als der Mann sie hart am rechten Arm packte, sie herumwirbelte und auf den Boden schleuderte. Ehe sie begriff, was sich hier abspielte, sah sie ihn, wie er mit einem entschlossenen Gesichtsausdruck auf sie sprang, ihre Hände mit den Knien auf den Boden drückte. Sie sah ein großes Kissen auf sich zukommen, begriff auf einmal, wollte sich wehren, doch konnte sich nicht bewegen. Der Mann hatte sie mit seinem ganzen Körpergewicht praktisch außer Gefecht gesetzt. Sie versuchte, um sich zu schlagen, doch es war nicht mehr, als dass sie mit ihren Unterschenkeln und Füßen wild in die Luft strampelte. Sie gewahr, wie das Kissen fest auf ihr Gesicht gedrückt wurde, wie sie auf einmal keine Luft mehr bekam und stattdessen Panik in ihr auffuhr. Sie versuchte, dem Mann in die Augen zu sehen, doch er wich merklich ihren Blicken aus und sie hatte beinahe das Gefühl, so etwas wie Abscheu in seinen Augen zu erkennen. Was hatte sie ihm getan? Fiebrig suchte sie in ihren Gedanken nach einer Antwort, fand aber keinen Ankerpunkt, an dem sie eine Verbindung zu diesem Mann herstellen konnte. Wieder rauschten Bilder durch ihren Kopf. Während sie um Luft rang und keinen Fetzen Sauerstoff erhaschen konnte, formten sich in ihrem Kopf wieder Reime, Gedankengänge, poetische Stränge, Szenen. Sie spürte diesen Datenstrom, der auf einer breiten Bahn in ihr Gehirn zu fließen schien, sie erkannte phantastische Geschichten, ungewöhnliche Vokabeln, herrliche Filme. Sie wehrte sich körperlich nicht mehr gegen ihr Schicksal, weil das Erlebnis des Sterbens sich für sie zu einem wunderbaren poetischen Rausch entwickelte, in dem sie endlos dahinfließen wollte. Sie vereinigte sich mit dem Wort, sie war nur noch Poesie. Sie wusste, dass sie gerade umgebracht wurde. Wusste nicht warum aber sah es als das schönste Geschenk an, das sie jemals erhalten hatte. Auf einmal fuhr ein Blitz in ihren Kopf, es war wie der Urknall aller Sinne, wie der Moment, wenn ein Feuerwerkskörper zerbirst und tausend schöne Lichtstrahlen auseinander stieben.

Den anschließenden Flitterregen sah sie nicht mehr. Johanna von Stein war tot.

Kommissar Ralf Bender saß mit Manu und Dr. Leopold auf der sogenannten Hochzeitstreppe in Schönberg. Er hatte den Psychologen schon in dem Moment alarmiert, als er erfuhr, dass eine tote Frau am Fuß einer Treppe gefunden worden war. Die Nachricht löste einen Stich in seinem Herzen aus. Nicht, dass Bender Herzprobleme bekommen hätte. Es war die nackte Panik, die in ihn fuhr. Sofort malte er sich ein neues Schreckensszenario aus, kreierte er einen neuen Serienmörder, wurde der Bayerische Wald für ihn schon wieder zum schönen Schauplatz für eine schaurige Mordserie. Wie viele Morde mochte es in dieser beschaulichen Region gegeben haben, bevor Raphael Angst und Schrecken verbreitete? Einer im Jahr? Einer im Jahrzehnt? Bender wusste es nicht, Kriminalstatistiken waren seine Sache nicht. Und jetzt hatte er das dumpfe, aber sehr präsente Gefühl, es könnte schon wieder von vorne losgehen. Deshalb Dr. Leopold.

„Was glauben Sie: gleicher Täter?“ Bender blickte hinüber nach Kirchberg und wunderte sich, dass er selbst in diesem Moment, an dem er gerade einen Tatort besichtigt hatte, den tiefen Frieden des Bildes, das sich ihm bot, aufsaugen konnte. Grün soweit sein Auge blickte, und der Ort Kirchberg auf der anderen Seite des kleinen Taleinschnittes strahlte mit seinem Kirchlein, das hoch oben am höchsten Punkt des Hügeldorfes stand, nichts anderes als Ruhe und Geborgenheit aus. In ihm selbst tobte ein wilder Sturm.

Dr. Leopold antwortete nicht sofort, wog eher bedächtig den Kopf, bevor er sagte: „Naja, im Prinzip ist das schon vorstellbar. Ich meine, der Treppensturz, die zerschnittenen Augen ... Deutet alles darauf hin, ja.“

„So ganz scheinen Sie aber nicht daran zu glauben?“, warf Manu ein, die noch kein Wort gesprochen hatte, seit sie vor zwei Stunden an den Tatort gekommen waren. Ungewöhnlich für sie, wie Bender fand, doch er ging davon aus, dass sie im gleichen Gedankentohuwabohu festsaß, wie er auch. Das war das Band zwischen ihnen – Raphael und Gabriel hatten den grantelnden Kommissar und seine hellwache Kommissarin zusammengeschweißt.

„Und ehrlich gesagt", hörte Bender Manu leise sagen, „wäre es mir sowieso lieber, wenn es keine Verbindung zwischen den beiden Taten geben würde." Bender nickte bestätigend.

„Da muss ich Sie beide enttäuschen", sagte Dr. Leopold. „Alles passt – bis auf die nicht unerhebliche Tatsache, dass wir hier auch noch einen eindeutig sexuellen Hintergrund erkennen können. Das macht mir noch zu schaffen, da kriege ich die Kurve noch nicht. Noch nicht!", fügte der Psychologe an.

Die Situation am Auffindeort der Leiche war zunächst eindeutig. Johanna von Stein – die laut Computerschnellrecherche durch Franz Schaller amtlich Helga Baierlein hieß – lag mit dem Kopf voran am Fuß der Holztreppe in der Galerie der Schönberger Bücherei.

Ihr Körper war merkwürdig verdreht, schon wenn man von einem Stockwerk höher auf die Leiche hinabblickte, konnte man die zerschnittenen Augenhöhlen sehen. Ebenfalls unübersehbar war, dass ihre Scham entblößt war. Sie trug eine Sporthose und sehr enge Sportunterwäsche, die ihr bis knapp unterhalb die Knie gezogen worden waren.

Oben auf der Galerie, direkt vor dem Eingang zur Bücherei, lagen Bücher kreuz und quer verstreut über den Boden, ein paar waren von der Galerie ein Stockwerk tiefer gefallen. Alles deutete auf einen Kampf an dieser Stelle hin. Wahrscheinlich handeltees sich um den eigentlichen Tatort, wie Bender sofort vermutete.

Der Gerichtsmediziner Dr. Willibein konnte noch keine Hinweise geben, was genau sich abgespielt haben könnte. Aufgrund seiner ersten Eindrücke, die er sich vom Leichnam machte, wollte er eine Vergewaltigung ausschließen, denn äußerlich fand er keine Blutergüsse an den Oberschenkeln oder sonstige Verletzungen im Bereich der Scham.

„Näheres aber erst nach der Obduktion“ – ein Stereotyp, das Bender nicht mehr hören konnte. Er hätte am liebsten schon am Tatort alle Antworten auf seine Fragen gehört.

„Aber es scheint, als sei sie nicht vergewaltigt worden“, gab deshalb Manu gegenüber Dr. Leopold auf der Hochzeitstreppe zu bedenken. „Ich meine, wir wissen es ja noch nicht, aber ...“

„Ja, wenn es so ist, dann können wir den sexuellen Aspekt vernachlässigen. Vielleicht wollte der Täter damit nur etwas verschleiern oder uns in die Irre führen, das könnte schon sein“, sinnierte Dr. Leopold. „Wenn es so ist, dann gibt es für mich überhaupt keinen Zweifel: derselbe Täter wie in Neuschönau. Schauen Sie, vor allem die Sache mit den Augen, da liegt meiner Ansicht nach eine tiefe, psychologische Motivation verborgen. Er will ihnen nicht in die Augen sehen. Ich begreife allerdings nicht, warum er ihnen diese Verletzungen dann erst postmortal zufügt. Logischer wäre es doch, er würde ihnen vorher bereits die Augen zerstören.“

„Bei allem Respekt vor der Grausamkeit: Ich habe nicht das Gefühl, dass wir es mit einem richtig harten Kerl zu tun haben“, ließ Manu ihren Gedanken freien Lauf. „Ich glaube, der ist nicht brutal genug, um den Frauen erst die Augen zu zerstückeln und sie dann umzubringen.“

Dr. Leopold blickte die Kommissarin überrascht an, nickte anerkennend: „Genau, Frau Hentschel. Das ist es. Vielleicht ist es so, dass ihn selbst die Taten anwidern. Dann starren ihn die toten Frauen mit ihren gebrochenen Augen an. Das hält der einfach nicht aus, da ist er zu weich. Also muss er die Augen beseitigen. Und so ungeübt und wild, wie er da rummetzgert, führt ihn das an seine äußersten Belastungsgrenzen. Trotzdem handelt er so. Alles folgt einem Plan, wenn auch einem für uns noch ziemlich chaotischen.“

„Manu, du weißt schon, was das für uns bedeutet?“ Bender blickte seine Kollegin aus müden Augen an.

„Ja, Ralf. Es geht alles wieder von vorne los. Es läuft schon wieder ein Irrer rum.“

Normalerweise denkt man doch, niemand will ermordet werden. Die wollte es, das war zu spüren. Das hat es mir einfach gemacht und gibt mir ein Hochgefühl, das ich nicht beschreiben kann. In dem Moment, als sie den Widerstand aufgab – und ich habe deutlich gespürt, dass sie noch gelebt hat, dass sie es einfach geschehen ließ – wurde alles so leicht, so selbstverständlich. So befreiend. Der Gedanke, jemanden zu töten, widert mich an – aber die gute Helga hat mir geholfen, sie hat dafür gesorgt, dass ich die Tat als Akt ihrer Befreiung sehen kann.

Ich bin einen großen Schritt weiter gekommen. Es ist mein Schicksal und ich habe jemanden gefunden, der den Gegenpart dazu spielen musste. Sie war genau das richtige Opfer auf meinem Weg, weil es das Schicksal wollte, dass ausgerechnet sie den Tod fand. Ihre Augen haben gestrahlt, als sie starb. Ich habe es in einem kurzen schrecklichen Moment, indem ich ihr in die Augen sah, bemerkt. Sie wollte sterben, das weiß ich jetzt. Habe nicht ich sie ausgesucht, sondern sie mich? Folgt alles einem großen Plan? War auch Anne Teil dieses Plans? Ich weiß nicht wieso, ich kann es mir nicht einmal vorstellen, aber das sollte mir auch egal sein. Wichtig ist, dass ich meine Liebste damit wieder ein Stück retten konnte. Wichtig ist, dass ich wieder lieben und leben kann, ohne Druck, ohne Drang, ohne Phantasien.

Es war kein Unfall. Es war geplant und es war gut geplant. Vielleicht habe ich Glück, vielleicht kommt der Dämon nicht mehr zurück in mein Leben. Wenn es so bleibt, wie es jetzt ist, dann bin ich befreit.

Und wenn nicht, dann weiß ich, was zu tun sein wird. Ich werde nicht zögern.

Von gedrückter Stimmung zu sprechen, wäre arg untertrieben gewesen. Bender, Manu, Fritz Liebl, Dr. Leopold und ein paar Streifenbeamte, die mit am Tatort in Schönberg waren, saßen um den Besprechungstisch der Polizeiinspektion Grafenau und starrten auf die graulackierte Multiplex-Platte, die freudlose Gedanken zu verstärken vermochte.

„Wir müssen ganz neu ansetzen, wir müssen den Fall anders denken", sagte Manu, die wild entschlossen war, eine Mordserie so schnell wie möglich zu beenden, indem der Täter schon festgenommen werden sollte, bevor er noch einmal zur Tat schreiten konnte. Sie spürte zugleich, dass Ralf Bender für den Moment komplett in sich versunken, er mit der Aussicht auf einen neuerlichen Serientäter quasi in ein leeres Loch gefallen war. Das würde nicht lange anhalten, er würde bald wieder aus dieser Versenkung hochsteigen und die nötigen Dinge in Angriff nehmen. Doch Manu wollte, konnte nicht warten, es musste etwas geschehen.

„Trotz allem müssen wir zuerst einmal überprüfen, ob und welche Verbindungen es zwischen Anne Schwan und Johanna von Stein gegeben hat. Und, gibt es Familie, Freunde? Kollegen, das ist eure Aufgabe", wandte sie sich an zwei Streifenbeamte, die sogleich aufstanden und wortlos davon stapften.

„Dann müssen wir sehen, ob irgendwelche Personen, deren Namen wir in Schwans Notizbuch gefunden haben, auch mit der von Stein zu tun hatten. Fritz, kannst du das überprüfen? Und bitte, macht schnell."

Fritz Liebl nickte kurz und entfernte sich ebenfalls.

„Ich weiß nicht, ob das etwas bringt", sagte Dr. Leopold mehr zu sich selbst. „Wenn wir von einem Serienkiller ausgehen wollen, dann müssen die Opfer in keiner Beziehung zu ihm stehen, das wissen Sie, Frau Hentschel. Dennoch müssen wir nach Gemeinsamkeiten zwischen den beiden Frauen suchen – aber vielleicht eher vom Typ her, von ihrer Art, vielleicht sind sie sich ähnlicher, als wir auf den ersten Blick erkannt haben. Also, ich meine nicht nur optisch, sondern, naja, eher charakterlich. Wir brauchen eine sehr, sehr gründliche Umfeld-Befragung beider Frauen."

Manu ließ diese Worte ein wenig auf sich wirken, dachte angestrengt nach, legte die Bilder der beiden Tatorte nebeneinander auf den Tisch, um zu vergleichen.

„Die Situation bei Anne Schwan ist doch ziemlich eindeutig: Es passierte in ihrem Haus, es passierte nachts, und abseits der brutalen Tat gibt es keinerlei Kampfspuren. Sie hat ihren Mörder gekannt, definitiv."

Dr. Leopold blickte ebenfalls auf die Bilder. Nickte.

„Das zweite Opfer wurde in der Bücherei getötet. Es gibt Kampfspuren, aber nicht draußen, nicht an der Außentreppe, die zur Bücherei führt. Kein Blut, keine Abschürfungen von den Granitsteinen da draußen. Also ist sie mit ihrem Mörder in die Bücherei gegangen, ohne Gegenwehr scheinbar. Da muss es doch auch eine Art Vertrautheit gegeben haben." Manus Gehirn arbeitete auf Hochtouren.

Bender beugte sich ein wenig vor, betrachtete nun ebenfalls die Bilder. Er blickte Manu aus beinahe leeren Augen an und sagte: „Du übersiehst etwas, Manu. Die aufgebrochene Eingangstür. Wir werden nicht davon ausgehen können, dass sie gemeinsam mit einem Komplizen die Büchereitür aufgebohrt hat und es danach aus irgendeinem Grund zum Streit gekommen ist. Ich glaube eher, er hat sie übertölpelt. Vielleicht wollte er einbrechen, hat sie kommen gehört und hat dann Alarm, Alarm geschrien, um von sich als Einbrecher abzulenken. So hat sie Vertrauen zu ihm gefasst und er hat ihr gezeigt, dass er angeblich einen Einbruch entdeckt habe."

„Das würde aber dann für eine Zufallstat sprechen, nicht für einen Wiederholungstäter", warf Dr. Leopold ein. „Dazu passt aber das restliche Bild nicht."

„Dann ist er systematisch vorgegangen und hat das alles so geplant. Mit dem Ziel, sie am Fuß der Treppe tot zurückzulassen."

Manus Blicke wanderten zwischen den beiden Männern hin und her.

„Auch das widerspricht eindeutig den Geschehnissen in Neuschönau – dort war der Mord eher Zufall, wie wir festgestellt haben“, gab Dr. Leopold zu bedenken. „Es kann aber auch gut sein, vor allem, wenn wir an das mögliche Trauma mit den Augen denken, dass durch den Tod von Anne Schwan im Täter etwas ausgelöst wurde. Vielleicht hat das eine Welle in ihm losgetreten.“ Dr. Leopold zuckte mit den Schultern, um dann kräftig zu nicken, so als ob er sich selbst bestätigen müsste. „Ja, so könnte es gewesen sein.“

Manu versuchte es so nüchtern wie nur möglich zu sagen, was ihre Gefühlswelt in Wahrheit beinahe zum Bersten brachte: „Wenn es so ist, dann dürfen wir uns gemeinsam auf Horrorwochen freuen.“

Johanna von Steins Wohnung glich einem Zeitungsarchiv. Die postmodernen Stahl-Holz-Möbel wollten nicht ganz ins Bild passen, doch wo immer sich am Boden eine freie Fläche bot, fanden sich meterhohe Stapel von Tageszeitungen, Magazinen, Wochenzeitungen. Fein säuberlich nach Titel getrennt – Spiegel zu Spiegel, Grafenauer Tagblatt zu Grafenauer Tagblatt. Im Prinzip war es ein riesiger Raum von etwa 50 Quadratmetern, der sich gleich hinter der Wohnungstür ausbreitete. In der Mitte ein edler Tisch, feine, lederbezogene Stühle dazu. Es schloss sich rechts hinten eine kleine Küchenzeile an, von der Bender den Eindruck hatte, hier sei seit Jahren nicht einmal ein Würstchen warm gemacht worden. Links daneben ging eine Tür in ein kleines Schlafzimmer und wiederum links davon führte eine Tür ins Bad. Der große Hauptraum war von einem riesigen Bücherregal gesäumt, das lediglich die Flächen für die Fenster und die Türen frei ließ. An der linken Seite stand ein winziger Schreibtisch, darauf ein Notebook. Links und rechts davon waren im Regal keine Bücher, sondern unzählige, bunte Leitz-Ordner.

„Das Leben ist ein Druckwerk. Das sollte man auf den Grabstein schreiben", versuchte sich Dr. Leopold an einem Scherz. Doch die beinahe schon trockene Atmosphäre der Wohnung, der Geruch nach bedrucktem Papier und das Fehlen jeglichen Wand- oder Pflanzenschmucks, das alles war zu nüchtern, zu leblos, um über das Leben eines Mordopfers zu feixen. Trotz der vielen Stapel am Boden kam kein Gedanke an eine Messi-Wohnung auf – alles war fein säuberlich geordnet, strahlte Struktur und System aus.

„Also Anne Schwan und Johanna von Stein waren keine Schwestern im Geiste", sagte Manu deshalb. „Die eine verträumt, verspielt, romantisch. Die andere einfach nur nüchtern, fast leblos, so wie es hier aussieht. Ich weiß nicht, wo wir da Parallelen finden sollten, Dr. Leopold", gab sie zurück.

„Vielleicht suchen wir einfach", brummte Bender und setzte sich an den kleinen Schreibtisch, um in den Schüben zu kramen. Der einzige Hauch Unordnung fand sich an einer Pinnwand, die hinter dem Notebook an der Mauer festgemacht war – bunte Memos hingen da kreuz und quer, teilweise waren da nur irgendwelche Ziffern drauf geschrieben, ansonsten Namen und Telefonnummern oder einfach nur irgendwelche Begriffe: „tosende Welle" las Bender auf dem einen, „brausen" auf einem anderen und dann noch „sinnlich", „dereinst", „Widerborst" und ähnliche Sachen, mit denen der Kommissar nichts anzufangen wusste. Er sammelte alles ein, schob es in eine Klarsichthülle und legte es auf den Schreibtisch. „Wir nehmen das alles mit", sagte er und deutete auf die vielen Leitz-Ordner. „Den Computer und diese Zettel auch", deutete er auf den Schreibtisch.

Manu war es tatsächlich so, als hätten sie am Schreibtisch die einzigen Anzeichen für Leben gefunden, das in dieser Wohnung stattgefunden hatte. Das Bad war beinahe steril aufgeräumt, die üblichen Artikel, die frau braucht, sonst nichts. Die Duschkabine glänzte, als sei sie noch nie benutzt worden, Anzeichen für einen männlichen Mitbewohner oder zumindest männliche Gastspiele gab es nicht. Und die Küche war tatsächlich völlig unbenutzt – der Kühlschrank war beinahe leer, nur ein paar Paprika und Karotten lagen drin. Hinter einer Schranktür verbargen sich dagegen stapelweise Kekse aller Art und im Abfallkorb lagen ein paar leere Keksverpackungen – scheinbar die einzige Nahrung, die Frau von Stein in ihrer Wohnung zu sich nahm.

„Ich hab ja schon viel gesehen, aber das ...Ein ganz schön unpoetisches Ambiente für eine Poetin. Eine seltsame Frau." Aus dem Mund des Psychologen Dr. Leopold klang das beinahe schon gespenstisch, fand Manu.

Bender konnte und wollte das nicht auf die lange Bank schieben. Er musste unbedingt persönlich mit Dr. Willibein sprechen. Deshalb war er mit Manu ins gerichtsmedizinische Institut nach München gefahren. Willibeins Charakter hätte zwar ebenso gut zu einem Südstaaten-Baumwollbaron gepasst, der seine Sklaven bis aufs Blut aussaugt, nichts desto trotz war er ein hervorragender Gerichtsmediziner. Bei Anne Schwan hatte Bender nur den Bericht zu lesen. Sie war definitiv nicht vergewaltigt worden. Es hatte kurz vor ihrem Tod überhaupt keinen Geschlechtsverkehr gegeben. Dr. Willibein schloss auch einen Kampf als Ursache für den Treppensturz aus. Es gab in diese Richtung keine verwertbaren Spuren. Wie vermutet war der Sturz nicht die Todesursache, sie hatte sich dabei lediglich den Arm gebrochen. Kein Alkohol im Blut, hatte Willibein geschrieben, aber angefügt, hohe Werte des Wirkstoffes THC gefunden zu haben. Sie rauchte also gerne mal einen Joint.

Willibein hatte in seinem Bericht außerdem ausgeführt, dass bei den beiden zugefügten Augenverletzungen keine Gleichmäßigkeit zu erkennen gewesen war. Ein Schnitt ging von links oben nach rechts unten, beim anderen war es umgekehrt. Zum anderen wurden die Schnitte höchst unsauber ausgeführt, genauso, wie das Gemetzel am Hals. Nichts deutete laut Willibein darauf hin, dass der Täter einen Plan hatte. Ansonsten gab es an Anne

Schwan, zumindest aus medizinischer Sicht, nicht Außergewöhnliches.

Bender war ein wenig enttäuscht gewesen, dass in dem Bericht nichts Greifbares gestanden hatte. Höchstens vielleicht die Drogensache. Aber weder Manu noch Bender glaubten, dass wegen ein paar Gramm Haschisch eine solche Katastrophe hatte passieren können.

Umso wichtiger erschien es ihm jetzt, den Doktor persönlich aufzusuchen. Der ließ gerade etwas merkwürdig schleimig und blutig Aussehendes in eine Nierenschale fallen, als Bender mit Manu und Dr. Leopold den Untersuchungssaal betrat. Bender hatte durchgesetzt, dass Leopold zum erweiterten Ermittlungsteam gehören sollte und wenn er es für nötig hielt, dabei war. Heute hielt er es für nötig.

„Herr Kommissar, was verschafft mir die Ehre? Leider kann ich Ihnen gerade nicht die Hand reichen", sagte Willibein mit einem bösen Grinsen und entschuldigend die blutverschmierten Hände hebend. Na, wenigstens trägt er Handschuhe, dachte Manu, die sich durchaus vorstellen konnte, dass es für diesen Gerichtsmediziner so etwas wie ein sinnliches Erlebnis wäre, mit bloßen Händen in Leichen zu wühlen.

„Lassen Sie mich raten, Sie kommen wegen der zweiten Leiche, oder? Ich sehe Ihren Augen an, dass ich Recht habe. Schmidt...", brüllte Willibein donnernd.

„Wo ist dieses nutzlose Arschloch schon wieder?", polterte er. Ein verängstigt wirkender, junger, blasser Mann, der in Bender Erinnerungen an den Sklaven im Haus von Anne Schwan weckte, steckte den Kopf durch die Tür und sagte mit zitternder Stimme: „Ja, Chef?"

„Schmidt, Sie kleines nutzloses Stück Scheiße, holen Sie die Bayerwaldleiche, die gestern gebracht worden ist aus der Kühlbox. Aber dalli!"

Der Angebrüllte zuckte unter den wüsten Beschimpfungen leicht zusammen, machte einen Bückling und verschwand.

„Verstehen Sie mich nicht falsch“, sagte Willibein, „er ist ein guter Junge, könnte sogar mal ein guter Gerichtsmediziner werden. Aber das ist wie mit Alkoholikern. Man muss sie erst ganz unten haben, dann kann man sie langsam wieder aufbauen und sie zu Höchstleistungen anspornen.“

„Mind Control“, murmelte Dr. Leopold, der die Szene ebenso fassungslos beobachtet hatte, wie die beiden anderen Besucher. „Der Scheißkerl versucht sich doch tatsächlich an Mind Control.“

„An was?“, murmelte Manu, die direkt neben ihm stand.

„Erkläre ich Ihnen später.“

Der verschüchterte Assistent schob Frau von Stein auf einer fahrbaren Bahre in den Saal.

„Was dauert denn da so lange, sie Wurm.“ Willibein blickte auf seine Uhr und klopfte mit seinem Zeigefinger energisch drauf. „Für jede Sekunde, die Sie über zwei Minuten gebraucht haben, werden Sie in gewohnter Manier bestraft. Und Sie sind 20 Sekunden drüber.“

Schmidt nickte kaum merklich, zog das Leintuch von der Leiche und verschwand ebenso unauffällig, wie er aufgetaucht war.

Willibein begann sein Referat, aber nicht nur Bender merkte an dessen umständlichen Ausführungen schnell, dass es nicht viel Neues zu erzählen gab. Der Gerichtsmediziner erläuterte, die Frau sei im Gegensatz zu Anne Schwan schon tot gewesen, als sie unten auf dem Boden aufschlug. Der Mörder habe sein Opfer anschließend unten am Treppenabsatz drapiert. Alle drei Besucher nickten, soviel wussten sie bereits. Es habe keinen sexuellen Kontakt gegeben. Nicht einmal den Versuch einer Vergewaltigung.

„Und was ist mit den zerschnittenen Augen?“

Dr. Willibein setzte ein wichtiges Gesicht auf: „Ich denke schon, dass es sich um den gleichen Täter wie bei ihrer ersten Leiche handelt. Dafür spricht schon alleine die Manipulation an den Augen in beiden Fällen. Allerdings gibt es kein Muster. Der Täter schneidet einfach in die Augen, ohne einen Plan erkennen zu lassen. Das sieht mir nicht unbedingt nach Zielfantasie aus.“

Dieses Thema hatte auch Dr. Leopold bereits beschäftigt. „Bei Raphael konnten Sie Zielfantasie in Reinkultur erleben. Die Psyche eines Serienkillers strebt dabei danach, Morde nach dem immer gleichen Ritual durchzuführen. Das ist Teil der Triebbefriedigung“, erklärte Leopold für Manu und Bender. Auch im aktuellen Fall stand außer Frage, dass die Augen zwar eine Rolle spielen mussten, aber nicht primäres Ziel einer zwanghaften Handlung waren. Ganz so, als erschlage man ein lästig gewordenes Insekt.

Bender verließ das Institut mit deutlich schlechter Laune. Sie hatten eine Million Hinweise, Spuren, Indizien, Vermutungen, einen Verdächtigen, und doch, sie hatten nichts. Die Kriminaltechniker hatten an den Tatorten wahre Spurenorgien vorgefunden. Das lag an den Tatorten selbst. Das Haus der Anne Schwan war hoch frequentiert, also wurden auch jede Menge Fingerabdrücke, DNA, Hautpartikel, Stofffetzen und vieles mehr gefunden. Bei Frau von Stein verhielt es sich ähnlich. Sie war in einem öffentlich zugänglichen Raum gefunden worden. Es konnte Wochen und Monate dauern, bis alle Daten ausgewertet und abgeglichen waren. Und den Verdächtigen hatten sie schon vor dem zweiten Mord wieder freigelassen. War das ein Fehler gewesen? Bender wollte sich beim Anschluss-Termin in der Polizeidirektion Passau noch einmal in dessen Akten vergraben.

Während sie auf dem Weg nach Passau waren, blätterte Manu in den Unterlagen, die ihnen Dr. Willibein, wie nach dem ersten Mord angekündigt, mitgegeben hatte. Tatsächlich gab es vor 20 Jahren ähnliche Fälle. Genauer gesagt vier. Viermal war Frauen der Kopf abgetrennt, der Täter war nie gefunden worden. Was die Angelegenheit unter Umständen brisant machte: Die Morde waren bis auf eine Ausnahme im Mühlviertel, also in direkter Nachbarschaft zum Bayerischen Wald, begangen worden.

„Wenn wir für den Moment annehmen, dass es sich um ein und denselben Täter handeln könnte, warum hat er dann der Stein nicht den Kopf abgetrennt und warum macht er 20 Jahre Pause?“, warf Manu in die Runde.

„Gute Frage“, sagte Bender und sah durch den Rückspiegel Dr. Leopold an. Der zuckte mit den Schultern. Es konnte alle möglichen Gründe für dieses Verhalten geben. Vielleicht hatte sich der Täter in Behandlung begeben oder war anderweitig außer Gefecht gesetzt. Möglicherweise wurde er bei Frau von Stein durch irgendetwas gestört und hatte keine Zeit mehr, den Kopf abzutrennen. Dagegen sprach in seinen Augen aber, dass der Täter die Leiche so drapiert hatte, als sei eine Botschaft damit verbunden. Alles in allem konnte sich der Polizeipsychologe nicht vorstellen, dass die beiden Fälle zusammenhingen.

Das sah Dr. Gundula Moosbacher allerdings völlig anders. Sie stürzte sich bei der Besprechung in Kriminalrat Ritters Büro geradezu auf den Fall in Österreich. Für sie lag die Sache klar auf der Hand, der Täter habe aus welchen Gründen auch immer, 20 Jahre Pause gemacht und schlug jetzt aufs Neue zu. Ihre Aufregung wuchs bei dem Gedanken, mit dem aktuellen auch einen alten Fall lösen zu können. Damit sah sie ihre Chancen auf den Posten der Leitenden Oberstaatsanwältin deutlich steigen. Für sie stand fest, dass Michael Faller vor 20 Jahren vier Frauen umgebracht hatte und jetzt wieder aktiv geworden war. Ritter, der sich kurz aus seinem eigenen Büro verabschiedet hatte, kehrte zurück, summte eine Arie aus Aida, die er sich am Abend zuvor im Fernsehen zu Gemüte geführt hatte und vergaß dabei, die Bürotür zu schließen. Der in den Fall nicht involvierte Polizeibeamte Lukas Grauwinkel, der zufällig am Büro vorbeiging, nutzte die sich ihm bietende Gelegenheit und belauschte das Streitgespräch zwischen Bender und seiner Lieblingskontrahentin.

Noch bevor Bender und Manu wieder in Grafenau waren, stürmten vier Polizisten das Haus von Michael Faller und nahmen ihn unter den lauten Protestschreien seiner Frau fest. In den angrenzenden Häusern wurden Vorhänge zu Seite geschoben. Der Lärm hatte sie von ihren alltäglichen Angelegenheiten abgelenkt. Wer mutiger war oder sowieso gerade im Garten stand, kam zur Straße gelaufen und staunte mit weit aufgerissenen Augen über die Sensation des Tages: Michael Faller festgenommen. Auch wenn im Moment noch niemand wusste, worum es eigentlich ging, begann der Volkszorn bereits zu gären und da und dort warf er schon Blasen. Auch wenn man nicht wusste, was passiert war, dass es hier keinen Unschuldigen getroffen hatte, war klar. Der sei doch seit seiner Arbeitslosigkeit völlig verwahrlost. Die haben ja auch keine Kinder. Und die Frau ist so selten zuhause. Schließlich verdichtete sich innerhalb von kürzester Zeit die Version, dass sich Frau Faller einen Freund angeschafft habe, weil ihr Mann nach seiner Entlassung zu einem Loser verkommen war. Der Faller habe das natürlich rausbekommen. Bei der Frage, wie er seinen Widersacher schließlich beseitigt habe, wichen die einzelnen Geschichten stark voneinander ab. Doch schließlich sollte alles noch viel schlimmer kommen.

Einen Tag später saß Annemarie Grauwinkel bei ihrem Lieblingsfriseur in der Passauer Fußgängerzone und führte ein angeregtes Gespräch mit der Salonchefin, die gerade dabei war, Strähnen in die Haare ihrer Kundin zu färben.

„Ja, wissen Sie, mein Mann genießt bei seinem Chef ja höchstes Vertrauen. Man schätzt sein profundes Fachwissen sehr. Und so wird er praktisch immer hinzugezogen, wenn komplizierte Fälle, so wie bei den aktuellen Morden im Bayerischen Wald, anstehen."

Die Salonchefin nickte heftig: „Ja, schreckliche Sache. Was man hört wurden die Frauen erst geköpft und dann vergewaltigt. Welches Tier macht so etwas nur?"

„Ja, ja, genau", sagte Frau Grauwinkel ungeduldig. Sie wollte bei der Verkündung derart brisanter Neuigkeiten nicht unterbrochen werden. „Auf jeden Fall hat der Täter bereits vor zwanzig

Jahren in Österreich mehr als zehn Frauen geköpft und geschändet. Damals konnte er nicht gefasst werden. Und jetzt mordet er im Bayerischen Wald. Mein Mann ist ganz eng in die Ermittlungen eingebunden. Er ist sicher, dass der Fall bald gelöst ist. Es gibt auch einen Verdächtigen. Der saß schon hinter Schloss und Riegel, hatte so gut wie gestanden. Mein Mann sagt, dass nur eine unverzeihliche Panne der Kollegen dafür verantwortlich war, dass er noch einmal auf freien Fuß gesetzt wurde und jetzt noch immer frei herumläuft." Frau Grauwinkel bekam vor lauter Aufregung einen trockenen Mund und nahm einen Schluck Kaffee.

Die kurze Redepause nutzte die Salonchefin um ein „Unfassbar!" zu japsen und dabei den Blick einmal durch ihren Laden schweifen zu lassen. Natürlich starrten alle anwesenden Damen in ihre Richtung. Darunter auch die Gattin eines Lokalredakteurs der Passauer Zeitung, der selbst in Kollegenkreisen als besonders unangenehm galt. Herausstechende Merkmale: Hinterhältig, rücksichtslos und obwohl erst knapp 45 Jahre alt. Er verströmte den Geruch eines alten Mannes, der ihn in der Redaktion zu einem einsamen Menschen machte.

„Aber bitte", wiederholte Frau Grauwinkel die Worte, die sie tags zuvor von ihrem Mann gehört hatte, übrigens die einzigen, die sie originalgetreu wiedergab: „Kein Wort zu niemandem!"

Wiederum einen Tag später läutete das Telefon im Büro von Dr. Gundula Moosbacher.

Ihre Sekretärin teilte mit, ein Redakteur der Passauer Zeitung wolle mit ihr sprechen.

„Wie, woher wissen Sie?", stotterte Moosbacher ins Telefon, nachdem der Redakteur seine Frage gestellt hatte.

„Frau Dr. Moosbacher, Sie wissen doch genau, ich kann meine Informanten nicht preisgeben. Aber Ihrer Reaktion entnehme ich, dass ich richtig liege. Der Serienmörder, der vor 20 Jahren aufgrund einiger Fehler, begangen von der österreichischen aber auch der bayerischen Polizei, nicht gefasst worden ist, mordet jetzt im Bayerischen Wald. Und sie hatten ihn bereits und haben ihn wieder laufen lassen?"

„Und Sie wissen genau, dass ich zu einem laufenden Verfahren keine Auskunft geben kann. Nur so viel, wir werden bald eine Pressekonferenz geben und unsere Ergebnisse präsentieren."

„Sie werden verstehen, Frau Staatsanwältin, dass ich so lange nicht warten kann. Die Informationen sind so brisant, unsere Leser haben ein Recht darauf, die ganze Wahrheit sofort zu erfahren. Stimmt es, dass der Verdächtige, den Sie wieder haben laufen lassen, Voller hieß?" Dr. Gundula Moosbacher konnte das dreckige Grinsen im Gesicht des anderen förmlich spüren.

„Wie gesagt, kein Kommentar zum jetzigen Zeitpunkt."

Auch gut, dachte der Redakteur, als er wieder eingehängt hatte. Er wusste, wen er fragen konnte. Und so viel war sicher. Morgen würde ein Artikel erscheinen, der ein Erdbeben auslösen würde. Und wenn er ganz viel Glück hatte, würde die Staatsanwältin an dem medialen Tsunami zerbrechen. Und dieser abgefuckte Kriminalhauptkommissar gleich mit. Er würde ohnehin viel lieber mit dessen knackiger Stellvertreterin zusammenarbeiten. Er spürte einen leichten Druck in den Nebenhöhlen, der immer dann auftrat, wenn er aufgeregt war. Seit Jahren schon sollte er sich deshalb operieren lassen. Doch er brachte nicht den Mut dazu auf. Er lebte stattdessen mit dem wenig erfreulichen Umstand, dass er jedes Mal Kopfweh bekam und sein Auge zu tränen begann. Der Schmerz machte ihn noch boshafter. Egal, heute konnte er die Aggressivität gut gebrauchen.

Dr. Gundula Moosbacher überlegte fieberhaft, wie die Infos nach draußen gelangen konnten. Gleichzeitig war sie bemüht, den Schaden in Grenzen zu halten, denn: Auch wenn es zunächst wieder einmal ein heftiges Streitgespräch mit Bender gewesen war, so war man schlussendlich doch auf einen gemeinsamen Nenner gekommen. Der Durchbruch stand kurz bevor. Benders Team sollte Faller erneut festnehmen und alles aus ihm rausholen, denn:

Wie im Patientenakt von Anne Schwan, den sie bei ihm sichergestellt hatten, stand, war Faller nicht nur spielsüchtig. Er hatte seiner Therapeutin auch gestanden, dass alles vor rund 22 Jahren begann, als er in der Spielbank in Salzburg mehrere zehntausend Euro verspielt hatte. Später verlegte er sich auf ein Wettbüro in Schärding. Dort saß man bei Bier und Zigaretten, starrte auf die Spielautomaten und zockte, was das Zeug hielt. Es blieben Restzweifel, weil Faller Schwan auch schilderte, wie er seine Frau kennengelernt hatte und wie seine Obsession dadurch zunächst stark abgeschwächt wurde. Doch Bender und Moosbacher waren sich einig wie selten, dass Faller ein ganz heißer Kandidat war. Gleichzeitig sollte ein weiteres Team in Zusammenarbeit mit den österreichischen Kollegen den Fall von damals aufrollen. Außerdem war klar abgemacht worden, die Infos unter der Decke zu halten. Wer also konnte der Maulwurf sein, der die Infos diesem unerträglichen Reporter gesteckt hatte? Bender natürlich nicht, dessen war sie sich sicher. Auch Frau Hentschel und dieser Dr. Leopold schieden aus. Sie hielt beide für absolut integer. Ritter war schon eher eine Option. Wenn auch nicht absichtlich, so konnte er in seiner verträumt trotteligen Art durchaus ein paar falsche Sätze fallen gelassen haben. Dagegen sprach, dass der Reporter einen Namen hatte. Wenn er ihn auch nicht richtig aufgeschnappt hatte, so traute Moosbacher nicht einmal Ritter zu, Namen auszuplaudern. Das Ganze klang irgendwie mehr nach stiller Post. Waren sie belauscht worden? Von wem? Wie auch immer, sie musste Bender informieren.

Faller saß vor Manu und deren Chef, als Bender kurz hintereinander zwei Anrufe erreichten. Zunächst von Moosbacher, die ihn vom Gespräch mit der Zeitung informierte. Kurz darauf war es Benno Seifeld, der dem Kriminalhauptkommissar erzählte, dass ihn ein unangenehmer Kollege über den Fall und vor allem einen Namen ausgefragt habe.

„Ralf, natürlich hab ich ihm den Namen nicht verraten, aber er wird ihn auch anders herausbekommen. Ich hab versucht, es der Redaktionsleitung auszureden. Aber wie immer stellen die sich auf den Standpunkt, dass sie derart sensationelle Nachrichten sofort verbreiten müssen, bevor es ein anderer tut. Außerdem gebe es die Informationspflicht und letztlich sei die Geschichte einfach gut."

„Verdammte Scheiße", fluchte Bender und knallte das Telefon auf den Tisch. Der Deckel des Batteriefachs sprang auf und der Inhalt dahinter kullerte über den Boden.

Der nicht weniger derbe Fluch des ungeliebten Kollegen in der Passauer Stadtredaktion ließ die anderen Redakteure im Raum kurz zusammenzucken. Der Kopf schmerzte noch mehr, das Auge tränte stärker. Diesem Haubentaucher von Seifeld war doch tatsächlich nichts zu entlocken gewesen. Doch egal, er würde den Namen schon rausbekommen. Wozu stammte seine Frau aus dem Bayerischen Wald und kannte dort Gott und die Welt! Es wunderte ihn immer wieder, dass sie sich nicht nur Namen und Gesichter von zahllosen Leuten merken konnte, sondern auch noch detailliert wusste, wer mit wem in welcher Beziehung stand. Und tatsächlich, es dauerte kaum eine Stunde und er hatte den Namen, den er brauchte: Michael Faller. Da schau, der Name eines Erzengels, dachte der schleimige Redakteur. Das wird ja immer besser. Und während die Druckmaschinen für die morgige Ausgabe noch gar nicht angelaufen waren, stand in der Online-Ausgabe der Tageszeitung schon haarklein, was einen Sturm der Entrüstung durch die Region fegen und im Anschluss an die Geschichte Köpfe rollen lassen würde.

„Herr Faller, jetzt geben Sie es doch endlich zu, es passt alles zusammen. Sie haben Anne Schwan getötet und auch Frau von Stein. Und Sie sind auch für die Mordserie vor 20 Jahren in Oberösterreich verantwortlich. Die Frage ist doch nur noch warum."

Manu hatte die Gesprächsführung übernommen, Bender war

aufgestanden und in den Raum hinter dem Spiegel zu Dr. Leopold gegangen. Der bestätigte, was Bender schon seit einigen Minuten vermutete: „Ich habe meine Zweifel, dass er es war." Ja, dachte Bender, aber er ist im Moment der einzig wirklich Verdächtige, den wir haben.

Ein Beamter betrat den Raum und brachte ein Kurierpaket. Darin befanden sich die Ermittlungsakten der Mordfälle von vor 20 Jahren. Bender schnappte sich die Unterlagen und ging wieder in den Verhörraum. Er knallte Fotos geköpfter Frauen auf den Tisch und spie Faller dabei regelrecht das Datum der Tage, an denen die Frauen ermordet worden waren, ins Gesicht. Faller weinte, begann zu würgen. Er nahm einen tiefen Schluck Wasser.

Bender schrie: „24. Oktober 1993."

Etwas in Michi Fallers Kopf kam in Bewegung, eine Erkenntnis drängte sich aus dem Unterbewusstsein an die Oberfläche.

Und dann begann er hysterisch zu lachen: „Da war ich auf Hochzeitsreise. Am 24. Oktober 1993 habe ich meinen Arsch in die Sonne Floridas gehalten." Bender und Manu hielten den Atem an.

„Ich war verdammt nochmal nicht da, als das da passiert ist."

Faller deutete angewidert auf das Foto, das vor ihm lag.

Es war nicht mehr als eine Formsache, herauszufinden, dass sich Faller am 24. Oktober 1993 tatsächlich auf Hochzeitsreise befand. Für die Mordserie in Österreich konnte er also nicht verantwortlich gemacht werden. Für den Mord an Anne Schwan konnte er zwar kein Alibi vorweisen. Das Alibi, das ihm seine Frau für die Nacht gab, als Frau von Stein ermordet worden war, galt zwar nicht zu einhundert Prozent glaubhaft. Aber um ihn länger festzuhalten, hatten sie zu wenig in der Hand. In den späten Abendstunden war er wieder ein freier Mann.

Zwischenzeitlich war in der Online-Ausgabe eine Zusammenfassung des Artikels erschienen, der am morgigen Tag auf der Titelseite der Printausgabe prangen würde. „Steht eine Mordserie in Österreich in Zusammenhang mit den aktuellen Morden im Bayerischen Wald? Wäre ein zweiter Mord zu verhindern gewesen, wenn Staatsanwältin und Polizei den von Anfang an dringend Tatverdächtigen Michael F. nicht hätten laufen lassen?“

Das war eine glatte Kriegserklärung an Justiz und Polizei, der Redakteur wusste das. Doch seine Informationen waren wasserdicht. Dieser Meinhart, von dem seine Frau den Namen bekam, hatte ihm sogar noch ein Foto Fallers gemailt. Das war nun – zwar mit einem Balken versehen – zusammen mit dieser arroganten Staatsanwältin zu sehen und würde sich morgen auf der Titelseite sehr gut machen.

Michael Faller genoss die kühle Brise, die ihn umwehte. Es waren die puren Glücksgefühle, die ihn durchströmten. Er war dem stickigen Verhörraum entkommen. Ein schlichtes Datum hatte genügt, seine Unschuld zu beweisen. Dieser Bender und er, sie würden keine Freunde mehr werden, das war Faller bewusst und er konnte es dem Kommissar nicht einmal übelnehmen. Schließlich hatte er ihn niedergeschlagen. Er würde deswegen einen Strafbefehl erhalten. Was gab es für so eine Art der Körperverletzung? Eine Geldstrafe? Eine Gefängnisstrafe auf Bewährung? Sein Anwalt wollte sich dazu noch nicht konkret äußern. Und wahrscheinlich würden auch noch zivilrechtliche Schritte auf ihn zukommen. Die Krankenkassen würden ihr Geld für die Zahnarztbehandlung zurückhaben wollen, und vielleicht klagte der Kommissar auf Schmerzensgeld. Egal, er hatte in seinem Leben schon so viel Geld verspielt, da würde er auch diese Krise meistern. Viel wichtiger war, dass er seiner Frau in den letzten Tagen so nahe wie schon lange nicht mehr gekommen war. Er hatte ihr seine Spielsucht gebeichtet. Das Gespräch hatte sich in eine Richtung entwickelt, mit der er nicht gerechnet hatte. Seine Frau hatte Mitleid mit seiner Krankheit, war gleichzeitig stolz auf ihn, dass er sich freiwillig in Behandlung begab. Außerdem machte sie sich Vorwürfe, weil sie sein Problem nicht erkannt und ihn nie unterstützt hatte. Es sah im Moment fast so aus, als habe die Offenbarung der Spielsucht seine Ehe gerettet. Als er in seine Straße und schließlich seine Einfahrt einbog, sang er lautstark das Lied im Radio mit, verstummte aber sofort, als er einige seiner Nachbarn vor seiner Haustür und dagegen trommeln sah. Er stellte den Motor ab, stieg aus dem Wagen und baute sich vor der Meute auf.

„Da ist die Drecksau", schrie einer und schon stürzten sie sich auf ihn. Eine Faust traf ihn an der linken Schläfe, ein Tritt in der Magengrube nahm ihm die Luft. Er sank in sich zusammen und spürte, wie ein Knie seine Nase brach. Tränen schossen ihm in die Augen und nahmen ihm die Sicht. Ein wahres Trommelfeuer der Gewalt ging auf ihn hernieder. Als seine Frau aus dem Haus stürmte und die Raserei mit verzweifelten Schreien stoppte, sickerte Blut lautlos auf den Beton, auf dem Michael Faller regungslos lag.

„Der Fluch der Erzengel! Versetzt ein Killer namens Michael den Bayerischen Wald in Angst und Schrecken?"

Die Online-Schlagzeile, auf die der Redakteur der Passauer Zeitung besonders stolz war, sorgte erwartungsgemäß für medialen Wirbel. Er sah fasziniert zu, wie auf facebook im Sekunden-Takt „gefällt mir" gedrückt wurde. Das war die Story, auf die er sein ganzes Leben gewartet hatte. Einmal ganz groß rauskommen, davon hatte er geträumt, und jetzt war er der Star. Er bestellte für sich und seine Frau für den nächsten Abend einen Tisch in einem noblen Passauer Fischlokal. Jakobsmuscheln und Hummer, Thunfischsteak und Kaviar, egal, und er würde alles mit Champagner runterspülen. Doch jetzt gab es erst einmal noch einiges zu tun: Er hatte höchst persönlich eine Meldung für die Deutsche Presseagentur verfasst, sie rund 25 Mal auf Fehler gelesen und rausgeschickt. Auch das Foto der Staatsanwältin und von Michael F., wie er ihn nannte, packte er in den Anhang. Erste Boulevardblätter, die die Meldung im Internet lasen, riefen bei ihm an. Er hatte seine Handynummer für weitergehende Informationen bei der dpa-Meldung und auf facebook hinterlassen. Der Redakteur einer großen Münchner Tageszeitung war etwas vorsichtiger und stellte als Erster die Frage, wie gesichert die im Artikel enthaltenen Informationen seien. Der Passauer Kollege reagierte genervt und arrogant. Doch alles in allem genoss er die ungeteilte Aufmerksamkeit und dankte seinem Schicksal, das es endlich einmal gut mit ihm meinte. Dann läutete das Redaktionstelefon. Er erkannte die Nummer. Konnte das wahr sein? Der Herausgeber höchst persönlich rief bei ihm an. Die Lobeshymnen der Chefredaktion klangen noch in seinen Ohren nach. Gemeinsam hatte man über den hilflosen Anruf des Kriminalhauptkommissars gescherzt, der natürlich auf Granit gebissen hatte, als er die Story verhindern wollte. Zu köstlich und einfach genial, dass man sich von den Bullen gar nichts sagen lassen musste. Auch die Staatsanwältin hatte es versucht, den Bericht zu verhindern und sich sogar an die Geschäftsleitung gewendet. Doch nichts zu machen. Die Passauer Zeitung ließ sich von nichts und niemandem Vorschriften machen. Und wenn sich die Staatsanwältin und ihr Polizist in Schwierigkeiten gebracht hatten, dann war das ihre Sache. Er nahm ab und hörte zu. Als er wenig später auflegte, schaltete er das Handy aus und übergab sich in den Papierkorb.

Der erste Anruf, den Bender bei der Chefredaktion gemacht hatte, führte zu rein gar nichts. Am liebsten hätte er diesen selbstgefälligen Idioten am anderen Ende der Leitung erwürgt. Auch Dr. Moosbacher hatte nichts erreicht. Doch jetzt sah die Situation komplett anders aus. Spät abends traf er im Büro von Dr. Moosbacher ein. Spontan tat sie ihm leid, als er sah, in welchem seelischen Zustand sie sich befand.

„Bender, was machen wir nur, dieser schmierige Redakteur ist nicht zu stoppen. Der hat den ganzen Mist schon online weltweit verbreitet. Hier, sehen Sie sich das an", sagte sie und drehte den Laptop in seine Richtung.

„Nicht nötig, ich bin bereits bestens vom Kollegen Schaller unterrichtet worden. Der Fluch der Erzengel ... Eines muss man diesen Idioten lassen. Phantasie haben sie ja. Aber diesem Kerl werden wir in die Suppe spucken."

„Wie wollen Sie das anstellen?"

Bender wusste genau, was zu tun war. „Als Erstes werden Sie den Verleger anrufen und die Printausgabe für den morgigen Tag stoppen. Von mir aus drohen Sie ihm mit allen rechtlichen Konsequenzen. Immerhin hat deren sauberer Redakteur ein Foto von einem Unschuldigen veröffentlicht. Und das trotz unser beider eindringlicher Warnung." Bei dem Wort unschuldig fasste sich Bender an die Oberlippe, da er dahinter ein leichtes Ziehen verspürte.

„Ich werde inzwischen unsere Pressestelle informieren. Die müssen eine Nachtschicht einlegen und alle Medien davon informieren, dass wir aufgrund der aktuellen Ereignisse für morgen früh um acht Uhr eine Pressekonferenz anberaumen. Und sie können dem Herrn Verleger mitteilen, dass er und sein Chefredakteur gefälligst daran teilnehmen. Ich will eine öffentliche Entschuldigung."

Dr. Gundula Moosbacher war beeindruckt vom forschen und entschlossenen Auftreten des Kommissars. Es machte ihn, sie warf das Wort einige Augenblicke im Kopf hin und her, ehe sie sich traute es zu denken, attraktiv.

In der Chefetage der Passauer Zeitung herrschte angespanntes Schweigen. Musste die Auslieferung der bereits gedruckten Printausgabe gestoppt werden? Der Hausjurist war in seiner Münchner Villa aus seinem Wasserbett geklingelt worden und virtuell im Raum anwesend. Letztlich entschloss man sich, den wirtschaftlichen Schaden zu akzeptieren und sich nicht auf ein Kräftemessen mit der Justiz einzulassen.

Bender hatte zwar damit gerechnet, dass die Story auf großes Interesse stoßen würde, aber dieser Andrang übertraf sogar seine kühnsten Erwartungen. Vor ihrer Tischreihe war ein Wald von Mikrofonen aufgebaut, Kamerateams und Fotografen stiegen sich gegenseitig auf die Füße, es wurde geflucht, geschimpft und auch einige Handgemenge waren zu beobachten. Neben Bender saßen Dr. Gundula Moosbacher, ihr Chef und Ritter am Tisch sowie der Herausgeber der Zeitung und ein reichlich blasser Chefredakteur. Bender lieferte den Sachstandbericht und betonte mehrfach, dass Michael Faller mit den Morden in Österreich nicht in Verbindung gebracht werden konnte und er im Zuge der aktuellen Entwicklungen im Bayerischen Wald lediglich befragt wurde. Der Chefredakteur der Passauer Zeitung wurde immer kleiner. Die Fragerunde wurde eröffnet und ein Kollege, der Dr. Moosbacher schon in zurückliegenden Fällen erlebt hatte, fragte, ob die Staatsanwältin, die ja schon die ein oder andere unüberlegte Aktion gestartet hatte, vielleicht selbst den Verdächtigen preisgegeben hätte. Die Miene des Chefredakteurs hellte sich etwas auf, dafür lief Moosbacher vor Wut rot an. Bender machte eine besänftigende Handbewegung in ihre Richtung und sagte dann: „Das ist falsch. Wir müssen leider einräumen, dass es innerhalb der Polizeidirektion eine undichte Stelle gegeben hat. Der Übeltäter wurde auch schon gefunden. Es wird intern gegen ihn ermittelt. Das Gespräch über den Verdächtigen hatte rein internen Charakter und war nicht für die Öffentlichkeit bestimmt. Wie Sie sich vielleicht vorstellen können, müssen wir in alle Richtungen ermitteln. Wenn wir das nicht dürfen, wird es schwer, überhaupt jemals einen Mörder zu fassen. Frau Staatsanwältin Dr. Gundula Moosbacher hat sich zu keinem Zeitpunkt falsch verhalten."

Der Chefredakteur sackte wieder in sich zusammen und brach völlig auseinander, als Bender die Gunst der Stunde nutze und herbe Kritik an der Presse übte, speziell aber an dem Redakteur, der den Stein ins Rollen gebracht hatte. Fragwürdig sei auch das Verhalten der Chefredaktion und der Geschäftsleitung, die trotz eindringlicher Warnungen nicht davon abließen, die falsche Story zu drucken. Der Verleger der Zeitung behielt seine aufrechte, arrogante Körperhaltung bei, ließ sich jedoch zu einer geflüsterten Entschuldigung hinreißen.

Im Anschluss an die Pressekonferenz ging er allerdings vehement auf Bender los: „Was bilden Sie sich ein, mich vor der versammelten Meute zu blamieren! Das wird Konsequenzen haben. Sie hören von meinem Anwalt."

Bender lächelte bitter: „Zum einen, Herr Verleger, ist diese Meute Ihresgleichen, zum anderen interessiert es Sie vielleicht, dass Herr Faller seit gestern Abend im Koma liegt. Ein wütender Mob, der wohl den Dreck, den Ihr Redakteur geschrieben hat, für bare Münze nahm, hat ihn daraufhin halb tot geschlagen. Erzählen Sie das Ihrem Anwalt am besten auch gleich."

Während Bender im Büro von Dr. Moosbacher Manu über die Pressekonferenz informierte, saß die Staatsanwältin nachdenklich an ihrem Schreibtisch. Bender hatte ihr tatsächlich den Arsch gerettet. Und das nicht zum ersten Mal. Aber diesmal hätte die Geschichte böse für sie ausgehen können und das mit der Beförderung wäre dann ein für alle Mal gegessen gewesen. Dieser kauzige und meist schlechtgelaunte Bulle hatte sich in der Pressekonferenz weit für sie aus dem Fenster gelehnt. Natürlich war der Maulwurf nicht enttarnt worden. Und sie bezweifelte sehr, dass der Schuldige jemals gefunden werden würde. Das hatte er schlichtweg erfunden. In diesem Moment wurde ihr klar, warum Ritter sich niemals auf eine Diskussion einließ, wenn sie Bender loswerden wollte. Und sie verstand auch, warum zwischen ihn und die meisten seiner Mitarbeiter kein Blatt Papier passte. Einmal, als sie vor Jahren den religiösen Serienkiller jagten, war einer seiner Untergebenen, dieser Franz Schaller, ausgeschert und verbündete sich mit ihr gegen seinen Chef. Doch auch den holte Bender später zurück in sein Team. Es stimmte, er war ein zumeist wütender, teilweise ungerechter und cholerischer

Mann, doch er hatte auch einen unbestechlichen Gerechtigkeitssinn und hielt bedingungslos zu seinen Mitarbeitern. Das machte ihn sympathisch, um nicht zu sagen: durchaus attraktiv. Bender beendete das Gespräch mit seiner Kollegin und sah Moosbacher an. Sie schenkte ihm ein strahlendes Lächeln.

Bender hatte sich schon mehrfach dabei ertappt, wie er Dr. Moosbacher verstohlen anblickte. Mit ihrem Business-Outfit, inklusive knielangem Rock und hochhackigen Schuhen, sah sie blendend aus. Ihr Dekolleté war atemberaubend und ihre langen blonden Haare rundeten ihre Schönheit ab. Er hatte nebenbei mitbekommen, dass sie vor kurzem 40. Geburtstag gefeiert hatte. Als er zu ihr hinübersah, sie ihn anstrahlte und sich bei ihm bedankte, konnte er einfach nicht anders: „Haben Sie heute Abend schon etwas vor?“

„Bender, soll das eine Einladung sein?“, sagte sie mit gespielter Strenge.

„Ich denke schon, sagen wir um 20 Uhr. Ich hol dich ab, Gundula.“ Bender grinste.

„Ach, sind wir schon beim Du?“

„Klar, wo wir doch jetzt ein Date haben.“

Dieser Kerl kann auch noch richtig charmant und witzig sein, dachte sie.

Gerti Faller hatte den ganzen Tag auf der Intensivstation am Bett ihres Mannes verbracht. Sie war verzweifelt und traurig. Wie sehr musste ihr Mann darunter gelitten haben, all die Jahre seine Sucht vor ihr verstecken zu müssen? Und er hatte es gut vor ihr verheimlicht. Sie hatte nicht die geringste Ahnung gehabt. Sie schwor sich, mit ihm noch einmal ganz von vorne anzufangen. Nur dazu musst du aufwachen Schatz, flehte sie den leblos scheinenden Körper an. Er sah schrecklich aus. Das Gesicht war von den zahllosen Schlägen und Tritten dick geschwollen und mit Blutergüssen übersät. Sie musste jetzt für sich und ihren Mann stark sein. Als Erstes würde sie umziehen. Keinen Tag länger wollte sie in einem Dorf bleiben, in dem eine selbsternannte Bürgerwehr Selbstjustiz verübt hatte. Es waren Nachbarn, Bekannte und sogar langjährige Freunde gewesen, die einem reißerischen Online-Artikel ungeprüft Glauben schenkten und ihren Michael beinahe totgeschlagen hätten. Gerti Faller tätschelte ihrem Mann die Hand, in der eine Infusionsnadel steckte, und hörte, wie hinter ihr die Tür geöffnet wurde.

Der Redakteur schwitzte an diesem Morgen noch mehr als sonst. Das achtlos aufgetragene Parfum mischte sich mit dem sonderbaren Körpergeruch, der ihm zu eigen war. Es umgab ihn eine Duftwolke, die sogar seiner Frau unangenehm war. Er hatte die ganze Nacht kein Auge zugetan und sah dementsprechend fertig aus. In einer halben Stunde musste er im Büro des Verlegers sein. Natürlich hatte er nicht gewagt, auf der Pressekonferenz zu erscheinen, aber was er von Kollegen gehört hatte, wurde seine Geschichte in der Luft zerrissen.

„Was wird denn jetzt aus mir, wenn du entlassen wirst? Fällt dann auch unser Sommerurlaub ins Wasser?“, fürchtete seine Frau die finanziellen Konsequenzen einer Entlassung. Die stand natürlich im Raum, auch wenn sich der Redakteur nicht vorstellen konnte, dass man ihm wegen eines Fehltrittes, für den er ja nun wirklich nichts konnte, gleich rausschmeißen würde. Pünktlich erschien er vor der Sekretärin seines Chefs, die ihn anwies, in der Besuchergruppe Platz zu nehmen. Kurz darauf ging die Bürotür auf und der Chefredakteur trat ins Vorzimmer.

„Du Wichser“, zischte er leise und verließ das Büro, das Verlagsgebäude und schließlich die Stadt. Seine Zeit bei der Zeitung war Geschichte. Nicht viel besser erging es dem Redakteur. Als er wieder auf der Straße stand, wunderte er sich noch immer, dass ein Anschiss aufgrund seiner Unfähigkeit mit anschließender Kündigung so schnell von statten gehen konnte. Er war nicht sonderlich geschockt von dem Rausschmiss, irgendwie hatte er insgeheim doch damit gerechnet. Aber arbeitsloser Redakteur, das waren in Zeiten, in denen ganze Heerscharen Schreiberlinge nach Jobs suchten und sich mit Schreibbüros und windigen Pressebüros versuchten über Wasser zu halten, keine schönen Aussichten. Am Ende würde er vor lauter Verzweiflung noch einen Bayerwald-Krimi schreiben. Nein, soweit unten war er dann doch noch nicht. Er würde schon wieder auf die Füße fallen. Was hatte sein Chef, Ex-Chef, berichtigte er sich selbst, noch gesagt? Dieser Faller war ins Koma geprügelt worden. Ein Foto am Krankenbett, eines von dem Ort, in dem es passiert war, und vielleicht ein O-Ton von der Frau oder sogar einem der Täter sollten ein guter Einstand in das neue Berufsleben sein. Und vielleicht war das auch ein gutes Bewerbungsschreiben für einen neuen Job. In Österreich, hatte er gehört, wurden deutsche Journalisten gerne genommen.

An der Krankenhauspforte gab er sich als Bruder von Michael Faller aus und erfuhr, dass dieser auf der Intensivstation lag. Mit besorgtem Gesicht schlich er die Gänge entlang. Er wollte möglichst authentisch wirken. Hier könnte ich auch eine Bombe reintragen, dachte er, weil er so leicht an der Stationspforte vorbeigekommen war. Er öffnete vorsichtig die Tür zum Zimmer und trat ein. Eine Frau saß am Krankenbett eines Mannes, drei weitere Betten waren belegt. Zahlreiche Maschinen, die über Schläuche und Kabel mit den Patienten verbunden waren, piepten und blinkten. Er nickte der Frau zu und sah vorsichtig von einem Bett ins andere. Seine Hand tastete in der Jackentasche nach der kleinen Kamera, die er immer dabei hatte. Doch keiner der drei Patienten war Michael Faller. „Entschuldigen Sie", sagte er, „sind Sie Frau Faller, ist das Ihr Mann?"

Gerti Faller fand den Mann, der einen so unangenehmen Geruch verströmte, auf den ersten Blick unsympathisch. Und er verhielt sich merkwürdig. Nachdem er sie mit einer angedeuteten Geste begrüßt hatte, schlenderte er scheinbar desinteressiert von Bett zu Bett. Es sah nicht so aus, als wäre er ein Angehöriger einer der drei Patienten. Als er sie nach ihrem und dem Namen ihres Mannes fragte, bekam sie eine dunkle Vorahnung, wer der Kerl war. Ein Journalist, einer von den Typen, der ihnen alles eingebrockt hatte. Womöglich war es sogar der Verfasser des unseligen Artikels. Sie drückte die Notfallglocke.

Der ganze Tag war eine einzige Demütigung für ihn gewesen. Erst die Entlassung, dann der peinliche Aufruhr, den er im Krankenhaus verursacht hatte, der damit endete, dass er in Handschellen wie ein Schwerverbrecher von zwei Polizeibeamten abgeführt wurde. Schließlich musste er eine äußerst unwürdige Vernehmung über sich ergehen lassen, bei der sie ihm sogar entlockten, von wem er das Foto von Faller bekommen hatte. Das Einzige, was ihm jetzt noch Freude bereiten konnte, war, in den Armen seiner Frau zu versinken. Schon als er den Schlüssel im Türschloss umdrehte, rief er ihren Namen. Doch er bekam keine Antwort. Stattdessen fand er auf dem Wohnzimmertisch eine kurze Mitteilung: Ich habe genug, ich verlasse dich! Ruf mich nicht an, es hat keinen Zweck.

Zwei Tage später wurde seine Leiche in der Badewanne gefunden. Der Redakteur hatte sich die Pulsadern aufgeschnitten.

Die Töpferscheibe rotierte so schnell, dass die Fliehkräfte jeden Batzen Ton, den Roswitha Meinhart darauf packte, wild durch die Gegend spritzte. Im Moment war nicht daran zu denken, eine Tasse oder gar eine Salatschüssel herzustellen. Doch das Ritual, mit Draht eine Ecke Ton aus dem großen Riegel zu schneiden und auf die Drehscheibe zu klatschen, beruhigte sie etwas. Denn sie war wütend. Am liebsten hätte sie ihrem Mann den Ton direkt ins Gesicht gehauen. Schon wieder war die Polizei dagewesen und hatte ihn verhört. Weil dieser dumme Kerl doch tatsächlich der Presse ein Bild von Faller zuspielte. Wo er das nur her hatte? Er besaß auch noch die Frechheit, es ihr nicht zu sagen. Auch die Polizei konnte ihm das Geheimnis nicht entlocken. Und jetzt war Faller fast und der Redakteur ganz tot. Und was machte er, steckte sich eine Kerze ins Ohr und entspannte sich. Keine Schuldgefühle, kein Mitleid mit denen, die er ins Unglück stürzte. So sehr sie seine Schrulligkeiten amüsant fand, so sehr sie zu ihm hielt, weil er niemals versuchte, sie zu ändern, so sehr machten ihr jetzt seine negativen Eigenschaften zu schaffen. Er war cholerisch, von null auf hundert in drei Sekunden aber auch wenig später wieder ganz die Ruhe selbst. Er verstand dann nicht einmal mehr, warum die Sache für andere Leute nicht ebenso schnell wieder erledigt war wie für ihn. Er konnte charmant sein, geradezu witzig, vor allem seine Kids in der Schule liebten ihn dafür. Und er war verdammt nochmal intelligent. Das war wohl der Hauptaspekt, der sie vor Jahren dazu gebracht hatte, sich in ihn zu verlieben. Er war im Gegensatz zu vielen seiner damaligen Altersgenossen kein Prolet und konnte sich über mehr als Fußball und Autos unterhalten. Tatsächlich waren Fußball und Autos die beiden Themen, für die er sich überhaupt nicht interessierte. Wahrscheinlich funktionierte ihr gemeinsames Leben nur deshalb, weil sich seit Jahren jeder nur um sich selbst kümmerte. Der einzige gemeinsame Berührungspunkt war das Keltendorf Gabreta. Auch wenn sie seine Passion nicht ganz teilte, nicht jede freie Minute in der Vorgeschichte des Bayerischen Waldes verbringen wollte, so konnte sie seiner großen Liebe schon einiges abgewinnen. Vielleicht, dachte sie, bin ich ganz froh, dass er dieser Leidenschaft frönt, dann habe ich ihn nicht so oft am Hals. Nur als dieser merkwürdige Sektenheini auf der Bildfläche erschien, war es ihr zu viel geworden. Sie hatte sich durchgesetzt und ihrem Mann diese Tollheit ausgetrieben. Zum ersten Mal hatte sie sich wirklich gegen ihn durchsetzen können.

Michel Meinhart hatte beschlossen, Prana noch eine weitere Chance zu geben. Sein eigenes Charisma war einfach zu großartig, als dass sich Prana auf Dauer ihm widersetzten konnte. Und jetzt, wo er länger darüber nachdachte, wahrscheinlich war die

Begegnung beim letzten Mal einfach nur unter einem schlechten Vorzeichen gestanden. An diesem Tag war ja schließlich ziemlich vieles schlecht gelaufen. So zum Beispiel der Umstand, dass Prana den Beamten ganz offensichtlich direkt ins Gesicht gelogen hatte. Meinhart hatte ein wenig gebraucht, bis er hinter die Lüge gekommen war. Doch schließlich war es wieder eine der Kerzen, die ihm die Erleuchtung brachte. Die Kommissare sagten nach der Vernehmung von Prana zu ihm, er habe die ganze Nacht vor der Eingangstür um Einlass gebettelt und sei dann wohl vor der Tür eingeschlafen. So habe es Prana der Polizei erzählt.

Das stimmte aber nicht. Er hatte genau gesehen, wie sein Guru von Peter, dem zweiten Mann in der Gruppe, abgeholt worden war. Sie fuhren mit dem schwarzen Wagen weg. Meinhart erinnerte sich, dass er danach auch noch einmal weggefahren war, um zu erledigen, was erledigt werden musste, und dann nach Lehmbruck zurückkehrte. Schließlich war er so fertig, dass er vor Pranas Haus eingeschlafen war.

Eigentlich hatte Meinhart vorgehabt, das alles auch gleich der Polizei zu melden, er tat es aber schließlich nicht. Wer weiß, dachte er, vielleicht machte diese Information Prana ja ein wenig freundlicher. Er wollte gleich mal zu ihm hingehen und mit ihm sprechen. Außerdem behandelte ihn die Polizei derart schäbig, nur weil er Fallers Foto weitergegeben hatte. Es war schließlich reiner Zufall, dass er eines besaß. Er sammelte halt Fotos von Menschen. Er hatte Fotos von Kindern, Frauen und Männern. Viele davon fand man in Geldbeuteln und Brieftaschen, die achtlos im Lehrerzimmer liegen geblieben waren. Es wunderte ihn bis heute, warum nie eines der Fotos, die er den Kollegen stibitzte, vermisst worden war.

Michel Meinhart beschloss, nicht gleich auf Konfrontation zu gehen. Er stellte seinen Wagen am Kraftwerk am Hartmannsreiter Stausee ab. Von hier konnte er an der linken Uferseite durch den Wald ungesehen zum Haus in Lehmbruck schleichen und erst einmal beobachten. Es war ein warmer Morgen. Die lange Regenperiode machte gerade mal eine kurze Pause. Dementsprechend aggressiv nach Nahrung lechzend fielen Mücken und andere Insekten über ihn her. Mehrfach spürte er dünne Fäden in seinem Gesicht, die wohl Spinnen für ihre eigene, schwebende Fortbewegung über den Trampelpfad gespannt hatten. Meinhart versank an manchen Stellen im vom Regen aufgeweichten Waldboden. Nach nur 15 Minuten kam das Anwesen in Sicht. Er versuchte kein Geräusch zu machen. Und dann entdeckte er sie.

Sie hatten Meinhart unmissverständlich klar gemacht, dass er aus der Nummer nicht ungeschoren herauskommen würde. Auch wenn er vor Manu scheinbar verängstigt winselte, so war ihm bei aller Strafandrohung nicht zu entlocken gewesen, wo er das Foto von Faller her hatte. Bender hoffte inständig, dass Faller am Leben bleiben würde. Nicht nur, dass er es hasste, wenn Menschen starben, er wollte außerdem nicht einem halben Dorf mit der Anklage wegen gemeinschaftlichen Mordes drohen müssen. Er überlegte zum tausendsten Mal, wie er es schaffen konnte, die Pressemeute klein zu halten. Es war nicht von der Hand zu weisen. Immer wenn diese Gralshüter auf der angeblichen Wahrheit und gebetsmühlenartig wiederholten Informationspflicht für ihre Leser bestanden, wurde alles schlimmer. Bender hatte sicher nichts gegen aufgeklärte Menschen. Doch er war überzeugt, dass zu viele Details und schlimmer noch Unwahrheiten, die über einen Kriminalfall verbreitet wurden, zwangsläufig zu weiteren Katastrophen führen konnten, besser gesagt mussten. Das konnte in Selbstjustiz, wie im Fall Faller, sein, der Täter konnte gewarnt werden oder es bestand das Problem der Trittbrettfahrer. Bender fiel in diesem Zusammenhang das Abkommen ein, das Münchner Medien vor langer Zeit einmal geschlossen hatten. Weil einem U-Bahn-Selbstmörder in kurzen Abständen immer weitere folgten, wurde gemeinschaftlich abgemacht, über diese Suizide nicht mehr zu berichten. Der Erfolg stellte sich umgehend ein. U-Bahn-Selbstmorde gingen drastisch zurück. Bender war auch klar, derartige Selbstdisziplin vom Haifischbecken Medien des 21. Jahrhunderts nicht erwarten zu dürfen. Schon gar nicht bei einem Fall dieser Art und noch weniger bei dem Druck, unter dem Sender, Zeitungen, Produktionsfirmen und all die anderen, die irgendwas mit Medien machten, standen. Und trotzdem musste es doch eine Möglichkeit geben, derartige Katastrophen zu verhindern. Eine Idee keimte in ihm auf, und es gab wieder einmal nur einen Menschen, mit dem er das besprechen, beziehungsweise in die Tat umsetzen konnte.

Benno Seifeld staunte nicht schlecht, als er die Einladung aus dem Verlagsleiterbüro erhielt. Ohne größere Umschweife wurde ihm das Angebot unterbreitet, die Chefredaktion zu übernehmen. Es war seitens der Geschäftsführung nicht verborgen geblieben, dass er bei allen drei Mordserien, die den Bayerischen Wald in den zurückliegenden Jahren erschüttert hatten, klug und besonnen gehandelt hatte. Er solle den Ausflug auf den Chefsessel zunächst einmal als Abenteuer verstehen, als Chance, sich innerhalb des Verlages weiter zu profilieren. Man eröffnete ihm auch, dass im Hintergrund nach einem Medienvollprofi gesucht würde, der, sollte Benno den Posten nicht ausfüllen können, das Ruder übernehmen werde.

„Aber, Seifeld“, polterte der drei Zentner schwere, burschikose Verlagschef: „Zeigen Sie uns, was Sie draufhaben und Sie werden alt auf dem Posten. Und wenn es nicht klappt, dann finden wir schon einen passenden Schreibtisch für Sie.“ Er klopfte Benno auf die Schulter.

Erst als er wieder draußen vor der Bürotür stand, wurde Benno klar, dass er regelrecht überfahren worden war. Kein Mensch hatte ihn gefragt, ob er den Posten überhaupt wollte – auch wenn das für ihn ohnehin außer Frage stand.

Das lief ja besser, als er zu träumen wagte, dachte Bender, als er von Benno Seifeld die Neuigkeit erfuhr. Eigentlich wollte er den Lokalredakteur exklusiv und unter der Hand mit Infos füttern. Damit wollte er erreichen, dass Medien, die sich nicht mit Mitteilungen der Polizeipressestelle zufrieden gaben, sich auf Benno Seifeld konzentrieren würden. Dem einzigen Journalisten, den er kannte, der seine Äußerungen mit Bedacht wählte. Das konnte Ruhe in die Sache bringen und möglicherweise zumindest ein Stück weit verhindern, dass die Falschmeldungen überhandnahmen. Der Plan hatte den Haken gehabt, dass Seifeld vielleicht gegenüber der Chefredaktion und Kollegen in Erklärungsnotstand geraten wäre. Jetzt, wo er selbst Chef war, konnte es ein genialer Schachzug werden.

Benno Seifeld war schon klar, dass ihn sein alter Weggefährte durch die Hintertür für seine Zwecke instrumentalisieren wollte. Doch wie Bender auch sah er insgeheim die Chance, die in diesem Handel lag. Auch wenn er mit niemandem darüber sprechen würde, so hatte er doch ein phänomenales Antrittsgeschenk. Reihenweise Exklusivstorys, die Zeitung würde in der nächsten Zeit zur meist zitierten in Bayern werden.

Raphaels Anspannung wuchs mit jeder Stunde, in der die Ankunft der Grafenauer Golfer näher rückte. Er war sich nach wie vor sicher, dass sein Äußeres sich völlig von seiner früheren Identität unterschied. Auch seinen bayerischen Dialekt hatte er im Laufe der Jahre völlig wegtrainiert. Er sprach geschliffenes Deutsch und ließ immer wieder ein paar Brocken Englisch oder Spanisch einfließen. Kaum möglich, ihn so zu identifizieren, oder? Er spielte ein gefährliches Spiel und war sicher, als Sieger daraus hervorzugehen. Schließlich: „Der Herr war sein Hirte!"

Und Raphael würde unschätzbar wertvolle Informationen aus der Heimat erhalten. Informationen, die es ihm möglich machen würden, irgendwann wieder zurückzukehren. Vielleicht schon sehr bald. Dann waren sie da. Er begrüßte sie, schüttelte Hände, stellte interessierte Fragen und betonte, ihnen jeden Wunsch zu erfüllen. Raphael reichte Visitenkarten herum: „Meine Herren“, sagte er, „ich bin Tag und Nacht für Sie erreichbar, everytime!“ Und auf eine pikante Nachfrage des Mannes, den er völlig anders in Erinnerung hatte und der, wie er von früher wusste, eigentlich eine vorbildliche Ehe führte, antwortete er: „Si, si, Señor, auch das kann ich Ihnen jederzeit besorgen.“ Ekel trieb wie Magensäure durch seinen Körper, und Raphael zitierte still aus den zehn Geboten. Der Herr sprach: Du sollst nicht ehebrechen. Als er auch dem letzten Gast der Gruppe das Zimmer gezeigt hatte, dachte er: Ich kenne euch alle, jeden Einzelnen von euch. Ich bin der Racheengel des Herrn.

Michel Meinhart glaubte seinen Ohren nicht zu trauen. Er saß zehn Meter von der kleinen Gruppe entfernt. Eine Ansammlung wilden Farns gab ihm ausreichend Schutz. Die beiden Männer redeten, die Frauen standen scheinbar teilnahmslos daneben. Nein, sie redeten nicht, sie trugen einen handfesten Streit aus.

„Du wolltest doch unbedingt noch zu Anne fahren.“

„Natürlich, schließlich wusste sie zu viel. Und nachdem sie sich von der Gruppe abspalten wollte, wurde sie zur Gefahr für uns. Sie wusste einfach zu viel.“

„Hast du ...“

„Verdammt nochmal, darum geht es doch gar nicht, sie wusste zu viel.“

„Und hast du?“

„Wie kannst du so eine Frage stellen?“

„Vielleicht erinnerst du dich, dass ich eine ganze Zeit nicht da war. Ich wollte mit dieser Kuh nicht reden. Ich hasse Abtrünnige. Da war mir der Spaziergang durch die Wiese hoch zum Waldrand schon lieber. Und als ich später zum Haus zurückgekommen bin, warst du schon weg. Ich stand alleine da. Anne wollte ich nun wirklich nicht um Hilfe fragen, also habe ich mich zu Fuß auf den Weg nach Grafenau gemacht und dort auf einen Bus nach Schönberg gewartet.“

Michel Meinhart überlegte fieberhaft. Sollte er dieses Gespräch für sich nutzen und zur Gruppe rübergehen? Nein, nichts übereilen. Er würde Zeit brauchen, um sich einen Schlachtplan zurechtzulegen. Also machte er kehrt und ging zurück zu seinem Wagen.

Bender hatte darauf bestanden, Manu auf Bräugerber anzusetzen. Sie sollte ihn zu dessen Sohn und Schwiegersohn befragen. Es blieb für ihn bei beiden zumindest ein Restverdacht.

Während der Alte seinen Schwiegersohn in den höchsten Tönen lobte und ihn über jeden Zweifel erhaben hielt, lederte er über seinen Sohn richtig los: „Das glaub ich, dass das kokainsüchtige Frettchen uns für die Morde verantwortlich macht. Der ist doch durch und durch frustriert. Zum Lehrer hat es nicht gereicht, auch nicht zum Sozialpädagogen. Stattdessen rennt er als Grossad-Gendarm durch den Wald. Erbärmlich ist das, dabei stand ihm die ganze Welt offen. Schließlich hätte er ja mich als seinen Protegé gehabt. Mich würde nicht wundern, wenn er selbst ..."

Er brach seine Schimpftirade ab und wendete sich seiner Frau zu. „Sag mal, siehst du nicht, dass mein Krug schon wieder leer ist! Luft rauslassen, aber ein bisschen plötzlich!"

„Oh mein Gott, was für ein Kotzbrocken", schimpfte Manu, als sie mit Schaller wieder in den Wagen stieg. Sie verließen das bräugerberische Anwesen in Oberhüttensölden. Aus Erfahrung wusste sie, dass Anwälte häufig zu den unangenehmsten Zeitgenossen gehörten. Doch dieser Typ war ein besonders scheußliches Exemplar. „Mich wundert nicht, dass sein Sohn geflüchtet ist und stattdessen lieber als Ranger im Nationalpark arbeitet. Übrigens ein Beruf, der mir auch gefallen könnte", sagte Schaller, der den Alten ebenso ekelhaft fand. „Wie der seine Frau behandelt hat. Abartig, warum lassen sich die Frauen das gefallen, ich verstehe das nicht."

„Wenigstens haben wir auf diese Weise erfahren, der nette Ferdinand hat doch ein paar Geheimnisse. Denk nur an das Kokain, das wird Bender interessieren. Übrigens, als Nationalparkranger kommst du eher selten mit einem PC in Berührung."

„Okay, dann vergiss es."

Manu wollte etwas antworten, als ein Wagen an ihnen vorbeifuhr und in die Einfahrt des Anwalts einbog.

„Den Typen kenn ich", sagte sie und wendete.

„Herr Grobauer, Herr Bräugerber, das ist ja interessant, man kennt sich." Die beiden Männer standen in der Einfahrt. Bräugerber behielt seine berufsmäßig arrogant überhebliche Art. Grobauer entglitten die Gesichtszüge.

„Was dagegen, Frau Kommissarin?", provozierte Bräugerber Manu.

„Keineswegs, nur: Nicht nur der Name Ihres Schwiegersohns taucht in den Unterlagen von Anne Schwan auf. Der von Ihnen, Herr Grobauer, auch. Und es würde mich nicht wundern, wenn wir auch noch irgendeinen Zusammenhang mit Frau von Stein herstellen können."

„Irgendeinen, ganz genau." Der Advokat baute sich wie ein Pfau vor Manu auf. Etwas Spucke floss aus seinem Mundwinkel. „Wenn Sie wollen, können Sie in dieser Gegend so mit ziemlich jeder Person einen Zusammenhang herstellen. Wie Sie vielleicht festgestellt haben, ist das hier keine anonyme Metropolregion. Und jetzt, wenn Sie keine weiteren Fragen haben, verlassen Sie mein Grundstück, sie fangen an, mir auf die Nerven zu gehen."

„Und was machen Sie hier?", wendete sich Manu an Grobauer. Sie ignorierte die Beleidigung des unangenehmen Advokaten völlig. Wer ein schlechtes Gewissen hat, verhält sich entweder provokativ oder verunsichert. Hier hatte sie zwei Prachtexemplare beider Gattungen auf einem Haufen.

„Ich hab doch gesagt, sie sollen verschwinden ...", begann sich Bräugerber erneut aufzuplustern. Doch Manu zuckte nur kurz mit den Schultern. „Ganz wie sie wollen, dann klären wir das morgen früh auf der Wache in Grafenau. Acht Uhr. Der Termin gilt übrigens auch für Ihren Schwiegersohn. Und bitte seien Sie pünktlich, ansonsten müsste ich Sie alle vorläufig festnehmen."

„Ich weiß ja selbst noch nicht einmal, was er von mir will", giftete Bräugerber in Richtung Manu.

Grobauer hatte sich inzwischen wieder etwas gefangen. Ihn verunsicherte die Situation an sich. Er war spätestens seit er zwölf Jahre alt war kein unbeschriebenes Blatt mehr, seine Akte so lang wie der Kölner Dom hoch und es drohte erneut Gefahr, dass er eingesperrt wurde. Besonders belastete ihn, was der Kriminalpsychologe über ihn sagte und er ihn für jederzeit gewaltbereit hielt. Von seinem anderen Problem ganz zu schweigen.

„Sie kriegen es ja eh heraus, steht ja in den Akten", sagte Michael Grobauer. „Herr Bräugerber und sein Schwiegersohn haben mich bei meinem Prozess verteidigt."

„Ach, und jetzt brauchen Sie wieder rechtlichen Beistand?"

Schaller kam aus dem Staunen nicht mehr heraus. Manu legte eine ironisch-selbstsichere Vorstellung hin und setzte beide Männer schachmatt.

„Sie selbst verdächtigen mich doch nur aufgrund der Tatsache, dass ich vor vielen Jahren Mal einen Fehler begangen habe. Ich wollte mich einfach nur vergewissern, ob mir das heute noch schaden kann."

„Das sehen Sie etwas falsch. Wir verdächtigen im Moment niemanden konkret. Im Zusammenhang mit dem Mord an Anne Schwan ist Ihr Name aufgetaucht. Außerdem: Ihr Geschäft liegt nicht einmal einen Steinwurf vom zweiten Tatort entfernt. Deswegen müssen wir uns mit Ihnen unterhalten. Nicht mehr und nicht weniger. Haben Sie ein Problem damit?"

Die Augen von Michael Grobauer verengten sich, er sagte aber nichts.

„Halten Sie sich zu unserer Verfügung. Aber den Spruch kennen Sie ja sicher beide zur Genüge. Und, Herr Bräugerber, erinnern Sie Ihren Schwiegersohn daran, dass er morgen früh einen Termin bei mir hat."

„Wieso, das kümmert mich doch nicht, laden Sie ihn gefälligst selber vor. Außerdem hat er seine Aussage längst in München gemacht."

„Und morgen wird er in Grafenau eine machen", konterte Manu.

„Franz, du kannst den Mund jetzt wieder zu machen."

Schaller war immer noch beeindruckt über die Souveränität, mit der seine Kollegin den beiden Männern den Schneid abgekauft hatte. Kurz vor dem Ortsende blieb sie an einem Parkplatz stehen, sie hatte sich in einem hübschen Biergarten zum Essen verabredet.

Als sie durch das Tor in den Garten traten, saß ihr Chef schon vor einem Weißbier und blätterte in der Karte. Er winkte ihnen freundlich zu und zündete sich einen Zigarillo an. Bier und blauer Dunst statt Aus'zogne und Grünen Tee, dachte Manu. Sie konnte an dem, was er konsumierte, genau erkennen, dass er unter Stress stand. Natürlich bereitete ihm der neue Fall Kopfzerbrechen, es ging ihnen allen so. Umso erstaunter war sie, als er kurze Zeit später ein äußerst entspanntes Telefonat führte. Auch wenn er aufgestanden war und etwas abseits stand, konnte sie hören, dass er Nettigkeiten, um nicht zu sagen Zärtlichkeiten austauschte. Und auch Schaller vernahm, wie er sein Telefonat mit den Worten: „Ja, ich melde mich, servus", beendete.

Als Bender kurz darauf aufs Klo ging, sagte sein junger Kollege: „Ist mir da was entgangen? Sieht ja fast so aus, als sei unser Chef verliebt."

„Vielleicht läuft ja wieder etwas mit seiner Frau, ich würde es ihm wünschen."

Diese Manuela Hentschel war eine Zecke. Michael Bräugerber ärgerte sich immer noch, dass er sich von dieser Kommissarin derart ins Bockshorn hatte jagen lassen. Sein alter Freund Albert Petersen hatte Recht. Der hatte vor einigen Jahren unangenehme

Bekanntschaft mit dem Luder gemacht. Sie hatte den Treffpunkt der rechten Gesinnungsgenossen gesprengt und damit letztlich dafür gesorgt, dass Petersens Geheimidentität aufgeflogen und er sogar aus dem Grafenauer Stadtrat entfernt worden war. Und dann tauchte auch noch Grobauer genau im falschen Moment auf. Es lief derzeit nicht so, wie er sich das vorstellte. Doch jeder hatte dunkle Geheimnisse. Es würde in ihrem Leben schon etwas gefunden werden. Und dann Gnade ihr Gott.

Er rief seinen Schwiegersohn in München an. Er solle umgehend in den Bayerischen Wald kommen. Es gäbe viel zu besprechen. Außerdem müsse er am darauffolgenden Tag auf die Wache zur Vernehmung. Bräugerber erstickte jeden Widerspruch im Keim: „Dann verschieb das und schicke irgendwen aus der Kanzlei zu dem Gerichtstermin. Wichtige Familienangelegenheiten. Oder besser noch: Hol dir ein Attest von Karl. Der alte Pillendreher weiß schon, wie er es formulieren muss. In spätestens drei Stunden bist du da, ist das klar!“

Dr. Michael Schmidmeister warf sein Handy fluchend an die Wand. Es zerbarst in tausend Stücke. Seine Geliebte, die in aufreizender Pose auf dem Bett lag, setzte sich abrupt auf, zog die Beine an die Brust und sah den Mann erschreckt an. Der entspannte sich sofort wieder und sagte: „Liebes, aus unserer gemeinsamen Nacht wird leider nichts, ich muss sofort los.“

Sie sah ihn mit großen Augen an, eine Brust blitzte unter den Knien hervor.

„Ach was soll's, der alte Sack muss noch ein wenig warten.“

Als er eine Stunde später in seine Hose stieg und den Gürtel schloss, blickte er mit Wehmut auf die aufreizend schöne Frau, die schlafend vor ihm lag. Er hauchte ihr einen Kuss auf die Wange und flüsterte: „Ich liebe dich mehr als mein eigenes Leben.“

Sie war es gewohnt, dass er mehrmals im Monat heim zu seiner Familie in den Bayerischen Wald fuhr. Es machte ihr nichts aus. Auch nicht, dass er verheiratet war. Auch wenn sie gerne mit ihm zusammen war. Das hatte sie von Anfang an gewusst. Ihre Auftraggeber hatten sie bis ins kleinste Detail über Dr. Michael Schmidmeister informiert: Rechtsanwalt und Nachfolger in der Kanzlei einer der meist gehassten Persönlichkeiten Münchens. Zumindest in dessen aktiver Zeit. Verheiratet, Kontakte zur rechten Szene. Ein Sohn, der in die Fußstapfen seines Vaters und Großvaters zu steigen schien. Eine Tochter, die ein eher unauffälliges Leben als Studentin in Passau führte und eindeutige Tendenzen aufwies, sich von der Familie abzuspalten. Das junge Mädchen war mit dem Zusatz „uninteressant" versehen worden. Ebenso, wie ein unehelicher Sohn aus erster Ehe von Michael Bräugerber und die anderen Frauen der Familie. Allesamt uninteressant. Es tat ihr ein wenig leid, dass Dr. Schmidmeister nicht mehr als ein Auftrag für sie war. Sie hatte ihn in den letzten Jahren zwar nicht lieben, aber doch mögen gelernt. Er war galant, spendabel und erfüllte ihr beinahe jeden Wunsch. Doch sie zweifelte daran, dass sie ihren Auftrag zur Gänze würde beenden können. Er hatte den Schein zu wahren, durfte sich nicht mit ihr in der Öffentlichkeit zeigen. Er würde sich nie von seiner Frau scheiden lassen. Würde er nicht? Dann las sie noch einmal den kleinen Zettel. Darauf ein Satz, den sie aus dem Fernsehen kannte und der so etwas wie ein Liebesschwur für ihn geworden war: „Alles wird gut".

„Was kichert ihr denn so bescheuert?" Bender war an den Tisch zurückgekehrt. Er fühlte sich auf den Arm genommen, bekam aber nicht heraus, warum Manu und Franz lachten. Also ging er zum Tagesgeschäft über. Zwischen saurem Presssack, Salat mit Putenstreifen und einem reich garnierten Käsebrot versuchten sie die aktuelle Situation zu ordnen.

„Dr. Moosbacher hat uns freie Hand gegeben."

„Bevor ich es vergesse, Ralf. Der alte Bräugerber hat seinen

Sohn schwer belastet. Zumindest hat er verlautbaren lassen, der sei wohl doch nicht der Saubermann, für den wir ihn gehalten haben."

„Erzähl."

Sie fasste kurz zusammen, war aber auch davon überzeugt, es mit einer total zerstrittenen Familie zu tun zu haben, in der jeder jeden hasst.

Doch Bender fühlte sich in seiner Ahnung bestätigt, diesem Nationalparkranger würde er in jedem Fall noch einmal auf den Zahn fühlen.

„So wie ich das sehe, werden wir wohl auch diesmal die Kavallerie brauchen. Franz, das heißt für dich, du musst in Grafenau wieder die Voraussetzungen schaffen, um dort ordentlich arbeiten zu können."

Bender trank sein drittes Weißbier, als er eröffnete, noch einmal im Haus von Anne Schwan gewesen zu sein. Zunächst war er nur einem Impuls gefolgt. Seinem Kribbeln, das sich meldete, wenn er etwas übersehen hatte oder Gefahr lief, etwas zu übersehen. Und als er in das Wohnzimmer von Anne Schwan trat, war es ihm sofort aufgefallen. Sie hatte das komplette Werk der Dichterin von Stein im Regal stehen. Viele Bände waren mit persönlichen Widmungen versehen. Sogar ein Ordner mit handschriftlichen Gedichten stand in dem Regal. Beide Frauen mussten sich also besser gekannt haben.

„Vielleicht waren sie sogar befreundet", schloss Bender. War das die Spur, die sie verfolgen mussten? Gab es eine Verbindung zwischen den beiden Frauen? War der Mörder im persönlichen Umfeld zu suchen?

„Es ist zumindest einer der wichtigsten Anhaltspunkte, die wir im Moment haben", sagte Manu und schlug vor nachzuforschen, ob es unter ihren Verdächtigen Personen gab, die mit beiden Frauen in Verbindung standen. Das Ergebnis, so stellte sich einige Tage später heraus, war niederschmetternd.

Dr. Michael Schmidmeister drehte den Schlüssel im Türschloss seines Hauses in Schönberg. Er hatte beim Kauf nicht nur auf die Architektur des Hauses geachtet, sondern auch die Lage genau unter die Lupe genommen. Von seinem Balkon aus hatte er einen wunderbaren Blick auf die Kirche und den Ortskern, der mit seiner norditalienisch anmutenden Architektur auch ein alter Ortsteil einer südtiroler Stadt hätte sein können. Nicht umsonst trug die Marktgemeinde den Beinamen Meran des Bayerischen Waldes. Obwohl er wusste, dass seine Frau da sein musste, sagte er nichts. Erst als er sie blass und traurig, mit tiefen Ringen unter den Augen, auf der Couch im Wohnzimmer sitzen sah, nickte er ihr kaum merklich zu und erkundigte sich nach den Kindern. Er erntete nur einen leeren Blick.

„Blöde Kuh“, zischte er und wollte gerade zu einer weiteren Schimpftirade ansetzen, als seine Tochter hinter ihm auftauchte.

„Lass sie in Ruhe, du siehst doch, dass es ihr nicht gut geht.“

„Begrüßt man so seinen Vater?“ Als habe es ihren Vorwurf nicht gegeben, ging er auf seine Tochter zu und schloss sie in die Arme. Sie erwiderte seine Umarmung bereitwillig. Auch wenn sie nicht einverstanden war, wie er ihre Mutter behandelte, so liebte sie ihn dennoch. Er war zwar ein grausamer Ehemann, aber ein fürsorglicher Vater. Nicht nur, dass er das Studium seiner Kinder finanzierte, sie konnten sich auch zu einhundert Prozent auf ihn verlassen. Die einzige Forderung, die er an sie stellte: Sie mussten ihr Studium summa cum laude abschließen und in die Kanzlei einsteigen.

„Was macht die Uni?“

„Geht so, ich denke, ich komme durch“, scherzte Emma und lachte, als er ihr mit dem Zeigefinger drohte. Er erkundigte sich nach Paul und erfuhr, der besuche gerade seinen Großvater.

„Du musst dich aber beeilen, wenn du ihn noch sehen willst. Wir müssen zurück an die Uni, er holt mich in einer halben Stunde ab.“

Dr. Michael Schmidmeister beschloss, zu Hause auf seinen

Sohn zu warten und nicht gleich zum Alten zu fahren. Dann konnte er sich auch den Schweiß der Liebe vom Körper waschen. Frisch geduscht und in einen Bademantel gewickelt kehrte er ins Wohnzimmer zurück. Er hätte seiner Frau, die immer noch teilnahmslos auf dem Sofa saß, am liebsten ins Gesicht geschlagen.

Er versicherte sich, dass seine Tochter es nicht hörte und zischte: „Ich wünschte, du würdest verrecken."

„Ich weiß", bekam er zur Antwort. Und zu seinem Erstaunen sah er sie seit vielen Jahren zum ersten Mal lächeln.

„Vater!" Paul Schmidmeister kam mit großen Schritten auf ihn zu. Sie umarmten sich wie es langjährige Freunde tun und klopften sich gegenseitig herzhaft auf die Schulter. Sie unterhielten sich ein paar Minuten über die Uni, Fußball und Politik. Beide waren sich einig, der Prozess gegen Beate Zschäpe sei nichts weiter als linke oder jüdische Propaganda.

„Wir müssen los, sonst verpass ich noch mein Date."

„Du hast einen Freund? Davon weiß ich ja noch gar nichts."

„Keine Angst, Vater, ich pass schon auf Emma auf. Und wenn er sich nicht ordentlich benimmt, bekommt er von mir ein paar aufs Maul."

„Euer Macho-Gehabe ist manchmal einfach unerträglich", sagte Emma mit gespielter Verärgerung. „Können wir jetzt los?" Sie gab ihrer Mutter einen Kuss auf die Stirn und verabschiedete sich von ihr.

Paul stieß ein kurzes: „Mutter" hervor und verabschiedete sich von seinem Vater mit einer weiteren herzhaften Umarmung. Was keiner von ihnen zu diesem Zeitpunkt ahnte: Die Familie befand sich zum letzten Mal gemeinsam in einem Raum.

„Da bist du ja endlich, drei Stunden habe ich gesagt. Nicht fünf."

Dr. Michael Schmidmeister machte einen Buckel vor seinem Schwiegervater. Auch wenn er sich beruflich längst freigeschwommen hatte, konnte er sich einen letzten Rest Unterwürfigkeit nicht abgewöhnen. Doch Bräugerber wurde sofort wieder kameradschaftlich. Er berichtete seinem Schwiegersohn von dem Besuch von Manu, die angeordnet habe, er müsse am nächsten Tag um acht Uhr dort antanzen. Der wusste schon von dem Termin und dass er zu den Mordfällen Anne Schwan und Johanna von Stein befragt werden sollte.

„Kennst du die?“

„Ja, beide. Anne Schwan war eine Klientin von mir. Nix großes, ich habe mal eine einstweilige Verfügung gegen einen lästigen Typen aufsetzen lassen. Warte, ich ruf im Büro an und frag, wie der geheißen hat.“

Bräugerber biss mit seinen Jacketkronen, deren strahlendes Weiß so gar nicht zum Rest des alten Mannes passte, auf seiner Unterlippe herum. Ärgerlich wischte er sich neuerlich fließenden Speichel aus dem Mundwinkel. Er musste dieser Hentschel einen Denkzettel verpassen. Niemand ging so mit ihm um, das hatten schon ganz andere versucht. Skrupel hatte er dabei noch nie gehabt. Man muss stets bereit sein, bis zum Äußersten zu gehen, war sein Lebensmotto gewesen. Und jetzt, da er sowieso bald abkratzen würde, was sollte ihm da schon noch passieren?

„Meinhart“, sagte Schmidmeister.

„Was?“, fragte Bräugerber, der sich ganz in Hassgedanken befand.

„Der Typ heißt Michel Meinhart. Und Johanna von Stein kenne ich über Felizitas. Diese langweilige Dichterin hat wohl einen Narren an deiner Tochter gefressen gehabt. Sie war häufiger bei uns zu Hause. Und erst vor kurzem wollte sie mich konsultieren, weil sie der Meinung war, irgendwer hätte ihre Texte in unberechtigter Weise im Internet veröffentlicht. Felizitas hat keine Lesung verpasst, die die Stein gehalten hat. Hab mal in so ein Buch geschaut. Langweiliger Käse, kann ich dir sagen.“

Bräugerber hatte gar nicht richtig zugehört. Zu sehr war er mit seinem Hass auf Manuela Hentschel beschäftigt. Er würde sie überwachen und durchleuchten lassen. Er würde etwas finden.

Ganz sicher. Und er wusste auch schon, wer den Auftrag bekommen würde.

Was er sich in seinem Leben nach dem Knast geschaffen hatte, wollte Michael Grobauer auf keinen Fall verlieren. Deswegen war er auch zu seinem alten Anwalt gegangen. Doch der konnte ihn beruhigen. Wenn er sich nichts Neues hatte zuschulden kommen lassen, konnte ihm die Polizei gar nichts tun. Auch nicht vorsorglich in Haft nehmen oder Ähnliches. Tja, nichts zuschulden kommen lassen. Das war so eine Sache. Aber er wollte sich auf gar keinen Fall von seinem Weg abbringen lassen. Umkehren war jetzt nicht mehr möglich.

Ja, es geht mir gut. Im Moment spüre ich nichts, kein Verlangen, keinen Druck. Ich begegne ihr jeden Tag, als wäre nichts. Das tut gut, tut mir gut. So könnte es bleiben, ich hätte nichts dagegen, weil die Liebe so schön ist, wie lange nicht mehr. Jeder Kuss, jede Berührung ist frei von der Angst, die ich zuvor immer hatte. Es fällt mir leicht, mich fallen zu lassen, mich in ihrem Körper zu verlieren. Wie lange habe ich nicht gewagt, ihr dabei in die Augen zu sehen, im Bewusstsein, sie töten zu wollen. Oder zu müssen. Und jetzt ist alles so schön. So unschuldig.

Ich weiß nicht, wie lange das anhält, ob ich mich von meiner Last befreien konnte, als ich die Dichterin erledigt habe. Was für eine komische Eule, wie die mir blindlings in die Falle gelaufen ist. Es war für mich unvorstellbar, wie leicht es ist, jemanden zu töten. Dabei ist es nur ein kurzer Moment der Überwindung. Es ist nur dieser eine Augenblick, in dem man sich für eine Seite entscheiden muss. Ich habe mich für mich entschieden, für meine Freiheit, für meine Sorglosigkeit. Ich bin froh, dass das alles so gut funktioniert.

Andererseits darf ich mich nicht darauf verlassen, ich will gerüstet sein, falls der Dämon in mich zurückkehrt. Außerdem will ich auch wissen, was Anne damals meinte, als sie von einer Lösung sprach. Es scheint so zu sein, als ob in meinem Unterbewusstsein noch mehr wäre, als das, das ich bisher gesehen habe. Ich glaube nicht daran, schon einmal, oder sogar mehrmals gelebt zu haben. Aber es ist nicht wegzudiskutieren, dass in mir Gefühle, Ängste, Erwartungen und Sehnsüchte schlummern, von denen ich bisher selbst nichts ahnte. Dem will ich auf den Grund gehen. Ja, genau das will ich.

Ich habe vorgesorgt, schließlich kann ich mir ja nicht jedes Mal Schlaftabletten einwerfen, die mich halb umbringen, um in eine Rückführung zu kommen. Diese CD könnte es sein, ich probiere es in jedem Fall aus. Reinkarnation leicht gemacht – was für eine unglaublich lächerliche Idee. Aber vielleicht klappt es ja, Anne hat auch gesagt, bei mir geht es relativ schnell und leicht. Bald könnte es wieder soweit sein.

Bender war ratlos, als er sich auf eine der Bänke vor der Racheldiensthütte setzte. Er streichelte den Kopf des Schäferhundes, der gerne zu ihm kam, wenn Herrchen zu beschäftigt war, und beobachtete, wie die letzten Tagesbesucher den Ort verließen. Schon bald strömte der wieder die Kraft und die Ruhe aus, die ihn so magisch anzog. Ebenso magisch, wie Paul Freier, der jetzt mit zwei Bieren in der Hand zu ihm an den Tisch kam. Zwei Gläser und viele verlorene Blicke später begann Bender zu reden. Paul Freier verstand es, den Mund zu halten und zu warten, bis sein Gegenüber das Wort ergriff. Er mochte diesen knorrigen Hauptkommissar mit all seinen Macken und Selbstzweifeln. Bender hinterfragte sich immer wieder selbst, das war mehr, als man von den meisten Menschen sagen konnte. Er hätte nicht gedacht, dass er so etwas nach all den Enttäuschungen, die er erlebt hatte, noch einmal sagen würde, aber er war zu einem echten Freund geworden.

Bender begann also den Kreis der Verdächtigen vor Paul offenzulegen. Zum einen vertraute er ihm blind, zum zweiten hatte der Wirt stets den einen oder anderen guten Einfall, und drittens half es Bender beim Nachdenken, wenn er das Problem laut aussprach. Er hatte über die vielen Dienstjahre, die er nun schon auf dem Buckel hatte, eine sagenhafte Aufklärungsquote. Auch Raphael hatte er enttarnt, nur konnte der erste Serienkiller, der sein Unwesen im Bayerischen Wald trieb, entkommen. Und die zweite, nicht weniger eigenartige Mordserie im vergangenen Jahr war schließlich ebenfalls aufgeklärt worden.

Und diesmal? Der Kreis der Verdächtigen, die sie bisher ins Visier genommen hatten, war beinahe unüberschaubar groß: Ein seniler Anwalt, der seine abstoßende Art offensichtlich an seinen Schwiegersohn weitergegeben hatte. Während Bender dem Alten die Taten aufgrund dessen körperlicher Verfassung eher nicht zutraute, wäre dies für Schmidmeister wohl kein Problem. Er sah durchtrainiert aus und war kalt wie Eis. Er hatte beide Frauen gekannt, Schwan, die er anwaltlich vertrat und von Stein, die mit seiner Frau befreundet war. Er pendelte ständig zwischen München und dem Bayerischen Wald. In der Ehe stimmte es wohl gar nicht. Zumindest sah Frau Schmidmeister extrem unglücklich aus.

„Wir wissen außerdem“, sagte Bender, „dass der in München eine Freundin hat. Das hat er sowohl bei den Kollegen in München, aber auch letzte Woche beim Verhör in Grafenau eingeräumt. Der ist eiskalt, sage ich dir. Wir haben vor dem Verhör ziemlich auf den Busch gehauen, damit er gar nicht erst nach Ausreden sucht, nicht zu erscheinen. Aber der ließ sich nicht verunsichern.“

„Macht ihn aber noch nicht zum Mörder“, bemerkte Paul Freier knapp.

„Das ist wahr, also weiter im Text. Die beiden Kinder können wir wohl ausschließen, obwohl zumindest Paul Schmidmeister ein ziemliches Früchtchen sein muss. Schaller hat sich mal an der Uni in Passau umgehört. Der Typ ist berüchtigt. Stramme deutsche Gesinnung und haut schneller zu, als du Weißbier sagen kannst.“

Der Wirt verstand den Wink und holte Nachschub.

Als Bender den Namen Meinhart erwähnte, musste Freier unwillkürlich grinsen. Der Hauptkommissar erfuhr, dass Michel Meinhart einmal ein Seminar für Ohrkerzen bei ihm abhalten wollte, weil die Racheldiensthütte ein Kraftort sei. „Und seine Frau wollte mir windschiefe Töpferwaren anbieten. War aber nichts dabei, was ich meinen Gästen vorsetzen könnte."

„Trotzdem ist der Typ mit Vorsicht zu genießen. Ich weiß nicht, ob es Unbedarftheit, Dummheit oder Berechnung ist. Zumindest aber ist er extrem profilierungssüchtig und schnell beleidigt. Auch wenn wir ihm bei Anne Schwan nichts nachweisen konnten, ganz raus aus der Sache ist er in meinen Augen noch nicht."

Damit kam Bender zu der Gruppe um Prana. Es war natürlich ein Leichtes, sich gegenseitig ein Alibi zu geben. „Aber dieser Haufen ist mir dermaßen suspekt, da steckt mehr dahinter."

Schließlich servierte Bender seinem Freund noch Michael Grobauer.

„Ist dir eigentlich schon aufgefallen, dass der Name Michael extrem häufig vorkommt. Wenn man jetzt mal von diesem Prana absieht", sagte Paul Freier.

„Ja, und der heißt eigentlich auch Michael oder kurz Mike. Aber tu mir bitte einen Gefallen, keine Querverweise auf Erzengel mehr", klagte Bender.

Er ergänzte, was sie über Grobauers früheres Leben wussten. Inzwischen führte er mit Frau und Kind ein zurückgezogenes Leben in Schöfweg und betrieb einen kleinen Laden in Schönberg.

„Aber wer sagt uns denn, dass der Mörder in diesem Kreis zu finden ist? Und was ist mit dem Ferdinand Bräugerber. Da treten so nach und nach auch immer mehr Details zu Tage. Er soll zum Beispiel kokainsüchtig sein."

„Ja, die Story kenn ich. Außerdem hat er es weder zum Lehrer noch zum Sozialpädagogen gebracht. Der Ferdl hat mir erzählt, mit welchen Mitteln sein Vater versucht hat, ihn fertigzumachen.

Eine ganz böse Geschichte, das darfst du mir glauben. Nichts davon ist wahr."

„Mein Problem ist halt: Jede der Personen hat beide Frauen gekannt, aber bei Licht betrachtet hat keiner ein Motiv. Was haben die beiden Frauen an sich oder was haben sie getan, dass sie getötet wurden? Warum inszeniert der Mörder seine Taten, warum verletzt er die Augen? Ich erkenne kein Schema. Und wenn ich ehrlich bin, glaube ich auch, dass unser guter Dr. Leopold noch ziemlich im Dunkeln tappt."

Paul Freier sah Bender lange nachdenklich an und sagte dann: „Möchtest du einem Toten in die Augen schauen?"

Widerwärtiges, unkontrollierbares, krankes Fleisch. Das waren die Menschen. Vom Trieb gelenkt, vom Fleisch verführt, von der Lust an der Sünde verderbt. Es war Raphael, der am Rande des Greens am Golfplatz im Gras hockte und in düstere Gedanken verfiel. Es war später Abend, er hatte einen anstrengenden Tag mit den Gästen aus der Heimat hinter sich. Er führte sie über den Golfplatz, zeigte ihnen die Kniffe, die an so manchem Fairway anzuwenden waren, versorgte sie mit Getränken, kleinen Speisen und ausreichend Golfbällen, denn der Platz hatte viele Teiche, teilweise enge Fairways zwischen dicht bestandenen Pinienhainen oder direkt angrenzenden Grundstücken von Privatleuten, die nicht zugänglich waren. Ein einziges Grab für schlecht gespielte Bälle. Vor allem am ersten Tag, als die Golfgruppe noch müde war von der Anreise, sorgte Raphael für Nachschub an dem kleinen, harten Spielgerät.

Was ihm im Moment mehr zusetzte, war das Spielgerät, das er gerade bei Walter Kerbel an der Hoteltür abgegeben hatte. „Gott, mein Herr verzeih mir meine schmähliche Tat", betete er. Der Mann, der oft bei ihm im Bärnsteiner Gasthaus war, der Mann, der eine so gute, vorbildliche Ehe führte, der Mann, von dem er wusste, dass er fast jeden Sonntag in Hohenau den Gottesdienst besuchte: Dieser Kerl verlangte bei ihm nach einer Hure. Nach einer Gespielin für die Nacht. Raphael wusste, wohin er sich wenden musste, um eine Schöne zu finden. Und er tat es, weil er es nicht glauben konnte, dass Kerbel tatsächlich die Ehe brechen würde. Er tat es, um Kerbel zu testen. Und er nahm sich vor, sollte dieser den Test nicht bestehen, so würde er die Rache des Herrn spüren. In dem Moment, als Raphael die junge Spanierin an der Tür an Kerbel übergab, wusste er, es würde die Zeit für den Racheengel des Herrn nahen. Er sah, wie der Steuerberater die Frau schier mit den Augen auszog, noch bevor er Raphael verabschiedete. Er sah die Lust in den Augen blitzen und nicht den Hauch von schlechtem Gewissen im Antlitz des Sünders. Ich bin Raphael, schrie er in den abendlichen Himmel, der Racheengel des Herrn.

Walter Kerbel konnte seine Nervosität kaum unterdrücken, als er auf den Greenkeeper wartete, der ihm ein leichtes Mädchen besorgen sollte. In dem Moment, als er an den Sex dachte, den er gleich haben würde, war ihm beinahe zum Weinen zumute. Denn in seiner Hose regte sich nichts, zumindest fast nichts. Er griff mit fester Hand nach seinem Gemächt, von dem er nicht wusste, ob es ihm die Dienste erweisen würde, auf die er beinahe wie ein Süchtiger angewiesen war. Mit seiner Frau, zu Hause, lief seit Wochen nichts mehr, und er konnte es sich nicht erklären. War die Liebe erkaltet, war da kein Reiz mehr, den sie auf ihn ausüben würde? Kerbel vermied es, die Schuld bei sich zu suchen, schließlich liebte er seine Frau so wie am ersten Tag.

Die Golfreise nach Andalusien bot die Gelegenheit, der Wahrheit auf den Grund zu gehen, deshalb hatte er Gerhard Hauptmann gebeten, ihm eine Frau zu bringen. Eine für die Nacht, ohne Bedingungen, ohne Folgen, ohne Erwartungen von ihrer Seite. Nur ein Test, ob noch alles in Ordnung war. Für den Moment, so schien es ihm aber, war nichts in Ordnung.

Als er die Tür öffnete, und ein rassiges Weib vor ihm stand, da entzündete sich ein Feuerwerk in seinem Kopf und nicht minder spürte er die süße Erregung wie ein warmes Blut durch seinen Körper fließen. Es regte sich was, und er konnte nicht umhin, ihre Formen vom ersten Moment an, als er sie sah, mit den Augen nachzuzeichnen, sie sich im Liebesspiel vorzustellen. Ohne auf Hauptmann zu achten, schloss er die Tür und führte die Frau an den Tisch, auf dem er eine Flasche Freixenet kaltgestellt hatte.

„Como estás?“, fragte er sie und kam sich dämlich vor. Wie sollte es ihr schon gehen? Sie kam in das Zimmer eines Urlaubers, der nichts anderes im Sinn hatte, als sie flachzulegen. Und sie konnte kaum etwas anderes im Sinn haben als dessen Geld.

„Tengo muchas ganas“, sagte sie und er fühlte sich einerseits geschmeichelt, auch wenn er wusste, dass sie das, was nun kommen würde, gewiss nicht gerne für ihn tun würde.

Es war ihm unangenehm und natürlich war Reden in dieser Situation wahrscheinlich nicht einmal Silber, eher dünnes Blech. Er hatte sich ein Spanisch-Wörterbuch zurechtgelegt und zuvor auch im Internet ein paar wichtige Begriffe gelernt, die die Möglichkeit auf orale oder anale Ausübung des Aktes zum Ziel hatten. Doch das alles kam ihm im Moment so stupide vor, dass er lieber erst einmal den Sekt einschenkte und ihr zuprostete.

Sie nippte, stellte das Glas zur Seite und fragte ihn „como?“

Ihm fiel keine passende Antwort ein, der einzige Satz, der ihm ins Hirn schoss war: „Method tradicional.“

Sie kicherte, stieß ihn in den Sessel, der im Zimmer stand und begann langsam zu tanzen und sich vor ihm auszuziehen. Schweiß stand ihm auf der Stirn, er atmete schwer und heftig und natürlich wuchs die Lust in ihm. Sonst aber nichts.

Auch als sie völlig nackt war, sich auf ihn setzte, ihm langsam die Hose öffnete, nach dem Inhalt tastete: Auch jetzt blieb das Ding ungerührt.

Es war ihm peinlich und er bemerkte auch ihre Verunsicherung, nur einen kurzen Moment lang. Umso mehr überraschte es ihn, als sie ihn jetzt fester anpackte, als sie ihn in die Höhe zog, auf das Bett warf und sich auf ihn stürzte. Er dachte, was für eine Geilheit. Er dachte, was für eine Frau. Er dachte, was für ein Moment. Sie hatte ihn ausgezogen, komplett.

Es rührte sich nichts. Er lag da, nahm die Frau gar nicht mehr wahr, sondern schaute nur noch völlig verloren auf seinen besten Freund, oder den, den er bisher dafür gehalten hatte. Er konnte es nicht fassen. Er begriff es nicht, dass er bis in die Haarspitzen scharf auf diese Spanierin war, dass er sie in weiß Gott alleine welchen Stellungen nehmen wollte und dennoch hilflos daliegen musste und nicht den geringsten Einfluss auf seine Potenz hatte. Er konnte seinem Schwanz keine Befehle erteilen, nicht sagen: Rühr dich, du Hund. Ein Gefühl, das er nie kannte, das er sich nie vorstellen konnte. Über das er am Stammtisch immer nur lachte und sich über alte Männer mokierte, deren Lendenkraft verloren ging. Alte Männer. Er war 43, vor ihm räkelte sich die personifizierte Lust, vor ihm gebärdete sich ein Liebesvulkan, vor ihm lagen bebende Lippen – und er? Ein trauriges Stück Fleisch hing zwischen seinen Beinen und wollte nicht tun, was er sich so wünschte.

„Gracias", sagte er zur Dame und „perdone me" und „soy impotente, deste hoy." Seit heute. In diesem Moment wusste er, der Sex war Geschichte.

Das Mädchen sah wohl seine Traurigkeit, spürte wahrscheinlich das innere Drama, das sich in ihm abspielen musste. Sie kroch zu ihm hoch, schmiegte sich an seine Seite und nahm ihn dabei fest in ihre Arme.

„No importante", hauchte sie ihm ins Ohr. „Otro dia." Ein anderes Mal.

Es tröstete ihn, von ihr nicht ausgelacht zu werden. Er ließ seinen Tränen freien Lauf und sie trocknete sie ihm. Eine, vielleicht zwei Stunden blieb sie bei ihm. Sie redeten nichts, denn die Zeit dafür war immer noch nicht gekommen. Als er eingeschlafen war, kleidete sie sich langsam an, zog die Tür leise hinter sich zu. Das Geld, das er für sie neben der Sektflasche deponiert hatte, tastete sie nicht an.

Als Walter Kerbel am nächsten Tag mit tiefen Augenringen und trübem Gesichtsausdruck zum Frühstückstisch kam, schallten ihm die Hallo-Rufe schon entgegen. Natürlich wussten die Golf-Kumpels alle von der Frau, die er sich aufs Zimmer bestellt hatte.

„Mann, Mann, der musst du es ja gegeben haben, so mitgenommen, wie du aussiehst", sagte einer und klopfte seinem Club-Kameraden auf die Schulter. „Oder sie es dir", ergänzte er. „Wie sieht es aus, kann man die Dame empfehlen?"

Kerbel wusste mit dieser Situation umzugehen und markierte die wilde Potenz. „Ich sag es euch, diese Braut wäre nichts für euch Anfänger, da braucht es einen richtigen Mann".

Schallendes Gelächter im Raum und das Thema war damit erledigt. Der Steuerberater war sich sicher, das erreicht zu haben, was er wollte: Sie hielten ihn für einen Tausendsassa im Bett und sie würden die Finger von ihr lassen. Das war besser so, denn es wäre der absolute Super-Gau gewesen, wenn sie nach wildem Sex mit einem der anderen ins Plaudern geraten wäre. Wer weiß schon, wie Frauen ticken. Wieder hatte er mit den Tränen zu kämpfen.

Als sie ihn beim Frühstück mit einer ihrer schrumpeligen Tassen bewarf, nur weil er ihr riet, den Kopfschmerz, der sie gerade plagte, mit der Anwendung von Hopi-Kerzen und mindestens eintägigem Verzicht auf Töpferarbeit zu lindern, in diesem Moment wurde Michel Meinhart klar, es konnte so nicht weitergehen. Ähnlich war es ihm schon einmal ergangen, als er ihr vorschlug, sie solle ihre Objekte nicht mehr als Tasse, Vase oder sonstwas betiteln, sondern sie beim Verschenken generell Gefäß nennen. Damals war sie kurz davor gewesen, handgreiflich zu werden. Doch auch die Standpauke konnte er gut in der Erinnerung aufbewahren. Ihm wurde in dem Moment, als die Tasse knapp an seinem Kopf vorbei pfiff, bewusst, dass sie ihn vielleicht sogar mochte, sich jedoch nicht wirklich für ihn interessierte. Dabei gab es so viel, das ihn bewegte und das er zu gerne mit ihr geteilt hätte. Es gelang, den Tassenwurf mit einem milden Lächeln zu beantworten und damit seine Frau schnell wieder zu beruhigen. Oh ja, er war der Mensch auf Erden, der sie am allerbesten kannte. Keinem war es so klar wie ihm, wie sehr sie unter ihrer Unfähigkeit, schöne Töpferwaren zu erstellen, litt. Wie sehr sie um die Anerkennung der Leute heischte, wenn sie ihnen ihre unsäglichen Objekte schenkte. Im Prinzip war ihm also völlig klar, seine Frau hatte einen Dachschaden. Was hatten sie eigentlich noch, das sie miteinander verband? Das Keltendorf. Doch da, so glaubte Michel, engagierte sie sich nur, um ihm einen Gefallen zu tun. Immerhin, ein Zeichen der Wertschätzung.

Es musste sich etwas ändern, und er wusste, wie das vor sich gehen konnte. Er musste sein Bewusstsein erweitern und er spürte es in jeder Faser, dass seines darauf ausgerichtet war, sich wie ein Ballon befüllen zu lassen. Da war Platz für so vieles, da war unendlicher Freiraum. Und was noch besser war: Er hatte den Schlüssel, diesen spröden Prana aufzuschließen und seine bisherige Abneigung zu überwinden. Alleine der Gedanke, in Bewusstseins-Ebenen vordringen zu können, die er bisher nicht kannte, versprach ihm die Aussicht, für sich und seine Frau ein neues Leben kreieren zu wollen. Jene Grenzen, die sie ihm jetzt durch ihre bestimmende Art, durch ihre cholerische Ader setzte, würde er in ihr aufbrechen. Ja, er hatte nichts Geringeres vor, als mit seiner Frau gemeinsam ein neues, spirituelles Leben zu führen. Prana hatte dabei die Rolle des Lehrmeisters. Denn so kritisch Michel Meinhart dem selbsternannten Guru auf der einen Seite entgegentrat, so sehr war er doch von dessen Ausstrahlung und Aura gefangen. So sehr spürte er die beinahe schon magische Kraft, die von diesem Menschen ausging. Daran wollte Meinhart teilhaben.

Er wusste selber nicht warum, aber erneut brachte er es nicht über sich, direkt zum Haus von Prana zu fahren. Er stellte also sein Auto etwa einen Kilometer entfernt ab und näherte sich so unauffällig wie möglich dem Haus. Es war kein schnödes Anschleichen. Vielmehr versuchte er damit, seine Ankunft als eine Art Selbstverständlichkeit zu inszenieren. Nicht mit dem Auto auf den Hof zu fahren und quasi in die Gemeinschaft einzubrechen. Besser fand er es, beiläufig zum Haus zu wandern. Er stellte sich vor, wie ihn Prana oder einer der Seinen zufällig sehen würde, ihn zu sich winken und er auf diese Weise zum Teil des Ganzen würde. Ein geradezu selbstverständlicher Akt, ein natürlicher Vorgang.

Falls Prana sich zieren würde und ihn erneut vom Hof jagen wollte, war er dieses Mal gerüstet. Es gab handfeste Argumente.

Prana und die Frauen. Er konnte beinahe an nichts anderes mehr denken. Beinahe. Es war so lange gut gegangen, dass er sich gegen die fleischliche Lust gewehrt hatte. Unantastbar, so hatte er sich gefühlt. Das Leben fand auf einer andere Ebene statt, auch die Liebe. Bettina, mit ihr fand er eine Art des Zusammenlebens, wie er sie sich immer erträumt hatte. Bei ihr fühlte er sich leicht, frei – weil sie seine spirituelle Kraft brauchte, nicht seinen Körper. Es schüttelte ihn beim Gedanken an die körperliche Liebe.

So einfach war es aber schon lange nicht mehr. Weil da etwas ausgelöst wurde in ihm, von dem er glaubte, er hätte es längst überwunden gehabt. Weil SIE da war und weil sie sich seiner Predigt der Körperlosigkeit nicht beugte. Zumindest nicht, wenn sie mit ihm alleine war. Er war gerne mir ihr alleine und er ließ es geschehen. Sie lächelte ihn an, und schon damit entfachte sie einen Sturm in seiner Brust, der ihn umzuwerfen vermocht hätte. Sie blickte ihm in die Augen, und es loderte ein Feuer auf in seinem Gehirn und die Gefühle explodierten. Sie berührte seine Haut, und es zuckte ein elektrischer Schlag durch seinen Körper, der nicht schmerzte, sondern ein knisterndes Wohlgefühl in ihm verbreitete.

Prana fand keine anderen Worte dafür: Es hat dich erwischt, alter Junge. Alter, dummer Mike Biefbauer, du kannst dich gegen sie nicht wehren. Daran konnte auch der Umzug von Tiefenbach nach Lehmbruck nichts ändern. Die spirituelle Kraft dieses einsamen Ortes reichte nicht aus, um umzukehren. Er küsste sie auf den Mund, was er schon so lange nicht mehr getan hatte und er spürte ihren Atem, der sanft auf seinen Wangen kribbelte. Sie rückte noch ein Stück näher an ihn heran, so dass sie beinahe schon auf seinem Schoß saß, und er nahm den Geruch ihres Körpers auf, ein süßes Parfüm, das ihn betörte. Und er blickte kurz aus dem Fenster, sah ihn, ungelenk und leicht gebückt, ein verklemmter Schuljunge, der sich den Bachlauf entlang dem Haus näherte. Prana stieß sie weg, viel zu heftig. Und als sie ihn verärgert anschaute, deutete er nur kurz aus dem Fenster, und sie sah ihn auch. Ohne ein Wort zu sagen, zog sie sich zurück. Prana stand auf, um Meinhart vor dem Haus abzufangen und so schnell wie möglich wieder loszuwerden.

So entsetzlich die Liebesnacht verlaufen war, so enttäuschend war jetzt das Golfspiel. Walter Kerbel, der Golfer mit dem besten Handicap im Bayerischen Wald, traf nicht einen Ball. Schon an Loch 4 war er sieben Schläge über Par, es war ein Fiasko. Gerade war er dabei, inmitten von Pinien seinen Ball zurück auf das Fairway zu schlagen. Diesmal wollte er alles richtig machen, einen Schlag setzen, wie ihn nur wenige zustande bringen würden. Er konzentrierte sich, dachte ganz bewusst an jene Sätze, die ihm einst sein Golfpro eingeschärft hatte: Auf den Ball konzentrieren, auf die Haltung konzentrieren, ruhig atmen, auf den Schwung konzentrieren, sich ein klares Ziel vor Augen holen. Dann konnte eigentlich nichts schiefgehen. Er spielte das alles noch einmal in Gedanken durch, setzte zu einem Übungsschwung an. Jetzt fühlte er sich sicher. Er überprüfte noch einmal seinen Stand und holte aus. In dem Moment, als er voll durchschwingen wollte, verfing sich der Schläger hinter seiner Schulter im Geäst eines Baumes. Kerbel zog voll durch, es verriss ihm zuerst die Schulter, dann den Ellenbogen, schließlich das Handgelenk.

Genau aus diesem Gelenk, das beim perfekten Golfschlag am lockersten zu sein hatte, meldete sich im gleichen Moment ein stechender Schmerz. Kerbel ließ den Golfschläger endgültig fallen und stieß einen grellen Schrei aus. Die drei Kumpels aus seinem Flight stürmten zu ihm und fanden ihn mit dick geschwollenem Handgelenk vor. An eine Fortführung des Spiels war nicht mehr zu denken. Sie berieten sich kurz und beschlossen dann, gemeinsam mit Kerbel zurück zum Clubhaus zu gehen und sich um Hilfe umzuschauen.

Genauso hatte er es sich vorgestellt. Noch bevor er direkt vor das Haus kam, sah er Prana durch die Tür kommen. Er riss die Hand hoch, um ihn zu grüßen und Prana tat es ihm gleich. Kontaktaufnahme geklappt, dachte Meinhart und fühlte sich dabei ein wenig wie ein Agent in eigener Sache.

„Was willst du schon wieder hier?“, Pranas Empfangsformel riss Meinhart aus seiner Agentenrolle und rückte die Realitäten in ihm wieder zurecht. Gut, dass er sich vorbereitet hatte und ihn der Argwohn seines Gegenübers jetzt nicht aus der Bahn warf. Er blieb ruhig.

„Prana, Meister. Ich will einfach nur Teil deiner Gemeinschaft werden.“ Den Satz hatte er sich lange überlegt, so lange, wie man für einen Kilometer Fußmarsch vom Auto zum Haus brauchte. Nur das Wort Meister machte ihm dabei gedankliche Schwierigkeiten und er hatte es einfach darauf ankommen lassen, ob er es aussprechen würde oder nicht. Jetzt, da er Prana gegenüberstand und dessen autoritäre Kraft spüren konnte, jetzt fiel es ihm ganz leicht. Er war ein Meister, er war der Guru, er musste sich gar nicht als solcher ausgeben.

Je klarer ihm dies alles in diesem Moment wurde, umso sicherer war er auch, dass Prana seine Aufrichtigkeit, seinen wachen Geist und seine eigene spirituelle Bereitschaft erkennen und ihn mit offenen Armen aufnehmen würde. Er war bereit, offen und reif für ein Leben in Spiritualität, das musste Prana doch spüren.

Der spürte jedoch offensichtlich nichts. Vielmehr fing er an, schallend zu lachen, wobei ihm sofort Tränen in die Augen schossen.

„Du? Was sollen wir mit dir? Hopi-Tänze aufführen?“ Prana drehte sich auf dem Absatz herum, wischte sich die Tränen aus dem Gesicht und sagte, mit mehr als nur dem Unterton von Verachtung: „Verzieh dich doch einfach, keiner braucht dich hier. Dich braucht sowieso keiner, nicht einmal deine verschrobene Roswitha mit ihren Töpferunfällen.“

Meinhart blieb für einen Moment der Atem weg, Wut und Tränen drückten auf seine Augen, die Hände waren zu Fäusten geballt. Er brüllte Prana hinterher: „Bleib stehen, oder ich gehe zur Polizei.“

„Was willst du denn da?“

„Ihnen sagen, dass du gelogen hast.“

Er hätte später nicht mehr sagen können, wie das alles im Einzelnen abgelaufen war, doch jetzt saß er bei Prana in der Küche am Tisch, jeder hatte eine Tasse Tee vor sich stehen. und der Meister hatte sich gerade dafür entschuldigt, ihn vorhin so hart angegangen zu sein. Auf jeden Fall wurde Prana von einem Augenblick auf den anderen sehr nett, als Meinhart ihm erzählt hatte, was er in der Nacht alles beobachtet hatte, als Anne Schwan den Tod fand. Jetzt war der Lehrer vor allem irritiert, weil er diese Umstände zwar einerseits als seine Eintrittskarte in die edle Gesellschaft betrachtet hatte. Andererseits vermochte er sich nicht im Geringsten vorzustellen, wie Prana tatsächlich mit Annes Tod in Zusammenhang gebracht werden könnte. Leise Zweifel keimten in ihm auf, die der Guru jedoch nachhaltig wieder zerstreute, indem er ihm erzählte, was er in jener Nacht tatsächlich getan hatte. Von einem Kraftplatz war da die Rede, den er gemeinsam mit Peter besucht habe. Von der Vorbereitung einer spirituellen Feier, die sie planten und so weiter und so fort. Meinhart hörte das alles, es beruhigte ihn einerseits. Trotzdem bohrten weiterhin ein paar Fragen in seinem Kopf, vor allem die, warum Prana auf einmal so nett zu ihm war, wo er ihn doch vorher noch verhöhnt hatte wie einen Schulbuben. Außerdem war ihm, als ob da noch etwas war, was nicht ganz ins Bild passte. Ihm fiel aber nicht ein, was das sein könnte.

Aus dem oberen Stockwerk war ein Geräusch zu hören, so als sei jemand über einen Stuhl gestolpert.

„Bist du nicht allein?“, frage Meinhart. Er wunderte sich, als der andere deutlich errötete.

„Doch, wahrscheinlich die Katze ...“

„Ah. Weißt du, Prana, ich will neue Bewusstseinsebenen erfahren, ich will mein Leben und das meiner Frau ändern. Ich weiß, dass ich bei dir richtig bin und ich weiß, dass ich dich nicht enttäuschen werde.“ Er erlebte gerade einen Prana, wie er ihn sich eigentlich nicht vorstellen konnte. Weich, verletzlich, teils sogar unsicher. Dennoch hielt er ihn nach wie vor für einen Meister, dem er folgen wollte. Das war das Ziel seines Besuches, daran wollte er festhalten. Er nahm es mit Freuden auf, dass sein Gegenüber ihn diesmal nicht mehr barsch zurückwies, sondern ihm Hoffnung machte.

„Wir werden sehen, Michel. Ich spreche mit der Gruppe, wir entscheiden das gemeinsam. Vielleicht habe ich dich ja bisher falsch eingeschätzt.“

Meinhart war zufrieden. Er verabschiedete sich, wollte nicht länger stören. Außerdem drückte ihn die Neugierde. Er wollte nicht gleich zum Auto. Er wollte sich erst noch auf die Lauer legen und herausfinden, wer die Katze im ersten Stock war.

Sie kam von oben herunter, sah Prana vorwurfsvoll an. „Wieso hast du dir so viel Zeit mit dem Kerl gelassen? Jetzt muss ich weg.“

„Er weiß zu viel.“

„Ich muss jetzt zur Arbeit, wir reden später drüber.“ Sie hauchte ihm noch einen Kuss auf die Wange und verließ das Haus.

Prana spürte den Kuss gar nicht, nahm nicht einmal sie richtig wahr. Er war verzweifelt, weil alles eine Richtung nahm, die er nicht wollte. Hätte er doch seinerzeit einfach darauf verzichtet, noch einmal mit Anne reden zu wollen. Hätte er doch alles auf sich beruhen lassen und wäre er einfach zu Hause geblieben bei den Seinen. Alles wäre so einfach. Und jetzt war er in einer Situation, die mehr und mehr zum Zwang für ihn wurde. Gut, den Meinhart konnte er gerade noch beruhigen mit seinen Ausreden. Doch was, wenn die Polizei doch eines Tages käme und mehr wissen wollte? Was, wenn man ihn gesehen hatte, damals? Was, wenn einfache Ausreden, ausflüchtige Erklärungen auf einmal nichts mehr bewirkten?

Er hörte ein Auto in der Auffahrt. Sie waren also zurück. Er musste mit Peter sprechen, sofort.

„Herbas magicas", sagte der Mann an der Kasse im Clubhaus und gab Kerbel eine kleine, weiße Plastikdose mit einer wohlriechenden Salbe darin.

Seine Freunde hatten das Spiel wieder aufgenommen und machten sich zu dritt auf ihre Golfplatz-Runde, als der Steuerberater die Salbe vorsichtig auf seinem Handgelenk auftrug. Der Geruch kam ihm bekannt vor. Früher hatten sie im Golfclub am Nationalpark ein ähnliches Zaubermittel, das der Greenkeeper jederzeit bereithielt. Bis vor etwa zwei Jahren, dann war der Vorrat aufgebraucht und es gab keinen Nachschub mehr.

Kerbel stutzte. Das wird doch nicht? Genau, er konnte sich wieder erinnern. Die Salbe stammte damals von Ernst Gallbauer, dem Wirt in Bärnstein. Er war ein Gott, wenn es um heilende Mittel ging. Doch dann stellte sich heraus, dass ... Das kann doch nicht wahr sein, ein mulmiges Gefühl stieg in Kerbel auf. Raphael. Ernst Gallbauer war der Serienmörder, der Grafenau in Angst und Schrecken versetzt hatte. Und gerade, als ihm die Polizei auf die Schliche kam, hatte er sich abgesetzt und seitdem gab es keine Spur mehr. Und jetzt?

Er fragte den Mann an der Kasse, woher er die Salbe hätte.

Vom Greenkeeper.

Ob er wisse, woher dieser komme.

Aus Österreich.

Hauptmann. Kerbel hätte nicht behaupten können, dass er in ihm Ernst Gallbauer erkannt hätte – aber die Salbe – das war eindeutig.

Der Steuerberater vergaß seinen Schmerz im Handgelenk und überlegte, was er tun sollte. Zur Polizei gehen? Nein, wie sollte er den spanischen Behörden das alles erklären? Außerdem musste er sichergehen, bevor er jemanden denunzierte – schließlich konnte er sich ja auch irren. Kräuterkenner gibt es viele, solche, die heilende Mittelchen zusammenrühren können, auch.

Ein nervöses Gefühl zog in ihm auf, Unsicherheit. Konnte er dem Mann einfach so entgegentreten? Dem Mann, dessen Gefährlichkeit im Bayerischen Wald beinahe schon Legende war.

„Walter, du bist ein Mann, also handele auch wie ein solcher", sprach er sich selber Mut zu. Wenn noch ein Rest Männlichkeit in ihm sein sollte, dann musste er sich der Situation stellen. Also machte er sich auf, den Greenkeeper zu suchen.

Meinharts Neugierde war so schnell gestillt, dass es ihn fast schon enttäuschte. Keine fünf Minuten, nachdem er gegangen war, sah er die Frau aus dem Haus kommen, auf das Fahrrad steigen und Richtung Schönberg davon fahren. Er kannte sie, kam aber nicht gleich dahinter. Allerdings trieben seine Zweifel an Pranas Gerede neue Blüten. Es war jedenfalls keine Katze, die jetzt davon radelte, das schloss Meinhart mit einem inneren Lächeln definitiv aus. Also überlegte er, woher er sie kannte und kam schnell darauf, dass sie zur Gruppe gehörte. Es war ein bisschen schwierig für ihn, die Frauen dort einzuordnen, weil sie sich immer im Hintergrund bewegten. Nach außen waren Prana und Peter die Akteure, die in Erscheinung traten. Genau, die Katze war Teil der Gruppe, eine der drei Frauen. Verwunderlich auch, die Frau radelte einfach davon. Die Mitglieder der kleinen Gemeinde machten sich offensichtlich selbstständig. Das hatte er früher anders beobachtet.

Eigentlich hätte er jetzt seinen Posten verlassen können, doch Meinhart hielt es zurück. Pranas Verhalten bei ihrem Gespräch in der Küche kam ihm nach wie vor so seltsam vor. Also beschloss er, einfach weiter zu warten und zu sehen, was noch passieren würde.

Als das Auto vorfuhr, brach sich eine Erkenntnis nach der anderen in ihm Bahn. Das Auto stand noch nicht, da stürzte Prana schon aus dem Haus und konnte offensichtlich kaum erwarten, bis Peter ausstieg. Mit im Auto war auch die andere Frau, die die beiden Männer zunächst nicht beachtete, als diese in eine heftige Diskussion einzutreten schienen. Michel Meinhart war zu weit weg, um etwas zu hören, doch die Szene erinnerte ihn an etwas, und diesmal musste er nicht lange überlegen. Und noch eine Kleinigkeit fiel ihm auf: Die Beifahrerin im Auto war Pranas Frau.

Die Diskussion der beiden Männer war kurz, dafür heftig. Letztlich einigte man sich auf das geringere Übel und beschloss, Michel Meinhart in die Gruppe aufzunehmen, ihn aber wieder hinaus zu ekeln, sobald über die Sache mit den Morden Gras gewachsen war. Einen weiteren Auftritt der Polizei in ihrem Haus wollten die Männer nicht, da waren sich Prana und sein Anwalt Peter einig. Zu viel Stress, zu viel schlechte Energie. Meinhart erschien dagegen geradezu lächerlich harmlos. Nur die Sache mit den Hopis, das sollte nicht überhand nehmen, auch darin war man sich schnell einig.

Mit der wiedergewonnenen Sicherheit beruhigte sich Prana zusehends und verstärkte dies noch mit ein paar Übungen, die er im Freien absolvierte. Dass er einen stillen Beobachter hatte, wusste er nicht. Es wäre ihm auch egal gewesen, weil er sich schon nach kurzer Zeit wieder seiner vollen Strahlkraft bewusst war, die ihm innewohnte und mit der er – davon war er überzeugt – jeden Fremden zutiefst zu beeindrucken vermochte.

Als er seinen Beobachtungsposten aufgab und zurück in Richtung Auto trottete, wirbelten in seinem Kopf die Gedanken völlig unsortiert durcheinander. So viele Eindrücke, so viele Gemütslagen, die er erlebte, auf ein Mal. Vor allem noch einmal die Erinnerung an jenes Gespräch, das er vor wenigen Wochen belauschte, als es eindeutig darum ging, dass Prana und Peter am Mordabend bei Anne Schwan gewesen sein mussten. Zumindest fuhren sie hin. Von wegen Vorbereitung eines spirituellen Abends, wie Prana ihm gerade noch einreden wollte. Es gab ein handfestes Problem mit der Heilpraktikerin, und – auch an diesen Gesprächsfetzen erinnerte sich Meinhart jetzt wieder klar – sie hatte wohl zu viel gewusst. Wovon gewusst? Diese Frage beschäftigte Meinhart ebenso wie das Unverständnis, warum sich im Obergeschoß eine Katze bewegt haben sollte. Wo doch die Katze eindeutig die Frau des Anwalts der Gruppe war. Die Frau des besten Verbündeten und wohl auch Freundes von Prana. Er konnte sich beim besten Willen nicht vorstellen, warum Prana so peinlich berührt war, als das Geräusch von oben zu hören war. Warum er errötete. Warum er eindeutig log. Normalerweise, so dachte Meinhart, könnte dies auf eine Affäre hinweisen. Doch Prana? Der Mann, der nicht müde wurde, die Körperlosigkeit zu predigen? Unvorstellbar.

Ein Rest Zweifel blieb. Was ihm letztlich egal war, denn es konnte nur gut sein, weitere Druckmittel gegen den Meister zu haben, der er nach wie vor für ihn war. Außerdem war es durchaus möglich, soweit sich Meinhart jetzt wieder an das belauschte Gespräch von damals erinnerte, dass dieser Anwalt, dieser Peter, Dreck am Stecken hatte. Ein feiner Gedanke, der ihm selbst noch mehr in die Karten spielen könnte. Vielleicht müsste er nur die passende Gelegenheit abwarten und sich für Prana unverzichtbar machen, um selbst zu dessen Stellvertreter aufzusteigen. Die Spiritualität, die er sich von der Gemeinschaft versprach, wog zu diesem Zeitpunkt jedenfalls schwerer als jeder Verstoß gegen das Gesetz oder die Moral – vor allem wenn es eine selbstverordnete

Moral war. Außerdem, so dachte Michel Meinhart, könnte es ja durchaus sein, dass das Predigen der Körperlosigkeit auf eine frigide Frau zurückgehen könnte, unter der Prana vielleicht litt. So gesehen, fuhr er in Gedanken fort, könnte auch Michel selbst problemlos ein sexfreies Leben propagieren.

Die tiefste Tiefe von Elend, das Äußerste an Qual trifft immer den Einzelnen, nicht eine Anzahl von Menschen. Das unheimliche Schmerzensübermaß des Todeskampfes muss der Mensch einzeln ertragen, nie wird es der Masse der Menschen zuteil.

Edgar Allan Poe (1809-1849)

3

Der Tag der nächsten Rückführung war gekommen. Er hatte Zeit, er würde mehrere Stunden alleine sein. Also machte er es sich auf dem Sofa bequem und startete die Stereoanlage.

„Du konzentrierst dich auf einen Punkt vor deinen Augen, in der Farbe deiner Wahl. Und auch, wenn du ihn nicht siehst, du weißt, er ist da“, es war eine weiche, sehr angenehme Stimme, die er hörte. Und vor seinem Auge formte sich ein großer, dunkelroter Punkt, der seine ganze Aufmerksamkeit einfing.

„Lass ihn langsam zu dir kommen, näher kommen. Es ist dein Punkt“, hörte er. Und er spürte, wie sich Entspannung in ihm breit machte. Wie er immer ruhiger atmete und in seinem Kopf Bilder entstanden, wie der Punkt seine Stirn berührte, wie er ihn streichelte und schließlich in sein Gehirn eindrang – nicht wie ein Feind, eher wie ein Freund, wie Licht, das dunkle Ecken in strahlendes Weiß taucht.

Es mochte eine Viertelstunde vergangen sein, als er auf einmal vor einer großen, hellen Wolkenwand stand, in der mehrere, verschiedene Türen zu erkennen waren. Es war schwer, sich für eine zu entscheiden, doch schließlich zog ihn eine blaue Holztür fast magisch an. Er sah sie vor seinen geistigen Augen, als würde ein Film ablaufen. Sah die dünnen Bretter, die waagrecht zur Tür zusammengebaut wurden. Unregelmäßig, eine eher schlampige Arbeit, so schien es. Außerdem war auch der Lack darauf eher stumpf und unregelmäßig aufgetragen. Kurz, es war eine hässliche Tür, doch er hatte den Drang, sie aufmachen zu wollen. Wissen zu müssen, was dahinter versteckt war.

Er landete auf einer großen, grünen Wiese. Er roch die Kräuter darauf, er hörte einen Bach in der Nähe rauschen. Und er fand sich in einem unbekümmerten Moment wieder, als kleines Mädchen, Leila, das mit ihrer jüngeren Schwester im Gras hockte und Blumen pflückte. Sie scherzten und lachten und versuchten voller Eifer, jede für sich einen Blumenkranz zu binden. Es klappte nicht auf Anhieb, er spürte, wie er sich – besser gesagt: er als kleines Mädchen in einem früheren Leben – beinahe schon quälen musste, um eine einigermaßen schöne Kette hinzubringen. Sie wollten sie ihrer Mutter schenken. Weil sie sie so sehr liebten.

Schließlich machten sich die Mädchen auf den Heimweg. Über die Wiese, zurück auf einen schmalen Trampelpfad, der in Richtung Bach und Wald führte. Sie hüpften fröhlich – und ihn durchströmte ein Gefühl von Glück, wie er es in seinem jetzigen Leben noch nicht gekannt hatte. Diese kindliche Unbekümmertheit rührte ihn und weckte eine Sehnsucht in ihm.

Die Mädchen erreichten den Wald, als plötzlich ein Unbekannter vor ihnen auftauchte. Auf einmal waren die angenehmen Düfte der Wiese und des Waldes verschwunden, der Bach gurgelte nicht mehr, er rauschte bedrohlich. Und das saftige Grün der Natur wandelte sich in ein undefinierbares Grau.

Der Mann kam auf Leila und deren Schwester zu und fragte sie nach dem Weg ins nächste Dorf. Leila murmelte nur, sie wisse es nicht, und wollte an dem Mann vorbei. Sie nahm ihre Schwester an der Hand und zog sie hinter sich her. Doch der Unbekannte machte einen kleinen Schritt zur Seite, versperrte den Mädchen den Weg.

„Wo ist das Dorf?“

„Dort hinten“, deutete Leila in die entgegengesetzte Richtung ihres Weges. „Es ist nicht weit“, fügte sie noch an, in der Hoffnung, der Mann würde von ihnen ablassen.

„Warum lügst du mich an?“, fragte er mit scharfer Stimme.

„Aber ich lüge nicht, es stimmt.“

„Und wo geht ihr hin?“ Ebenso scharf.

„Nach Hause.“ Leila merkte im gleichen Moment, es war ein Fehler.

„Warum schickst du mich in die falsche Richtung, wenn dein Dorf dort hinten ist?“, und er deutete in die Richtung, in der Leila mit ihrer Schwester unterwegs war. Er packte sie am Oberarm und zog sie zu sich hoch. Sie blickte in zwei steinerne, schwarze Augen.

„Was bist du für ein ungezogenes Kind“, brüllte er Leila an.

„Lauf, hau ab, hol Hilfe“, schrie sie nur noch, und ihre Schwester rannte so schnell sie konnte davon.

Es ging alles sehr schnell. Er nahm Leila unter den Arm und so sehr sie auch strampelte, sie war ihm ausgeliefert.

„Weißt du, was man mit bösen Mädchen macht?“ Er fragte es, wie ein liebender Vater, der seinem Kind etwas Neues lernen wollte.

Sie schrie. Strampelte und versuchte, mit den Fäusten nach ihm zu schlagen. Erfolglos, denn seine Arme waren stärker, als sie jemals in ihrem Leben Kraft gespürt hatte.

Er stieg in den Bach hinein und ließ sie einfach fallen, und ehe sie einen Fluchtversuch starten konnte, hatte er sie schon wieder fest im Griff. Er packte sie am Hals und drückte ihren Kopf unter Wasser. Immer und immer wieder. Es kam ihr vor, als würden Stunden vergehen, in denen sie um ihr Leben kämpfen musste. Sie spürte, wie Wasser in ihre Atemwege floss und wunderte sich dabei, dass das zunächst das gleiche wohlige Gefühl auslöste, als würde man mit großem Durst einen riesigen Schluck trinken. Sie wollte schreien, um Hilfe rufen, doch sie blieb stumm, mit weit geöffnetem Mund rief sie nach ihrem Vater, doch immer wieder tauchte nur die hässliche Fratze ihres Mörders vor ihr auf, wenn er sie für einen kurzen Moment auftauchen ließ, um sie erneut unters Wasser zu drücken. Die Rufe nach Hilfe blieben förmlich in ihrem Hals stecken, so als würde man in einen festen Luftballon blasen, dessen Widerstand man nicht brechen kann. Auf einmal verschwand das Bild ihres Mörders für einen kurzen Moment vor ihren Augen, um sich dann fest in ihrem Gehirn einzubrennen wie das Gemälde des Bösen. Sie begriff, dass er sie tötete. Sie verstand nicht, warum. In diesem Moment starb das Mädchen. Leila war tot. Sie wurde neun Jahre alt.

Ein sinnloser Tod.

Es ist fast wieder da. Es drängt mich noch nicht, doch kann ich ihr nicht mehr in die Augen schauen. Noch wird nichts passieren. Es kündigt sich nur an. Leise, unumkehrbar.

Es muss etwas geschehen, aber eines geht auf gar keinen Fall: Ich werde kein Kind töten. Das kann auch nicht gemeint sein, das kann niemals die Lösung sein, denn es würde mich an den Rand des Wahnsinns treiben. Deshalb gilt es, ruhig zu bleiben, genau zu überlegen und alles vorzubereiten. Wenn der Tag da ist, an dem ich sie, meine große Liebe, wieder töten möchte, an diesem Tag will ich gerüstet sein. Und noch einmal: kein Kind. Auf gar keinen Fall.

Raphael ärgerte sich maßlos über die Golfer aus dem Bayerischen Wald, die es einfach nicht auf die Reihe brachten, die Sandbunker einigermaßen gepflegt zurückzulassen. Andererseits war das Rechen für ihn auch eine Art meditativer Akt, bei dem er abschalten konnte. Er war noch nicht ganz fertig, da stand auf einmal Walter Kerbel hinter ihm. In der Hand eines seiner Salbentöpfchen, die er in Spanien noch verfeinert hatte.

„Haben Sie diese Salbe gemacht?", fragte der Steuerberater.

„Ja, ist ein Hobby von mir", antwortete Raphael in breitestem Österreichisch. Er witterte Gefahr, denn schlagartig wurde ihm bewusst, dass er jahrelang den Golfclub zu Hause mit seinen Kreationen beliefert hatte. „Ist etwas nicht in Ordnung damit?"

„Doch. Aber ...", Kerbel zögerte und Raphael sah es mit Argwohn, von oben bis unten gemustert zu werden. Er wusste, was jetzt kommen würde, und gleichzeitig war er wütend auf sich selbst, dass er nicht an seine Salben gedacht hatte. Der einzige Schwachpunkt, die wahrscheinlich einzige Möglichkeit, ihn zu entlarven, hier, in Andalusien.

„Wie haben Sie sich verletzt, vielleicht kann ich Ihnen etwas anderes geben, das besser hilft", versuchte er abzulenken. Von was eigentlich?

„Darum geht es nicht. Du bist doch ... Aber natürlich, du bist der Ernst." Jetzt war es raus, Walter Kerbel war sich vollkommen sicher. Mit der mittlerweile sonnengegerbten Haut, ohne Bart und dem Strohhut, der einen tiefen Schatten in Gallbauers Gesicht warf, war dieser nur schwer zu erkennen. Trotzdem war Kerbel überzeugt zu wissen, wen er da vor sich hatte.

„Ich weiß nicht, wovon Sie reden", antwortete Raphael. Eine Spur zu aggressiv. Oder zu verunsichert. Für den Moment wusste er selbst nicht, in welcher Rolle er sich gerade befand. Gallbauer, Raphael, Hartmann? In seinem Kopf ging alles durcheinander und er schickte ein flehendes Gebet zum Himmel, der Herr möge ihn aus dieser Situation heil heraus bringen.

„Du bist Raphael, wenn du das besser verstehst", insistierte Kerbel, wich dabei deutlich einen halben Schritt zurück, weil er auf einmal Angst vor seiner eigenen Courage bekam. Eine Angst, die nicht im Geringsten unbegründet war.

Herr, ich bin dein Diener. Leite mich. Herr, in deinem unendlichen Ratschluss, zeige mir den Weg, wie ich dieser Situation entfliehen kann. Herr, mein Gott, schick mir die Kraft, die ich brauche, um dir würdig zu sein und deine Botschaft weiter in die Welt hineinzutragen. Herr, du hast mich beschützt vom ersten Tag meines Daseins bis heute. Herr, du warst mir ein guter Hirte und ich dein treues Werkzeug auf Erden. Herr, ich muss es tun. Für dich. Herr, mein Vater, ich bin Raphael, der Racheengel des Herrn.

Er hatte sich wieder gefunden und es war ihm ein Leichtes, zurück in die Haut des Gerd Hauptmann zu schlüpfen. Jenes Österreichers, der hier in Andalusien als umgänglicher Nordeuropäer anerkannt war.

„Wissen Sie was, ich habe das Gefühl, Sie sind ein wenig durcheinander. Kommen Sie, gehen wir zum Clubhaus und trinken wir etwas gemeinsam, dann können Sie mir erzählen, was Sie belastet. Ich kann Ihnen jedenfalls versichern, dass ich weder einen Ernst Gahbauer, noch einen Raphael kenne." Er fasste Walter Kerbel am Rücken wie einen Kumpel und machte sich mit ihm auf den Weg. Das Ziel aber war nicht das Clubhaus. Eher der Geräteschuppen, der etwas abseits vom Geschehen am Rande des Golfplatzes stand.

Dr. Gundula Moosbacher war nervös, sie stand an der roten Ampel auf der Schanzlbrücke in Passau und klopfte wild mit den Fingern auf das Lenkrad. Sie kannte das nicht von sich. Sie hatte das Gefühl, die ganze Welt auf einmal davon überzeugen zu müssen, eine hervorragende Staatsanwältin zu sein. Überlegt, cool, kompetent. Sie hätte am liebsten eine Pressekonferenz nach der anderen gegeben, um alle von ihren Fähigkeiten zu überzeugen. Die Panne saß tief. Und genau da war er wieder zur Stelle. Wie oft hatte sie ihn schon dafür bewundert, wie er sich scheinbar bedingungslos vor seine Mitarbeiter stellte, wenn es Probleme gab. Diesmal half er ihr und in ihre Dankbarkeit mischte sich ein Gefühl der Zuneigung, das sie immer noch leicht verwirrte. Wenn sie sich auch nicht mehr dagegen wehrte.

Sie schaute aus dem Fenster, und ihr Blick fiel auf einen Mann an der Ampel, der schnell wegschaute, als sich ihre Augen trafen. Dr. Moosbacher blickte wieder zurück auf die Ampel, hinunter auf die Donau, um dann noch einmal auf den Mann zu schauen. Wieder sah sie gerade noch, wie er hektisch die Augen von ihr abwendete und seine Blicke scheinbar ziellos umherirren ließ.

Auf einmal fühlte sie sich beobachtet, obwohl der Mann nicht den Hauch von Gefahr ausstrahlte, fühlte sich die Staatsanwältin noch unwohler. Die Fußgängerampel schaltete auf Grün, der Mann kreuzte direkt vor ihr die Straße. Als er an ihrem Auto vorbeiging, drehte er sich noch einmal zu ihr und grüßte freundlich. Dr. Gundula Moosbacher fühlte sich geehrt und war sich auf einmal der gesamten Attraktivität bewusst, die sie ausstrahlte. Sie warf einen Blick in den Spiegel, rückte ihre Haare zurecht und überprüfte kurz die Lippen. Alles war in Ordnung. Ja, sie hatte immer noch Wirkung auf Männer – und der Kerl an der Ampel war auch gar nicht so unattraktiv. Die Zeit, bis es auf Grün umschaltete, verging auf einmal schneller. Dr. Gundula Moosbacher fuhr los, in der Gewissheit, es würde ein guter Tag für sie werden.

Das kann doch nicht sein! Doch, das ist sie. Die Staatsanwältin. Die hat es ganz schön erwischt mit ihrer Theorie zu den Morden. Sie hätten nur mich fragen müssen, ich kann verstehen, warum sich die Polizei so schwer tut. Wie in aller Welt könnten die ausgerechnet auf mich kommen? Da haben die keine Chance.

Aber, Moment mal. Das wäre doch ..., Gundula Moosauer heißt sie, glaube ich. Frau Doktor sogar. Das wäre doch gar nicht schlecht ... Ich, Mist, sie schaut her. Egal, wahrscheinlich hat sie es nicht gemerkt, dass ich sie schon die ganze Zeit anstarre. Ein zufälliger Augenkontakt, ganz kurz. Genau in dem Moment, als ich gerade woanders hinblicken wollte. Mehr nicht.

Dr. Gundula Moosauer, ich glaube, du bist es. Mist, sie schaut schon wieder her. Jetzt hat sie es gemerkt, bestimmt. Ich tu einfach so, als würde sie mir gefallen, darauf fallen Frauen immer herein, dazu braucht es nicht einmal Worte. Ich werde sie einfach anlächeln und grüßen, wenn ich am Auto vorbei gehe. Das tut ihr gut. Und später töte ich sie. Wenn die Zeit gekommen ist.

Walter Kerbel hatte sich geirrt. Das war nicht Raphael. Gerade war er sich noch so sicher, jetzt drehte sich alles wieder ins Gegenteil um. Der Österreicher war so freundlich, reagierte völlig perplex auf seine Anschuldigungen – nein, er konnte es nicht sein.

Er spürte zwar ein leichtes, elektrisches Knistern, als ihn der Mann am Rücken fasste, doch es hatte etwas so Kumpelhaftes, dass er es gewähren ließ und einfach mitging. Wahrscheinlich war er tatsächlich ein Opfer seiner eigenen Unzulänglichkeiten geworden, die ihn seit Wochen belasteten. Die trostlose Liebesnacht mit der Spanierin fiel ihm wieder ein, sein geradezu stümperhaftes Golfspiel, das in seiner völlig unnötigen Verletzung gipfelte.

Und nicht zuletzt seine Weinerlichkeit, die ihn in genau diesem Moment erneut packte. Er konnte es nicht verhindern, eine Träne lief über seine Wange. Er fühlte sich so weibisch, dass er im selben Moment haltlos schluchzen hätte können. Doch so weit wollte er es nicht kommen lassen. Die Aussicht auf ein kühles Getränk und ein Gespräch unter Männern machten ihm Hoffnung. Er musste diesen Ausflug nach Andalusien dafür nutzen, sich selbst wieder auf die Reihe zu bekommen. Seine Gefühle, seine Männlichkeit wieder zu finden, die ihn bisher so stark gemacht hatten.

Der Greenkeeper führte ihn nicht direkt zum Clubhaus, er sagte, er müsse noch etwas in seinem Geräteschuppen holen.

„Soll ich hier warten?“, fragte Kerbel, der immer noch feuchte Augen hatte.

„Nein, kommen Sie mit. Ich zeige Ihnen etwas, das wird Sie sicher interessieren. Ich habe da ein Schlägerset, mit dem ich hin und wieder spiele, das ist der absolute Hammer. Da spielt man Bälle damit – unglaublich.“

Kerbel ließ sich nicht zweimal bitten, zumal er sich ohnehin nicht wohl fühlte, so alleine auf dem Golfplatz herumzustehen. Schließlich konnte jederzeit ein Flight seiner Freunde auftauchen und die sollten ihn nicht mit seinen roten Augen sehen. Der Österreicher, so schien es ihm, blickte großzügig darüber hinweg.

Was ist das nur für ein Schaf?, dachte Raphael, der mit Wohlwollen beobachtete, wie sich der Steuerberater beinahe schon willenlos in sein Verderben führen ließ.

Der Geräteschuppen war ideal, auch wenn Raphael wusste, dass er nicht viel Zeit hatte. Doch er musste tun, was im Sinne des Herrn war. Denn eines Tages würde er seinen Weg fortsetzen müssen.

Den Weg zur Befreiung der Menschheit von der Sünde.

Er öffnete die Tür des Schuppens und ließ Kerbel vortreten. Als sie beide drinnen waren, schloss er die Tür sorgsam, warf aber zuvor noch einen prüfenden Blick über den Platz, ob sich möglicherweise Golfspieler näherten. Es war niemand zu sehen.

Also stürzte er sich mit einer Wucht auf Kerbel, die diesen sofort zu Boden riss.

„Ja, du Wurm“, schrie er ihn an. „Ich bin Raphael, der Racheengel des Herrn. Und deine verderbte Seele wird das Himmelreich niemals schauen. Gott der Herr wird entscheiden müssen, was mit dir passiert.“

Noch ehe Kerbel reagieren konnte – zumal ihn das Handgelenk jetzt, in diesem Moment der Erkenntnis wieder schmerzte –, lag er wehrlos auf dem Rücken und Raphael hockte auf ihm.

„Im Namen des Vaters, des Sohnes und des Heiligen Geistes“, leierte dieser herunter, machte ein Kreuzzeichen, und seine Faust fuhr mit ungebremster Wucht gegen den Kehlkopf seines Opfers. Kerbel war nicht einmal mehr in der Lage, auch nur einen Laut von sich zu geben, und die Knöchel von Raphaels Fingern bohrten sich noch tiefer in den Hals. Der Racheengel gewahr, wie göttliche Kraft ihn durchfuhr, wie er in der Lage war, immer mehr und noch mehr Kraft wirken zu lassen. Für einen kurzen Moment ließ er los, um schließlich Kerbel mit beiden Händen an der Gurgel zu packen. Er drückte zu. Zählte. Langsam. Eins, zwei, drei, vier – bis 77. Dann ließ er los, stand auf und schenkte seinem Opfer nicht einmal mehr einen flüchtigen Blick. Walter Kerbel war tot.

Raphael verließ den Schuppen, schloss ab und machte sich auf den Weg. Einen Weg, dessen Ziel er noch nicht kannte. Er wusste nur die erste Etappe – die würde ihn nach Algeciras führen, von dort auf die Fähre und hinüber nach Tanger. Von Marokko aus würde er dann eine neue Zuflucht suchen. Nur eines war ihm dabei gewiss. Er musste zurück. Zurück in seine Heimat, die er fast so liebte wie Gott den Herrn. Seine Mission, sie war noch lange nicht beendet. Es war an der Zeit, den Auftrag des Herrn in Ruhe vorzubereiten.

Der Frühsommer in diesem Jahr hatte diese Bezeichnung beinahe an keinem Tag verdient. Es war kalt Anfang Juni, es regnete unaufhörlich in ganz Deutschland, und Ralf Bender konnte die Wettervorhersagen im Radio schon nicht mehr hören, wenn diese von „ergiebigem Niederschlag" sprachen. Passau, der Bayerische Wald, es kam ihm alles vor wie eine einzige Suppe in Grau. Was seine Stimmung noch mehr drückte, denn die beiden Morde waren für ihn unbegreiflich, da er keine Motivation erkennen konnte. Zweimal hatte der gleiche Mörder zugeschlagen, das stand außer Zweifel. Die dürren Spuren, die sich der Polizei auftaten, waren für Bender nicht einmal Silberstreife am Horizont. Instinktiv war ihm klar, dass sie auf dem Weg in eine Aussichtslosigkeit waren, wie sie es zuletzt schon zweimal im Bayerischen Wald erlebt hatten. Bender dachte zurück an die Zeiten, in denen man davon sprach, im „Woid", da sei die Welt noch in Ordnung. Dort gebe es keine Kriminalität, dort seien Hab und Gut sicher. Vorbei.

Der wochenlange Regen war es nicht alleine, der Bender auf das Gemüt drückte. Es war auch das Hochwasser, das infolge des Wetters mittlerweile Passau heimsuchte. Der Wasserpegel der Donau war bereits auf über 12,5 Meter angestiegen, so hoch, wie seit beinahe 500 Jahren nicht mehr. Auf allen Kanälen war Passau zu sehen, eine schier abgesoffene Stadt. Gut, irgendwo sind die Passauer daran gewohnt. Die Altstadt stand zuletzt vor acht Jahren unter Wasser – was beinahe schon eine Ewigkeit her zu sein schien. So schlimm die Bilder auch waren, Bender wusste, die Leute in der Altstadt würden mit der Situation fertigwerden, weil sie wussten, was sie zu tun hatten. Ladenbesitzer räumten ihre Geschäfte, brachten ihre Waren im ersten Stock oder gleich unter dem Dach der Häuser unter. Schottwände wurden aufgebaut, Sandsäcke aufgeschichtet. Für eine gewisse Zeit schaute alles nach ganz normaler Passauer Hochwasser-Routine aus. Bis der Pegel alle Rekorde sprengte, bis das Wasser zum Teil noch bis in die erste Etage so mancher Häuser eindrang. Bis die Stadt im Ausnahmezustand war, bis in den Medien von der „Jahrtausendflut“ die Rede war. Ralf Benders Haus stand im Stadtteil Innstadt, direkt neben dem Inn, der ein paar Meter weiter in die Donau mündete. Der Zusammenfluss dieser beiden mächtigen Flüsse sorgte für einen Rückstau auf beiden Seiten, und auch der Inn trat über die Ufer, überschwemmte den nach ihm benannten Stadtteil in einer Weise, wie man es bislang nicht gekannt hatte.

Dr. Moosbacher wollte sich gerade eine Flasche Wein öffnen, als es an der Haustür klingelte. Ein Mann stand draußen, sagte, er habe eine Panne und auch der Akku seines Handys sei leer. Ob er telefonieren dürfe. Sie sah auf der Straße sein Auto stehen, mit einem platten Reifen rechts vorne. Für einen Moment zögerte sie trotzdem, denn die Szene wirkte auf sie so klischeehaft, dass sie dachte, sie könnte in wenigen Minuten zum Opfer eines Überfalls werden. Es war zu banal, so schaltete sie die innerlichen Warnsignale wieder aus und gewährte dem Mann Einlass. Zudem kam er ihr irgendwie bekannt vor, wenn sie ihn auch nicht zuordnen konnte.

Er ließ sich das Telefon zeigen, führte ein kurzes Gespräch. Sie sah wohl, dass er sich während des Telefonats die Wohnung so genau wie möglich anschaute und war froh, dass erst gestern die Zugehfrau da war, die überall für Ordnung sorgte. Eine Schwäche, die Dr. Moosbacher sich eingestand: Sie war unfähig, den Haushalt zu führen. Zweimal die Woche beanspruchte sie deshalb die Hilfe der Zugehfrau, obwohl es ihr sogar ein bisschen peinlich war. Schließlich lebte sie alleine und brachte trotzdem keine Ordnung ins Haus. Jetzt war aufgeräumt und alles blitzte.

Der Mann beendete das Gespräch, sagte, er müsse noch ein paar Minuten warten, bis Hilfe käme. Ob er in der Zwischenzeit noch die Toilette nutzen dürfe.

Knapp fünf Minuten später hatte er das Haus verlassen. Die Staatsanwältin öffnete die Weinflasche, der Korken fiel zu Boden und rollte ein paar Meter zur Seite. Sie überlegte kurz, ob sie sich bücken sollte, ließ ihn aber liegen, setzte sich auf das Sofa im Wohnzimmer und schenkte sich großzügig ein.

Bender war so sehr in seinen Fall in Grafenau eingespannt, dass er die Hochwasserwarnungen zuvor, die dramatische Entwicklung in Passau nur am Rande mitbekam. Zudem hatte er die letzten Nächte allesamt im Hellen Hahn geschlafen, weil er oft bis tief in die Nacht hinein nach Fakten, Spuren und Ermittlungsergebnissen fahndete.

Als ihm bewusst wurde, dass auch sein Haus gefährdet sein könnte, machte er sich auf nach Passau, um dort nach dem Rechten zu sehen. Doch er kam nicht einmal mehr in die Stadt hinein, auf der Bundesstraße staute sich der Verkehr über Kilometer zurück. Er rief in der Polizeizentrale in Passau an und dort teilte man ihm lediglich mit, dass er ohnehin keine Chance hätte, zu seinem Haus zu gelangen. Denn die Innbrücke, die einzige Verbindung zur Innstadt, sei vor wenigen Minuten gesperrt worden. Wenn er Glück habe, dann könne er auf der Autobahn nach Österreich fahren und dann über Schärding vielleicht noch in die Innstadt gelangen. Doch auch das sei relativ sinnlos, da auch weite Teile dieses Stadtteils bereits überschwemmt und die Häuser direkt am Inn nicht mehr erreichbar seien.

Bender war verzweifelt, er fragte nach, ob man ihm wenigstens sagen könne, wie es um sein Haus bestellt sei, das immerhin einige Höhenmeter über dem Fluss gebaut war. Eine Antwort darauf erhielt er nicht, also versuchte er, seine Frau und die Nachbarn anzurufen, doch niemand ging ans Telefon. Was konnte er jetzt noch tun? Er beauftragte die Wasserwacht, bei seiner Familie nach dem Rechten zu sehen, beschloss dann, sich wieder der Arbeit zu widmen. Bevor er aber wieder nach Grafenau zurück fuhr, wollte er noch einen kleinen Abstecher nach Tiefenbach machen.

Ich kann es drehen und wenden wie ich will: Dieses Hochwasser ist kein Zufall. Das Mädchen, das ertränkt wurde. Die Staatsanwältin als Opfer. Das Wasser. Alles passt zusammen, es ist genau die Zeit und der Ort, um ihrem Leben ein Ende zu setzen und meinem Kopf wieder Befreiung zu schenken. Lange genug habe ich sie beobachtet, die Gute. Sie führt schon ein komisches Leben, eigentlich ist sie ja nur im Büro oder zu Hause. Bis auf diese eine Stunde jeden Abend, in der sie ihr Fahrrad in den Kofferraum packt, hinunter nach Irring fährt und dort eine Stunde, manchmal sogar eineinhalb, den Donaudamm auf und ab radelt. Vilshofen, dort umkehren, zurück bis Schalding, wieder umkehren und dann wieder in Richtung Vilshofen. Eigentlich stupide, kein Wunder, dass die Frau keine kreativen Ansätze bei der Ermittlungsarbeit hinbekommt.

Es ist ohnehin ein fast freudloses Leben, das sie da führt. Bis auf ihren Kommissar, der hin und wieder bei ihr auftaucht. Sie tun schon ein bisschen heimlich, kommt es mir vor. Aber immer, wenn sie morgens das Haus verlässt, und er war die Nacht über da gewesen, dann hat sie so ein Strahlen im Gesicht. Ein fast kindliches Glück. Wie Leila, auf ihrer Wiese mit den Blümchen. Deshalb passt sie so gut.

Sie wird ertrinken im Hochwasser, so viel steht fest. Morgen werde ich es machen. Aber ich muss diesmal sehr vorsichtig sein, denn es ist riskant. Höchst riskant.

Am nächsten Tag postierte er sich schon am frühen Nachmittag in der Nähe von Irring, gut versteckt, wo ihn niemand sehen konnte. Er wartete. Auf Dr. Moosbacher. Sein Plan war zwar einfach, barg aber viele Gefahren. Vor allem konnte er keine Zuschauer gebrauchen, Zeugen. Doch am Damm war es ruhig – das Hochwasser hatte die Passauer Altstadt fest im Griff, und auch hier drückten die Wassermassen an die künstliche Barriere. Er wusste, dass ein paar Kilometer flussabwärts das E-Werk Kachlet die Schleusen weit geöffnet hatte. Während Passau im Wasser förmlich ertrank, war das Hinterland relativ sicher.

„Gehen wir heute noch was essen?“, Bender betrat mit einem fröhlichen Hallo das Büro der Staatsanwältin, die sofort hochsprang, als er hereinkam, um ihn mit einem Wangenkuss zu begrüßen. Wer die beiden aus den Disputen der vergangenen Jahre kannte, hätte wohl den Eindruck gewinnen können, er sitze im falschen Film. Sie saßen sich gegenüber, scherzten, flachsten, und beide wären wohl von ihren Kollegen in diesem Momenten nicht wiederzuerkennen gewesen.

„Ja, gerne. Chinesisch wäre heute fein“, sagte sie.

„Alles klar: Wann machst du Schluss? 17 Uhr?“

„Treffen wir uns um sieben – ich möchte vorher noch mit dem Rad an die Donau.“

„Ach komm, es ist so ein schöner Tag heute. Wir könnten vorher noch nach Neuburg fahren, ein bisschen spazieren gehen.“ Bender zeigte fast schon so etwas wie kindliche Ungeduld.

„Ich überleg's mir. Machen wir es so, ich hole dich bei dir im Büro ab.“

Halb sechs. Wo bleibt die heute nur? Normalerweise sitzt sie um diese Zeit längst auf dem Rad. Sie wird doch wohl nicht wegen dem Hochwasser Überstunden machen müssen? Nein, wohl kaum. Was hat die Staatsanwaltschaft damit zu tun? Nichts, eben.

Ich werde warten. Es sieht so aus, als wäre die Sache einfacher, als ich dachte. Keine Menschenseele zu sehen heute, niemand unterwegs. Alles ist genau so, wie ich es mir vorgestellt habe, alles passt genau zu meinem Plan.

Jetzt nicht ungeduldig werden. Egal was passiert, ich werde noch Geduld genug haben müssen heute. Und Glück.

Dr. Moosbacher schaute auf die Uhr – schon 17.15 Uhr. Sie wollte zum Telefon greifen und Bender Bescheid sagen, dass sie sich doch gleich treffen könnten. Doch sie zögerte. Der Abend war einfach zu gut geplant. Und die abendliche Radtour tat ihr zu gut, sie konnte nur schwer darauf verzichten. Es wäre dann immer noch möglich, mit Ralf ein paar Schritte zu gehen – nur um sich selbst noch ein wenig auf die Folter zu spannen und die Vorfreude zu genießen – bevor sie ihm ihre große Überraschung präsentieren würde. Neuburg passte nicht in ihren Plan, obwohl sie diesen Ort für äußerst romantisch hielt. Der Stadtpark in Passau wäre eine Alternative gewesen – obwohl es im Moment schwer war, dort hin zu gelangen. Andererseits, die Straßensperrungen galten für sie und Bender nicht, eine Situation, die man in diesem Fall ausnutzen könnte. Dann fiel ihr aber ein, dass der Stadtpark derzeit wohl kaum der ideale Ort für einen trauten Spaziergang sein würde – schließlich hatte man von dort einen schönen Blick auf die Donau und auch auf die Altstadt. Wahrscheinlich würden sich da Hunderte von Schaulustigen tummeln – und nicht zuletzt auch der eine oder andere Pressefotograf. In eine verfängliche Situation wollte sie nicht kommen. Dazu war es noch zu früh.

Also kam sie zu dem Schluss, erst einmal nach Hause zu fahren und das Fahrrad zu holen. Es würde ihr guttun, ein paar Kilometer zu strampeln und all die Aufregung der letzten Tage hinaus zu schwitzen. Bender würde Verständnis dafür haben – und es hätte den Vorteil, dass sie ausgeglichen und aufgeräumt mit ihm den Abend verbringen könnte. Und vielleicht sogar mehr. Denn die zarten Bande, die sich selbst für sie überraschend gebildet hatten, waren einerseits prickelnd. Andererseits schien auch er zu zögern, den letzten gemeinsamen Schritt hatten sie noch nicht getan. Zwar blieb Bender das ein oder andere Mal über Nacht bei ihr – doch mehr als schöne Gespräche, ein paar kleinere Zärtlichkeiten und Liebkosungen hatte es bislang nicht gegeben.

Das gefiel ihr. Ralf Bender, dieser oft so ungehobelte Kerl, schien genauso wie sie nichts überstürzen zu wollen. Es schien, als wolle er nicht aufs Spiel setzen, was sich dazwischen ihnen anbahnte. Zeit, das war es, was sie beide brauchten. Doch sie spürte auch, dass sie sich ihm mehr und mehr öffnete. Und sie sehnte sich nach ihm, nach seiner Liebe, nach seiner Nähe. Heute würde es so weit sein, dachte sie und merkte gar nicht, wie schnell die Zeit vergangen war. Beinahe wäre sie an ihrem Haus vorbeigefahren.

Zehn Minuten später bog sie in Irring in einen kleinen Feldweg ein, auf dem sie ihr Auto gerne parkte, wenn sie auf dem Damm radelte. Der Parkplatz ein paar Meter weiter war ihr unangenehm. Sie mochte es, ungesehen – und vor allem unerkannt – hier ihre Radtouren zu starten. In den Sportklamotten hatte sie bislang noch nie jemand erkannt. Hier war sie richtig frei.

Endlich, da ist sie ja. Reichlich spät. Noch ein paar Sekunden, dann muss ich losgehen. Ohne Aufregung, ohne Hektik. Ein Spaziergänger, wie tausend andere auch. Auf keinen Fall darf ich ihre Aufmerksamkeit erregen.

Jetzt.

Dr. Gundula Moosbacher hatte es nicht eilig. Sie blieb noch ein paar Minuten im Auto sitzen, gedankenverloren. Sie dachte an Bender und an das, was früher war. Sie konnte sich noch immer nicht erklären, wie aus ihrem Intimfeind der Mann geworden war, zu dem sie sich derart hingezogen fühlte. Und sie wusste, ihm ging es genauso. Und sie dachte daran, was sie heute noch mit ihm vorhatte. Sie war gut auf diesen Abend vorbereitet. Es bereitete ihr schon beinahe diebische Freude, dass er im Moment noch glaubte, sie beide würden lediglich einen Happen beim Chinesen essen. Der Champagner war kaltgestellt und sie hoffte, das Parfum, das sie sich gekauft hatte, würde ihm gefallen. Sorgsam feilte sie an den Worten, die sie in ihr Handy tippte.

Das darf doch nicht wahr sein. Was macht die so lange in ihrem Auto? Jetzt steig schon aus! Hoffentlich schaut sie nicht in den Spiegel, niemand darf mich sehen, wie ich hier scheinbar ziellos hin und her trippele. Na endlich, die Tür öffnet sich. Es ist so weit. Aber – kann ich es überhaupt tun? Mein Gott, es ist nicht so einfach, wie ich gedacht habe. Bisher geschah es immer beinahe passiv, alles passierte von selbst. Auch ersticken ist letztlich leicht. Aber zustechen? Aktiv morden. Ich habe das noch nie getan, ich weiß nicht, ob ich es fertigbringe. Nicht zögern, los jetzt.

Das gibt es doch nicht! Jetzt dreht die sich auch noch um. Nein, ich kann ihr nicht in die Augen schauen, ich kann es nicht. Nur ein Schritt, nur ein Hieb.

Sie öffnete die Tür des Wagens, stieg aus und sah für einen kurzen Moment einen Schatten, der sich schnell von hinten näherte. Sie wirbelte herum und sah einen Mann. Erkannte ihn, blickte ihm in die Augen und spürte im gleichen Moment einen brennenden Schmerz in der Brust. Ihr Handy fiel zu Boden, noch bevor sie die SMS an Bender abgesendet hatte. Sie sah nach unten. Blut strömte aus ihrem gelben Bikershirt, als er das Messer wieder aus ihr herauszog. Im selben Moment verlor sie das Bewusstsein.

Manuela Hentschel beobachtete ihren Chef schon seit geraumer Zeit. Er lief in seinem Büro auf und ab, sah ständig auf die Uhr, ging zum Fenster, blickte auf den Parkplatz hinunter, um dann wieder auf die Uhr zu schauen. Er setzte sich, kramte ein wenig in den Unterlagen am Schreibtisch und sprang erneut auf, wieder hin zum Fenster.

„Sag mal, was ist eigentlich mit dem los?", fragte Schaller, der dem Treiben seines Chefs offensichtlich auch schon einige Zeit zuschaute.

Ach, die Liebe ...", hauchte Manu zurück und wedelte mit der Hand, als hätte sie sich verbrannt.

„Wieso, habe ich was versäumt?"

„Ich weiß es nicht, aber der ist doch schon seit Tagen so komisch drauf. Und wie er um die Moosbacher rumturtelt... Er meint ja, es fällt nicht auf, aber ich sage dir, den hat es schwer erwischt. Und sie auch."

Schaller schüttelte den Kopf, schaute nochmal zu Bender ins Büro und lästerte: „Man fasst es nicht. Liebe unter Kollegen und dann auch noch die Moosbacher", dann verstummte er und schaute Manu verlegen in die Augen.

„Komm, Franz, lass es", sagte sie nur, genau in dem Moment, als Bender zur Tür hereingestürmt kam.

„Was soll er lassen?"

„Egal, wir haben nur gescherzt." Manu wollte das Thema nicht vertiefen und war ganz froh, dass Bender sie in sein Büro bat.

Umständlich bot er ihr einen Stuhl an, hangelte sich um seinen Schreibtisch, um selbst schwer und mit ernster Miene in seinen Sessel zu fallen. Eine Zeitlang schwieg er, blickte dabei ein paar Mal auf die Uhr und fing eher zögerlich an, zum Thema zu kommen. Es ging um die Liebe. Und die Frauen. Was Manu meinte, wenn eine Frau einen Mann versetze, was das zu bedeuten habe. Ob er vielleicht die Signale falsch gedeutet habe. Ob sie der Meinung sei, er sei ein Mann, mit dem man als Frau zusammen sein wollte.

„Kannst du ein bisschen konkreter werden?", fragte Manu, die innerlich vor sich hin kicherte.

„Naja", sagte er bedächtig. „Ich bin da in etwas reingeraten ... Ich meine, eigentlich hätte ich jetzt ein, wie sagt man das heute, ein Date. Aber sie meldet sich nicht, obwohl alles fest ausgemacht war. Spätestens um sieben wollte sie mich abholen und jetzt ist es schon Viertel nach."

„Ralf, dich hat's erwischt? Na, das ist doch einmal eine gute Nachricht. Wer ist denn die Glückliche?"

„Das ... es ist noch zu früh, darüber zu reden", sagte er knapp.

Manu amüsierte seine unbeholfene Art und für einen kurzen Moment fand sie ihren Chef sogar attraktiv, trotz seines Bauchansatzes und seinem deutlichen Doppelkinn. Doch sie entdeckte in ihm eine Spur Jugendlichkeit, vielleicht sogar Unbeschwertheit, wie sie nur Frischverliebte ausstrahlen. Das machte ihn sympathisch – aber auch ein wenig fremd.

„Mach dir keine Sorgen. Sie hält dich nur hin. Frauen machen das so“, versuchte sie ihn zu beruhigen. „Sie weiß doch, was du für sie empfindest, oder?“

„Ich glaube schon.“

„Na dann, sie hält dich hin. Lässt dich schmoren. Sie will sich noch interessanter machen. Glaub mir, sie wird sich bald melden. Vielleicht sagt sie sogar ab, das wäre ein gutes Zeichen.“

„Was ist denn das für eine verquere Logik?“

„Sie ist eine Frau.“„Ach so. Ich werde euch nie verstehen.“

„Nein, Ralf, du bestimmt nicht.“

Sie registrierte, dass er tatsächlich ein wenig ruhiger wurde und schon seit fünf Minuten nicht mehr auf seine Armbanduhr geblickt hatte. Es erstaunte sie immer wieder, wie sehr er ihr vertraute und wie sehr sie es vermochte, seine Nerven beruhigen zu können.

Sie ahnte nicht, wie sehr sie das in den folgenden Wochen noch brauchen würde, denn genau in diesem Moment wurden sie zum nächsten Tatort gerufen.

Ohne ein Wort zu sagen hatte Bender sich alles genau angeschaut. Das Auto auf dem Feldweg. Die Blutspuren auf dem Rücksitz. Die Decke, die dort voller Blut lag. Den Weg hinunter zu Donau, auf dem ebenfalls Blutspuren zu sehen waren. Schließlich die geknickten Äste der Weiden, die den Fluss vom Damm trennten. Dann ging er einfach zurück zu seinem Wagen, setzte sich auf den Beifahrersitz und sinnierte still vor sich hin. Währenddessen hatte Manu das gesamte Aufgebot der Passauer Polizei nach Irring bestellt – zumindest das, was an Kräften zur Verfügung stand, denn auch in der überfluteten Altstadt wurde jeder Beamte gebraucht. Spurensicherung, Feuerwehr, Krankenwagen – alles war da und verstopfte den kleinen Feldweg mit blau blinkenden Lichtern, die sich wild in der Donau spiegelten. Vor den wenigen Häusern des kleinen Dorfes versammelte sich der ganze Ort, um von Weitem dem Tun der Polizei und der Rettungskräfte zuzusehen. Wobei – es war nicht viel, was sich tat.

Auf einmal sprang Bender aus dem Wagen, lief den Weg zur Donau hinab, quetschte sich zwischen den Weiden hindurch und lief über die scharfen Steine, die am Ufer lagen, in die Donau hinein.

„Schnell, was steht ihr alle nur rum? Wir müssen etwas tun, wir müssen sie suchen." Er fuchtelte wild mit den Armen und drohte jeden Moment auszurutschen und ins Wasser zu fallen.

Gerade als Manu ihm die Hand reichen wollte, um ihn zurück ans Ufer zu ziehen, glitt er tatsächlich aus und plumpste in die Donau. Man hörte einen dumpfen Schlag, als sein Kopf gegen einen Stein prallte, und im selben Moment erfasste ihn die Strömung und zog ihn mit sich.

Manu stieß einen erstickten Schrei aus, sah, wie er mit Händen und Beinen strampelte. Ohne zu überlegen sprang sie ins Wasser und kraulte ihm hinterher.

Sie spürte, wie sie ebenfalls von der gewaltigen Strömung erfasst wurde, und versuchte trotzdem, mit kräftigen Zügen hinter Bender her zu schwimmen.

Nach ein paar Sekunden hatte sie ihn erreicht und konnte ihn am Oberarm packen. Das Wasser war zu tief, um hier festen Stand zu erreichen, also klammerte sie sich an ihm fest, umgriff seinen Oberkörper und versuchte, rücklings in Richtung Ufer zu schwimmen.

Draußen rannten ein paar Feuerwehrleute am Uferweg entlang und warfen ihr ein Seil zu. Im letzten Moment konnte sie es fassen. Sie entspannte sich, vertraute auf die Kraft der Feuerwehrmänner, die sie und Bender mit letzter Anstrengung an Land zogen.

Wenige Minuten später saß der Hauptkommissar keuchend am Damm, Tränen liefen ihm über die Wangen. Seine Miene war versteinert. Er blickte auf die Donau, starr auf einen unbestimmbaren Punkt gerichtet, um im selben Moment erneut aufzuspringen und wild zu fuchteln zu beginnen.

„Ich will alles. Sofort. Hubschrauber. Taucher. Feuerwehr, Sanitäter, alles was verfügbar ist, muss sofort herkommen. Wir müssen sie suchen, wir müssen Gundula da rausholen."

Doch keiner bewegte sich. Manu schaute ihn nur mitleidig an, die Feuerwehrmänner schüttelten den Kopf.

„Da kann man nichts machen", sagte einer und spürte im selben Moment die unerwartete Reaktion des Kommissars.

„Was heißt das, da kann man nichts mehr machen! Was sind Sie für eine Arschgeige von einem Feuerwehrmann, so etwas zu sagen? Jetzt bewegen Sie sich endlich und sorgen Sie dafür, dass alle Rettungsmaßnahmen eingeleitet werden."

Manu schob sich zwischen die beiden Männer, weil sie Angst hatte, Bender würde jeden Moment anfangen, den Feuerwehrmann zu verprügeln.

„Ralf, jetzt beruhige dich erst mal."

„Wie soll ich mich beruhigen, spinnst du?", fuhr er seine Kollegin mit unverminderter Lautstärke an. „Meinst du vielleicht, ich bin so wie ihr und stehe hier blöd herum, wenn da draußen die Staatsanwältin ertrinkt? Wie soll man sich beruhigen, wenn man von lauter Idioten umgeben ist! Verdammt noch mal!"

Der Einsatzleiter der Feuerwehr, mittlerweile mit hochrotem Kopf, wollte offensichtlich gerade seinerseits mit einer Schimpftirade beginnen, als Manu erneut dazwischen ging.

„Leute, so geht das nicht. Ralf, wir müssen klar denken, alles andere ist doch sinnlos", versuchte sie so ruhig wie möglich auf ihren Chef einzuwirken. „Wir können nichts tun, wir wissen ja nicht einmal, was passiert ist."

„Was passiert ist? Ich kann dir sagen, was passiert ist: Gundula ist hier überfallen worden und hier stehen alle saudumm rum und tun so, als ginge sie das alles nichts an."

Ohne auf eine Antwort zu warten griff er zum Handy.

„Ritter?", brüllte er ins Telefon.

Keine halbe Minute später warf er das Telefon weit von sich und lief schnaubend zum Auto. Manu lief ihm hinterher, konnte aber nur Wortfetzen erkennen: „Hochwasser, keine freien Einsatzkräfte, sinnlos, kann man nichts machen.“

Bender stieg ein, knallte den Rückwärtsgang mit lautem Krachen ins Getriebe, gab Vollgas. Manu konnte gerade noch zur Seite springen, sonst hätte er sie einfach umgefahren. Fassungslos blickte sie dem Wagen hinterher, der mit quietschenden Reifen oben in die Straße in Richtung Passau einbog und mit Vollgas davonfuhr.

„Was sollen wir machen?“, sagte der Feuerwehrmann, der vor wenigen Minuten von Bender abgewatscht worden war. „Bei der Strömung: Wenn sie ins Wasser gefallen ist, oder meinetwegen auch überfallen und in die Donau geworfen – wir haben keine Chance. Die könnte bereits sonst wohin getrieben sein. Wir ziehen wieder ab, wenn Ihnen das recht ist.“

Manu nickte und gab ihm ein Zeichen, dass sie ihn nicht aufhalten würde. Sie stieg in eines der Polizeiautos und ließ sich zurück in die Polizeizentrale in der Spitalhofstraße fahren.

Sie wählte die Nummer von Dr. Leopold, erzählte ihm, was vorgefallen war. Nicht das Verschwinden der Staatsanwältin, vielmehr den Auftritt von Bender. Sie verschwieg auch nicht ihre Vermutung, dass sich ihr Chef und Dr. Moosbacher zuletzt näher gekommen waren. Was sie vom Psychologen zu hören bekam, schmeckte der Kommissarin überhaupt nicht.

Bender wusste nicht, was ihn im Moment mehr aufwühlte: Das dubiose Verschwinden von Gundula, das viele Blut oder einfach nur die Untätigkeit der Rettungskräfte. Sogar Manu war ihm in den Rücken gefallen, nicht einmal auf sie konnte er sich mehr verlassen.

Er wusste nicht einmal, wohin er gerade fuhr, bis ihm auf einmal klar wurde, dass er mit knapp 180 Sachen auf der B85 in die Senke bei Tittling rauschte. Da überkam ihn ein Gedanke – er musste zu Paul Freier, zu seinem Freund. Er musste reden, er war der einzige Mensch auf der ganzen Welt, der ihn verstand. Nicht einmal den Blitz nahm er wahr, ausgelöst von einer unauffälligen Radarfalle, wie sie gerade an dieser Stelle sehr häufig aufgebaut wurden.

Eine Viertelstunde später stand er vor der Tür der Racheldiensthütte und poltere dagegen. Es war geschlossen – natürlich, mitten in der Nacht. Aber das Auto des Wirtes stand draußen, er musste da sein, schließlich übernachtete dieser öfter hier, vor allem, wenn er mit Gästen Alkohol trinken musste.

Es dauerte lange, bis drinnen endlich etwas zu hören war und der Wirt langsam die Tür öffnete.

„Was veranstaltest du hier für einen Terz um diese Uhrzeit?"

Bender antwortete nicht, schob ihn zu Seite, ging in den Schankraum, öffnete den Kühlschrank und zog ein Bier heraus. Ohne abzusetzen trank er die Flasche in einem Zug aus, setzte sich auf die Eckbank und stierte einen imaginären Punkt auf der Tischplatte an.

„Was ist passiert, Bender? Was ist los?" Der Wirt der Racheldiensthütte war auf einmal hellwach, setzte sich gegenüber dem Kommissar auf einen Stuhl, griff sogar nach dessen Hand, einem inneren Impuls folgend.

Doch Bender schlug das Angebot einfach zur Seite, schaute dem Wirt böse in die Augen und fing an, die Erlebnisse des Abends zu erzählen. Zwischendrin stellte ihm Freier einen Bärwurz vor die Nase, den er kommentarlos hinunterkippte.

„Jetzt mal langsam, Ralf." Freier hatte für sein Gefühl den Freund lange genug lamentieren lassen, er sah den Zeitpunkt gekommen, ihn wieder in die Realität zurückzuholen.

„Wie soll das gehen, Ralf? Du weißt doch selber, was in Passau momentan los ist, bei dem Hochwasser. Und selbst wenn nicht die ganze Stadt auf den Beinen wäre, um Hab und Gut an der Ortsspitze zu retten – wie willst du bei der Strömung in der Donau irgendetwas ausrichten?"

Bender sah ihn noch schärfer an.

„Du bist genauso wie die anderen. Keinen Arsch in der Hose, nur immer klug herum schwätzen. Geht nicht, unmöglich – ich kann das nicht mehr hören."

„Geht's noch? Nur weil du auf einmal deine Libido wieder entdeckst, heißt das noch lange nicht, dass alle nach deiner Pfeife tanzen können, Bender. Jetzt bleib mal sachlich."

Bender saß da, die Hände zu Fäusten geballt, hochroter Kopf, und es schien, als würde sein Herz alles Blut in seinen Kopf pumpen. Die Augen quollen ihm hervor, als er anfing, völlig ungehalten und ohne jegliche Rücksicht auf Freier einzuschreien. Er bedachte ihn mit ziemlich allen unflätigen Ausdrücken, die selbst die beste Freundschaft ins Wanken hätten bringen können. Doch Freier blieb ruhig, ließ den Anfall regungslos über sich ergehen. In dem Bewusstsein, der andere würde sich bald wieder beruhigen.

Bis Bender von Freiers jungem Hund angestupst wurde, der schon die ganze Zeit regungslos unter dem Tisch gelegen war. Bender erblickte das Tier und trat ihm mit den Schuhen und mit voller Wucht in die Seite. Das war der Augenblick, in dem auch Freier endgültig die Beherrschung verlor. Er packte Bender am Oberarm, riss ihn in die Höhe und zerrte ihn zur Ausgangstür.

„Bender, da ist die Tür: Ich will dich hier nie wieder sehen. Hast du mich verstanden? Du bist nichts anderes als ein gottverdammtes Arschloch!"

Er schob den Kommissar hinaus, knallte hinter ihm die Tür zu und drehte den Schlüssel zweimal um.

Er hörte noch, wie Bender fluchend ins Auto stieg und wieder mit Vollgas davonstob. Fahr zur Hölle, dachte Freier – und fand in dieser Nacht keinen Schlaf mehr. Er glaubte, in Bender seinen ersten, richtig guten Freund seit langem gefunden zu haben. Der Stachel der Enttäuschung saß tief.

„Wir werden verdammt noch einmal vom Verfassungsschutz überwacht?" Dr. Michael Schmidmeister fiel aus allen Wolken, als er die Neuigkeiten von seinem Schwiegervater erfuhr. Er war auf einen Magenschwinger dieser Art nicht gefasst. Seine Gedanken rasten, er wurde überwacht. Würde jetzt alles auffliegen? Seine Tarnung, sein Doppelleben, sein Geheimnis? Musste er sich absetzen oder konnte er es aussitzen? Was sollten sie schon herausgefunden haben? Er war immer vorsichtig gewesen. Und was bedeutete Überwachung? Stand ein schwarzes Auto vor der Tür, in dem übermüdete Spione saßen, die jeden seiner Schritte verfolgten? Wohl kaum, sonst wäre er längst aufgeflogen. Dann also mussten sie jemanden eingeschleust haben, der von innen heraus versuchte, an Informationen zu kommen. Wer konnte das sein? In seiner Kanzlei arbeiteten seit Jahren die gleichen Leute für und mit ihm. Er konnte sich beim besten Willen nicht vorstellen, dass von denen jemand mit dem Verfassungsschutz zusammenarbeiten würde. Dann musste es einer seiner Freunde sein. Im Golf- oder im Tennisclub? Er wusste es nicht. Tausend bekannte Gesichter schwirrten durch seinen Kopf.

„Verräter, Verräter, Verräter", flüsterte er. Sein Schädel drohte zu platzen. Wie viel wussten sie? Konnte er das Schlimmste noch verhindern? Nur sie war jetzt noch seine Stütze. Er blickte sie an, mit sorgenvoller Miene, aber doch voller Liebe. Als sie ihn fragte, was ihm derart Angst eingejagt habe, schüttelte er nur bedächtig den Kopf.

Die Hauptsache war, dass er sie nicht verdächtigte. Sie konnte regelrecht sehen, wie die Namen und Gesichter durch seinen Kopf rasten. Er hatte ihr nicht erzählen müssen, was mit ihm los war. Als er Verräter gemurmelt hatte, war ihr klar, dass die Aktion beendet war. Sie bedauerte, dass sie damit auch ein angenehmes Leben wieder mit dem eher wenig komfortablen Alltag tauschen musste. Aber vielleicht konnte sie ihre Chefs ja überzeugen, sie weiter in der Nähe von Dr. Michael Schmidmeister zu belassen.

Er hatte keine Ahnung, wer ihn beschattete. Und so verliebt, wie er sie ansah, würde er niemals darauf kommen, dass der Maulwurf mit ihm schlief.

Doch sie war sich eigentlich sicher. Ihre Chefs würden sie nicht an Ort und Stelle belassen. Wenn eine Aktion eine Scharte bekam, wurde sie zumeist gnadenlos abgebrochen. Lieber hätte man eine neue Geliebte für den Anwalt aufgebaut, als das Risiko einzugehen, die Tarnung auffliegen zu lassen. Dabei galt bei ihren Chefs – auch das wusste sie – die Sorge weniger ihrer Person, als mehr der Angst, enttarnt zu werden und öffentlich peinliche Fragen beantworten zu müssen. Also überlegte sie schon einmal, wie sie Schluss machen würde. Einfach verschwinden? Eher nicht! Eine fingierte Eifersuchtsszene in einem Nobellokal? Schon wahrscheinlicher.

Sie liebte es, ihrem Gegenüber vor allen Gästen erst eine Szene zu machen, ihn lautstark als Schwein zu beschimpfen, ihm ein Glas Rotwein ins Gesicht zu schütten und dann hysterisch zu kreischen: „Es ist aus, ein für alle Mal aus!“ Und wenn es schon vorbei sein sollte, dann mit einem lauten Knall. Danach brauchte sie für einen neuen Auftrag zwar wieder eine völlige Typ-Veränderung. Aber wenn sie ehrlich war, hatte sie ohnehin keine Lust mehr auf einen nächsten Geldsack mit dunklem Geheimnis. Die staatlich genehmigten und überwachten Affären hatten ihr in den letzten 15 Jahren viel Geld auf ihr Konto auf den Cayman-Inseln geschwemmt. Jetzt, mit 33 Jahren, würde sie bequem und luxuriös bis an ihr Ende leben können. Schließlich waren ihre Aufträge immer höchst lukrativ gewesen. Und sie war immer wieder erstaunt, wie einfach es war, aus Schreibtischschubladen, offen gelassenen Safes oder aus Brieftaschen Bargeld bündelweise zu entwenden. Nicht ein einziges Mal war ein Diebstahl aufgefallen. Entweder merkten es diese reichen Trottel wirklich nicht oder sie wollten nicht riskieren, ihre Liebesdienste zu verlieren. Oder, auch das zog sie in Betracht, es war ihnen einfach egal.

Dr. Michael Bräugerber sen. hatte sich höchst persönlich in seine Limousine gesetzt und war in die Bayerische Landeshauptstadt gefahren. In der Kanzlei zuckten immer noch alle unwillkürlich zusammen, wenn der durch die Tür polterte.

„Wo ist er?", schrie er beinahe. Sein gebrechlicher, fetter Körper, den er auf einen Spazierstock stützte, stand dabei im krassen Widerspruch zu seinem forschen Gebaren. Noch bevor eine der Sekretärinnen antworten konnte, ging ein Flügel einer großen dunklen Holztür auf und Schmidmeister steckte seinen Kopf heraus.

Wo soll ich schon sein, du widerwärtiges Arschloch, dachte er. „Ah, Schwiegervater, gut, dass du da bist, komm doch rein", sagte er.

„Gefällt mir gar nicht, was du mit der Einrichtung angestellt hast, was ist mit meinen Möbeln passiert, die waren 40 Jahre lang gut genug und haben wunderbar in diesen Altbau gepasst."

Die waren ebenso von Würmern zerfressen wie dein Hirn – „Ach, Schwiegervater, wir leben jetzt im 21. Jahrhundert. Unser Innenarchitekt hat einen wunderbaren Stilmix zwischen den alten Stuckdecken und modernem Mobiliar gefunden."

„Bestimmt so eine schwule Sau, die mir das Geld aus der Tasche zieht."

„Stimmt, aber immerhin war es mein Geld."

Ihm gefiel nicht, wie sein Schwiegersohn mit ihm sprach. Vielleicht hatte die Überwachung ja etwas zu Tage gefördert, was er gebrauchen konnte, um den aufmüpfigen Emporkömmling wieder von seinem hohen Ross herunterzuholen. Für den Moment beschloss er allerdings, einen Gang zurückzuschalten. Schließlich hatten sie ein gemeinsames Problem zu lösen.

„Hast Du schon eine Vorstellung, wer uns die Suppe eingebrockt hat und warum?"

Schmidmeister zuckte mit den Schultern. „Wie bist Du eigentlich darauf gekommen, dass der Verfassungsschutz an uns dran ist?"

„Weil ich dort angerufen habe“, grinste der Alte. Er berichtete, dass er einen Freund bei der Behörde habe. Dieser sollte die Akte von Manuela Hentschel nach einer verwertbaren Vergangenheit durchforsten und sie gegebenenfalls auch telefonisch oder ihren Emailverkehr überwachen. „Er hat sich gewunden wie ein Aal, aber er war mir den Gefallen einfach schuldig. An der Hentschel ist er noch dran, obwohl er schon interessante Details ihres Vorlebens zu Tage gefördert hat. Allerdings hat er zufällig unsere Akte gefunden. Sie sind an dir, an mir und an Paul dran. Es ist von einem Maulwurf die Rede, der eingeschleust wurde. Ich glaube, dass die hauptsächlich dich wollen. Ich hab mich weitgehend aus dem Geschäft zurückgezogen, und Paul ist noch nicht weit genug. Hast Du die Räume auf Wanzen absuchen lassen?“

„Natürlich, hältst du mich für völlig verblödet? Natürlich auch meine Wohnung in München und das Haus in Schönberg.“

„Liebesnester?“

Schmidmeister wurde rot, ohne es zu merken.

„Nicht, dass es mich interessieren würde, aber wenn ich mitbekomme, dass du was am Laufen hast, wird es den Typen vom Verfassungsschutz wohl kaum verborgen bleiben.“

Der Münchner Staranwalt versuchte sich zu sammeln und erkundigte sich, worum es überhaupt ging.

„Na, was meinst du, worum es geht?“

Schmidmeister ahnte es...

„Sie halten uns für gefährliche Nazis. Ist ja klar. Jeder Deutsche, der sich nicht von dem linken Geschwätz unserer vergammelten Gesellschaft anstecken lässt, ist ein Nazi. Alle von Juden gekauft, alle!“

Doch Bräugerber verzog das Gesicht zu einer bösen Grimasse. Er war sich sicher, letztlich konnte ihnen niemand an den Karren fahren. Das Prinzip war ganz einfach. Es gab die Proleten, die Straßenschläger, die auch andere Gruppierungen, wie Rockerbanden und Hooligan-Truppen, untergruben, die machten Ärger auf der Straße, zettelten spektakuläre Aktionen an und sorgten für

Unruhe. Dahinter stand der intelligentere Kader von Sprachrohren, die den Staat anklagten, Parolen verbreiteten und sich beschwerten, dass auf Bürger, die lediglich nationale Interessen in den Vordergrund stellen, mit dem Finger gezeigt würde. Diese Gruppen infiltrierten Schulen, Vereine, Kindergärten, organisierten Feste, Abenteuerfreizeiten und vieles mehr. Bei diesen Gelegenheiten wurde das Gift des rechten Gedankenguts solange in kleinen Dosen verabreicht, bis es Wirkung zeigte. Und dann gab es sie, die Bräugerbers und Schmidmeisters, die sich vollends im Hintergrund hielten und die Kniffe des so verhassten Staates nutzten, um Geld ranzuschaffen, Kameraden rauszuhauen und an den großen Stellschrauben zu drehen. In Erscheinung traten sie so gut wie nie, und wenn es doch Kontakte gab, konnte man sich auf Zufall oder Unwissenheit herausreden. Wenn ein Kamerad verteidigt werden musste, so berief man sich auf die Anwaltsehre und das Recht eines jeden Menschen auf Verteidigung.

Pah, der Verfassungsschutz, was war der schon wert!

Das sah man doch an dieser Manuela Hentschel, dieser linken Zecke. Hatte in ihrer Jugend lautstark gegen den Aufmarsch der DVU und ihrer befreundeten südtiroler Landsmannschaften demonstriert, war sogar einige Zeit mit der Antifa in Verbindung gebracht worden. Und jetzt schwang sie große Reden gegenüber aufrichtigen Deutschen. Und was tat der Verfassungsschutz? Nichts! Die Akten waren einfach in den Regalen dieser aufgeblasenen Behörde verstaubt. Doch das würde er jetzt ändern. Er informierte seinen Schwiegersohn über die aktuellen Entwicklungen in der Causa Hentschel und griff dann zum Telefonhörer.

Kriminalrat Ritter vermisste seit Tagen seine gute Laune. Die aktuelle Situation überforderte ihn völlig. Gott sei Dank, dass wenigstens Bender, sein geliebter Kommissar, sein äußerst geschätztes Raubein, den Laden zusammen hielt. So musste er sich nicht übermäßig um das Verschwinden von Dr. Gundula Moosbacher kümmern, zumal er ohnehin keine Idee hatte, wie er dieses Problem angehen sollte. Ihm fehlte im Moment sogar die die Kraft für seine geliebten repräsentativen Aufgaben. Er hob den Tonarm des Plattenspielers auf seine Lieblingsaufnahme der Brandenburgischen Konzerte. Das Herz ging ihm auf, er dirigierte, tänzelte und war der Welt entrückt, solange, bis seine Sekretärin den Kopf durch die Tür steckte. Er brauchte einige Augenblicke, um in die Realität zurückzukehren und zu erfassen, was seine Vorzimmerdame zu ihm gesagt hatte. „Ein Gespräch für Sie auf Leitung drei."

Nachdem er das Gespräch beendet hatte, blickte Kriminalrat Ritter besorgt zum Fenster hinaus. Wenige Sekunden später hefteten sich seine Augen am Plattenspieler fest, die Sehnsucht, wieder in die Welt von Johann Sebastian Bach zu entfliehen, war beinahe übermächtig groß. Doch er riss sich zusammen, erst musste diese Angelegenheit aus der Welt geschafft werden. Er marschierte festen Schritts in Benders Büro und erfuhr von Schaller, dass der nicht da sei.

„Ja, natürlich", schalt sich Ritter selbst, „er ist natürlich im Bayerischen Wald und ermittelt in diesem neuerlichen höchst unangenehmen Vorfall."

„Im Prinzip ist das schon richtig, Herr Kriminalrat, im Moment ist er allerdings bei der Staatsanwaltschaft."

„So, so bei der Staatsanwaltschaft. Dann werde ich mich mal auf den Weg machen." Für einen Moment keimte die Hoffnung in ihm auf, er würde dort auch auf Dr. Moosbacher treffen.

Kriminalrat Ritter zog entschlossen die Hosen hoch, verließ das Büro und machte sich auf den Weg.

Er fand Bender im Büro des Gerichtspräsidenten und offenbarte sofort seine unangenehmen Neuigkeiten.

„Das ist doch völliger Blödsinn, sie glauben doch nicht allen Ernstes diesen Unsinn. Der Bräugerber will eine Retourkutsche gegen Manu starten, das ist doch sonnenklar."

Bender konnte und wollte nicht glauben, dass Manu sich im linksextremen Spektrum bewegt hatte. „Mein Gott, und wenn sie vor der Nibelungenhalle gegen die rechten Wirrköpfe demonstriert hat, dann ist ihr das heute doch eher positiv anzurechnen, oder?“

Er kam richtig in Fahrt: „Wie konnten Sie der Kollegin Hentschel so in den Rücken fallen! Eine integre Kollegin wie sie werden Sie in der ganzen Polizeidirektion nicht finden. Ohne sie würde unsere Aufklärungsquote um einiges schlechter aussehen.“

Ritter hob beschwichtigend die Arme, aber Bender ließ sich nicht stoppen: „Nein, Sie hören mir jetzt zu. Es interessiert mich einen Scheißdreck, was sie früher gemacht hat. Selbst wenn sie pathologische Kleptomanin wäre, würde ich meine Hand für sie ins Feuer legen. Ich fasse es nicht, Ritter, wie konnten Sie nur. Sie sind ein verdammter Blödmann!“

Kriminalrat Ritter wurde immer kleiner, sah Bender aber mit einer Mischung aus Trauer und Trotz an. Im Gerichtspräsidenten keimte eine Vorahnung. Er unterbrach Bender und bedeutete ihm, einen Moment zu schweigen.

„Was haben Sie diesem schmierigen Anwalt denn überhaupt gesagt?“, wollte er von Ritter wissen.

„Ich habe gesagt: Es interessiert mich nicht, was Sie mir erzählen, Frau Hentschel ist eine hervorragende Kollegin und über jeden Zweifel erhaben. Ich bin eigentlich nur hergekommen, weil ich Bender bitten wollte, mit der Kollegin zu reden und die Sache aus der Welt zu schaffen. Würden Sie das bitte tun. Und, Bender, es freut mich ja immer, wenn Sie loyal zu Ihren Mitarbeitern stehen, aber den Blödmann nehme ich Ihnen übel.“

Trotz des unermesslichen Zorns, der in Bender seit Verschwinden von Gundula Moosbacher schwelte, war er einen Moment peinlich berührt, wollte zu einer Entschuldigung ausholen, aber Ritter winkte nur müde ab. Hauptsache, der Frieden war wiederhergestellt.

Gänzlich anders stellte sich die Situation in der Münchner Anwaltskanzlei dar. Dr. Bräugerber tobte, Speichel rann unkontrolliert aus seinem Mundwinkel. Wie konnte es dieser unverschämte Kriminalrat wagen, ihn derart auflaufen zu lassen? Er hatte handfeste Beweise gegen die renitente Beamtin und ihr oberster Chef wischte sie beiseite, als seien sie nichts. Unfassbar, unverzeihlich. Dieser Mensch musste weg. Er war eine Gefahr für die Rechtsordnung, zumindest für die, die ihm vorschwebte. Aber so, wie er über jede Person alles herausfinden konnte, so hatte er auch immer jemanden bei der Hand, wenn es darum ging, Denkzettel zu verteilen. Ein gebrochener Arm, ein eingeschlagenes Jochbein und dazu eine wohlformulierte Drohung, und schon lief wieder alles in geregelten Bahnen.

Dennoch konnte Bräugerber sich nicht beruhigen und wurde noch wütender, als sich sein Schwiegersohn dafür aussprach, den Ball flach zu halten und erst einmal abzuwarten, wie sich die Situation weiter entwickeln würde. Das war wohl ein Witz, Bräugerber schnaufte schwer, fasste sich mit der Hand an die Brust.

„Den Ball flach halten“, brüllte er. „Ja, du erbärmlicher Wicht, hast du denn gar nichts von mir gelernt! Auf einen groben Klotz gehört ein grober Keil, und zwar unverzüglich. Wenn du diesem Unkraut erst einmal Platz gibst, sich zu entfalten, dann wächst es dir bald über den Kopf. Schau du gefälligst, dass du die undichte Stelle findest. Und lass mich das tun, was zu tun ist.“

Dr. Bräugerber stürmte zur Tür hinaus. Besser gesagt, er humpelte auf seinem Stock. Ein groteskes Bild: Ein wütender alter Mann, der wie eine vollgefressene Made durch das Büro, hinaus auf die Straße in sein Auto robbt.

Die Frage, wer der Maulwurf war, ließ Schmidmeister nicht mehr los. Er überlegte, welche Vorkehrungen zu treffen waren. Noch fühlte er sich sicher. Wenn sie wirklich etwas wussten, hätten sie ihn längst dingfest gemacht. Trotzdem, es galt, höchste Vorsicht walten zu lassen. Er begegnete seinen Angestellten und

Kollegen der Kanzlei an diesem Abend mit äußerstem Misstrauen. Er beäugte sie linkisch. War es dem oder derjenigen anzusehen? Eine Frau schloss er aus. Er traute den weiblichen Wesen nicht so viel Raffinesse zu, ihn auszutricksen. Beim Abendessen im noblen Tennisclub beschlichen ihn erste Anzeichen von Verfolgungswahn. Er trank mehr, als ihm guttat. Sogar der Barkeeper erkundigte sich bereits, ob er nicht genug getrunken hätte. Unkontrolliert sah er sich immer wieder um, wollte seinen Verfolger mit unerwarteten Bewegungen überraschen. Schließlich saß er völlig betrunken in einem Clubsessel. Später lallte er dem Taxifahrer eine Adresse zu. Beim dritten Anlauf hatte der verstanden, wo er hinfahren musste.

Bräugerber kochte immer noch vor Wut. Auf Höhe Landshut wurde er auf der Autobahn in der 120er-Zone mit 220 Stundenkilometern geblitzt. Er merkte es gar nicht. Es lief nicht so, wie er sich das vorstellte. Er war nicht mehr der starke Mann, dessen angsteinflößende Aura jeden Widerspruch sofort im Keim erstickte. Speichel floss aus seinem Mundwinkel und tropfte ungehindert auf seine Lodenjacke. Er merkte es nicht. Er musste ein Exempel statuieren. Sich aufbäumen, zuschlagen, wie ein verletztes Raubtier. Er würde die Dinge noch ein letztes Mal ins Reine bringen, bevor Siechtum oder Tod nach ihm griffen. Zuerst aber würde er heute Abend ...

Der schwer betrunkene Anwalt war kaum aus dem Schlaf zu reißen. Der Taxifahrer, der seine Uhr gnadenlos weiterlaufen ließ und sich bereits über 200 Euro freute, schaffte es endlich, Schmidmeister zu wecken. Schwer atmend zog der Betrunkene endlich seine Brieftasche aus dem Jackett und hielt sie dem Taxifahrer hin. Der nahm 300 Euro, bugsierte seinen Fahrgast aus dem Wagen, drückte den Klingelknopf mit dem Namen, der ihm zugeraunt worden war, stieg in seinen Wagen und fuhr davon.

Sie brauchte ungefähr eine halbe Stunde, um ihren baldigen Ex-Freund in den Aufzug, die Wohnung und schließlich ins Bett zu hieven. Sie beließ es dabei, ihm die Schuhe auszuziehen, und machte es sich auf dem Sofa im Wohnzimmer bequem. Morgen, wenn er verkatert und wehleidig war, würde sie ihm vielleicht noch einige interessante Informationen entlocken können. Wahrscheinlich würde sie nicht einmal die K.O.-Tropfen brauchen, die sie ihm bei anderen Gelegenheiten schon verpasst hatte. Männer waren einfach zu einfältig.

Der kurze lustvolle Gedanke an Felizitas hatte genügt, um ihm die Konzentration zu nehmen. Bräugerber sen. raste mit 250 Sachen an der Ausfahrt Wörth vorbei und bemerkte zu spät, dass er einem LKW viel zu nahe gekommen war. Er kurbelte unkoordiniert am Lenkrad, der Wagen kam ins Schleudern, krachte beinahe ungebremst seitlich in die rechte Leitplanke. Aufgrund der hohen Geschwindigkeit wurde er darüber hinaus geschleudert und kam nach mehreren Überschlägen auf dem Dach zu liegen. Als die Einsatzkräfte am Unfallort eintrafen, war beinahe jeder Knochen im Körper des Alten zerschmettert, aber er atmete noch.

Einen Kater dieser Größenordnung hatte Dr. Michael Schmidmeister zum letzten Mal nach Abschluss seines Jurastudiums gehabt. Er setzte sich auf, sein Schädel drohte zu zerplatzen, und er übergab sich neben das Bett. Er blickte auf die Uhr seines Handys und nahm lediglich im Unterbewusstsein wahr, dass 25 Anrufe und beinahe ebenso viele SMS eingegangen waren. Das würde warten müssen. Im Moment war er nicht in der Lage, mit irgendjemandem zu sprechen. Er hangelte sich ins Bad und übergab sich ein weiteres Mal ins Waschbecken. Nachdem er eine gefühlte Ewigkeit eiskalt geduscht hatte, kehrten Erinnerungsfetzen an den gestrigen Tag und die Stunden vor seinem Vollrausch zurück. Der Filmriss begann irgendwann im Clubhaus. Wie er hierher und schließlich ins Bett gekommen war, wusste er nicht. Das schlechte Gewissen, das auf jeden Vollrausch folgt, ließ ihn in dunkler Vorahnung auf leisen Sohlen in die Küche schleichen. Doch ihn erwartete eine gutgelaunte Freundin, die ihn mit einem süffisanten Grinsen begrüßte.

„Was hast du denn gestern gefeiert? Vor allem: mit wem und warum ohne mich? Wenn ich dich allerdings so ansehe, ist es wohl besser, dass ich nicht dabei gewesen bin."

Er kämpfte mit dem Brechreiz, nahm einige Kopfschmerztabletten und würgte sie mit schwarzem Kaffee runter. An das Handy hatte er immer noch keinen Gedanken verschwendet.

Der gesamte Familienrat hatte sich im Landshuter Klinikum versammelt. Paul Schmidmeister führte sich seit Stunden auf wie ein Berserker. Die Aussage der Ärzte, das Unfallopfer könne in diesem Zustand nicht transportiert werden, interessierte ihn nicht. Er bestand darauf, seinen Großvater aus diesem beschissenen Provinzkrankenhaus in eine richtige Klinik zu überweisen. Erst als ihm gedroht wurde, ihn notfalls auch mit Polizeigewalt aus dem Krankenhaus entfernen zu lassen, gab er schließlich Ruhe. Allerdings versuchte er ununterbrochen, ein Unfallkrankenhaus zu kontaktieren, das sich bereiterklärte, seinen Großvater abzuholen. Er erntete nur Absagen. Emma wählte inzwischen pausenlos die gleiche Nummer. Zuvor hatte sie sich auf Spurensuche begeben und erfahren, dass ihr Vater im Tennis-Clubhaus schwer abgestürzt und von einem Taxi abgeholt worden war. Dann verlor sich seine Spur, weil sich kein Taxiunternehmen die Mühe machen wollte, nachzuforschen, wer ihren Vater wohin gebracht hatte. Auch von ihrer flehentlichen Bitte, es sei ein Notfall, ließen sich die Damen und Herren nicht erweichen.

„Wenn er Ihnen nicht gesagt hat, wo er hin will, wollte er wohl nicht, dass Sie es wissen", war der ungefähre Wortlaut, den sie jedes Mal zur Antwort bekam. Musste er ausgerechnet jetzt abtauchen? Sonst war er 24 Stunden am Tag erreichbar.

Dr. Bräugerbers Ehefrau und deren Tochter Felizitas saßen am

Bett des alten Anwalts und taten nichts. Sie saßen einfach nur da. Und zum zweiten Mal innerhalb weniger Tage lächelte Felizitas. Und ihre Mutter lächelte zurück.

Bender erreichte die Nachricht, dass Bräugerber sen. einen Unfall gehabt hatte, über Franz Schaller: „Chef, ich weiß nicht, ob es wichtig ist, aber gerade kam eine Meldung herein, dass sich Bräugerber mit seinem Wagen auf der A92 bei Landshut um die Leitplanke gewickelt hat."

„Ob es wichtig ist, kann ich im Moment auch nicht beurteilen, auf jeden Fall war der Verfassungsschutz an der Familie dran. Alles ist wichtig, was mit diesem Fall zu tun hat. Ich nehme an, er wird ohnehin kriminaltechnisch untersucht. Sag denen, ich will eine Kopie der Untersuchungsergebnisse."

„Alles klar, aber woher weißt du das mit dem Verfassungsschutz?"

„Geht dich gar nix an."

Seit seinem letzten Fall hatte Bender gute Kontakte sowohl zum Bundesnachrichtendienst als auch zum Verfassungsschutz. Und weil er keine Lust hatte, diese zu verlieren, war Schweigen oberstes Gebot. Nach seinem Gespräch mit Manu hatte er seinen Bekannten kontaktiert. Es war kein größeres Problem, die Eintragungen zu löschen. Manu hatte ihm erzählt, dass sie seit ihrer frühesten Jugend einen tiefen Hass auf die rechte Szene hegte. Sie und ihre Schwester hätten den Bruder an die Rowdies verloren.

„Er war immer ein so stiller und lieber Kerl. Eines Tages hat er diese Typen kennengelernt und sich völlig verändert. Springerstiefel und Glatze machten äußerlich einen anderen Menschen aus ihm, unzähmbarer Hass brodelte in ihm. Eines Tages ist er bei einer Schlägerei schwer am Kopf verletzt worden. Er hat sich nie mehr ganz erholt und vegetiert seither in einem Heim für betreutes Wohnen vor sich hin."

Danach war sie mit ihrer Schwester häufiger auf Gegendemonstrationen, hatte sich aber nie einer Gruppierung angeschlossen: „Was soll es schon bringen, ein Extrem mit einem anderen zu bekämpfen?“

Deswegen schlug sie den Polizeiweg ein, um da, wo es möglich war, etwas zu bewegen.

Bender hatte genug gehört. Sie hatte nach ihrer Überzeugung gehandelt und ließ in dieser Frage auch keine Kompromisse zu. Genauso, wie er es jetzt auch tun würde.

Ferdinand Bräugerber wurde von Paul über den Unfall informiert: „Schwing deinen Arsch hierher, Opa ist schwer verletzt, möglicherweise überlebt er das Ganze nicht, zumindest, wenn er nicht verlegt wird.“

„Soll ich dir was sagen, Junge, das ist mir scheißegal.“

„Onkel Ferdinand, du bist ein herzloses Schwein.“

„Dieses Kompliment, mein lieber Paul, kann ich an eure Mischpoke nur zurückgeben.“

Ferdinand Bräugerber atmete tief durch, er wollte sich nicht aufregen, nicht mehr und vor allem nicht wegen seines alten Herrn, der sein Leben zerstört und es damit auf sonderbare Weise auch gerettet hatte: Schon von klein auf hatte er gegen seinen Vater rebelliert. An den Tod der Mutter gab es keine Erinnerung. Da und dort trieben Erinnerungsfetzen durch sein Gedächtnis. Doch jedes Mal wenn er meinte, er bekäme einen davon zu fassen, entwischte er ihm und löste sich auf.

Er konnte sich schemenhaft an die Hochzeit seines Vaters mit Eva, seiner Stiefmutter, erinnern. Damals war er vier. Sein Vater hatte ihn nach wenigen Monaten in München zusammen mit der fremden Frau im Bayerischen Wald geparkt. Mit der Zeit gewöhnte er sich an seine Stiefmutter, auch wenn sie immer etwas abweisend war. Es ging keine Mutterliebe von ihr aus. Sie blieb ihm fremd.

Dafür mochte er Felizitas. Sie war drei Jahre älter als er und damals so etwas wie ein Muttersatz für ihn. Sie spielten gemeinsam mit Puppen und liebten es, stundenlang durch die Wälder von Bärnstein zu streunen, auf den Hochwiesen bei Schlag in der Sonne zu liegen oder Glassteine am Zulauf zum Hartmannsreiter Stausee zu suchen. Sie tauchten im Flussbett plötzlich auf und schimmerten in allen Regenbogenfarben. Wie er erst viel später erfuhr, waren das Splitter von ehemaligen Glashütten, die einst am Fluss Ohe lagen und im Laufe der Jahrhunderte vom Wasser umspült zu kleinen Glasedelsteinen geschliffen wurden.

Er liebte dieses Mädchen über alles und konnte nicht verstehen, warum sie eines Tages immer ruhiger und abweisender wurde. Sie hatte keinen Spaß mehr am gemeinsamen Spiel, sie wollte nicht mehr mit ihm reden, sie sprach nur noch von einem Geheimnis, das sie nicht offenbaren durfte, weil sonst alle, die ihr lieb waren, sterben würden. Für Ferdinand brach eine Welt zusammen.

Als er älter wurde, beschlich ihn eine Ahnung, was das Problem von Felizitas war, welchem Martyrium sie sich ausgesetzt sah. Einmal beobachtete er heimlich, wie sein Vater unter den Rock seiner Stiefschwester griff. Trotz seines kindlichen Alters wurde er rasend vor Zorn. Doch Felizitas verbat ihm, irgendjemandem etwas zu sagen. Die Furcht vor dem Alten und vor den Konsequenzen, die er ihr von Anfang an angedroht hatte, war übermächtig. Und so konnte Ferdinand nichts anderes tun, als zu rebellieren und seinen Vater zu hassen. Er hasste ihn mit jeder Faser seines Körpers und ließ es ihn auch bei jeder Gelegenheit spüren.

Im Nachhinein gesehen war es ein Segen, dass er im Bayerischen Wald aufgewachsen war und Bräugerber sen. die meiste Zeit des Jahres in München verbrachte. Auch nachdem die unbeschwerten Kindertage mit Felizitas zu Ende gegangen waren, liebte er es, sich in der Natur zu bewegen. Das aufregende Licht- und Schattenspiel in den herrlichen Wäldern seiner Heimat machten ihn für Stunden frei von allen Sorgen. Die Natur gab ihm die Kraft, den Kampf gegen seinen Vater durchzustehen, sich gegen alle Bosheiten des Alten durchzusetzen und seinen eigenen Weg zu gehen. Zu gerne hätte er auch Felizitas aus diesem Strudel von Gemeinheit, Gewalt und Erniedrigungen gezogen, doch sie war daran zerbrochen und hatte sich in ihr Schicksal ergeben. Einmal eröffnete er ihr, er würde seinen Vater anzeigen, doch Felizitas verbot es ihm. Die Angst, sie war sie niemals losgeworden.

Ferdinand hatte lange gebraucht um dieses selbstgewählte seelische Exil zu akzeptieren, doch schließlich musste er einsehen, dass er nichts für sie tun konnte. Je mehr er sich in seine damalige Freundin und heutige Ehefrau verliebte, umso kleiner wurden die Selbstvorwürfe, Felizitas nicht helfen zu können. Nur der Hass auf seinen Vater, der war niemals versiegt. Und jetzt sollte er im Krankenhaus an seinem Bett stehen und um dessen Leben bangen. Niemals! Die Welt war ein besserer Ort, wenn es ihn nicht mehr gab.

Nachdem sie ihm Rühreier gebraten und mit mehr Kaffee, Tomatensaft, Magnesiumtabletten und Mineralwasser versorgt hatte, wagte sie einen kleinen Vorstoß, wo er am Abend gewesen sei und was der Grund für diesen fürchterlichen Absturz war. Es muss die geistige und körperliche Hilflosigkeit nach einem großen Alkoholrausch gewesen sein, die Schmidmeister veranlasste, ihr reinen Wein einzuschenken. Er berichtete davon, dass es in seinem Umfeld einen Maulwurf geben müsse, der für den Verfassungsschutz arbeitete, und er berichtete von der aufkeimenden Panik, gepaart mit leichtem Verfolgungswahn. Beides habe ihn dazu verleitet, sich zuzuschütten.

Männer, dachte sie, so einfach zu packen. Sie musste jetzt nur vorsichtig sein, durfte keinen Fehler machen.

„Warum um Gottes willen wirst du denn vom Verfassungsschutz überwacht?“, fragte sie nach.

Den Grund dafür wollte er ihr freilich nicht offenbaren. Sie spielte die Beleidigte, nörgelte, dass er kein Vertrauen zu ihr habe und zog ein langes Gesicht. Doch er ließ sich nicht erweichen.

Stattdessen fiel ihm endlich sein Handy ein. Er stand auf, um es im Schlafzimmer zu holen.

Durch die Tür rief sie ihm zu: „Und was ist mit dieser Kommissarin, dieser Manuela Hentschel?“ Die Frage war noch nicht richtig beendet, da wusste sie, sie hatte einen schweren Fehler gemacht.

Eva Bräugerber wusste nicht, ob sie die morbide Musik der lebenserhaltenden Gerätschaften auf der Intensivstation im Klinikum Landshut lieben oder hassen sollte. Lieben, weil sie ihr immer wieder vor Augen führten, dass ihr Gatte einen schweren Unfall gehabt hatte, hassen, weil sie ihn am Leben hielten. Michael Bräugerber sen. lag bewegungslos in seinem Bett, die Augen geschlossen. Schmerzen hatte er offensichtlich nicht. Er sah aus, als sei er mit sich völlig im Reinen.

Dann, plötzlich, bewegten sich zwei Finger seiner rechten Hand. Eva Bräugerber sah es mit Entsetzen und blickte ihm ins Gesicht. Er öffnete die Augen und sah seine Frau durchdringend an. Speichel floss ungehindert aus seinem Mundwinkel. Er begann die Lippen zu bewegen. Kein Ton kam dazwischen hervor.

Die Neugier packte Eva Bräugerber. Vielleicht keimte für einen Moment die Hoffnung in ihr auf, er wolle ihr eine Entschuldigung zuraunen, eine Entschuldigung für ein verdorbenes Leben. Sie senkte den Kopf und lauschte angestrengt, was er ihr zu sagen hatte.

Entsetzen machte sich auf ihrem Gesicht breit, als er geendet hatte. Und dann starb Dr. Michael Bräugerber mit einem bösartigen Lächeln auf den Lippen.

„Woher weißt du von dieser Kommissarin? Ich habe sie mit keinem Wort erwähnt!“ Er sah, dass sie nervös zur Tür blickte und dann zum Sprung ansetzte. Seine Kopfschmerzen machten ihn fast blind, doch er war schneller als sie. Noch bevor sie zur Tür hinaus stürmen konnte, hatte er sie an beiden Armen gepackt.

„Woher“, schrie Dr. Michael Schmidmeister und schüttelte sie brutal, „weißt du von dieser Kommissarin?“

Er schlug ihr mit dem Handrücken mehrmals ins Gesicht. Ihre Lippen sprangen auf und begannen zu bluten. Doch er hatte nicht mit ihrer Gegenwehr gerechnet. Mit einem gezielten Tritt zwischen die Beine zwang sie ihn zu Boden und rammte ihm anschließend das Knie gegen die Nase. Dr. Michael Schmidmeister kauerte stöhnend und hilflos auf dem Boden.

Durch das Schmerzinferno in seinem Körper hörte er sie sagen: „Du verdammter Vollidiot, es hätte nicht so enden müssen. Noch zwei Tage und ich wäre einfach weg gewesen. Für immer. Es hätte nicht so enden müssen.“

Sie überlegte fieberhaft, was sie jetzt tun sollte. Sie musste ihre Auftraggeber informieren, dass ihre Tarnung aufgeflogen war. Während Schmidmeister ohne jeden Antrieb wimmernd auf dem Boden lag, packte sie die wichtigsten Unterlagen, entfernte die vor Monaten angebrachten Wanzen und verschwand ohne ein weiteres Wort aus Schmidmeisters Leben.

Nachdem er sich einigermaßen vom Schock und den Schlägen erholt hatte, prüfte Schmidmeister mit zwei Fingern vorsichtig den Zustand seiner Nase. Sie schmerzte fürchterlich, aber er hatte nicht das Gefühl, dass sie gebrochen war. Notdürftig wusch er sich das Blut aus dem Gesicht und überlegte fieberhaft, was jetzt zu tun war. Er blickte auf sein Handy und realisierte zum ersten Mal an diesem Tag, dass seine Tochter bis vor wenigen Stunden pausenlos versucht hatte, ihn zu erreichen. Großvater hatte einen Unfall, es sieht sehr schlecht aus, er liegt im Klinikum Landshut, melde dich endlich, lautete der Inhalt einer SMS.

„Oh, mein Gott, auch das noch“, stöhnte er.

Seine Sorge galt dabei weniger Bräugerber, als mehr sich selbst. Wer sollte ihm helfen, wenn der Alte außer Gefecht gesetzt war? Er rief seine Tochter an, die ihm unter Tränen erklärte, dass der

Großvater inzwischen gestorben war. Ohne ein weiteres Wort ließ er das Handy fallen und vergrub die Hände im Gesicht. In diesem Moment wurde die Wohnungstür eingetreten.

In den vergangenen zwei Tagen war Bender kaum ansprechbar gewesen. Wenn er etwas sagte, dann war es nur ein Bellen von Anweisungen, mit denen er Manu und Schaller ein ums andere Mal abkanzelte. So oft es die Kommissarin auch versuchte, ihren Chef zur Raison zu bringen, sie blitzte ab. Sie versuchte wiederholt, ihm klar zu machen, dass sie keine Möglichkeiten hatten, am Fundort des Autos von Dr. Gundula Moosbacher etwas zu unternehmen. Sie wusste aber auch, dass Bender keine Ruhe finden würde, bis sie endlich etwas hören würden.

Dr. Leopold, der ebenfalls inzwischen nicht mehr von der Seite des Teams wich, konnte den Kommissar genauso wenig erreichen. Zumindest konnte er aber aus ihm herauskitzeln, dass er tatsächlich in die Staatsanwältin verliebt war, ihr an dem Abend ihres Verschwindens sogar vorschlagen wollte, es miteinander zu versuchen.

„Sie müssen sich das emotional so vorstellen, als wäre er in einem Käfig gefangen", erklärte der Psychologe Manu. „Er weiß selber, dass wir nichts machen und nur abwarten können. Je schneller wir ein Lebenszeichen der Staatsanwältin bekommen, umso eher wird auch Bender wieder einigermaßen normal arbeiten können."

Dr. Leopold hatte in der Zwischenzeit mit Manu, Schaller und Ritter mehrere mögliche Szenarien aufgezeichnet. Er hielt es – trotz der Blutspuren und entgegen der Meinung aller anderen – durchaus für vorstellbar, dass die Staatsanwältin entführt worden sei und noch am Leben war.

„Es ist zwar ungewöhnlich, dass wir zwei Tage lang nichts von den möglichen Entführern gehört haben. Es kann aber auch sein, dass die von der Beziehung zwischen ihr und Bender wussten –

denn mit Sicherheit haben der oder die Täter ihr Opfer über einen längeren Zeitraum beobachtet, ehe sie zugeschlagen haben. Vielleicht richtet sich die Tat eigentlich gegen ihn. Hatte er Feinde, über das normale Maß hinaus? Oder ...", Dr. Leopold legte einen bedeutungsschwere Pause ein: „Raphael ist wieder da. Das sind die Fragen, die wir uns jetzt stellen müssen. Es kann also sein, dass sie sehr lange warten, einfach nur, um Bender bis an die Grenzen seiner nervlichen Belastbarkeit zu bringen. Was ihnen leider gelungen ist, wie man ohne Umschweife festhalten muss."

Es sorgte bei allen im Raum für Unbehagen, es möglicherweise mit einem zweiten Fall zu tun zu haben.

Bender war bei diesen Besprechungen nicht dabei. Das Team versuchte, ihn außen vor zu lassen. Nicht zuletzt deshalb suchte Manuela Hentschel ein Einzelgespräch mit Kriminalrat Ritter. Sie wusste, es musste etwas Einschneidendes passieren – auch wenn es ihr nicht leicht fiel, ihr Anliegen vorzubringen. Gerade erst hatte Bender ihr den Arsch gerettet, das rechnete sie ihm hoch an. Sie war von Zweifeln geschüttelt. Doch sie musste es tun. Sie musste Ritter darum bitten, Bender von dem Fall abzuziehen und ihn alleine auf die Morde im Grafenauer Land anzusetzen. Es war zu seinem Besten. Nicht mehr und nicht weniger wollte sie. Sein Bestes!

„Wie stellen Sie sich das vor?", hörte sie einen entrüsteten Kriminalrat sagen. „Die Staatsanwältin ist verschwunden und ich ziehe den leitenden Hauptkommissar ab? Sie wissen genau, was das für einen Sturm in der Presse auslöst, wie sieht denn das aus?"

Alle Leichtigkeit des Kulturmenschen war aus Ritter gewichen. Zum einen zeichneten die gesamten Umstände auch ihm tiefe Furchen ins Gesicht, zum anderen wollte er trotz aller Hilflosigkeit der Polizei wenigstens nach außen den Schein aufrechterhalten, man habe alles im Griff.

„Herr Kriminalrat. Es geht nicht mehr. Solange wir keine Spur von Dr. Moosbacher haben, wird Bender nicht zur Vernunft kommen. Sie müssen ihn von der Sache fernhalten."

„Mädchen, Mädchen“, raunzte Ritter sie an. „Es ist nicht schön, wie Sie die verfahrene Situation ausnutzen wollen, nur mit der Absicht, Benders Stuhl zu erben. Und das gerade jetzt, wo er Sie bedingungslos verteidigt hat.“

Manu blieb für einen kurzen Moment die Luft weg. Was bildete sich dieser Mensch eigentlich ein? Es schien ihr, als würden alle in der Polizeizentrale durchdrehen. Auch ihre Nerven fingen langsam an, bedrohlich zu flattern.

„Herr Kriminalrat, wie kommen Sie dazu, so etwas zu sagen? Ich bin die Letzte, die daran denkt, am Stuhl ihres Chefs zu sägen. Und wenn Sie sich schon solche Sorgen machen, was die Welt da draußen von unserer Arbeit halten könnten: Schützen Sie sich und schützen Sie das beste Pferd, das sie im Stall haben. Ralf Bender ist emotional nicht dazu in der Lage, mit dem Verschwinden der Staatsanwältin betraut werden zu können, ich hoffe, Ihnen ist das klar. Ich weiß nicht, welchen Schaden das ihm und uns bescheren kann, wenn Sie nichts unternehmen.“

In diesem Moment klingelte Ritters Telefon. Die Falten auf seiner Stirn wurden noch tiefer, er sagte nur: „Wann? Wo? Und sind Sie sich absolut sicher? Mein Gott.“

Er legte den Hörer auf die Gabel, schien einen Moment zu überlegen.

„Frau Hentschel. Geben Sie Bender Bescheid und Dr. Leopold. Wir müssen in die Höllgasse. Ich komme auch mit.“

Das Wasser von Inn und Donau hatte sich nach dem historischen Höchststand wieder mehr und mehr ins jeweilige Flussbett zurückgezogen. Was blieb, waren Schlamm und Unrat. Die Hilfskräfte waren gerade dabei, die Behelfsstege abzubauen, als ein gellender Schrei durch die Höllgasse hallte. Eine Leiche hatte sich in der Konstruktion verfangen.

Keinem war es möglich, an diesem Auffindeort einigermaßen routiniert zu arbeiten. Es war das entwürdigendste Bild, das man sich vorstellen konnte. Dr. Gundula Moosbacher war auf den ersten Blick nicht zu erkennen. Feuchter und schon getrockneter Schlamm hing in ihren Haaren, Ohren, bedeckte ihren geschundenen Körper und hüllte ihn in eine Art grau-braunen Schleier aus Schmutz und Staub, der noch dazu nach Moder und Heizöl roch. Das gelbe Radlertrikot war als solches nicht mehr zu erkennen. An ein paar Stellen, dort, wo sie die Helfer angefasst hatten, als sie sie fanden, blitzte noch etwas Farbe durch.

Sie vermuteten sofort, wen sie da gefunden hatten. Die Zeitungen überschlugen sich nicht nur in Passau mit Meldungen über die verschwundene Staatsanwältin. Diese gipfelten in der Schlagzeile eines überregionalen Boulevardblattes, das auf unergründlichen Wegen von der nicht abgeschickten SMS erfuhr: „Liebesdrama um Staatsanwältin?".

Ansonsten wäre die Staatsanwältin nicht mehr zu erkennen gewesen. Was immer in Irring passiert war, in der Höllgasse in Passau blieb nur ein kleines Häuflein Mensch übrig. Der Leichnam wurde mit dem Hochwasser der Donau bis hinunter in die Altstadt getrieben. An der Unterkonstruktion des Behelfssteges in der Höllgasse verfing sich der Körper und blieb dort hängen, bis das Hochwasser zurückgegangen war. Zwischen ihren Beinen klemmte ein Weidenast, der auf Achselhöhe das Trikot durchstach und an der Schulter wieder zum Vorschein kam. Außerdem war der Leichnam überhäuft von allerlei Schwemmgut – Holzleisten, Möbelteilen, Plastikmüll. Alle überzogen von gräulich-braunem Schlamm.

Das dünne Trikot, das sie anhatte, trug seinen Teil dazu bei, dass der Körper ungeschützt durch das Wasser getrieben war und zahlreiche postmortale Verletzungen aufwies – abgeschundene Haut, Risswunden an mehreren Stellen, ein großes Loch in der Schädeldecke, das, wie sich später herausstellte, wahrscheinlich am Elektrizitätswerk Kachlet entstanden sein musste. Kurz: Es war ein unwürdiges Ende, das Dr. Gundula Moosbacher gefunden hatte.

Unter den Beamten, die den Tatort sicherten, die ersten Spuren sammelten, fotografierten und ihrer Arbeit nachgingen, wurde kaum ein Wort gesprochen. Die letzten Zweifel an der Identität der Toten waren längst ausgeräumt: In einer kleinen Innentasche ihrer Radlerhose hatten die Kriminaltechniker den Personalausweis gefunden.

Manu und Dr. Leopold waren die einzigen, die in dieser Situation kühlen Kopf bewahren konnten. Dabei richteten sie ihr Augenmerk mehr auf Ralf Bender. Würde er erneut austicken, so wie Tage zuvor in Irring?

Doch der Kommissar schien ruhig zu bleiben. Er näherte sich der Leiche nur sehr langsam, schaute sie lange und schweigend an, ließ lediglich ein kurzes „Hm“ hören, drehte sich dann um, funkelte Manu mit einem bösen Blick an und bedeutete ihr, mit ihm zu kommen.

„Sie schauen sich das alles genau an, vor allem das Opfer“, sagte er zu Dr. Leopold. „Und wenn Sie fertig sind, erwarte ich Sie in meinem Büro. Spätestens in zwei Stunden. Franz, du kümmerst dich darum, dass die Absperrungen noch weiter gefasst werden. Niemand, wirklich niemand, soll sie so sehen.“

Da bemerkte er im Augenwinkel einen Fotografen, der vom Rathausplatz her sein Teleobjektiv einstellte und direkt auf die sterblichen Überreste hielt. Bender reagierte sofort, lief zu dem Mann hin, stampfend, schreiend, wild gestikulierend. Der Fotograf wollte gerade seinen Presseausweis aus der Innentasche seines Sakkos ziehen, da hatte Bender ihn schon am Hemdkragen gepackt.

Manu konnte gar nicht schnell genug reagieren und obwohl sie normalerweise weit schneller als Bender laufen konnte, holte sie ihn nicht mehr ein, um ihn zurückzuhalten. Er hielt den Fotografen am Kragen, Nase an Nase schaute er ihm direkt in die Augen. Sagte nichts, schnaubte nur. Seine Wut verlieh ihm genügend Kraft, um den schmächtigen Pressefotografen mit einem Arm leicht auszuheben, um ihn dann einfach loszulassen. Bender nutzte die Verwirrung seines Gegenübers, um ihm den Fotoapparat aus den Händen zu reißen. Er suchte nach der Klappe, hinter der sich der Speicherchip befinden musste, fand ihn, zog ihn heraus und schob ihn ein.

„Beweismaterial", sagte er nur kurz und ließ von dem jetzt laut protestierenden Fotografen ab.

Manu versuchte diesen zu beruhigen, schrieb sich seine Adresse auf und versicherte ihm, er würde seinen Chip so schnell wie möglich zurückbekommen.

Bender lief indes direkt zu Schaller und herrschte ihn an: „Absperrungen ausweiten! Sofort! Und niemand fasst sie an, niemand, hörst du? Bis ein Pathologe da ist. Und jeden, der hier mit einer Kamera auftaucht, nimmst du fest und lässt du zu mir in die Zentrale bringen. Hast du das verstanden?"

Ohne jemanden eines weiteren Blickes zu würdigen rief der Kommissar in die Runde: „Lagebesprechung in zwei Stunden. Bei mir im Büro."

Er ging zum Auto, setzte sich auf den Beifahrersitz und wartete auf Manu.

Kriminalrat Georg Ritter wagte es beinahe nicht, aus dem Auto zu steigen, als sie in der Unteren Donaulände stehen blieben, um über die Schlosserstiege zur Höllgasse weiter zu gehen. Er konnte schon vom Auto aus sehen, dass Dr. Moosbacher direkt an der Ecke liegen geblieben war. Der Gedanke an die tote Staatsanwältin trieb ihm die Tränen in die Augen. Er hatte sie geachtet, aber nie sonderlich gemocht, sie war ihm zu juristisch, wie er es für sich selber nannte. Sie hatte keinen Blick für die schöngeistigen Dinge und war in ihrem Leben scheinbar einzig den Paragraphen verfallen. Die inzwischen aufgetauchte SMS der Staatsanwältin war für Ritter eine schier unglaubliche Überraschung. Niemals hätte er gedacht, dass diese Frau Emotionen besessen hätte, sogar zu poetischen Worten in der Lage gewesen war, auch wenn er sich zunächst nicht vorstellen konnte, was sie mit dem „Reich der Mitte“ gemeint haben könnte. Dr. Leopold brachte diese Worte in Zusammenhang mit einem wahrscheinlichen Rendezvous in einem China-Restaurant, was Ritter noch mehr beeindruckte. „Reich der Mitte“. Wofür „Zeit reif“ gewesen war, verstand der Kriminalrat bei dieser SMS sofort und malte sich aus, in welchem emotionalen Zustand die Moosbacher gewesen sein musste, als sie diese Zeilen verfasst hatte.

Überbordende Liebe spürte er in diesen Worten und dachte an das Begehren, das Leiden und schließlich das Sterben, wie es einst auch Shakespeare in „Romeo und Julia“ so schön niedergeschrieben hatte.

Und hier, in der Höllgasse in Passau, spürte er, ungeachtet des Schlamms und des Gestanks, einen Hauch von Verona, fühlte sich wie in dieser italienischen Romanze, die doch so traurig endete, und war so ergriffen von diesem Moment, dass er beschloss, sofort Karten für Verona zu buchen, um dort beim 100-jährigen Jubiläum der Aida in der Arena dabei zu sein, um sich dort von den Klängen Guiseppe Verdis in eine andere Welt katapultieren zu lassen.

In diese Gedanken hinein hörte er plötzlich Benders Schreien, sah, wie dieser auf einen Fotografen zu rannte und war zutiefst beeindruckt von der Geradlinigkeit und Durchsetzungskraft seines Hauptkommissars. Er bewunderte ihn, ja, anders konnte man es gar nicht sagen. Er sah zu, wie er den Mann einfach stehen ließ und ihm unmissverständlich zu erkennen gab, wer der Chef an diesem Tatort war, ohne dabei die Grenzlinie zwischen forschem Auftritt und übertriebener Gewaltanwendung zu überschreiten.

Und natürlich begriff Ritter, worum es Bender ging: Er wollte die Würde der Staatsanwältin schützen, deren Leiche in den Augen des Kriminalrats ein so jämmerliches Bild abgab, dass er am liebsten auch den Polizisten untersagt hätte, sie so zu fotografieren. Als Bender die Anweisung in die Runde rief, man solle sich bei ihm zur Lagebesprechung treffen, drehte sich auch Ritter auf dem Absatz um und lief zu seinem Wagen zurück. Er wusste nicht, was er hier tat und nicht, was er tun hätte können, um sinnvoll zur Arbeit seines Teams beizutragen. Außerdem: Der Kommissar rief und er wollte nicht zu spät kommen.

Als Bender gefahren war, löste sich eine unsichtbare Spannung in der Höllgasse. Zwar führten die Beamten ihre Arbeit weiterhin fast schweigend fort, doch die Aufregung der vergangenen Minuten war verflogen, fast war eine Art kollektives Aufatmen zu spüren. Die Arbeitshaltung wurde professioneller, die Konzentration ging weg von dem Gedanken, wer das Opfer war, hin zum alltäglichen Geschäft.

Eine Stimmung, von der sich auch Dr. Leopold anstecken ließ, der nun auf den provisorischen Steg kletterte, sich dort direkt über dem Leichnam hinlegte, um ihn genau ansehen zu können. Er berührte Dr. Moosbacher nicht, auf keinen Fall wollte er mögliche Spuren zerstören oder verwischen. Ihr Tod war für ihn noch rätselhaft. Sie lag leicht zur Seite gedreht da, mit dem Gesicht halb nach unten gerichtet. Es war schwer für Dr. Leopold, irgendetwas zu erkennen, also beugte er sich vom Steg noch tiefer hinunter, bis er ihr linkes Auge sehen konnte.

Er hätte später nicht mehr sagen können, was in diesem Moment überwog: der Schrecken – oder die Erkenntnis.

„Ich will was hören", sagte Bender etwa zwei Stunden später in seinem Büro, als sich endlich alle eingefunden hatten, die er dabei haben wollte.

Auch der Arzt war inzwischen eingetroffen, der die Leiche am Fundort inspiziert hatte und dann zur Gerichtsmedizin nach München bringen ließ.

„Dr. Leopold und ich sind uns einig", war sein einleitender Satz, denn vor allem auf seine Ausführungen wartete das Team. „Dr. Gundula Moosbacher wurde mit sehr hoher Wahrscheinlichkeit vom gleichen Täter ermordet wie zuvor Anne Schwan und Johanna von Stein." Stille.

„Schon bei der ersten Beschau konnte ich erhebliche Verletzungen an den Augen ...“

Bender unterbrach: „Das will niemand so genau wissen. Spuren?“

„Doch, das ist der entscheidende Punkt“, widersprach der Arzt. „Die Augen wurden auf eine sehr ähnliche, völlig unkoordinierte Art mit einem Messer traktiert. Wenn Sie mich fragen, ich habe keinen Zweifel, dass ‚Michael‘ der Täter ist.“

„Wer soll das sein, Michael? Quatschen Sie hier nicht den Käse nach, den die Journalisten schreiben, tun Sie lieber Ihre Arbeit“, fuhr ihn Bender erneut an.

„Wissen Sie was. Mehr habe ich sowieso nicht zu sagen. Den Rest wird die Obduktion ergeben“, und mit einem scharfen Blick in Richtung Bender: „Ich gehe jetzt, meine fachlichen Beiträge werden hier sowieso nicht gebraucht.“

„Dr. Leopold?“ Bender blieb einsilbig und gab dem Psychologen ein Zeichen, er sei an der Reihe.

„Nun“, räusperte der sich erst einmal. „Ich kann nur bestätigen, was der Kollege gerade gesagt hat.“

„Wie ist sie gestorben?“, fragte Manu dazwischen.

„Das ist schwer zu sagen, da müssen wir die Obduktion abwarten. Aber laut dem Kollegen“, Dr. Leopold blickte mit einer auffordernden Geste in Richtung Bender, der dies aber ungerührt hinnahm. „Also laut meinem Kollegen wurde Dr. Moosbacher auf Herzhöhe mit einem Messer attackiert. Die Verletzung, so sagt er, könnte tödlich gewesen sein. Aber wie gesagt ...“

„Jaja, die Obduktion“, raunzte Bender. „Und der Täter? Derselbe?“

Dr. Leopold wog den Kopf, schien selbst unschlüssig zu sein, sagte aber dann: „Eigentlich spricht alles gegen einen Serientäter. Zunächst einmal sind die Taten sehr unterschiedlich, bis auf die Sache mit den Augen, doch darauf komme ich später zurück.“ Dr. Leopold schätzte den Täter zwischen 30 und 45 Jahren, er ging davon aus, dass dieser hohe Intelligenz besaß.

„Normalerweise nehmen wir an, dass ein Serientäter sehr gezielt und sehr präzise vorgeht. Das tut unserer nicht. Außerdem verwirrt mich, dass der Zeitraum zwischen den Taten offensichtlich länger wird. Das widerspricht auch dem Fakt, dass diesmal eine neue Eskalationsstufe erreicht wurde. Jemanden mit dem Messer zu erstechen kostet weit mehr Tötungs-Energie und mörderische Kraft, als ihn von der Treppe zu stoßen oder ein Kissen aufs Gesicht zu drücken, um es mal einfach auszudrücken."

„Aber beim ersten Mord wurde doch Anne Schwan der Kopf abgehackt", warf Manu ein.

Von Bender war ein kurzes Geräusch zu hören, so als müsste er sich gleich übergeben.

„Ja, aber ich gehe davon aus, dass der Täter da in dem Glauben gehandelt hat, sie sei bereits an den Folgen des Treppensturzes gestorben", argumentierte Dr. Leopold.

Manu hielt dagegen. Es sei unlogisch, eine Frau zu zerhacken, eine zu ersticken und im dritten Fall zum Messer zu greifen.

„Sie haben Recht, es könnte aber auch sein, dass er die Morde jedes Mal individuell plant", sagte Dr. Leopold. „Auf jeden Fall hat er sie bewusst ausgesucht, vielleicht weil sie ermittelnde Staatsanwältin in seinem Fall war. Ich bin überzeugt, er stand zu allen dreien in einer gewissen Beziehung – wie der aktuelle Fall zeigt, kann das auch eine abstrakte Beziehung sein."

„Und was ist jetzt mit den Augen?", fragte Manu, und Bender zuckte fast unmerklich zusammen.

„Das ist der sicherste Hinweis, dass es sich um den gleichen Täter handelt", sagte Dr. Leopold. „Wie ich Ihnen vor einiger Zeit schon mal erklärt habe, scheint es ihm Probleme zu machen, in die toten Augen seiner Opfer zu blicken."

Dr. Leopold kam auf die Bemühungen einiger Wissenschaftler zu sprechen, die sich in den vergangenen mehr als einhundert Jahren auf die Suche nach dem „letzten Blick" von Toten machten. Die Idee dahinter war es, dass sich das letzte Bild, das ein Sterbender in seinem Leben sieht, auf der Netzhaut des Auges festbrennt, ähnlich wie auf einem Film. Diese, Optographie genannte, Wissenschaft bemühte sich seitdem in mehreren Versuchsreihen, die Netzhaut von Tieren zu analysieren und gewissermaßen ein Bild zu finden.

„Tatsächlich verändert Licht die Netzhaut, genauer gesagt wird sie an den Stellen heller, auf die längere Zeit Licht fällt. Aber es ist bis heute nicht gelungen, daraus im Labor ein Bild zu erzeugen“, fuhr Dr. Leopold fort. „Dennoch hat sich bei vielen Menschen die Meinung entwickelt, dieses letzte Bild, das ein Sterbender sieht, würde sich für alle Ewigkeit in einer Art übergeordneten Erinnerung festsetzen. Sozusagen im ewigen Gedächtnis.“

Dr. Leopold machte eine Pause.

„Und auf seine unbeholfene, rabiate Art und Weise will unser Mörder dieses Bild wieder löschen, indem er die Augen zerstückelt, wenn ich Sie richtig verstehe“, ergänzte Manu.

„Genau. So kann es sein.“

„Krass“, stieß Schaller aus, der in der Zwischenzeit längst gegoogelt hatte, was im Internet über die Optographie zu finden war, und weitgehend das bestätigt fand, was Dr. Leopold eben referierte.„Glotz nicht so blöd und häng dich dahinter, Schaller“, ging Bender seinen jungen Kollegen an.

„Geh nochmal alle Akten von dieser Schwan durch, find alles über die Stein raus, was wir noch nicht wissen. Ich will den Kerl, am liebsten heute noch.“

Wieder gab er Manu ein kurzes Zeichen, diesmal, dass sie übernehmen sollte. Er verließ das Büro und machte sich auf den Weg nach Irring, er wollte noch einmal den Tatort genau inspizieren. Und dann wollte er nach Tiefenbach.

Manuela Hentschel teilte in der Zwischenzeit die Beamten ein, wies ihnen Aufgaben zu, so wie sie es zuvor mit Bender besprochen hatte, nachdem sie die Höllgasse verlassen hatten. Vor allem in Irring und Tiefenbach sowie rund um das Gebäude der Staatsanwaltschaft in Passau sollten noch einmal alle möglichen Zeugen befragt werden, ob sie in den vergangenen Tagen, Wochen verdächtige Beobachtungen in Zusammenhang mit Dr. Moosbacher gemacht hätten. Zwar habe es solche Befragungen schon gegeben, doch man sollte noch einmal nachhaken, mit noch mehr Nachdruck nach Information suchen.

„Außerdem haben wir in einer Stunde eine Pressekonferenz angesetzt. Ralf wird sie nicht wahrnehmen, er will mit niemandem sprechen, hat er gesagt. Kriminalrat Ritter und ich werden Rede und Antwort stehen. Ich bin also auf jede Information, die Sie noch haben, angewiesen. Danke."

Ritter, der der Lagebesprechung nur als Zuschauer beiwohnte, nahm Manuela Hentschel zur Seite, als sie die Kollegen losgeschickt hatte.

„Haben Sie gesehen, mit welcher Kompetenz Bender da in der Höllgasse aufgetreten ist?", fragte er.

„Ich verstehe schon, angesichts der neuen Situation wird Bender die Ermittlungen weiterhin leiten", gab sie zurück. „Aber ich sage Ihnen: Es ist gefährlich, er ist im Moment nicht er selbst."

„Ach was, Frau Hentschel. Ich habe es Ihnen doch schon gesagt: Er funktioniert. Und Sie werden sich wundern, wie er funktionieren wird."

Wenn man es auf diesen einfachen Nenner brachte, hatte Ritter Recht. Aber nur dann.

Bender hockte am Ufer der Donau, auf einem der Steine, von dem er vor wenigen Tagen noch abgerutscht war. Seine Gedanken waren bei Gundula, bei ihrem letzten kurzen Treffen in ihrem Büro, als er sie zum Essen einlud. Bei der SMS, die sie ihm schicken wollte. Auch in der weiter zurückliegenden Vergangenheit, als er sie als so etwas wie eine Fleisch gewordene Paragraphenmaschine gesehen hatte.

Dabei war sie so weich und so unsicher, wie er in den langen Gesprächen erfuhr, die sie zuletzt geführt hatten. Voller Angst,

Fehler zu machen, habe sie oft alle menschliche Vernunft fahren lassen und sich auf ihr kleines, abgesichertes Feld der Vorschriften und Dienstanweisungen zurückgezogen. Auch, wenn sie oft gewusst hatte, dass sie dadurch seine Arbeit nur erschwerte und vielleicht sogar behinderte.

Wie sehr hatte er sie verachtet. Zu Unrecht und völlig grundlos, ohne auch nur im Ansatz zu wissen, was sie tatsächlich für ein Mensch war. Er schalt sich selber dafür und dachte im gleichen Moment an den Mörder, der es wagte, dieses Leben, dieses wunderbare Leben, einfach auszulöschen.

Tiefer Hass stieg in ihm auf, Rachegelüste, denen er nicht die winzigste Schranke vorsetzen wollte.

Bender blickte auf das Wasser der Donau, das Bild des geschundenen Leichnams tauchte wieder vor seinen Augen auf, dort in der Höllgasse, die für ihn fortan so etwas wie der Inbegriff der Hölle bleiben würde. Und deren Name ihn darin bestärkte, dem Mörder genau diese Hölle zu bescheren, sobald er ihn gefasst hatte.

Bender blickte an sich herab, sah seinen leicht gewölbten Bauch, seine dünnen, staksigen Unterschenkel. Er tastete die Muskeln seiner Oberarme und fasste einen Entschluss.

Am nächsten Vormittag lag das Ergebnis der Obduktion vor. Dr. Willibein war persönlich nach Passau gekommen, um seine Erkenntnisse vorzustellen. Er fand, Dr. Moosbacher sei es wert, diesen Ausflug anzutreten. Er kam alleine, nachdem er noch in München seinen Mitarbeitern bedeutet hatte, mit ihrem mickrigen Verstand könnten sie ohnehin nichts zur Erhellung der Kripo in Passau beitragen, sie sollten deshalb lieber für Ordnung im Institut sorgen. Denn, so sagte er es wohl sinngemäß – und es bereitete ihm ein kindliches Vergnügen, als er bei der Fahrt nach Passau noch einmal daran dachte –, putzen sei eine Tätigkeit, die selbst so unterbelichtete Menschen, wie seine Assistenten es waren, auch ohne seine Hilfe auf die Reihe bekommen könnten.

Dr. Willibein kam schnell zum Wesentlichen. Demnach sei Dr. Moosbacher eindeutig an dem Messerstich gestorben, der mit hoher Präzision ausgeführt worden sei. Der Täter, davon war der Pathologe überzeugt, besitze ein profundes anatomisches Wissen, denn der Stich sei sofort tödlich gewesen, beziehungsweise sei Dr. Moosbacher innerhalb weniger Minuten verblutet.

Die Auffindesituation habe seine Arbeit nicht unbedingt erleichtert. Er schilderte, wie er vorsichtig und Stück für Stück erst den Dreck und Schlamm vom Körper lösen musste, um nicht die geringste mögliche Spur zu vernichten, die der Mörder hinterlassen haben könnte.

„Aber, so leid es mir tut, zwei Tage in der Donau, das Hochwasser, die hohe Strömung. Viel konnte ich nicht finden, eigentlich gar nichts“, schloss er diesen Teil seines Vortrags.

„Kein Kampf?“, fragte Bender.

„Das bringt uns zum nächsten Punkt“, fuhr Dr. Willibein fort. Demnach habe der Leichnam Merkmale erkennen lassen, wie sie bei Wasserleichen oft auftraten. Zahlreiche Verletzungen an der Haut, Abschürfungen, in diesem Fall auch Knochenbrüche, die allesamt postmortal aufgetreten waren. „Aber sie hatte kein Wasser in den Lungen, also war sie schon tot, als sie in die Donau geworfen wurde. Der Todeszeitpunkt ist nicht mehr feststellbar, aber aufgrund des Verwesungszustandes würde ich sagen, vor drei Tagen – also höchstwahrscheinlich bei dem Überfall in Irring.“

In Dr. Willibeins Augen blitzte so etwas wie Begeisterung auf, bevor er erneut ansetzte, um weiterzureden: „Eines ist allerdings faszinierend“, sagte er bedeutungsschwer und machte eine Pause, in der er einen nach dem anderen im Raum fixierte.

Als niemand nachfragte, fuhr er fort: „Ich habe an ihrem Hals Würgemale entdeckt. Deutlich und eigentlich völlig unsinnig.“

Wieder Pause.

„Muss man Ihnen jetzt jedes Wort aus der Nase ziehen?“, zischte Bender.

„Ich habe sie dann noch einmal untersucht und alle Spuren

genau analysiert“, nahm Dr. Willibein seine Ausführungen wieder auf. „Es muss so gewesen sein: Der Mörder muss im Wasser über dem Leichnam gestanden sein und hat sie mit seinen Unterschenkeln fixiert, die er ihr in die Hüfte drückte. Er hat sie dann am Hals gepackt und gewürgt, wahrscheinlich sogar unter Wasser, so als würde er sie ertränken. Entsprechende postmortale Verletzungen habe ich am Körper feststellen können.“

Enttäuscht blickte er in die Gesichter der Beamten, die ihn allerdings nach seinem letzten Satz nicht mehr beachteten – alle schauten nämlich fragend zu Dr. Leopold, von dem sie scheinbar innerhalb von wenigen Sekunden die Antwort haben wollten, was das alles zu bedeuten habe.

Der blätterte im Bericht, den Dr. Willibein zuvor an alle verteilt hatte.

„Ich hatte Recht“, sagte er schließlich. „So wie er Dr. Moosbacher getötet hat, das war mehr oder weniger aus der Not geboren. Der Plan sah vor, dass er sein Opfer ertränkt. Er hat das für sich abgearbeitet, quasi seine Vorgaben erfüllt – deshalb war das postmortale Würgen nicht sinnlos, sondern Teil seines perfiden Drehbuchs. Aber bitte, fragen Sie mich nicht, warum er das tut und welchem Plan er folgt.“

„Sie werden dafür bezahlt, dass Sie uns genau das erklären“, sagte Bender knapp. „Also sehen Sie zu, dass Sie Antworten finden.“

Auch wenn es mir nicht darum geht, das Spektakel erheitert mich. Es gefällt mir, wie ratlos die Polizei ist. Nie und nimmer sollen sie mir auf die Schliche kommen, schließlich bin ich kein Mörder im herkömmlichen Sinn. Es geht um meine Befreiung und um die Rettung meiner Schönen. Dass die Medien sich jetzt auf „Michael“ eingeschworen haben, hätte besser gar nicht kommen können. So, wie das alles gelaufen ist, streichelt es meine Seele.

Ich spüre es seit jenem Moment, als ich sie im Wasser gewürgt habe. Sie war schon tot und trotzdem hat mich dieser Rausch überkommen, anders kann ich es nicht nennen. Ich hätte sie einfach in die Donau werfen können und die Leiche ihrem Schicksal überlassen. Doch wäre das nicht perfekt gewesen. Zumal sie mich angeschaut hat, was für ein entsetzliches Bild. Es war richtig, sie zu würgen, als ich die Augen bereits zerschnitten hatte. Es war gut, weil dieser Akt meiner Befreiung geschehen ist, als ihre Netzhaut nichts mehr aufnehmen konnte.

Was mir Sorgen bereitet, ist die Tatsache, dass ich in diesen Momenten so sehr von meinen Gefühlen geleitet werde. Oder sagen wir besser, dass ich in einen Strudel gerissen werde, in dem ich die Macht über mein eigenes Tun verliere. Das war bei Anne so, als ich ihren entsetzlichen, toten Blick sah. Das war bei der Staatsanwältin so, als sie mich erkannt hatte und ihre Augen für einen kurzen Moment irritiert aufflackerten. Ich muss aufpassen, ich muss versuchen, strukturierter vorzugehen, das ist die Aufgabe, die ich mir stellen muss.

Allerdings war die Situation in Irring völlig anders, als die beiden Male zuvor. Es war viel intensiver. Es hatte nicht diese Beiläufigkeit, wie bei Anne und der Stein, die glücklich schien, als sie starb.

Ich bin kein Mörder, ich will das nicht sein. Würde die Polizei mich fragen, ich müsste mich für unschuldig erklären, weil ich einem Plan folge, der mir aufgesetzt ist. Ein Plan, der losgelöst ist von Zeit und Raum und einzig mich und mein Seelenheil betrifft. So sehr mich der Gedanke quält, vielleicht sogar befremdet: Es ist meine Pflicht, so zu handeln, um meine Liebe zu schützen.

Wie schön war es, als ich ihr am nächsten Morgen das Frühstück bereitete, als ich Blumen auf den Tisch dekorierte, ihren Platz in einen Prinzessinnen-Stuhl verwandelte. Wie hat sie es genossen, von mir auf Händen getragen zu werden. Schön war es, einfach einmal mehr Zeit gehabt zu haben. Wir haben uns geliebt, wie lange nicht mehr. Es war ein Rausch der Sinnlichkeit, der Leidenschaft, der Zärtlichkeit, in den wir eintauchen konnten.

Und das alles nur, weil ich wieder frei bin. Weil ich ungezwungen und ohne Angst ihr gegenübertreten kann. Ich habe wieder gesehen, was für ein wunderbares Wesen sie ist. Wie sie liebt, wie sie sich mir anvertraut, in meinen Armen versinkt, sich vergisst, sich so sicher aufgehoben fühlt. Es macht mich schier wahnsinnig, dass ich diese Momente nur erleben kann, wenn ich mich zuvor befreit habe vom Zwang, vom Druck. Ihre Sinnlichkeit macht mich zu einem willfährigen Opfer ihrer Liebe. Und meine Seele macht mich zu ihrem potentiellen Mörder. Hoffentlich hält die Wirkung diesmal länger an. Hoffentlich hat gerade dieses aktive Töten meinen Druck für lange Zeit genommen.

So hatten Manu und Schaller ihren Chef noch nie gesehen. Als Dr. Willibein gegangen war, zog er das Sakko aus und zum Vorschein kam seine Dienstwaffe, die er an einem Schultergurt trug. Ungewöhnlich für Bender, der sie sonst eher dezent in seinem Schreibtisch verstaute, wenn er im Büro war und eher ungern mitnahm, wenn sie zu Einsätzen raus mussten. Und sie war ihm scheinbar tatsächlich im Weg, denn nach wenigen Minuten nahm er den Schultergurt ab, legte aber die Waffe dann mitten auf den Besprechungstisch.

„Dieser Kerl verhöhnt uns", sagte er mehr zu sich selbst, als zu seinen Kollegen. „Er spielt mit uns und will uns direkt treffen. Worum geht es ihm eigentlich?"

Diese Frage richtete sich an Dr. Leopold.

„Er ist kein Spieler. Die beiden ersten Opfer stehen in keiner Verbindung zu uns oder zu Ihnen als Ermittler. Er sucht sie gezielt aus, aber nach welchen Kriterien? Es ist noch zu früh, darüber etwas zu sagen."

Der Psychologe versuchte, den Ball flach zu halten. Er wusste genau: Wenn jemand aus dem Kern der Ermittler zum Opfer wird, dann ist das in erster Linie emotionaler Stress für die Beamten.

Das verstellt oft den Blick auf das Wesentliche, verleitet eher zu Fehlern.

„Vielleicht ist es eher so, dass er damit verschleiern will, worum es geht. Ich meine: Er weiß genau, dass der dritte Mord in uns allen Gefühle auslöst, die unsere Urteilskraft beeinflussen. Er weiß, dass wir alles dran setzen werden, diese Tat zu sühnen, beziehungsweise ihn so schnell wie möglich zur Strecke zu bringen. Wir müssen uns deshalb weiterhin auf Anne Schwan und Johanna von Stein konzentrieren. Ich glaube, dass sie uns eher den Weg zum Mörder leiten als der dritte Mord." Bewusst sprach er den Namen der Staatsanwältin nicht aus, um eben diese Gefühle, von denen er sprach, nicht zu wecken. Zumindest bei Ralf Bender hatte er damit keinen Erfolg.

„Was soll das? Gerade wurde die Staatsanwältin ermordet, mit der wir jahraus, jahrein zusammengearbeitet haben. Und wir sollen uns nicht auf diese Tat konzentrieren, sondern auf die anderen beiden? Das kann ja nicht Ihr Ernst sein. Alles, und ich sage es noch einmal, alles werden wir dransetzen, den Mörder von Gundula zu finden."

Unbewusst griff er in diesem Moment nach seiner Waffe auf dem Tisch und schnallte sie sich wieder um.

„Ich werde nicht ruhen, bis ich ihn habe."

„Genau das meine ich. Wir dürfen uns nicht von unseren eigenen Rachegelüsten beherrschen lassen. Wir müssen kühlen Kopf bewahren." Dr. Leopold versuchte noch einmal, die Ermittlungen zu versachlichen.

Bender quittierte das aber nur mit einem kurzen „Ach" und wandte sich der Pinnwand zu, auf der er in der Nacht zuvor alle Fakten notiert hatte, die zum Mord an Dr. Gundula Moosbacher bekannt waren.

„Wenn wir ihren Mörder finden, dann haben wir alle drei Morde gelöst."

Manu hatte sich bis dahin zurückgehalten, beließ es dabei, ihren Chef genau zu beobachten. Sie sah, wie sein Auge immer wieder zuckte, wie es in ihm brodelte und er mit aller Macht versuchte, gegenüber Dr. Leopold ruhig zu bleiben. Sie kannte das nur zu gut. Von einem Ralf Bender, von dem sie geglaubt hatte, dass es ihn nicht mehr gab. Von jenem Bender, der er vor dem Fall „Raphael" war. Ein Raubein, ein ungehobelter Klotz. Sie hatten in den vergangenen beiden Jahren ein gutes Verhältnis zueinander aufgebaut, sie fühlte sich von ihrem Chef angenommen, mit einbezogen, sie sah sich als beinahe gleichwertige Partnerin, in der die üblichen Hierarchien innerhalb des Polizeiapparates nicht mehr galten.

Sie spürte, dass sich das wieder ändern würde. Sie spürte, Bender war emotional so mitgenommen, jeden Moment konnte er wild um sich schlagen. Die Sache mit dem Journalisten in der Höllgasse war gerade noch einmal gut gegangen. Doch wie lange noch? Natürlich mussten sie den Mörder schnell finden. Das galt in jedem Fall. Diesmal fürchtete sie zusätzlich, dass ihr Chef immer unkontrollierbarer werden könnte, je länger die Tätersuche andauerte. Sie musste mit Dr. Leopold sprechen. So bald wie möglich.

„Ihre Sorge ist nicht unbegründet", sagte der Psychologe, als er mit Manu in der Polizeikantine zu Mittag aß. „So aggressiv wie sich Bender uns gegenüber gebärdet, sehe ich viele Anzeichen für eine posttraumatische Belastungsstörung." Man könne das zwar nicht so einfach diagnostizieren, dazu wäre letztlich eine gründliche Anamnese erforderlich, machte er unmissverständlich klar. „Sie sagen, dass er früher schon ähnliche Verhaltensweisen an den Tag gelegt hat. Deshalb wäre es für eine klare Aussage wichtig, seine gesamte Kranken- und Lebensgeschichte zu kennen. Am besten sogar die seiner Eltern."

Leopold erklärte es in so einfachen Worten wie möglich. Demnach könnte durchaus eine psychische Erkrankung vorliegen, die vererbt sei – oder auch durch ein traumatisches Erlebnis in der Kindheit ausgelöst wurde.

„Solange wir davon nichts wissen, kann ich Ihnen nur eine Art Verdachtsdiagnose bieten. Wobei uns beiden klar sein muss, dass wir hier nicht über Ralf Bender sprechen, sondern über eine Person X, sozusagen als Grundinformation für Sie."

„Dr. Leopold. Mir geht es darum, dass wir ein funktionierendes Team brauchen, um die Morde auflösen zu können. Ich weiß im Moment nicht, ob ich mich auf Bender verlassen kann. Ich habe auch mit Ritter schon darüber gesprochen, doch der blockt nur ab. Ich habe manchmal den Eindruck, er hält Bender für eine Art Gottesgeschenk."

„Man darf es sich nicht zu einfach machen, das ist aber die große Schwäche des Polizeirats, ich weiß. Ich schlage vor, wir beobachten Bender weiterhin, um im Zweifelsfall gerüstet zu sein."

Dr. Leopold wusste, welche Folgen eine Traumatisierung haben konnte. Der Kommissar zeigte deutliche Anzeichen, sich emotional und sozial zurückzuziehen, er schien wenig Wert auf die Meinung seiner Kollegen zu legen und war voll auf die Lösung des Falles fixiert. Im schlechtesten Fall darauf, den Mörder zur Strecke zu bringen – mit allen Konsequenzen. Der Psychologe dachte immer wieder an die Waffe, die Bender bei der Besprechung bei sich hatte und welche scheinbar wichtige Rolle sie auf einmal für ihn spielte.

„Bevor Sie sich aber zu viele Gedanken machen: Es könnte auch positive Auswirkungen haben. Bender hat einen immensen Verlust erlitten. Es sieht so aus, als sei er im Moment auf den Täter fixiert, der ihm sozusagen die Frau genommen hat. Das ist schlecht für den Täter, keine Frage, und wir müssen aufpassen, wenn sich die beiden eines Tages gegenüberstehen. Andererseits ist es aber für Bender positiv. Denn solange er auf den Täter fixiert ist, hat er ein Ziel vor Augen, dem er seine ganze Arbeitskraft widmen wird."

„Das heißt doch aber: Solange wir suchen, solange ist Bender keine Gefahr? Aber was ist, wenn wir den Täter haben?"

„Dann gibt es mehrere Möglichkeiten. Entweder er hat dann sein Ziel erreicht und findet den inneren Frieden wieder. Oder er fällt in ein tiefes Loch. Auf jeden Fall braucht er eigentlich medizinische Hilfe. Ich habe ihm das bereits vorgeschlagen, doch er hat das Angebot abgelehnt. Er brauche niemanden, es gehe ihm gut. Und ich kann ihn nicht zwingen."

„Was schlagen Sie also vor?"

„Dass wir alle unsere Arbeit machen. Sollte es aber schlimmer werden und er wird zur Gefahr für sich selbst – oder zur physischen Gefahr für den Täter, dann müssen wir handeln. Sie kennen ihn wahrscheinlich besser als jeder andere hier in der Polizeidirektion. Beobachten Sie ihn, soweit es der Fall zulässt. Sagen Sie mir, wenn Ihnen etwas auffällt. Wenn es nötig ist, dann sind wir gerüstet. Auch gegenüber Ritter, Sie können sich auf mich verlassen."

„Und wie soll ich mit ihm umgehen?"

„Ganz normal, wie Sie es immer tun. Wenn es jemanden gibt, der einen Draht zu ihm hat, dann sind Sie das. Sie sind praktisch seine letzte Konstante. Und die braucht er jetzt ganz dringend."

Bender hatte keine Probleme, bei Kriminalrat Ritter die Einrichtung einer SOKO durchzusetzen. Als dieser ihm den Namen „Michael" vorschlug, wurde der Kommissar für einen kurzen Moment ausfallend.

„Wissen Sie, Herr Ritter, ich habe nicht die geringste Lust, mich hier zum Deppen der Schreiberlinge stempeln zu lassen. Sie können nicht hergehen und sich zu deren Spielball machen. Michael, Erzengel, so ein Quatsch, und Sie lassen sich davon auch noch einfangen. Es geht um Dr. Moosbacher, nicht um irgendwelche Spielereien."

Man einigte sich auf den Namen SOKO Bayerwald, nachdem Ritter darauf bestand, das Zentrum der Ermittlungen im Raum Grafenau zu belassen, schließlich seien dort die ersten beiden Morde passiert.

Was tun die Menschen einer Region, wenn gehäuft derart schreckliche Dinge passieren? Benno Seifeld beantwortete sich die Frage gleich selbst: Sie halten den Atem an und geraten aus der Fassung. Das war überall zu spüren.

Er selbst wurde dabei mehr und mehr in den Mittelpunkt des Interesses gerückt. Als Chefredakteur der Tageszeitung erreichte er einen Bekanntheitsgrad, der es ihm beinahe unmöglich machte, sich ungesehen zu bewegen. Egal ob morgens beim Bäcker, bei Terminen mit Politikern oder abends beim Bier in der Kneipe, er wurde überall nach dem neuesten Stand der Ermittlungen gefragt.

„Du bist doch hautnah dran am Geschehen. Sag schon, was gibt es Neues?"

Auch Paul Freier hatte die aktuelle Mordserie voll im Griff. Dabei wollte er gar nicht ständig daran erinnert werden. Dies führte ihm nämlich immer wieder schmerzlich vor Augen, dass der Mörder auch ihm genommen hatte, was ihm lieb und teuer war: seinen besten Freund.

Doch es gab kein Entrinnen, den ganzen Tag saßen erschöpfte Wanderer auf den schweren Holzbänken vor der Racheldiensthütte, stärkten sich bei Weißbier und Kuchen und kannte dabei nur ein Thema: den Dreifach-Frauenmörder im Bayerischen Wald.

Die Spekulationen schossen dabei naturgemäß ins Kraut. Aus der stillen Post war wildes Geschrei geworden. Wenn die letzten Gäste gegangen waren, schloss Freier mit einem tiefen Seufzer sein Lokal ab, marschierte mit seinem treuen vierbeinigen Begleiter durch den Wald, genoss die Stille und fuhr dann erst heim zu seiner Frau. Zum Glück war die als Verkäuferin auch den ganzen Tag mit Gerüchten zu den Morden konfrontiert, die nicht weniger scheußlich waren wie die Taten selbst, so dass sie keine Lust mehr verspürte, über das Thema zu reden.

Der mediale Wahnsinn hatte seinen Höhepunkt gleich nach dem Leichenfund in der Höllgasse erreicht. Aufgrund des Hochwassers, das vor allem Passau und Teile Deggendorfs völlig überflutete, waren in großer Zahl ohnehin Journalisten, Film- und Radioteams vor Ort. Die würzten die Bilder von der Flut mit Horror-Geschichten. Bender war mehrfach kurz vor dem Durchdrehen. Doch glücklicher Weise trieb die Meute schon bald wieder eine andere Sau durchs Dorf. Mokierte sich über Alkoholprobleme von Filmsternchen und über Schlagersänger, die aufgrund von merkwürdigen Operationen zu Gesichtsruinen mutierten.

Es war das katastrophale Ende eines Herrenausflugs, der so heiter begonnen hatte. Ein paar Tage mit Kumpels unterwegs, Geld spielte keine Rolle, und die Sonne Andalusiens sorgte für die Glückshormone. Golf spielen, Rotwein trinken und die Puppen tanzen lassen. Und dann. Wie konnte das passieren, warum musste Walter Kerbel sterben? Es würde wohl auf ewig ein Geheimnis bleiben.

Die spanische Polizei hatte zwar mehr als einen Anfangsverdacht, wer es gewesen sein könnte, doch von dem hilfsbereiten Österreicher fehlte seit dem Mord jede Spur. Das Problem für die Ermittler vor Ort: War er der Mörder oder etwa auch Opfer? Doch das weitaus größte Problem war, es gab kein Bild von Gerhard Hartmann. Das fiel den Golfplatzbetreibern erst jetzt auf, da sie eines brauchten. Hartmann war einmal auf einem Foto zu sehen, allerdings nur aus größerer Entfernung und von einer Gruppe Leute beinahe gänzlich verdeckt. Bei der Vergrößerung des Bildes wurde es derart verpixelt, dass nichts mehr zu erkennen war.

Es gab allerdings eine Zugehfrau im Golfclub, die auf den „sympathischen Nordländer", wie sie sagte, ein Auge geworfen hatte. Mit ihrer Hilfe konnte ein ziemlich gutes Phantombild erstellt werden. Doch Hartmann war rein äußerlich nicht mehr der, den die Menschen vor einigen Jahren als Raphael fürchten gelernt hatten. Nicht einmal Bender hatte in dem wind- und sonnengegerbten Gerhard Hartmann seinen größten Widersacher erkannt, als später sein Phantombild in allen Zeitungen – auch in Deutschland – veröffentlicht wurde.

Auch die Befragung der deutschen Reisegruppe, die jetzt zurück auf dem Weg nach München war, hatte nichts gebracht. Sie hatten den zuvorkommenden Mann zwar sehr wohl kennengelernt, aber irgendwie konnte sich niemand ein konkretes Bild von ihm machen oder sich an irgendwelche Besonderheiten erinnern.

Die Trauer saß auf dem dreistündigen Flug in die bayerische Landeshauptstadt noch tief. Doch als man in die SUVs und Sportwagen stieg, wurden bereits wieder die ersten Witze gerissen. Im Bayerischen Wald angekommen, sperrten sie ihre Haustüren auf und wurden von aufgeregten Ehefrauen erwartet, die nicht eher Ruhe gaben, bevor sie nicht jedes kleinste Detail in Erfahrung gebracht hatten.

Anschließend bekamen die Zurückgekehrten einige Zeit Ruhe, da die Gattinnen mit ihren Freundinnen telefonieren mussten. Doch spät am Abend, als man längst im Bett lag und der laufende Fernseher praktisch nur noch als Einschlafhilfe vor sich hin flimmerte, bettelten sie ihre Männer: „Bitte, Schatz, erzähl doch noch einmal. Ihr seid in Spanien angekommen und dann ...?“

Eine Ehefrau wartete vergeblich auf die Rückkehr ihres Mannes. Besser gesagt, wartete sie gar nicht. Und während die Kinder dicke Tränen vergossen, weil ihr Vater nie mehr würde nach Hause zurückkehren, lebte Frau Kerbel regelrecht auf. Von Minute zu Minute tat sie sich schwerer, ihre Freude im Zaum zu halten. Ihr Hausarzt kam und sie wechselten verschwörerische Blicke. Der Hausarzt und Liebhaber strich scheinbar beiläufig mit seinem Oberarm an ihrer Brust entlang, als er sich ihr näherte. Er wiederholte diesen anzüglichen Akt, als er ihren Puls und den Blutdruck maß.

„Haben Sie jemand, der sich um Ihre Kinder kümmern kann? Sie brauchen jetzt vor allem Ruhe.“

„Ja, meine Schwester vielleicht, ich rufe sie an.“

Wenig später stand die Schwester vor der Tür. Der Hausarzt

und seine Geliebte boten die perfekte Show. Sie schluchzte verzweifelt, er tropfte eine Flüssigkeit in ein Glas Leitungswasser und sagte: „Trinken Sie das, dann werden Sie schlafen können."

Sie sah ihn fragend an, doch er zwinkerte ihr zu und so schluckte sie die Flüssigkeit hinunter.

Nachdem die Schwester mit den Kindern gegangen war, wartete das verbotene Paar einen Augenblick, ehe es übereinander herfiel. Doch noch bevor sie sich aller Kleidungsstücke entledigt hatten, klingelte es an der Tür.

„Frau Kerbel, nehme ich an?"

Zwei Kriminalbeamte standen vor ihr und hielten ihr Ausweise unter die Nase. Bender hatte es abgelehnt, einen seiner Leute zu der Frau zu schicken.

„Wir haben verdammt nochmal genug Scheiß am Hacken."

Das stimmte zwar, dachte Ritter, hätte sich aber dennoch eine gelungenere Wortwahl gewünscht. Und so wurde Amtshilfe aus Straubing angefordert. Die beiden Beamten drängten in die Wohnung und begannen, Fragen zu stellen.

„Sehen Sie nicht, die Frau ist völlig fertig", sagte ihr Hausarzt.

Das stimmte zwar, aber nicht aufgrund von Trauer, sondern weil ihr die körperliche Erregung beinahe den Verstand raubte.

„Tut mir leid, aber wir müssen Ihnen ein paar Fragen stellen."

„Ja, ja, ist schon gut."

Was folgte, waren die üblichen Fragen nach Feinden, finanziellen Schwierigkeiten und ob sie sich vorstellen könne, wer ihren Mann umgebracht haben könnte.

Darauf kamen die ebenso stereotypen Antworten: „Ach, wissen Sie, um die Geschäfte meines Mannes habe ich mich nicht gekümmert. Ob er Feinde hatte? Nein, das glaube ich nicht. Affären? Nein, nicht, dass ich wüsste. Er war ein so liebevoller Vater und ein guter Ehemann, wir haben uns geliebt."

Nachdem die beiden Beamten das Haus verlassen hatten, gab es kein Halten mehr.

Später lagen beide im Ehebett und schmiedeten Pläne. Wie lange würden sie nach der Beerdigung warten müssen, ehe sie ihr Verhältnis offiziell machen durften, ohne einen gesellschaftlichen Schaden zu nehmen? Er schätzte rund ein Jahr, sie wollte eigentlich von einer festen Beziehung nichts wissen. Würde er bei ihr einziehen oder sie zu ihm kommen?

„Wir werden sehen, Schatz“, sagte er und floss über vor Seligkeit.

Auch sie durchströmten Glückshormone, wärmten ihren Körper und machten sie zufrieden und frei. Ihr Mann, dieser unerträgliche Gutmensch, war tot. Das war mehr, als sie je zu hoffen gewagt hatte. Sie war frei, das zu tun, was sie wollte. Was wollte sie mehr? Sie lag hier neben diesem gutaussehenden, muskulösen nackten Mann, der sie offensichtlich liebte und sein Leben mit ihr verbringen wollte. Er war klug, belesen und trug sie auf Händen. Er war beliebt, und auch ihre Kinder mochten den netten Onkel Doktor.

Er war ein perfektes Wesen. Und sie eine graue Maus. Noch bevor die Sonne an diesem Abend hinter dem Horizont verschwunden war, begann sie ihn zu hassen.

Walter Kerbel war mit dem Flugzeug aus Andalusien nach Bayern gebracht worden und wurde schließlich in seine Heimatgemeinde Perlesreut überführt. Das alles hatte einige Zeit gedauert, da die Leiche in Spanien obduziert und erst mit Verzögerung freigegeben wurde. Etwas, das die Tat erhellen konnte hatte man nicht gefunden. Sein ungewollter Hormon-Missbrauch war nicht aufgefallen, weil niemand nach dem Wirkstoff suchte. Er war einfach ein Mordopfer ohne besondere Merkmale.

Die Beerdigung glich einer Feiertagsprozession und war Ausdruck der großen Beliebtheit von Walter Kerbel. Fahnenabordnungen verschiedener Vereine, Freunde, Bekannte, Bürgermeister, Markträte, Neugierige. Davor die Familie des Toten. Davor die Vertreter der Kirche. Ein Pfarrer, der beschwörende Worte des Gebets in ein Mikrofon sprach, hinter ihm ein Ministrant, der den Lautsprecher trug, ein zweiter mit Weihrauchfass. Die Spitze des Zuges bildete eine Blaskapelle, die das Wehklagen über den Tod des beliebten Gemeindebürgers blechern in den Himmel schrie. Am offenen Grab wurden verschiedentlich Reden gehalten.

Das Ganze dauerte so lange, dass Frau Kerbel Zeit hatte, drei Schwächeanfälle vorzutäuschen. Während den meisten Männern die arme Frau leidtat, durchschauten viele der anwesenden Frauen wohl das perfide Spiel, weil sie nur eine Augenbraue nach oben zogen oder leise miteinander tuschelten. Aber für den Hausarzt waren die Schwächeanfälle ein Geschenk. So konnte er ihr nahe sein.

„Oh Gott, wie ich ihn hasse," dachte sie und bekam in dem Moment einen echten Schwächeanfall, als ihr klar wurde, sie wünschte, die beiden Männer würden die Plätze tauschen.

Die Totensuppe fand im überregional bekannten Traditionswirtshaus statt. In den Räumlichkeiten der elterlichen Schreinerei hatte der Sohn des Hauses zusammen mit seiner Frau vor vielen Jahren ein uriges Lokal geschaffen, das bis heute für seine Speisekarte und die waidlerische Gemütlichkeit bekannt war.

„Nix lustigeres wia a g'scheide Leich", lautete in der Region ein allseits akzeptiertes Motto. Dementsprechend ging es bei saurem Lüngerl mit Knödel und dem einen oder anderen Bier bald hoch her. Alte Geschichten wurden ausgepackt, und die Vorzüge des Verstorbenen und die schönsten und lustigsten Erlebnisse mit ihm mehr als einmal erzählt. Erst zu späterer Stunde, als Frau Kerbel die Rechnung für alle beglichen hatte und so wie die meisten Gäste schon gegangen war, saß noch ein Häuflein an einem Tisch im hintersten Eck des Lokals. Die hochroten Köpfe waren zu einem Teil dem Bier- und Schnapskonsum, zu einem weiteren Teil der hitzigen Diskussion geschuldet. Wer hat den Walter kalt gemacht?, lautete die Frage, die alle beschäftigte.

„In krumme Geschäfte soll er ja schon verwickelt gewesen sein, wie sonst hätte sich der so einen Lebensstil leisten können."

„Und wenn's doch der Typ war, der in Spanien die ganze Zeit um uns herumscharwenzelt ist?"

„Der hat mich eh dauernd an jemand erinnert."

„Ja, mich auch, aber ich komm einfach nicht drauf."

„Vielleicht war's ja der Raphael", sagte einer und schlug feixend mit der flachen Hand auf den Tisch.

„Ach, geh zu, red keinen Schmarrn, so einen saublöden Zufall gibt's doch gar nicht. Außerdem sag ich dir, der ist längst tot, sonst hätten die den schon lang geschnappt."

„Vielleicht war es der Raphael", murmelte der, der zuvor auf den Tisch gehauen hatte. Dann ließ er den Kopf auf die Brust sinken und war auch schon eingeschlafen. Am nächsten Morgen war der Name Raphael bei allen Gesprächsteilnehmern wie ausgelöscht.

Die Arbeit der Sonderkommission kam nur langsam in Fahrt. Vier Beamte waren abgestellt, intensiv nach möglichen Zeugen in Irring und auch in Tiefenbach zu suchen. Sie wurden von Manuela Hentschel instruiert, vor allem die Wege nachzuverfolgen, die Dr. Gundula Moosbacher in den letzten beiden Wochen ihres Lebens gegangen war.

Alle waren sich einig darüber, dass der Täter die Staatsanwältin beobachtet haben muss, ehe er in Irring zugeschlagen hatte. Nur so konnte er von deren Gewohnheit wissen, jeden Tag nach Arbeitsende am Radweg abzuschalten. Letztlich waren sich auch alle einig, dass der Täter mit hoher Wahrscheinlichkeit im Bayerischen Wald leben musste, am ehesten im Raum Grafenau. Schon, weil sich in Passau nicht ein einziger Verdächtiger herauskristallisierte. Eine Vermutung, der auch Bender zustimmte, nachdem weitere vier Beamte abgestellt wurden, sich um die Ermittlungen im Bayerischen Wald zu kümmern.

Bender und Manu koordinierten die SOKO, bei ihnen sollten

alle Informationen zusammenlaufen. Auch Franz Schallers Aufgabe war klar umrissen: Obwohl er alles versuchte, ebenfalls im Außendienst eingesetzt zu werden, blieb für ihn wieder einmal die Arbeit am Computer. Er sollte die Informationen für Bender und Manu aufbereiten.

Die ersten Ergebnisse, die eintrudelten, gaben aber der Hoffnung auf einen schnellen Erfolg wenig Nahrung. In Irring hatte niemand etwas Verdächtiges gesehen, zumindest nichts, was die Polizei verwerten hätte können. Dabei überschlugen sich die Mitteilungen der Befragten in allerlei Vermutungen, Verdachtsmomenten und wirren Aussagen.

So geriet für einen kurzen Moment sogar der Pfarrer des benachbarten Schalding ins Licht der Ermittler, nachdem eine Anrainerin des Radwegs am Damm erzählt hatte, sie hätte ihn wiederholt joggen gesehen, was er sonst nie getan habe. Bevor dies jedoch bis in die Direktion in Passau vorgedrungen war, hatten die beiden Kriminalbeamten die Sache bereits klären können. Der Pfarrer wollte lediglich ein wenig Körperfett abbauen – war aber am Abend, als Dr. Moosbacher verschwunden war, beim neuen Bischof in Passau zum Abendessen eingeladen. Ansonsten bestätigte er, tatsächlich jeden Tag am Damm unterwegs zu sein. Er habe auch das ein oder andere Mal die Staatsanwältin gesehen, irgendwelche verdächtige Beobachtungen habe er aber nicht gemacht. Die Frage, ob ihm jemand aufgefallen sei, der Dr. Moosbacher beobachtet haben könnte, konnte er nicht beantworten.

Das Einzige, was er öfter gesehen habe, sei ein Auto mit Freyung-Grafenauer Kennzeichen. Über Marke, Farbe oder gar komplettes Kennzeichen des Fahrzeugs konnte er keine Auskunft geben.

„Ach, solche Dinge beschäftigen mich nicht. Ich kann sagen, dass es kein VW Golf war.“ Der einzige Wagentyp, den er kannte, weil er selber einen solchen fuhr, wie er mit einem milden Lächeln sagte.

Das Ermittlerteam in Tiefenbach konnte ein wenig mehr berichten, allerdings brachte auch das die Tätersuche nicht wirklich ins Rollen. Denn in einem Punkt waren sich alle Nachbarn einig: Seit einigen Wochen hatten sie regelmäßig einen schwarzen BMW mit Passauer Kennzeichen gesehen. Ein Herr mittleren Alters sei das gewesen, der häufig die Staatsanwältin besucht habe und manchmal auch die ganze Nacht blieb.

Das sei neu gewesen, denn das Dorf habe sich schon lange mit der Frage beschäftigt, ob denn die Staatsanwältin überhaupt keine Männergeschichten habe. Niemals habe man nämlich etwas in der Richtung mitbekommen. Die Gerüchte, die Dame könne lesbisch sein, seien in den vergangenen Wochen verstummt, dazu hätten die wiederholten Besuche des besagten Herrn beigetragen. Komisch sei allerdings gewesen – und auch da deckten sich die Beobachtungen einer Reihe von Nachbarn – dass sich im Schlafzimmer der Staatsanwältin in dieser Hinsicht wahrscheinlich nichts abgespielt habe, denn die Besuche des Herrn schienen auf das Wohnzimmer beschränkt gewesen zu sein. Zumindest habe dort die ganze Nacht das Licht gebrannt, wenn er da war.

Alle diese Informationen waren mit dem Zusatz gespickt: „Aber das hat natürlich alles nichts zu bedeuten und es ist wirklich Zufall, dass ich das so genau sagen kann. Ich schlafe in letzter Zeit schlecht."

„Das ist alles, was wir in dem wahrscheinlich völlig übermüdeten Tiefenbach herausgefunden haben. Tagsüber hat sowieso niemand was gesehen, wahrscheinlich schläft da alles im Dorf", sagte einer der Kripobeamten mit einem fröhlichen Grinsen im Gesicht später zu Manu, als er ihr die Details seiner Befragungen erläuterte.

Die Kommissarin musste nicht überlegen, um zu wissen, wer der ominöse Herrenbesuch bei Dr. Moosbacher war und konnte sich selbst ein Lächeln nicht verkneifen. Im selben Moment schalt sie sich selber dafür. Auf der einen Seite machte sie sich Sorgen um Bender. Auf der anderen aber merkte sie, der Tod der Dr.

Moosbacher hatte auch bei ihr deutliche Spuren hinterlassen. Noch nie war sie einem Opfer – wenn man ihren Bruder außen vor ließ – so nahe gestanden, noch nie war ein Fall so persönlich gewesen. Ein Gefühl, das sich bei jeder Besprechung mit dem neuen zuständigen Staatsanwalt noch verstärkte.

Dr. Gerald Wallmann war in den eigenen Reihen dafür bekannt, einer der schärfsten Kritiker der ermordeten Kollegin gewesen zu sein – nicht zuletzt, weil er selbst auf den Posten des Leitenden Oberstaatsanwaltes schielte. Bei aller Konkurrenzsituation innerhalb der Justizbehörde formierte sich aber inzwischen auch dort eine bisher nicht gekannte Solidarität untereinander.

Eine Kollegin aus den eigenen Reihen, die zudem noch in das Muster des Serientäters zu passen schien, war Opfer einer Tat geworden. Das ließ den ansonsten routiniert laufenden Apparat ins Stocken kommen. Auf den Gängen des Justizgebäudes hoch über dem Inn war Dr. Moosbacher das Gesprächsthema Nummer eins, genauer gesagt das Einzige, worüber ausführlich diskutiert wurde. So gesehen war es schwierig für die Kommissarin, ihre Linie auch dort konsequent zu vertreten, wenn es darum ging, die Ermittlungen vor allem auf die Morde im Bayerischen Wald zu konzentrieren. Auch sie kam zum Schluss, dass dort die Antworten zu finden seien und folgte der Argumentation von Dr. Leopold, dass Dr. Moosbacher vielleicht nur ein Ablenkungsmanöver war. Eine Linie, die von vielen eher verschnupft zur Kenntnis genommen wurde.

Dr. Wallmann war da keine Ausnahme, auch ihm war anzumerken, dass er den Fall Moosbacher weit höher einstufte als die Morde an Anne Schwan und Johanna von Stein.

Manuela Hentschel fiel es ebenfalls nicht leicht, die Konzentration auf alle drei Morde zu lenken und sich nicht von ihrer persönlichen Betroffenheit vereinnahmen zu lassen.

Mit Bender konnte sie darüber nicht sprechen und alleine der Versuch, es doch zu tun, endete wiederholt in einem Fiasko.

„Du musst dir überlegen, was dir wichtig ist. Dr. Moosbacher war eine von uns, wir sind es ihr schuldig, ihren Tod zu sühnen."

Allein Benders Wortwahl gefiel Manu nicht, was es ihr schwer machte, die Fassung bewahren.

„Was meinst du, Ralf, worum es mir geht? Aber wir haben auch eine Verantwortung den Leuten im Bayerischen Wald gegenüber. Solange wir ihn nicht haben, kann er jederzeit wieder zuschlagen", entgegnete sie ihrem Chef.

„Ich will ihren Mörder", sagte er nur.

„Ich verstehe ja, dass es dich noch mehr trifft als uns andere..."

„Das geht dich nichts an. Das geht niemanden was an."

„Hör mal. Du bist im Haus von der Moosbacher ein und aus gegangen, das haben die Ermittlungen klar ergeben. Meinst du, ich bin blöd und weiß nicht, was da gelaufen ist? Und überhaupt: Noch niemand hat darüber gesprochen, was du weißt, was du beobachtet hast, schließlich gehörtest du doch zu ihrem persönlichen Umfeld. Du musst auch eine Aussage machen."

„Was willst du damit sagen?" Bender wurde laut, scharf.

„Nichts will ich damit sagen. Ich mache nur meine Arbeit, das weißt du."

„Wenn dir irgendwas nicht passt, dann kannst du ja gehen und dich um die Hochwasseropfer kümmern, wenn du damit eher klarkommst." Benders Ton war kalt.

„Was lief da zwischen der Staatsanwältin und dir? Kann es sein, dass sich da einer gehörnt gefühlt hat und ... Ich meine, was ist, wenn der Mord an ihr damit zu tun hat?"

Ein Aspekt, der Manu selbst überraschte, denn die Möglichkeit eines Trittbrettfahrers war bislang noch gar nicht in Betracht gezogen worden. Nicht einmal Dr. Leopold schien sich in diese Richtung Gedanken gemacht zu haben, obwohl manches nicht ins Bild der ersten beiden Morde passte.

„Nichts hat das damit zu tun. Wir haben einen Serienkiller. Damit hat es zu tun."

„Ach, und das weißt du. Weil du der kluge, der allwissende Ralf Bender bist, oder? Verdammt noch mal, ich will, dass du wieder normal deinen Job machst, so wie du es mir beigebracht hast. Wir dürfen uns nicht von Gefühlen leiten lassen.“

„Das geht dich nichts an.“

„Doch, weil ich Bulle bin, weil es um einen Mord geht und weil du mein Chef bist und gleichzeitig eigentlich Teil unserer Ermittlungen sein müsstest. Keiner traut sich was zu dir zu sagen, weil du alle nur anmachst und niemanden für voll zu nehmen scheinst. Reiß dich doch mal am Riemen, du elender Sturkopf.“

„So redest du nicht mit mir, Manuela Hentschel.“

„Doch, genau so. Was weißt du überhaupt über sie? Weißt du was von Beziehungen, die sie hatte, von Männern in ihrem Leben? Nichts weißt du, wie ich dich einschätze.“

Für einen Moment hielt Bender inne, schien nach Luft zu ringen. Statt zu antworten, setzte er sich in seinen Stuhl und wühlte in den Akten.

Manu hatte verstanden, das Gespräch war beendet. Auch wenn Bender keine Einsicht zu haben schien, sie musste den Fragen, die sie gestellt hatte, selber auf den Grund gehen.

Sie hatte Recht. Ohne es wirklich zu wollen, gestand er sich ein, dass Manu genau die richtigen Fragen stellte. Ohne den nötigen Respekt zwar, den er eigentlich von ihr zu erwarten hätte. Aber nüchtern betrachtet durchaus nachvollziehbar.

In Bender machte sich rasende Eifersucht breit. Allein die Vorstellung, dass Gundula andere Männer gehabt hatte, machte ihn beinahe wahnsinnig. Männer, die ihm den einen Schritt voraus gewesen waren, die das hatten, was er niemals mehr haben konnte. Die Liebe dieser wunderbaren Frau.

Es war nur noch so wenig, nur noch ein winzig kleiner Schritt, den sie an diesem einen Abend gemeinsam gegangen wären. Alles deutete darauf hin.

Nach ihrem Verschwinden war er zu ihrem Haus gefahren, hatte sich von einem Schlüsseldienst die Türe öffnen lassen. Es roch nach Rosen, ein Duft, den er zuvor noch nicht wahrgenommen hatte. Im Esszimmer war der Tisch festlich gedeckt, im Kühlschrank fand er zwei Flaschen Champagner, auf der Anrichte lag noch der Kassenbeleg vom Supermarkt. Sie hatte die Flaschen gekauft, bevor sie nach Hause gekommen war. Bender war noch keine fünf Minuten im Haus gewesen, da klingelte das Telefon.

Ein Partyservice fragte an, ob sie das bestellte Abendessen noch liefern sollten. „Wir waren schon zweimal da, aber niemand hat uns aufgemacht", sagte die Dame vorwurfsvoll.

„Vergessen Sie's", knurrte Bender und legte auf.

Gundula hatte offensichtlich ein besonderes Abendessen bestellt, lauter kleine, feine italienische Spezialitäten, stellte er sich vor.

Anschließend war er ins Schlafzimmer gegangen. Das Bett war frisch bezogen, Dutzende von Kerzen waren aufgestellt, alle neu und ungebraucht. Es war überwältigend, und er hatte sich einfach auf das Bett fallen lassen und sich seiner Tränen nicht geschämt. Da gab es in ihm noch Hoffnung, Hoffnung, alles würde sich in Wohlgefallen auflösen.

Bender wusste, das Arrangement hatte ihm gegolten. Auch für sie wäre es die Nacht gewesen, in der sie ihre Liebe besiegeln wollte. Der Schmerz, es könnte andere Männer gegeben haben, die sie vielleicht enttäuscht hatten, die sie verlassen, betrogen, schlecht behandelt hatten, machte ihn noch wütender, als er sich ohnehin schon fühlte. Es war ein bizarres Konstrukt aus Eifersucht und Beschützerinstinkt.

Bender erinnerte sich: Er befand sich in einer psychischen Ausnahmesituation, als er im Anschluss an dieses emotionale Erlebnis in Gundulas Haus zu Paul Freier gerast war und dessen Freundschaft ein für alle Mal verspielt hatte. Er konnte es nicht leugnen: Alles was ihm lieb war, wurde ihm genommen und das, was ihm blieb, trat er selbst mit Füßen.

Manu hatte Recht, ein Trittbrettfahrer war nicht auszuschließen. So diskret er und Gundula ihre zarten Bande auch geknüpft hatten, Heimlichkeiten hatten sie nicht. Jeder hätte es wissen können, dass sich zwischen ihnen etwas anbahnte. Warum also noch eine Eifersuchtstat? Bender konnte es nachvollziehen, denn er fühlte sich in diesem Moment durchaus im Stande, gegenüber einem möglichen Nebenbuhler handgreiflich zu werden. Zu kostbar waren die Gefühle, zu kostbar war der Mensch Gundula Moosbacher, als dass er sie einem anderen überlassen hätte wollen. Auch wenn er sich eingestand, dass er zu dieser Erkenntnis erst in allerjüngster Vergangenheit gelangt war.

Manu hatte überhaupt in vielen Belangen Recht. Auch wenn es ihm schwerfiel, sich das einzugestehen. Er schaltete seinen Computer ein und begann einen Bericht zu tippen, in dem er eine detaillierte Aussage über sein Verhältnis zu Dr. Gundula Moosbacher machte, was er wusste und welche Beobachtungen er gemacht hatte. Dann druckte er den Bericht aus und warf ihn kommentarlos auf Manus Schreibtisch.

Von Tag zu Tag musste sich Prana mehr eingestehen, dass der Druck auf ihn immens wuchs. Nicht nur, dass ihn dieser selbsternannte Hopi-Indianer nervte und er ihn nicht einfach zur Hölle jagen konnte. Es war auch nicht zu übersehen, dass seine dominante Rolle in der Gruppe zusehends aufweichte. Peter begehrte auf, das war offensichtlich. Prana hatte keine Idee, wie er dem begegnen sollte. Er hätte es ignorieren und einfach mit dieser Bestimmtheit weitermachen können, doch dazu waren ihm die Fäden schon zu weit entglitten. Nachgeben war keine Option, Zugeständnisse auch nicht. Denn das Gebäude, das Prana um sich errichtet hatte, war der einzige Schutz, den er hatte. Er sah sich als Führungspersönlichkeit, als Guru. Im Grunde genommen war neben ihm kein Platz frei, der ebenbürtig gewesen wäre.

Also Härte zeigen? Ebenfalls schwer. Dazu standen ihm die Gefühle im Weg, die er durch seine Liebe zu Peters Frau neu entdeckt hatte. Er wollte sie nicht verärgern, sah sich ihr gegenüber eher in der Rolle des zärtlichen Liebhabers. Ein Bild, das er nicht mehr zerstören wollte. Zumal er nicht einschätzen konnte, wie groß ihre Liebe zu ihm war, ob sie nicht auch schon von der Zersetzung, die von Peter ausging, beeinflusst war. Nahm man die wenige Zeit, die die beiden alleine hatten, so schien für ihn noch alles in Ordnung zu sein.

Es war eine große Herausforderung – und vor allem konnte er Peters drängenden Fragen nicht weiter ausweichen, zumal dieser offensichtlich handfeste Zweifel hatte. Hielt er ihn für den gesuchten Mörder?

„Seit dem Mord an Anne Schwan läuft alles aus dem Ruder", dieser einfache Satz Peters warf das eigentlich angesetzte Lichtyoga ins Chaos.

Sie saßen in einem großen Kreis auf der Wiese neben dem Haus. Eine Art Parabolspiegel lag in der Mitte auf dem Boden, ausgerichtet auf die Sonne, um die Strahlen zu bündeln. Ein Prisma war an dünnen Metallstäben genau in der Mitte des Spiegels befestigt, um die Sonnenstrahlen in alle Spektralfarben aufzuteilen.

Prana saß mit einem langen, weißen Gewand auf einem Kissen und summte unverständliche Laute. Der direkte Draht zu einer anderen Ebene, wie er sagte. Es war ein höchst meditativer Akt. Die Gruppenmitglieder saßen in einem Abstand von etwa zwei Metern nebeneinander und sollten langsam in Pranas monotonen Sprechgesang einstimmen. Ziel war es, seinen Nachbarn trotz des großen Abstands körperlich zu spüren und über das geteilte Licht die Energie von einem zum anderen fließen zu lassen. Eine Erfahrung, die den Geist öffnen und das Bewusstsein auf eine höhere Ebene bringen sollte.

Peters Worte platzten in diese Grundstimmung wie ein Tropfen Wasser in heißes Fett.

„Was willst du damit sagen?" Prana streckte den Oberkörper nach vorne und sein Blick verfinsterte sich.

„Du weißt, was ich sagen will. Du bist nicht bei der Sache."

Peter löste den Schneidersitz auf und setzte sich, lässig die Beine von sich gestreckt, ins Gras. „Du warst bei Anne. Wir fragen uns alle, was du da gemacht hast.“

Prana konnte keine Antwort geben, presste stattdessen nur ein gequältes „Das gehört nicht hierher“ heraus.

Betretenes Schweigen.

Prana blickte um sich, sah jedem einzelnen der Gruppe nacheinander direkt in die Augen. Sie wichen ihm aus, außer Peter und Bettina. Auch Michel Meinhart schien peinlich berührt zu sein. War es ein Fehler, seinem Druck nachzugeben und ihn in die Gruppe einzubinden? Ausgerechnet er war es, dieser Wirrkopf von einem Lehrer, der ihm letztlich alle diese Nöte eingebrockt hatte. Warum musste der ausgerechnet in dieser Nacht vor seinem Haus aufkreuzen und für seinen Einlass demonstrieren?

„Ich bin Prana, ich blicke mit meinem Geist in andere Sphären, in Ebenen, die mit normalen menschlichen Maßstäben nicht zu messen sind. Was glaubt ihr: Ein Mensch, der die körperliche Ebene längst überwunden hat, warum soll der jemanden töten? Ihr wisst, dass ich es nicht war.“

Bei der körperlichen Ebene streifte sein Blick den von Bettina, was ihn sofort leicht erröten ließ. Es machte ihn ärgerlich, dass er, der sich längst jenseits der irdischen Unzulänglichkeiten bewegte, ausgerechnet bei diesem Thema Körperlichkeit immer noch rot wurde. Aber ihre Liebe war so etwas Besonderes. So unschuldig, frei und emotional zügellos, wie er es bislang noch nicht erlebt hatte. Es war eine neue Entdeckung in seiner jetzigen Inkarnation. Sie war ein Spiegel seiner Seele, ein zartes Geschöpf, das so liebenswert, so zerbrechlich war. Und die Liebe zu ihr war ein gefährliches Spiel, viel gefährlicher, als sie es sich jemals würde ausmalen können. Auch wenn er es niemals zugegeben hätte: Er schwelgte im Nebel der Liebe.

„Wir wollen keine Ausflüchte. Wir wollen ein Antwort von dir“, hakte Peter nach.

Michel Meinhart hielt es mittlerweile ebenfalls nicht mehr im

Schneidersitz, er ruckelte nervös mit seinem Hinterteil hin und her. „Du warst in dieser Nacht nicht da und wie ich weiß, bist du mit Peter zu Anne Schwan gefahren. Was habt ihr da gemacht?"

„Ich war nicht bei der Schwan, Prana war alleine bei ihr und ist abgehauen, bevor ich wieder beim Haus war", sagte Peter unwirsch.

„Darum geht es ja. Am nächsten Tag war sie tot."

„Aber ihr habt beide die Polizei belogen, das weiß ich", ließ Meinhart nicht locker.

Prana sprang auf, öffnete seine Handflächen und streckte sie den Seinen entgegen. Für einen kurzen Augenblick gefiel ihm diese Geste so sehr, dass er unvermittelt an Jesus denken musste. Ein faszinierender Mann für Prana, auch wenn er selbst fern jeglichen christlichen Glaubens war. Doch er sah sich in dieser Sekunde in einer Linie mit diesem Guru. Er sah sich in einem Umfeld, das seinen großen Geist nicht erfassen konnte. Hingerissen von diesen Gedanken, fiel er in einen salbungsvollen Ton: „Seht diese Hände: Meint ihr, sie sind fähig zu töten?"

Seine Frau musste unvermittelt kichern. Peter schüttelte entrüstet den Kopf. Die anderen schauten betreten. Bettinas Augen funkelten. Meinhart drehte sich peinlich berührt weg.

„Warum nicht?", sagte Peter, stand auf und ging weg. Einer nach dem anderen ging, auch Bettina.

Prana stand nun alleine auf der Wiese und schaute der Gruppe unverwandt nach. Es musste etwas geschehen.

Michel Meinhart schien der Moment gekommen, seine Strategie zu ändern. In dieser Gruppe ging es nicht mehr darum, sich neben Prana als zweiter Mann aufzubauen. Es ging darum, dem zweiten Mann zu folgen, der mit wenigen Worten immer näher an die Führungsrolle zu kommen schien. Was passierte in dieser Nacht, als Anne Schwan starb? Was hatte das mit der toten Dichterin zu tun, was mit der ermordeten Staatsanwältin? Er konnte nicht mehr länger darüber hinwegsehen, dass er sich womöglich im Dunstkreis des Mörders aufhielt, er musste klare Fakten schaffen. Mehr erfahren über die Gruppe und auch über deren Vergangenheit.

Peter saß nach dem Streit vor dem Haus auf einer Bank und stierte mit leerem Blick auf den nahen Bach. Meinhart wollte die Gelegenheit nicht verstreichen lassen, näherte sich ihm vorsichtig an.

„Was ist mit Anne Schwan? Was hat sie gewusst, was euch gefährlich werden könnte?“

Peter wich aus. „Ach, nichts, das war nichts. Sie war bei uns, sie hat Fragen gestellt, sie war eine Zweiflerin.“

„Aber, warum glaubst du, Prana hätte ...“

„Weil sie eine starke Frau war und seine Rolle als Führer anzweifelte. Sie hätte ihm gefährlich werden können.“

Meinhart überlegte. Verstand aber nicht. Prana hatte er lange für eine unantastbare Gestalt gehalten, für einen Erlöser, der mit seiner mentalen Kraft über den Dingen schwebte. Von ihm hatte er sich erhofft, neue Wege zu entdecken, neue Erfahrungen zu machen. Jetzt drängte sich mehr und mehr das Bild eines verunsicherten Mannes in den Vordergrund, dessen Führungsstärke deutlich wankte. Peter dagegen war selbstsicher, ließ sich nicht beirren. Den Streitgesprächen, die Meinhart zwischen den beiden beobachtet hatte, maß er jetzt mehr Bedeutung zu, als er zunächst glauben wollte. Wenn es tatsächlich um Verbrechen geht, konnte er darüber nicht mehr hinwegsehen.

„Aber die Dichterin oder die Staatsanwältin, die waren ja wohl nicht in der Gruppe, oder?“ Meinhart tastete sich entschlossen weiter.

Peter zögerte. Schaute sich um, so als ob er fürchtete, sie könnten belauscht werden. „Naja, die Moosbacher, die kennen wir leider nur allzu gut.“

Pause. Meinhart wagte es nicht nachzufragen, wartete ab. So wie er es bei Schülern tat, die er beim Abschreiben erwischte. Es wirkte Wunder, wenn man sich einfach nur vor sie hinstellte und wartete. Es dauerte meist nicht lange, dann fingen sie an mit ihren Ausreden, mit ihren billigen Ausflüchten und Erklärungsversuchen – und endeten mit dem so oft gehörten Satz: „Es war aber nur dieses eine Mal, Herr Meinhart. Wirklich."

In der Schule zeigte er sich zumeist nachsichtig, sammelte die Spickzettel ein und beließ es bei der Warnung: „Wenn ich dich noch einmal erwische, dann weißt du, was dir blüht." Er wusste, auch deshalb war er bei den Schülern so beliebt. Es ging um Gerechtigkeit. Um das Recht darauf, einmal einen Fehler zu machen. Einmal.

Die Sachlage hier war weit komplizierter, aber es schien ihm, als würde es nur noch einen kleinen Auslöser brauchen, dann würde Peter reden. Wenn sich Meinhart auf etwas richtig gut verstand, dann war es das Wittern von Gefühlszuständen.

„Die Moosbacher war lange Zeit unsere Nachbarin in Tiefenbach", setzte Peter tatsächlich an. „Es gab immer Streit. Mal passte Prana nicht, wenn sie sich freizügig auf ihrer Terrasse sonnte. Mal passte es ihr nicht, wenn wir uns zum Lichtyoga oder zum Energieflash im Garten zusammenfanden. Im Prinzip gab es immer Ärger. Sie hat oft versucht, uns mit juristischen Mitteln zu kommen, doch ich konnte das ein ums andere Mal abbiegen. Ich konnte das recht gut einordnen, weil ich wusste, dass sie uns nichts anhaben kann. Dann hat sie angefangen, im Dorf gegen uns zu intrigieren. Oder wenigstens schlecht über uns zu reden. Das hat Prana so wütend gemacht, er spuckte oft Gift und Galle. Alleine, wenn nur der Name der Staatsanwältin fiel, fuhr er schon aus der Haut."

Für Meinhart war das starker Tobak, das musste er erst einmal setzen lassen. Prana hatte Ärger mit Anne Schwan. Prana hatte Ärger mit der Staatsanwältin. Ob es auch einen Zusammenhang mit Johanna von Stein gab, wagte Meinhart jetzt nicht mehr zu fragen. Er musste erst nachdenken, die Informationen sortieren.

Wichtiger war es, Peter jetzt die Solidarität zu erklären.

„Auf mich kannst du zählen", sagte er deshalb, ohne wirklich zu wissen, wie das bei seinem Gesprächspartner ankommen würde.

Wenn Bender nicht damit beschäftigt war, dem neuerlichen Phantom des Bayerischen Waldes nachzujagen, war er einsam. Seit Gundulas Tod wusste er wieder, was Einsamkeit bedeutete. Es hielt ihn nicht in Passau, er hatte keine Lust alleine in seiner Wohnung zu sitzen und an die Decke zu stieren. Meist mied er auch die Gesellschaft seiner Frau und seiner beiden Kinder. Er wollte ihnen sich nicht antun. Der einzige Ort, an dem er entspannen konnte, der ihm Erleichterung verschaffte, in dem er auch seine Aggressionen abbauen konnte, war das Fitnessstudio. Er hätte sich zuvor nie vorstellen können, dass ihm die Hanteln und Geräte jemals so viel geben würden, er jemals bereit sein würde, seinen Körper so zu schinden. Er konnte beinahe täglich zusehen, wie seine Muskeln wuchsen, wie sich sein Körper neu formte. Im wahrsten Sinne des Wortes sogar stählte. So fühlte er sich mehr und mehr gerüstet für einen Kampf, den er da draußen im Bayerischen Wald zu bestehen hatte. Solange, bis er Gundulas Mörder gestellt haben würde.

Doch nach den ein, manchmal zwei Stunden im Studio kam wieder der Moment der Ernüchterung. Er hatte keine Heimat mehr. So stand er wieder da, kramte in der Hosentasche nach seinen Zigarillos, nach dem Autoschlüssel und war unentschlossen, wohin er fahren sollte. Sein Wagen führte ihn beinahe wie auf Schienen nach Tiefenbach.

Gundula hatte einen Bruder, der in Australien lebte und alles erben sollte. Der war allerdings nicht einmal zur Beerdigung erschienen. Es war ihm offensichtlich auch völlig egal, was aus dem Haus wurde. So blieben Bender noch Tage oder gar Wochen, ehe der Nachlass würde geregelt sein.

Vielleicht, dachte er, konnte er dem Bruder einen guten Preis bieten und das Haus selbst erstehen. Auch wenn ihm sein Verstand sagte, dass er sich damit praktisch lebendig einmauern würde. Er hatte so schon nicht mehr die geringste Lust auf Gesellschaft. Sollte ihm das Haus gehören, würde er darin wohl in seinen Erinnerungen ertrinken. Schon jetzt war das Haus sein einziger Rückzugsort. Am liebsten setzte er sich ins Wohnzimmer, versuchte im Raum den Duft seiner Geliebten einzufangen, in ihm zu versinken. Tagträume, in denen er sich vorstellte, wie sie Weingläser füllte, sich an ihn schmiegte. Er redete mit ihr, als sei sie immer noch da. Bis ihm wieder bewusst wurde, dass er sie für immer verloren hatte. Verloren an einen Mörder, der möglicherweise sogar ihn direkt damit treffen wollte.

An diesem Abend war allerdings nicht daran zu denken, sich der Schwermut und der Trauer hinzugeben. Also ging er in ihr Büro, ziellos eigentlich. Doch die Erfahrung sagte ihm, trotz aller Kriminaltechnik, trotz aller Spurensicherung, irgendetwas blieb an Tatorten immer noch unentdeckt. Ohne Plan begann er, eine Schublade nach der anderen zu öffnen. Er fand nichts von Bedeutung. Trotzdem überwog die Neugierde. Die Hoffnung auf eine winzige Spur. Das schlechte Gewissen, in ihren Sachen zu wühlen, ging dabei mehr und mehr verloren. Er musste ihren Mörder finden.

Es war ohnehin ein Versäumnis gewesen, das Haus des Opfers – bei dem Gedanken hielt er kurz inne – nicht noch genauer zu untersuchen. Natürlich war ein Team hier, aber nachdem sich schnell herausgestellt hatte, dass es hier keinen Kontakt zu einem möglichen Mörder gegeben haben konnte, wurden die Untersuchungen schnell wieder eingestellt. Nicht ungewöhnlich, einerseits. Unverzeihlich in seinen Augen, andererseits.

Eine Schublade am Schreibtisch war verschlossen, er fand keinen Schlüssel. Also machte er sich zunächst daran, die Aktenschränke oberflächlich zu durchsuchen. Sie hatte alles gut beschriftet, er konnte relativ schnell Uninteressantes von möglicherweise Interessantem trennen. Steuerordner, Gesetzesordner, einer mit Versicherungen, einer mit den Lohnabrechnungen. Nur zwei Aktenordner blieben übrig: „Ungeklärte Fälle“ nannte sich der eine, „Diverses“ der andere.

Bender blätterte in beiden, fand aber nichts, was ihn interessiert hätte oder ihm gar verdächtig vorgekommen wäre. Schon während er blätterte, zog es seinen Blick immer wieder zur verschlossenen Schublade. Bis er die Ordner beiseite schob und auf dem Schreibtisch nach einem tauglichen Werkzeug suchte. Schließlich war es ein stabiler Brieföffner, der ihm geeignet schien.

Der Schreibtisch war massiv, und sein Unvermögen, Schlösser zu öffnen stand ihm ebenfalls wieder im Weg. Entsprechend metzgerte er im harten Holz des Schreibtisches herum, ohne wirklich Erfolg zu haben. Schließlich brach der Brieföffner in zwei Teile. Bender brauchte ein neues Werkzeug. Also ging er in die Küche, fand ein stabil wirkendes Messer. Erneut machte er sich ans Werk, wieder ohne Erfolg. Da kam ihm die Idee.

Er rannte die Treppe hinab, durch den Seiteneingang in die Garage. Er fand sofort, wonach er suchte. Keine Minute später stand er wieder vor dem Schreibtisch, bewaffnet mit einem roten, schweren Geißfuß und versuchte die Frontblende der Schublade abzusprengen. Es bedurfte nur eines kräftigen Rucks, und das Brettchen flog durch den Raum.

Hektisch fing er an zu kramen. Obenauf lag eine große Geldtasche, auf den ersten Blick waren es wohl mehr als tausend Euro in 50-Euro-Scheinen, die darin waren, und ein Auszahlungsbeleg der Bank vom Tag vor ihrem Tod. Darunter befanden sich braune Dokumentenmappen, genau elf. Er zog sie heraus und öffnete die erste. „Privat“.

Darin fand er lediglich ein A5-Heft. Er musste lächeln. Typisch Juristin, dachte er. Selbst für dieses Heftchen hat sie eine eigene Akte angelegt.

Das Lächeln versiegte, als er schon nach wenigen Zeilen begriff, worum es ging. Es fing an mit der Medienkrise, als sie vor wenigen Wochen beinahe über eine undichte Stelle im Polizeiapparat gestolpert wäre. Sie hatte alles festgehalten. Ihre Gedanken dazu. Die Vorgänge drumherum. Strategien, wie sie ihren Kopf aus der Schlinge ziehen konnte. Die Vorwürfe und mögliche Antworten darauf. Alles akribisch aufgeschrieben, eine Art Memo. Er blätterte oberflächlich drüber, bis ihm auf einmal sein Name ins Auge stach.

Es fing harmlos an, mit ihren Zweifeln zuerst. Mit ihrem wachsenden Vertrauen, das sie Kommissar Ralf Bender in diesem Zusammenhang schenkte und je weiter er las, desto mehr ging der Text von der sachlichen in die emotionale Ebene über. Aus ihren Niederschriften zum Thema „österreichischer Serienkiller" wurde eine Art Tagebuch der wachsenden Zuneigung zu Kommissar Bender, später zu Ralf. Irgendwo las er den Satz: „Ich glaube, ich liebe ihn. Niemals hätte ich es für möglich gehalten, aber ich liebe diesen ungehobelten Kerl wirklich."

Bender legte das Heft zur Seite, er konnte diese Worte nicht ertragen. Ja, sie hatte schon Recht. Er war ungehobelt, vor allem, wenn er mit ihr sprach. Es erschien ihm beinahe unfassbar, dass diese Frau sich in ihn verliebte, sie ihn für sich auserwählte. Gleichzeitig weckte es diese erdrückende Trauer in ihm, die er momentan nicht gebrauchen konnte.

Was er brauchte, waren Spuren, einen Anhaltspunkt.

Er schob das Heft zurück in die Mappe, verschloss sie sorgfältig und legte sie zurück in die kaputte Schublade. Wenig später nahm er die Mappe wieder heraus, öffnete sie und nahm das Heft an sich. Es nutzte niemandem, für ihn dagegen war es ein Schatz.

Die anderen Mappen schaute er eine nach der anderen durch, bis er auf einem der Deckel den Namen Mike Biefbauer las. Genauer: „Michael (Mike) Biefbauer, gen. Prana".

Er bemerkte es erst gar nicht, aber seine Fingernägel begannen zu jucken, und in seiner Brust machte sich eine Erregung breit, die ihm erst auffiel, als er sein Herz pochen spürte. Er öffnete die Mappe.

Sie war prall gefüllt mit handschriftlichen Notizen, mit juristischen Schreiben von der Staatsanwaltschaft und Biefbauers Anwalt. Fotos waren drin, die Menschen zeigten, die im Kreis auf einer Wiese saßen, in der Mitte ein hell leuchtendes, spiegelndes Etwas. Die gleichen Leute, die scheinbar auf der Wiese tanzten, mit wild verrenkten Armen in der Luft. Eine etwas unscharfe Portraitaufnahme von Mike Biefbauer, der mit bösem Blick genau in die Kamera schaute.

Bender ging zum Fenster, verglich die Bilder mit dem, was er draußen sah. Es gab keinen Zweifel. Alles, was er auf den Fotos erkannte, musste sich in einem Garten abgespielt haben, der etwa 50 Meter entfernt war.

Er ging wieder zurück zum Schreibtisch und begann jedes einzelne Schriftstück in der Mappe aufmerksam zu lesen.

Es war kurz vor drei Uhr morgens, als er alles zum dritten Mal durchgearbeitet hatte. Dann ging er zurück ins Wohnzimmer und legte sich schlafen.

Er hatte eine erste Antwort und würde die Fragen dazu an die richtigen Leute stellen. Doch zuvor brauchte er weitere Beweise. Er stellte den Wecker seines Handys auf sechs Uhr. Er hatte keine Zeit zu verlieren.

Auch wenn er etwas gefunden hatte, das man als Spur bezeichnen konnte, im Grunde gab es nur Fragen, keine Antworten. Der Schlafentzug verstärkte das Gefühl: Kriminalhauptkommissar Ralf Bender begriff sein Leben als einzigen Fluch. Die Wut, die in ihm kochte, wurde nicht weniger, im Gegenteil, er fürchtete, sie würde weiter wachsen. Und ihn zersetzen. Und er war sicher, niemand konnte daran etwas ändern. Auch seine geliebten Auszeiten an der Racheldiensthütte waren vorbei. Zwar hatte Paul Freier signalisiert, dass er ihm seinen Ausraster verziehen hatte, doch die magische Ruhe und die Idylle des Ortes, die ihm zuvor Kraft gegeben hatten, nahmen ihm jetzt die Luft zum Atmen.

Bender überquerte die Marienbrücke und passierte an diesem frühen Morgen Passaus Innstadt. Er saß allein im Wagen, auch die Nähe zu Manu war ihm inzwischen unangenehm. Mit ihren sorgenvollen Blicken, mit denen sie ihn ansah, machte sie ihn zunehmend aggressiver. Und selbst ihm war klar, dass ein noch höheres Maß an Aggressivität wohl gefährlich werden könnte. Er hatte keinen Blick für die landschaftliche Schönheit entlang der Straße, die bis kurz vor Linz der Donau folgte.

Finstere Gedanken quälten ihn. Wie viele Morde hatte er in seinem Berufsleben zu klären gehabt? 10?, 20?, mehr? Er konnte sich beim besten Willen nicht an alle erinnern. Und doch war jeder Mord für die Hinterbliebenen mit persönlichen Tragödien verbunden.

Aber er musste ehrlich zugeben, auch wenn er kein gefühlloser Mensch war, bisher hatte er diese Dinge nicht besonders nahe an sich heran gelassen. Dennoch hatte ihm sein Job alles genommen. Er machte ihn zu einem schlechtgelaunten Griesgram, er hatte seine Ehe zerstört und jetzt, nachdem er einen Neuanfang gewagt hatte, war ihm wieder das Herz herausgerissen worden. Bender wurde übel.

Er stellte den Wagen am Straßenrand ab, stieg aus und sog die kühlfeuchte Luft des Morgens ein. Ein anderes Auto fuhr hupend an Bender vorbei. Er zeigte ihm den Mittelfinger. Der Wagen bremste, stach zurück. Ein junger Mann sprang aus dem Auto und stürmte auf Bender zu.

Der zückte seine Dienstwaffe und bellte ein drohendes: „Verpiss dich!“

Der Mann war so schnell verschwunden, wie er aufgetaucht war. Bender steckte die Waffe weg, zündete sich einen Zigarillo an und setzte sein Fahrt nach Linz fort.

Die Landespolizeidirektion Linz war ein riesiger schmuckloser grauer Kasten. Bender eilte mit großen Schritten darauf zu. Er wollte Informationen, so viele er nur bekommen konnte. Grußlos stürmte er in das Büro, das ihm an der Pforte genannt worden war.

„Ich will zu Landespolizeidirektor Moser, sind Sie das?"

„Habe die Ehre, Kriminalhauptkommissar Ralf Bender, wenn ich mich nicht irre, der Kollege an der Pforte hat mir schon berichtet, dass Sie keine Manieren haben. Übrigens bin ich der Stellvertreter des Landespolizeidirektors."

„Verdammt nochmal, ich habe keine Zeit für Plaudereien, ich will von Ihnen die Informationen, die ich brauche, und dann bin ich wieder weg."

„Ich sage Ihnen jetzt einmal was: Entweder, Sie kommen von ihrem hohen Ross runter oder Sie erfahren gar nichts, außerdem lasse ich Sie rausschmeißen. Dann können Sie die Informationen über den Dienstweg anfordern. Und glauben Sie mir, das kann dauern. Haben wir uns verstanden?"

Bender setzte sich in einen Stuhl, und obwohl die Ader an seinem Hals noch pulsierte, nuschelte er so etwas wie eine Entschuldigung. Er ärgerte sich, Manu nicht mitgenommen zu haben, die war in diesen Höflichkeitsfloskeln einfach unschlagbar.

„Schon besser", sagte Fritz Moser und bot Bender einen Kaffee an.

„Es ist ja nicht so, dass ich Ihre Not nicht verstehe. Wie ich gehört habe, wurde eine Staatsanwältin, der Sie nahegestanden haben umgebracht. Das tut mir leid."

Bender wollte schon wieder lospoltern, weil er keine Lust hatte, mit dem österreichischen Kollegen seinen Gemütszustand zu diskutieren, doch da schwenkte Moser wieder um.

„Also Kollege, was wollen Sie wissen?"

„Alles!"

„Das habe ich mir gedacht. Ich war damals der Leiter der Ermittlungskommission, das meiste werden Sie ja schon aus den Akten kennen."

Im Jahr 1993 waren im Zeitraum von Mai bis August vier Frauen ermordet und enthauptet worden. Eine Frau wurde in Linz gefunden, drei weitere wurden bei Urfahr, Perg und Freistadt abgelegt. Keine der Frauen war sexuell missbraucht worden, auch ließ sich anhand des Aussehens keine Vorliebe des Täters erkennen. Die Opfer waren zwischen 19 und 65 Jahren alt und auch sonst völlig unterschiedlich. Einzige Gemeinsamkeit: Ihnen war der Kopf abgetrennt und neben der Leiche belassen worden. Es gab kaum verwertbare Spuren, keine relevanten Fingerabdrücke, Speichel oder sonstige Körperflüssigkeiten. Auch das Tatwerkzeug wurde nie gefunden.

„Wir haben damals vermutet, dass es sich um ein Fleischerbeil oder Ähnliches gehandelt haben muss. Außerdem muss der Täter einige Übung im Umgang mit dem Werkzeug gehabt haben und außerdem ziemlich kräftig gewesen sein."

„Hat der Mörder an den Augen manipuliert?", wollte Bender wissen.

Fritz Moser schüttelte den Kopf.

Nach den Taten wurden zunächst der familiäre Umkreis und die sozialen Kontakte durchleuchtet. Es gab keine gemeinsamen Bekannte oder Familienstreitigkeiten.

„Dieser verdammte Fall blieb von Anfang bis Ende ein Rätsel, wir haben keinen einzigen Zeugen gefunden, der auch nur irgendetwas gesehen hatte. So konnten wir nicht einmal eine Phantomzeichnung anfertigen. Dieser Sommermörder, wie ihn die Boulevard-Presse getauft hat, ist ein verdammter Geist."

„Wann wurden die Ermittlungen eingestellt?"

„Die Sonderkommission wurde nach zwei Jahren aufgelöst, es gab einfach keine vernünftige Spur mehr, die wir verfolgen konnten. Bereits nach sechs Monaten haben wir jeden Unfall in Österreich, bei dem ein Mann ums Leben gekommen ist, nachgeprüft. Aber nichts. Wie gesagt, der Typ ist ein Geist. Oder er ist irgendwo untergetaucht."

„Zum Beispiel im Bayerischen Wald", nickte Bender.

„Aber ganz persönlich kann ich Ihnen sagen, ich werde den Fall nie zu den Akten legen. Niemals, nicht, ehe ich den Mörder meiner Nichte dingfest gemacht habe."

Bender blickte Fritz Moser direkt an. Dessen stahlblaue Augen blitzten gefährlich. In seinem scharf geschnittenen Gesicht mahlten die Kiefer aufeinander. Der Zorn der Verzweiflung und die Entschlossenheit, die von diesem Mann ausgingen, waren für Bender körperlich spürbar. Von einer Sekunde auf die andere verspürte er eine tiefe Verbundenheit mit dem österreichischen Kollegen.

Es mussten mehrere Tage vergangen sein, seit Bender etwas gegessen hatte. Und so ließ er sich bereitwillig auf die Einladung von Fritz Moser ein.

„Ich weiß nicht, ob wir damals etwas übersehen haben, aber Sie dürfen mir glauben, es vergeht kaum ein Tag, an dem ich mir diese Frage nicht stelle. Die Familie meines Bruders ist nach dem schrecklichen Tod meiner Nichte auseinandergebrochen. Irgendwie fühle ich mich dafür mitverantwortlich, weil wir den Täter nicht fassen konnten. Deshalb wäre es schön, wenn Sie mir etwas über ihren aktuellen Fall berichten könnten. Vielleicht finden wir Gemeinsamkeiten."

Bender stocherte mit der Gabel lustlos in seinem Teller herum und nickte.

Moser fuhr fort: „Ehrlich gesagt habe ich Schwierigkeiten, einen Bezug zu unserem Täter herzustellen. Ich habe mir die Akten angesehen. Soweit ich das aus der Ferne beurteilen kann, war der erste Mord eine Spontantat. Schon das würde gegen unseren Fall sprechen. Und bei den beiden anderen Taten ist der Mörder gänzlich anders vorgegangen."

Wieder nickte Bender. Eine lange Pause entstand, ehe er das Wort ergriff: „Das ist mir klar. Und wenn ich ehrlich sein soll, wir klammern uns derzeit an jeden Strohhalm. Unser Täter scheint ebenso ein Phantom zu sein wie der Ihre. Er ermordet Frauen, unabhängig von Alter und sozialem Hintergrund. Es ist zumindest denkbar, dass es ihm nicht oder nicht mehr auf die Art der Ausführung, sondern allein auf die Tat ankommt. Und unsere beiden Fälle weisen eine weitere Gemeinsamkeit auf. Eines der

Opfer stand in Bezug zu Ihnen und eines ...", Bender schluckte schwer, „... zu mir."

Bei seinen letzten Worten kam Bender ein schrecklicher Gedanke. Als die Mordserie begann, bestand die Verbindung zu Gundula noch nicht. Wenn es wirklich jemand indirekt auf ihn abgesehen hatte, dann waren vielleicht seine Ex-Frau und die beiden Mädchen in Gefahr.

„Ich bin so ein Idiot", schimpfte er.

Der deutsche Kollege war aufgesprungen und aus dem Lokal gelaufen. Fritz Moser blieb mit seinen Gedanken allein zurück. War die Tat, zumindest eine davon, tatsächlich gegen ihn persönlich gerichtet? Das war ein Gedankenfaden, den er in den vergangenen zwanzig Jahren noch nicht gesponnen hatte. Sicher, er hatte Feinde, und das von der ersten Minute an, seit er in den aktiven Polizeidienst eingetreten war. Doch war es möglich, dass ihn jemand so sehr hasste und mehrere Frauen tötete, nur um die eine Tat zu verschleiern?

Fritz Moser versuchte sich zu erinnern, was in der Zeit vor den Morden geschehen war, welche Fälle er bearbeitet hatte und wer daraufhin einen solchen Hass gegen ihn entwickeln konnte. Ihm fiel keiner ein. Er glaubte auch nicht daran, es war einfach zu absurd. Wieso sollte ihn jemand bestrafen und dann seinen Triumph nicht einmal genießen wollen? Das entsprach so gar nicht dem Täterverhalten, das er sonst kannte. Seiner Meinung nach waren Serienkiller sehr wohl darauf aus, jedem genau den Hintergrund für ihr Verhalten mitzuteilen.

„... ich weiß, dass es eine dünne Spur ist, Manu, aber ich habe überhaupt keine Lust, das mit dir zu diskutieren. Und hör auf, mich zu behandeln, als sei ich geistesgestört, sonst lernst du mich kennen, verstanden?"

„Aber du bist geistesgestört", sagte Manu, als sie schon wieder aufgelegt hatte.

Schaller grinste breit.

Sie berichtete ihrem Kollegen von Benders Vorhaben, seine Ex-Frau und die beiden Töchter aus Passau an einen unbekannten Ort wegzubringen oder, wenn sie sich weigerten, rund um die Uhr überwachen zu lassen. Sie überlegte einen Moment, ob sie die drei bei ihrer Schwester und deren Familie in der Nähe von Deggendorf unterbringen sollte, entschied sich aber dagegen. Sie wollte kein Risiko eingehen und vielleicht ihre eigene Familie in Gefahr bringen. Zumal ihre Schwester zwar bewunderte, was sie tat, aber auch immer wieder insistierte, sie solle sich einen ungefährlicheren Job suchen.

„Nehmen wir mal für einen Moment an, es handelt sich tatsächlich um denselben Mörder, wie könnte man das für den aktuellen Fall nutzen?“ Bender war an den Tisch zurückgekehrt und versuchte zusammen mit Moser einen Ansatzpunkt zu finden.

„Damals handelte es sich um eine Frau im Ruhestand, eine Verkäuferin, eine Kindergärtnerin, und meine Nichte wollte gerade ein Studium beginnen“, sagte Moser.

„Keine Übereinstimmung“, sagte Bender.

„Wir hatten und haben bis heute keine Vorstellung, wie der Täter ausgesehen haben könnte.“

„Dito“, antwortete der Passauer Kommissar.

„Damals waren es vier Frauen, und dann ist der Mörder von der Bildfläche verschwunden.“

„Wir haben bisher drei Morde und stecken noch mittendrin. Das würde bedeuten, dass noch mindestens eine Frau in akuter Lebensgefahr ist.“

„Wobei wir nicht wissen...“

Bender, der sich in den letzten Stunden im Gespräch mit Moser im Griff gehabt hatte, spürte, wie die Wut wieder zurückkehrte.

„Scheiße, ja, ich weiß, dass das verdammt dünnes Eis ist, auf dem wir uns bewegen. Aber inzwischen kümmern sich mehr als 30 Beamte in Passau und im Bayerischen Wald um den Fall und wir kommen kein Stück weiter. Ich muss einfach jede noch so kleine Spur verfolgen."

Moser sah Bender drohend an: „Brüllen Sie mich ja nie wieder so an, schon gar nicht in der Öffentlichkeit. Ich bin weder einer Ihrer Untergebenen, noch lasse ich mir so ein Verhalten von irgendwem gefallen."

„Ach, lecken Sie mich doch am Arsch!"

Bender sprang auf, sein Stuhl flog krachend um. Er stürmte grußlos zur Tür raus und bevor er mitbekam, was eigentlich geschehen war, befand er sich schon wieder auf dem Weg zurück nach Passau. An einer Tankstelle hielt er an und holte Mosers Visitenkarte heraus. Er schrieb eine SMS mit einigen entschuldigenden Worten.

Wenig später erhielt er Antwort: „Entschuldigung angenommen, halten Sie mich auf dem Laufenden."

„Sie wollen was?" Helga Bender glaubte ihren Ohren nicht zu trauen.

Zwei Polizeibeamte in Uniform standen vor ihr und eröffneten ihr, sie solle ein paar Sachen zusammenpacken, ihren Töchtern Bescheid geben und für einige Zeit die Stadt verlassen.

„Wie stellen Sie sich das vor, ich habe einen Job, die Mädchen müssen zur Schule und außerdem, was soll das Ganze eigentlich? Entspringt die Idee dem verqueren Hirn meines Ex-Mannes?"

In seltener Einmütigkeit hatten Polizeichef Ritter und die Passauer Staatsanwaltschaft beschlossen, dem Vorschlag Benders zu folgen. Auch wenn das Risiko allgemein als recht niedrig eingeschätzt wurde, so wollte man doch keinen Fehler machen. Und für den Fall, Frau Bender würde sich widersetzten, sollte eine Streife rund um die Uhr in ihrer Nähe sein.

Bender hatte schon mit dem Widerstand seiner Frau gerechnet und war von Linz direkt zu ihr nach Hause gefahren.

„Bender, du siehst schlecht aus, sag mal, was soll der Irrsinn eigentlich?", begrüßte sie ihn, als er durch die Tür stürmte.

„Nicht hier“, zischte er, befahl den beiden Beamten rüde, draußen zu warten, und zog sie ins Haus.

„Leidest du jetzt an Verfolgungswahn? Ralf, ganz ehrlich, du brauchst mal eine Pause.“

Er spürte ihre ehrliche Sorge um ihn schon daran, dass sie ihn beim Vornamen nannte. Wenn sie sauer war, nannte sie ihn schlicht: Bender. Er nahm sich einen Cognac aus dem Wohnzimmerschrank und zündete sich einen Zigarillo an.

„Hey, ich will diesen Gestank nicht in meiner Wohnung haben.“

„Glaub mir, du hast im Moment ganz andere Probleme.“ Er erklärte ihr den Grund für seine Entscheidung, und sie hörte aufmerksam aber ohne besondere Besorgnis zu.

„Hör mal, nur weil du dir da eine Geschichte konstruiert hast, lassen ich und die Mädchen doch nicht alles liegen und stehen. Das kann nicht dein Ernst sein.“

Doch es war ihm bitter ernst.

„Und was ist mit Gundula?“, schrie er.

Sie sah ihn an, als sei er ein Fremder. Helga Bender hatte ihren Mann im Laufe der Jahre schon in vielen Gemütszuständen erlebt. Grantig, cholerisch und aufbrausend, ungerecht, verzweifelt, und das waren noch die weniger unangenehmen Eigenschaften, mit denen sie sich irgendwann arrangiert hatte, solange zumindest, bis sie alle auf einmal auftraten und es nicht mehr möglich war, mit ihm zusammenzuleben. Der Prozess, seine Verwandlung vom liebevollen Familienvater und Ehemann hin zum zynischen Bullen, der mit dem, was er täglich erlebte, immer schwerer zurechtkam, war schleichend gewesen. Auch wenn er immer wieder betont hatte, er könne den Beruf abschütteln, die Arbeit vor der Haustür lassen, es war nicht so. Irgendwann begann er schlecht zu schlafen, wachte nachts schweißgebadet auf oder wälzte sich unruhig hin und her. Wenn er sich in einen Fall verbissen hatte, vergaß er alles um sich herum und ließ nicht locker, ehe er gelöst war.

Ein Segen für die Bevölkerung und die Aufklärungsquote der

Passauer Polizei, aber ein Fluch für das gemeinsame Familienleben.

Sie musste zugeben, in den vergangenen Monaten war es besser geworden. Er entspannte sich immer häufiger, wurde wieder zugänglicher, auch für Kollegen und Bekannte. Nicht zuletzt deswegen war sie bereit gewesen, ihm noch einmal eine Chance zu geben. Es war nichts daraus geworden. Etwas traurig, aber nicht dramatisch, irgendwo in ihrem Innersten hatte sie gewusst, es würde nicht mehr klappen.

Umso mehr freute sie sich, als er von Gundula Moosbacher redete. Sie hatte gut zu ihm gepasst, das war ihr schon klar gewesen, als die beiden noch wie Hund und Katze aufeinander losgegangen waren. Sie hatte die Staatsanwältin vor einigen Monaten einmal kennengelernt und sich ausnehmend gut mit ihr verstanden. Harte Schale, weicher Kern, wie Ralf, dachte sie damals und freute sich ehrlich für ihn, nachdem er ihr von Gundula erzählt hatte. Sie konnte ihn ohne Hintergedanken freigeben. Ein unsichtbares Band, das sie bis zu diesem Zeitpunkt aneinander gekettet hatte, war damit durchtrennt. Das gab auch ihr die Möglichkeit, sich wieder frei und unbeschwert zu bewegen. Sogar die beiden Mädchen hatten nichts dagegen.

„Papa hat 'ne Freundin, echt? Der alte Knabe wird ja noch. Sieht sie gut aus?"

Sie hatten alle drei herzhaft gelacht und Witze darüber gemacht, dass sein Parfümverbrauch wahrscheinlich ins Unermessliche steigen würde.

Jetzt war er wieder im tiefen Tal der Trauer angekommen, ein fürchterlicher Gedanke, aber sie war nicht bereit, sich noch einmal in seinen Strudel reißen zu lassen.

„Ralf, das kommt überhaupt nicht in Frage. Ich lasse mir wegen dieser Geschichte nicht mein Leben auf den Kopf stellen. Glaubst du wirklich, irgendwo lauert einer und will mich oder die Mädchen umbringen?"

„Ich weiß es doch auch nicht, verdammt nochmal, es ist eine Sicherheitsmaßnahme, nicht mehr und nicht weniger. Ich könnte es einfach nicht ertragen, wenn euch auch noch etwas passiert."

„Wird schon nicht, Ralf, wird schon nicht. Ich würde vorschlagen, du lässt uns in Ruhe weiterleben und wenn du was Konkretes hast, können wir noch einmal darüber reden. Und ich warne dich, mache nicht unsere Töchter verrückt. Es reicht, wenn du an Verfolgungswahn leidest."

Bender sah sie mit funkelnden Augen an und deutete mit dem Finger auf sie: „Du!"

Sie sah ihn herausfordernd an: „Ja?!"

Ohne ein weiteres Wort machte er auf dem Absatz kehrt und verließ das Haus.

„Überwachen, alle drei, und bevor ihr fragt, es ist mir scheißegal, wie viele Leute ihr dafür braucht. Wenn einer der drei auch nur ein Haar gekrümmt wird, mache ich euch fertig."

Er schnippte seinen gerauchten Zigarillo in Richtung eines der Beamten, der zur Seite springen musste, um nicht getroffen zu werden.

Der Kriegsrat traf sich im Büro von Kriminalrat Ritter. Manu, Franz, Dr. Leopold, der neue Staatsanwalt sowie die beiden Polizisten, die Bender beschimpft hatte, waren da. Ritter wedelte mit einem Stück Papier.

„Die Kollegen in Österreich wollen wissen, ob es sein kann, dass einer unserer Leute unbescholtene Bürger mit der Waffe bedroht. Das behauptet zumindest einer, der Bender angezeigt hat, weil er die Pistole auf ihn gerichtet haben soll."

Laut Staatsanwalt würde das eine interne Ermittlung nach sich ziehen.

Ritter wiegelte ab: „Papperlapapp, ich bin sicher, es hat einen Grund für diese Vorgehensweise gegeben, Bender droht doch nicht einfach so mit der Waffe."

„Außer er hat in letzter Zeit zu viel Dirty Harry gesehen. Kann ich mir gut vorstellen, so wie der drauf ist."

„Red keinen solchen Unsinn, Franz. Ich mach mir echt Sorgen."

Dr. Leopold nickte: „Wir müssen weiter ein Auge auf ihn haben, so viel ist sicher."

Ritter hielt unerschütterlich zu seinem Kommissar. „Unsinn, Bender ist völlig in Ordnung, nur ein wenig gestresst. Und was er zu Ihnen beiden gesagt hat, wird schon nicht so schlimm gewesen sein. Er ist halt wie er ist."

Er nickte den beiden Streifenpolizisten zu. „Sie können jetzt gehen, meine Herren. Wir werden Ihnen mitteilen, wie wir bei der Causa Überwachung weitermachen."

Er hatte ein schönes Fremdwort in seiner kurzen Ansprache untergebracht, das freute Ritter besonders. Er war es damit zufrieden. Zu besprechen, wie denn jetzt Familie Bender möglichst lückenlos überwacht werden sollte, überließ er den anderen Anwesenden im Raum.

Schließlich kam man überein, vier Teams einzusetzen, die abwechselnd ein Auge auf die drei Zielpersonen werfen sollten. Manu wusste, die Mädchen traten praktisch immer im Doppelpack auf, und auch Helga Benders Tagesablauf war alles andere als überraschend. Arbeitsplatz, einkaufen, ab und zu ein Freundinnentratsch im Café, ansonsten keine besonderen Aktivitäten.

Nach Dr. Leopolds Einschätzung waren die drei Frauen tagsüber sicher. Auch der Schulweg wäre demnach kein Problem. Gefährlich könnte es höchstens werden, wenn die Mädchen abends alleine unterwegs waren.

Ritter klatschte in die Hände: „Gut, Kinder, dann haben wir das ja geklärt und jetzt machen wir uns alle wieder an die Arbeit." Außerdem, dachte er, muss ich mich auf heute Abend vorbereiten.

Auch für Manu war Bender wieder einmal nicht zu erreichen. Er müsse noch etwas überprüfen, lautete sein kurz angebundener Kommentar, noch bevor sie ihn auf den Vorfall mit der Pistole anreden konnte. Abends im Hellen Hahn würde man sich sehen.

Das Zimmer im Klinikum Passau war schnell gefunden. Gerti Faller saß am Bett ihres Mannes. Die Verliebtheit, die ihr an den Augen abzulesen war, hatte Michael Faller in Benders Augen nicht verdient. Er ging auf das Bett zu, in dem der Mann lag, der ihm einen Zahn ausgeschlagen hatte. Doch sein Gegenüber war um einiges schlechter dran. Ober- und Unterkiefer waren verdrahtet, der linke Arm und das Knie ebenso. Das Gesicht war zwar abgeschwollen, trotzdem schätzte Bender, dass Michael Faller starke Schmerzen litt. Er hielt sich nicht lange mit Vorreden auf.

„Der einzige Grund, warum ich hier bin, ist, ich möchte wissen, ob Ihnen im Haus etwas aufgefallen ist, bevor ich gekommen bin."

Michael Faller schüttelte den Kopf, und seine Frau beschwerte sich, er könne ihren armen Mann doch jetzt nicht mit solchen Fragen aufregen.

„Ich sage Ihnen jetzt mal was, gute Frau. Drei Menschen sind inzwischen tot, grausam umgebracht von einem wahnsinnigen Mörder. Da kann ich beim besten Willen keine Rücksicht auf irgendwelche Befindlichkeiten nehmen. Und ich rate Ihnen, die Finger vom Alarmknopf zu lassen, sonst kracht es hier ganz gewaltig. Also, haben Sie etwas gesehen, gehört, irgendetwas?"

Faller schüttelte wieder mit dem Kopf.

„Aber, Herr Kommissar, er kann doch nicht reden mit dem ganzen Metall im Mund."

„Dann soll er es aufschreiben oder tanzen, ist mir scheißegal, ich will jetzt ein paar Antworten haben."

Gerti Faller reichte ihrem Mann einen Schreibblock, auf den er in krakeliger Schrift notierte: Hab nichts gesehen, bin nur ins Haus, um die Akte zu holen, es war nichts, wirklich nicht. Wenn etwas verdächtig war: Das Haus war so still und aufgeräumt, so friedlich. Ich konnte mir kaum vorstellen, dass dort ein schrecklicher Mord passiert war. Hab mich versteckt vor Ihnen.

Er machte eine Pause und sah Bender an.

Erneut begann er zu schreiben: Es tut mir aufrichtig leid, dass ich sie geschlagen habe. Ich hatte solche Angst.

„Endlich", Manu schnaufte tief durch, als sie Bender zur Tür hereinkommen sah. Wenigstens daran hatte er sich gehalten. „Hallo Ralf, setz dich, hast du Hunger?"

Bender sagte nichts, sah sich mit finsterer Miene im Lokal um. Jeder, dachte er, könnte der Mörder sein. Jeder Gast, der Wirt, der Koch, die Putzfrau, es konnte zum Teufel einfach jeder sein. Doch ich krieg dich, das schwöre ich.

Manu bestellte zwei Bier und das Gericht, bei dem Bender nicht genervt den Kopf schüttelte.

„Nun erzähl schon, hast du etwas herausgefunden? Wie war es bei den Kollegen in Linz? Bist du da weitergekommen?"

Es dauerte zwei weitere Biere und einen Bärwurz, ehe Bender etwas bereitwilliger wurde und Manu über die Ereignisse des Tages Auskunft gab. Sie standen vor der Tür des Hellen Hahns und Bender blies den Rauch seines Zigarillos in den Abendhimmel. Er blickte über den Stadtplatz, hinüber zu dem Café-Garten, in dem die Menschen die laue Sommernacht genossen. Nichts ahnend, dass sie die nächsten sein konnten oder der Mörder mitten unter ihnen saß.

„Manu, wir müssen herausfinden, was seine Beweggründe sind. Warum diese Wahnsinnstaten und warum Gundula."

Manu war froh, wieder einmal ein paar vernünftige Worte mit ihrem Mentor zu wechseln, der in den letzten Jahren zu einem Freund geworden war.

Es machte sie unsagbar traurig, dass Bender so litt und sie hätte alles getan, um ihm zu helfen. Doch für den Moment ein Gespräch. Das war zumindest ein Anfang.

Nachdem sie im Nebenraum wieder an dem kleinen Tisch Platz genommen hatten, war es beinahe wie früher. Bender schien für einen Moment seinen persönlichen Kummer vergessen zu haben und selbst, als ihn Manu auf den Vorfall auf dem Weg nach Linz ansprach, lachte er nur kehlig.

„Der Typ soll mal schön den Ball flach halten. Schließlich wollte er auf mich losgehen. Da habe ich mir gedacht, bevor ich ihm eine verpasse, mache ich ihm lieber ein bisschen Angst."

Sabine Wertheim war eine starke Frau, die in den Augen ihres Mannes nur diese eine unangenehme Eigenschaft hatte, beim Sex haltlos zu schreien, als würde sie geschlachtet. Michael hasste das, schon deshalb, weil die Nachbarn in der kleinen Siedlung am Rande von Hohenau mit Sicherheit hören konnten, wann sie kam, wie oft sie kam und – zu seinem Leidwesen – auch, wenn sie gar nicht kam. Dabei betrachtete er den Sex als ihrer beider Geheimnis, als ihre eigene kleine Schatztruhe, in die niemand anderes blicken durfte als sie beide. Am wenigsten die Zwillinge Severin und Georgine, 15 Jahre alt. Er verstand nicht, warum Sabine auf sie keine Rücksicht nahm. Grund genug für ihn, allzu häufiges „poppen", wie seine Frau es despektierlich nannte, zu vermeiden. Mit seinen 42 Jahren hatte er es immer noch nicht geschafft, sich von solchen Kleinigkeiten frei zu machen und ein wenig selbstbewusster zu sein. Er hatte eine tolle, verständnisvolle Frau, die im Bett zudem noch all das machte, von dem seine Kumpels nur träumen konnten, und doch war er unglücklich. Er war verklemmt bis in die Haarspitzen und träumte ständig von einer sturmfreien Bude, am besten sollte sich im Umkreis von 100 Metern um das kopulierende Pärchen kein Mensch aufhalten.

Seine katholische Erziehung, das prüde Elternhaus ließen den offenen Umgang mit der Geschlechtlichkeit einfach nicht zu. Selbst um den gepflegten Herrenwitz machte er am Stammtisch einen weiten Bogen, weil er es für ungehörig hielt, darüber zu sprechen. Zumal ihm ein Hang zum leichten Erröten anhaftete. Es war das Gewissen seiner Stiefmutter, das in ihm tobte, wenn es zotig wurde. Sie war eine gläubige Frau, die jeden Sonntag zum Gottesdienst ging und den kleinen Zögling regelmäßig einmal im

Monat zur Beichte schickte. Die strafenden Blicke des Pfarrers, der Tadel der Stiefmutter, wenn er als Jungspund mit Mädchen anbandelte, das alles machte ihn zu einem schüchternen, fast ängstlichen jungen Mann. Das hätte beinahe dazu geführt, dass er und Sabine nicht zueinander gekommen wären. Ihr Drängen, ihr Verlangen nach Körperlichkeit am Anfang ihrer zarten Bande überforderten ihn. Schließich gab er nach, wagte es nicht, das Thema Jungfräulichkeit bis zum Traualtar, das er lange als seinen Lebensweg gesehen hatte, anzusprechen. Er gab ihr nach und es war ihm hinterher unangenehm, den ersten Sex als einen Rausch der Sinne erlebt zu haben. Es war Sünde – er verzichtete aber darauf, sie zu beichten. Und er betete zu Gott, dass niemand dieses entsetzliche Schreien, dieses wunderbare Stöhnen und Fiebern seiner Sabine, zu hören bekam. Es war genau dieses Sündige, dieses Schmutzige, dieses ungehemmt Triebhafte, das er an seiner Frau liebte – vom ersten Tag an bis heute. Er hasste sie dafür, und er begehrte sie dafür. Sie war die einzige Frau in seinem Leben. Nichts in der Welt hätte passieren können, das zu ändern. Fast nichts.

Seine Welt war einfach, sein Leben strukturiert. Er überließ nichts dem Zufall, plante und ging vorgeschriebene Wege. Sein Vater verfügte, der Sohn solle einmal in einer Bank arbeiten. Michael erfüllte diesen Wunsch und ging in seinem Beruf auf. Zahlen, damit konnte er umgehen. Er verstand sich weniger auf Worte, noch weniger auf Gefühle. Dinge, die zu tun waren, führte er korrekt aus und niemals spontan, sondern von langer Hand vorbereitet. Wenn er die Kinder am Morgen zur Schule fuhr, dann mussten sie alle exakt um 7.10 Uhr im Auto sitzen. Er fuhr sie nach Grafenau, ließ sie an der Tankstelle unterhalb des Schulzentrums aussteigen und verabschiedete sie mit den immer gleichen Worten: „Bleibt sauber und lernt schön."

Nur in der Nähe seiner Frau, da wechselte er in ein anderes Leben. Er war witzig, er plapperte beinahe wild auf sie ein und schmolz wieder und wieder dahin, wenn sie ihn anlächelte. Das tat sie oft, denn ihre Liebe erblühte jeden Tag frisch, trieb neue Knospen und schillerte in bunten Farben. Der sachliche, strenge, immer korrekt gebügelte und gekämmte Filialleiter einer großen Deggendorfer Bankfiliale blieb quasi im Auto sitzen, um einen liebenden Ehemann zu dessen Familie zu entlassen.

Das Problem war, der böse imaginäre Doppelgänger blieb eben nicht immer im Auto sitzen. Manchmal schlich er sich durch die Hintertür ins Haus und stolzierte mit erhobenem Zeigefinger darin herum. „Du darfst dich nicht gehen lassen“, mahnte dieser dann mit der Stimme seiner Stiefmutter, weil die kleine Familie vor Freude quietschend im Wohnzimmer balgte oder ausgelassen fröhlich spielte. „Du darfst nicht triebhaft sein“, jammerte der Andere mit der Stimme des Pfarrers, wenn er mit seiner Frau auf dem Sofa kuschelte, sie ihm ihren Hintern an die Lenden drückte, und er beinahe verrückt wurde vor Geilheit. Wenn er danach mit ihr im Schlafzimmer verschwand, die Tür schloss und damit seine Frau stets zum Schmunzeln brachte, so konnte er seinen eigenen bösen Geist doch nicht ausschließen. Wenn er genoss, was sie tat und was er mit ihr tun durfte, wenn sie vor Verzückung schrie, dann schrie auch der böse Geist: „Es ist nicht recht, das darfst du nicht, Sünde, Sünde, SÜNDE!“

Erst hasste er seinen Geist, dann hasste er sich, weil er ihn zuließ und zum Schluss hasste er seine Frau, die Frau, die ihm alles Glück auf Erden bot. Sie war ein Geschenk, ein Engel der Geilheit und des Frohsinns, und er liebte sie von ganzem Herzen. Doch sein Dämon hasste sie und er konnte nicht anders, er musste auf ihn hören.

Michael Wertheim war ein kleiner schüchterner Mann, als Sabine ihn kennenlernte. Doch es blitzte ein Schalk in seinen Augen, der sie sofort in ihren Bann zog. Mit ihren Traummaßen, dem perfekten Körper, hätte sie jeden haben können, und jeder wollte sie. Doch Sabine wollte sie alle nicht. Die Angeber, die Prahler, die Machos und selbst ernannten Könige der Nacht. Sie hatte alle

Typen Männer ausprobiert und keiner verschaffte ihr Befriedigung. Sexuell nicht, das war das eine. Doch auch nicht auf der geistigen Ebene, im Endeffekt waren sie alle Egoisten. Verliebt in sich selbst und in die Hüllen, in denen sie steckten. Sabine hatte sich nie etwas auf ihr Äußeres eingebildet. Es war einfach da. Ein Geschenk Gottes, des Schicksals oder der Evolution. Egal. Das war es nicht, was sie vom Leben wollte. Sie wollte lachen, Kinder haben, ihre Sinnlichkeit genießen, sich ganz und gar dem Mann, den sie liebte, hingeben können. Niemals das Gefühl haben, es ging um ihren Körper. Es sollte um sie gehen. Und in ihm sah sie das alles. In einem einzigen Moment, in dem er auf der langweiligen, testosteronverseuchten Party zu ihr herübergeblickt hatte. Niemand sonst sah ihn, es war ein Wunder, dass er es überhaupt durch die Tür in den Kreis dieser selbsternannten Elite geschafft hatte. Sie wollte ihn, den zurückhaltenden Michael, der sofort einen Schritt zurück machte, sobald man zu forsch auf ihn zuging. „Hallo", hatte sie zu ihm gesagt, und er war geschrumpft wie ein Luftballon, dem die Luft ausgeht. Später hatten sie über den Tag ihrer ersten Begegnung gesprochen. Dabei gestand er, er war fassungslos gewesen, von ihr angesprochen worden zu sein. Er dachte, einige der Alpha-Tiere würden sich einen bösen Scherz mit ihm erlauben. Immer und immer wieder musste er ihr erzählen, wie sehr er sich in seinen kühnsten Träumen nach ihr gesehnt hatte. Immer wieder wollte er hören, dass sie an diesem ersten Abend nur Augen für ihn gehabt hatte.

Sie genoss seine Nähe, seine ungeschickten Zärtlichkeiten, den ungläubigen Blick in seinen Augen, wenn sie ihn küsste. Und doch dauerte es beinahe ein halbes Jahr, ehe sie das erste Mal intim wurden. Sie musste alle Regeln der Verführungskunst anwenden, um seine Tugendhaftigkeit schließlich zu brechen. „Bin ich nicht schön? Gefalle ich dir nicht?" Sie sah die Qual in seinen Augen, die Angst, sie zu verlieren. Und schließlich gab er auf. Sie lagen eng umschlungen auf dem moosigen Gras einer Waldlichtung, als er endlich sagte: „Ich will!" Und es war eine Offenbarung gewesen. Er erforschte jeden Zentimeter ihres Körpers mit kindlicher Freude. Er ließ sich fallen, so dass sie sich auch fallen lassen konnte. Zum ersten Mal in ihrem Leben. Als er nach einer gefühlten Unendlichkeit in sie eindrang, war sie entrückt in eine andere Welt. Noch in der gleichen Nacht machte er ihr einen Heiratsantrag. Das „Ja", das sie ihm auf seine Frage entgegnete, kam aus tiefster Seele. Nur mit diesem Mann wollte sie ihr Leben teilen. Was beide nicht wussten: Bereits in dieser Nacht hatte die Frucht seiner Lenden in ihrem Körper Wurzeln geschlagen.

Oh, wie sehr liebte er sie. Zunächst war es nur jugendliche Schwärmerei. Er hatte stets ihre Nähe gesucht. Und als die Kunde davon umging, an diesem einen Abend würde eine Party steigen, machte er sich klein und unsichtbar. Das war nicht schwer gewesen, niemand beachtete ihn, niemand nahm Notiz. Er gehörte zu denjenigen Menschen, die so vergessen werden, dass nicht einmal der Hass der anderen auf ihn fällt. Jemand wie er existierte gar nicht. Und dann lächelte sie ihn an. Er wäre am liebsten davongelaufen, aber da kam sie schon auf ihn zu und sah ihn direkt an. Erneut wäre er am liebsten geflüchtet, doch Sabine ließ nicht locker. Sie brachte ihn nach Hause. Und sie stand am nächsten Tag vor seiner Tür. Seine Stiefmutter schimpfte sie ein Flittchen, das sich vor dem Haus herumtrieb, er hätte ihr am liebsten seinen ganzen Hass entgegen geschrien. Doch er tat es nicht, und schon an diesem ersten gemeinsamen Tag verlangte der Dämon nach seinem Recht. Er flüsterte und wisperte, doch Michael Wertheim hatte noch ein reines Gewissen. Er drängte den Geist zurück in den Höllenschlund, aus dem er gekommen war. Doch die Peinigungen wurden stärker, und er hatte oft Mühe, den Dämon abzuwehren. Und dann kam eine Zeit des vollkommenen Glücks, sie hatten sich vereinigt und wenig später geheiratet. Ein kleiner Schwangerschaftsbauch war bei Sabine schon zu sehen. Sogar seine Stiefmutter schien glücklich. Er merkte nicht, dass sie sein Tun nur eifersüchtig beäugte. Die Kinder kamen, und seine Stiefmutter begann zu rechnen. Sie spie, geiferte und giftete ihm seine Gottlosigkeit ins Gesicht. Er hatte Kinder der Sünde gezeugt. Von diesem Tag an lebte er in einer Schizophrenie zwischen der Liebe zu Sabine und dem Dämon, der sein Leben zerstören wollte. Die ersten Jahre ihrer Ehe konnte er ihn unter Verschluss halten. Sie lebten ein unbeschwertes Leben und waren glücklich. Doch die Zeiten änderten sich. Jedes Mal, wenn er sich über die Sprache ihrer Wollust ärgerte oder gar peinlich berührt war, öffnete er die Tür einen wenig weiter. Er wollte sie wieder verschließen, den Stimmen in seinem Kopf kein Gehör schenken, doch es gelang ihm zunehmend seltener. Im einen Moment war er noch der charmante, liebenswerte und witzige Familienvater, wenig später ergriff ihn der Zorn. Diese Schlampe, kann sie nicht einfach ihr verruchtes Maul halten. Hatte er diesen Satz gedacht oder flüsterte seine Stiefmutter die Worte des Verderbens? Er liebte seine Zwillinge und die Frau, die sie ihm geschenkt hatte. Gleichzeitig wurde ihm die Familie unerträglich. Wie lange würde er noch durchhalten können? Er schlief schlecht, war ständig übermüdet, seine Konzentration sank jeden Tag mehr. Manchmal wusste er nicht mehr, ob er gerade eingenickt war und einen Tagtraum durchlebt hatte oder ob die Szene, die sich vor seinem geistigen Auge wiederholte, doch real gewesen war. Immer häufiger blieb er abends weg. Streifte durch Bars oder sah sich im Kino irgendeinen belanglosen Film an. Und irgendwann kam der Tag, als der Dämon das letzte bisschen Glück, den letzten Funken Liebe aus ihm herausgesaugt hatte.

Sabine Wertheim bemerkte die Wesensveränderung ihres Mannes zunächst nicht. Meist war er das Goldstück, das sie kannte. Seine zunehmende Unlust auf eheliche Pflichten erklärte er mit Stress in der Arbeit. Sie glaubte ihm. Immer häufiger hatte er Abendtermine und kam erst spät nach Hause. Er legte sich erst zu ihr ins Bett, wenn er der Meinung war, sie schlief. Wenn sie ihn berührte, zuckte er zusammen und drehte sich von ihr weg und murrte unverständliches Zeug. Inzwischen war sie aus dem gemeinsamen Schlaf- in das Gästezimmer umgezogen, weil er unruhig schlief, um sich schlug. Die kleinen Geschenke, die er ihr früher immer gemacht hatte, wurden weniger und blieben irgendwann ganz aus. Sie rechnete ihm hoch an, dass er seine Seelenqualen nicht die Kinder merken ließ. Auch als der totale Tiefpunkt ihrer Beziehung erreicht war, hielt sie noch zu ihm. Er hatte ihrem Leben vor vielen Jahren einen Sinn und Tiefe gegeben. Sabine Wertheim hatte es am Altar ernst gemeint, als sie sagte: „In guten und in schlechten Zeiten" und „bis dass der Tod uns scheidet." Auch wenn er ihr nicht sagte, was ihn quälte, sie würde ihr gemeinsames Leben nicht aufgeben, niemals. Es schien ihm von Tag zu Tag schlechter zu gehen. Verheimlichte er eine schwere Krankheit vor ihr? Aber warum wollte er sie nicht teilhaben lassen an seinem Schicksal? Er musste doch wissen, sie würde immer zu ihm halten. Egal ob Krebs oder sonst ein schrecklicher Tod nach ihm greifen würde. Sie würde für ihn da sein. Immer! Bis zum letzten Atemzug. Sabine Wertheim war unendlich traurig, doch sie war auch entschlossen, alles wieder zum Guten zu wenden. Und schließlich hatte es in den vergangenen Monaten ja auch gute Tage gegeben. „Bis dass der Tod uns scheidet", murmelte sie erneut, als er an diesem Abend früher als in den letzten Wochen heimkam.

Es roch nach Nürnberger Bratwürsten. Nach frischen Semmeln. Nach Sauerkraut. Der Hauptbahnhof in Nürnberg. Seit Jahren das erste Gefühl von Heimat, das sich in Ernst Gallbauers Brust wohlig ausbreitete. Seit fünf Tagen war er unterwegs. Mit seinem letzten falschen Ausweis, den er in Spanien noch aufbewahrt hatte. Die Papiere eines alten Freundes, der viel zu früh gestorben war. Gallbauer saß damals am Sterbebett, betete für diesen guten Mann, der ein Leben führte, das auch Gottes Wohlgefallen gefunden haben musste. Die Krankheit hatte seinen Leib ausgezehrt, die Medikamente ihn zu einem willenlosen Stück Fleisch werden lassen, das hoffnungslos seinem Ende entgegen siechte. Sieben Monate dauerte der Todeskampf, den Raphael begleitet hatte, weil er ihn nicht alleine lassen wollte. Sieben Monate betete er für ihn, in einer Zeit, in der er noch lange nicht daran dachte, dass er ein wichtiger Diener des Herrn sein würde. Warum er nach dem Tod des Freundes den Ausweis einsteckte, wusste er selber nicht. Vielleicht ahnte er bereits, was kommen würde, vielmehr musste. Der Herr lenkte schon damals die Geschicke, denn sein Freund sah ihm sehr ähnlich, so mancher hatte sie für Brüder gehalten. Er sah den Ausweis vielleicht auch nur als Erinnerungsstück an die einzige echte Freundschaft, die er in seinem Leben jemals hatte. Und die so schmerzvoll endete.

Werner Krottentaler, lautete der Name des Freundes. Das war jetzt Raphaels neue Identität, mit der er sich langsam seiner alten Heimat nähern wollte. Es war die Identität, mit der er in Tanger problemlos einreisen konnte, als er von der Fähre stieg. Als er am Hafen in Tanger stand und in der warmen nordafrikanischen Luft den Blick hinüber nach Spanien genoss, dort die mächtige Skulptur an der Einfahrt in den Hafen von Tarifa erkannte, das nur zwölf Kilometer Luftlinie entfernt den südlichsten Punkt Europas markierte, packte ihn die Sehnsucht. Ein mächtiger Drang, nicht nur nach Europa zurückzukehren, sondern gleich in die Heimat. Verstärkt wurde dies noch durch den ersten Eindruck, den die Stadt Tanger auf ihn machte: Müll, leere Plastiktüten, die sich im Geäst der Büsche verfangen hatten, staubiger Boden, ramponiert wirkende Häuser.

In diesem Moment glaubte er den Duft blühender Apfelbäume, frisch gemähter Blumenwiesen zu riechen, konnte den Geruch des Winters, wenn der Schnee die Natur unter sich begrub, wahrnehmen. Allein diese Vorstellung an die Heimat machte ihm den Gestank des Hafens in Tanger vergessen.

Der Ausweis ermöglichte ihm den Flug nach Amsterdam, von dort fuhr er mit dem Zug bis nach Nürnberg. Jetzt stand er da, in der Ladenzeile des Bahnhofs, und schlang eben jene Bratwürste mit Kraut gierig in sich hinein. Ein Süchtiger, der von der Droge Heimat allzu lang nicht hatte kosten dürfen.

Er kaufte eine Zeitung und blätterte sie flüchtig durch. Schon auf Seite drei wurde er fündig: „Noch immer keine Spur vom Golfplatz-Mörder in Spanien“ hieß es da. Er las den Artikel, Wort für Wort, und atmete erleichtert durch. Es gab Verdachtsmomente, allerdings nichts Konkretes. Vor allem nichts, was den Tod des deutschen Golfers mit Raphael in Verbindung brachte. Noch mehr erleichterte ihn der Hinweis, der österreichische Greenkeeper sei seit dem Auffinden des Mordopfers vermisst und stehe einerseits unter dringendem Tatverdacht. Andererseits bestehe auch die Möglichkeit, dass er selbst Opfer geworden sei. Die spanische Polizei konnte bisher nicht die geringste Spur über den Verbleib des mutmaßlichen Mörders finden. Ansonsten war das übliche Blabla zu lesen, über die Betroffenheit der Reisegruppe, die bereits einen Tag nach der Tat verfrüht nach Deutschland zurückgeflogen sei. Auch ein Foto sowie ein Phantombild des Verdächtigen wurden veröffentlicht. Das Bild war so verpixelt, er konnte sich nicht einmal selbst darauf erkennen. Er lächelte, weil er wusste, auf welchen Aussagen das Phantombild beruhte. Derart beschönigend berichtet nur eine verliebte Frau.

Das alles gab ihm das Gefühl, sich in Bayern wieder frei bewegen zu können. Und so legte er sein nächstes Etappenziel fest: Regensburg.

Die Kneipe, in der sich Michael Wertheim in den letzten Wochen aufgehalten hatte, war mit dem Wort Spelunke noch wohlwollend beschrieben. Es drückten sich eine Menge zwielichtiger Gestalten an die engen Tische des heruntergekommenen Gastraums. Er hatte sich zwar nicht die Freundschaft aber die wohlwollende Aufmerksamkeit des Wirtes erworben, weil er regelmäßig Lokalrunden spendierte. Was war schon eine Lage Schnaps für den Frieden, den er hier fand. Zwischen all den Säufern und gestrandeten Gestalten fühlte er sich wie deren großer Bruder. Er hatte Arbeit, eine Familie, und konnte dem Moloch, wenn er wollte wieder entfliehen. Er hatte sich sogar das Rauchen angewöhnt. Kein Problem in einem Lokal, das nicht einmal Polizisten betraten. Hier konnte er vor seinem Familienglück entfliehen, das ihm zur Last wurde. Sabine war immer noch so nett zu ihm, so verdammt nett. Und die Zwillinge schienen sich noch mehr als sonst um ihn zu bemühen. Er wollte das nicht. Hier, in dieser Absteige konnte er sich einreden, dass sein Leben verloren war. Wer liebte ihn schon? Niemand. Daheim bauten sie nur eine Fassade auf. Um ihn zu melken. Sein Geld auszugeben, um in einem schönen Haus zu wohnen. Wahrscheinlich ging ihm Sabine längst fremd.

Diese Hure hatte es doch ohnehin mit jedem getrieben, bevor sie ihn kennengelernt hatte. Mit Geschick und völliger Hingabe lenkte er ihre tierischen Triebe in geregelte Bahnen. Aber sie war verdorben. Durch und durch. Wenn er mit einem der verlausten Typen sprach und sich beklagte, dass seine Frau fremdging und ihn nur ausnutzte, erhielt er mit jedem Bier, das er seinem Gegenüber bezahlte, mehr Bestätigung.

„Du hast Recht, die nutzt dich nur aus“, sagten sie, oder: „Weiber, keine Ehre im Leib. Echte Freundschaft gibt es nur unter Männern.“

Inzwischen machten ihm die Verbrüderungs-Gesten betrunkener Stammgäste, die freundschaftlich den Arm um ihn legten, nichts mehr aus. Er genoss den Geruch nach kaltem Schweiß und die Bierfahnen, die sie ihm entgegen hauchten. Das war das echte Leben, sein Leben. Mehr und mehr wurde ihm klar, es war eine Fantasiewelt, in der er sich zuvor bewegt hatte. Sabine hatte ihn verzaubert, nein verhext. Verhext, um ihn für ihre Zwecke zu missbrauchen. Seine Stiefmutter hatte Recht gehabt. Sabine war direkt aus der Hölle in sein Leben getreten. Er weinte ein wenig, wenn er an das Grab seiner Stiefmutter dachte und die sterbliche Überreste, die darin ruhten.

„Mama“, sagte er mit Tränen der Verzweiflung in den Augen, „du hast immer Recht gehabt und ich habe dich bitterlich enttäuscht.“

„Schatz, du bist schon da, das ist schön. Ich habe gar nicht mit dir gerechnet, aber ich koche dir schnell etwas und dann könnten wir es uns gemütlich machen. Die Kinder sind bei meiner Mutter. Du weißt doch, sie bereiten dir eine Überraschung zum Geburtstag vor. Eigentlich dürfte ich dir das gar nicht sagen. Also bitte verrate mich nicht. Oder möchtest du lieber zum Italiener gehen? Vielleicht wäre es schön, wenn wir mal wieder gemeinsam ausgehen würden. Ich mache mich nur schnell frisch, in fünf Minuten bin ich fertig. Ich habe mir ein neues Kleid gekauft, ich hoffe es gefällt dir. Ich weiß, du magst es nicht, wenn ich mir einfach so Sachen kaufe. Aber ich konnte einfach nicht widerstehen. Warte, ich ziehe es gleich an. Ich bin sicher, es wird dir gefallen, es passt so wunderbar zu den Cowboy-Stiefeln, die dir so gefallen. Oh, ich freue mich so, dass du da bist.“

Michael Wertheim meldete sich an diesem Tag bereits gegen Mittag krank. Es zog ihn mit aller Macht in seine Stammkneipe, die schon tagsüber Auffanglager für gescheiterte Existenzen war. Als er eintrat, wischte der Wirt mit einem dreckigen Geschirrtuch über die Theke und sah ihn mürrisch an. In einer Ecke schlief ein Betrunkener, im Nebenraum stritten zwei weitere Männer am Billard-Tisch. Michael Wertheim setzte sich an die Theke und bestellte Orangensaft-Schorle.

Er lächelte über den Standard-Witz des Wirtes: „Woraus wird denn das gemacht?“, und schnappte sich eine Zeitung, die neben ihm auf einem Barhocker lag. Brandaktuell, dachte er, als er auf das Datum schaute. Es war bezeichnend, dass in diesem Lokal, das sich nicht um die Außenwelt scherte, eine Zeitung lag, die schon mehr als zwei Wochen alt war. Er legte sie vor sich auf die Theke, strich die Titelseite glatt, zündete sich eine Zigarette an, nahm einen Schluck und studierte die Seite eins. Er erinnerte sich daran, davon gehört zu haben. Die Polizei jagte einen Serienmörder, der bereits drei Frauen umgebracht und zum Teil verstümmelt hatte. Dem geht es wohl wie mir, dachte er, und plötzlich stand sein Entschluss fest.

„Michael Schatz, ich möchte heute so gerne einen schönen Abend mit dir verbringen. Kannst du mir diesen Gefallen tun? Oder soll ich dich in Ruhe lassen? Wenn es nicht geht, ist das auch kein Problem, dann vielleicht morgen. Aber weißt du, ich würde es mir wirklich wünschen. Michael, bist du da? M-I-C-H-A-E-L!“

Es musste heute sein. Er konnte es nicht ertragen, wenn sie nur noch einen Tag länger leben würde. Die Frage war nur noch: Wie? Eigentlich egal, der Serienmörder, über den in der Zeitung ein Hintergrundbericht mit allen drei bisher verübten Taten stand, machte sich auch nicht die Mühe, bei einer Tötungsart zu bleiben. Er konnte es also handhaben, wie er wollte, und es dem anderen dann trotzdem in die Schuhe schieben. War doch auch egal, ob sie dem jetzt drei, vier oder noch mehr Morde anhängen würden. Er wusste schon, wie er es machen würde. Einer der drei Morde inspirierte ihn direkt. Der passte besonders gut, denn ihre eigene Geilheit würde ihr zum Verhängnis werden.

Das Erstaunen stand ihr ins Gesicht geschrieben. Noch im Hausflur entledigte er sich aller seiner Kleider und stand nackt vor ihr.

„Schatz, ich bin so heiß auf dich wie lange nicht mehr.“

Dieser Satz, auf den sie so lange sehnlichst gewartet hatte, trieb ihr die Tränen in die Augen. Es war eine Mischung aus Glück und Erleichterung. Die Anspannung der letzten Monate fiel auf einmal von ihr ab. Sicher, es gab viel aufzuarbeiten und zu klären. Aber vielleicht würde alles wieder gut, so wie früher. Doch sie wollte den Moment nicht zerstören und warf sich ihm in die Arme. Schon spürte sie seine Manneskraft erwachen.

„Endlich“, hauchte sie.

Michael schlug vor, ein gemeinsames Bad zu nehmen. Sie war sofort einverstanden. Sie beide hatten es immer gemocht, sich in der Badewanne zu lieben. Ja, dachte sie, alles wird wieder gut. Schnell entledigte auch sie sich ihrer Kleider, während das Wasser warm in die Wanne plätscherte. Der Badeschaum wuchs unaufhörlich und verströmte süßen Duft. Er wollte noch schnell zur Toilette. Sie ließ sich in die Wanne gleiten und genoss das Wasser, das sie sanft umspülte, und summte in leiser Vorfreude vor sich hin. Als sie seine Hand an ihrer Schulter spürte, drehte sie sich zu ihm um.

Das Letzte, was sie in ihrem Leben sah, war das hassverzerrte Gesicht ihres Mannes, der ihren Kopf unter die Wasseroberfläche drückte. Für einen Moment glaubte sie, er mache einen dummen Scherz mit ihr. Doch dann wurde die Luft immer weniger, Wasser strömte in sie hinein und sie begann wild mit Armen und Beinen zu schlagen.

Das Wasser spritze und schwappte in großer Menge aus der Wanne. Er hätte gar nicht geglaubt, dass Sabine solch eine Kraft hatte. Wahrscheinlich war das normal für einen Menschen im Todeskampf. Für einen Moment bekam sie seine Haare zu fassen, und er hätte sie beinahe freigeben müssen. Doch er schlug den Arm weg und drückte sie unbarmherzig weiter unter Wasser. Wie lange würde der verzweifelte Todeskampf dauern? Auch mit den Beinen schlug sie wild um sich. Als sie mit den Fersen an den Wannenrand schlug, machte es hässliche Geräusche, ganz so, als würden Knochen brechen. Mehr als einmal kratzte sie ihn an Oberkörper und im Gesicht. Blut rann aus ihm heraus, tropfte in die Wanne. Dann, nach einer gefühlten Ewigkeit, ließ ihr Widerstand nach. Die Bewegungen wurden langsamer, weniger kraftvoll. Schließlich blieben sie ganz aus. Noch einmal bäumte sich

Sabines Körper kurz auf, ein letztes Mal zuckten Beine und Arme, dann war es vorbei. Vollbracht! Nur um ganz sicher zu gehen, lockerte er den Griff nicht gleich, sondern hielt den Körper noch einige Momente unter Wasser. Schließlich ließ er los und stand schwer schnaufend vor der Badewanne. Er trocknete sich ab, warf das Handtuch, das sich sofort mit Wasser vollsaugte, achtlos auf den Boden und begutachtete im Spiegel die Wunden, die ihm Sabine im Todeskampf zugefügt hatte.

Das würde aber nicht sein größtes Problem sein. Wenn er weiter in Freiheit bleiben wollte und bei Gott, das wollte er, dann musste er handeln. Bei aller blinden Wut, mit der er sein Ziel verfolgt hatte, fiel ihm erst jetzt auf, er hatte massenhaft Spuren hinterlassen. Sie musste weg von hier, unbedingt und sofort, bevor die Kinder nach Hause kamen. Er zog sie aus der Wanne und schleifte sie weg.

Er begann Badreiniger, Desinfektions- und andere Putzmittel im Bad zu versprühen. Mehr als eine Stunde versuchte er alles zu säubern. Er zog seiner Frau ein Höschen und eine Bluse an, wickelte sie in die Tagesdecke und packte sie in den Kofferraum. Völlig fertig setzte er sich an das Steuer seines Wagens und fuhr los.

„Papa, Mama, seid ihr da?“ Die Wertheim-Zwillinge traten ins Haus.

„Scheinbar keiner da.“

„Geil, dann hauen wir uns eine Pizza in den Ofen und machen es uns vor der Glotze gemütlich. Schau doch mal, ob noch Bier da ist.“

„Yep. Schon komisch, dass Mama nicht da ist. Sonst gibt sie uns doch auch immer Bescheid, wenn sie abends noch weggeht. Und jetzt ist es schon halb zehn.“

„Vielleicht ist sie ja mit Papa weg. Bestimmt haben sie sich endlich wieder vertragen und sind in ihr altes Stammlokal.“

„Sollen wir da anrufen und fragen, ob sie da sind?“

„Nö, bloß nicht, nachher fällt ihnen noch ein, dass sie früher nach Hause kommen. Ich hab jetzt Bock, hier ein bisschen zu chillen. Und Mamas Geschrei hören wir dann noch früh genug."

„Hast Recht, Prost!"

Michael Wertheim versicherte sich, dass niemand in der Nähe war und bog in einem Waldstück vor Saldenburg von der Hauptstraße in einen Waldweg ein. Nach einigen Metern blieb er stehen. Er holte seine Frau, eine Schaufel und einen Spaten aus dem Auto und fuhr den Wagen zurück auf einen kleinen unauffälligen Parkplatz. Das Licht des Mondes reichte, um den Weg zurück zu finden. Er mühte sich, die Leiche auf seine Schulter zu packen und stapfte einige Meter in den Wald hinein. Es dauerte ewig, ehe er ein Loch ausgehoben hatte.

Ihm fiel ein, in der Zeitung stand etwas von Verletzung der Augen. Er überlegte, was damit gemeint gewesen sein konnte. Weil ihm nichts Besseres einfiel, legte er zwei Kieselsteine, die er vom Waldweg geholt hatte, auf ihre Augen und schaufelte das Grab zu.

Es kostete einige Mühe, eine Telefonzelle zu finden. Ein Relikt aus der Zeit vor der Ära Handy. In Tittling wurde er doch fündig und wählte die Nummer der Polizei. War es zu riskant, seinen richtigen Vornamen anzugeben? Er glaubte nicht. Es war eine Laune des Schicksals, er trug denselben Vornamen, den die Presse dem Bayerwald-Mörder gab. Egal, er würde es wagen.

„Hallo, ich bin der, den die Presse Michael nennt. Und ich habe es wieder getan. Sie werden mich niemals kriegen. Ich werde weitermachen, bis zum bitteren Ende, versprochen. Sie können mich nicht aufhalten. Die Pest muss ausgerottet werden."

Ob das ein wenig zu dick aufgetragen war? Er glaubte eigentlich nicht. Seine Frau, die in solchen Situationen, wenn er sich einer Sache nicht sicher war oder nicht mehr weiter wusste, immer die richtigen Antworten parat hatte, konnte er ja jetzt nicht mehr fragen.

Er setzte sich in seinen Wagen, den er auf dem Tittlinger Marktplatz abgestellt hatte, zündete sich eine Zigarette an und beobachtete einige betrunkene Jugendliche, die Arm in Arm und lautstark singend nach Hause gingen. Ein großer Hund trabte leichtfüßig und sich immer wieder ängstlich umblickend über den Patz. Die Katze, die er auf seinem Weg aufschreckte, fauchte und schoss über die Straße. Vereinzelt fuhren Autos vorbei und verschwanden hinter einer abschüssigen Linkskurve oder tauchten von dort auf. In den Häusern ringsum wurden letzte Lichter gelöscht. Da und dort war das Flimmern eines Fernsehers wahrzunehmen.

Michael Wertheim überfiel tiefe Müdigkeit. Der Adrenalinspiegel fiel, und er war überzeugt, er würde sich gleich besser fühlen. Doch das Gegenteil war der Fall. Sein Dämon sah seine Mission als erfüllt an, zog sich in seine Kammer zurück und verlegte sich darauf, nur noch partiell Bosheiten zu zischen. „Sie war eine Schlampe, du hast das einzig Richtige getan." Oder: „Du hast jetzt die beiden Bastarde am Hals."

„NEIN", brüllte er wie ein Besessener. „Nein, du lässt meine Kinder in Ruhe."

In dem Maße, wie sein eigenes Ich zurückkehrte, wuchs die Trauer und das Entsetzen. Er glaubte, bald aus einem bösen Traum erwachen zu können und seine Frau friedlich schlafend neben sich liegen zu sehen. Doch schon keifte es wieder in seinem Hinterkopf, kontinuierlich, solange, bis das aufkeimende Gewissen wieder eingelullt war. Kurz darauf hätte er sich mit seiner Zigarette vor Schreck beinahe das Gesicht verbrannt: Jemand klopfte gegen seine Fensterscheibe. Er hatte nicht bemerkt, dass ein Polizeiwagen neben ihm stehengeblieben war. Er kurbelte das Fenster herunter, einer der beiden Beamten, die aus dem Wagen ausgestiegen waren, sprach ihn an.

„Guten Abend, Führerschein- und Fahrzeugkontrolle."

„Guten Abend, gibt es ein Problem?" Michael Wertheim reichte ihm seine Papiere.

„Was machen Sie um diese Zeit hier?"

„Ach, wissen Sie, ich konnte nicht einschlafen. Autofahren beruhigt mich. Und um eine zu rauchen bin ich hier stehengeblieben."

Das Misstrauen der beiden Beamten schien nicht ganz unbegründet: Über die Straße befand sich ein großes Traditionswirtshaus, das gut und gerne frequentiert wurde.

„Bitte steigen Sie aus Ihrem Wagen. Sind Sie mit einem Alkoholtest einverstanden?"

Sie konnten nichts wissen, woher denn auch, er brauchte sich keine Sorgen machen, er musste nur diese Polizeiroutine mitmachen.

„Selbstverständlich, kein Problem."

Das Display des Alkomaten zeigte 0,00 Promille an.

Gut, dachte er, dass ich in den letzten Monaten das Saufen nicht angefangen habe.

Einer der beiden Beamten schien damit zufrieden zu sein, der andere ließ noch nicht locker.

„Haben Sie Warndreieck, Verbandskasten und Notfallweste dabei?"

„Selbstverständlich." Er öffnete den Kofferraum. Der Beamte leuchtete mit der Taschenlampe hinein und nickte zufrieden. Er blickte noch einmal auf den Führerschein.

„Danke, Herr Wertheim, wir wünschen Ihnen einen schönen Abend."

Im Vorbeigehen streifte das Licht der Taschenlampe den Rücksitz. Die Decke, in die Schaufel und Spaten gewickelt waren, fiel aber nicht weiter auf.

Die Notfallzentrale brauchte einige Minuten, um jemanden von der Soko Bayerwald zu erreichen. „Bender", knurrte der Kriminalhauptkommissar, schlaftrunken und missmutig. Doch wenig später war er hellwach.

„Woher kam der Anruf?"

„Aus einer öffentlichen Telefonzelle in Tittling."
„Sofort alle verfügbaren Polizeistreifen dorthin schicken und die Gegend engmaschig überwachen."

Michael Wertheim verließ gerade den Marktplatz, als die beiden Beamten wieder in ihren Wagen stiegen. Nachdem sie die Mitteilung gehört hatten, war ihnen sofort klar, welche Chance sie gerade verpasst hatten.
„Mir ist der Typ die ganze Zeit so komisch vorgekommen", sagte einer der beiden, als der andere schon in die Richtung raste, in die Wertheim verschwunden war. Er gab Namen, Adresse, Fahrzeug und Kennzeichen des Flüchtigen durch und erntete von seinem Kollegen erstaunte Blicke.
„Ich sag doch, mir kam der Typ komisch vor, ich weiß jetzt auch warum. Der war doch völlig verdreckt, als ob er in der Erde gewühlt hätte. Deshalb habe ich mir vorsichtshalber alles eingeprägt. Ich wollte ja seine Daten noch durch den Computer jagen lassen. Dann hätten wir die Meldung gehört, bevor er abhauen konnte. Aber du immer mit deinem Kuschelkurs."
„Jetzt brauchst du bloß noch sagen, ich bin schuld, wenn er uns durch die Lappen geht."
Der andere sagte nichts, dachte aber: Genau!

Das Versteckspiel mit der Polizei kostete ihn noch einmal viel Kraft und so war er kurz hinter Tittling in Richtung der Ortschaft Haus im Wald abgebogen und fuhr rückwärts in einen kleinen Feldweg, der in ein Wäldchen führte. Hier, dachte er, gab es ausreichend Sichtschutz, um eine weitere unliebsame Begegnung zu vermeiden. Ein zwei Stunden Schlaf sollten reichen, um wieder fit genug zu sein, nach Hause zurückzukehren. Gerade als er die Augen schließen wollte, hörte er eine Polizeisirene. Gleich darauf raste die Streife in Hochgeschwindigkeit an ihm vorbei. Mit einem Lächeln auf den Lippen schlief er ein.

Bender wollte schon lospoltern, die beiden Streifenbeamten seien wahrscheinlich zu dämlich gewesen, sich Name und Adresse des Verdächtigen zu merken. Doch er wurde positiv überrascht und war im Grunde froh, nicht zu dieser nachtschlafenden Zeit schon wieder aus der Haut fahren zu müssen. Im Eiltempo weckte er Manu, die im Zimmer neben ihm schlief, zog sich an und saß wenig später schon in seinem Dienstwagen, den er vor dem Hellen Hahn in Grafenau geparkt hatte. Wenig später kam Manu, aber ein Streifenwagen, den er dabei haben wollte, kam nicht. Bender fluchte, gab sich dann aber zufrieden, weil die Kollegen von Passau aus direkt zur angegeben Adresse in Haslach kommen würden. Bender ordnete an, auch Bahnhöfe und Flughäfen zu informieren und Michael Wertheim international zur Fahndung auszuschreiben. Es war zwar unwahrscheinlich, aber immerhin möglich, dass er bereits wusste, wer ihm auf den Fersen war. Von Grafenau nach Hohenau brauchte Bender nur knapp zehn Minuten. Haslach lag direkt daneben. Er wartete vor dem Grundstück auf Verstärkung aus Passau. Ungeduldig rauchte er drei Zigarillos. Manu, die den Rauch nicht ertragen konnte, stieg aus. Endlich, dachte Bender, als die Passauer ankamen. Man vereinbarte, das Haus einzukreisen, um Wertheim den Fluchtweg abzuschneiden.

Manu sagte: „Und Kollegen, bitte ruhig bleiben, wir wissen noch nicht, ob es sich tatsächlich um den Täter handelt.“ Sie packte diese Warnung zwar in verbale Watte, aber sie galt ganz eindeutig Bender.

Er klingelte an der Haustür, es rührte sich nichts. Er klingelte ein weiteres Mal. Wieder nichts. Beim dritten Mal ging erst ein Licht an, dann hörte Bender Schritte, und schließlich öffnete ein Mädchen die Tür.

„Hallo Mama, hallo Papa, habt ihr eure Schlüssel ver...“

Sie erschrak, es waren nicht ihre Eltern. Georgine wollte die Tür schon wieder zustoßen. Doch Bender verhinderte dieses Vorhaben mit seinem Fuß.

„Ist dein Vater da?“, fragte er barsch.

Das Mädchen sah ihn ängstlich an: „Wer sind Sie, was wollen Sie?“

Manu wollte auf gar keinen Fall, dass Bender das Mädchen mehr als nötig verängstigte und schob ihn barsch zur Seite.

„Wir sind von der Polizei, mein Name ist Hentschel und das ist mein Kollege Bender. Wir müssen deinen Vater sprechen. Ist der da?“

„Nein, wir dachten Sie wären ...“

„Wer ist denn das?“ Eine weitere Stimme war aus dem Haus zu hören.

„Die Polizei, die suchen Papa.“

„Ham sie dir ihren Ausweis gezeigt?“

„Hier“, Manu hielt dem Mädchen ihren Dienstausweis hin. „Dürfen wir reinkommen, wir würden gerne auf deinen Vater warten. Ist deine Mutter zu Hause?“

Das Mädchen verneinte. Ein Junge, der ihr täuschend ähnlich sah, schlurfte durch die Wohnung zu ihnen. Manu erkundigte sich, ob die beiden Verwandten hätten, wo sie bleiben könnten. Ohne zu viel zu verraten, deutete sie an, der Vater müsse wohl mit aufs Präsidium kommen.

„Aber warum denn? Und wenn, dann ist ja immer noch Mama da.“

Manu ging nicht auf die beiden ein und beharrte darauf, sie zu Verwandten zu schicken.

Die Großeltern, die im benachbarten Hohenau wohnten, holten ihre Enkelkinder weit nach Mitternacht ab. Auch sie erfuhren nicht, was geschehen war. Alle vier spürten allerdings anhand Benders Verhalten, der wie ein gehetztes Tier auf und ab rannte, ganz ungeniert die ganze Wohnung durchsuchte und ab und zu Anweisungen und Fragen bellte, es musste etwas Schlimmes passiert sein.

„Ist was mit Papa oder Mama?“ Das Mädchen machte einen letzten Versuch.

„Bringen sie die beiden bitte jetzt weg“, sagte Manu und versprach, sich bald zu melden. Sie notierte Adresse und Telefonnummer.

Als Michael Wertheim erwachte, fühlte er sich frisch und ausgeruht. Er sah auf die Uhr: 1:45 Uhr. Er stieg aus dem Wagen und erleichterte sich. Nachdem er sich eine Zigarette angezündet hatte, blickte er hinauf in den Sternenhimmel. Er verlor sich einen Moment in der Unendlichkeit und begann dann Pläne zu machen, wie er weiter vorgehen würde. Er hatte noch bis zum Morgen Zeit zu putzen. Die Kinder waren bei den Großeltern. In jedem Fall musste er früh morgens bei den Schwiegereltern anrufen und fragen, ob Sabine da sei. Er würde ganz besorgt sein, weil sie abends nicht nach Hause gekommen und morgens nicht dagewesen sei.

„Das habe ich bei ihr ja noch nie erlebt“, würde er sagen und betonen, wie sehr er sich sorgte. Natürlich würde er auch die Polizei anrufen, die würden ihn beruhigen. Sieht man doch oft im Fernsehen, dachte er. Die Polizei werde immer erst nach 24 oder 48 Stunden aktiv. In der Zeit, in der sie nichts unternahm, musste er eine regelrechte Show abziehen.

Sein Gewissen meldete sich wieder. Wieso war es soweit gekommen? Er hatte sie doch so geliebt. „Sie war eine Schlampe“, zischte seine Stiefmutter und er pflichtete ihr bei: „Ja, sie war eine Schlampe.“

Er startete den Wagen und fuhr los. In Elsenthal auf Höhe der ehemaligen Atex-Werke bemerkte er, ein Wagen folgte ihm. Er erkannte einen Polizeiwagen und dessen Aufforderung rechts ranzufahren. Waren sie ihm schon auf die Schliche gekommen? Aber wie? Bei der Polizeikontrolle war doch alles unauffällig. Hatte ihn jemand beobachtet, als er Sabine verscharrte? Vielleicht war aber alles auch viel harmloser und er hatte lediglich das Pech, zweimal in einer Nacht in eine Polizeikontrolle zu geraten. Er verwarf diesen Gedanken, als der Polizeiwagen ihn unvermittelt überholte und sich vor ihm quer stellte. Für den Moment rettete ihn allerdings der Umstand, dass der Wagen ein Stück zu weit vor ihm hielt und er aufgrund einer Parkbucht genügend Platz bekam, geistesgegenwärtig umzudrehen und davonzurasen.

Als die Streife sich an seine Verfolgung machte, konnte er sich bereits über einen Vorsprung freuen.

Der Beamte kam aufgeregt ins Haus gelaufen, gerade in dem Moment, als Bender die Umgebung nach einem Gegenstand scannte, den er zertrümmern konnte. Manu hatte es aufgegeben, ihren Chef zur Ruhe zu mahnen.

„Sie haben ihn, das heißt, sie haben ihn fast."

„Was zum Teufel soll das heißen?"

„Das heißt, eine Streife wollte ihn bei Grafenau stoppen, doch er konnte entkommen, jetzt verfolgen sie ihn."

„Oh mein Gott, wie kann man sich den nur durch die Lappen gehen lassen, Schlamperei."

Diesmal war es Manu gewesen, die sich aufregte. Ihr ging der ganze Fall inzwischen einfach schon zu sehr an die Nieren.

„Glauben Sie mir, weit kommt der nicht. Er flieht in Richtung Deggendorf, wahrscheinlich will er auf die Autobahn. Aber keine Sorge, die Kollegen kriegen den, da bin ich sicher."

„Bei dem Saustall bin ich mir mit gar nichts sicher." Diesmal war es wieder Bender.

Wahrscheinlich war es die beste Lösung, wenn sie ihn schnappen würden. Wenn er ehrlich war, hatte er gar nichts dagegen. Was sollte das schon noch für ein Leben sein? Die Frau, die er eigentlich liebte, tot, zwei Kinder, die vermutlich daran zerbrechen würden, wenn die Mutter nicht mehr da war. Und wie hatte er für eine Minute annehmen können, sie würden ihren toten Körper nicht finden? Das geschah doch meistens ganz schnell. Ein Förster, der mit seinem Hund durch den Wald streifte, ein Schwammerlsucher. Wahrscheinlich war die Leiche ein Fest für die Nase eines Hundes. Er machte sich nichts mehr vor, schnell würde die

Polizei herausfinden, wo und wie Sabine gestorben war. Sicher befanden sich seine Hautpartikel unter ihren Fingernägeln, Haare, die sie ihm während des Kampfes ausgerissen hatte, noch in den Fingern. Die Decke konnte er verbrennen, Spaten und Schaufel entsorgen. Doch im Kofferraum würden sie Spuren finden und wer weiß, wo sonst noch. Und dann war es für die Kinder und seine Schwiegereltern die Gewissheit: Er war ein Mörder. Ein Geistesgestörter, der die Frau, die er liebte, ertränkt hatte, noch dazu.

„Du hältst jetzt mal das Maul, du knorrige alte Hexe", schrie er seine Stiefmutter, an, die sich schon wieder zu Wort meldete. Im Grunde genommen sehnte er seine Verhaftung herbei.

Die Verfolgungsjagd, die er sich inzwischen schon mit zwei Streifenwagen lieferte, war ein reiner Reflex. Zum einen wusste er gar nicht, wo er hinfahren sollte, zum anderen würde irgendwann einmal das Benzin ausgehen. Und so, wie die hinter ihm her waren, jedes seiner waghalsigen Überholmanöver mit noch gewagteren toppten, glaubte er nicht, sie irgendwann abhängen zu können. So war dieses Straßenrennen nichts weiter als ein wenig Zeit, sich mit sich selbst zu beschäftigen. Tränen rannen ihm über das Gesicht und Selbstmitleid übermannte ihn.

Nicht er war schuld, dass er ein Leben genommen und weitere zerstört hatte, es war seine Stiefmutter gewesen, das gemeine Miststück. Niemals gönnte sie ihm etwas, alles musste sie kaputtmachen. Von Anfang an war sie neidisch auf sein Glück gewesen. Sie fand auf dem Sterbebett sogar noch die Kraft, sich Sabines Hand zu entziehen, als diese sich von ihr verabschieden wollte.

Kurz vor Auerbach führte die Straße bergab in eine abschüssige Linkskurve. 120 Sachen waren hier ganz klar zu schnell. Er legte eine Vollbremsung hin. Der Polizeiwagen hinter ihm krachte auf ihn drauf, gab seinem Auto Effet, es drehte sich und schaukelte sich gefährlich auf, überschlug sich aber nicht. Der Airbag flog ihm entgegen. Der Wagen rutschte unkontrolliert über die

Straße und krachte rückwärts in eine Garage, die am Straßenrand stand. Noch ehe er reagieren konnte, wurde die Fahrertür aufgerissen.

Er blickte in den Lauf einer Pistole.

„Ganz langsam aussteigen, Freundchen.“

Bevor er der Aufforderung Folge leistete, sagte er noch: „Ja, Mama, du hast natürlich recht. Wie immer.“

„Gott sei Dank, sie haben ihn und bringen ihn nach Passau. Es ist niemandem etwas passiert.“ Manu legte ihre ganze Erleichterung in diese Worte. „Noch nicht“, sagte Bender.

Er ging mit der Überzeugung in das Verhör, den kargen Raum nicht eher zu verlassen, bevor er jedes Detail kannte. Er war wild entschlossen und hieb zur Begrüßung mit der Faust auf den Tisch. Das kann ja heiter werden, dachte Manu, die wie alle anderen Anwesenden tiefe schwarze Ringe unter den Augen hatte. Doch der Schlag verfehlte seine Wirkung nicht. Michael Wertheim zuckte zusammen und begann spontan zu weinen.

Bender lachte höhnisch: „Das passt zu euch Arschlöchern. Erst durchdrehen und Unschuldige töten und dann in Selbstmitleid zerfließen. Wahrscheinlich erzählst du mir gleich, wie schwer deine Kindheit war. Weißt du was, du verdammter Wichser, das interessiert mich nicht. Deine weinerlichen Entschuldigungen kannst du dir komplett sparen. Was ich von dir will, sind die Fakten. Nicht mehr und nicht weniger. Und zwar sofort. Ich warne dich. Spiele keine Spielchen mit mir, sonst kannst du was erleben.“

Manu unternahm gar nicht den Versuch, ihren Chef zu bremsen. Zum einen, weil es nichts gebracht hätte, zum anderen, weil sie im Moment noch keine Einwände hatte. Warum sollte man diesen Kerl mit Samthandschuhen anfassen?

Doch es war gar nicht nötig, weiter auf ihn einzuwirken. Bereitwillig erzählte er, was sich seit dem gestrigen Nachmittag abgespielt hatte. Schließlich verriet er auch, wo seine Frau lag. Auch den Anruf bei der Polizei gestand er.

Bender schickte Schaller los, die Leiche zu suchen und setzte das Verhör fort. „Und die anderen Morde, wie sind Sie da vorgegangen?“

„Andere Morde, ich verstehe nicht? Ach, Sie meinen wegen dem Anruf. Das hab ich doch nur gesagt, um von mir abzulenken. Ich habe die Geschichte kurz vorher in einer alten Zeitung gelesen.“

Die Ohrfeige Benders kam so überraschend, dass es Michael Wertheim vom Stuhl riss.

„Ralf, bist du wahnsinnig?“, schrie Manu.

„Ich habe ihm gesagt, er könne etwas erleben, wenn er mich verarscht.“

Dennoch hatte Bender nicht zugeschlagen, weil er der Meinung war, Wertheim würde lügen. Im Gegenteil. Er war von der ersten Minute an überzeugt, er sagte die Wahrheit. Die Ohrfeige war ein Ausdruck seines ganzen Frustes. Ein Trittbrettfahrer also. Mistkerl. Doch so einfach würde er ihn nicht davonkommen lassen. Eine Zeitlang würde er sich dumm stellen. Er wollte diesen Typen nicht so schnell aus den Fingern lassen. Er wollte noch viel mehr darüber erfahren, wie solche Typen ticken. Sicher, er hatte einen reichen Erfahrungsschatz, konnte es in Büchern nachlesen oder Dr. Leopold fragen. Doch das war etwas anderes. Seine Aufklärungsquote war zu einem Großteil seinem Instinkt zu verdanken. Und Instinkt war für ihn nichts anderes als die Summe seiner Lebenserfahrungen. Deshalb würde er diesen Wertheim ausquetschen, wie eine Zitrone. Zumindest solange man ihn ließ.

Es war für Schaller nicht sonderlich schwer gewesen, das Grab von Sabine Wertheim zu finden. Ihr Mörder hinterließ Spuren, die ein Blinder finden konnte. Leichenwagen, Feuerwehr und Polizei waren vor Ort und erregten bei Spaziergängern, die noch vor dem Frühstück eine Runde drehten, viel Aufmerksamkeit. Auch das obligatorische Absperrband entwickelte eine magische Anziehungskraft. Und natürlich verbreitete sich wenig später die Kunde einer weiteren Leiche wie ein Lauffeuer über den Bayerischen Wald. Schaller machte routinemäßig Fotos von der Toten, außerdem wollte Bender umgehend welche haben.

„Sag mal, Ralf, was ist denn in dich gefahren? Bei allem Verständnis für deine Situation, aber du gehst langsam zu weit. Selbst wenn er unser Mann ist, du gehst zu weit."

„Ich sehe das nicht so. Ich nehme mir den Typen noch einmal vor."

„Nicht, wenn ich es verhindern kann. Ralf, du musst dir helfen lassen, Dr. Leopold sagt …"

„Was der sagt, interessiert mich einen Dreck. Und du blas dich bloß nicht so auf wegen einer Ohrfeige. Der hätte viel Schlimmeres verdient."

„Ralf, es tut mir leid, aber ich gehe zu Ritter. Du musst unbedingt aus dem Fall rausgenommen werden."

„Zu spät, den Weg kannst du dir sparen, ich hab das alles bereits mit ihm abgesprochen. Er gibt mir freie Hand. Und jetzt komm mal wieder runter, ich werde ihm kein Haar mehr krümmen. Höchstwahrscheinlich nicht", ergänzte er und grinste.

Und obwohl Manu immer noch sauer war, lächelte sie auch.

Fast war er versucht, ihr zu erzählen, warum er mit Wertheim so eine Show abzog, da rief Benno Seifeld an.

Der neue Chefredakteur des Tagblatts wurde mit seinem Posten nicht so richtig warm.

Die Kollegen waren – soweit er es bisher beurteilen konnte – ganz in Ordnung. Es gab keine Spitzen in seine Richtung, auch wurde nicht an seinem Stuhl gesägt. Und wenn doch, dann bemerkte er es nicht. Da er ein untrügliches Gespür für Geschichten hatte und auch in den Redaktionskonferenzen stets deutlich machte, worum es ihm ging, herrschte momentan – was das Erscheinungsbild der Zeitung und deren Ausrichtung betraf, allgemeine Zufriedenheit.

Was ihn wirklich belastete, war der tägliche Umgang mit dem gesamten Führungspersonal. Man mochte es Minderwertigkeitskomplex nennen, egal, es war ihm einfach unangenehm, mit diesen Leuten zu verkehren. Selbst, wenn sie beim Mittagessen saßen oder abends beim Bier, stets bekam er das Gefühl, sie benähmen sich gekünstelt. Viele von ihnen waren aufgeblasene Schwätzer. Und dieses Gefühl verstärkte sich, je weiter oben sie sich in der Rangordnung befanden.

Er war das genaue Gegenteil dieser Leute. Vielleicht funktionierte die Zusammenarbeit mit den Kollegen bis hin zum Volontär deshalb so gut.

Ein Kollege stürmte aufgeregt in sein Büro. Er fand es ganz angenehm, sein eigenes Büro zu haben, die Tür stand trotzdem stets offen. Selbst wenn Besuch da war. Benno Seifeld vertrat die Meinung, da er in diesen Räumen nichts Privates besprach, könne gerne jeder mithören. Schließlich sei es wichtig, dass jeder bestens über alle redaktionellen Angelegenheiten Bescheid wusste. Ein Geheimnis gab es allerdings doch, das würde auch so bleiben, schließlich hatte er es Bender versprochen.

Der junge Kollege, der schwer schnaufend vor ihm stand, berichtete von der Leiche, die in einem Waldstück bei Tittling gefunden worden war.

„Danke, Heinz, ich muss mal schnell telefonieren, mach doch bitte die Tür zu, wenn du rausgehst.“ In diesem Moment wusste jeder in der Redaktion: Morgen steht wieder eine Geschichte mit Informationen in der Zeitung, die in dieser Form und Ausführlichkeit kein anderes Medium vorweisen kann.

„Sehen Sie hin, sehen Sie sich die Bilder an. Das waren Sie: geköpft, erstickt, erstochen, ertränkt, Sie sind ein Monster!“

Wertheim drehte den Kopf angewidert weg.

„Schauen Sie hin“, schrie Bender, „Schauen Sie verdammt

nochmal hin. Das haben Sie getan, Sie allein." Speichel spritze aus seinem Mund.

Wertheim jammerte und heulte wie ein kleines Kind. Er sei es nicht gewesen. Er habe auch seine Frau nicht umbringen wollen. Der Dämon, er sei besessen gewesen. Er würde doch niemals.

„Ich habe sie doch geliebt."

„Es ist doch immer dasselbe mit euch verdammten Psychopathen. Nie könnt ihr selbst was dafür, immer war es irgendein Heiliger oder eine Stimme, die euch Befehle erteilt hat. Du kotzt mich an, du widerliches Stück Scheiße."

Manu hatte endgültig genug, sie stand auf und wollte den Verhörraum verlassen.

Wertheim sah ihr hilfesuchend nach. „Bitte lassen Sie mich nicht mit dem allein."

Sie konnte die Befürchtung des Verdächtigen durchaus verstehen. Obwohl sie keinerlei Sympathien für ihn hegte, blieb sie da. Sie wollte Bender vor sich selbst beschützen, bevor er noch Schlimmeres anstellte.

Doch der änderte seine Taktik auf einmal völlig. Er zog seine Zigarillos aus der Tasche und bot Wertheim eine an. Der traute sich aber nicht, in die Schachtel zu greifen, weil er einen neuerlichen Übergriff fürchtete. Bender zündete sich selbst eine an und warf die Schachtel zusammen mit dem Feuerzeug vor Wertheim auf den Tisch.

Der fingerte nervös danach, zündete eine an und sog gierig daran. Bender schenkte eine Tasse Kaffee ein und schob sie ebenfalls über den Tisch. Es herrschte allgemeine Verwirrung über den Sinneswandel, als der Kriminalhauptkommissar ganz ruhig das Gespräch wieder aufnahm.

„Was werden Sie Ihren Kindern erzählen, warum sie deren Mutter bestialisch umgebracht haben?"

Wertheim sah auf, Tränen schossen ihm in die Augen.

„Was werden Sie ihnen sagen? Und was Ihren Schwiegereltern, denen Sie die Tochter genommen haben? Sie haben mit Ihrer Tat nicht nur ein Leben ausgelöscht, sondern mindestens vier weitere zerstört."

Wertheim zog furchterregende Grimassen. Jedes Wort traf ihn wie ein Messerstich. Er wünschte, der Kommissar würde zu seiner rüden Art zurückkehren. Doch der tat ihm den Gefallen nicht.

„Noch Kaffee?", sagte er stattdessen und goss nach. „Sie werden mit dem Hass ihrer Kinder und ihrer Schwiegereltern leben müssen. Sie werden sie alle noch einmal im Gerichtssaal wiedersehen. In kalte, verzweifelte und von Abscheu geprägte Gesichter blicken, aus denen jeder Funke Liebe, den sie einmal zu Ihnen verspürt haben, erloschen ist. Sie werden von ihnen bespuckt werden und deren Hass wird Sie bis ins Mark erschüttern."

„Ralf, es reicht", sagte Manu, der die Vorstellung an Wertheims Zukunft selbst Grauen bereitete.

Doch ihr Chef war noch nicht fertig. „Wissen Sie, mit Frauenmördern verhält es sich im Gefängnis nicht anders als mit Vergewaltigern und Kinderschändern. Da ist man ganz unten, niemand will etwas mit Ihnen zu tun haben. Nur die ganz bösen Jungs, die werden sich mit Ihnen beschäftigen. Es wird Ihnen nicht gefallen, was die mit Ihnen tun. Sie haben eine grandiose Zukunft vor sich. Sie werden büßen, jeden Tag ihres restlichen Lebens."

Wertheim weinte unaufhörlich.

Bender nahm das Bild von Anne Schwan und zerriss es vor den Augen seines Gegenübers, warf ihm die Fetzen hin. Dann das von Johanna von Stein und schließlich das von Dr. Gundula Moosbacher. Manu sah ihn mit großen Augen an.

„Mir ist klar", sagte Bender, „Sie haben diese drei Frauen nicht umgebracht. Sie dachten für einen kurzen euphorischen Moment, sie könnten Ihre Tat vertuschen, wenn sie einen anderen dafür verantwortlich machen. Was macht es schon aus, wenn dem noch eine weitere Tat angelastet wird, haben Sie gedacht. Sie sind ein Trittbrettfahrer, ein erbärmlicher Feigling und doch haben Sie Ihre Frau auf bestialische Art und Weise getötet."

Bender hob das letzte Bild hoch. „War ihre Frau arglos, als Sie zuschlugen? Haben Sie Ihre Frau getötet, als sie sich gerade ganz besonders sicher und geborgen bei Ihnen fühlte? Haben Sie ihr nach Wochen und Monaten der Ehekrise vorgespielt, alles sei wieder gut? Ich möchte wetten, genau so war es."

„Hören Sie endlich auf!", schrie Wertheim und brach völlig zusammen.

Bender würdigte ihn keines Blickes und sagte zu Manu: „Der legt jetzt eine Lebensbeichte ab. Lass einfach das Band laufen."

Damit verließ er den Verhörraum.

Heute war es wieder soweit: Gartenmarkt in Grafenau. Es war einer der Tage, an denen sich Roswitha Meinhart mit ihren Werken an die Öffentlichkeit traute. Das hieß für Michel Meinhart aber auch, das würde wieder recht kostspielig werden für ihn. Denn so viel war klar, freiwillig kaufte die Sachen seiner Frau niemand. Doch es war einfach die höchste Freude für ihn, den Glanz in den Augen seiner Roswitha zu sehen, wenn ein Geldschein und ein Stück bemalter Ton den Besitzer wechselten. Das war für sie der gerechte Lohn für viele Stunden Arbeit. Schon Wochen vorher schob sie Sonderschichten, um ihre scheußlichen und völlig untauglichen Gebrauchsgegenstände zu produzieren. Sie malte mit liebevoller Hingabe Preisschilder, die zumeist schmückender waren als jedes ihrer Werke. Das Wohnzimmer wurde zum Verkaufsraum umfunktioniert, Holzregale aufgestellt und Waren darauf in allen erdenklichen Variationen positioniert und arrangiert. Passen die Tassen besser zu den Tellern oder zu den Müslischüsseln? Die Vasen zu den Obstschalen oder den Salatschüsseln? Oder ganz anders? Anschließend wurde jedes Stück fein säuberlich in Zeitungspapier eingewickelt und in Kisten verpackt. Sein Job war es, die Kartons und Regale am Freitagabend im Auto zu verstauen und am nächsten Morgen ab sechs Uhr am Stand im Grafenauer Kurpark wieder anzuliefern. Auspacken und dekorieren, das war allein ihre Aufgabe.

„Du hast dafür kein Händchen", sagte sie und prompt fiel eine

Vase, die aufgrund ihrer Beschaffenheit der Schwerkraft nichts entgegensetzen konnte, zu Boden und zerbarst.

„Oh mein Gott, das war eines meiner schönsten Stücke“, jammerte sie.

Es war eins deiner scheußlichsten, dachte er und dankte dem Schicksal für sein Einsehen.

Mit stolz geschwellter Brust stand sie unter ihrem Pavillon, an dem ein kleines Banner hing: Töpferei Roswitha Meinhart. Um sie herum ihre Werke und im Blick frohe Erwartung. Es gab an solchen Markttagen auch immer Leute, die sich an den Stand verirrten, und mit jedem Besucher wurde Roswitha trauriger.

Einige schüttelten nur ungläubig den Kopf, andere ließen blöde Kommentare ab: „In welcher Behindertenwerkstatt wird das denn hergestellt?“ oder „Sie üben wohl noch.“

Er konnte den Schmerz, der seiner Frau ins Gesicht geschrieben stand, nicht ertragen und so war er irgendwann auf die Idee gekommen, Leute anzusprechen und ihnen Geld zu geben, damit sie etwas bei seiner Frau kauften. Die meisten fanden seine Idee so süß, dass sie dafür keine Gebühr verlangten. Trotzdem, ob nun mit Gebühr oder ohne, das Geld war futsch. Sein Frau war nämlich der Ansicht, dass alles, was über die Töpferei eingenommen wurde, auch wieder reinvestiert werden müsse. Nur so wäre es ihr möglich, irgendwann einen eigenen kleinen Betrieb aufzubauen.

Eher geht ein Kamel durchs Nadelöhr, dachte er, sagte aber: „Du hast natürlich völlig Recht, Schatz.“

Aber wie glücklich sie war, wenn die Leute zunächst meist ratlos vor den Regalen standen, sich dann „für den Aschenbecher da“ entschieden und eine sanfte Rüge erhielten, weil das „doch ganz eindeutig eine Müsli-Schüssel ist. Aber, wenn ich mir den Scherz erlauben darf, sie können auch gerne reinaschen“, kicherte sie.

Mit Hingabe packte Roswitha die ausgewählten Stücke ein und überreichte sie weihevoll.

Dann strahlte sie ihn an: „Siehst du, sie mögen meine Sachen. Ich sage dir, es wird immer mehr werden und irgendwann habe ich es geschafft."

In diesen Momenten fühlte er sich seiner Frau besonders nahe. Sie ruhte in sich, die Alltagsspannungen, unter denen ihre Ehe zum Teil litt, waren völlig vergessen. Sie war nur noch der liebevolle Mensch, den er einmal geheiratet hatte. Und er wusste, ihr ging es ebenso. Was waren dagegen schon 500 Euro? Michel ging den Scheinkäufern dann meist noch ein paar Meter hinterher. Er wollte die eben erworbenen Dinge einsammeln, wenn sie gleich nach dem Kauf wieder irgendwo entsorgt wurden. Seine Frau wäre wohl regelrecht verzweifelt, wenn sie diese in einem Mülleimer entdecken würde.

Er war gerade wieder dabei zu beobachten, ob es ein Kaffeepott, der diesen Namen nicht im Ansatz verdiente, aus dem Sichtfeld von Roswitha schaffte, als er auf einen Bekannten stieß. Sie begrüßten sich beinahe freundschaftlich. Grobauer stellte seine Frau und seine kleine Tochter vor. Das Mädchen schleckte ein Eis und sah Meinhart mit großen aber keinesfalls ängstlichen Augen an. Eine nette kleine Familie, dachte er. Auch wenn die Frau etwas mager und blass um die Nase wirkte. Vielleicht konnte er sie für die Lehre Pranas gewinnen. Auch wenn einiges vorgefallen war. Er war nicht der Typ Mensch, der eine Sache einfach so aufgab. Außerdem zeigte sich in den letzten Wochen, dass Peter, eigentlich Pranas Adept, die Lehren immer besser umsetzte, mehr und mehr überzeugen konnte. Es gab zwischen den beiden immer häufiger Streit. Peter schien der entschlossenere. Meinhart war in dieser Zeit mehr und mehr klar geworden, es war nicht das Charisma Pranas, das ihn derart faszinierte. Es waren vielmehr dessen Lehren, das was er sagte.

Grobauer war dagegen schon eine Persönlichkeit, die ihn faszinierte. Unter seiner Kleidung blitzte da und dort ein gestählter Körper durch. Wenn man genauer hinsah, konnte man Glück haben und einen Blick auf Tattoos erhaschen. Es waren martialische Motive, die so gar nicht zu diesem Mann passen wollten, der in sich zu ruhen schien und eine so nette kleine Familie hatte. Die Tochter hielt er an der Hand, die Frau im Arm. In seiner Nähe brauchten sich seine beiden Frauen vor niemandem zu fürchten. Zur Schau getragene Brutalität, gepaart mit liebevollem Verhalten, das war ein krasser Widerspruch, der ihn faszinierte. Doch welches Geheimnis verbarg sich hinter diesem Widerspruch? Er musste Grobauer erst einmal in ein Gespräch verwickeln.

Grobauer hielt den Lehrer zwar für einen Spinner, aber er vertrat anderseits die Meinung, davon gebe es ohnehin zu wenig auf dieser Welt. Typen wie er, die einen Spleen hatten, z. B. den Hang zu Ohrkerzen und Stammgast in einem Keltendorf waren, scherten sich nicht um die Meinung anderer. Das machte das Leben in jedem Fall bunter.

Grobauer konnte mit Erbsenzählern noch nie etwas anfangen. Schon damals nicht, zu der Zeit, als er noch ein gänzlich anderes Leben führte. Außerdem hegte er eine Grundsympathie für Lehrer, schließlich hatte einer von ihnen immer zu ihm gehalten und ihm dieses neue, bessere Leben geschenkt. Er würde ihm auf ewig dankbar sein.

Und doch, es lief im Moment nicht so ganz rund. Diese beiden Passauer Bullen rückten ihm ziemlich auf die Pelle. Klar war seine Vergangenheit ein Auslöser gewesen. Diese Dr. Moosbacher, die als junge Staatsanwältin – wie man ihm damals sagte, war er ihr erster großer Fall – lebenslänglich für ihn forderte. Eine miese Schlampe nannte er sie damals im Gerichtssaal und war dafür mit einer Geldstrafe verwarnt worden. Er empfand nichts, wenn er an ihren Tod dachte. Aber da waren auch noch Anne Schwan und Johanna von Stein. Er kannte beide. Johanna war eine sympathische Poetin, gewesen, die sich den Luxus leisten konnte, sich ganz auf ihre Gedichte zu konzentrieren. Eine Autorin in einer Bücherei zu killen war eine interessante und folgerichtige Überlegung. Mit Anne Schwan hatte er sich prima austauschen können. Sie fehlte ihm wirklich. An sich hätte sie seinen Laden führen müssen. Denn er selbst war weder religiös noch besonders esoterisch veranlagt. Eher amüsierten ihn diese teilweise merkwürdigen Leute, die mit ihrem Leben nicht klarkamen und sich in Scheinwelten flüchteten.

Irgendwie mochte er sie trotzdem alle. Sie machten eben das Leben bunter. Und sie strömten nicht den Geruch nach Aggression oder Angst aus. Beides weckte noch heute die Bestie in ihm. Die meisten Esoteriker oder Gläubigen, die zu ihm in den Laden kamen, waren überzeugt von dem, an das sie glaubten, und daher auf eine unaufdringliche Art selbstbewusst. Auch wenn er also vieles von dem, was Anne Schwan tat, nicht nachvollziehen konnte, eigentlich so gut wie gar nichts, so hatte ihn in letzter Zeit doch einiges davon fasziniert. Er wäre sogar bereit gewesen, mehr von ihr zu erfahren, wenn da nicht ihr Tod dazwischengekommen wäre. Geblieben war ihm ein Buchregal in seinem Laden, in dem er viel von der Literatur verkaufte, die Anne ihm empfohlen hatte.

Auch das war diesem Bender aufgefallen. Der Inhalt seines und des Buchregales in Anne Schwans Haus wies deutliche Übereinstimmungen auf. Er hatte versucht, dem Passauer Bullen den Grund dafür zu erläutern, der blieb aber misstrauisch. Grobauer wusste, der würde wiederkommen. Und er konnte es ihm noch nicht einmal verdenken. Er würde aber auf jeden Fall seine Familie schützen müssen. Seine Frau und seine Tochter durften auf gar keinen Fall behelligt werden. Und er durfte nicht in Gefahr geraten, von ihnen fortgenommen zu werden. Deswegen würde er der Polizei einen Hinweis gegeben. Um sie zu beschäftigen. Und es war nicht schade um diesen Widerling Mike Biefbauer.

Auf genau den sprach ihn Meinhart jetzt an, als sie am Stand der Töpferin ankamen. Auch wenn er ihn bei seinem andern Namen nannte: „Der Prana, weißt du, der hat ganz schön viel zu sagen.“ Grobauer lachte laut auf, er kannte eine ganz andere Seite des Erleuchteten.

„Du Mami“, sagte Grobauers Tochter, „so was habe ich im Kindergarten auch gebastelt.“

Marianne Grobauer stieg die Schamesröte ins Gesicht. Ihre Tochter sagte, was sie selbst gedacht hatte. Doch Roswitha Meinhart beging einen schweren Fehler, noch bevor das Mädchen weggezogen werden konnte. Sie begann ein Gespräch.

„Das ist schön, meine Kleine, und wenn du fleißig übst, dann werden deine Tonsachen sicher auch mal so schön wie meine.“

„Meine sind schöner.“

„Nein, meine.“

Marianne Grobauer konnte nicht glauben, was da gerade passierte. Eine erwachsene Frau, die offensichtlich einen Hang zu grässlichen Tonwaren hatte, diskutierte mit ihrer Tochter.

„Komm, Schätzchen“, sagte sie, „da drüben ist ein Spielplatz, ich sag nur schnell dem Papa Bescheid.“

Roswitha Meinhart stolzierte derweil hoch erhobenen Hauptes, ganz so, als habe sie eine wichtige Schlacht gewonnen, in ihrem Stand auf und ab. Erst, als sie den Namen Prana hörte, positionierte sie sich, um alles, was die beiden Männer sprachen, hören zu können.

Heimlich lauschen war aber nur zum Teil notwendig. Denn während ihr Mann immer wieder flüsternd beschwichtigte und Grobauer bat, er möge leiser reden, sprach der mit seiner tiefen, rauen Stimme, als sei es ihm egal, ob alle im Umkreis von 50 Metern ihm zuhören konnten.

„Ich sag dir jetzt mal was zu deinem sauberen Prana. Obwohl er häufiger bei mir im Laden war, habe ich ihn zunächst nicht erkannt. Aber als die Passauer Kommissarin den Namen Mike Biefbauer hat fallen lassen, ist bei mir der Groschen gefallen. Dieser Typ war eine Zeitlang der gefährlichste Schläger, den ich gekannt habe.“

Unwillkürlich schüttelte Meinhart den Kopf, er konnte nicht glauben, was er da gerade zu hören bekam.

„Ich habe ihn kennengelernt, als er sich noch nicht diese pseudo-heilige Maske aufgesetzt hat. Auf einem Rockertreffen in Nürnberg hat er einen Typen ohne Grund derart zu Brei geschlagen, es war ein Wunder, dass der das überlebt hat. Danach hat sich Biefbauer wieder an die Theke gestellt und in aller Seelenruhe weitergetrunken. Unberechenbar, feige und ohne Skrupel. Mit dem wollte niemand wirklich was zu tun haben. Würde mich nicht wundern, wenn der zunächst nicht auf Sinnsuche war, als er aus Deutschland abgehauen ist, sondern einfach fliehen musste. Vor der Polizei oder vor jemandem, mit dem er sich besser nicht angelegt hätte. Und schau ihn dir doch heute an. Er ist der gleiche miese Typ wie früher, nur hat er sich heute den Deckel eines Gurus übergestülpt. Typen, die dem folgen, sind echt in den Arsch gekniffen. Mein Fall ist der nicht."

Michael Grobauer verabschiedete sich mit einem Handschlag bei Meinhart und nickte dessen Frau kurz zu.

„Prana, du warst wieder bei diesem Prana, ich habe dir doch gesagt, dass dieser Typ ein schräger Vogel ist. Du solltest dich mehr auf den Instinkt deiner Frau verlassen. Und ich habe dir gesagt, du sollst dich nicht mehr mit ihm treffen. Kein Wunder, dass du so merkwürdig geworden bist. Der hat dich wohl voll im Griff."

„Ich bin merkwürdig, ich sag dir jetzt mal was …"

Seine Frau sah ihn herausfordernd an, doch er machte einen Rückzieher, weil er wusste, würde er ihr ihr fehlendes Talent unter die Nase reiben, wäre dies unweigerlich das Ende seiner Ehe. Und das konnte und wollte er nicht riskieren. Ja, es war sonderbar, gestand er sich zum wiederholten Male ein. Sie beide liebten sich und konnten doch eigentlich so gar nichts miteinander anfangen. Vielleicht, dachte er, leben wir einfach in dem Wissen, dass es für uns beide keinen anderen Partner geben würde, der es mit uns aushalten könnte.

Was er nicht wusste, sie dachte genauso.

Also hielt er den Mund und ließ die Schimpftirade über sich ergehen. Er schaltete auf Durchzug und dachte nach. Sein Interesse an Prana war ohnehin weniger geworden, dafür gefiel ihm Peter immer besser. So langsam nahm ein Plan, den er gerade ausheckte, Gestalt an.

Er wachte aus seinen Tagträumen auf, als das Gezeter seiner Frau weniger wurde und er bemerkte, wie sie begann, ihre Töpfereien wieder zu verpacken. Ein ereignisreicher Tag auf dem Grafenauer Gartenmarkt ging zu Ende. Als sie später im Auto saßen, hielt ihm Roswitha Meinhart stolz 250 Euro unter die Nase.

„Na, nicht schlecht für einen Tag", sagte sie.

250 Euro?, dachte er, aber ich habe doch nur 220 Euro verteilt. Es hätte ihn brennend interessiert, wer dieser an Geschmacksverirrung leidende Mensch war, der am Stand seiner Frau freiwillig 30 Euro ausgegeben hatte. Was er wiederum nicht wusste: Es war Roswitha selbst, die diese Summe draufgelegt hatte, um mit einem runden Betrag angeben zu können.

Eine alte Frau erschien im Büro der Grafenauer Soko Bayerwald. Die gebückte Haltung verriet, dass sie ein Leben voll von Arbeit hinter sich hatte. Das graue Haar, das zu einem Dutt gebunden auf dem Hinterkopf saß, erlaubte einen ungehinderten Blick auf ihr hageres Gesicht. Die Wangen eingefallen, die Augen vom Grauen Star leicht getrübt, Bender war sofort klar, diese Frau hatte ein freudloses Leben gelebt. Auch so eine geplagte Seele, der das Schicksal übel mitspielte.

Und während er noch in seine finsteren Grübeleien versunken war, sagte die Frau grußlos: „Ich habe eine Aussage zu machen."

„Sie sind doch Frau Bräugerber", entgegnete Manu.

Nachdem sich Eva Bräugerber vom ersten Schock erholt hatte, versuchte sie das, was ihr Mann kurz vor seinem Tod in ihr Ohr geflüstert hatte, zu vergessen. Er hatte seine Seele erleichtern wollen. Doch er würde für seine Taten in der Hölle schmoren, dessen war sie sich sicher. Sie erzählte niemandem von seinem Geständnis, wozu auch, es würde nichts ändern. Es war vorbei, ein für alle Mal. Sie hätte so etwas wie Glück verspüren können, weil ihr Peiniger tot war. Doch auch zwei Wochen nach seinem Tod konnte ihr Herz keinen Frieden finden. Sie rang mit sich, sie haderte, wägte vor und Nachteile ab. Konnte sie ihren Wohnort geheim halten? Oh ja, sie kannte die Presse aus den Boulevard-Zeitungen, die sie selbst gerne las. Wenn die an einer Geschichte dran waren, drehten sie das Innerste nach außen. Und als seine Frau würde sie von großem Interesse sein. Wahrscheinlich würden auch die Tochter und die Enkelkinder in die Mangel genommen. Auch die Polizei würde viele Fragen haben. Andererseits, nach ein paar Tagen würde Schluss sein und sie könnte endlich in Ruhe leben. Also fasste sie den Entschluss, zur Polizei zu gehen.

„Was wollen Sie denn aussagen?", fragte Bender mit gespieltem Interesse.

„Mein Mann hat mir noch etwas zugeflüstert, bevor er gestorben ist. Ich glaube, er wollte sein Gewissen erleichtern."

„Sein Gewissen erleichtern, was hat er denn gesagt?" Benders Interesse war mit einem Mal erwacht.

„Er hat gesagt: Ich habe sie umgebracht, es ist alles meine Schuld."

Sechs Augenpaare glotzten Eva Bräugerber fassungslos an.

„Und das sagen Sie uns erst jetzt?"

„Ich dachte, es ist nicht mehr wichtig, weil er doch sowieso tot ist und niemandem mehr etwas antun kann."

„Nicht mehr wichtig?" Manus Stimme drohte, sich zu überschlagen. „Gute Frau, das ist seit Tagen der erste ernstzunehmende Hinweis."

Sie konnten einfach nicht glauben, was ihnen die Bräugerber da gerade eröffnet hatte. Ihr Mann war möglicherweise der Mörder gewesen, und sie hielt es bisher nicht für nötig, das zu melden. Bender, Manu, Schaller, das gesamte Team der Soko Bayerwald steckte in einer Sackgasse fest. Es gab einen Kreis von Verdächtigen um Pranas Leute, Grobauer und einigen anderen, die man überprüfte, verhörte und das Umfeld abklopfte. Das Problem war nur. Es gab immer wieder ein Schlupfloch, ein Alibi oder einen Umstand, der den Verdacht aufweichte. In jedem Verdächtigen-Puzzle fehlten Teile oder passten nicht.

Die spektakulärste Entdeckung war Bender gelungen. Er hatte sich noch einmal in Moosbachers Haus umgesehen, eine Schublade aufgebrochen und darin gestöbert. Er hatte gehofft, darin einige schöne Erinnerungen zu finden. Im Sog des alltäglichen Unglücks drohten sie langsam zu verblassen. Er hatte Glück gehabt, auch jetzt trug er das Heft bei sich. Allerdings fand er auch etwas ganz anderes.

Dr. Gundula Moosbacher hatte Stoff gegen Prana gesammelt. War sie deshalb zur Zielscheibe, beziehungsweise zum Opfer geworden? Sie waren seit einigen Tagen an der Gruppe dran, doch noch hatte sich keiner von ihnen eine Blöße gegeben. Gerade als Frau Bräugerber das Büro betrat, waren Manu und Bender dabei, sich auf den Weg nach Lehmbruck zu machen. Der Termin musste noch ein wenig warten. Im Moment galt ihr ungeteiltes Interesse der alten Frau.

„Sind Sie sicher, dass Sie Ihren Mann richtig verstanden haben? Hat er sonst noch etwas gesagt?“

„Nein nichts, er hat ganz deutlich diese beiden Sätze gesagt: Ich habe sie umgebracht. Ich bin an allem schuld.“

Manu, die mit dem ekelhaften Kerl Bekanntschaft geschlossen hatte, konnte sich kaum vorstellen, dass er in der Lage war, derartige Taten zu begehen. Er war alt, wirkte eher gebrechlich und krank. Das konnte aber natürlich auch nur seine Masche gewesen sein. Vielleicht war er fitter, als er alle glauben machen wollte. War eine Möglichkeit.

„War Ihr Mann in den Tagen und Wochen vor seinem Tod anders als sonst, gereizter?“

„Seit ich meinen Mann kenne, war er ein Schwein, ich habe es soweit es ging vermieden, mich ihm zu nähern. Er hat sein Leben gelebt, ich habe ihm gedient und ansonsten ebenfalls mein Leben gelebt. Aber nein, mir ist nichts Besonderes an ihm aufgefallen. Oder, wenn ich es recht bedenke, er war gereizter als sonst. Mehrmals hat er am Telefon mit unserem Schwiegersohn gestritten. Und dieser Autounfall sieht ihm eigentlich auch nicht ähnlich. Trotz seines Alters war er noch ein guter und umsichtiger Fahrer. Sein Lieblingsspruch bei jeder Autofahrt war stets: 'Heute fahren wir langsam, wir haben es nämlich eilig.' Und immer hat der Kopf dieses blöden Plastikdackels auf der Ablage gewackelt. Ganz so, als habe er verstanden und heiße die Aussage gut. Grässlich!“

„Wie lange leben Sie schon im Bayerischen Wald?“

Manu verstand nicht, was Bender mit dieser Frage bezwecken wollte.

Frau Bräugerber ging es offensichtlich ebenso: „Was hat denn das mit der ganzen Sache zu tun?“

„Das Fragen müssen Sie schon mir überlassen.“

„Wissen Sie was, ich müsste gar nicht hier sein. Ich habe keine Lust, mich von Ihnen hier so anblaffen zu lassen, das habe ich ein halbes Leben lang hinter mir. Nie mehr, das sage ich Ihnen: Nie mehr! Sie können mich mal!“

Mit einer Vehemenz, die alle anderen im Raum erstaunte, stand sie auf und wollte gehen. Bender hob beide Arme und entschuldigte sich knapp.

„Vor 20 Jahren sind vergleichbare Morde in Oberösterreich geschehen. Die sind niemals aufgeklärt worden. Wir ermitteln, ob beide Mordserien im Zusammenhang stehen. Deshalb die Frage, wie lange Sie schon im Bayerischen Wald wohnen.“

Eva Bräugerber schien besänftigt und nahm wieder Platz. „Wir leben schon viel länger hier. Mein Mann hat mich und die beiden Kinder, als sie noch klein waren, hier im Bayerischen Wald geparkt. So hatte er freie Bahn in München. Hat gedacht, ich würde nichts von seinen zahllosen Weibergeschichten mitbekommen. Lachhaft. Aber es war mir egal, dann hat er die Finger wenigstens von mir gelassen. Alle zwei bis drei Wochen ist er am Wochenende mal nach Hause gekommen. Was er in der Zwischenzeit getrieben hat, weiß ich nicht. Kann ich jetzt gehen?“

„Ja, es kann aber sein, dass wir noch ein paar Fragen haben. Und wir müssen mit Ihren Kindern und Enkelkindern reden“, sagte Manu.

„Wenn es sein muss. Aber können Sie mir einen Gefallen tun und möglichst unauffällig ermitteln? Wenn mein Mann mit der Sache wirklich etwas zu tun hatte, wird es zwar sowieso einen Ansturm auf uns geben. Bis dahin würde ich allerdings gerne unsere Ruhe genießen. Übrigens, meine Tochter ist zu mir gezogen, seit ihr Mann verschwunden ist. Können Sie mir eigentlich sagen, wo er ist? Wir vermissen ihn zwar nicht besonders. Aber er ist am Tag vor dem Tod meines Mannes zum letzten Mal gesehen worden. Da soll er schwer betrunken gewesen sein.“

„Tut mir leid, dazu können wir Ihnen leider gar nichts sagen.“

Bender wusste zwar etwas über den Verbleib von Dr. Michael Schmidmeister, aber es war nicht viel, was er in Erfahrung gebracht hatte. Denn auch sein BKA-Informant Ludwig Breitschneider konnte ihm nicht viel berichten.

„Anscheinend eine ganz große Sache. Weder beim BND noch beim Verfassungsschutz lassen sie was raus.“

Nachdem die Tür von Dr. Michael Schmidmeister aufgetreten worden war, ging alles sehr schnell. Noch bevor er die Lage zur Gänze erfasst hatte, lag er schon mit dem Gesicht voran auf dem Boden. Ein vermummter Mann kniete mit einem Bein auf ihm und drückte ihm einen Pistolenlauf ins Genick.

„Kein Wort, sonst war es das“, knurrte der Angreifer.

Schmidmeister wurde auf die Beine gerissen. Insgesamt vier vermummte Männer schleppten ihn aus dem Haus und stießen ihn in einen Van, der vor der Haustür geparkt war. Ihm wurde ein Sack über den Kopf gezogen.

Es war nicht notwendig nachzufragen, was hier vor sich ging, was die Leute von ihm wollten. Er wusste es. Und er wusste auch, wem er es zu verdanken hatte. Seine Angst vor dem, was ihn erwartete, wuchs mit jeder Minute, die er in diesem Wagen saß. Doch zunächst brachten sie ihn in ein finsteres Loch, in dem er mehrere Tage schmorte. Schon nach wenigen Stunden hatte er sein Zeitgefühl völlig verloren.

Felizitas Bräugerber machte auf Bender einen ahnungslosen Eindruck. Sie war in seinen Augen eine verschüchterte, geradezu gebrochene Frau. Trotzdem hegte er einige Sympathie für sie, so wie er für alle, denen das Leben einen Tritt nach dem anderen verpasste, etwas übrig hatte. Den Betroffenen selbst fiel das allerdings eher nicht auf, weil er an seiner ruppigen Art festhielt. Er war der Frau schon einmal begegnet, als er sie wegen des Todes von Frau von Stein befragte. Damals schien ihr der Tod der Poetin sehr zuzusetzen. Beim alten Bräugerber war das anders. Fast meinte er ein Lächeln auf ihren Lippen zu sehen, als die Sprache auf den Todestag kam.

„Hat er Ihnen noch etwas gesagt, bevor er gestorben ist?“, wollte Bender wissen.

„Nein, er hat eigentlich nie viel mit mir geredet, immer nur …“, sie brach ab.

„Immer nur?“

Doch Felizitas Bräugerber schüttelte den Kopf und drehte sich von ihm weg.

Mehr musste der erfahrene Kommissar nicht wissen. Er hatte derartiges schamhaftes Verhalten schon häufiger gesehen. Diese Sau, dachte er, holte eine Schachtel Zigarillos aus seiner Tasche.

„Darf ich?“

Er zog lange an dem Zigarillo und saugte den Rauch tief in seine Lungen. Der brennende Schmerz tat ihm gut. Als er den

Qualm wieder aus seinem Körper entließ, bildete sich eine dichte Rauchwolke um sein Gesicht.

Das hatte auf Felizitas Bräugerber offensichtlich eine beruhigende Wirkung.

„Ich glaube, er hat noch etwas zu meiner Mutter gesagt, bevor er gestorben ist. Sie hat aber nicht darüber gesprochen.“

Bender nickte.

„Wissen Sie, ich wollte das nie, aber er hat einfach nicht aufgehört, seit ich ein Kind war, einfach nicht aufgehört.“ Sie begann zu weinen.

Bender war nicht erstaunt über den neuerlichen Themenwechsel. Er nickte wieder und legte zögerlich aber tröstend seine Hand auf die ihre.

„Brauchen Sie in den nächsten Stunden jemand, der ein bisschen auf Sie aufpasst? Ich kann Ihnen jemand schicken.“

Felizitas Bräugerber war dankbar für den Vorschlag und schenkte ihm ein zaghaftes Lächeln.

Als er im Zug Richtung Regensburg saß, fiel ihm eine Tageszeitung in die Hand. Er hatte es bis dahin vermieden, sich über die Heimat zu informieren, die Zeit in Schweden und Spanien war schwer genug. Die Zeit der Entbehrung der Heimat, die Zeit in der Ferne. Also wollte er sich nicht auch noch mit Nachrichten, Bildern und Informationen aus dem Bayerischen Wald belasten. Doch jetzt – er war schon wieder so nahe – reizte es ihn doch. Was gab es Neues, seit er geflohen war?

Er blätterte ziellos, bis er auf eine Schlagzeile stieß, die ihn erschaudern ließ: Wenn Erzengel morden ... – Nach Raphael und Gabriel treibt jetzt Michael sein Unwesen.

Er schlug die Zeitung zu, blickte gedankenverloren aus dem Fenster. Gabriel, Michael – mordende Erzengel. So wie er. War hier jemand in seine Fußstapfen getreten, war hier jemand, der sein Werk vollendete oder zumindest fortführte?

Hatte Gott der Herr in seinem unendlichen Ratschluss andere

Diener gefunden, die besser waren als er selbst? Besser als Raphael?

Vorsichtig faltete er die Zeitung wieder auf und begann zu lesen. Es war die Geschichte der vergangenen zwei Jahre, beginnend mit seiner Mission, die ihm so grundlegend missglückt war. Als brutaler Mörder sah sich Raphael in diesem Zeitungsbericht dargestellt, als Monster sogar.

Es verletzte ihn tief, dass diese verruchte Welt nicht sah, welchen Auftrag er zu erfüllen hatte. Nichts hatte das alles mit Mord zu tun: Es war die Rache des Herrn und die Erlösung zur ewigen Glückseligkeit. Er gedachte mit innerer Freude seiner Erlösten – an den Messner Helmut Schäfer, diesen grundguten Mann. Er dachte an sie alle und wünschte ihnen ewigen Frieden.

Er las weiter, ohne abzusetzen, Zeile um Zeile zog ihn die Geschichte mehr in den Bann. Als er fertig war, wuchs unermesslicher Zorn in ihm, es war, als würden sich die Winde im Himmel zu einem riesigen Sturm vereinen, als würden die Wellen des Meeres sich zu einer brausenden Walze auftürmen.

„Was?“, rief er in den fast leeren Zug hinein, „Was hat das alles mit mir zu tun? Wo ist Gott, wo der göttliche Auftrag?“

Die wenigen Fahrgäste drehten sich zu ihm um oder glotzten ihn direkt an, überdrehten die Augen oder schüttelten den Kopf. Ein Spinner – und so schnell Raphaels Zorn entbrannt war, so schnell war sein Ausbruch auch schon wieder vergessen.

Er selbst spürte, zu laut gewesen zu sein. Der Herr sah es nicht mit Wohlgefallen, wenn er sich gehen ließ.

Raphael bestrafte sich sogleich, zog seinen Büßergürtel wieder ein wenig enger und schnaufte die Wut still in sich hinein.

Gabriel, dachte er. Das waren eiskalte Morde, ohne Sinn, ohne Verstand, ohne göttlichen Plan. Dieser Michael tötete Frauen, bestialisch, wahrscheinlich von sexuellem Verlangen getrieben, eine verdorbene Seele, schwaches Fleisch.

Angewidert warf er die Zeitung auf den Sitz gegenüber.

Je mehr er darüber nachdachte, umso mehr reifte sein Entschluss. Immer wieder war in dem Artikel von Ralf Bender die Rede – oh, wie gut hatte er ihn noch in Erinnerung. Ein guter Mann, einer, der aufrichtig und ehrlich seine Arbeit tat. Raphael mochte ihn und es freute ihn zu hören, ihn damals beim Aufeinandertreffen im Verließ nicht ernsthaft verletzt zu haben. Der Kommissar war zwar kein gottesfürchtiger Mensch, aber er stand auf der Seite des Guten, das war Raphael immer bewusst gewesen. Er hatte ihn gemocht, gerne für ihn gekocht, ihn gerne bewirtet.

Jetzt wuchs der Wunsch in ihm, diesen Bender wiederzusehen. Er wusste nicht, ob er es wagen konnte, ihn bei passender Gelegenheit sogar anzusprechen. Der Herr musste ihm ein Zeichen senden. Doch er wusste, er würde sich dem Mann annähern, der ihm einst so nah gekommen war, der ihn fast gefangen hätte und dem er dank seines göttlichen Beistandes gerade noch entfliehen konnte. Noch im Zug löste er die Fahrkarte nach Passau nach. Er würde wieder nach Hause zurückkehren. Und er würde klarstellen müssen, dass es sich bei Gabriel und Michael um vieles handeln konnte, aber nicht um Erzengel, die im Auftrag des Herrn vorgingen. Sie waren Mörder. Er war Raphael, Todesengel und Racheengel des Herrn.

Auch wenn er wenig Kontakt zur Familie hatte, so musste auch Bräugerbers Sohn Ferdinand eine Aussage machen. Manu machte sich auf den Weg nach Neuschönau, um mit ihm zu sprechen.

Sie informierte ihn vom Verdacht, sein Vater könne etwas mit den Morden zu tun haben.

„Ach ja? Wenn ich ehrlich bin, es interessiert mich nicht“, lautete seine knappe Antwort.

Das war nicht die Art, wie sie ihn vor Jahren kennengelernt hatte, als er damals am Rachel Hautfetzen vom Gesicht eines der Opfer von Raphael fand. Er war außerordentlich freundlich und zuvorkommend gewesen. Vielleicht, dachte sie, spielte er als Nationalparkranger einfach nur eine Rolle. Der freundliche Umgangston, den man Wanderern gegenüber anschlug, wie man ihren Fragen begegnete, wie man ihnen Tipps und Vorschläge machte. Heute erschien er ihr beinahe wie ein Eisblock.

„Ich weiß, Sie haben sich von ihm losgesagt. Aber immerhin war er Ihr Vater“, appellierte sie an seine Gefühle.

Er lächelte sie an. „Vater. Wissen Sie, ich habe mir immer einen Vater gewünscht, aber das, was ich abgekommen habe, hat diese Bezeichnung nicht verdient.“

Manu spürte die tiefe Verletztheit des Mannes. Sie glaubte, so etwas wie Trauer herauszuhören, wenn auch nicht über den Tod des Vaters, sondern über die verpasste Kindheit, die verpasste Schutzzelle Familie.

„Ich erzähle Ihnen die Geschichte der Bräugerbers und glauben Sie mir, danach werden Sie verstehen, warum ich nie einen Vater hatte.“

Verbitterung pur.

Er sprach von der zunächst unbeschwerten Kindheit, die abrupt endete, als sein Vater begann, sich an Felizitas zu vergehen. Das Ganze sei überhaupt nur zu ertragen gewesen, weil er so gut wie nie da gewesen sei.

„Die Kanzlei, die Gesellschaft, die Verpflichtungen. Es war immer irgendetwas, das wichtiger war als wir. Und das war gut so.“

Doch schon Tage bevor sein Vater zu Besuch kam, war Felizitas nicht mehr ansprechbar.

„Sie weinte, zog sich zurück, wollte das Haus nicht mehr verlassen, oder wenn ich sie doch überreden konnte, mit mir nach draußen zu gehen, wollte sie nicht mehr zurück. Sie machte Pläne, wir wollten gemeinsam abhauen. Irgendwohin. Und wenn der Alte wieder wegfuhr, hat sie sich tagelang ununterbrochen gewaschen und geduscht. Eines Tages wusste ich dann, warum. Ich habe sie gesehen. Mit ihm. Dieses dreckige Schwein hat sie angefasst. Er meinte wohl, es fällt nicht auf. Mutter war dabei, in der Küche das Essen zu holen, wir saßen schon am Tisch. Auf einmal schob er seine dreckigen, schwulstigen Finger unter ihren Rock. Ich war damals noch ein Kind, aber dieses Bild werde ich nie vergessen und ich habe sofort verstanden, was da ablief. Er hat sie missbraucht, wieder und wieder. Jeden Tag, an dem er da war."

„Hat denn Ihre Stiefmutter nichts davon gemerkt?"

„Pah, meine Stiefmutter! Die hat doch die Augen vor allem verschlossen. Die hat ebenso viel Angst vor meinem Vater gehabt wie wir auch. Sie bezichtigte Felizitas der Lüge, nur um ihre Ruhe zu haben. Ich glaube, sie war auf eine perverse Art auf ihre Tochter eifersüchtig. Weil die Zärtlichkeiten zugeteilt bekam, die ihr versagt blieben."

„Und Ihre Schwester?"

„Ich habe mit ihr geredet, natürlich. Sie hat jedes Mal angefangen zu weinen, gesagt, ich solle das schnell wieder vergessen. Zu niemandem dürfe ich etwas sagen, zu niemandem. Sie sagte, wenn ich nicht dicht halten würde, dann würde etwas ganz Schreckliches passieren. Ich war ein Kind und ich habe es ihr versprochen. Sie hat sich vor mir geschämt, das war so demütigend. Auch für mich."

Bis zum heutigen Tag habe er dieses Versprechen gehalten, niemals habe er zu irgendjemanden etwas gesagt. Daran sei Felizitas zerbrochen, daran sei die gesamte Familie Bräugerber zerbrochen. Die Stiefmutter wolle bis heute nichts davon wissen und sein eigener Kontakt zu seiner Schwester sei mit den Jahren verloren gegangen.

„Ich habe ihre ständige Opferrolle einfach nicht mehr ertragen. Und jetzt ist der Alte ist tot, halleluja!"

Manu berichtete von den neuen Erkenntnissen und von der Aussage der Mutter und sagte dann: „Können Sie sich vorstellen, dass ihr Vater der Mörder der drei Frauen gewesen sein könnte?"

„Haben Sie mir nicht zugehört? Ich kann mir alles vorstellen, er war einfach nur ein schlechter Mensch. Mehr kann ich Ihnen dazu beim besten Willen nicht sagen."

„Eine Frage noch: Was ist mit Ihrer leiblichen Mutter passiert? Ich habe gelesen, sie ist früh verstorben."

„Ich kann mich fast gar nicht mehr an sie erinnern. Ich war damals noch nicht einmal im Kindergarten. Aber ich glaube, sie war eine liebevolle Mutter. Was das bedeutet, habe ich wissentlich leider nie erfahren. Nach dem, was Sie mir jetzt erzählen, wahrscheinlich hat er sie auch umgebracht, das Schwein." Er verzog das Gesicht zu einer Grimasse.

„Wie war das damals, als sie gestorben ist? Hat sich Ihr Vater in dieser Zeit besser um Sie gekümmert?"

„Ich weiß es nicht, ich war damals einfach noch zu klein. Aber wie gesagt, es gibt keinen Grund zur Traurigkeit. Die Natur wurde zu meiner Familie – vom Spielen mit meiner Schwester in Kindertagen bis heute – in der ich meinen Beruf inmitten der Bäume des Bayerischen Waldes ausübe. Ich bin trotz allem auf die Sonnenseite des Lebens gefallen."

Er lächelte und Manu erkannte diesen freundlichen Mann wieder, der er damals am Rachel war. Sie war froh, mit ihm gesprochen zu haben, und sie wusste, über den alten Bräugerber waren noch längst nicht alle Geschichten erzählt.

Eine dieser Geschichten, eine besonders schmutzige, begann bereits Ende der Sechzigerjahre. Bräugerber sen. kam in Kontakt mit einer Gruppe Altnazis, die einen regen Reiseverkehr zwischen Südamerika und Deutschland pflegten. Nach dem zweiten Weltkrieg waren die Altvorderen in Scharen auf den Kontinent geflüchtet, der ihnen Schutz bot und wo man nicht viel nach Herkunft und Gesinnung fragte. Im Gegenteil wurde das stramme rechte Gedankengut an einigen entscheidenden Schalthebeln der Macht hoch geschätzt. Trotzdem bereitete die faschistische Clique von Anfang an ihre Rückkehr nach Deutschland vor. Nicht weniger als das Errichten eines neuen Reiches lautete das Ziel.

Und so rekrutierte man Verbündete in der alten Heimat, die vor Ort die Fäden spinnen und Vorbereitungen treffen konnten. Michael Bräugerber sen. war sofort Feuer und Flamme und ließ sich für deren Zwecke gerne instrumentalisieren. In all den Jahren kämpfte er im Hintergrund dafür, die extreme Rechte in Deutschland zu stärken und die Kanäle nach Südamerika zu erweitern. Geld spielte keine Rolle, und lange Jahre geschah dies völlig unbehelligt von der Bundesregierung.

Zu der Zeit, als Dr. Michael Schmidmeister in die dunkle Geheimgesellschaft einstieg, begann sich der Verfassungsschutz für die Organisation zu interessieren. Dann geriet Bräugerbers Schwiegersohn ins Visier der Ermittler und man packte ihn da, wo er am Verwundbarsten war: Bei seiner Eitelkeit. Für die junge aber erfahrene Agentin war es ein Leichtes, ihn um den Finger zu wickeln. Sein ganzes Leben wurde verwanzt, und er lieferte, ohne es zu wissen, wichtige Informationen. Zunächst zeigte man auch noch Interesse an Bräugerber und dessen Enkelkindern, doch der eine war zu alt, um noch aktiv mitzumischen, das Mädchen war sauber. Im Berichtsbogen über den jungen Jurastudenten stand: Paul Schmidmeister (28). Eindeutig rechte Gesinnung. Mitglied in einschlägigen Gruppierungen. Raufbold. Sohn von Michael Bräugerber und dessen Stieftochter Felizitas Schmidmeister. Dr. Michael Schmidmeister ahnungslos. Keine Gefahr, da er in den entscheidenden Kreisen abgelehnt wird.

Als man von der jungen Agentin informiert wurde, die Tarnung sei aufgeflogen, wurde beschlossen, die Zielperson sofort aus dem Verkehr zu ziehen. Die Gefahr der Öffentlichkeit war zu groß. Zumal jetzt, da die Zeit des kleinen Kalten Krieges zu Ende zu gehen schien. Beide Seiten näherten sich einander an. Und man wollte nicht riskieren, das zarte Pflänzchen der beginnenden Freundschaft zu zertreten. Es würde ohnehin schwierig werden zu erklären, warum Schmidmeister noch überwacht wurde. Aber da man davon ausging, die andere Seite habe trotz aller Annäherung auch noch einige Eisen im Feuer, schien es machbar, das kleine Problem aus der Welt zu schaffen.

Zunächst wurde er in einen Keller gesperrt. Es würde einige

Tage dauern, seine Existenz glaubhaft auszulöschen. Es war überlegt worden, ihn zu liquidieren. Aber das hätte zu viele Fragen aufgeworfen, vielleicht den Unmut der Gegenseite provoziert. So beschloss man, ihn von der Bildfläche verschwinden zu lassen.

Die Familie war kein wirkliches Problem. Die Tochter gab zwar eine Vermisstenanzeige auf, aber ihr wurde erklärt, Dr. Michael Schmidmeister sei ein erwachsener Mann, da könne man nicht viel machen.

„In dreißig Jahren wird der ein Fall für 'Bitte melde dich'“ feixte einer der Beamten, als Emma gegangen war.

Als etwas hartnäckiger stellte sich die Anwaltskanzlei heraus. Schmidmeisters Kollegen drohten mit rechtlichen Konsequenzen. Doch alles in allem war auch diese Drohung mehr ein laues Lüftchen als ein Angriffssturm. Fast konnte man meinen, seitens der Kanzlei war man gar nicht so unglücklich über das Verschwinden. Regelrecht erfreut reagierte dagegen Felizitas Schmidmeister. Kein Wunder, innerhalb weniger Tage waren die beiden Menschen, die sie im Leben am meisten hasste, verschwunden. Und so wurde Dr. Michael Schmidmeister später in den Akten als spurlos verschwunden geführt.

Dr. Michael Schmidmeister bekam unter seiner Kapuze, die man ihm auch heute wieder übergezogen hatte, kaum noch Luft. Was für ein Unsinn, dachte er, als ob es eine Rolle spielen würde, ob er einen seiner Entführer oder die Gegend, wo sie hinfuhren, erkannte. Irgendwie kam er sich vor, als führe ihn der Henker gerade auf das Schafott. Er atmete schwer und zitterte am ganzen Körper. Tränen mischten sich in den Schweiß, der in Strömen an ihm herunterlief. Einige Male versuchte er mit seinen Entführern ein Gespräch zu beginnen. Doch er erntete nur eisiges Schweigen.

„Nichts, und bei dir?“

„Auch nichts.“

Manu und Bender waren ins Büro zurückgekehrt. Schaller berichtete, das Ergebnis der Untersuchung von Bräugerbers Wagen liege vor. Keine Auffälligkeiten. Am Auto war nicht manipuliert worden. So wie es aussah, war der alte Bräugerber einfach zu schnell unterwegs, verlor die Kontrolle über seinen Wagen und war abgeflogen. Auch seine Obduktion ergab keine Besonderheiten.

„An den inneren Verletzungen, die er ich bei seinem Stunt zugezogen hat, wäre jeder gestorben", sagte Schaller.

„Was ist mit den Fällen in Österreich?", wollte Bender wissen.

„Die Kollegen in München stellen gerade die Kanzlei auf den Kopf. Wenn er sich vor zwanzig Jahren rund um Linz aufgehalten hat, werden die das schon rausbekommen."

Bender sagte zu Schaller: „Lass dir einen Durchsuchungsbefehl für das Haus in Oberhüttensölden ausstellen. Die beiden Frauen werden wahrscheinlich keine Schwierigkeiten machen, aber sicher ist sicher." Damit war er zur Tür hinaus.

Es war wieder einer dieser Momente, die Bender so fürchtete. Das Offensichtliche lag auf der Hand, nur er konnte nicht daran glauben. Für einen Moment verspürte er ein Verlangen auf Aus'zogne und Grünen Tee, doch er zündete sich einen Zigarillo an. Wie gerne wäre er jetzt zu Paul Freier gefahren, dem einzigen Menschen, dem er in den letzten Jahren alles anvertraut hatte, der einzige Freund, den er hatte. Jemals gehabt hatte. Doch auch das hatte er zerstört. So wie seine Ehe und seine Liebe zu Gundula.

Ja, er gab sich die Schuld dafür, dass ein wundervoller Mensch hatte sterben müssen. Egal wo er auftauchte, passierten schreckliche Dinge. Er fragte sich, ob er nicht letztlich der Auslöser dafür war, wenn um ihn herum alles in Scherben ging. Hätte er irgendetwas von dem, was geschehen war, verhindern können? Er fand keine Antwort, und das verseuchte sein Herz noch immer mehr mit Bitterkeit und Wut.

Er sah auf der anderen Straßenseite den Grafenauer Pfarrer stehen. Auch ihm hatte er schwer zugesetzt, als sie auf der Jagd nach Raphael waren. Auch der erkannte wohl seinen Widersacher und sah zur Seite. Er wollte nichts mehr mit Bender zu tun haben. Alle wendeten sich von ihm ab. War es seine Schuld? Schließlich musste er tun, was zu tun war.

Er dachte an den Kollegen Sendlinger, der ihm stets treu war, an Ritter, der unerschütterlich zu ihm hielt. Zwei Karten im Spiel seines Lebens, mit denen er keinen Stich machen konnte. Franz Schaller, einer der sich wünschte, von ihm anerkannt zu werden. Ein braver, nein, guter Ermittler, der Fehler machte. Fehler, die von ihm, Bender, provoziert worden waren. Schaller wollte gefallen und fehlte. Es war besser, wenn ihn Schaller hasste. Ebenso Manu, eine bemerkenswerte Kollegin, die sich um ihn mühte und die er doch nicht mehr an sich ranlassen konnte. Was, wenn er auch sie noch verlieren würde, so wie er alles verlor, was ihm lieb und wichtig war? Es war besser, sie auf der Seite derer zu wissen, die ihn hassten, verachteten oder denen er egal war. Das brachte sie in Sicherheit vor seinem Charisma, das alle ins Verderben stürzte, die er liebte.

Er war allein, ganz allein und es war besser so. Er würde den Täter finden, ihn unschädlich machen, ein für alle Mal. Und es war nicht Bräugerber sen., soviel war sicher. Als sein Handy läutete und er die Nummer erkannte, rannte er los, noch bevor er den Anruf annahm.

Es war zur lästigen Routine geworden, die Familie des Hauptkommissars zu überwachen. Seine Ex-Frau führte ein regelrecht langweiliges Leben. Arbeit, Einkaufen, Haushalt und Kaffeekränzchen in einem Passauer Lokal mit den ewig gleichen Freundinnen, immer zur gleichen Zeit. Und auch die beiden Geschwister schienen ein Herd der Langeweile zu sein. Sie waren immer im Doppelpack unterwegs. Morgens zur Schule, mittags nach Hause. Badminton oder Musikunterricht am Nachmittag, Einkaufsbummel durch Passau oder Kino. An Wochenenden der ein oder andere Barbesuch, manchmal Disko. Doch spätestens um ein Uhr morgens waren alle drei zu Hause versammelt. Der

Chef hatte sie vor Drogenkonsum seiner Kinder gewarnt. Lächerlich, das waren zwei Mädchen, die sauberer nicht hätten sein können.

Mit der Zeit wuchs die Unaufmerksamkeit und die Beamten in Zivil begannen, ihre Aufgabe nur noch halbherzig zu erledigen. Ein kurzer Imbiss, weil die Benderkinder zusammen mit ihren Freunden jetzt ohnehin für ein, zwei Stunden ihre Teenager-Probleme bei Cola und Orangensaftschorle besprechen würden. Ein privates Telefongespräch, während die Observierungs-Objekte in einem Modeladen nach neuen Klamotten stöberten.

„Ich halte das nicht mehr aus, deswegen bin ich nicht zur Polizei gegangen, um der Paranoia eines Kommissars hinterherzujagen", sagte einer der diensthabenden Beamten, der lässig an einer Hausmauer lehnte und sich mit einem Zahnstocher die Pizzareste seines gerade eingenommen Mittagessens aus den Zähnen pulte.

„Verdammt, was machen die denn da?", sagte der andere. Beide Mädchen kamen aus dem Café und stiegen in einen Wagen, der vor dem Haus parkte. Bis die Beamten in ihrem Auto saßen und versuchten, die Verfolgung aufzunehmen, war der andere im dichten Passauer Verkehr verschwunden.

„Hast du dir die Nummer gemerkt?", schöpfte der Fahrer ein wenig Hoffnung.

„Ihr verdammten Schweine, ich mach euch fertig, wenn einer der beiden auch nur ein Haar gekrümmt wird!"

Sie hatten sie verloren, am helllichten Tag.

Bender raste vor Wut und die rund vierzig Kilometer bis Passau in einem atemberaubenden Tempo. „Nicht meine Mädchen", schrie er in den Fahrerraum seines Wagens.

Die Gedanken in seinem Kopf spielten verrückt. Wie sollte er weiterleben können, wenn seinen Töchtern etwas passieren würde? Bilder von seinen geschändeten Kindern, die ihn mit leeren Augen anblickten, tauchten vor ihm auf. Er musste sich zusammenreißen, vielleicht war alles ganz harmlos, ein Ausflug mit Freunden, spontan, nicht geplant. Er griff in voller Fahrt nach dem Handy, wählte die Nummer seiner Frau. Beinahe hätte ihn das gleiche Schicksal ereilt wie den alten Bräugerber. Er nahm keine Notiz davon und drückte das Gaspedal weiter durch.

Seine Frau wusste nichts von einem Ausflug. „Hör mal, Ralf, was ist schon dabei, sie werden mit Freunden unterwegs sein."

„Du hast ja keine Ahnung, ich hab dir gesagt, ihr sollt aus Passau verschwinden", blaffte er und warf das Handy ans Beifahrerfenster. Es zerbarst, ein Umstand, den er noch bitter bereuen würde. Dagegen durfte sich der Besitzer des Telekom-Ladens freuen, weil er bald wieder Besuch von einem seiner besten Kunden bekommen würde.

Dr. Michael Schmidmeister begann zu wimmern. Und er begann zu betteln. Wenn man ihn jetzt freilassen würde, niemals käme ein Sterbenswörtchen über seine Lippen. Er bot Geld, viel Geld, das er auf verschiedenen Konten auf der ganzen Welt geparkt hatte. Sie würden alle reich werden, alle. Er wollte nur sein Leben. Sein Leben für ein kleines Vermögen.

„Das ist doch ein guter Deal", jammerte er, erhielt aber keine Antwort.

Dann begann er zu drohen. Er habe Beziehungen und es würde ihnen noch leidtun, wenn sie ihn nicht sofort freilassen würden.

„Sie wissen ja gar nicht, mit wem sie sich da eingelassen haben. Unsere Organisation ist mächtiger, als sie sich vorstellen können. Es wird nicht mehr lange dauern und Deutschland, wie Sie es kennen, existiert nicht mehr."

Seine Entführer schwiegen weiter standhaft. Dr. Michael Schmidmeister schwante, er hatte gerade einen Fehler gemacht.

Bender bot seine gesamte Selbstbeherrschung auf, um den beiden Beamten, die seine Töchter aus den Augen verloren hatten, nicht die Zähne einzuschlagen. Er versuchte, sich zu beruhigen und einen klaren Gedanken zu fassen.

„Handy“, blaffte er und wählte eine Nummer in Österreich. Fritz Moser meldete sich und wollte auflegen, weil Bender schon wieder alle Manieren vermissen ließ. Als er aber hörte, was sein Passauer Kollege berichtete, wurde auch er hektisch.

„Scheiße, das Letzte, was man von meiner Nichte weiß, ist, sie hat eine neue Bekanntschaft gemacht. Jemand, den ihre Freunde nicht kannten und den sie auch nicht zu Gesicht bekamen. Ich schicke dir alle bei uns verfügbaren Kräfte. Das mit der grenzüberschreitenden Amtshilfe können wir auch später klären.“

Sie waren inzwischen rund zwei Stunden unterwegs, schätzte Dr. Michael Schmidmeister. Augsburg? Ulm? Stuttgart? Regensburg? Nürnberg? Erlangen? Deggendorf? Passau? Sie konnten überall sein. Er wusste allerdings, es gab nur einen Ort, wo sie ihn hinbringen würden. Er kannte ihn, war selbst schon oft dort gewesen. Der Wagen wurde langsamer und er wusste, er hatte Recht. Es war zu Ende. Der Gewissheit folgte die Verzweiflung.

Sie befanden sich im Krieg, zumindest kam es Bender so vor. Deutsche und österreichische Polizeiwagen standen auf dem Parkplatz eines großen Passauer Einkaufszentrums und warteten auf seine Instruktionen. Manu war da, Schaller und Dr. Leopold. Bender zeigte allen das Foto seiner Töchter, das er stets in seiner Brieftasche trug.

„Findet sie“, flehte er und sank erschöpft zu Boden.

Werner Krottentaler war beinahe pausenlos in Gedanken bei Ralf Bender. Er beobachtete ihn die letzten Tage häufiger und was er sah, behagte ihm nicht. Bender kämpfte zwar immer noch auf der Seite des Guten, doch wenn man genau hinschaute – und Raphael vermochte genau hinzuschauen – sah man das Böse in Benders Augen. Man sah die Wut und den Hass, die ihn antrieben. Einmal hatte er es sogar darauf angelegt, war Bender ganz nahe gekommen, vor dem Polizeigebäude in Passau. Er ging an ihm vorbei, sagte „Grüß Gott“ und lächelte Bender an. Der grüßte nicht zurück, sah ihm aber ohne eine Regung erkennen zu lassen direkt in die Augen. Da spürte er es, da bemerkte er dieses böse Funkeln, das in Benders Pupillen loderte.

Er machte sich darüber nicht allzu viele Gedanken, denn er kannte diese Seite Benders nur zu gut. Er war ein Vulkan, der ständig vor sich hin brodelte, selbst wenn man meinte, er sei längst erloschen. Bender der Unzähmbare, der Sture, der Rücksichtslose. Alles deutete auf hohen emotionalen Stress hin, was angesichts der Mordserie und der Medienberichte, die diese nach sich zogen, auf der Hand lag. Krottentaler wusste um den Leidensdruck Benders, wenn dieser einem Mörder auf den Fersen war, kannte dessen Besessenheit und auch dessen Schwäche, dabei alles um sich herum zu vergessen – auch die Geringsten aller guten Umgangsformen.

Doch er sah in diesem kurzen Moment, da sich ihre Augen trafen, noch mehr. Er sah Trauer, Enttäuschung, Wut, Zweifel. Krottentaler hatte sich nach der Zeitungslektüre im Zug in der Zwischenzeit auf den neuesten Stand gebracht. Er wusste von der beginnenden Affäre Benders mit der Staatsanwältin und von deren Ableben auch. Doch war es nicht ein gerechter Tod? Sie war eine Sünderin, weil sie sich einem verheirateten Ehemann an den Hals warf.

Und er: „Du sollst nicht ehebrechen”, lautete eines der zehn Gebote.

Freilich verstand er Benders Beweggründe, dieser musste zweifeln. Er musste nach dem Sinn suchen, wenn ihm doch ein Mensch genommen wurde, den er liebte. Auch wenn es Sünde war. Strafte Gott ihn deshalb mit Tod und Verzweiflung? War die Bürde gerechter Lohn für seinen Treuebruch?

Das Gehirn gefüllt mit diesen Gedanken schob er seinen Einkaufswagen auf den Parkplatz. Und da sah er ihn. Außer sich wie nie zuvor. Es war ein großer Polizeieinsatz. Würden sie am Ende ihn…, aber nein, woher sollten sie davon etwas wissen …?

Dr. Michael Schmidmeister hörte nichts, als der Wagen im Schritttempo fuhr. Er wusste warum. Sie fuhren auf Gras. Der kleine Flughafen, der von niemandem beachtet wurde, war der perfekte Hauptsitz der Organisation. Zwei Stunden, etwas länger, maximal drei Stunden. So lange brauchte man, um bei ungehindertem Verkehr den kleinen Flugplatz in der Oberpfalz zu erreichen. Jetzt waren es nur noch wenige Minuten ehe alles vorbei sein würde.

Bender schlug die helfenden Hände von Manu und Schaller zur Seite. Er konnte selber stehen, er brauchte ihre Hilfe nicht. Es waren seine Mädchen, er würde sie finden. Gut gelaunt und bei bester Gesundheit. Während er zusah, wie sich mehrere Polizeiwagen in alle Himmelsrichtungen verteilten, machte sich in ihm die Verzweiflung breit. Nie mehr, so befürchtete er, würde er in seinem Leben glücklich sein können.

Der Wagen wurde immer langsamer. Schmidmeister befürchtete, er würde gleich halten. Und zu seinem Entsetzen irrte er sich nicht. Der Wagen hielt. Er hörte, wie die Tür des Vans aufgezogen wurde, dann wurde er hinausgestoßen. Er stolperte, fiel hin und rappelte sich umständlich wieder auf. Er konnte unter seiner Maske kaum noch schnaufen. Er stand da und drehte blind den Kopf, als könne er die Szene beobachten. Er spürte, wie ihm der Sack vom Kopf gerissen wurde. Das plötzliche Licht des wolkenlosen Tages, das seine Augen durchflutete, blendete ihn.

Es waren die Augen eines gehetzten Rehs, die Krottentaler in Ralf Benders Gesicht sah. Eigentlich war er in Eile, wollte die Lebensmittel gleich an ihren Zielort bringen. Doch nun beschloss er, dem Treiben aus nächster Nähe zuzusehen. Er setzte sich ins Auto und wartete ab, was passieren würde. Er wollte nichts versäumen.

Schaller widersetzte sich den Anweisungen seines Chefs und holte Benders Frau von zu Hause ab. „Das wird er büßen“, schimpfte Bender und achtete nicht auf die vorwurfsvollen Blicke von Manu. „Verdammt nochmal, Ralf, alle versuchen dir zu helfen und du machst dir alle zu Feinden. Begreif doch endlich, wir sind auf deiner Seite.“

„Ihr könnt mich alle mal, ich will meine Kinder finden“, bekam sie zur Antwort.

Gerade als sie ihm etwas entgegnen wollte, erreichte sie die Nachricht, die Bender völlig aus der Fassung brachte.

Er sah es mit Wohlgefallen, er sah es mit wachsender Erfülltheit, Ralf Bender verlor offensichtlich die Nerven. Sollte es jemanden geben, der im Geiste mit ihm verwandt war? Der Kommissar tobte, er hatte sich nicht im Griff, er verprellte alle, die ihm doch nur helfen wollten. Krottentaler erkannte sie wieder – Manuela Hentschel, Franz Schaller, deren Hilfe Bender ablehnte. Nur einer fehlte, einer, an den Raphael ganz besonders düstere Erinnerungen hatte. Werner Krottentaler ließ es nicht zu, seine Gedanken abschweifen zu lassen, er wollte genau beobachten, genau sehen, was aus Ralf Bender geworden war. Ob er tatsächlich so angeschlagen war, wie er es aus seinen Beobachtungen schloss.

Langsam gewöhnten sich seine Augen an die neuen Lichtverhältnisse. Und das, was er sah, erfüllte ihn mit Freude. Drei seiner Leute standen schweigend und abwartend in einiger Entfernung. Um ihn herum gruppierten sich weiterhin vermummte Gestalten. Egal, seine Leute waren gekommen, die Seilschaften funktionierten. Sein Fehler war mit Blick auf das Ganze klein gewesen. Eine Rüge, natürlich, die würde er sich einfangen. Schließlich sprach er vor anderen über die Organisation und deutete deren Ziele an. Aber er war wertvoll, viel zu wertvoll, man würde ihn nicht fallenlassen. Er lachte den vermummten Gestalten, die immer noch um ihn herumstanden, ins Gesicht. „Ihr habt eure Chance gehabt. Jetzt könnt ihr weiter euer kleinkariertes Spiel durchziehen."

Der Wagen, den einer der Beamten, der die Bender-Kinder bewachen sollte, schließlich identifizieren konnte, stand am Parkplatz eines Badeweihers bei Pocking.

„Kein Zugriff", schnaubte Bender, „ich mache das."

Noch während Manu auf dem Parkplatz stoppte, sprang Bender aus dem Wagen und stürmte los.

Er war glücklich, es hatte sich doch noch alles zum Guten gewendet. Mit großen Schritten bewegte er sich auf seine Retter zu. Zuerst erreichte er Albert Petersen.

„Und ich dachte, du bist ein kleines Licht in Grafenau, hast ein paar Schlägertypen unter deiner Fuchtel und rekrutierst neue Leute", lachte der Anwalt.

„Ja, so kann man sich täuschen, Michael. Tarnung ist alles. Aber auf diesem Gebiet hast du ja völlig versagt." Petersens Blick war eiskalt.

Michael Schmidmeister wurde nervös und bekam einen leichten Panikanfall, als man seine Ex-Geliebte aus dem kleinen Hangar zu ihnen herüber führte. Er warf ihr böse Blicke zu, sie blieb davon völlig unberührt. Eine kleine Propellermaschine stand bereit. Beide wurden mit auf den Rücken gefesselten Händen in die Maschine gestoßen. Neben dem Pilot flog ein weiterer Mann mit, der ständig mit einer Pistole vor ihrem Gesicht herumfuchtelte.

„Mach's gut, Michael. In diesem Leben werden wir uns nicht mehr wiedersehen."

Der Faustschlag Benders traf den jungen Mann so hart, dass er stöhnend zusammenbrach.

„Papa", schrie seine entsetzte Tochter und handelte sich dafür eine Ohrfeige ein.

„Papa“, schrie sie ein zweites Mal.

Zum Glück kam Manu herbeigelaufen und hielt ihren Chef zurück.

„Wo ist deine Schwester?“

„Zu Hause, was ist denn los?“

Sie beugte sich über ihren neuen Freund, der immer noch stöhnend am Boden lag.

„Ich dachte …“

„Was dachtest du? Du bist doch vollkommen verrückt geworden! Ich hasse dich, ich will dich nie wiedersehen!“

Es war nicht einfach gewesen, mit dem Wagen in eine Position zu kommen, aus der man alles beobachten konnte, ohne selbst gesehen zu werden. Werner Krottentaler hatte sich nicht geirrt. Ralf Bender war ein anderer geworden. Er würde überlegen müssen, wie er sich das zunutze machen konnte. Herr, schicke mir ein Zeichen, meine Mission ist noch nicht erfüllt. Meine Zeit wird wieder kommen. Ich bin Raphael, Racheengel des Herrn. Ich bin Raphael, Todesengel des Herrn.

Während aufgrund der irrwitzigen Suchaktion und dem spektakulären Ende einige Aufregung innerhalb der Passauer und oberösterreichischen Polizei herrschte, tat Bender so, als sei nichts passiert. Doch es brodelte in ihm, er war ein aktiver Vulkan, der jederzeit wieder ausbrechen konnte. Zwar verteidigte er seine Maßnahme gegenüber Manu stur, aber schon klar, er hatte überreagiert, war zu weit gegangen.

Seine Frau ging nicht so hart mit ihm ins Gericht. Letztlich gab es ihr ein beruhigendes Gefühl, weil der Vater ihrer Kinder Himmel und Hölle in Bewegung setzte, wenn es darum ging, sie zu schützen. Und auch seine Tochter relativierte das mit dem Hass bereits und änderte das „Nie mehr sehen“ in „eine Zeitlang nicht mehr sehen“ um.

Auf Ritters Rückendeckung konnte er sich verlassen, doch auch

Fritz Moser signalisierte, er würde die Sache schon irgendwie regeln. Interne Ermittlungen würden wohl trotzdem nicht zu verhindern sein.

„Scheiß drauf", lautete Benders einziger Kommentar.

„Herr Bender, ganz ehrlich, Sie brauchen eine Auszeit. Mal ganz abgesehen davon, dass Sie in meinen Augen psychisch sehr angegriffen sind, es dauert nicht mehr lange, und Sie klappen völlig zusammen." Dr. Leopold sah den Kommissar nachdenklich an. Der trug tiefe schwarze Ringe unter den Augen. Ein deutliches Zeichen, dass Bender zu wenig schlief, zu viel rauchte und keine Pausen machte. „Glauben Sie mir, das geht nicht mehr lange gut."

„Ralf, er hat Recht, gönn dir mal Ruhe."

„Ich werde dann eine Pause machen, wenn der Täter gefasst ist."

„Aber wir haben den Täter doch. Die Aussage von Eva Bräugerber ist eindeutig. Außerdem, seit dem Tod ihres Mannes ist nichts mehr passiert."

„Und ich sage dir, er war es nicht. Wir müssen uns auf diese merkwürdige Sekte konzentrieren. Und für mich ist auch der Grobauer noch nicht raus aus der Geschichte. Mir gefällt das nicht. Da hat sich einer vom Saulus zum Paulus gewandelt. So mir nichts, dir nichts. Rocker, Schläger, Frauenmörder – und heute macht er auf liebenden Familienvater und verkauft esoterischen Krimskrams. Das passt doch hinten und vorne nicht. Und er hat alle drei Frauen gekannt. Ich hab in seiner Akte gelesen, wer bei seiner Verurteilung den Platz der Staatsanwaltschaft eingenommen hatte."

Er musste ihren Namen nicht aussprechen, aber anhand dessen, wie er sie dabei ansah, wussten sie wer es gewesen war.

„Franz, Manu, ihr nehmt den nochmal unter die Lupe. Fragt in Schöfweg nach ihm, in Schönberg, macht alte Freunde ausfindig und kramt in seinen Akten. Wenn der in letzter Zeit nur irgendwo einen Apfel geklaut hat, will ich das wissen. Und ich werde mir jetzt nochmal diese Bande von Knallköpfen in Lehmbruck vorknöpfen."

Manu wollte ihren Chef wenigstens überreden, nicht alleine loszuziehen. Wenn nochmal etwas vorkommen würde, würde er vielleicht seinen Job verlieren. Sie blickte hilfesuchend zu Dr. Leopold, der bestätigend nickte. Doch Bender wehrte sich vehement und mit Bestimmtheit gegen jedes Argument.

„Mir geht es gut. Und in meiner Situation hättest du genauso gehandelt, wenn es um deine Familie gegangen wäre. Ach ja, du hast ja keine."

In dem Moment, da Bender diesen Satz sagte, tat er ihm auch schon wieder leid. Er sah Manu an, damit hatte er einen tiefen Spalt in ihr freundschaftliches Verhältnis gehauen. Sogar Schaller blickte auf. Für einen Augenblick herrschte betretenes Schweigen im Raum.

Dann ging Manu grußlos. Von diesem Tag an versuchte sie nie mehr, sich für Bender einzusetzen.

Mittwochnachmittag: geschlossen. Verdammt, dachte Manu, die unbedingt ein paar Ergebnisse in die Nachmittagssitzung mitbringen wollte. Nie mehr würde sie auf die freundschaftliche Ebene zu Ralf zurückkehren können. Das hatte ihr Chef, ihr Freund, wie sie bisher dachte, mit einem einzigen Satz vernichtet. Es war hart, aber sie würde die Beziehung versachlichen. Bei allem Verständnis, das sie für seine Situation empfand, wie konnte er es wagen, sie mit wenigen Worten derart tief zu verletzten? Er sagte es und im gleichen Moment war etwas in ihr zerbrochen. Das war nicht mehr gutzumachen.

Sie würde jetzt nach Schöfweg fahren und sehen, ob Michael Grobauer zu Hause war. Dann konnte sie auch gleich die Nachbarn ein wenig aushorchen.

„Fräulein, kann ich Ihnen helfen, fehlt Ihnen etwas?", fragte eine ältere Frau, die Manu weinend in ihrem Auto sitzen sah.

„Nein danke, es geht schon", antwortete Manu.

„Machen Sie sich nichts draus, Kleines, der Typ war sicher keinen Schuss Pulver wert“, sagte die Frau und nötigte Manu damit ein Lächeln ab.

Aber auch in Schöfweg sah es zunächst nicht gut aus: „Tut mir leid, mein Mann ist nicht zu Hause.“

„Wann kommt er denn wieder?“

„Das kann ich Ihnen nicht sagen.“

Nach einer eher belanglosen Plauderei sprach Manu noch einige Leute auf der Straße an, aber niemand wusste etwas zu sagen. Man kümmere sich nicht um die Angelegenheiten anderer Leute. Nur so viel: Die Grobauers lebten ein unauffälliges zurückgezogenes Leben. Waren freundlich, hatten aber keine echten Freunde. Ab und zu gingen sie in das Restaurant vor Ort zum Mittagessen. Weder er noch sie tranken Alkohol. Nur manchmal tauchten zwielichtige Gestalten vor seinem Haus auf. Meistens auf Motorrädern. Einer von ihnen blieb manchmal über Nacht. Aber nie länger.

Die kleine Tochter ging in den Kindergarten. Ein aufgewecktes Mädchen, viele Freunde. Häufig ging er zum Einkaufen oder machte andere Erledigungen. Holte beim Bauern Eier, manchmal Milch, an Weihnachten eine Bio-Gans. Dann sah man die Frau manchmal tagelang nicht. Aber sie besaßen einen netten kleinen Garten hinter dem Haus. Salat und Gemüse mussten die Grobauers nun wirklich nicht kaufen. Davon wuchs im Garten genug. Die Frau war dort meistens anzutreffen. Manchmal hatte sie ganz rote Augen, man konnte glauben, sie hätte geweint.

Manu war immer wieder verblüfft, wie viel Menschen, die sich nicht um die Angelegenheiten anderer kümmerten, wussten. Sie schlenderte zurück zu ihrem Wagen und sah in einiger Entfernung am Waldrand jemanden stehen. Sie nahm ein Fernglas aus dem Handschuhfach.

„Bingo“, jubelte sie.

Meinhart und Peter saßen auf einer Bank am Hartmannsreiter

Stausee und erklärten das Projekt Prana für gescheitert. Die Lehren stimmten, der Lehrmeister hatte sich überholt.

„Ich kann das gar nicht glauben, ich habe so viel von ihm gehalten, ich habe ihn geliebt und verehrt. Und was ist davon übrig geblieben? Gar nichts."

„Mir geht es da ganz genauso", bestätigte Meinhart. „Wenn ich bedenke, wegen ihm habe ich mich sogar mit meiner Frau verkracht. Sie hat ihn von Anfang an nicht leiden können. Manchmal sollte man auf den Instinkt der Frauen einfach hören."

Peter nickte gedankenverloren und warf einen Stein ins Wasser. Er blickte auf die Wellen, die sich ringförmig ausbreiteten. Es beruhigte ihn. Eine Entenfamilie trieb träge über den See und die Fische schnappten nach Insekten, die unvorsichtig tief über der Wasseroberfläche tanzten. Wir müssen ihn loswerden, dachte er zum wiederholten Mal. Doch während ihn dieser Gedanke früher ängstigte, spürte er jetzt Stärke in sich wachsen. Sein Charisma gewann an Kraft. Ja, es war wahrscheinlich die Lösung. Und wenn er noch weitere Bestätigung gebraucht hätte, die Geschichte über Pranas Vorleben, die ihm Meinhart nun präsentierte, wäre es gewesen.

Es war nicht leicht gewesen, Michael Grobauer aufzuspüren. Manu stellte ihren Wagen ab und ging zu der Stelle, an der er im Wald verschwunden war. Diesen Ort zu finden war noch relativ leicht gewesen, weil sie sich einen besonders markanten Baum gemerkt hatte. Sie versuchte sich fortan als Fährtenleserin und stellte fest, sie war gar nicht übel in dieser Disziplin. Abgeknickte Äste, niedergetretenes Laub, eine Waldblume, die den Kopf hängen ließ. Doch sie musste leise sein, um nicht entdeckt zu werden. Manu blieb immer wieder stehen, um nach verdächtigen Geräuschen zu lauschen. Einmal scheuchte sie ein Reh auf, ein weiteres Mal stob ein Vogelschwarm aus einem Baum und jagte lautstark und unter wildem Gezeter dem Himmel entgegen. Sie befand sich weit abseits von Wanderwegen und wunderte sich, dass es noch so unberührte Natur gab. Und wieder hörte sie etwas. Sie hielt den Atem an und dann sah sie ihn.

Michel Meinhart, dieser merkwürdige kleine Mann, der in ewigem Zwist mit sich selbst und seiner Frau lebte, der regelmäßig der realen Welt entschwand und in das Zeitalter seiner frühesten Vorfahren floh, hatte mehr Einfluss auf andere, als ihm selbst bewusst war. Obwohl er ein unangenehmer Zeitgenosse war, der vieles zu seinem Vorteil nutzte und dabei zumeist nicht davor zurückschreckte, Scherben zu hinterlassen, erreichte er mit traumwandlerischer Sicherheit seine Ziele. Seine Schüler liebten ihn, weil er unempfindlich war gegen Spott und ihnen ihre kleinen Frechheiten nicht übelnahm. Es war ihm egal, ob sie ihn absonderlich fanden, seine Macken aufs Korn nahmen. Sie genossen in seinen Augen Welpenschutz. Und das war es, was die Kinder an ihm schätzten. Er kümmerte sich einen Scheißdreck um das, was andere von ihm hielten. Das bewunderten sie an ihm. Außerdem hielt er einen hervorragenden Unterricht.

Prana hatte eine gänzlich andere Meinung von dem Sonderling. Er glaubte, es mit einer Zecke zu tun zu haben, mit jemandem, in dem kein eigenes Ego wohnte und der sich bedingungslos anbiederte. Doch er lag falsch. Michel Meinhart wollte etwas. Und um sein Ziel zu erreichen, war ihm jedes Mittel recht.

„Übrigens“, sagte er zu Peter, als sie wieder in Richtung Lehmbruck marschierten, „hast du gewusst, der Biefbauer macht mit deiner Frau rum?“

„Rufen Sie Ihre Dreckskköter zur Ordnung, sonst knalle ich denen eine vor den Latz.“

Prana und Bender standen sich gegenüber und tauschten wilde Blicke aus. Dazwischen bleckten zwei wütende Hunde die Zähne und warteten nur darauf, den Befehl zum Zuschlagen zu bekommen.

„Was wollen Sie denn schon wieder hier?“

„Ich habe gesagt, Sie sollen die beiden Viecher zur Ordnung rufen, sonst …“ Bender zog seine Pistole.

Prana rief die Hunde, diese schalteten sofort in den Ruhemodus und trotteten gemütlich davon.

„Wie gesagt, was wollen Sie denn schon wieder hier?“

„Ich will Sie“, sagte Bender ohne Umschweife. „Mike Biefbauer, Sie sind nicht annähernd der Heilige, den Sie hier allen vorspielen wollen.“

Die restlichen Mitglieder der kleinen Gemeinde, die aufgescheucht von dem Streit aus dem Haus gerannt kamen, sahen Prana fragend an.

„Ich kenne Ihr Vorleben, die Kollegen in Nürnberg haben eine ellenlange Akte über Sie. Respekt, Sie waren wirklich kein Kind von Traurigkeit.“

Ein Streifenwagen, den Bender zur Verstärkung angefordert hatte, rollte auf das Haus zu, blieb vor der Brücke stehen, entließ zwei Polizeibeamte.

„Passt auf die Hunde auf. Wenn es nötig ist, knallt sie ab.“

Prana war offensichtlich verwirrt, blickte hektisch zwischen Bender und seinen Gefolgsleuten hin und her. Er versuchte, Zeit zu gewinnen.

„Was meinen Sie? Sie müssen mich mit jemandem verwechseln.“

Bender lachte höhnisch: „Verwechseln? Oh nein, mein Freund, Sie sind Mike Biefbauer, ehemals ein gefürchteter Schläger. Körperverletzung, Diebstahl, Nötigung, Vergewaltigung, die Liste ist ellenlang. Und als die Sache für Sie zu heiß wurde, haben Sie sich einfach aus dem Staub gemacht. Aber die Staatsmacht vergisst nie, schon gar nicht so ekelhafte Zeitgenossen wie Sie.“

Für einen Moment wollte Prana seinen Hunden den Befehl zum Angriff geben, doch die beiden Streifenbeamten standen mit gezückten Waffen hinter Bender.

„Er hat Recht“, sagte Peter, der mit Meinhart gerade aus dem Wald kam. „Du bist Mike Biefbauer. Ein brutaler Schläger, der sich auch noch mit meiner Frau vergnügt hat. Du bist ein Schwein", raunte Peter verächtlich und spuckte vor Prana aus.

Noch bevor irgendjemand reagieren konnte, zog Mike Biefbauer ein Messer und hielt es der Person an den Hals, die am nächsten zu ihm stand, seiner Frau.

„Eine Bewegung und sie ist tot", schrie er. Der Wahnsinn stand ihm ins Gesicht geschrieben.

„Ja, was haben wir denn da?" Michael Grobauer schnellte herum, als er die Stimme, die ihn ansprach, vernahm. Er sah, wie die Kriminalbeamtin mit gezogener Waffe auf ihn zuschritt. Beinahe amüsierte ihn Manu, wie sie ihn bedrohte. Wenn er gewollt hätte, wäre sie ganz schnell überwältigt gewesen. Doch er wollte nicht. Er wollte es nicht noch schlimmer machen.

„Ich habe mir die ganze Zeit gedacht, mit Ihnen stimmt etwas nicht. Schon klar, aus Ihnen konnte kein Saubermann werden, auch wenn Sie uns den treusorgenden Familienvater vorspielen."

„Frau Kommissarin, Sie werden mir jetzt wahrscheinlich nicht glauben, wenn ich Ihnen sage, es nicht das ist, wonach es aussieht."

„Das ist schon seit dem ersten Ehebruch der Menschheit eine bescheuerte Aussage."

„Geben Sie mir eine Chance, es Ihnen zu erklären."

„Was gibt es denn da zu erklären, Sie bauen hier im großen Stil Rauschgift an. Ich will gar nicht wissen, wie viel das Gras auf dem Markt wert ist."

„Ich verkaufe es aber nicht, das heißt, nicht mehr, ich muss zugeben, bei Anne Schwan hab ich ab und zu eine Ausnahme gemacht und ihr ein paar Gramm abgegeben."

„Ach, und weil sie ihre Rechnung nicht beglichen hat, haben Sie sie die Treppe runtergestoßen, und als sie leblos dalag, sind Sie ausgerastet und haben in Panik dieses Gemetzel angerichtet. Hat es sich bei Frau von Stein ebenso verhalten? Es wäre ja nicht das erste Mal, dass Sie eine Frau getötet haben. Sie sind und waren gemeingefährlich. Und Frau Moosbacher, musste sie sterben, weil sie Sie damals ins Gefängnis brachte und eine viel höhere Strafe für Sie forderte? Verdammt, mein Handy."

Manu hatte es im Wagen liegen lassen, konnte also keine Verstärkung rufen.

„Macht nichts", sagte Michael Grobauer, „hier im Wald haben Sie sowieso keinen Empfang."

Manu fand es seltsam, aber blieb völlig ruhig. Sie erwartete jeden Augenblick einen Überraschungsangriff und blieb wachsam.

„Bitte geben Sie mir eine Chance und lassen Sie mich erklären."

„Eine Chance? Sie haben den drei Frauen auch keine gelassen."

Die ersten beiden Schüsse galten den beiden riesigen Kangals, deren Stresslevel im Tumult um ihr Herrchen zu groß wurde. Sie gingen zum Angriff über. Trotzdem die beiden Streifenbeamten sofort schossen, wurde einer von ihnen noch am Arm verletzt. Mike Biefbauer heulte laut auf und zog seine Frau näher an sich heran.

„Ihr elenden Schweine ..."

Bender brauchte offensichtlich diesen Adrenalinpegel, um wieder richtig funktionieren zu können.

Wieder wurde er ruhig, sagte: „Herr Biefbauer ..."

„Prana!", brüllte der.

„Meinetwegen auch Prana. Was soll das bringen? Lassen Sie die Frau los, es sind schon genug Menschen gestorben. Und diesmal lassen wir Sie sicher nicht nach Indien abhauen. Machen Sie es also nicht noch schlimmer."

„Wie soll es denn noch schlimmer werden? Ich habe doch ohnehin schon alles verloren. Lassen Sie mich zu dem Auto. Sonst bringe ich sie um."

„So wie Anne Schwan auch, ja?" Peter war langsam auf seinen ehemaligen Guru zugegangen.

„Was?“

„Ach komm, tu doch nicht so, du wolltest an diesem Abend doch unbedingt da hinfahren.“

„Ja, aber ich habe sie doch nicht umgebracht.“

„Und was war mit der von Stein? Hat sie auch mitbekommen, dass du mehr ein Scheinheiliger bist, so wie wir es jetzt alle langsam gemerkt haben. Mein Gott, bin ich auf der Leitung gestanden.“„Aber Peter, ich doch nicht, ich würde doch nie ...“

„Was ich nicht verstehe, warum musste die Staatsanwältin, warum musste sie sterben? Weil sie uns auf den Wecker gegangen ist oder hat sie vielleicht beobachtet, wie du meine Frau bestiegen hast? Oder wolltest du sie auch und sie hat dich nicht rangelassen?“

„Das reicht“, schrie Bender.

In dem kurzen Moment der Ablenkung hechtete Peter auf Prana und seine Gefangene los und riss sie zu Boden. Es folgten ein lauter Aufschrei und ein Stöhnen.

„Bitte, lassen Sie mich doch erklären.“

„Es ist mir egal, was Sie reden, während Sie vor mir und meiner Waffe laufen. Da, die Handschellen, legen Sie sich die an.“

Sie warf sie zu ihm rüber und er tat, wie ihm geheißen.

Während sie durch den Wald den Weg zurück zum Auto gingen, begann Grobauer zu erzählen. Er gab noch einmal zu, Anne Schwan ab und zu etwas Gras verkauft zu haben. Und auch er selber rauchte es ganz gerne. Hauptsächlich baute er es aber an, um seine Frau damit zu versorgen. Begonnen habe alles kurz nachdem er sie kennengelernt hatte. Sie litt unter schrecklichen Migräneanfällen. Er hatte gelesen, dass THC bei Schmerzen hilft. Und tatsächlich konnten die Joints die Schmerzen lindern. Irgendwann wurde ein Hirntumor diagnostiziert, der sich durch ihren Kopf fresse.

„Er wächst zwar langsam, liegt aber an einer unzugänglichen Stelle. Die Chemo brachte keine Besserung. Lediglich die Haare sind ihr ausgefallen. Die Ärzte stehen vor einem Rätsel, können ihr nicht helfen. Glauben Sie mir, Frau Kommissarin, sie braucht das Zeug, es hilft ihr. Und ich brauche es auch, um die ganze Situation ertragen zu können. Und ja, ich habe auch etwas davon an Anne Schwan verkauft. Das war dumm von mir. Aber wissen Sie, der Laden in Schönberg wirft kaum etwas ab, und meine Frau ist nicht mehr in der Lage in ihrem Waldkindergarten zu arbeiten. Da waren ein paar Extra-Euro schon willkommen. Ich weiß, gerade ich habe nicht das Recht, mich zu beklagen. Immerhin habe ich in meinem Leben ziemlich viel Mist gebaut. Doch manchmal frage ich mich schon, warum das Schicksal so ungerecht ist. Ausgerechnet meine Frau, der freundlichste Mensch, den es auf der ganzen Welt gibt. Ich würde alles dafür geben, wenn ich ihr den Tumor abnehmen könnte."

Michael Grobauer blieb stehen, weil er keine Schritte mehr hinter sich hörte. Er sah, dass die Kriminalbeamtin die Waffe gesenkt hatte und schluchzte.

Es war niemand ernsthaft verletzt worden. Pranas Messer steckte zwar in Peters Oberschenkel, aber es war nicht mehr als eine unangenehme Fleischwunde. Ein kleiner Preis dafür, dass der entmachtete Guru nun von der Polizei abgeführt wurde, fand Meinhart, der sich während des Tumults hinter einem Baum versteckt hatte und sich jetzt, da die Polizei alles im Griff zu haben schien, wieder hervortraute. Peter hielt das Messer mit grimmigem Blick fest und knurrte jeden bedrohlich an, der versuchen wollte, es zu entfernen. Erst als der Notarzt auf der Bildfläche erschien, humpelte er in den Krankenwagen und ließ sich behandeln.

Mike Biefbauer war in einen Polizeiwagen befördert worden und befand sich mit Bender auf dem Weg nach Passau.

„Ich habe keine der Frauen umgebracht, daran ändert sich auch nichts, wenn Sie noch weiter so herumbrüllen", beharrte er, als ihn Bender zum wiederholten Male ankeifte. Die arrogant-überhebliche Art des Gurus schmeckte dem Kriminalhauptkommissar ganz und gar nicht.

„Was wollten Sie dann bei Anne Schwan, es steht ja wohl außer Zweifel, Sie waren bei ihr? Warum sind Sie auf Ihre Frau losgegangen? Es ist doch sonnenklar, ihr Kartenhaus ist in sich zusammengefallen."

„Da mögen Sie Recht haben, mein Kartenhaus ist zusammengefallen, aber nicht so, wie Sie glauben."

Mike Biefbauer stockte und schien zu überlegen. „Ach, was soll's, ich kann jetzt genauso gut alles erzählen, ist eh schon egal."

„Da bin ich ja mal gespannt", antwortete Bender.

„Alle haben Anne für so einen netten Menschen gehalten. Doch ich sage Ihnen, das war ein richtiges Früchtchen. Peter hat das als Einziger von Anfang an durchschaut. Allerdings war er auf der falschen Spur. Er dachte, sie will sich zwischen ihn und mich quetschen und ihn verdrängen. Doch das stimmte ganz und gar nicht. Ich musste nett zu ihr sein. Sie hat mich erpresst. Peter hat mich in der Mordnacht nach Neuschönau gefahren. 25.000 Euro hat sie verlangt, damit sie mich nicht verrät. Ursprünglich wollte sie 50.000 Euro. Aber ich konnte ihr klarmachen, dass ich so viel nicht mehr habe. Und wenn ich es vom Konto genommen hätte, wäre alles aufgeflogen."

Wieder stockte Biefbauer. Sein Leben, wie er es sich in den letzten Jahren zusammengebastelt hatte, würde nach diesem Verhör nicht mehr sein, wie es vorher war.

„Womit hat Sie die Schwan erpresst?"

Michel Meinhart war nicht der Erste gewesen, der ihn zusammen mit Peters Frau gesehen hatte. Doch während der nervtötende Lehrer nur in der Gruppe mitmachen wollte, verfolgte Schwan mit ihrem Wissen egoistischere Ziele.

„Ich habe ihr das Geld gebracht und natürlich gab es richtig Streit, weil sie doch noch mehr wollte. Ich gebe zu, ich wollte sie schlagen. Aber dann bin ich raus aus dem Haus ins Auto. Peter war nicht da, aber der Schlüssel steckte. Da bin ich einfach losgefahren. Letztlich war das der Anfang vom Ende der Gruppe. Verflucht, wir hätten niemals von Tiefenbach weggehen sollen. Aber diese verdammte Staatsanwältin hat mir ja keine Wahl gelassen."

Bender war wiederum kurz davor zuzuschlagen, hielt sich aber zurück. „Ich warne Sie und zwar nur einmal. Sie reden von einer Kollegin. Also, warum musste sie sterben? Ist sie auch dahintergekommen, dass es in Ihrer Sekte nicht halb so keusch zuging, wie Sie alle wissen lassen wollten?"

„Unsinn, ich bringe doch niemanden um, nur weil er mir den letzten Nerv tötet."

Benders Fäuste ballten sich.

„Sie hat uns dauernd beobachtet und unsere Sitzungen im Garten gestört. Das war schlecht für das Karma der Gruppe. In Lehmbruck wollte ich endlich Frieden finden."

„Sie haben schon andere Leute wegen geringerer Anlässe halbtot geschlagen. Warum dann der Auftritt vorhin?"

„Weil ich genau wusste, meine Vergangenheit kann mir zum Verhängnis werden. Auch wenn ich nicht glaube, dass Sie irgendetwas Verwertbares in den Akten gefunden haben. Alles schon viel zu lange her. Ich bin ein anderer Mensch seitdem. Aber als Sie meine Hunde erschossen haben, sind bei mir die Sicherungen durchgebrannt. Ich habe mein ganzes Leben vor meinen Augen bröckeln sehen."

„Noch eine Tasse Tee?"

„Ja, vielen Dank."

Marianne Grobauer goss nach. Manu sah zu, wie sich der Kandiszucker langsam auflöste. Grobauer hatte Recht gehabt. Seine Frau war tatsächlich ein ausnehmend nettes Wesen. Trotz ihrer Krankheit, die jetzt, da sie es wusste, deutlich zu Tage trat, kümmerte sie sich zuvorkommend um Manu. Im Vorbeigehen strich sie ihrem Mann eine Locke aus dem Gesicht oder lächelte ihn verliebt an. Einmal war er aufgesprungen, weil sie aufstöhnte, in die Knie ging und sich am Tisch festhalten musste. Doch im selben Moment war sie wieder auf den Beinen. Eine stolze, eine wundervolle Frau.

Das kleine Mädchen kam zur Tür herein. Hielt in der einen Hand einen Teddy, in der anderen einige Buntstifte.

„Papa, malst du mir einen Hund?“ Sie sprang auf den Schoß ihres Vaters, dem das Glück an den Augen abzulesen war, und er begann zu malen.

„Nein, Papa, das ist ein Pferd, ich möchte einen Hund.“

„Frag doch die Frau Kommissarin, ob sie dir einen Hund malen kann.“

Manu lächelte verlegen.

„Frau Konisarin, kannst du einen Hund malen?“, fragte das kleine Mädchen.

„Ich kann es ja mal versuchen.“

„Mama, was ist eine Konisarin?“

„Das ist jemand, der böse Menschen fängt und ins Gefängnis sperrt, damit sie nichts Böses mehr tun können.“

„Deine Mama hat Recht“, sagte Manu. „Aber keine Angst, bei euch muss ich niemand ins Gefängnis sperren.“

Das kleine Mädchen nahm gar nicht so richtig Notiz von dem was Manu gesagt hatte. Dafür hörte man den Stein, der Michael Grobauer vom Herzen fiel, noch in zwei Kilometer Entfernung.

„Frau Hentschel, ich werde Ihnen das nie im Leben vergessen. Auch wenn es abgedroschen klingt. Sollten Sie jemals meine Hilfe brauchen, können Sie auf mich zählen.“

Manu sah Grobauer lange an, konnte keinen Funken Brutalität mehr in seinen Augen sehen und wusste im selben Moment, sie handelte richtig. Als sie schon gehen wollte, hielt sie Grobauer zurück.

„Moment, mir fällt gerade noch etwas ein, das ich Ihnen schon lange sagen wollte: Ich kenne Mike Biefbauer, vielleicht können Sie die Information gebrauchen.“

Er erzählte ihr nichts Neues, aber allein den Umstand, dass er den selbsternannten Guru von früher kannte, fand sie bedeutend und informierte Bender telefonisch. Der wollte ihr noch etwas mitteilen, aber da hatte sie schon wieder aufgelegt.

Bender starrte Biefbauer wütend an. „Ich glaube Ihnen kein Wort. Ich sage Ihnen jetzt mal, wie es war: Sie waren bei Anne Schwan, das Geld haben wir gefunden. Sie wollte mehr und dann sind Sie durchgedreht und anschließend in Panik abgehauen, ohne auf Ihren Kollegen zu warten. Bei Dr. Moosbacher wird es nicht anders gewesen sein. Sie ist Ihnen auf die Schliche gekommen. Deshalb musste sie sterben. Sie haben ja offensichtlich ein Faible für Messer. Würde mich nicht wundern, wenn es die Tatwaffe wäre."

Biefbauers Augen blitzten gefährlich aus seinem hageren Gesicht. „Das ist nicht wahr", schrie er.

„Dann wäre da noch Johanna von Stein. Hat vielleicht auch sie versucht, ein wenig bei Ihnen abzustauben, wurden Sie von ihr ebenfalls erpresst?"

„Das ist Schwachsinn, ich kenne die Frau überhaupt nicht."

„Ach ja, dafür kennt Sie aber Michael Grobauer von früher. Hat er seine Erkenntnisse Frau von Stein mitgeteilt? Schließlich waren sie beide Kunden in seinem Laden."

Mike Biefbauer blickte um sich wie ein gehetztes Tier. Selbst wenn er vor dem Kommissar an der Tür war, an dem Beamten, der davor stand, würde er nicht vorbeikommen.

Bender sah ihn triumphierend an: „Eines Tages waren Sie, Grobauer und Frau von Stein im Laden, und als Sie draußen waren, hat er sein kleines Geheimnis ausgeplaudert. Wahrscheinlich haben sich die beiden prächtig amüsiert und Sie anschließend erpresst. War es so, wäre Grobauer Ihr nächstes Opfer gewesen? Oder war Ihnen nicht klar, dass er weiß, wer Sie sind? Abführen", sagte Bender schließlich. „Sie sollten Ihren Anruf nutzen, einen Anwalt zu kontaktieren."

Biefbauer fauchte und schrie: „Das ist doch kompletter Unsinn, ich habe diese Leute nicht umgebracht. Ich bin kein Mörder." Er schlug wild um sich, es dauerte eine Weile, ehe sie ihn mit Handschellen versorgt hatten.

„Das, was Sie jetzt gerade abgezogen haben, macht Ihre Position sicher nicht glaubwürdiger", sagte Bender, während sich ein Polizeibeamter ein Taschentuch an seine blutende Lippe hielt.

Benno wusste genau, niemand würde ihn verstehen. Er legte eine Karriere hin, von der wahrscheinlich jeder träumt, der irgendwann ein Volontariat bei einer Zeitung beginnt. Vor drei Jahren war er noch ein kleiner Lokalredakteur in Grafenau. Der manchmal willenlose Adept seines Redaktionsleiters und auch noch so etwas wie der humpelnde linke Fuß eines selbsternannten journalistischen Überfliegers namens Monn. Einer, der sich selber vergaß, letztlich sogar selbst noch fast zum Mörder abgestempelt worden wäre.

Vorbei. Er hatte sich gewandelt, auf einmal war gerade seine Art gefragt. Die hintersinnige, die gründliche, die ehrliche. Mehrere Fehler der Kollegen, und auf einmal saß er im Chefsessel. Chefredakteur der größten Tageszeitung in Niederbayern. Dort, wohin er nie strebte, wo aber eigentlich alle anderen hinwollten.

Er saß in seinem großzügigen Büro, vor sich die letzte Gehaltsabrechnung, ein Monatsgehalt, das eigentlich fern seiner Vorstellungskraft lag. Denn er tat nichts anderes als bisher. Er war gründlich, er war ehrlich.

Doch, auf einmal war das wieder nicht mehr gefragt. Die Geschäftsleitung fand zur alten Sensationsgier zurück, wollte ihn auf Linie trimmen. Das, was ihn vor wenigen Wochen so wertvoll machte, sollte er jetzt komplett ablegen.

„Kollege Seifeld, wir wollen in der Tagesschau zitiert werden, vergessen Sie das nicht", sagte man ihm täglich.

Es war kein Redaktionsbüro, in dem er saß, es war ein Haifischbecken. Darin musste er schwimmen und die Haie waren übermächtig.

Sie schoben noch mehr Geld ein als er und sie schafften an, was zu tun sei.

„Schlagzeilen, Herr Seifeld. Schlagzeilen, die bundesweit Beachtung finden. Es geht nicht darum, den Lesern ein gutes Blatt in die Zeitungsrolle zu schieben. Es geht darum, zitiert zu werden. Es geht um die Bedeutung. Für die Idioten, die uns hier in der Region lesen, brauchen Sie nicht zu recherchieren. Sorgen Sie dafür, wir wollen doch alle im Gespräch bleiben, oder?"

Worte, die er nicht mehr hören konnte. Worte, die ihm wehtaten, weil sie alle seine Prinzipien über den Haufen warfen. Worte, aus denen er Klaus Monn reden hörte. Dessen Rücksichtslosigkeit, dessen Egoismus. Er fühlte sich, als hätte man ihm einen Rasenmäher in die Hand gedrückt, mit dem er einfach nur rund um die Uhr durch den Redaktions-Garten wüten sollte. Alles musste gekürzt werden, alles musste weg – und sei es noch so schön.

Er musste seinen Redakteuren Aufträge geben, hinter denen er nicht stand. Er musste als Hauptverantwortlicher für einen Journalismus den Kopf hinhalten, den er hasste.

„Suchen Sie sich billige Schreiberlinge, die unsere Zeitung füllen", wurde ihm gesagt. „Schreiben Sie und wenn die Geschichte nicht stimmt, dann machen Sie am nächsten Tag eine daraus, die passt. Schauen Sie, woher der Wind weht und richten Sie Ihre Fahne danach aus. Seifeld, Sie machen das. Sorgen Sie für Emotionen, das mögen die Leute. Wahrheiten, wen interessieren die schon?"

Ihn interessierten sie. Am liebsten würde er den ganzen Mist hinschmeißen. Doch was wäre dann? Welche Alternativen gab es? Bei Licht betrachtet: keine. Absolut nichts.

Er dachte an Grafenau, an die Zeit in der Lokalredaktion. Er dachte sogar an die Leberkäsesemmeln, die er sich jeden Morgen auf den Weg zur Arbeit kaufte, und er erinnerte deren Geschmack. Es war gemütlich. Manchmal ein paar aufgebrachte Leser, doch meistens stilles Arbeiten. Zuverlässig, unaufgeregt.

Er musste weg von diesen Gedanken und startete seinen Internetbrowser. Unmotiviert surfte er durch die digitale Informationsflut und landete letztlich wie von Geisterhand auf einem regionalen Jobportal. Was gibt es eigentlich am Markt? Er grenzte die Suche ein auf Stellenangebote aus dem Landkreis Freyung-Grafenau.

Die Sehnsucht nach seinem Zuhause drängte sich übermächtig an die Oberfläche. Er dachte an alles, was er an Grafenau liebte. Was für eine Sehnsucht.

Maurer konnte er aber nicht, Verkäufer schon gar nicht und die Vorstellung, mit einem Gefrierlaster von Haus zu Haus zu brummen und den Hausfrauen Karotten und Fischfilets anzupreisen, ließ sogar Übelkeit in ihm aufsteigen. Trotzdem, er blätterte weiter, Seite für Seite. Hilfsarbeiter bei einem Heizungsmonteur, sicher ein ehrbarer Beruf, aber was tat er mit zwei linken Händen und einem leicht verkrüppelten Bein, wenn er so einen Heizkörper in den dritten Stock tragen musste? Lächerlich.

Er wollte die Seite wieder verlassen, beschloss aber dann, doch noch einmal weiter zu stöbern.

Leiter des Pressereferats, las er da. Der Nationalpark Bayerischer Wald suchte einen Nachfolger für den Pressesprecher, der in Pension gehen würde. Benno erinnerte sich wieder, vor längerer Zeit mit ihm gesprochen zu haben und wie er ihm seinen nahenden Abschied ankündigte. Drei, vier Jahre würde es wohl noch dauern, aber er freue sich schon auf den Ruhestand. Benno überlegte damals kurz, aber es war zu weit weg, um sich tiefergehende Gedanken darüber zu machen.

Er las die Stellenanzeige Wort für Wort. Es passte. Außerdem, da war er sicher, wäre das eine Aufgabe, die ihm Spaß machen würde. Ein Freifahrtschein in einen besseren Beruf, weg von einem Zeitungswesen, das immer menschenfeindlicher wurde. Weg vom Denken an Umsatz, Bedeutung und Gewinn.

Ohne lange zu überlegen, öffnete er ein Textprogramm und fing an, eine fiktive Bewerbung zu schreiben. Zumindest einmal ein

Anfang, dachte er. Sie abzuschicken, daran dachte er noch nicht.

Dann aber, je mehr er schrieb, desto mehr wuchs in ihm die Sehnsucht, die Zelte abzubrechen, in denen er sich gefangen fühlte. Er löschte den gesamten Text wieder und fing noch einmal von vorne an. Diesmal überlegter, strategischer. Zehn Zeilen, 15 Zeilen. Löschtaste.

Es muss witziger gehen, dachte er. Fing von vorne an und kam einem Ergebnis näher, wie er sich eine Bewerbung vorstellte, die er lesen mochte. Seine Finger flogen jetzt förmlich über die Tasten, und es war ihm, als würde er mit jedem Buchstaben ein Stück seiner Unzufriedenheit aus dem Geist wischen. Er war selbst überrascht, welch flotte Schreibe er haben konnte, wie leicht es ihm von der Hand ging, einen Text zu schreiben, in dem Herzblut steckte. Mit freundlichen Grüßen ...

Dann der Lebenslauf.

Klingt gut, dachte Benno bei sich. Stabiler Verlauf eines Lebens, ohne Haken und Ösen. Direkter Weg zum Abitur, direkter Weg in den Journalismus. Volontariat, Redakteursstelle, immer schönere Aufgaben. Nur einen Makel stellte er fest: ledig, keine Kinder.

Wieder eine neue Sehnsucht, die in ihm aufstieg. Er hatte es versäumt, irgendwann die Biege zu bekommen, von der flüchtigen Affäre hin zu einer stabilen Beziehung. Nur Martina, mit ihr war er mal sieben Monate zusammen, die längste Partnerschaft seines Lebens.

„Wie schön wäre es doch gewesen, abends nach Hause zu kommen. Kinder, die dem Papa an den Hals sprangen und ihm aufgeregt erzählten, was für tolle Sachen sie den Tag über erlebten. Sie hätten vielleicht Tore geschossen am Fußballplatz oder gute Noten in der Schule geschrieben. Vielleicht hätten sie auch eine Fensterscheibe zerbrochen, und er würde sie in den Arm nehmen und sagen, was ist schon eine Glasscheibe, wo ich doch dich habe, den größten Schatz, den es geben kann. Ja, er wäre ein guter Vater gewesen.

Noch war es nicht zu spät, dachte Benno. Warum sollte er nicht noch einmal sein Leben ändern? Nur ein kleines bisschen wäre dazu nötig, nur ein winziger Schritt. Als Chefredakteur hier in Passau – wann könnte er jemals wissen, ob es eine Frau ernst mit ihm meinte oder mit seinem Konto?

Er suchte im Computer nach einem passenden Foto, das er der Bewerbung beifügen könnte. Es gab so viele, vier Stunden war er in einem Studio gewesen, als ihm der verhasste Chefsessel angeboten wurde. Elegant, seriös, weltmännisch. Er sah Benno Seifeld auf diesen Bildern, aber niemals sich selbst.

Er grub tiefer in der Festplatte, und da tauchten ein paar Bilder auf von früher, als er noch in Grafenau war. Der etwas schlampige Benno, der aber mehr Sympathie ausstrahlte, als es der gebügelte Weltmann jemals vermochte. Er entschied sich für eines, auf dem sich eine Locke selbstständig machte und selbstbewusst in Richtung Auge abdriftete. Er lächelte darauf, völlig unverkrampft. Er war kein schöner Mann, aber einer, mit dem man gerne zusammensaß und ein Bier trank. Ganz gewiss einer, mit dem man sein Leben verbringen wollte, weil Fürsorge und Herzlichkeit aus seinen Augen strahlte.

Er hängte das Foto an die Datei seines Lebenslaufes, öffnete das Mail-Programm und drückte auf 'senden'. Die Bewerbung war draußen. Er wusste, sie würden ihn wahrscheinlich nicht nehmen. Gleichzeitig keimte die Hoffnung in ihm.

Von diesem Moment an verspürte er nur noch Nervosität. Würden sie ihn zum Gespräch einladen?

Er träumte von einem anderen Leben. Bis ihn das professionelle Gewissen packte. Eines musste zu Ende geführt werden, auch wenn es nicht in seiner Hand lag. Die Morde mussten aufgeklärt werden, und er wollte es sein, der diese Titelstory schrieb. Chefsache. Es ging nicht darum, mit dieser Geschichte etwas Bedeutendes geschrieben zu haben. Das Ziel war ein anderes: Er wollte einen Artikel hinlegen, in dem er schonungslos offenlegen wollte, wie verdorben und verlogen die Welt auf diese schrecklichen Taten reagierte. Wie man sich an den Schlagzeilen ergötzte, wie man sich echauffierte über die Gräueltaten und gleichzeitig lechzend vor der Zeitung oder dem Bildschirm saß. Am liebsten wollten sie jedes Detail eines Mordes in gut aufbereiteten Szenen präsentiert bekommen. Kein Mord ist grausam genug, um nicht genau wissen zu wollen, was tatsächlich passiert ist. Wie hat die Leiche ausgesehen? Was wurde mit ihr angestellt? Hat sie es am Ende sogar verdient zu sterben? Er würde das offenlegen, und die Gier der Journalisten, die bei einem Mord nicht an die schreckliche Tat dachten, sondern an die Steigerung der Auflage und die grenzenlosen Ausmaße der Klickraten auf Internetseiten. Page Impressions forever. Es lebe die Bedeutung. Tod den Menschen, Geld den Nutznießern.

„Und alles nur, weil ich dich liebe,
und ich nicht weiß wie ich's beweisen soll.
Komm ich zeig dir wie groß meine Liebe ist
und bringe uns beide um"
Die Toten Hosen (Alles aus Liebe)

4

Was immer ich mache, es ist alles keine Lösung. Wohlfühlen kann ich mich schon lange nicht mehr, weil ich den Druck der Polizei im Nacken spüre, und sie kommen mir immer näher. Dagegen bin ich völlig wehrlos, weil alle Wege irgendwann zwangsläufig zu mir führen müssen. Gleichzeitig weiß ich aber genau, ich kann nicht aufhören. Jeder Tag, an dem ich sie sehe, an dem ich neben ihr aufwache, macht es erneut nur noch schlimmer. Ich sehe sie an und stelle mir vor, wie ich ihr den Hals durchschneide. Sie liegt friedlich da, arglos, weil sie sich in meiner Nähe geschützt und geborgen fühlt. Sie kann nichts ahnen, ich gebe ihr keinen Anlass, sich Sorgen zu machen. Und eines Tages wird sie mich ansehen, werden ihre Augen mich anstarren. Ungläubig. Verwirrt. Entsetzt. Ernüchtert und voller Angst. Sie wird zusehen, wie ich sie töte und sie wird es nicht verstehen. Dann ist es zu spät, es ihr zu erklären. Es wird unmöglich sein, mit ihr darüber zu reden. Wenn sie meine Nöte kennt, wird sie mich verlassen. Das könnte ich niemals ertragen.

Schlaf, mein Schatz, schlaf, noch bist du sicher. Aber morgen schon, oder nächste Woche, wird der Tag da sein. Es hat keinen Sinn, eine Frau nach der anderen zu töten, nur um für ein paar Wochen die innere Ruhe zu finden. Die Angst kehrt wieder. Unschuldige müssen sterben, dabei gibt es nicht einmal Schuldige. Außer mich selbst. Wie oft habe ich gelebt? Wie oft habe ich versagt in diesen Leben? Viel zu oft. Deshalb liege ich jetzt neben dem Liebsten, das ich habe, und sinniere darüber nach: Sie wird durch meine Hand sterben. Hätte ich doch früher schon die Einsichten gehabt, in irgendeinem Leben. Wir wären heute glücklich, ich wäre frei von meiner seelischen Last. Unbeschwert wäre ich. So wie unsere Liebe einmal war. So, wie sie nie mehr sein wird.

Heute hätte ich es fast getan. Ich weiß nicht, welche Kraft mich angetrieben hat, als ich das Messer aus der Schublade genommen habe. Ich bin besessen, von etwas, das mich hinaus in den Garten führt, zu ihr in den Schuppen, wo sie die Pflanzen pflegt, die ich später ins Beet setzen soll. Sie stand am Arbeitstisch, mit dem Rücken zu mir. Hat nicht einmal bemerkt, wer hinter ihr in den Schuppen kam. Ich hielt das Messer in der Hand, die Faust umklammerte den Knauf, und es war noch ein Meter. Ein Schritt und ich hätte sie von hinten an der Kehle fassen können. Wahrscheinlich wäre sie völlig ahnungslos geblieben. Aber sie wäre jetzt tot.

Es war dieser eine Moment, in dem ich zögerte. Dieser kurze Augenblick, in dem der süße Zweifel über mich hereinbrach. Die Liebe, die meinen Körper flutete. Bevor ich das Messer hob, schüttelte mich Verzweiflung. Einfach langsam zurückgehen, dachte ich. Hinaus in den Garten, zurück ins Haus, das Messer dahin legen, wo es seinen Platz hat. Ihr Leben hing nur noch an einem winzig kleinen Faden, genannt Liebe. Sie hat letztlich gesiegt. Gott sei Dank.

Jetzt sitze ich im Wohnzimmer, das Bier ist längst schal, weil ich es nicht angerührt habe, seit ich es aus dem Kühlschrank nahm. Keinen Schluck könnte ich runterwürgen. Ich fühle Hass. Auf mich, auf die Welt, auf alles, was ich einmal war und womöglich wieder sein werde. Dem Wahnsinn muss ein Ende bereitet werden, ich muss einen Ausgang finden. Jetzt und für alle Zeit. Mein Gott, wie sich das anhört, als würde ich stupide beten. Jetzt für alle Zeit. Amen.

Mein Hirn ist krank, mein Geist ist krank, meine Seele siecht. Ich bin nicht mehr Herr meiner selbst, bin nur noch Trieb. Tötungstrieb. Drei Frauen habe ich umgebracht. Drei Frauen, die noch schwerer auf meiner Seele lasten als alles, was bisher geschah, soweit ich in frühere Inkarnationen blicken konnte. Wie weit habe ich es gebracht? Ich bin ein Mörder, doch ich töte aus Liebe. Ich töte, um die zu retten, die ich eigentlich töten muss. Ich kann nicht mehr.

Der Ort der Lösung. Das war es, was er suchte. Und er war

davon überzeugt, es würde nur einen Platz geben, an dem er endlich zur finalen Erkenntnis kommen könnte. Dort, wo alles begann. Dort, wo er glaubte, den ersten Ansatz für eine Lösung gefunden zu haben. Es war die falsche Lösung und es war fatal für all die Menschen, die er damit ins Unglück riss. Bei Anne und der Dichterin hielt sich das in Grenzen, schließlich gab es kaum Familie, letztlich trauerte außer Freunden und Bekannten niemand wirklich. Aber die Staatsanwältin? Mit ihrem Tod brach er dem Kommissar das Herz, er fühlte es und es war unübersehbar. Er hatte damit eine Liebe zerstört, die vielleicht ähnlich vollkommen gewesen war wie seine eigene. Er löschte ein Leben aus, das gerade dabei war, sich zu einem neuen Hoch aufzuschwingen. Er konnte sehen, es waren die ersten, zarten Bande, die da geknüpft wurden. Er konnte die Sehnsucht der beiden beinahe greifen und ihre Unsicherheit spüren. Sie zögerten, aber das Schicksal trieb sie unweigerlich aufeinander zu. Sein Blick verklärte sich und wurde schließlich hart: Es war eine perfekte Liebe. Er hatte sie zerstört.

Er musste handeln. Es gab diesen einen Ort, von dem er sich das Ende aller Qualen erhoffte. Das Haus von Anne Schwan. Sie sagte einst, sie wisse, wo sie ansetzen könnte. Kurz darauf war sie tot. Er war allein mit seinen Gedanken und zog die falschen Schlüsse. Er beschloss, ins Haus einzubrechen, sich wieder auf die Liege im Behandlungszimmer zu legen und dort eine weitere Rückführung zu wagen. Er würde diesmal nicht blindlings in die Geschichte eintauchen, er würde eine ganz konkrete Frage stellen: Was ist die Befreiung?

Das Gras, das ich gerade geraucht habe, wird helfen, es wird meine Gedanken reinigen und ihnen die Freiheit schenken. Es wird mich so entspannen, ich werde noch tiefer eintauchen können. So kann ich gezielt suchen. Nach der Antwort, die ich brauche. Der Sprecher der CD, der mir hilft, die Rückführung zu starten, beginnt mit seinen monotonen Anweisungen.

Es ist immer wieder erstaunlich. Wie funktioniert das? Verstehen kann ich es bis heute nicht, doch ich bewege mich gleichzeitig auf zwei verschiedenen Bewusstseinseben. Das hier und jetzt ist ganz präsent. Wach, hellwach bin ich, und ein Teil meiner Gedanken kreist um die Gegenwart. Und doch bin ich ganz weit weg.

Ich stehe auf Wolken, weißen Wolken, die so schön sind, wie ich sie noch nie gesehen habe. Vor mir türmt sich eine graue Wand auf mit, ich kann es nicht genau erkennen, fünf, sechs, sieben Toren. Viele verschwommene Konturen darum herum, ebenfalls Türen. Doch so sehr ich mich auch auf sie konzentrieren möchte, ich kann sie nicht scharf stellen, bekomme sie nicht zu fassen.

„Wo verbirgt sich meine Befreiung? Durch welches Tor muss ich gehen?"

Alles beginnt sich vor meinem inneren Auge zu drehen. Die Tore wirbeln um mich, als wären sie in einen Strudel geraten, und ich spüre einen Sog, ich spüre, wie ich gezogen werde, hin zu dieser einen Tür. Es wird langsamer. Die Tore sind weg. Nur noch dieses eine. Tiefschwarzes Metall. Ich greife zur Klinke, schweres, kaltes Eisen. Ein Schauer überkommt mich, ich zögere. Nein, du darfst nicht zurück, das ist die Tür zur Freiheit. Du weißt es, also geh.

Ich drücke die Klinke, die Tür ist schwer, lässt sich kaum schieben. Ein kleiner Spalt geht auf, und warme Luft strömt mir entgegen. Das tut gut. Der Duft von Lavendel mischt sich darunter, es ist magisch. Ein erster Sonnenstrahl dringt durch den kleinen Spalt, und ich luge vorsichtig hinein. Was für eine Pracht. Ein riesiges Lavendelfeld. So violett, so schön, so weich. Ein Flimmern liegt in der Luft, und ich höre Stimmen. Aufgeregte Kinderstimmen. Lachen. Sie tollen am Rande des Feldes. Es ist ein unschuldiges Bild, eines, das mich noch tiefer hineinzieht. Ich drücke die Tür weiter auf, kann durchschlüpfen und stehe auf einmal mitten unter den Kindern.

„Mama“, ruft mir eines zu, „schau, was ich kann“. Es hüpft auf einem Bein im Kreis und jongliert dabei mit zwei Äpfeln. Die fallen natürlich immer wieder zu Boden.

„Gut machst du das, mein Schatz“, höre ich mich sagen. „Gut, meine kleine Julie, du bist mein Goldschatz.“

„Goldschatz, Goldschatz, Goldschatz“, rufen die anderen Kinder und tanzen um Julie herum. Sie kichern und nun versuchen sie alle, mit Äpfeln zu jonglieren.

Wie unbeschwert, denke ich, und doch lastet ein unheimliches Gewicht auf meiner Brust. Es schnürt mir die Kehle zu, doch ich weiß noch nicht, warum. Der Tag neigt sich, langsam. Die Sonne hängt sehr tief über dem Horizont, und ich nehme meine Julie an der Hand. Wir müssen nach Hause gehen. Wir haben einen Korb Äpfel geerntet, und ich muss mich beeilen, sonst wird er böse sein mit mir.

Ich bin Sandrine Depoux, bin 28 Jahre alt und wir schreiben den 17. August 1801. Ich habe Angst. Vor meinem Mann, Bernard. Ich spüre, wie meine Rippen brennen. Mein Oberarm tut weh und ich sehe hin. Blaue Flecken überall und ein Schmerz im Unterleib, der mir beinahe die Luft zum Atmen nimmt. Mehr und mehr spüre ich Schmerzen, mehr und mehr gewinnt die Pein Oberhand in dieser Szene, und das Lavendelfeld wird immer grauer, Julies Hand fühlt sich kalt an, und jeder Schritt, mit dem ich unserer Hütte näher komme, wird schwerer. Ich fühle mich, als könnte ich mich nicht mehr bewegen und doch geht es voran. Julie hat Tränen in den Augen. Kein Wunder, denke ich, so wie ich zittere. Sie weiß, was heute noch passieren wird. Sie weiß, sie wird ihre Mutter wieder schreien hören, wenn er mit dem Kochlöffel auf mich eindrischt. Wenn er mir Vorwürfe macht, ich sei eine schlechte Frau. Ich sei nur Dreck. Ich könne nicht kochen, könne nicht putzen, könne gar nichts, was eine Frau können muss.

In all dem Leid, das in diesen Minuten über mich hereinbricht, spüre ich: Ich bin wieder schwanger. Mir wird übel und ich möchte mich ins vertrocknete Gras legen, doch dazu ist keine Zeit.

Wenn er schon da ist, wird er bereits warten. Er wird am Tisch sitzen und mich mit leeren Augen ansehen. Er wird das Kind wegschicken und mich zwingen, meinen Oberkörper über die Stuhllehne zu beugen. Er wird meinen Rock hochschieben und mich schlagen. Er wird kein Wort sagen. Wenn er fertig ist, wenn alles nur noch grün und blau an meinem Körper ist, dann wird er sagen: „Du hast es verdient. Du weißt warum."

Alles, was ich weiß, ist, so will ich nicht mehr weiterleben. Auch er darf nicht mehr weiterleben. Ich bin Sandrine Depoux und ich liebe dieses Schwein. Ich kann nicht mehr, deshalb mache ich allem heute ein Ende. Alles ist vorbereitet, alles wird gut.

Ich betrete die Hütte, sie ist leer. Er ist nicht da. Was für ein Glück. Die Schläge bleiben mir heute erspart. Ich habe alles vorbereitet. Die Ratatouille steht auf dem Herd, die Herbstzeitlose habe ich den ganzen Sommer über gesammelt und getrocknet. Die Blätter sehen harmlos aus, und er wird sie nicht herausschmecken, dafür habe ich mit reichlich Gewürzen gesorgt. Schlimmstenfalls wird er meinen, ich hätte statt der Kräuter ein wenig Wiesengras erwischt. Er wird es arglos essen.

Ich streue die Blätter drüber und rühre kräftig um.

Als er nach Hause kommt, ist alles fertig. Er sieht mich an, angewidert. Dabei mache ich alles, um ihm eine gute Frau zu sein. Alles, auch die Dinge, die ich eigentlich nicht mag.

„Alles ist fertig", versuche ich so fröhlich, wie es mir möglich ist, zu sagen, er quittiert es nur mit einem kurzen Nicken und setzt sich an den Tisch. Seine dreckigen Pfoten packen mich am Oberschenkel und wandern langsam nach oben. Ich drehe mich weg, woraufhin er mit der Faust auf den Tisch schlägt. Aber er sagt nichts, weil ich längst Julie gerufen habe, die nun schüchtern zu uns kommt und sich an den Tisch setzt. Ihren Papa würdigt sie keines Blickes. Ich weiß, dass sie ihn liebt, ihn aber hasst, wenn er böse wird. So wie ich es auch tue. Gott sei Dank, sie hat er nie angerührt.

Ich stelle drei Teller auf den Tisch und fülle jedem eine ordentliche Portion Ratatouille hinein. Ihm streue ich noch extra ein paar „Kräuter“ darüber. Ich setze mich dazu. Es schmeckt hervorragend, Julie schlingt alles in sich hinein. Es rührt mich nicht, weil ich weiß, es ist die einzige Lösung für uns alle. Niemals könnte sie ein glücklicher Mensch werden und niemals würde er ein besserer. Alles soll endlich vorbei sein.

Die Erinnerung an meine Julie kommt wieder, wie sie vorhin mit den Äpfeln jonglierte, wie sie kicherte und einfach nur lebte. Sie muss sterben, um frei sein zu können. Er muss sterben, damit wir alle frei sind. Ich muss sterben, weil ich ohne sie nicht leben mag.

Meine Kleine fängt an zu Husten, sie schwitzt, packt sich an die Kehle, keucht.

Er springt auf, Bernard will zu ihr, aber er kommt keinen Schritt weit, denn im selben Moment ergeht es ihm genauso. Sie liegen beide am Boden, krampfend, Atemnot.

Und ich? Nichts. Nur Übelkeit und in diesem Moment wird mir speiübel, ich kann es nicht mehr halten und erbreche mich. Alles tut weh, die Rippen, die Arme, die Schenkel, der Kopf. Ich übergebe mich und sehe durch meine wässrigen Augen, die beiden rühren sich nicht mehr. Ich weiß, sie sind tot.

Der Schmerz wird unerträglich, aber diesmal bin ich es, nicht Sandrine. Als würde ein schwerer Amboss auf meiner Brust liegen, kann ich nicht mehr atmen. Ich muss hier raus, ich muss raus aus dieser Szene. Ich schüttele mich, ich versuche mich zu drehen und es gelingt mir sogar. Ich falle von der Liege, falle und krache mit voller Wucht auf den Boden. Ich bin wieder zurück im Jahr 2013.

Drei Stunden hat es gedauert, ich kann es nicht fassen. Es war wie ein Wimpernschlag und alles ist noch ganz frisch. Sogar die Übelkeit spüre ich noch, aber keine Trauer. Nicht um Julie, die in jenem Leben meine Tochter war. Schon gar nicht um Bernard, der mich so lange quälte, bis ich zur Mörderin wurde. Doch ich spüre Verzweiflung. Ich konnte es nicht zu Ende bringen. Es war eines dieser Versagen, wie ich es in allen meinen Leben hatte. Es liegt ein Fluch über mir.

Egal, ich darf mich nicht nur damit beschäftigen, was war. Ich muss darüber nachdenken, was das für das jetzt und heute bedeutet.

Da ist eine Frau, das bin ich. Sie hat einen Schläger geheiratet. Sie hält es nicht mehr aus. Sie ist so kalt, wenn sie mordet, so kalt wie auch ich es bin. Ich bin immer noch diese Frau, immer noch dieser Henker, immer noch das Vergewaltigungsopfer, das ertränkte Kind. Ich bin alle diese Menschen, die getötet haben und getötet wurden. Sie kann nicht anders und ich kann nicht anders.

Alles nichts Neues.

Was ist anders? Verdammt nochmal, ich habe nach dem Schlüssel gesucht und der muss da irgendwo verborgen liegen.

Bin ich ein Psychopath? Sie bringt ihr eigenes Kind um und bleibt dabei völlig kalt. Sie sieht zu, wie es stirbt und sie tut nichts. Er springt auf, will seinem Kind helfen, doch sie sieht zu, wie er zusammenbricht. Sie sieht einfach zu, wie sie zucken und wundert sich, warum das Gift bei ihr nicht wirkt. Keine Panik, kein Gefühl. Da ist nichts, was diese Frau bewegt.

Mich bewegt nichts, ich kann einfach so beim Sterben zusehen, als wäre es das Selbstverständlichste der Welt.

Sie stirbt nicht, weil sie schwanger ist und sich übergeben muss. Das ist doch irre. Sie bereitet alles monatelang vor, sammelt Herbstzeitlose, trocknet sie und macht sich noch Gedanken drüber, ob er es merken könnte oder nicht, was sie ihm da ins Essen mischt. Statt nur ihren Peiniger zu töten, bringt sie die ganze Familie um. Geplant, heimtückisch, eiskalt. Die ganze Familie.

Wozu bin ich fähig? Warum bin ich nur so ein verdammtes Schwein? Alles verschwimmt vor mir, wenn ich sehe, wie sie sterben. Nur ihre Augen, die kann ich nicht sehen. Ich raste aus, zerstöre sie. Wie Schlachtvieh lasse ich die Frauen zurück und freue mich, wie gut es mir danach geht. Das kann doch alles nicht wahr sein.

Es gibt nur eine Lösung, um es zu beenden: Ich werde mich umbringen. Einer wie ich hat auf dieser Welt nichts verloren. Ich bin es nicht wert zu leben.

Was habe ich mich aufgeregt über gewissenlose Mörder, über diese Tiere, die töten um des Tötens willen. Die keine Erniedrigung scheuen, die sie ihrem Opfer antun, die keine Grenzen der Qual kennen, wenn sie töten. Was haben diese Killer mich angewidert. Heute sitze ich hier. Bin eingebrochen in das Haus einer Frau, die ich getötet habe. Sitze in ihrem Wohnzimmer und stelle fest: Ich bin genau das gleiche Tier.

Ich kann mir selbst nicht mehr trauen. Weil ich mich nicht mehr kenne, weil ich ein anderer geworden bin.

Sie bringt ihre ganze Familie um. Er köpft seine Frau. Ich tue alles, was ich verabscheue. Ich bin Abschaum, nichts als Abschaum.

Doch halt, die Erkenntnis scheint greifbar. Nur noch einen Moment. Moment ... Sie bringt ihre ganze Familie um. Sie bringt nicht nur das Liebste um, was sie hat. Ihr Kind und sogar diesen Schläger, der sie quält und den sie liebt. Sie will auch selber aus dem Leben gehen. Weil sie ohne beide nicht leben mag.

Ohne beide nicht leben mag.

Wenn ich sie umbringe, bin ich allein. Ich will das nicht, also töte ich andere Frauen, um den Druck loszuwerden. Um sie zu schützen. Um unsere Liebe zu bewahren. Dann stelle ich fest, ich kann diese Liebe nicht halten, weil nach einer süßen Weile der Freiheit alles wiederkommt. Weil ich aus dem Gefängnis nicht ausbrechen kann.

„Mit dir kann ich nicht leben, und ohne dich will ich nicht sein.“ Konstantin Wecker hat es gesungen, wie oft habe ich dieses Lied gehört. „Jetzt hab ich doch mein Herz verlorn, an dich, und hab deshalb kein Herz nicht mehr, für mich." Genauso ist es. Man kann sein Herz nicht verschenken, weil man dann selber keines mehr hat. Wer sein Herz verschenkt, verschenkt sein Leben. Und wenn es doch passiert ist, dann muss man es sich wieder zurückholen. Das geht nur, indem man sein eigenes Herz tötet. Und wer sein eigenes Herz tötet, der tötet sich selbst. Beide tot.

Mein Schatz, du musst sterben. Wenn du aber gehst, dann gehe ich mit dir. Du wirst es verstehen, ich werde es dir erklären. Wir gehen gemeinsam in den Tod. Es wird deine Erlösung sein und es wird meine Freiheit sein. Meine Seele gewinnt, du wirst das Opfer bringen. Ich gehe mit dir, um frei zu sein. Dann, in einem späteren Leben, werden wir uns wieder treffen. Wir werden heiraten, wir werden zusammen leben. Frei, glücklich, voller Liebe. Bis ans Ende unserer Tage wird es nichts geben, das zwischen uns steht. Am wenigsten meine Lust, dich zu töten. Denn sie wird mit mir sterben.

Ich gehe mit ihr.

Anne, ich danke dir. Du hattest Recht, das ist die Lösung und sie ist doch so einfach. Warum nur, warum habe ich das nicht früher begriffen? Der Henker hat es doch schon aufgezeigt. Er hätte Nein sagen können, ich hätte meine Frau nicht hinrichten müssen. Die Konsequenz wäre gewesen, auch ich wäre verurteilt worden.

Ihr Leben wäre nicht gerettet worden. Aber ich hätte das Leben so vieler Menschen gerettet, weil die Last von mir genommen gewesen wäre. Was bin ich doch für ein Idiot, dass ich das nicht sofort gesehen habe.

Mein Schatz. Gemeinsam gehen wir in den Tod und es wird die schönste Reise, die wir jemals miteinander getan haben.

„Was glauben Sie, war er es?"

Bender sah Dr. Leopold durchdringend an: „Nein!"

„Ich sehe schon, Ihr Urteilsvermögen ist nicht eingetrübt. Deshalb wissen Sie genau wie ich, der alte Bräugerber kann es auch nicht gewesen sein."

„Niemals, genauso wenig wie Biefbauer."

Schnell waren sich der Kriminalpsychologe und Bender einig: Bei beiden Verdächtigen passte einfach zu viel nicht ins Täterbild. Sie waren dem Ziel immer noch keinen Schritt näher gekommen. Bräugerber war zu alt und körperlich nicht in der Lage gewesen, die Morde auszuführen.

Dr. Leopold schränkte ein: „Bei Biefbauer bin ich mir zwar nicht zu einhundert Prozent sicher. Das, was Sie ihm vorgehalten haben, klang doch sehr plausibel."

„Das ist seine Version auch, außerdem halte ich ihn für zu schwach."

„Sie haben Recht, er ist brutal, manipulativ und impulsiv aber um es mit Ihren Worten zu sagen: Ihm fehlen die Eier. Die Gewalt ist Fassade."

„Also, wer war es dann? Haben wir unseren Mann schon im Kreise der Verdächtigen oder müssen wir ganz von vorne anfangen?"

„Das kann ich Ihnen leider auch nicht beantworten. Wir sollten die Liste noch einmal durchgehen."

Als ihr Chef und Dr. Leopold das Büro betraten, blätterte Manu noch einmal in den Unterlagen der Familie Bräugerber. Die Begrüßung fiel äußerst unterkühlt aus.

„Manu, was ist mit dem Grobauer, hast du etwas herausgefunden?"

„Er führt ein unauffälliges Leben, die Nachbarn wissen nur Gutes über ihn zu berichten und für mindestens zwei der drei Morde hat er ein perfektes Alibi", log sie. „Kannst du dann alles in meinem Bericht nachlesen."

„Für mich ist er nach wie vor ein heißer Kandidat", sagte Bender.

Dr. Leopold nickte.

„Was soll das, zweifelst du jetzt schon mein Urteilsvermögen an? Dann kann ich ja gleich gehen."

Bender vermied die weitere Konfrontation: „Ist ja schon gut, wer bleibt uns dann?"

„Meine Herrschaften, ich würde Sie bitten, eine Pause von drei Stunden einzulegen. Wir sind an einem toten Punkt angelangt und müssen jeder für sich die Situation neu bewerten. Ich habe eine Idee, muss das aber erst in der Fachliteratur nachschlagen, bevor ich eine Aussage treffen kann."

Bender zuckte mit den Schultern und verließ das Besprechungszimmer, Manu nahm den Vorschlag dankend an. Sie blätterte weiter in der Bräugerber-Akte und stolperte über eine kleine Notiz.

War es möglich ...? Manu sprang auf und rannte aus dem Büro.

Eva Bräugerber war überrascht, die Passauer Kriminalbeamtin so schnell wiederzusehen.

„Was wollen Sie, ich habe Ihnen doch alles gesagt, was ich weiß."

„Nicht ganz, Frau Bräugerber. Wussten Sie zum Beispiel, dass die erste Frau ihres Mannes bei einem Treppensturz starb? Das habe ich gerade in den Akten gelesen."

„Mein Gott, das ist eine uralte Geschichte. Was soll das mit dem Ganzen zu tun haben?"

„Könnte es nicht sein, dass Ihr Mann Ihnen am Sterbebett den Mord an seiner ersten Frau gestanden hat?"

„Möglich, aber ich weiß es wirklich nicht".

Manu fiel nur noch einer ein, der ihr jetzt eine Antwort auf diese Frage geben konnte. Dann wäre Bräugerber zwar endgültig entlastet, aber zumindest wussten sie dann, der Mörder lief noch frei herum. Sie beschloss, auf gut Glück nach Mauth zu fahren, und wenn Ferdinand Bräugerber nicht zu Hause war, konnte sie ihn immer noch über die Nationalparkverwaltung ausfindig machen lassen.

Sein Wagen stand vor der Tür, er musste also in der Nähe sein. Der Ort strömte etwas aus, das ihr gar nicht behagte. Normalerweise hätte sie mit diesem Gefühl im Bauch niemals alleine gehandelt. Doch Bender hatte es zu weit getrieben. Seit sie mit ihm zusammen arbeitete, fühlte sie sich noch nie so herabgesetzt, wie am heutigen Tag. Es mussten Ergebnisse her, jetzt! Obwohl sie wusste, sie hätte niemals alleine hierherfahren dürfen, klingelte sie an der Tür. Außerdem, was sollte schon sein? Niemand öffnete, sie klingelte ein zweites Mal und rief Ferdinand Bräugerbers Namen. Wieder keine Reaktion.

Was hatte Bender ihr einmal erzählt: Im Bayerischen Wald betreten die Leute das Haus eines Bekannten auch ohne zu klingeln, notfalls durch den Seiteneingang. Sie drückte an die Haustür. Sie gab nach. Manu trat ein und rief erneut nach Bräugerber. Keine Antwort.

Instinktiv griff sie nach ihrer Waffe, es gab ihr die Sicherheit weiterzugehen.

„Ferdinand, sind Sie hier?“ Manu durchschritt den Eingangsbereich und blickte ins Wohnzimmer. „Ferdinand?“ Sie erreichte eine weitere Tür, die nur angelehnt war, hörte dahinter undefinierbare Geräusche. Sie stieß die Tür auf, erfasste die Situation sofort und zog die Waffe.

Bender legte das Heft, das er immer bei sich trug, auf den Tisch und strich mit den Händen sanft darüber. Dieses Ritual half ihm nachzudenken. Manu konnte sagen, was sie wollte, für ihn war Grobauer noch nicht aus dem Spiel. Und wenn sie doch Recht hatte? Wer blieb, wenn es nicht doch noch einen großen Unbekannten gab?

Alles auf Anfang, dachte er.

Vor ihr auf dem Bett lag gefesselt und geknebelt und mit verbundenen Augen eine Frau, die sie nicht kannte. Manu entfernte den Knebel.

„Was ist los? Erkläre mir doch endlich, warum tust du mir das an?"

Manu wollte die Augenbinde entfernen, merkte, wie jemand den Raum betrat, doch sie konnte nicht mehr schnell genug reagieren.

Biefbauer, Bräugerber und all die anderen, Fehlanzeige. Niemand von denen konnte es gewesen sein. Was hatten sie übersehen? Bräugerber, dachte Bender ein weiteres Mal und plötzlich kribbelte es am ganzen Körper. Sie waren lange Zeit davon ausgegangen, der alte Anwalt konnte der Mörder gewesen sein. Sein Sohn, er hatte die Leiche von Anne Schwan gefunden. War das ein Zufall? Daran wollte und konnte er im Moment nicht mehr glauben. Dr. Leopold hatte von einer Idee gesprochen. Er brauchte ihn hier im Büro, sofort. Außerdem wies er Schaller an, Ferdinand Bräugerber zu kontaktieren, sie mussten seine Aussage noch einmal überprüfen.

„Wir haben keine Zeit zu verlieren, lassen Sie mich sofort an Ihren Gedanken teilhaben."

Dr. Leopold setzte sich an Benders Schreibtisch, der Hauptkommissar ging unruhig im Zimmer auf und ab.

„Für mich", begann der Psychologe, „sind noch drei Personen im Spiel. Immer davon ausgehend, der Mörder bewegt sich in unserem Kreis der Verdächtigen."

„Drei? Mir fallen nur zwei ein. Grobauer und Ferdinand Bräugerber."

„Wir sollten auch seine Stiefschwester Felizitas nicht vergessen."

„Felizitas Schmidmeister, wie kommen Sie denn auf die?"

„Wir können allen dreien eine verpfuschte Jugend attestieren."

„Soweit kann ich Ihnen folgen."

„Felizitas und Ferdinand waren Opfer, Grobauer auch, bis er zum gewalttätigen Jugendlichen wurde. Er hat die Gewalt, die ihm angetan wurde, quasi sofort zurückbezahlt. Heute führt er ein völlig unauffälliges Leben, scheint ein fürsorglicher Familienvater zu sein, wenn wir die Ermittlungen der Frau Hentschel zugrunde legen. Für ihn spricht außerdem, dass laut empirischer Untersuchungen Psychopathen zu empathischem Verhalten nicht fähig sind, also sich nicht in andere einfühlen können. Das trifft auf ihn nicht zu. Außerdem befanden sich laut Lehrmeinung Psychopathen in ihrer Jugend überwiegend in der Opferrolle."

„Muss der Mörder zwingend ein Psychopath sein?"

„Nein, natürlich nicht, deshalb bleibt Grobauer für mich verdächtig."

Die beiden Bräugerber-Kinder bewertete Dr. Leopold anders. Aus ihrer Opferrolle seien sie bisher nicht erkennbar herausgetreten. Ferdinand habe sich dieser nur entzogen. Felizitas schien ihm selbst wenig wahrscheinlich. Dennoch könnte sie ihre offensichtliche Verzweiflung zu diesen Gewaltausbrüchen geführt haben. Es könne auch sein, dass Eifersucht im Spiel war. Immerhin hatte sie ein Verhältnis mit Frau von Stein. Er mutmaßte ein Dreiecksverhältnis mit Anne Schwan.

Noch bevor Bender losbrüllen konnte, relativierte er seine Aussage: „Natürlich fehlt uns dann aber die Querverbindung zu Dr. Moosbacher. Sie könnte lediglich ein Zufallsopfer gewesen sein. Vielleicht eine Verkettung unglücklicher Umstände. Oder um die beiden ersten Taten zu verschleiern. Das wäre dann ein nahezu genialer Schachzug gewesen, wenn man die Verwirrung, die das alles gestiftet hat, bedenkt."

Letztlich überzeugend war das bei näherer Betrachtung für beide nicht.

Blieb Ferdinand Bräugerber, für beide im Moment der heißeste Kandidat. Und er schien im Moment vom Erdboden verschwunden. Schaller berichtete, er habe sich zwei Tage Urlaub genommen und sei auch telefonisch nicht zu erreichen.

Dann also Bräugerber, dachte Bender und erinnerte die letzten Worte dessen Vaters.

Bedeutete „Ich habe sie umgebracht. Ich bin an allem Schuld", dass der Alte wusste, sein Sohn war der Mörder, und dass er ihn mit einem falschen Geständnis schützen wollte? Ein spätes Geschenk für den Sohn, den er ein Leben lang gequält hatte?

„Franz, hol Manu, wir fahren da jetzt hin."

Wenig später kam Schaller alleine wieder. „Sie ist nicht da."

„Egal, dann fahren wir ohne sie."

Als Manu mit dröhnendem Schädel wieder aufwachte, fand sie sich mit ihren Handschellen an einen Heizkörper gekettet wieder. Sie würgte und bekam kaum Luft, ein Knebel steckte in ihrem Mund. Sie wollte ihn mit der freien Hand entfernen.

„Lassen Sie das", sagte Ferdinand Bräugerber . Er saß neben der Frau auf dem Bett und sah Manu ganz ruhig an.

„Frau Hentschel ich erzähle Ihnen jetzt eine Geschichte."

Bender schwieg zum Leidwesen von Schaller während der ganzen Fahrt. Erst hinter Freyung fragte er: „Wie war noch mal die Adresse von diesem Ferdinand Bräugerber?"

„Wieso?"

„Weil wir auf dem Weg zu ihm sind."

„Das ist ja interessant, auf Manus Schreibtisch lag die Akte der Bräugerbers."

„Verdammt, Franz, du bist ein Vollidiot."

Noch während er zu dem Haus raste, forderte Bender Verstärkung an.

„Wissen, Sie, Anne Schwan hat mich mit ihrem Tod auf den richtigen Weg gebracht. Es war ihr Opfer, das mir ermöglicht hat, klar zu sehen. Sehen Sie, ich war in meinen früheren Leben Henker, habe die Liebe meines damaligen Lebens gerichtet. Ich war Opfer, wurde grausam vergewaltigt und ermordet. Ich war ein unschuldiges Kind, dem das Leben genommen wurde. Ich war eine liebende Mutter, die im Tod Erlösung suchte und doch nur ihre Familie auslöschte. Meine Seele ist krank. Ich hatte als Henker die Möglichkeit, Nein zu sagen, das Urteil nicht zu vollstrecken und stattdessen gemeinsam mit ihr in den Tod zu gehen. Das habe ich nicht getan. Der Fluch, der auf mir lastet, verfolgte mich durch all meine Existenzen. Erst die Mutter hat es erkannt, nur ein gemeinsamer Tod kann den Fluch brechen, aber ihr Vorhaben schlug fehl. Durch sie weiß ich, es gibt nur einen Weg, meine Seele zu retten, sie zu heilen. Ich muss mich und das, was mir am liebsten ist, töten. In einem späteren Leben werde ich meiner Frau wieder begegnen und wir werden glücklich sein können."

Er strich der Frau auf dem Bett, die er wieder geknebelt hatte, sanft über die Wangen. „Ich tue es für uns, mein Schatz. Vertrau mir."

Sie blickte ihn mit weit aufgerissenen Augen an.

Manu versuchte verzweifelt, durch ihren Knebel hindurch zu schreien.

„Ich weiß, was Sie mir sagen wollen, aber es ist zu spät. Ihre Kollegen werden Sie nicht bei mir suchen, ich habe Ihr Auto versteckt. Sie haben außerdem nichts von mir zu befürchten, Sie haben mit der ganzen Sache ja nichts zu tun. Ich weiß jetzt, warum ich meine geliebte Frau stets töten wollte und stattdessen andere Frauen dafür sterben mussten. Ich hätte mich von Anfang an nicht gegen den Impuls wehren dürfen. Aber das war mein letzten Fehler. Es ist alles logisch. Was sagen Sie, Frau Hentschel?"

Wieder kamen nur erstickte Laute aus dem Mund der Kommissarin.

„Wenn wir beide", wieder streichelte er sanft über die Wangen seiner Frau, „gleich den Giftbecher getrunken haben, wenn alles vorbei ist, sagen Sie bitte auch Ihren Kollegen, es tut mir leid. Es hätte nicht so weit kommen dürfen. Sie möchten etwas sagen, Frau Hentschel?"

Sie nahm den Knebel aus dem Mund.

Manu verstand kein Wort von dem, was ihr Bräugerber eröffnet hatte. Nur so viel war klar, er war vollkommen verrückt. Sie überlegte fieberhaft, was sie in dieser Situation noch tun konnte. Sie musste den Knebel loswerden, unter allen Umständen. Nur so konnte sie vielleicht das Schlimmste verhindern. Es durfte nicht noch ein Mensch sterben. Endlich nahm er ihr den Stoff-Fetzen aus dem Mund.

Ohne auf das, was er erzählt hatte, einzugehen, begann sie auf ihn einzureden.

„Hören Sie, ich habe herausgefunden, dass Ihr Vater wahrscheinlich Ihre Mutter umgebracht hat. Ich glaube, er hat sie die Treppe hinuntergestoßen. Kann das sein? Und kann es sein, dass Sie als kleines Kind Zeuge dieser Tat geworden sind?“

Manus Worte erreichten Ferdinand Bräugerber nicht. Zumindest nicht zur Gänze. Aber sie genügten, um ihn aus der Bahn zu werfen. Er sprang auf und fuchtelte wild mit der Pistole herum. „Ich weiß nicht ... das kann nicht sein ... was hat das damit zu tun. Ich muss überlegen. Das ist nicht logisch.“

„Haben Sie es gesehen, waren Sie dabei?“

Bräugerber schien wie von Sinnen. „Überlegen, ich muss überlegen.“

Er zielte auf Manu, brach sein Vorhaben wieder ab. Er rannte aus dem Zimmer, als wolle er sich vergewissern, dass es nicht weitere Eindringlinge gab. Einige Sekunden später kam er mit weit aufgerissenen Augen wieder zurück.

„Sie haben alles kaputt gemacht, alles! Ich muss Sie töten. Sie haben alles kaputt gemacht.“

Er stürzte auf Manu zu, holte weit mit der Hand aus und schlug ihr mitten ins Gesicht. Sein Ehering traf sie an der linken Augenbraue und nahm ihr beinahe das Bewusstsein.

Bräugerber schien nicht mehr ansprechbar. Er lief offensichtlich Amok. So musste es auch im Haus von Anne Schwan gewesen sein. Sie fragte sich, ob sie den letzten schweren Fehler ihres Lebens gemacht hatte, als er sie heftig schlug. Sie durfte jetzt nicht das Bewusstsein verlieren, dann war alles vorbei. Sie versuchte tief und ruhig durch die Nase zu atmen. Klar bleiben, keine Panik.

„Gott sei Dank“. Bender schnaufte tief durch. Manus Auto stand nicht vor dem Haus. Offensichtlich war sie nicht da. Das verschaffte ihm Zeit, um auf die Kollegen zu warten, ehe er mit Bräugerber sprechen würde. Das Kribbeln unter seinen Fingernägeln ließ keinen Zweifel mehr offen: Hier war er richtig.

Bender klärte die beiden Polizeistreifen darüber auf, es handele sich lediglich um eine Routinebefragung eines Verdächtigen. Zunächst schien zwar Gefahr im Verzug. Davon sei aber nicht mehr auszugehen.

„Da wohnt doch der Ferdl“, sagte einer der beiden Streifenbeamten.

„Genau“, antwortete Schaller.

Niemand im Haus reagierte auf die Türklingel.

„Ausgeflogen“, scherzte Schaller und bereute seinen Witz im gleichen Moment. Dabei wollte er nie wieder derart rüde von Bender beschimpft werden.

Bender beschloss, noch einen Blick rund ums Haus zu werfen und anschließend eine der beiden Streifen zu postieren. Sie sollte Bräugerber abpassen und nach Passau bringen. Er wies Schaller an zu warten, setzte sein Vorhaben in die Tat um. Er blickte durch die Fenster, konnte zunächst nichts erkennen. Dann sah er ihn.

Er konnte nur Bräugerber sehen, der offensichtlich in Rage war. Mit wem redete er? Auf wen zielte er? Es dauerte den Bruchteil einer Sekunde, bevor Bender reagierte. Er zog seine Waffe, schlug mit dem Griff das Fenster ein und schoss sofort.

Ferdinand Bräugerber stieß einen spitzen Schrei aus und knickte ein. Die Pistole fiel ihm aus der Hand und er wälzte sich ächzend auf dem Boden.

„Ralf, bist du das?“
„Manu?“
„Keine Sorge, alles unter Kontrolle, ich hab die Waffe.“

Bender rannte zum Eingang zurück und prallte mit Schaller zusammen, der sofort nach dem Schuss zu Hilfe eilen wollte.
Fluchend rappelte sich Bender wieder auf und schrie: „Aufbrechen.“
Die Streifenbeamten sahen ihn verwirrt an.
„Idioten, aufbrechen hab ich gesagt“, schimpfte Bender, wollte aber nicht warten. Er lief wieder los, entdeckte eine Terrassentür und hob sie mit einem einzigen Tritt aus den Angeln. In diesem Moment fiel erneut ein Schuss.
„Hierher“, befahl Bender und war schon im Haus drin.

Ferdinand Bräugerber konnte die Schmerzen kaum ertragen. Ein Schuss hatte seine Kniescheibe zertrümmert. Die Waffe war weg. Er blickte um sich, sah, wie die Kommissarin auf ihn zielte. Seine Gedanken spielten verrückt. Sein Plan war wieder fehlgeschlagen. Er konnte seine Seele auch diesmal nicht retten. Außer...

Stöhnend zog er sich an der Bettkante hoch. Das linke Bein hing nutzlos an ihm herab. Manu ließ ihn nicht aus den Augen. Bräugerber richtete sich auf und drehte sich langsam um.
„Sie rühren sich nicht vom Fleck oder ich schieße.“
Ohne Vorwarnung stürzte sich Bräugerber auf Manu. Sie drückte ab.

Manu saß blutüberströmt und angekettet am Boden. Eine Frau lag gefesselt auf einem Bett. Bräugerber saß mit dem Rücken an das Bett gelehnt auf dem Boden. In dem kleinen Zimmer berührten sich die Füße der beiden Kontrahenten beinahe.
„Bender, alles klar, wir haben ihn. Und keine Angst, es ist sein Blut.“

Ferdinand Bräugerber wusste, es blieben ihm nur wenige Augenblicke. Den Bauchschuss würde er nicht überleben. Er spürte, wie das Blut durch seine Finger rann. Doch, so wie das Leben aus ihm herausströmte, so floss die Erkenntnis in ihn hinein. Und er begann erneut eine Geschichte zu erzählen.

Ich bin wieder ein kleiner Junge. Ich bin wach geworden, weil meine Eltern laut streiten. Ich schleiche zur Tür, verstecke mich. Meine Eltern stehen im ersten Stock. Mein Vater ist wütend, schlägt nach meiner Mutter. Schreit sie an. Sie wehrt seine Schläge ab, doch er lässt nicht locker. Ich habe Angst, weine. Mein Vater schlägt meine Mutter ein letztes Mal, dann gibt er ihr einen Stoß, und sie fällt schreiend die Treppe hinunter. Ich höre ein lautes Knacken. Dann ist alles still. Mein Vater würdigt meine Mutter keines Blickes, dreht sich einfach um und geht weg. Ich laufe zu Mami, schüttele sie, doch sie reagiert nicht. Ich blicke in zwei erloschene Augen. Die sind so kalt ...

Starr vor Entsetzen blickten alle Bräugerber an.

Manu hatte sich als Erste wieder gefangen. Sie beugte sich über ihn und sagte: „Halten Sie durch."

Ferdinand Bräugerber sah Manu mit einem Lächeln an: „Alles war umsonst, es tut mir leid. Aber es ist gut, alles ist vorbei."

Es waren seine letzten Worte.

EPILOG

Die Hauptrolle im Rahmen der letzten Besprechung der Soko Bayerwald hatte Dr. Heinrich Leopold.

„Wissen Sie, was ich nicht verstehe?, sagte Manu, „er hat mir vor seinem Tod auch noch erzählt, alles begann, weil er den nicht zu zähmenden Drang verspürte, seine Frau, die er so sehr geliebt hat, zu töten."

„Das alles hat mit dem Ereignis in seiner Kindheit begonnen", antwortete der Psychologe. Er versuchte, die Geschehnisse in einfache Worte zu fassen. Demnach erlitt Ferdinand Bräugerber ein schweres kindliches Trauma. Der Schock, in die toten Augen seiner Mutter zu blicken, löschte die Erinnerung an dieses schreckliche Erlebnis sofort aus und begrub sie im hintersten Winkel seines Bewusstseins. Doch da konnte sie nicht für immer bleiben. Der Drang zu töten war eine Auswirkung davon. Als er bei Anne Schwan war, wurde ihr der Treppensturz zum Verhängnis. Er sah die scheinbar leblose Frau am Treppenabsatz liegen und dann zog sein Verstand die falschen Schlüsse. Nicht die gerade eben durchgeführte Rückführung in ein vermeintlich früheres Leben, sondern das erlittene Kindheitstrauma ließen ihn durchdrehen. Wieder sah er in tote Augen, und sein Unterbewusstsein wehrte sich gegen die Erinnerung. Deshalb musste er sie zerstören. Den Rest konnte sich Dr. Leopold nur so erklären: Der Tod Anne Schwans hatte die Tötungsphantasie zeitweise zurückgedrängt. Also musste Bräugerber auf diese Weise einen Weg vermutet haben, seine Frau schützen zu können.

„Warum mussten die beiden anderen Frauen sterben?", wollte Bender wissen.

„Es wurden Literatur und CDs zum Thema Rückführung in seinem Haus gefunden. Offensichtlich war er in der Lage, sich selbst in einen Trance-Zustand zu versetzen. Nach dem, was er während dieser Sitzungen erlebt hat, wählte er seine nächsten Opfer aus. Wahrscheinlich in der Hoffnung, seine Frau auf Dauer schützen zu können. Ein fataler Irrtum."

„Aber das ist doch völliger Unsinn, der Kerl träumt etwas und killt danach Frauen. Ein Irrer also."

„So einfach ist das nicht, Herr Bender. Rückführungen werden in gewissen Kreisen als therapeutisches Mittel eingesetzt und man kann nicht eindeutig klären, ob es sich um tatsächliche Erinnerungen an frühere Leben oder um Einbildung handelt. Es gibt Menschen, die schwören Stein und Bein, sie haben Dinge und Emotionen erlebt, reale Orte gesehen, von denen sie niemals zuvor etwas wissen konnten. Auf jeden Fall bin ich mir sicher, wenn er sich mit seinem Problem einem Kollegen offenbart hätte, hätte ihm geholfen werden können. Die Frauen wären noch am Leben."

„So wie er es mir zu erklären versuchte, wollte er mit dem gemeinsamen Tod also den Kreis schließen und Frieden finden?", erkundigte sich Manu.

„Ja, so muss es gewesen sein."

„Warum ausgerechnet Gundula?"

„Herr Bender, wir werden es nie erfahren."

Bender hatte genug gehört. Der Fall war gelöst, und er fühlte sich elender denn je. Doch es gab noch eine Sache, die er regeln musste.

„Manu, es tut mir leid, ich wollte dich nicht verletzen."

„Lass gut sein, Bender", sagte sie und erwiderte seinen Händedruck. Sie war froh, dass sie wieder miteinander redeten, verzeihen konnte sie ihm noch nicht.

Als Michael Wertheim auf der Anklagebank saß, war er nur noch ein Schatten seiner selbst. Weder Richter noch Staatsanwalt oder Anwalt war es möglich, zu ihm durchzudringen. Er saß einfach da, zupfte ununterbrochen an seinen Fingern, als müsse er Klebstoffreste entfernen, und schien sich im ständigen Zwiegespräch mit sich selbst zu befinden. Sein Oberkörper bewegte sich rhythmisch vor und zurück. Er bemerkte – und das war ein Punkt, in dem sich Bender geirrt hatte – den Hass seiner Familie nicht mehr. Das Urteil war aufgrund des abgelegten Geständnisses und des psychiatrischen Gutachtens schnell gefällt: lebenslänglich, mit sofortiger Unterbringung in einer geschlossenen Anstalt. Die einzige Gesellschaft, die ihm bis zu seinem Lebensende blieb, waren die Dämonen seiner Stiefmutter und des Pfarrers seiner Kindheit.

Die Propellermaschine brachte Dr. Michael Schmidmeister und seine Ex-Geliebte zu einem Militärflughafen. Von dort ging es auf die Reise nach Südamerika. Die beiden Ex-Agenten kamen sich auf dem Flug wieder etwas näher. Man befand sich in der gleichen Lage, also konnte man den Streit auch gut und gerne begraben. Mit etwas Glück würden sie zusammenbleiben können. Das würde das Schicksal, das sie erwartete, leichter machen. Noch bevor sie in Argentinien landeten, küssten sie sich. Sie wurden ins Grenzgebiet zu Paraguay gebracht. Dort existierte seit Ende des zweiten Weltkrieges eine Ranch, die sich gegenüber der Außenwelt hermetisch abriegelte. Über all die Jahre hatte sich ein Mythos um dieses Geheimlager gebildet, der mit Stacheldraht und Wachtürmen gesichert wurde. Es war die Rede von sektenähnlichen Verhältnissen, sexuellem Missbrauch, Folter und Mord. „Arbeit macht frei“, stand in großen Buchstaben über dem Haupthaus der Anlage.

Dr. Schmidmeister und seine neu gewonnene Liebe wurden getrennt. Frauen und Männer durften nicht in den gleichen Schlafsälen hausen. Gespräche waren verboten, Blickkontakt verpönt, sexuelle Handlungen das eigene Todesurteil. Beiden wurden die Köpfe kahl rasiert, ihre Körper mit Kernseife abgeschrubbt. Sie erhielten Unterwäsche und einfache Leinenkleidung. Gearbeitet wurde von sechs Uhr morgens bis Sonnenuntergang. Es gab ein Buch, in dem gelesen werden durfte und das sich jeweils ein Schlafsaal teilen musste: „Mein Kampf“.

Frau Kerbel ging in den letzten Wochen immer häufiger zum Friseur. Ihrem ehemaligen Hausarzt und aktuellem Liebhaber fiel auf, dass sie die Haarfarbe wöchentlich wechselte. Er genoss es, zu sehen, wie sie ihm ständig aufs Neue gefallen wollte. Leider war es ihm nicht gelungen, sich bei ihr einzunisten. Ihm wäre es egal gewesen, aber sie wollte mindestens das Trauerjahr abwarten. Ihre Angst vor der gesellschaftlichen Ächtung sei zu groß, sagte sie immer wieder. Außerdem wurden die Kinder jedes Mal misstrauisch, wenn er sich zu lange im Haus aufhielt. Zwar tauschten sie vor den Kindern keine Zärtlichkeiten aus, aber die Vertrautheit wurde langsam verräterisch. Andererseits konnte er sich nicht beklagen, sie kam häufig zu ihm. Führte seinen Haushalt, verwöhnte ihn und blieb auch häufiger über Nacht. Wenn man es genau betrachtete, war er ein glücklicher Mensch.

Während der Beerdigung ihres Mannes wurde Petra Kerbel schlagartig bewusst, sie konnte es auch mit ihrem Komplizen nicht aushalten. Er war nett und zuvorkommend, er liebte sie ganz ohne Hintergedanken, bedingungslos. Er war reizend zu den Kindern, und seine Patienten verehrten ihn. Egal, wo sie hinkam und über ihn gesprochen wurde, alle redeten nur in höchsten Tönen von ihm. Neben ihm war sie eine graue Maus. Dafür hasste sie ihn. Die Kraft, einen weiteren Plan zu fassen, gab ihr der Friseur, der vor kurzem im Ort einen Salon eröffnet hatte. Und sie dachte immer, alle Friseure seien schwul.

So konnte sie weitermachen, neben diesem ekelhaft beliebten Arzt weiterleben. Sie machte seine Wäsche, kochte für ihn und putzte die Wohnung. Manchmal blieb sie über Nacht. Doch zum Höhepunkt brachte er sie schon lange nicht mehr. Dagegen konnte sie sich in den Armen des Friseurs fallenlassen, sie konnte Pläne schmieden und an ein Leben ohne den Arzt denken. Sie saß vor seinem Computer, als er mittags nach Hause kam. Sie las auf der Onlineplattform Wikipedia zum Thema Knollenblätterpilz: 'Die tödliche Dosis von Amanitin liegt beim Menschen bei 0,1 Milligramm pro Kilogramm Körpergewicht, für eine 70 Kilogramm schwere Person also bei etwa 7 Milligramm. Diese Substanzmenge ist bereits in weniger als 35 Gramm Frischpilz enthalten. Da ein ausgewachsener Fruchtkörper durchaus 50 Gramm oder mehr wiegen kann, kann daher schon ein einzelner verspeister Pilz tödlich giftig sein.'

Er sagte: „Du, ich hab doch morgen keine Spätsprechstunde. Nur ein paar Hausbesuche gleich nach der Praxis. Hast du Lust, uns was zu kochen, dann könnten wir uns einen gemütlichen Nachmittag machen."

Sie hatte gerade die Internetseite weggeklickt, als er zu ihr kam und ihr einen Kuss in den Nacken hauchte.

„Und was gibt es, damit ich mich schon mal darauf freuen kann?"

„Ein Pilzgericht", sagte sie und lächelte.

Gleich darauf fasste sie aber einen anderen Entschluss. Sie wollte nicht als Schwarze Witwe enden und sagte deshalb zu ihm: „Wir müssen reden!"

Es dauerte ungefähr eine Stunde, ehe er aufhörte zu betteln und zu winseln. Doch sie blieb hart. Es war aus. Dann begann er zu drohen. Er würde alles öffentlich machen, was sie ihrem Mann angetan hatte. Sie wusste, es waren leere Drohungen, schließlich hätte er sich damit auch selbst verraten. Außerdem machten es ihr die Drohungen noch einmal leichter, einen Schluss-Strich zu ziehen. Dann bettelte er wieder, der sonst so souverän wirkende Arzt gab ein armseliges Bild ab.

Nach 90 Minuten war sie aus seinem Haus raus. Für immer. Sie ging zum Friseur und beendete auch diese Liaison, konnte anschließend zum ersten Mal seit vielen Jahren tief durchatmen. Es war, als habe jemand einen schweren Stein von ihrer Brust genommen. Sie war glücklich wie nie.

Mike Biefbauer wurde wegen verschiedener Vergehen zu insgesamt zwei Jahren auf Bewährung verurteilt. Als er aus der Untersuchungshaft entlassen wurde, wartete niemand auf ihn. Er stand auf der Straße und kam sich seltsam verloren vor. Er war Prana, der Erleuchtete gewesen. Doch schließlich war alles zusammengebrochen. Es war die Lust des Fleisches, die sein Karma schwärzte. Und doch, er empfand keine Wut mehr. Während der Untersuchungshaft war die alte Spiritualität zu ihm zurückgekehrt. Er würde wieder auf den rechten Weg gelangen. Ein letztes Mal wollte er noch einen Blick auf die Seinen werfen. Es war ein strahlend schöner Herbsttag. Das Laub der Bäume hatte sich von Grün in alle nur denkbaren Rot- und Gelbtöne verwandelt. Ein atemberaubender Anblick. Indian Summer im Bayerischen Wald, dachte er. Er schlich sich an wie es Michel Meinhart getan hatte und blieb hinter einem Baum in der Nähe des Hauses in Lehmbruck stehen. Er sah sie alle. Es war ein friedliches Bild. Ganz so wie zu ihren schönsten Zeiten. Er war für einen Moment versucht, auf sie zuzugehen. Doch das war vorbei. Für ihn war das für immer vorbei. Es sah so aus, als habe Peter das Kommando übernommen. Nur die Hunde waren nicht da, das gab ihm einen kleinen Stich. Doch da, wo er jetzt hinging, konnten sie ohnehin nicht mitkommen. Prana machte auf dem Absatz kehrt und verließ diesen geweihten Ort für immer.

Als er sich wenige Tage später immer noch nicht bei seinem Bewährungshelfer meldete, begann man, nach ihm zu fahnden. Doch Mike Biefbauer war untergetaucht und verschwunden. Monate später erreichte die Gruppe um Peter ein Brief aus Indien:

Ich werde größer und größer, mein Geist durchbricht alle Grenzen. Es ist gut, wie es ist, ich bin mit mir im Reinen. Ich habe euch allen verziehen. Friede begleite euch auf allen Wegen.

Prana

Es war das letzte Mal, dass Mike Biefbauer ein Lebenszeichen von sich gab.

„Möge er seinen Frieden finden, wir sind ohne ihn auf einem besseren Weg“, war die einhellige Reaktion der ehemaligen Prana-Gruppe auf dessen Brief aus Indien.

Peter hatte sich in der Zwischenzeit längst einen Plan für die Zukunft zurechtgelegt.

„Die Ideen unseres bisherigen Anführers waren gut, daran habe ich keinen Zweifel“, eröffnete er seiner neuen Lebensgefährtin seine Visionen.

Mikes Ex-Frau war bei Peter geblieben, obwohl sie sich nur schmerzlich von ihrem Mann trennen konnte. Sie vergaß ihm nie, dass er sie aus der Drogenhölle befreit hatte. Doch er ließ sie sexuell links liegen, während er mit der Frau von Peter schlief. Das nagte schwer an ihrem Selbstbewusstsein. Die Affäre mit Pranas zweitem Mann war letztlich von ihrer Seite nicht mehr als die Erfüllung ihrer körperlichen Sehnsüchte, die sie bei ihrem Ex-Mann nicht finden konnte. Die spirituelle Kraft ihres alten Gurus war aber immer noch so stark, ihre Suche nach dem Sinn, nach geistiger Erfüllung, wollte sie nicht missen. Peter trat nun in die Fußstapfen des ehemaligen Meisters, das machte ihr Hoffnung und band sie an ihren Liebhaber.

Auch die beiden anderen Gruppenmitglieder, Luise und Martin, blieben Peter treu, der bereits kurz nach Pranas Verhaftung an einer neuen Vereinigung bastelte.

Peters Frau wendete sich nach dem Zusammenbruch von der alten Gruppe ab und kehrte in ein bürgerliches Leben zurück.

Im Laufe der vergangenen Monate wollten sich viele Interessierte an die Gruppe binden, waren aber allesamt von Prana zurückgewiesen worden, weil er sie seiner nicht für würdig empfand. Peter hatte sich die Kontaktdaten aufgehoben – als Anwalt wusste er immer, es war gut, Informationen zusammenzuhalten. Jetzt konnte er sie gebrauchen. Er lud zu einem Informationsabend nach Lehmbruck ein – fast 50 Interessierte waren gekommen, um den Lehren eines neuen Gurus zu lauschen.

Lumo nannte er sich, was die gesamte Ausrichtung seiner Idee umfasste: Sie alle sollten Kinder des Lichts werden – und er war das Licht.

Aus Bettina wurde Kunula, seine Gefährtin, die mit ihm die Idee der neuen Glaubensgemeinschaft teilte. Sie wollten mehr als nur Macht über eine kleine Gemeinschaft haben, sie wollten davon auch wirtschaftlich profitieren. Er und Kunula sollten dank des Lichts zu neuem Wohlstand gelangen, der ihnen unter Prana weitgehend versagt geblieben war. Eher im Gegenteil: Peter war Geldgeber für den Meister gewesen, schließlich verdiente er mit seiner Anwaltskanzlei in Passau kein schlechtes Geld. Diese schnöde Beschäftigung wollte er aber nicht weiter aufrechterhalten, ihm ging es darum, den Menschen gegen Geld spirituelle Befreiung anzubieten.

Das Haus in Lehmbruck war der ideale Ausgangspunkt dafür. Einsam, abgelegen, groß. Hier konnten die Seinen Zuflucht finden, hier konnte er ungestört und unbeobachtet von den Augen argwöhnischer Nachbarn tun und lassen, was er wollte. Die Übungen, die er gemeinsam mit Prana entwickelt hatte, würde er weiter ausbauen.

So entstand in Lehmbruck der Tempel des Lichts. Kern der Lehre war es, durch den fast kompletten Verzicht auf die Zufuhr von Flüssigkeit und Nahrung zu einer neuen spirituellen und auch körperlichen Ebene vorzudringen. Lumo war aber klug genug, die Aufnahme von Kalorien nicht vollständig zu verteufeln – schließlich war ihm klar, es gab medizinische Grenzen, die nicht überschritten werden konnten, ohne sich selbst in Lebensgefahr zu bringen. Anders als die Sekten der Lichtesser, die in den vergangenen Jahren weltweit gegründet wurden, setzte Lumo deshalb auf ballaststoffreiche Rohkost und auf Wasser. Alkohol, tierische Produkte und gekochte Lebensmittel waren dagegen streng verboten. Um der Idee des Lichts als Energiespender zum Recht zu verhelfen, legte er zudem fest, es durfte nur nach und vor dem Sonnenuntergang Nahrung aufgenommen werden – tagsüber sei die Energie des Lichts vollkommen ausreichend, legte er fest. Außerdem sollte nur Nahrung gegessen werden, die zuvor von Licht beschienen war. Damit waren zum Beispiel Kartoffeln tabu, weil sie unter der Erde wuchsen, Karotten aber erlaubt, weil bei der reifen Frucht das oberste Ende ein Stück aus dem Boden ragt.

Die Sekte in Lehmbruck fand regen Zuwachs, bereits als der Brief Pranas eintraf, konnte Lumo mehr als 20 Anhänger um sich versammeln. Was auch seinem Konto durchaus guttat, denn jeder leistete 500 Euro freiwilligen Monatsbeitrag. Geld, das Lumo selbstverständlich – offiziell – nicht für sich beanspruchte, sondern für den Aufbau des Tempels des Lichts. Es waren nicht wenige dabei, die diesen Beitrag gerne und ohne weiteres Hinterfragen aufdoppelten, um auf diese Weise schneller zur Erleuchtung zu gelangen.

Michael Grobauer war noch Tage nach Manuela Hentschels Besuch von deren Großzügigkeit beeindruckt. So schlecht sein Leben begonnen hatte, so Großartiges war ihm in den vergangenen Jahren widerfahren. Sein alter Lehrer, der ihm den Ausstieg aus der Spirale der Gewalt ermöglichte und eine Kommissarin, die ihm zeigte, was Menschlichkeit bedeutete. Seine Frau Marianne, die ihn bedingungslos liebte und seine Tochter, die Gefühle in ihm weckte, von denen er zuvor nicht wusste, dass es sie gab. War Mariannes Krankheit seine letzte Prüfung? So musste es sein. Sie war in den vergangenen Monaten schwächer und schwächer geworden. Die Ärzte machten ihm keine Hoffnung mehr. Sie würde sterben, bald schon, es gab nichts, was man dagegen tun konnte. Nichts?

Gerade als Verzweiflung von ihm Besitz ergreifen wollte, fiel ihm in seinem kleinen Laden ein Buch in die Hand: „Krebs!" stand in großen Buchstaben darauf. Es behandelte die Geschichte eines Mannes, den der Krebs zu zerstören drohte und der sich ins Leben zurückkämpfte, obwohl ihm niemand mehr eine Chance gab.

„Ich muss meinen Weg der Heilung finden, ich allein!", wiederholte er immer wieder einen Satz, den er gerade las.

Der erkrankte Arzt, Dr. med. Eberhard Rau, der seinen Krankheitsverlauf in Tagebuchform aufgeschrieben hatte, sprach dabei nicht vom Kampf gegen den Krebs, sondern von seiner ganz persönlichen Prüfung. Es war also wirklich eine Prüfung. Die Prüfung seines Lebens. Je mehr Grobauer las, umso mehr wuchs seine Aufregung, die Hoffnung, die Prüfung zusammen mit seiner Frau bestehen zu können. Ja, es war seine Prüfung, er musste stark sein, für seine Frau, für seine Tochter und für sein eigenes Seelenheil.

Die ersten Tage, nachdem er die Grasplantage im Wald zerstört hatte, waren schwer, wohl die schwersten im Leben der kleinen Familie. Seine Frau litt ständig Schmerzen. Er verbrachte jede freie Minute an ihrem Bett und versorgte sie. Seine Tochter verstand nicht, warum es Mami so schlecht ging. Sie verbrachte viel Zeit mit Markus, einem wild aussehenden Kerl, der früher schon häufiger zu Besuch gekommen war. Martha liebte Papis Freund, der ebenso bunt angemalt war wie ihr Vater und bei dem sie auf dem Motorrad sitzen durfte.

Michael Grobauer las Bücher über Ernährung, die Krankheit und wie man sie alternativ behandeln konnte. Es war der Begriff der Spontanheilung, der ihm nicht mehr aus dem Sinn ging. Er las von Menschen, die sich weigerten, ihr Schicksal anzunehmen und ignorierten, dass ihre letzte Stunde geschlagen haben sollte. Auch die moderne Medizin leugnete die Existenz von Spontanheilungen gerade bei Krebs nicht. Sie verwendeten für das unerklärliche Verschwinden von Tumoren sogar einen eigenen Begriff: Spontanremission.

Das war es! Er musste das Schicksal herausfordern. Er würde nicht akzeptieren, dass ihm eine höhere Macht das Liebste auf der Welt nahm. Und er musste Marianne davon überzeugen, auch daran zu glauben.

Für das Geschäft in Schönberg fand er eine Vertretung. Er nahm einen kleinen Kredit auf das Haus auf und wich 24 Stunden am

Tag nicht mehr von ihrer Seite. Er sprach mit ihr, wenn sie dazu in der Lage war, tröstete und wiegte sie, wenn sie vor Schmerzen weinte. Er schuf eine positive Atmosphäre im Haus, die auch Manu berührte, wenn sie ab und an zu Besuch kam, um sich ein wenig um Martha zu kümmern. Auch sie mochte Markus, der unter seinen Tätowierungen ein äußerst charmanter Zeitgenosse war. Michael Grobauer versprühte so viel Zuversicht, niemand, der das Haus betrat, konnte sich dieser positiven Energie erwehren. Auch wenn Manu an manchen Tagen, wenn sie die kleine Familie wieder verließ, Tränen in den Augen hatte. Sie konnte diesen unerschütterlichen Glauben letztlich nicht teilen.

Eines Morgens, Michael Grobauer war im Sessel über dem Buch, das er seiner Frau vorgelesen hatte, eingeschlafen, weckte ihn ein leises: „Guten Morgen, mein Schatz."

Er war von einer Sekunde auf die andere hellwach. Marianne hatte sich im Bett etwas aufgerichtet. Sie war schwach, mager und klein, wie sie unter der Decke vor ihm lag. Doch er sah noch etwas, er sah Lebensmut. Michael Grobauer begann hemmungslos zu weinen. Es waren Tränen des Glücks. „Jetzt wird alles gut werden", sagte er und küsste ihre warme Stirn.

Michel Meinhart war fasziniert von Lumo und dem Tempel des Lichts. Je mehr er sich damit befasste, je mehr er den Ideen des neuen Meisters folgte, umso leichter wurde ihm ums Herz. Seiner Frau fiel nicht auf, dass er den ganzen Tag über nichts anderes zu sich nahm als Wasser. Mehr denn je versank sie in ihrer kleinen Werkstatt und fertigte ein Stück nach dem anderen – begutachtete die Ergebnisse ihrer Arbeit nach wie vor mit einer Verklärtheit, die ihr allein vorbehalten war. Es entwickelte sich alles gut. Nur die Umsätze wurden kleiner, wenn sie auf Märkte fuhren, was aber letztlich nichts als eine kleine Schwächeperiode in der Zahlungskräftigkeit der potenziellen Kunden bedeuten konnte, wie sie sich einredete. Dabei lag sie gar nicht so falsch, wenn auch anders, als sie es meinte.

Michel Meinhart wagte es lange nicht, seine Frau auf den Tempel des Lichts anzusprechen. Schon gar nicht erwähnte er die 500 Euro, die er Lumo regelmäßig in bar auszahlte, was seine Möglichkeiten, bei den Verkaufsmärkten den Umsatz seiner Frau zu fördern, ein wenig einschränkte. Manchmal fühlte er sich ein bisschen kraftlos, was er darauf zurückführte, er habe einerseits die Ideen der Lichtsekte noch nicht ganz verstanden. Andererseits könnte es aber auch am schlechten Gewissen gelegen haben, das er seiner Frau gegenüber empfand. Er hatte sie nicht eingeweiht und das setzte ihm innere Schranken, wie er vermutete. Er konnte seine spirituelle Lebenskraft nicht voll ausleben, solange er sie nicht mit einbezog.

Also nahm er eines Tages allen Mut zusammen und sprach sie darauf an. Natürlich erwähnte er dabei auch, dass es ihr möglicherweise in ihrem kreativen Schaffen neuen Rückenwind geben könnte, wenn sie sich geistig für eine neue Ebene öffnete. Er selbst, so sagte er ihr, merke deutlich, wie ihm der Unterricht in der Schule immer leichter fiele und er eine ganze neue Wirkung auf seine Schüler habe, die seit Wochen aufmerksam und ohne weiter zu stören seine Stunden verfolgten.

„Sie hängen an meinen Lippen, weil sie den großen Geist spüren, der mir innewohnt", sagte er zu ihr in einer Sprache, die ihn selbst überraschte.

„Humbug", sagte sie. „Du wirst einfach nicht gescheiter. Wahrscheinlich stören sie dich nicht, weil sie bei deinem Gewäsch vor Langeweile einschlafen."

„Aber Roswitha, Schatz. Lumo ist wirklich ..."

„Lumo? Sag mal, spinnst du komplett, wer soll das denn sein?"

„Lumo ist unser Meister, er führt uns ins Licht."

„Oder dahinter, du alter Depp. Du beendest diesen Blödsinn oder du kannst gleich deine Sachen packen."

„Ja, Roswitha", sagte er und zog wieder ab. Gut, dass er von den 500 Euro nichts erwähnt hatte. Er wusste aber auch, seine Frau würde ihn nicht rausschmeißen. Ohne ihn wäre es schwierig für sie gewesen, ihr Hobby aufrechtzuerhalten. Schließlich lebten sie von seinem Gehalt. Das wollte sie bestimmt nicht. Also beschloss er, den Schein zu wahren und seine Zugehörigkeit zu Lumos Tempel des Lichts für alle Zukunft heimlich beizubehalten.

Eva Bräugerber und Felizitas Schmidmeister richteten es sich in Oberhüttensölden wohnlich ein. Das Haus in Schönberg überschrieb Eva, ohne einen weiteren Gedanken daran zu verschwenden, ihren Kindern. Die kamen nur noch selten vorbei und wenn, blieben sie nur kurz. Sie würden ihren Weg machen, dessen war sich Felizitas sicher. Am Anfang der unerwarteten Frauen-WG gab es einige Spannungen. Eva wollte Felizitas herumkommandieren, die entdeckte allerdings neues Selbstbewusstsein und gab kräftig Kontra. Nach einigen lautstarken Auseinandersetzungen änderte sich die Atmosphäre plötzlich völlig. Man kam überein, jede musste ihre Pflichten erfüllen. Es entwickelte sich – wenn auch kein Mutter/Tochter-, so doch ein freundschaftliches Verhältnis. An schönen Tagen saßen die beiden Frauen an dem schweren Holztisch vor dem Haus, tranken ein Glas Wein und blickten in den Abendhimmel. Sie brauchten keine Worte, um sich einig zu sein. Sie sahen sich an und lächelten.

Die alte Wohnung in der Köppelstraße war frei, Benno nahm sie gerne. Er richtete sich ein wie früher. Mit seinem Raum, dem kleinen Altar, an dem er jeden Abend seine alte Gepflogenheit wieder aufnahm, blind die Bibel zur Hand zu nehmen, sie aufzuschlagen und irgendwo mit dem Finger stehenzubleiben.

'Die Liebe ist geduldig und freundlich. Sie kennt keinen Neid, keine Selbstsucht, sie prahlt nicht und ist nicht überheblich. Liebe ist weder verletzend noch auf sich selbst bedacht, weder reizbar noch nachtragend. Sie freut sich nicht am Unrecht, sondern freut sich, wenn die Wahrheit siegt. Diese Liebe erträgt alles, sie glaubt alles, sie hofft alles und hält allem stand.'

Er las die Zeilen aus dem Korintherbrief. Ja, er war bei der Liebe angekommen. Seit ein paar Wochen arbeitete er als Pressesprecher des Nationalparks Bayerischer Wald. Tiefe Zufriedenheit erfüllte ihn. Nur eines fehlte noch, auch das sollte sich ändern.

Er griff zum Telefon. Martina. In den vielen Wochen seit seiner Kündigung bei der Zeitung kreisten seine Gedanken um sie. Weil sie es war, die er liebte. Es kostete ihn einige Mühe, ihre Telefonnummer zu finden, denn sie war längst verheiratet und er wusste den Nachnamen nicht. Eines Tages traf er auf einen Freund aus alten Tagen, sie tauschten Erinnerungen aus. Da bekam er die Information, die er brauchte.

„Martina? Ich bin's. Benno."

„Das gibt's ja nicht! Mensch, Benno, wo treibst du dich denn rum?"

„Grafenau. Wie schaut's aus, ich würde dich gerne wieder mal sehen. Eine sentimentale Phase, weißt du."

„Gern, Benno. Wann, wo? Ich habe immer Zeit für dich!"

Sie war verheiratet, aber auch geschieden. Benno hörte es mit Freude. Sie trafen sich in Grafenau. Vom ersten Augenblick an war alles so, wie es früher war. Ein paar Wochen später bestellten sie das Aufgebot. In wenigen Monaten würden sie Eltern sein. Beider erstes Kind, denn ihre Ehe war kinderlos geblieben. Benno dachte jede Nacht vor dem Einschlafen voller Wehmut darüber nach, was er in den vergangenen Jahren alles versäumt hatte.

Das Glück liegt oft so nah, nur man sieht es nicht, weil man immer nur dort sucht, wohin der Lichtstrahl der Laterne fällt.

Ende

NAMENSREGISTER

Polizei, Staatsanwaltschaft
Kriminalhauptkommissar Ralf Bender
Hauptkommissarin Manuela Hentschel
Kommissar Franz Schaller
Kriminalpsychologe Dr. Heinrich Leopold
Kriminalrat Georg Ritter
Oberstaatsanwältin Dr. Gundula Moosbacher
Fritz Liebl: Dienststellenleiter der PI Grafenau

Familie Bräugerber
Michael Bräugerber: Ex-Anwalt in München, lebt jetzt in Oberhüttensölden
Eva Bräugerber: Frau von Michael Bräugerber
Felizitas Schmidmeister: Tochter von Eva Bräugerber, Stieftochter von Michael Bräugerber, wohnt in Schönberg
Ferdinand Bräugerber: Nationalparkranger Sohn aus erster Ehe von Michael Bräugerber, wohnt in Mauth
Dr. Michael Schmidmeister: Ehemann von Felizitas, Anwalt in der Münchner Kanzlei des Schwiegervaters
Paul und Emma: Kinder von Felizitas und Michael Schmidmeister, studieren beide in Passau Jura

Familie Meinhart
Michel Meinhart: Lehrer, Fan von Gabreta und Esoterik, wohnt in Perlesreut
Roswitha Meinhart: Töpfern ist ihr Lebensinhalt

Familie Grobauer
Michael Grobauer: betreibt einen Esoterikladen in Schönberg, wohnt in Schöfweg
Marianne Grobauer: Ehefrau
Martha: Tochter

Pranas Sekte
Prana: eigentlich Mike Biefbauer, Guru einer kleinen Gruppe, die gerade von Tiefenbach bei Passau nach Rehbruck gezogen ist.

Bettina: Pranas Frau
Peter: Pranas treuer Gefolgsmann und Vertrauter
Maria: Ehefrau von Peter
Luise und Martin: weitere Gefolgsleute Pranas

Familie Faller
Michael Faller: seit der Schließung der Firma Nachtmann in Riedlhütte arbeitslos
Gerti Faller: Lehrerin am gleichen Gymnasium, wie Michel Meinhart

Familie Wertheim
Michael Wertheim: arbeitet bei einer Bank in Deggendorf, wohnt in Haslach bei Hohenau
Sabine Wertheim: Mutter von Zwillingen und Hausfrau

Familie Kerbel
Walter Kerbel: Steuerberater und leidenschaftlicher Golfspieler, lebt in Perlesreut
Petra Kerbel: unglückliche Ehefrau, Mutter und Hausfrauen

Weitere Personen (alphabetisch)
Thomas Beiggl: ehemaliger Lehrer von Michael Grobauer
Ludwig Breitschneider: Benders Informant beim BKA
Paul Freier: Wirt der Racheldiensthütte
Lukas Grauwinkel: Polizist in Passau
Annemarie Grauwinkel: Ehefrau
Fritz Moser: Kriminalpolizei Linz
Albert Petersen: ehemaliger Stadtrat in Grafenau, stramme rechte Gesinnung
Anne Schwan: Heilpraktikerin, Rückführungs-Spezialistin, lebt in Neuschönau
Benno Seifeld: Journalist, Redaktionsleiter in regen
Johanna von Stein: eigentlich Helga Baierlein, Heimatdichterin, lebt und wirkt in Schönberg
Dr. Gerald Wallmann: Staatsanwalt

Raphael
Gerhard Hartmann in Spanien
Werner Krottentaler zurück in Deutschland

DANKE

Der besondere Dank der Autoren gilt den zahlreichen Helferinnen und Helfern, den Probelesern, den Ratgebern und allen, die zum Gelingen des Buches beigetragen haben. Vor allem seien genannt:

Diana Maria Heigl – für ihre fachliche Hilfestellung in Sachen Rückführung sowie zahlreiche psychologische Tipps und Hinweise

Julia Kathrin Knoll – für das Lektorat und die guten Tipps

Florian Schon – für den Internet-Trailer, den er für uns gedreht hat und der auf www.edition-golbet.de zu bewundern ist

Rainer Sturm (stormpic) – für die Cover-Abbildung

Dr. Ursula Kronschnabl – für unverzichtbaren medizinischen Rat und die kurzfristige Überlassung ihrer Arztpraxis

sowie natürlich bei unseren **Familien** für die unendliche Geduld die sie mit uns hatten und hoffentlich weiter haben

Und vor allem bedanken wir uns bei allen, die RAPHAEL und GABRIEL gelesen haben und uns damit den Mut gegeben haben, nicht aufzuhören und den dritten Erzengel morden zu lassen.

NEU AB 9. NOVEMBER 2013

15 Kriminalgeschichten aus dem Bayerischen Wald. Das Buch zum Ralf-Bender-Preis 2013 für Krimi-Kurzgeschichten.

ISBN: 978-3-943926057
240 Seiten
12,95 Euro
November 2013

Da ist alles drin, was Spannung erzeugt: Ein Verdächtiger, der quer durch den Bayerischen Wald gejagt wird. Bankräuber, die gar nicht rauben wollen, aber nicht anders können. Ein Hund, der einen mysteriösen Todesfall aufklärt. Bösartige Menschen, die an ihrer eigenen Unzulänglichkeit zerbrechen – und die immer wiederkehrende Frage nach der Gerechtigkeit.
Lesenwert, von der ersten bis zur letzten Seite.
Die 15 besten Kriminalkurzgeschichten von über 90 Einsendungen. Ein garantiert kurzweiliger, erfrischender und manchmal auch düsterer Blick auf den Bayerischen Wald und dessen Bewohner, die im Ruf stehen, ab und an ein bisschen sonderbar zu sein.

Kommissar Benders erster Fall

ISBN: 978-3-9811254-81
380 Seiten
12,95 Euro
Oktober 2011

Eine schreckliche Mordserie erschüttert den Bayerischen Wald. Am Lusen wird eine furchtbar entstellte Leiche gefunden, Menschen verschwinden scheinbar wahllos. Keine Spuren, keine Anhaltspunkte, Kommissar Bender und sein Team tappen hilflos im Dunkeln. Und: Jeder Verdächtige scheint ein dunkles Geheimnis zu haben.

Kommissar Benders zweiter Fall

ISBN: 978-3-9811254-98
360 Seiten
12,95 Euro
Oktober 2012

Während des Richtfestes für ein internationales Tourismusprojekt wird der leitende Bauunternehmer aus dem Hinterhalt erschossen. Kommissar Bender und sein Team stehen vor einem Rätsel. Als weitere Persönlichkeiten des öffentlichen Lebens sterben, versinkt der Bayerische Wald in einem Sumpf aus Hass, Eifersucht und politischen Ränkespielen.

Ein Fantasy-Epos über den Zauber der großen Liebe, die gegen dunkelste Mächte bestehen muss.

ISBN: 978-3-9811254-74
630 Seiten
14,95 Euro
Mai 2012